雨野原传奇

①

巨龙守护者
DRAGON KEEPER

罗宾·霍布／著　　李 镭／译

上海社会科学院出版社

关于斑点和烟尘、白朗宁手枪握柄和彩虹、
碎布袋和辛巴达的回忆。
美丽的鸽子，画皆如此。

目 录 CONTENTS

巨龙守护者

出场人物	001
序章　长蛇的终结	002
第一章　河上水手	014
第二章　孵化	023
第三章　有利的条件	046
第四章　誓言	075
第五章　勒索和谎言	101
第六章　赛玛拉的决定	137
第七章　承诺和威胁	168

第八章 面试	188
第九章 旅程	224
第十章 卡萨里克	245
第十一章 遭遇	278
第十二章 龙群之中	307
第十三章 猜疑	330
第十四章 鳞片	351
第十五章 急流	371
第十六章 团体	401
第十七章 决定	435

出场人物

守护者和龙

埃鲁姆　浅色皮肤，银灰色眼睛，耳朵非常小，鼻子几乎是扁平的。他的龙是亚布克，一头绿色和银色的公龙。

博克斯特　凯斯的亲戚。古铜色眼睛，矮个子，身材壮实。他的龙是橙色的公龙斯克力姆。

红铜　一头无人守护的、病弱的褐色龙。

格瑞夫特　最年长的守护者，身上的雨野原印记也最浓厚。他的龙是蓝黑色的卡罗，体型最巨大的公龙。

格雷索克　巨大的红龙，第一头离开结茧地的龙。

哈里金　如同蜥蜴一般修长。他要比大部分其他守护者都年长。莱克特是他的义兄弟。他的龙是兰克洛斯，一头有着银色眼睛的红色公龙。

洁珥德　一位金发碧眼的女性守护者，身上带有很重的雨野原标记。她的龙是维拉斯，是一头母龙，深绿色的身体上有金色的条纹。

凯斯　博克斯特的亲戚，有一双古铜色的眼睛，身材矮壮，肩膀很宽，肌肉发达。他的龙是橙色公龙多提恩。

莱克特　七岁时成为孤儿，被哈里金的家庭收养。他的龙是塞斯梯坎，一头巨大的蓝色公龙，有着橙色鳞片，脖子上有小尖刺。

诺泰尔　一名很有能力、也很有野心的守护者。他的龙是浅紫色的公龙火绒。

拉普斯卡　一名身上标记非常浓厚的守护者。他的龙是红色的小母龙荷比。

银 有一条受伤的尾巴,没有守护者。

希尔薇 一个十二岁大的女孩,最年轻的守护者。 她的龙是金黄色的默尔柯。

刺青 唯一出生时是奴隶的守护者。 他的脸上有一匹小马和蜘蛛网图案的刺青。 他的龙是最小的母龙,绿色的芬提。

赛玛拉 十六岁,应该是指甲的地方生着黑色的爪子,家在树林中。 她的龙是一头蓝色的母龙辛泰拉,也被称为天空之喉。

婷黛莉雅 一位成年母龙,她帮助其他长蛇沿大河上溯,以前往结茧地。 她已经有多年未曾出现在雨野原了。

沃肯 一名身材很高、四肢修长的守护者。 他的龙是巴力佩尔,一头红色公龙。

缤　城

艾丽斯·金卡罗恩·芬波克 来自一个贫穷但很受尊敬的缤城商人家庭。 龙类专家。 丈夫为诏谕·芬波克。 灰色眼睛,红色头发,有许多雀斑。

诏谕·芬波克 一名相貌英俊,信誉卓著,富有的缤城商人。

塞德里克·梅尔达 诏谕·芬波克的秘书,从孩提时代就是艾丽斯的朋友。

柏油人号的船员

贝霖 甲板水手,斯沃格的妻子。

大埃德尔 甲板水手。

卡森·羽跃 探险猎手,莱福特林的老友。

戴夫威 卡森·羽跃的猎手学徒,大约十五岁。

格里格斯比 船上的猫,橙色的。

轩尼诗 大副。

杰斯 受雇的探险猎手。

莱福特林　船长，身材健壮，灰色眼睛，褐色头发。

丝凯莉　甲板水手，莱福特林的侄女。

斯沃格　舵手。他在柏油人号上已经有超过十五年了。

柏油人号　一艘河上驳船，现存最古老的活船。母港位于崔豪格。

其 余 人 物

艾惜雅·维司奇　缤城的典范号的大副，麦尔妲·库普鲁斯的姑姑。

贝佳斯提·柯雷德　恰斯国商人，秃头且富有，诏谕·芬波克的贸易伙伴。

贝笙·特瑞尔　典范号的船长。

乐符　典范号上的小男仆，曾经是名奴隶。

黛托茨　崔豪格的信鸽管理人。

恰斯大公　恰斯国的独裁者，年迈多病。

艾瑞克　缤城的信鸽管理人。

麦尔妲·库普鲁斯　古灵"女王"，居住在崔豪格，丈夫为雷恩·库普鲁斯。

典范号　一艘活船。护送海蛇沿河流上溯至结茧地。

瑟丹·维司奇　一名年轻古灵，麦尔妲的弟弟，艾惜雅的外甥。

辛纳德·亚力克　恰斯商人，和莱福特林达成了一笔交易。

犁月第二日

最高贵与伟大的沙崔甫王柯思阁统治的第六年

来自艾瑞克，缤城信鸽管理人
致黛托茨，崔豪格信鸽管理人

  这一晚为你送出了四只鸽子。我们与巨龙婷黛莉雅达成的协议分成两部分，并由这四只鸽子携带，请将此协议呈交给雨野原议会批准。缤城商会领袖、商人德沃切特建议将这份协议的副本广为分发，其中包含了商人和龙之间的正式约定。我们将帮助婷黛莉雅女王护送她的长蛇溯雨野原河而上，以此换得她对商人城邦和航路的保护，对抗恰斯国的入侵者。

  请尽快送出一只信鸽，向我们确认这封信已经收到。

黛托茨：

  我必须写几句给你，但我没有多少时间，信纸的空白也不多了。这里简直是一团乱。我的鸽笼被入侵者放火烧掉，许多鸽子都被烟熏死了。今晚，我把金斯利也作为信鸽派出去了。你知道，金斯利是我在他的父母死后，从一只雏鸟亲手喂养大的。请确保他安全地待在你那里，在我们确认一切平安之前，不要让他回来。如果缤城陷落了，就好好待他，把他当作你的鸽子。请为我们祈祷吧。我不知道缤城能不能挺过这场入侵，无论是否有龙。

艾瑞克

序章：长蛇的终结

　　他们走了这么远。现在，她来到了这里。长途旅行的岁月在她的思绪中已渐渐消退，取而代之的是当前的急迫需求。西萨奎艾张开口，弯曲脖颈。对这条海蛇而言，现在集中精神是一件非常困难的事。她完全从水中生出已经有许多年了。自从她在异类之岛上被孵化出来之后，她就不再曾感觉到身体下有干燥的地面。现在，她远离了异类之岛的干热沙子和温润水泉，冬季正在逼近这条寒冷河流旁边的茂密森林。在她蜷曲的身体下，只有粗砺冷硬的泥滩河岸。这里的空气太冷了，她的鳃总是干燥得太快。现在她能做的只有加快速度。她将嘴探进深深的河道中，吞了一大口带银色条纹的淤泥和河水，又扬起巨大的头，把这些全部咽进喉咙。这种流体充满沙砾，非常冰冷，却又奇怪地很是美味。于是她又吞一口，咽进腹中，然后继续吞食。

　　她不知道自己吞吃了多少口这种会将喉咙磨痛的浓汤，终于，她感觉到那种古老的反应被触发了。她鼓动喉头里的肌肉，感觉自己的毒液囊在膨胀。她的肉质鬃毛在喉咙周围竖起，变成一圈不住颤抖的剧毒尖刺。波浪般的颤抖沿着她的身体在涌动。她将嘴张大，全身肌肉紧绷，喉头收缩，终于，她成功了。她用力收紧双颚，封锁住口腔，控制喷出的液体，让它变成一股细长而强劲的激流，其中包含着黏土、胆汁和带有少许毒剂的唾液。然后她不无艰难地转过头，让尾巴盘卷起来接近自己的身体。从口腔中被挤压出来的液体，如同一道黏稠而沉重的银线。她的头不断摆动着，将这股液体均匀地缠绕在自己的身上。

她察觉到有沉重的脚步在靠近。然后,一头巨龙走过来,那影子将她遮住。婷黛莉雅停住脚步对她说:"很好,很好,这样就对了。从细致平整的一层开始,不要有任何缺漏。这样就对了。"

西萨奎艾甚至无法转过头去瞥一眼赞扬她的银蓝色巨龙女王。她现在正集中全部的精神制造这个硬壳,而这将庇护她度过严冬季节的数个月。一种深深的疲惫感让她感到急迫,明白自己必须完全专注于眼前的工作。她需要睡眠。她渴望睡眠。但她知道,如果现在她睡着了,她将再也不会以任何形态醒来。完成它,她心中想,完成它,然后我就能休息了。

在她周围的河岸上,其他长蛇也都在吃力地完成着同样的任务,每一条长蛇织茧的程度都不尽相同。在他们之间还有一些辛苦劳作的人类,一些人背走了一桶桶河水,另一些人将附近河岸上带银色条纹的黏土铲进推车里。年轻的人们便将这些小车朝一处用原木当作外墙,匆匆建起的围场推去。他们将水和黏土都倾倒进一个巨大的水槽中。另一些工人用铲子和搅棍将黏土块打散,和水一起搅拌成稀薄的泥浆。西萨奎艾吞吃下去,制造护身茧壳主要原料的正是这种泥浆。其他原料虽然含量很少,却也都至关重要。她的身体中产生的毒素能够让她进入一种濒死的沉睡。她的唾液会用记忆保存这副茧壳——那不仅仅是她作为长蛇的记忆,更有着她全部血脉的回忆,当她制作这副茧壳的时候,所有这些记忆都将被编织入其中。

但她还缺少一种记忆——这种记忆应该来自于照顾长蛇制造茧壳的龙。西萨奎艾拥有足够的记忆,知道这里至少应该有二十头龙在照顾他们、鼓励他们,并且咀嚼记忆沙粒和黏土,将反刍出来的龙涎和历史注入到他们的泥壳中。但她没有过这样的经历,她太累了,甚至无法思考缺乏这一要素会对她造成怎样的影响。

当茧壳逐渐覆盖到她的脖颈时,一股强烈的疲惫感涌过她的全身。茧壳必须延展到能让她将头缩进去并进行封闭的程度。这时她慢慢地回忆起,在以前的世代,照料长蛇的龙有时会帮助长蛇封闭茧壳。但西萨奎艾知道,自己不能奢求这样的帮助。只有一百二十九条长蛇聚集在巨蟒河口，加入艰辛的上溯之旅，前来他们位于河道上游的传统结茧地。墨金是他们的首领。有一件事令他格外担忧，那就是他们之中的雌性太少了：还不到全体的三分之一。在以往的成茧之年，聚集到这里的长蛇都应该有数百条之多，而且雌性至少应该和雄性一样多。他们在大海中等待了那么久，游了那么远来到这里，希望能恢复他们的种群，但得知他们的数量也许太少，来得也许太晚，这让西萨奎艾感到很难接受。

　　充满险阻的河道之旅会让他们的数量益发减少。西萨奎艾不知道有多少长蛇到达了结茧的河滩。她觉得也许有九十条，而更让她心情沉重的讯息是，其中存活的雌性甚至不超过二十条。在她的周围到处都是精疲力竭，奄奄待毙的长蛇。就在西萨奎艾这样想着的时候，她听到婷黛莉雅对一名人类工人说："他死了。叫你们的锤手过来，打碎他的茧壳，把碎片放回到记忆泥浆槽里，让其他长蛇保留这份祖先的回忆。"西萨奎艾看不见，但她能听到婷黛莉雅将死去的长蛇从未完成的茧壳中拖出来的声音。她还能嗅到那条长蛇被巨龙吞吃时散发出来的血肉气味。饥饿和疲倦绞缠着西萨奎艾。她希望自己能分享婷黛莉雅的食物。但她明白，现在才进食对她而言已经太晚了。她的肚子里充满泥浆。现在她必须完成已经启动的工作。

　　婷黛莉雅需要食物。她是现存唯一的巨龙，能够率领他们完成演化。西萨奎艾不知道婷黛莉雅是从何处得到的力量。为了引领他们沿雨野原河溯流而上，这头巨龙连续多日在天空中飞翔，完全没有休息过。经历过许多年的改变之后，这条内陆长河对于这些长蛇已经是如此陌生，只有跟随空中的婷黛莉雅，他们才知道要如何行进。而这位巨龙女王显然也没有多少力量了，除了鼓励之外，她无法再提供任何帮助，毕竟有这么多海蛇都需要她，孤身一人的她又能怎么做？

　　就像一片如同蛛网般缥渺的梦，一段古老的回忆短暂地掠过了西萨奎艾的意识。不对，她心中想，都不对，都不应该如此。的确是这条河没有错，但开阔的草场和河边的橡树林又在哪里？现在河岸边只有一片片泥沼和孳生在沼泽里的丛莽，放眼望去几乎看不到坚实的地面。如果不是人类在长蛇到来之前，已耗费很大的力气以石块加固了堤岸，他们一定会把这里搅成一片烂泥塘。祖先长蛇的记忆告诉西萨奎艾，这里应该有阳光下的开阔草原和丰腴的黏土堤岸，不远处还有一座古灵城市。应该有许多巨龙刨起大块黏土，将它与水拌合在一起做成泥浆，并在最后为长蛇们封闭好茧壳。所有这些都应该在炎热的日子里，在明媚的夏季阳光中完成。

西萨奎艾因为疲惫而全身颤抖。这一段记忆消失在她无法企及的地方。她只是一条长蛇，正竭尽全力，挣扎着要编织茧壳包裹住身体，抵御冬日的严寒，并促使自身发生演化。一条长蛇，冰冷又疲倦，在经历过漫长的流浪之后终于到了家。她的意识又飘回到了几个月以前……

在这次旅程的最后一段，她仿佛与湍急的流水和岩石嶙峋的浅滩进行了一场没有休止的战斗。她是墨金群落中的新成员。这个群落让她吃了一惊。通常一个群落会包括二十到四十条长蛇。但墨金聚集起了他能找到的每一条长蛇，率领他们一直向北。这让他们一路上捕获食物的困难增加了许多，但墨金认为这样做是有必要的。西萨奎艾以前从没有见过这么多长蛇一起群落旅行。实际上，一些长蛇几乎已经退化到了动物的水平，另一些长蛇也都因为困惑和恐惧变成了半疯状态。遗忘包裹住了多数长蛇的心智。当他们跟随着这条身侧有一长排光芒闪烁的黄金伪眼的先知长蛇，在这趟旅程里，西萨奎艾几乎回想起了那条古老的迁徙路线。在她的周围，众灵和智慧聚集在列阵前行的长蛇中。她感觉这漫长的旅行是正确的，比她长久以来经历过的任何事都更正确。

但即使如此，她还是有过片刻的犹豫。她关于那条河的祖先回忆告诉她，他们进入的水道应该是流动稳定的深水，其中有着大量鱼类。她的古老梦境告诉她，这条河的两岸是连绵起伏的丘陵、草原，其间还有稀疏的树林。所有这些地方都有许多猎物，可供饥饿的巨龙享用。这条河的确相当深，可以供船只通航，但随着它蜿蜒深入内陆，两岸却全都是高大茂密的森林、密密麻麻的藤蔓与灌木丛。这不可能是他们的祖先前往结茧地的路径。但墨金顽固地坚持他们走的路没有错。

西萨奎艾的疑虑是如此强烈，以至于她差一点转头返回大海。她很想逃离冰冷浑浊的河水，退回到南方海洋的温暖水域。但是当她退到队伍末尾，就要转身的时候，又有其他长蛇跟上来，将她推回到群落中去。她不得不跟随其他长蛇继续前进。

尽管她怀疑墨金的预见，但她从没有质疑过婷黛莉雅的权威。这头银蓝色的巨龙认可墨金作为他们的首领，并帮助那艘奇怪的船只指引墨金的群落。这头巨龙飞翔在他们头顶上，用铜号一般的洪亮声音鼓励他们，催赶这一群长蛇溯流而上向北前进。长蛇沿河道游动，顺利地到达了两条腿的城市崔豪格。一路跟随着那艘船游动，他们都很疲累，不过并没有遭遇到更多的困难。

但在经过了那座城市之后，河道发生了改变。为他们导航的船只无法越过前方的浅滩，只能停下。过了崔豪格之后，河道变宽，散开成为许多支流。一股又一股的水流被宽阔的砾石和沙滩间隔开。低垂的藤蔓和密集的树根封锁住了河两岸，他们只能在迂回曲折的浅水中行进。河床上不时会冒出犬牙交错的岩石，或者被芦苇完全堵塞。西萨奎艾再一次想要回头，但就像其他长蛇一样，巨龙的驱策对他们而言是不可违逆的命令。他们向上游前进。人类在河道上竖起一道道原木围坝，试着阻截河水，将浅滩变成一道道阶梯状的深水围堰，让最后这一段对长蛇而言有生命危险的浅滩可以通行。而西萨奎艾和她的上百个同族，只能一起在这条根本没有足够深度的水道中，奋力地挣扎前行。

许多长蛇在这一段旅程中死去。在盐水海洋中，他们遭受一点小伤便会迅速愈合，但在这种水流湍急的淡水河里，这样的伤口却会感染溃烂。他们长久放逐于大海，让许多强大的长蛇在意识和精神上都变得非常孱弱。这么多事情都错了。他们被孵化出来之后已经过去了太多岁月。许多年以前，他们就应该进行这场旅行，那时他们还是健康的年轻长蛇；时序上也应该更提前一些，在温暖的夏季溯流而上，那时他们的身体还丰满光滑，充满了脂肪。但他们却在凄冷多雨的冬季来到这里，身体瘦弱，伤痕累累，身上还附满了藤壶，而最不寻常的是，他们比以往任何来至此地的长蛇，都显得老态许多。

唯一照看他们的龙，距离自己出茧也还不到一年时间。婷黛莉雅飞过他们头顶，每当冬日的太阳透过云层落在她身上的时候，就会在她的身上点亮一片银光。"不远了！"她一直在向他们呼喊，"就在这片浅滩后面，水会再次变深，你们就能再一次自由地游动了。继续向前。"

一些长蛇实在受了太多伤，太过疲惫和瘦弱，无法继续前进。一条巨大的橙色长蛇挂在拦水的原木墙上，却没有再动一下，就这样死了。西萨奎艾靠近他的时候，他硕大的楔形头颅突然掉落进水中。西萨奎艾不耐烦地等待他游到前面去，但他尖利的卷曲鬃毛急骤地痉挛了一阵，然后便释放出最后一股毒液。这股毒液稀薄而微弱，是他的身体最后一点反射性的防卫反应。周围的所有海蛇都能从这一点判断出，他已经死了。水中浓郁的味道，正召唤着西萨奎艾前来大快朵颐。

西萨奎艾没有犹豫。她是第一个撕扯橙色长蛇尸体的。她咬下满嘴鲜肉，吞入腹中，然后又撕下一块。群落中的其他成员这时才察觉到这个机会。突然摄入的营养和橙色长蛇的记忆洪流都让西萨奎艾感到头晕目眩。这就是他们一族的生存之道——不能浪费死者的身躯，而是要从他们那里获取营养和智慧。就如同每一头龙都携带着他整个谱系的记忆，每一条长蛇也都保留着先辈的记忆，或者至少是应当如此。西萨奎艾和身边同她一起吞吃同伴尸体的长蛇都很忧郁。他们停留在长蛇形态的时间太久了。记忆正在从他们的脑海中消退，一同消失不见的还有他们的智力。现在一些拼尽全力要完成这次远征，成为巨龙的长蛇已经是徒有其表，他们实际上已经变成了野蛮残忍的猛兽。即使他们完成演化，又会成为什么样的龙？

西萨奎艾的头探进橙色长蛇的尸体，鬃毛倒竖。她又叼住了一大块肉。她的脑海中盘旋着关于大群游鱼的回忆，还有在夜晚如宝石般璀璨闪亮的星空下，橙色长蛇与群落伙伴一同歌唱的回忆。这些记忆非常古老。西萨奎艾怀疑数十年以来，不曾有过任何长蛇群落从丰裕的大海昂头于贫瘠的空气中，以他们的歌声赞美头顶上方的繁星苍穹。

这时又有其他长蛇簇拥过来，发出"嘶嘶"的鸣响，竖起鬃毛做出威胁的样子,竭力想要分享这顿盛宴。西萨奎艾撕下最后一块肉,随后便从挡住橙色长蛇的木墙上滚落下去。她将一大块温热的肉吞入腹中,感觉到那块肉充实了自己的胃,带给她一阵愉悦。天空,她心中想着。作为响应,她感觉到心中一阵短暂的悸动,那来自橙色长蛇模糊的巨龙回忆。天空,像海洋一样宽广辽阔。她很快就能够再一次遨游于其中了。不会有多远了,这是婷黛莉雅做出的承诺。

拥有双翼的龙,以及正在浅水中翻滚、伤痕累累的长蛇,这两者对距离的概念是完全不同的。那天下午,他们依然没有看见黏土河岸。黑夜很快就到来了,如同突然击中他们的一拳。短暂的白昼仿佛没有开始就已经过去。又是一个晚上,西萨奎艾不得不忍受寒冷的空气——低浅的河水让她无处逃避。从她身边流过的水只能勉强让她的鳃保持湿润。她背部的皮肤在干冷空气的摩擦中仿佛要裂开一样。到了早晨,太阳升至宽阔河面和丛林堤岸之间,在阳光的照射之下,显露出更多再也无法完成这次迁徙的长蛇。而西萨奎艾也再一次幸运地从一具长蛇尸体上得到了食物,并一直吞吃到蛇群将她赶开。婷黛莉雅也再一次在他们的头顶盘旋,高声向他们许诺,卡萨里克就在不远处。他们到了那里就能休息,能够进入长久而平静的演化了。

天气很冷。西萨奎艾背部的皮肤因在水面以上经历了漫长的一夜而变得干燥。她能感觉到皮肤在鳞片下裂开。当河水变得足够深,让她能完全潜没入其中,也能让她的鳃也浸透水,这时浑浊的河水刺痛了她破裂的表皮。她感觉到酸性的水流正在腐蚀她。如果她不尽快赶到结茧地,她就再也去不了那里了。

这个下午短得可怕,又漫长得痛苦。在西萨奎艾能够游动的深水河段,污水不停地刺激着她的伤口,但这也好过一些水浅的地方。她在那里只能像蛇一样用肚子爬行,拼命滑过河床底部黏腻的石块。在她周围,这些巨大的海中长蛇都在不停地蠕动、盘卷和扭曲身体,努力向上游一步步前进。

西萨奎艾终于到了。但她其实并不认识这个地方。太阳已经向西落到了河岸边高高的树篱后面,并非是古灵的两腿生物将点燃的火把在泥泞的河岸上摆出一个巨大的环形。西萨奎艾看着他们——人类,普通的两条腿,比猎物强不了多少。他们正在来回乱跑，显然是在完成婷黛莉雅的命令，就像古灵侍奉巨龙那样侍奉着这位龙族女王。这真是一种怪异的耻辱。巨龙难道已经堕落到这种程度，不得不和人类进行合作了？

西萨奎艾高昂起生满鬃毛的头，感受黑夜的空气。这样不对，这完全不对。她在心中找不到那种能够确认这里就是结茧地的笃定感觉。不过在岸边，她能看见一些早于她来至此地的长蛇。在他们之中，已经有几个将自己包裹进用银色条纹的淤泥和他们自己的唾液做成的茧壳中。还有一些虽然非常虚弱的长蛇，仍不遗余力地完成着这个任务……

完成这个任务。是的。西萨奎艾的意识回到了现在。没有余裕再去思考那些记忆了。她最后一次振作起来，将留存在腹内的泥浆和胆汁吐出来，包裹住自己的脖颈。但现在她的身体空了。她的判断出现了错误。她已一无所有，没办法封闭茧壳。如果她还要去喝泥浆，就必须打破已经成形的茧壳，但她痛苦地知道，她将没有力气再编织一个完整的茧了。她距离成功已经这样近，近到强大与辉煌的未来唾手可得，但她还是会死去，再无法高昂起头颅。

一阵惶恐和愤怒涌过她的心。她的内心中发生了激烈的冲突。她必须做出决定，或者从茧中挣脱出来，或者就此停住，静止不动。彻底停下来的欲望赢得了胜利，随之而来的是记忆的洪流。祖先的记忆给她带来许多恩惠。有时候，古老的智慧能够帮助她战胜当前的恐惧。在一片寂静中，她的意识变得清晰起来。她开始抽取一个又一个记忆，曾经在这样的错误中生存下来的长蛇的记忆，那些没能坚持下来的长蛇死亡的记忆，失败长蛇的尸体被存活者吞食。所以，那些致命错误的记忆依然能帮助还活着的长蛇。

西萨奎艾清楚地看到了三条路。第一条是留在茧壳中，呼唤一头龙来帮助她完成茧壳的封闭。当然，这个办法对她是无用的。婷黛莉雅已经忙不过来了。第二条是挣脱茧壳，要求龙给她带来食物，充分进食，恢复体力，这样她就有可能编织新的茧壳。这也是不可能的办法。恐慌再一次威胁着她。这一次，她只能用自己的意志将这种不好的情绪推到一旁。她不要死在这里。她已经走了这么远，冲过这么多危险，她不能让死亡现在抓住她。不，她要活下去,她要在春天到来时成为巨龙,重新掌控天空。她要再一次纵情翱翔,如果不是在大海,就一定是在蓝天。

但她该怎么做?

她将会活下去,成为女王。赢得巨龙女王的一切,赢得在这个艰苦的时代出现的第一批巨龙所应该拥有的一切。她竭尽全力深吸一口气,用号角般的声音猛然吼出一个名字:"婷黛莉雅!"

她的鳃太干了。她的喉咙在将那些粗砺的泥土变成丝线的过程中,已经完全被毁了。她拼命求援,全力呼喊,却气若游丝,只能发出耳语般的微弱呻吟。现在她就连打破茧壳的力量也没有了。她找不到一点力气。她要死了。

"你遇到麻烦了吗,美丽的长蛇? 我感觉到了你的痛苦。我能帮助你吗?"

在茧壳的限制中,西萨奎艾无法转头。但她能够翻起眼睛,看见正在向她说话的人是一名古灵。他非常小,非常年轻,但他的意识正与她的相碰触,这一点毋庸置疑。他不仅仅是人类,即使他还只有人类的外表。

西萨奎艾的鳃干燥得要命。长蛇能够离开水一段时间,甚至能够歌唱,但长时间暴露在这种寒冷干燥的空气中,只会将她在贫瘠空气中的生存能力逼到崩溃的极限。她吃力地吸了一口气。是的,正是这股气味。她确信无疑,婷黛莉雅在这个人的身上留下了标记。这名古灵充满了那位巨龙女王的魔力。西萨奎艾慢慢阖上她的眼睛,然后又睁开。她依然无法看清楚。她的身体干燥得太快了。"我不行了。"她说道。她只能说出这几个字了。

西萨奎艾感觉到这名古灵充满了悲痛。转瞬之间,古灵轻柔的声音变成了震耳的警号:"婷黛莉雅! 这条长蛇遇到了困难,她没办法完成织茧了。我们该怎么办?"

巨龙的声音从结茧地远处隆隆传来:"运泥浆过来,要非常湿的! 灌进去,不要犹豫。用黏土盖住她的头,封堵住茧壳的开口。把她封在里面,但必须确保最初灌进去的泥浆是非常湿的。"巨龙在说话的同时已经快步来到西萨奎艾的身边。"是女性! 打起精神,小妹妹。能够成为女王的已经不多了。你必须坚持下来。"

人类跑了过来。其中一些推着小车,另一些扛着不断溢出银灰色泥浆的桶。西萨奎艾已经竭力将头缩进茧中,并闭起了眼睛。茧壳外,那名年轻古灵大声发号施令,吩咐人类说:"马上,不要等婷黛莉雅过来了!现在就灌泥浆。她的皮肤和眼睛干燥得太快了。灌进去。就是这样,还要更多!再来一桶!把推车再装满。大家要快!"

液体涌流进来,浸透了她,将她封闭。她自己的毒液从她编织的茧壳中渗透出来,开始对她产生影响。她感觉到自己沉陷在某种状态中。这不是睡眠,但她的确得到了休息,并且是被祝福过的美好休息。

她感觉到婷黛莉雅就站在她旁边,感觉到涌流过来的温暖泥浆。从突然增加的重量中,她感激地知道巨龙女王已经为她封住了茧壳。片刻之间,毒液中丰富的记忆刺激着她的皮肤。不只是来自婷黛莉雅的巨龙记忆。她依稀听到婷黛莉雅正在指挥奔忙的工人:"她的茧在这里很薄……这里也很薄……运黏土过来,一层层铺在上面……然后用树叶和小树枝盖住她的茧。厚厚地盖住,挡住光和寒冷……他们织茧的时间太晚了。在夏天完全到来之前,绝不能让他们感觉到太阳。我担心他们到春天的时候还无法完全发育……完成这里的工作后,到最东边来,那里还有另一条长蛇在努力奋战。"

古灵的声音进入了西萨奎艾逐渐消失的意识。"我们封闭得及时吗?她能成功孵化吗?"

"我不知道。"婷黛莉雅严肃地回答,"今年的时机已经晚了。这些长蛇很老,也很疲惫,他们之中半数都快饿死了。第一批到来的长蛇,已经有一些死在了他们的茧里。还有一些长蛇在河中或者越过围堰的时候就不行了。他们之中有许多根本无法活着到岸边。至少死在路上的长蛇能够用自己的身体滋养其他长蛇,增加他们生存的几率。但死在茧中的就没有任何意义了,只有徒然的损失和失望。"

黑暗正在包裹西萨奎艾。她不知道自己是坠入了刺骨的寒冷还是沉浸在舒适的温暖中。她越沉越深,只是还能感觉到年轻古灵不安的沉默。古灵最后开口的时候，西萨奎艾接收到的话语更多是出自于他的思维，而不是唇间："雨野原人想要得到死去长蛇的茧。他们称这种材料为'巫木'，并认为这种材料有许多极具价值的用处……"

"不！"巨龙强烈的语气将西萨奎艾震醒了一下，但西萨奎艾已经筋疲力尽，身体无法再支撑她的意识。她几乎是立刻又沉眠了过去。婷黛莉雅的话语跟随她进入了一处沉没在梦境之下的地方。"不，小兄弟！所有属于龙的只能属于龙。当春天到来之时，一些茧能够孵化。从茧中出来的龙将会吞吃掉那些没有孵化的茧和尸体。这就是我们的方式。我们的智慧和学识因此才能得以保存。死者将会把力量给予生者。"

在最后一瞬的时光，西萨奎艾思考着自己将会成为什么，黑暗随即就占据了她。

望月第十七日

最高贵与伟大的沙崔甫王柯思阁统治的第七年
商人联盟独立第一年

来自黛托茨，崔豪格信鸽管理人
致艾瑞克，缤城信鸽管理人

你会在信中找到一份来自雨野原议会的正式吁求。他们要求得到公正合理的报酬，以抵偿为巨龙婷黛莉雅照料结茧长蛇所产生的延伸支出以及意料之外的开销。他们要求得到议会的迅速响应。

艾瑞克：

春季突如其来的洪流狠狠打击了我们。一些龙茧遭到了严重的伤害，还有一些龙茧甚至完全消失。有一艘小型驳船在河面上倾覆，恐怕正是那艘船上，载着我送给你充实缤城鸽群的小鸽子。现在一切都完了。我只能让我的鸽子再孵一些蛋，等到雏鸟生出羽毛之后就尽快给你送去。崔豪格似乎已经不再像是崔豪格了，这里出现了这么多带刺青的脸！我的主人说绝不能以我们的独立作为起始纪年，但我不会听他的。我相信，传闻终将变为事实！

黛托茨

第一章　河上水手

现在应该是春天了。冷得要死的春天。若睡在甲板上而不是睡在船舱里，更是冷得要死。昨天晚上，他的肚子里灌满了莱姆酒。遥远星辰组成的闪烁银河，穿透过雨林树冠不住地闪烁——这些都让甲板看上去像是一张很好的卧床。那时夜晚似乎还没有这样寒冷。树梢传来一阵阵虫鸣，夜鸟在彼此唱和，蝙蝠尖叫着冲过河面上的开阔空间。这应该是一个美好的夜晚，正合适躺在驳船的甲板上，仰头看着围绕他的这个宽广的世界，细细品味这条河，品味雨野原，还有他在这个世界中应有的位置。柏油人号轻轻晃动着他，一切都是那样美妙。

到了铁灰色的黎明来临时，他的皮肤和衣服上挂满了水珠，全身每一处关节都变得无比僵硬。这一切变成了一场愚蠢得要命的恶作剧，只适合于十二岁的男孩，而不是一名将近三十岁的河上水手。他慢慢坐起身，长吁了一口气，寒意阵阵的黎明让他呼出的气变成了一股白雾。紧接着他又打了一个大大的酒嗝，从胃里涌出不少昨夜莱姆酒的臭气。他一边低声嘟囔着，一边歪歪斜斜地站起身环顾周围。没有错，已经是早晨了。他向船栏杆走去，一边向船外小便，一边端详着今天的天气。在他的头顶上方，树冠顶上，白昼活动的鸟雀已经醒来，正在相互召唤。但在河边的树下，还很难看到黎明的晨光。光线一点点渗透下来，经过成千上万片新叶的过滤，落在他身上的时候，已经剩不下多少温暖。随着太阳越升越高，阳光终究会照亮开阔的河面，将手指穿过树冠，伸进丛林。但不是此刻,这种景象要再过几个小时才会出现。

莱福特林挺了挺腰,转动了一下肩膀。他的衬衫紧贴在皮肤上,让他感觉很不舒服。好吧,这是他自找的。如果他的船员愚蠢到在甲板上睡着了,他就会这样训斥他们。但他们都没有这样。他全部的十一名船员都沉睡在沿舱壁排列的多层窄床上,而他自己更加宽敞的船铺却空着。真是愚蠢。

现在起床还有些太早。厨房的火炉还封着。没有可以煮茶的热水,烤架上也没有冒泡的糕饼,但他已经完全醒了,甚至还想要去树林中走一走。这是一种奇怪的冲动,他也说不清这是为什么,他能清楚地感觉到这个心思正在抓挠他的心。他知道,这都是因为昨天晚上那个他已经记不起来的梦。他努力想要回忆起梦的内容,却只找到了一些零星的碎片,很快这些碎片也变成了从他意识手指间飘散的缕缕蛛丝,尽数消失不见了。不过他还是愿意依从这个梦留给他的启示,关注这样的冲动从来都不会让他失望。也有为数不多的几次,他忽略了这种冲动,结果每次都令他懊悔不已。

他走进船舱,经过熟睡的船员和小厨房,一直到了他的舱室,脱下甲板鞋,换上登岸的靴子。这双涂过油脂的齐膝牛皮靴已经快被磨穿。雨野原河的酸性河水对于靴子、衣服、木头和皮肤是很不友善的。不过这双靴子应该还能跟随他上一两次岸,还能好好地保护他的皮肤。他从衣钩上拿起短上衣,穿在身上,又经过船员们来到船尾,踢了一脚舵手的床脚。斯沃格抬起头,睡眼惺忪地看着他。

"我要去岸上活动一下两条腿。也许在早餐时回来。"

"好。"斯沃格说道。这仅有的一声回答,几乎用尽了斯沃格的全部语言技巧。莱福特林哼了一声作为确认,便走出了船舱。

昨天黄昏时,他们将这艘驳船靠在一片泥沼河岸边,系在一棵倾斜的大树上。莱福特林跨下宽船头,踏上了一片长满芦苇的泥地。驳船上画着的两只眼睛正盯着昏暗的树林。十天以前,一阵暖风和狂骤的暴雨席卷了雨野原河,让河水冲上堤岸,涌过低洼的河滩。过去两天里,水终于退了,但连续多日的洪水和淤泥,让两岸的植物大伤元气,现在还没有完全恢复过来。这些芦苇上也全都覆盖着污泥，大部分被完全压在泥巴下面。河滩上还能看到四处散落的小水洼。莱福特林每迈出一步，脚都会陷入泥中，当他抬起脚的时候，被踩出来的泥坑就会被水注满。

他不知道自己要去哪里，也不知道为什么要去，他只是任由心血来潮的念头引领他离开河岸，进入到藤蔓丛生的树林深处。这里洪水留下的痕迹更加明显。各种浮木枯枝充塞在树干之间。混合泥泞的杂草和被扯断的藤蔓纠缠着乔木和灌木。被河水冲过来的淤泥，沉积在厚实的苔藓上和低矮的草木上。撑起雨野原茂密树冠层的粗大树干是大部分洪水都无法撼动分毫的，但生长在它们阴影下的繁茂植株就完全不同了。激荡的水流从林间草木中冲出一条条通道。许多灌木都被沉重的淤泥压弯，仿佛泥土颜色的鹿角。

莱福特林竭尽全力在水流冲出的道路上蹒跚而行。当脚下的泥巴变得太软时，他就转而推开滑腻的灌木和蒿草。没过多久，他全身都变得又湿又黏。一根被他推开的树枝弹回来，打在他的额头上，拍了他一脸泥巴。他急忙从皮肤上抹去这种充满刺激性的污泥。就像许多河上水手一样，他的手臂和脸部的皮肤都因为暴露在雨野原河的酸性河水中，变得更加粗韧。他的面皮早就是一层饱经风霜的老皮了，这和他灰色的眼睛形成了令人吃惊的反差。莱特福林一直暗自相信正是因为自己强韧的皮肤，他的身上才没有那么多附生物，鳞片就更少了——这些正在折磨着他大部分的雨野原同胞。但他绝不会因此认为自己很漂亮，其实他连好看都算不上。这个莫名出现的想法让他有些伤感地笑了笑，随后他便将这个想法从脑海中推开，也推开了一根挂在脸旁边的树枝，努力向树林的更深处走去。

他突然停住脚步。直觉中某个捉摸不定的线索告诉他，他距离目标已经很近了。他不知道自己为什么会这样想，也许是因为空气中的某种气味，也许是他无意中瞥到的一丝动静，他动也不动地站着，以极慢的速度扫视周围。他的视线扫过了那东西，他颈后的头发直立起来，目光猛然转回去。就在那里，那东西被泥土色的败叶腐木所覆盖，凶猛的洪水又给它裹上了一层淤泥。但还是有一条灰色的纹路显露出来。那是一段巫木。

这段巫木并不大，就莱福特林所知，一些巫木比它大得多。它的直径也许有莱福特林身高的三分之二——莱福特林并不是一个很高的人。不过莱福特林觉得它已经够大了，大到足以让他变得非常富有。他回头瞥了一眼，林间草木遮住了河水和系在河岸边的驳船，却也为他挡住了窥伺的眼睛。他觉得他的船员之中没有好奇心很强的人，他们不会跟着他上岸。他离开的时候，他们都还在睡觉，而且毫无疑问还都在床上。发现这个秘密的只有他一个人。

莱福特林拨开杂草，一直来到这段巫木旁边。它已经死了，莱福特林在碰触它之前就已经知道了这一点。莱福特林还是一个男孩的时候，就曾经去过加冕者殿堂，见过孵化前的婷黛莉雅的巫木。他清楚地记得那种在他体内骤然醒来的、毛骨悚然的感觉。这段巫木中的龙已经死了，永远无法孵化。到底这头龙是死在结茧地的河岸边，还是波涛汹涌的洪水杀死了它，莱福特林一点都不关心。巫木里的龙死了，巫木还有价值，而他是唯一知道这段巫木所在位置的人。更因为绝佳的好运气，他还是为数不多的几个真正知道如何使用巫木的人之一。

曾几何时，库普鲁斯家族巨额财产的一部分，正是来自对巫木的使用。那时世人还不知道巫木的存在，或者不愿承认这种"木头"到底是什么，莱福特林母亲的兄弟们就是巫木工匠。那时他只是个小孩子，不停地在那幢低矮的建筑物中跑进跑出，看着他的舅舅们缓慢地锯开这种像铁一样坚硬的物质。他九岁的时候，他的父亲认为他已经足够大，可以上驳船帮忙了。于是他开始了自己的正当职业，成为驳船上的船员。他从甲板上开始学会这份营生的本领。在他刚满二十二岁那年，他的父亲去世了，这艘驳船便成为他的船。他一生中大部分时间都是一名河上水手，且从母亲那继承了巫木生意的工具，并习得如何使用巫木的智能。

他绕着这段巫木走了一圈。只是这一圈走下来便颇为艰难。洪水将巫木楔进了两棵大树之间，巫木的一端深深插进泥里，另一端翘起来，上面挂满了洪水带来的植物茎叶。他有点想将覆盖巫木的草叶清理开，仔细看看它，但很快又决定还是让它继续保持这种被埋没的状态。随后他就快步返回了驳船，悄悄从箱子里取出一卷绳子，又匆匆返回巫木那里，将他发现的宝物固定好。这种行为很卑鄙，但这件事完成后，他感到非常满意，现在就算河水再一次上涨，他的宝物也不会漂走了。

当他深一脚浅一脚地返回驳船的时候，他才注意到自己的袜子已经湿透了。他的脚感到一阵阵刺痛。他一边咒骂自己，一边加快了脚步。下次靠岸的时候，他必须去买一双新靴子。鹦鹉屯是雨野原河边最小，也是最新的一个聚落，那里的一切都很昂贵，来自恰斯国的牛皮靴也很难找到。如果有谁出售那种靴子，那就是他的好运了。片刻之后，一阵带着酸苦味的微笑扭曲了他的嘴唇。他刚刚发现了一段价值超过十年驳船生意的巫木，现在却还在计较一双新靴子的价钱。只要这段巫木被锯成碎片，一点点小心地卖掉，他就再不必为钱的事情操心了。

他的脑子里盘旋着各种念头。他迟早要决定和谁分享这个秘密。至少他需要有人站在大锯的另一端，和他一起拉动锯条，还要有不止一个人帮忙将沉重的木板从原木所在的位置搬运到驳船上。他的表兄弟们？ 也许吧。血总是要比水浓，就算是雨野原河的泥水也比不上。

他们能像他一样谨慎小心吗？ 他认为他们可以。他们必须非常小心。这次他们要对付的毫无疑问是新鲜的巫木。它有一层银色的光辉，气味也绝对没有错。当雨野原商人第一次发现巫木的时候，就认识到了它能够抵抗酸性河水的特殊价值。柏油人号就是第一批用巫木建造的航船之一。它的船身覆盖了一层巫木板，但当初雨野原的工匠们并没有想到这种材料会具有魔法属性，它只是被当作从深埋在地下的城市中发现的一种年代久远的木材。

直到它被建造成精致的大型船只，不仅能够在河道中往来，还能在海岸以外的咸水中航行时，它们的全部功用才逐渐被发现。让人吃惊的是，这些船的船首像在被建成的数个世代之后，竟然有了生命，能够说话和做出动作的船首像是足以让任何人感到惊叹的奇迹。活船的数量并不多，而且都是被严加看管的珍宝。它们绝不会被出售给商人联盟以外的人，只有缤城商人能购买活船，而只有活船能够安全地沿雨野原河航行，普通船只的外壳会迅速被这条河的酸性河水腐蚀掉。除了活船，还有什么更好的方法能够保护雨野原的秘密城市和城市里的居民呢？

直到不久以前，人们才发现了巫木的真正来源。加冕者殿堂中的那些巨大原木并非木头，实际上，他们是巨龙用以保护自己的茧壳。为了躲避一场远古时代的火山喷发，这些庇护性的茧壳才被聚集到那座古老的城市中。人们不想谈论这实际上意味着什么。但巨龙婷黛莉雅活着从她的茧壳中出来了。那些被锯成木料建造船只的"原木"中，又曾经长眠着多少还活着的龙？没有人谈论这种事。就连那些活船也不愿意讨论他们也许曾经是龙。关于这个话题，甚至连婷黛莉雅也保持了沉默。不管怎样，莱福特林怀疑如果有人知道他发现了那段原木，他刚刚发现的宝物一定会被没收。他不能让这件事在崔豪格或缤城广为人知。如果让那头龙听说了，大概就只有莎神能拯救他了。所以知道这个秘密的人越少越好。

想到本可以在拍卖中取得高价的宝物，现在只能悄悄地进行处置，他就感到格外忿恨。不过他还是能卖个好价钱——非常好的价钱。在一个像缤城这样充满竞争的地方，总会有商人愿意在暗中收购一些货物，同时对货物的来源又没有太多好奇心。有野心的商人很愿意做一些非法交易，以赢得遮玛里亚的沙崔甫王的青睐。

但真正愿意出高价的往往还是恰斯商人。缤城和恰斯国之间并不安定的和平状态，还没有持续多久。这两个国家签订的条约很少，关于边界、贸易、关税和通行权的许多重大决策，都还在谈判。有传闻说，恰斯统治者的健康状况正在恶化，恰斯使者们一直企图收买船只带他们前往雨野原河的上游。他们都被赶了回去，但所有人都知道他们的任务：他们想要购买龙的身体——龙血治愈百病，龙肉可使人返老还童，龙牙可以做成匕首，龙鳞更可以制造出轻便灵巧的盔甲，龙的阴茎是提高男人能力的灵药。每个老妇人口中关于龙身体各部分的魔法与神奇药效的故事，都落进了恰斯国贵族们的耳朵里。而那些贵族们都在如饥似渴地寻求着各种药剂，希望能够治愈正让恰斯大公缓缓耗竭的衰弱性疾病。他们想用这个方法赢得大公的宠幸，但他们不知道婷黛莉雅已从雨野原人拥有的最后一根巫木原木中孵化了。现在已经没有胚胎状态的龙可以宰杀并贩卖给恰斯人了。不过这样也好,莱福特林和大部分商人有着同样的看法:恰斯大公早些进入坟墓,对于商业贸易和世人的生活都会是一件好事。但莱福特林也有着非常现实的一面——那个老战争贩子也许是大发横财的好机会。

如果莱福特林选择了这条路,那么他要做的就只是将这段笨重的原木完整地运到恰斯国去。原木中半成形的龙一定能卖出天价。只要能把这个茧弄到恰斯国。但事情说起来容易做起来难,他需要搭建支架,用滑轮绞盘把楔在树干之间的原木吊起来,运到他的驳船上,更不要说还必须一直妥善地藏好这件货物,并安排好从雨野原河口到北方恰斯国的秘密运输。他的河道驳船肯定无法完成这次航行。但如果他能安排好这些,如果他在前往北方以及回家的航程中没有被抢劫,也没有被谋杀,他就能在这次冒险之后成为一个大富翁。

虽然每迈出一步都很吃力,但他还是越走越快。靴子里的刺痛感已经强烈得如同火烧了。如果只是几个水疱,他还能忍受,但如果皮肤破开成为疮口,很快就会溃烂化脓,那么他就要瘸上几个星期了。

当他离开林下草丛,来到河岸边相对开阔的地方时,他嗅到了船上厨房中火炉飘出的烟气,听到了船员们的声音。从气味判断,糕饼已经烤熟,咖啡也煮好了。该是上船离开的时候了,耽搁太久,难免会引起船员的疑心,让他们好奇船长在早晨散步的时候到底遇见了什么。某个聪明的船员已经从船头上给他扔下了一道绳梯。也许是斯沃格。那名舵手的心思总是要比其他船员快一步。船头上,大个子埃德尔正倚在船栏杆后面,抽着他的清晨烟。他向他的船长点点头,顺便吹出一个烟圈作为问候。莱福特林看不出埃德尔是不是在好奇他去了哪里,为什么要去。

莱福特林抬起满是污泥的脚,踏在绳梯上,一边还在思考将巫木变成财富的最佳方法。柏油人号画在船头上的大眼睛闪烁着黑亮的光泽,正和他的眼睛四目交接。他的身体一下子僵住了。一个全新的念头出现在他的脑海中。留下它,留下它,我自己使用它,把它用在我的船上。他在绳梯上每登一步都会停顿一段时间,各种可能性逐一在他的脑海中展现,就如同花朵在黎明的曦光中绽放。

  他拍了拍自己的驳船。"也许应该这样,老伙计,也许真的应该这样。"然后他直接爬上甲板,脱下漏水的靴子,把它扔进河中,任由雨野原河将它们彻底吞吃掉。

鱼月第十五日

最高贵与伟大的沙崔甫王柯思阁统治的第七年
商人联盟独立第一年

来自黛托茨，崔豪格信鸽管理人
致艾瑞克，缤城信鸽管理人

此密封的纸卷是一封崔豪格雨野原商人议会致予缤城商人议会的极重要信件。我们邀请你们派出你们愿意派出的所有代表，前来参加雨野原巨龙出离茧壳的仪式。在最尊贵的巨龙女王婷黛莉雅的指挥下，这些茧壳将在绿月第十五日，也就是四十五天之后暴露于阳光之下。雨野原商人议会满怀喜悦地期待你我一同见证巨龙问世。

艾瑞克：

赶快清理你的鸽笼！用新鲜的石灰浆粉刷你的鸽舍墙壁。我最近从你那里收到的两只鸽子，它们生了虱子，还传染给我的一整间鸽舍。

黛托茨

第二章　孵化

　　因着好运，赛玛拉才在正确的时间来到正确的地方。这真是她得到过最好的运气——她心中这样想，身子攀附在长蛇河滩边缘一棵树最低的树枝上。她很少会陪她的父亲去崔豪格下层，更不要说来卡萨里克了。而现在，她却来到了这里，就在婷黛莉雅宣布龙茧将被揭开的这一天。她瞥了一眼她的父亲，父亲向她笑笑。不，她忽然明白了，这不是好运。父亲早就知道她来到这里会有多么开心，也正是因为如此，父亲才会安排了这次远足。她带着十一岁女孩全部的信心向父亲露出笑靥，然后将目光转回至下方。父亲告诫的声音从旁边传来，现在她的父亲正像鸟一样，栖息在一根更靠近巨大树干的粗树枝上。

　　"赛玛拉，小心，他们刚刚孵化出来，一定非常饥饿。如果你从这里掉下去，他们也许会误以为你只是一块肉。"

　　这个纤瘦的女孩将黑色的爪子在树皮中插得更牢了一些。她知道父亲的话并不是完全在开玩笑。"不必担心，爸爸，我就是为树冠而生的，我不会掉下去。"她的身子完全挂在一根下垂的树枝上，如果换作其他巧肢人，肯定不会如此信任这样一根细小的树枝，但她知道，这根树枝能够撑住她。她趴伏在这根树枝上，很像是那些和她栖息在同一根树枝上的细长的褐色树蜥。就像那些蜥蜴一样，她用整个身体攀附住树枝，手指和脚趾探进树皮上的宽裂痕里，大腿将树枝夹住。她将光泽闪亮的黑色头发紧紧编成十二根辫子，系在颈后。她的头要比脚低很多，面颊紧贴在粗糙的树皮上，树下神奇的景象尽收眼底。

雨野原森林中有着成千上万棵这样的大树。日复一日，这片森林不断地向宽阔的灰色雨野原河两岸延展。在靠近卡萨里克以及其上游数日路程的范围内，净是围桩树的统治范围。那些水平生长的长大树枝非常适合成为家园。成熟的围桩树会从树枝上落下长长的支撑气根，扎进下方的泥土中。这样，每一棵树都会用气根建立自己的"围桩篱笆"，将树身牢牢固定在松软的淤泥中。包围卡萨里克的这片森林，要比环绕崔豪格的树林更加密集得多，围桩树的水平树枝也比赛玛拉已经习惯的枝杈更加牢固，这使得她要在树与树之间攀爬移动容易得不可思议，所以她今天才会把自己挂在这根毫无支撑的树枝末端，这样就不会有任何东西妨碍她观赏眼前的奇景。

在她的面前这片泥滩的另一边，流动的宽阔河面如同牛奶一样浑浊，而远方河对岸茂密的森林，在她的视野中已经变得有些模糊了。夏天唤醒了那里的上百万种绿色。河水湍流的声音和砾石在不透明的水下撞击摩擦的声音，是这条大河恒久不息的生命韵律。在赛玛拉这一边河岸附近的浅水滩里，一片片条带状的沙砾和黏土从水流中浮现出来，直到赛玛拉树下平坦的黏土河岸。去年冬天，河岸的这一部分被匆匆用挡水壁板加固。冬季的洪水对这些隔水设施并不仁慈，但大部分的原木都留存了下来。

面积数十亩的暴露河滩上，零散分布着一些如同浮木般的长蛇茧壳。这一地区曾经被一丛丛粗硬的野草和多刺灌木所覆盖，但现在这些植被都被上一个冬季来至此地的大批海蛇毁坏了。赛玛拉没有见过海蛇迁徙，但她早已听说过这一自然界的奇观。凡是居住在雨野原树城中的人肯定都听说过那个故事。超过一百条巨型长蛇组成的大规模群落沿雨野原河上溯，由一艘活船沿途护送，并且有一头辉煌强大的银蓝色巨龙率领他们。年轻的古灵瑟丹·维司奇早已来到这里等候长蛇，欢迎他们返回祖先的家园。瑟丹·维司奇指挥一队队雨野原人帮助长蛇制作茧壳。在那个冬天的大部分时间里，他一直留在卡萨里克，看护休眠的长蛇，确保所有茧壳都被厚厚的树叶和泥土埋住，与寒冷、雨水甚至是阳光隔离开。赛玛拉听说他今天又来了，为了见证巨龙的孵化。

赛玛拉还没有见过瑟丹·维司奇，她很想亲眼看看这位古灵。今天她很有机会一偿夙愿，瑟丹·维司奇应该就在结茧地的中心位置。那里有一座供雨野原议会成员和其他大人物使用的高台。现在那里显得很拥挤。许多穿长袍的贸易商都聚集在高台上。普通人则站在河边的大树上，就像是一大群候鸟。赛玛拉很高兴自己的父亲把她带到了孵化区域的末端。这里的茧壳可能少一些，但也没有多少人会遮挡他们的视线。不过，如果能靠近那座高台，听听那里的音乐和演讲，清楚地看到一位真正的古灵，想必也是很好的经历。

　　一想到瑟丹·维司奇，赛玛拉的心就因为自豪而膨胀起来。那位古灵原本是缤城人，拥有贸易商的家世，就像赛玛拉一样。不过巨龙婷黛莉雅碰触了他，让他变成一位古灵——当世之人见到的第一位古灵。现在除了他以外，又有了另外两位古灵：瑟丹的姐姐麦尔妲和雨野原人雷恩·库普鲁斯。赛玛拉叹了口气。这一切就像是传说成真。海蛇、巨龙和古灵回到了天谴海岸。在自己的有生之年，赛玛拉能够见到只存在于人们记忆中的巨龙的第一次孵化。等到这个下午，年轻的巨龙就会破开茧壳，飞上天空了。

　　那些暗灰色的茧壳现在都排列在河岸边，一直延伸到赛玛拉目力所及的边缘。每一只茧壳里都有一条长蛇。整个冬天和春天覆盖在茧壳上的一层层树叶、细枝和泥土，都被清理干净了。一些茧壳非常大，足有河上的驳船那么长；另一些则要小得多，大概像是一根根原木。一些茧壳丰满鼓胀，闪烁着润泽的银色光亮。但也有一些茧壳已经凹瘪塌陷，呈现出一种阴沉的灰色。赛玛拉甚至能嗅到它们散发出一股死亡爬虫类的臭气。这些茧壳中的长蛇，永远也无法成为巨龙了。

　　就像雨野原商人向婷黛莉雅所承诺的，他们在瑟丹的监督下竭尽全力照料结茧的长蛇，看上去有些单薄的茧壳，都被涂覆了多层黏土，又被堆上树叶和枯枝来保护它们。婷黛莉雅向人类下达的命令，不仅要帮助这些茧抵御冬季的风暴，还要挡住早春的阳光。这些龙结茧的时令已经迟了。光线和温暖会刺激他们孵化，而婷黛莉雅希望他们能够保持着被严密包裹的状态直至盛夏，这样茧中的幼龙才得到更多发育的时间。雨野原卫士和那些纹身者——他们曾经是遮玛里亚的奴隶，现在已得到解放——都在尽全力完成这一任务。这是雨野原商人与巨龙婷黛莉雅达成契约的一部分。婷黛莉雅则同意守卫雨野原河口，抵抗恰斯国的入侵。作为回报，商人们承诺会帮助长蛇到达古老的结茧地，并在长蛇们于茧壳中休眠时照料他们。签约双方都履行了自己的责任。今天就是见证这份契约成果的日子。新一代的巨龙，与缤城和雨野原结盟的巨龙将飞向天空，就此崛起。

冬季对于龙族的茧壳并不仁慈。凛冽的寒风和倾盆大雨对茧壳造成了破坏。更糟糕的是，在暴风雨中上涨的河水曾一直泛滥到结茧地，冲走了保护茧壳的覆土，掀起茧壳，让许多茧壳因为相互撞击而损坏。洪水之后进行的调查表明，有整整二十只茧壳被大水冲走了。在七十九头结茧的龙之中，只有五十九只茧留了下来。其中一些还遭受了严重的撞击，里面的龙是否还活着，已经很难确定。对于现在的雨野原人来说，洪水是一种早已司空见惯的灾害，但赛玛拉还是感到非常伤心。她不知道那些失踪的茧壳和壳中半成形的龙会有怎样的命运。他们会被河水腐蚀溶解吗？还是会一路被冲到咸涩的海水里？

雨野原河统治着这片森林世界。它灰色的水流又宽又深，波涛汹涌，根本没有堤岸能够限制住它。它可以随心所欲地奔涌到任何地方。在赛玛拉的世界里，根本不存在真正意义上的"干燥地面"。今天还是森林的地方，等到明天可能就会成为沼泽泥注。只有这些大树看上去仿佛不会受到河流变化的影响，但即使是它们也并非永远都安然无恙。雨野原人只会在最巨大、最牢固的树上建造家园。他们的居室和步道围绕树干，建造在处于中等高度的树枝上，就像是一个个牢固的花环。树与树之间连接着一座座摇摆的吊桥，在靠近地面，也就是树干和树枝最粗的地方建起牢固的房屋，成为最重要的市场和最富有家庭的住宅。位置越高的树屋就越小，建筑结构也越轻。高处的步道也会更加轻窄，有些邻里之间只用绳索和藤蔓编织的吊桥相连。所有雨野原人都必须具备一定程度的巧肢人技巧，才能在他们的聚落中穿行，但极少有人能具备赛玛拉这样非凡的技艺。

赛玛拉丝毫不担心自己身下的树枝会给她带来什么样的危险，她一心都在想着眼前的事情。她银灰色的双眼里，只容纳着下方展现出的奇景。

太阳已经升起到足够高的位置上，斜射下来的光线穿过森林高处的树枝，落到了分布于河滩的龙茧上。就夏季而言，今天不算是很暖和的一天，但已经有一些茧壳开始在夏日的温热中冒出烟雾。赛玛拉将注意力集中在她正下方的大茧壳上。从那里升腾起的烟雾已经触及了她，带上来一股爬虫类的臭气。她皱起鼻翼，兴奋地注视着那只大茧，就在她的眼前，巫木茧壳渐渐变得松散了。

赛玛拉很熟悉巫木。多年以来，她的同胞一直在使用这种异常坚固的木材。巫木非常硬，甚至硬度远远超过了人们所说的"硬木"。加工巫木的时候，钢制的斧头和锯条只消一个上午就不堪再用了。但现在，下方这只龙茧的银灰色"木"壳正渐渐变软，冒出蒸汽和气泡。软化的外壳塌陷下去，让内容物的轮廓凸显出来。

在赛玛拉的注视下，茧的内容物抽搐一下，随之又是快速地几下扭动。巫木如同羊膜胎盘一样被撕开了。融解的茧被其中瘦骨嶙峋的生物所吸收。赛玛拉看到这头龙细瘦的身躯丰满起来，呈现出耀眼的色泽。龙的体型要比赛玛拉预料中的更小。和龙茧的体积以及赛玛拉听闻的巨龙婷黛莉雅的身型都有些不相称。一股潮湿的臭气向上涌起，鼻子钝圆的龙头，从软趴趴的茧中完全探了出来。

出来了！

赛玛拉感觉到一阵晕眩——龙的话语触及了她的意识。她的心跳得就像一只要冲上天空的小鸟。她竟然能听到龙说话！自从婷黛莉雅出现之后，人们才知道只有一部分的人能"听清"龙的话；而其他人只能听到龙在咆哮、嘶鸣或者是发出凶狠的"咯咯"声。当婷黛莉雅第一次出现在崔豪格与人们对话的时候，一些人马上就明白了她在说些什么。另一些人则对此茫然无知。心头澎湃的赛玛拉，根本无暇去想一头龙是否愿意屈尊同她说话。她是能够听见的。她沿着树枝又向下蹭了蹭。

"赛玛拉！"她的父亲警告她。

"我很小心！"赛玛拉甚至没有回头看父亲一眼。

在她的身下，年轻的巨龙已经张开红色的大口，正在撕扯迅速朽烂却还在束缚着她的茧壳。是雌龙。赛玛拉不明白自己是怎样知道的。作为一只刚刚孵化出来的生物，她的牙齿实在是令人惊叹。这时，龙咬下一大口湿透的巫木，扬起头，把它吞了下去。"她在吃巫木！"赛玛拉向她的父亲喊道。

"我听说过他们会这样做。"父亲应声说，"古灵瑟丹说过，他见证婷黛莉雅孵化的时候，巨龙女王的茧完全融化进了她的皮肤里。我相信他们是在从茧中获取力量。"

赛玛拉没有回答。她的父亲显然是正确的。曾经包容龙身体的外壳现在完全被龙吞进了肚子，这让赛玛拉觉得很不可思议。但她下面的那头龙似乎正专心地要把所有茧壳都吃掉。她一边努力从包裹自己的茧中挣扎出来，一边大吃特吃，不停地撕扯一块块纤维，把它完整地吞进肚子。赛玛拉同情地皱了皱眉。一个刚刚出生的生物就要如此饥不择食地大口吞咽，这让她觉得很悲哀。感谢莎神，她有许多可以吃的东西。

围观人群中传来的阵阵惊呼声警告了赛玛拉。她及时地抓紧了树枝。骤然袭来的强风差一点将她从树枝上扯脱。她攀附的树枝开始剧烈地摇晃。转瞬之间，地面遭受的沉重一击也让她所在的大树随之颤抖——婷黛莉雅落地了。

阳光落在这位巨龙女王的身上，她的光泽在蓝色和银色之间不断变幻。她的身体比这头刚刚孵化出来的幼龙大三倍以上。看着她收起双翼就像看到一艘船落下风帆。她的翅膀整齐地收在身侧，如同鸟类的翅膀一样紧密叠压，让她布满鳞片的羽翼就像是身体的一部分。她张开嘴，丢下一头动也不动的鹿，对孵化出来的幼龙们说："吃吧。"随后她完全未做停留，也没有多看那些幼龙一眼，而是走到河边，低下巨大的头，喝起了牛奶一样浑浊的河水。喝饱之后，她就扬起头，将翅膀稍微张开，活动强悍有力的后腿，向上一纵，鼓起宽大的翅膀，在半空中稳住下坠的身体。就这样，她沉重地拍打起翅膀，缓缓从河岸边升起，飞向上游，继续狩猎。

"唔，"赛玛拉父亲低沉的声音充满了怜惜，"这种情形可不太好。"

赛玛拉下方的龙还在撕扯下一条又一条黏腻的巫木，把它们吞入腹中。一条灰色的巫木黏在她的口边,她用短粗前肢的小爪子抓挠那条巫木。在赛玛拉的眼中,这头龙就像是一个面颊和头发沾上了麦片粥的婴儿。这头龙比她预料中小很多,也远没有发育成熟,但她肯定会长大,履行她的承诺。赛玛拉向父亲瞥了一眼,发现父亲满脸困惑,便沿着父亲的目光朝远处望去。

就在她全神贯注观察树下幼龙的孵化时,其他龙也纷纷挣脱出茧壳。死鹿流出的鲜血向他们发出了召唤。一头土黄色和一头灰绿色的龙踉跄着向鹿的尸体移动而来。他们并没有为了这具尸体而发生争斗,只是专心地进食。赛玛拉怀疑他们之间的争斗会发生在鹿肉只剩最后一小块的时候。现在他们两个还都只是趴伏在死鹿身边,用前腿按住死鹿,连皮带肉地撕扯下一块块食物,再向后扬起头,将温热的肉块吞进肚子。黄色的龙撕破了死鹿柔软的肚子,内脏从他的下巴垂下来,在他的喉头涂抹上了一道道红色和褐色。这是一幅狂野的场景,任何食肉兽进食的时候也都是这种样子。

赛玛拉又向她的父亲瞥了一眼。这一次,她才捕捉到父亲真正关心的目标。那些正忙着让鹿尸迅速减少的龙挡住了赛玛拉的视线。她的父亲注意到的是一头无法站立的幼龙。那头龙只能匍匐在地上,他的后腿是一对没有发育完全的残肢,头挂在一根细瘦的脖子上,不停地晃动。他突然抖动了一下,向上一蹿,接着又连续摇晃了几下。就连他身体的颜色也很不正常,他全身都是黏土般的灰色,他的皮肤非常薄,甚至能看到他肚子里受到体重和地面挤压的内脏。很明显,他还没有发育完全就提早孵化出来,不可能存活。但他还是向那堆新鲜的血肉爬了过去。就在赛玛拉的注视中,他的一条后腿蹬得太过用力,让他的身子朝一侧翻倒。也许他是想撑住身子,便打开了自己脆弱的翅膀。这样做实际上非常愚蠢。他的身体落在一只翅膀上,翅膀朝错误的方向弯曲,发出折断的声音。他发出的喊声并不大,但爆炸般的疼痛感凶狠地冲刷着赛玛拉的意识。赛玛拉猛地打了个哆嗦,差一点就松开了攀附的树枝。她急忙抓紧树枝,用力闭住眼睛,努力抵抗由剧痛引起的眩晕感。

她的神智慢慢恢复过来,这正是婷黛莉雅所害怕的。巨龙女王一直都竭力确保龙茧不会被光线照射,希望让发育中的幼龙度过一个正常的休眠周期。尽管他们已经等到了夏季，却还是孵化得太早了，或许是他们在进入茧壳的时候，就已经过于疲惫和瘦弱。无论造成这种畸形的是什么原因，他们肯定出了问题，很大的问题。这样的幼龙几乎无法移动自己的身体。赛玛拉感受到了那头幼龙在肉体痛苦之中夹杂的困惑。她非常艰难地将自己的意识从那头龙的混乱思维中挣脱出来。

当她睁开眼睛，一种新的恐惧又让她全身僵硬。她的父亲离开了他们栖身的大树，降落至地面，正绕过一只只孵化的茧，向那头倒在地上的龙走去。赛玛拉从高处能看到那头龙已经死了。但只是片刻之后她就意识到，自己并不是看到龙死了，而是感觉到那头龙死了，但她的父亲并不知道这一点。父亲的脸上，净是对那头幼龙的忧虑和焦急。赛玛拉了解自己的父亲，他会竭尽全力救助那头幼龙。他就是这样的人。

赛玛拉并不是唯一感觉到灰色幼龙死亡的人。黄色和绿色的两头幼龙已让死鹿变成了烂泥中的一摊血迹和碎骨。他们抬起头，向死亡的幼龙转过身。一头刚刚孵化出来的红龙有一条很不自然的短尾巴，他也蹒跚地向幼龙尸体走去。黄色幼龙发出一声微弱的嘶鸣，加快了脚步。绿龙张开大口，发出一阵既非咆哮，也不是嘶鸣的声音。一滴滴口水随着他的声音掉落在他脚边的泥土中。他喷吐的目标是赛玛拉的父亲。感谢莎神，这头龙还没有成熟到能喷吐出烧灼的毒雾。赛玛拉知道，成年龙就能这样做。她早就听说过婷黛莉雅利用龙息保护缤城，对抗恰斯人的故事。龙的毒液能够轻易蚀穿皮肉和骨骼。

但就算这头绿龙还没有能力用呼吸腐蚀赛玛拉的父亲，他的攻击行为却让短尾红龙也将注意力转移至这个人类身上。黄龙和绿龙这时都毫不犹豫地冲到死去幼龙的近前，开始隔着死龙相互发出充满威胁的吼叫。红龙则开始向父亲一步步逼近。

赛玛拉本以为她的父亲会意识到那头早产的幼龙已经死了，再无法接受他的救助。她以为父亲会理智地从危险的幼龙面前退回来。她的父亲曾经一百次、一千次地告诫她——要小心食肉猛兽。"如果你带着肉，而树上的大猫又想要它，就把肉留下，悄悄退走。你可以弄到更多的肉。但你不可能有再一次的人生。"所以,当父亲看见红龙向自己扑来,短粗的尾巴直竖在身后的时候,父亲当然应该理智地退回来。

但父亲没有看那头红龙。他的眼睛只是盯着倒在地上的死亡雏龙。当另外两头龙向死龙靠近的时候,他喊道:"不! 不要吃他,给他一个机会! 给他一个机会!"父亲挥舞着双臂,仿佛是在从自己的猎物旁边赶走食腐鸟。他已经开始向死龙跑过去了。他要做什么? 赛玛拉完全不懂父亲的想法。那些幼龙都比父亲更高大。他们也许还不能吐火,但他们已经知道了该如何使用尖牙和利爪。

"爸爸! 不! 他死了。他已经死了! 爸爸,快逃,离开那里!"

父亲听到了她的呼喊,猛然停下脚步,甚至还抬起头向她看了一眼。

"爸爸,他死了,你救不了他。离开那里。向左边跑! 爸爸,向你的左边跑。红龙正在朝你那里过来! 快躲开他!"

黄色和绿色的龙只是盯着他们死去的同族。他们扑向死龙,就像他们刚才狂热地扑向那头死鹿。刚刚吃下的鹿肉给他们增添了力量,使得他们现在似乎更倾向于为了占据这份美食而彼此争斗。赛玛拉对他们没有半点兴趣,只希望他们就这样相互纠缠在一起,让她担心的是那头红龙。那头龙虽然脚步依旧不稳,却还是在迅速接近她的父亲。她的父亲也终于发现了危险,但他采取的行动正是赛玛拉最害怕的——这是在对付树猫的时候常用的法子,将衬衫打开,在身体两侧张起,让身体显得更大。"如果有野兽威胁你,就让自己变得更大。"他经常对女儿说,"变成野兽不认识的形态,就会让野兽心生戒惧。野兽有时甚至会因为你突然变大而退却。但野兽不会因此而调头逃走。盯住他们,让自己显得庞大,同时慢慢向后移动。大多数大猫喜欢追击。绝不要让他们感到你有机可乘。"

但这不是一只大猫。这是一头龙。他的双颚已经张大,露出雪白锋利的牙齿。现在饥饿是他心中最强烈的情绪。尽管赛玛拉的父亲看上去更大了一些,但这完全吓不住一头龙。恰恰相反,赛玛拉听到——不——她感觉到龙的喜悦和对父亲的兴趣。肉,是肉,大块的肉,食物! 饥饿正在撕扯这头龙,逼迫他一步一晃地向面前正在退却的人类冲去。

"不是肉!"赛玛拉向河滩上的龙喊道,"不是食物,不是食物! 跑,爸爸,转头快跑! 跑啊!"

两个奇迹在同时发生了。第一个奇迹是幼龙听到了赛玛拉的声音,他有着一只钝鼻子的头转向赛玛拉,脸上露出惊讶的表情,然后他蠢笨地想要绕一个小圈子转过身,却没有掌握住平衡。这时赛玛拉看到了之前没有看到的一件事——这头红龙是畸形的。他的一条后腿明显比另一条要小。不是食物? 赛玛拉感觉到一阵哀伤的回应,不是肉? 不是肉? 赛玛拉因为红色的幼龙而感到一阵心碎。不是肉,只有饥饿。在这个人龙一体的时刻,赛玛拉感觉到了他的饥饿和颓丧。

但第二个奇迹将赛玛拉的心思从龙那里拽了回来。她的父亲也听到了她的呼喊,放下双臂,转身逃向树林。赛玛拉看见父亲躲开一头迫不及待向他伸出爪子的小蓝龙,跑到树干旁,靠着多年的经验,以几乎和刚才奔跑时同样快的速度上了树。只是片刻的工夫,父亲就已经离开了龙的攻击范围。赛玛拉感到很庆幸。那头小蓝龙已经充满希望地在追赶父亲了。现在他就站在树下,嗅着父亲爬上去的地方,还在不断喷出鼻息,然后他又试着咬了咬树干,就摇着头向后退去。不是肉! 他做出这个明确的决定,便回过头,摇摇摆摆地穿过了孵化地浅滩。那里已经有越来越多的幼龙从巫木茧中钻出来。赛玛拉没有再去看那头走远的蓝龙。她已经将身子翻到树枝上面,单膝跪起,站起身,沿着树枝迅速跑到树干旁,与上来的父亲会合。他抓住父亲的手臂,将脸埋在父亲的肩膀上。父亲的身上散发出恐惧的汗味。

"爸爸,你在想什么?"赛玛拉质问父亲。听到自己声音中的怒意,赛玛拉也被吓了一跳。但她立刻就明白,自己完全有权力发火。"如果我做了这种事,你一定会非常生我的气! 为什么你要到下面去? 你以为你能做什么?"

"到更高的地方去!"她的父亲喘息着说。赛玛拉很高兴能跟随父亲向上方的树枝攀爬。他们登上了一根很不错的树枝,它足够粗,而且几乎是水平的。他们两个肩并肩地坐在上面。父亲还不停地喘气,可能是因为恐惧,或者是用力过度,或者两者兼而有之。赛玛拉从背包中拿出水囊递给父亲。父亲感激地接过水囊,痛饮了一口。

"他们可能会杀死你。"

父亲将水囊从口边拿开,塞好塞子,递回给赛玛拉。"他们还是婴儿,笨拙的婴儿。我可以躲开他们,而且我的确躲开了。"

"他们不是婴儿! 他们进入茧的时候就不是婴儿了,现在他们更是已经成为龙了。婷黛莉雅在孵化出来几个小时以后就能飞行了。他们能够飞,也能够杀人。"赛玛拉一边说话,一边指向树叶之间的天空,一道银蓝色的光泽正从那里划过。那道光骤然落下,巨龙挥动双翼鼓起的强风狠狠击打着大树和雨野原人。巨龙在半空中停住身形。一头死鹿从她的爪子中落下,重重地摔在黏土地上。然后巨龙不再做任何停顿,鼓动翅膀回到空中继续打猎了。幼龙们立刻尖叫着向死鹿簇拥过来,扑到食物上,撕下一块块肉,吞进肚子。

"那有可能就是你。"赛玛拉向她的父亲指出,"他们现在看上去也许像笨拙的婴儿。但他们都是食肉猛兽。像我们一样聪明的食肉猛兽。而且他们的体型比我们大,也比我们更善于杀戮。"这些孵化出的龙所具有的魅力正在赛玛拉的眼前迅速消退。她对他们的好奇被某种介于恐惧和憎恨的情绪所取代。这些怪物差一点就杀死了她的父亲。

"他们并非都是如此,"赛玛拉的父亲哀伤地说,"低下头好好看一看,赛玛拉。告诉我,你都看见了什么?"

从高处的位置上,赛玛拉的视野显然比在孵化地更宽广。她估计有四分之一的巫木中永远都不会有幼龙出来。已经孵化的龙正在嗅着那些没有生命的茧,就在她的眼前,一头红色幼龙冲一个灰色的茧发出"嘶嘶"的叫声。没过多久,那个茧开始冒烟,从上面升腾起丝丝缕缕的雾气。红龙用牙齿咬住那段巫木,撕下长长的一条。这让赛玛拉感到吃惊。巫木的材质坚硬细密,是用来造船的上好材料,但现在浅滩上的这些巫木却好像朽烂成了丝丝缕缕,让幼龙们能够轻易撕扯下来,并贪婪地吞吃进肚子里。"他们正在杀死他们的同类。"赛玛拉认为这就是父亲希望她看到的。

"对此我表示怀疑。我认为那些巫木里的龙已经死了,不可能破壳而出,而其他龙也都知道这一点。他们也许能够嗅到。我认为他们的唾液中有某种东西触发了反应,让巫木变软,也让巫木变得可以食用。也许同样是这种反应让巫木破开,幼龙得以孵化。或者也可能是阳光的作用。不,这不是我想要说的。"

赛玛拉再一次向下俯视。现在幼龙们都迈着不太稳定的步伐在黏土堤岸上游荡。一些龙进入河边的水中,另一些簇拥在死龙软塌塌的茧壳周围,不停地撕扯与吞吃。婷黛莉雅送来的鹿和那只死去的雏龙,只剩下了一片血迹。赛玛拉看到一头前腿过于短小的龙正在嗅着面前的沙子,便对自己的父亲说:"他的发育很糟。为什么这么多幼龙的发育都这样糟?"

"也许……"她的父亲开口说道。但还没有等父亲说下去,罗根已经从更高处的树枝上跳到了他们身边。这个偶尔会同赛玛拉父亲一起狩猎的朋友,脸上一副忧心忡忡的样子。

"杰鲁普!你完全没有带武器!你在想什么?我看见你到了地上,还看见那东西向你扑过来。当时我所在的位置让我根本看不到你是不是爬上树了!你想要干什么?"

赛玛拉的父亲低下头,脸上半带着微笑,但也许还有一点怒意。"我本以为我能帮助那个遭受攻击的幼龙。我没有发现他已经死了。"

罗根轻蔑地摇摇头。"即使他还没有死,帮助他也没有任何意义。任何傻瓜都能看出来,他不可能活下去了。看看他们,我相信,他们之中有一半会在今天内死掉。我已经听到传闻,那个古灵男孩一直都在担心会发生这样的状况。我刚刚就在那边的高台上。没有人知道该如何应对。瑟丹·维司奇显然是束手无策。他只是看着这些龙,却没有说一个字。我打赌,现在那里一定也没有音乐了。半数大人物都在紧攥着他们已经不可能念诵的发言稿。这么多重要人物聚在一起,却几乎没有人说话,这种情形还真是闻所未闻。这本应该是一个大日子。群龙飞上天空,我们与婷黛莉雅达成的契约最终完成。但实际上,我们只看到了一场惨败。"

"有没有人知道到底是什么地方出了错？"赛玛拉的父亲不情愿地问出这个问题。

他的朋友耸了耸宽阔的肩膀。"大概是他们在茧里待的时间还不够，也没有足够的龙涎滋养他们。畸形的腿，弯曲的背——看看，看看那边的那一个，他甚至连头都抬不起来，但愿其他龙早些杀死他，将他吃掉，那才是对他的仁慈。"

"他们不会杀他。"赛玛拉的父亲笃定地说。赛玛拉很好奇父亲怎么能知道这一点。"除了求偶的战斗，龙不会杀戮同族。当龙死亡的时候，其他龙会将尸体吃掉。但他们不会为了获取食物而彼此杀戮。"

罗根坐到了父亲身边的树枝上，懒洋洋地晃动着满是老茧的赤脚。"不管怎样，我只关心我们的好处。这才是我要来和你谈的。你有没有看到他们吃掉那头鹿的速度有多么快？"说到这里，他哼了一声，"很明显，他们没有能力自己狩猎。甚至像婷黛莉雅那样的巨龙，也不可能找到足够的猎物喂饱他们。所以，我看到我们有了一个机会，老朋友。在今天结束之前，议会就必须找人喂养这些野兽了。他们不可能丢下一小群饥饿的龙崽子，让他们在城市下面乱跑，尤其是当负责挖掘的工人还在这里四处活动的时候。这要靠我们了。如果我们向雨野原议会自荐，要他们雇佣我们来为这些龙提供食物，那我们就会有干不完的工作。只要我们能喂饱这些龙，我们肯定能得到不错的报酬。我们当然不可能一直这样喂养他们，就算是有一头巨龙帮助我们，也是不可能的。这里的猎物很快就会开始短缺了，但我们暂时应该能干得不错。"他摇摇头，露出笑容，"当我们没有肉的时候，会发生什么事？我可不喜欢想这件事。如果他们不会自相残杀，那恐怕我们就会是他们最便利的猎物了。养活这些龙可真是一笔糟糕的交易。"

赛玛拉说道："但我们已经和婷黛莉雅达成了契约，商人必须信守自己的诺言。我们说过，我们会帮助婷黛莉雅照顾幼龙，只要她能为我们将恰斯人从海岸边赶走，而这件事她已经做到了。"

罗根没有理睬赛玛拉。他总是对赛玛拉视而不见。他从不曾像其他一些人那样欺负赛玛拉，但他也从不会直视这个女孩，或者响应她的话。赛玛拉已经习惯了，这并不是因为罗根和她有什么私人恩怨。赛玛拉的视线从这两个男人的身上转开。她开始专注地在树皮上清理自己的爪子。但很快她又停下来，回头看着他们两个。她的父亲有黑色的指甲。罗根也是一样。有时候，她觉得这实在只是很小的区别。她的父亲出生时手脚上生着黑色的指甲。而她出生的时候却只有一双爪子，就像蜥蜴一样。这样一点细微的差别却能造成生与死的不同。

"我的女儿说得没有错。"赛玛拉的父亲说，"我们的议会已经接受了这份契约。他们别无选择，只能按照契约上的条件执行。他们以为他们帮助龙族的承诺到幼龙孵化出来就完成了。很明显，事实并非如此。"

赛玛拉抵抗着扭动身体的冲动。她不喜欢父亲一定要迫使其他人意识到她的存在。让他们能够忽略她才更好些。那两个人正讨论着要猎获足够的肉喂养这么多龙是有什么困难，却完全忽略要在城市底部孵化出龙又是多么不可能。她将目光转向一旁，竭力不去听他们的对话。在卡萨里克的泥沼地面以下有很多废墟。如果雨野原人想要挖掘埋藏在这些废墟里面的财宝，他们就必须想办法喂饱这些幼龙。

赛玛拉打了个哈欠。雨野原商人和龙族之间的政治博弈，永远不会与她的生活产生分毫关系。她的父亲已经告诉过她，她应该关心一下这些事，但要让她强迫自己对她绝对无法置喙的状况产生兴趣，实在是太困难了。她的生活与这些事完全无关。当她考虑自己的未来时，她知道自己是唯一对此没有任何决定权的人。

她低头看看那些龙，突然感到很不舒服。她的父亲是对的，罗根也是对的。在她的身下方，幼龙们正在死亡。他们没有自相残杀，但他们在发现有同族倒下去的时候，也都会毫不犹豫地围上去，急切地等待着濒死的同族吐出最后一口气。他们之中有那么多——赛玛拉心中想道——那么多孵化出来的幼龙都没有发育完全，而他们要面对的是雨野原严苛的环境。到底是什么地方出了错？罗根说得对吗？

婷黛莉雅再一次飞临孵化地的上空。又一只猎物从空中被扔下，差一点砸在向她聚集过来的幼龙们头上。这头野兽比赛玛拉见过的任何一头鹿都要大，身体浑圆，毛发粗糙。在成群的幼龙将猎物完全淹没之前，赛玛拉看到猎物有一条带裂瓣蹄子的粗腿。赛玛拉相信那不是一头鹿。其实赛玛拉见到的鹿并不多，雨野原林地特有的沼泽草丛不适合野鹿活动，而从雨野原河边到达这片宽阔河谷边缘的山麓地带需要跋涉多日，只有傻瓜才会跑到离家那么远的地方去打猎。仅仅是到达那里，猎人就会吃光随身携带的干粮，回来的时候只能用猎物充饥。猎物的肉也常常会在这段漫长的旅程中腐坏过半，几乎没有多少能被完好地带回来。与其这样，猎人们还不如在家附近猎捕上十几只鸟，或者是一条肥美的地蜥蜴。这头被巨龙扔下来的野兽有着黑色的光滑表皮，肩头有一大块隆起的肉，还有两根很长的角。赛玛拉不知道它叫什么。这时，巨龙的思绪短暂地碰触到赛玛拉，告诉她一个词：食物！

罗根的声音中升起一阵怒意，让赛玛拉虽然不情愿，却还是再一次开始注意那两位长辈的对话："杰鲁普，我再告诉你一遍，今年之内，如果这些怪物不能用他们的腿站稳，学会自己飞行和捕猎，他们或者会死，或者会成为我们的威胁。不管是不是有契约，我们都无法对他们负责。任何不能养活自己的生物都不值得活下去。"

"这不是我们和婷黛莉雅签订的契约，罗根。我们没有决定这些生物生死的权力。我们承诺的是保护他们，以此来换取婷黛莉雅保护河口，抵抗恰斯人的战船。在我看来，明智的做法是履行契约规定的义务，给这些幼崽一个活下来并长大的机会。"

"一个机会。"罗根咬住嘴唇，"你总是过于在意要给别人机会，杰鲁普。总有一天，你会死在这件事上。今天你就差一点丧命！那个怪物有没有想过要给你一个'活下来的机会'？我们甚至不必再提起十一年以前，你用一个'活下来的机会'为你换得了什么。"

"当然，我们没必要再提那件事。"赛玛拉的父亲突兀地表示赞同，但他的语气中没有半点赞同的意味。

赛玛拉缩起肩膀,希望能让自己显得小一些,或者能够像一些树蜥蜴那样突然变成树皮的颜色。罗根所说的正是她,他用清晰响亮的声音说话正是想让她听见。赛玛拉最好不要开口,而她的父亲根本不应该强迫自己接纳她。不管怎样,模糊焦点总要好过争斗。

尽管罗根对赛玛拉一直都很苛刻,但赛玛拉知道罗根是父亲的朋友。他们一同长大,一同学习狩猎和巧肢人的技巧,作为伙伴的亲密友谊贯穿了他们一生中大部分的时间。赛玛拉见到过他们两个并肩狩猎时的样子,那时的他们就像是同一只手上的两根手指。当罗根伤到手腕,在一整个季节中都无法狩猎和采集时,她的父亲就为两个家庭狩猎。那时赛玛拉已经能帮助父亲,但她从没有和父亲一起将他们共同猎到的食物送到罗根家去。没有必要让罗根知道他接受了一个绝不应该被生出来的人的帮助,这只会惹恼他。

正是父亲和罗根的友谊,让罗根这么快就从树上爬下来查看父亲的安危,也正是因为如此,他才会为了父亲这种冒险的行为而感到恼火。而归根结底,罗根也正是因此才希望赛玛拉根本不要存在才好。他是赛玛拉父亲的朋友,他不喜欢看到赛玛拉的存在影响了她父亲的人生。赛玛拉对她的父亲而言是一个负担,一张要喂饱的嘴,而她永远都不会有任何希望可言。

"我并不后悔我的决定,罗根。对此不要有任何误解。这是我的决定,不是赛玛拉的。如果你想要责备谁,就责备我好了。不要说她。你可以不理睬我,排斥我,但不要这样对她! 是我跟踪了那名接生婆。是我抱起了我的孩子,再一次把她带回家。因为我看到了她,从她出生的那一刻起,我就知道她应该得到一个机会。我不在乎她的指甲,或者她的脊背上是不是有一道鳞片。我不在乎她的脚有多长。我知道她应该得到一个机会。我是对的,不是吗? 看看她。自从她长大到能跟着我爬上树冠,或者沿着树枝小道行走之后,她就证明了她的价值。罗根,她带回家的食物比她吃掉的更多。难道这不正是一名猎人或者采集者对人们的价值吗? 不正是因为这一点,你在看到她的时候才会感觉到尴尬不安? 难道我不应该打破一些愚蠢的规则,阻止我的孩子被带走,被野兽吃掉? 难道你在看到她的时候,不曾意识到那些规则是错的,不曾想过还有其他多少孩子本应该长大成为雨野原人？"

"我不想进行这样的交谈。"罗根突然说道。他猛地站起身，结果差一点失去了平衡。父亲的话击中了他的神经。罗根是最优秀的巧肢人之一。他在树上绝不至于如此步履轻浮。突然间，一阵寒意透过赛玛拉的全身。罗根有孩子，两个男孩。其中一个十七岁，另一个十二岁。赛玛拉很想知道他的妻子在这两个孩子出世之间是否还怀过孕，或者经历过流产。接生婆是不是从他的家里捧走过一个或者两个发出稚嫩哭声的襁褓，而后消失在雨野原的黑夜？

赛玛拉将视线转回到河岸上，固定在那里。她不知道自己的父亲会不会因为这一段严厉的话语，而失去一生的挚友。不要想这件事，她告诉自己。她的眼睛直盯着下方的龙。幼龙的数量已经变少了。那些没有能孕育出活龙的巫木也几乎都完全消失了。一些人一定会因此而感到失望。巫木是非常珍贵的材料。有不少人都在期待着巨龙孵化之后，那些茧壳会留下来供他们收集。那些聚集于此地围观龙族孵化的人中，一定有不少人一心只想着即将到手的财富，而不是见证眼前这个神奇的时刻。赛玛拉努力点数还存活的幼龙。她知道，孵化地最开始有七十九个巫木茧。它们之中到底孕育出了多少活龙？树下的那些幼龙一直在四处乱走，让赛玛拉难以数清。而婷黛莉雅这时又从半空中扔下一头雄鹿，在龙群中激起一阵混乱，彻底破坏了赛玛拉计数的努力。赛玛拉感觉到自己的父亲蹲伏到了她身边的树枝上。不等父亲开口，她已经说道："我数了，至少有三十五头。"她的语气就仿佛完全没有听到父亲对罗根说的话。

"三十二头。如果你按照颜色分组，再一组一组加起来，就会容易一些。"

"喔。"

父亲在沉默片刻之后又开了口，他的语气深沉而严肃。

"赛玛拉，我那样对他说的时候是认真的。这是我的决定。我从未对此感到过后悔。"

赛玛拉没有说话。她能说些什么，感谢父亲？这太残酷了。难道孩子需要为自己活下来而感谢父母吗？难道要感谢父亲没有让她被抛弃在荒野？她挠了挠自己的颈后,将爪子沿着鳞片的纹路划动,除去那里的一阵瘙痒。然后她笨拙地改变了话题:"你认为他们有多少最终能活下来?"

"我不知道。我相信这要看婷黛莉雅给他们带来了多少食物,还有我们到底为了遵守对巨龙的承诺付出了多少努力。看那边。"

最强壮的一些幼龙已经在吞吃鹿肉了。不能说他们剥夺了弱小同族的食物,毕竟那头猎物周围只能聚集那么多龙,而首先到达猎物身边的龙都不会再让开道路。不过父亲要赛玛拉看的并不是这些。在孵化地的边缘,一队人正扛着篮子向龙群走来。他们之中许多人的脸上都有刺青。他们是最近才来到雨野原的新移民。过去他们曾经是奴隶,现在他们要在这里建造自己全新的人生。赛玛拉看到他们之中走在最前面的人冲出队伍,倒出篮子里的东西,然后匆忙后退。一堆银色的鱼落在地上,滑动在彼此的身体上,流散在深灰色的堤岸上。第二个人随即倒出自己篮子里的鱼,然后是第三个人。

被挤在猎物以外,无法进食的龙注意到了人类的行动。他们慢慢转过身,盯着岸边越堆越多的鱼。然后,仿佛受到了一个讯号的激发,他们从正忙着撕食鹿肉的同族屁股后面转过身,向新的食物跑去。他们都用力伸直长脖子,楔形头向前探着。第四个人抬头看了一眼,惊呼一声,失手掉落了手中的篮子。滚动的篮子将鱼一路泼洒。那个人则毫不迟疑地转头拼命逃走了。他身后的三个人在原地倒出篮子里的鱼,然后回头就跑。不等那些逃跑的人到达树林边缘,幼龙已经开始吞吃地上的鱼了。每一头龙都是不停地叼起鱼,然后仰头把鱼吞下去,让赛玛拉想到了吃鱼的鸟。在第一排吃鱼的龙身后,又有其他龙凑了过来。他们都是步履蹒跚,动作笨拙,或者腿瘸,或者眼盲。赛玛拉觉得其中应该还有一些龙属于智力愚钝。他们跟跟跄跄地挤过来,发出尖利的叫声。一头浅蓝色的龙突然侧身倒下,不停地踢蹬着四足,仿佛他还在向食物走去。到现在为止,其他龙还没有注意到他。但赛玛拉知道,他很快就会成为其余幼龙的食物了。

"他们似乎很喜欢鱼。"赛玛拉这样说只是为了避免谈及其他事。

"他们也许喜欢任何种类的肉。但你看,鱼已经吃光了。那是一个上午的捕捞成果，却在眨眼间就被吃光了。我们该怎样喂饱这么多张大嘴？当我们与婷黛莉雅签订契约的时候，我们以为孵化出来的龙会像她一样，在几天之内就成为可以独立捕猎食物的巨龙。但如果我猜得没有错，现在这些龙根本还无法使用自己的翅膀。"

那些幼龙都在冲着河堤上的黏土又舔又嗅。一头绿龙抬起头，发出一声长嚎，但赛玛拉不知道他到底是在抱怨还是发出威胁。他低下头的时候，察觉到了浅蓝色的龙已经停止了踢蹬，于是他摇摇晃晃地向浅蓝色的龙走去。其他龙都注意到了他的行动，也开始匆匆朝那个方向聚集。绿龙蹒跚地跑了起来。赛玛拉将目光从幼龙身上移开。他不想看到他们吃掉他们的同类。

"如果我们不能喂饱他们，我相信那些体弱的龙首先会饿死。过一段时间之后，龙的数量终归能减少到我们可以养活的程度。"赛玛拉竭力让自己的声音显得平静而成熟，显示出绝大多数雨野原商人那种冷酷致命的思维逻辑。

"你是这样想的？"她的父亲问她。父亲的声音很冰冷，是在责备她吗？"还是你认为他们需要找到其他种类的肉？"

鲜血，如铜般的光泽，还很温暖。这正是她想要的。她伸出长舌头，舔了舔自己的脸，不只是为了将脸舔干净，更是为了寻找留在脸上的食物残渣。这头鹿太好了，柔软又温暖。当她的嘴咬住鹿的肚子时，那里的内脏蒸腾起了美妙的芳香。美味，妙不可言……却又是那么少。她的胃在抗议她吃得太少了。她吃掉了几乎四分之一头鹿，还有她在孵化时没有吸收掉的所有的茧，都被她吞掉了。虽然还不能满足，但至少她应该能感到舒服一些了。她知道一切应该是如此，就像她知道其他许多关于龙的事情。毕竟她拥有一代又一代龙的记忆。它们就在她脑海中触手可及的地方。她只需要用自己的神智去追溯那些记忆，就能知道属于他们族群的行为方式。

她需要一个名字。她突然回忆起来。一个名字，一个适切的，能够配得上三界之主的名字。她暂时将饥饿从自己的意识中赶开。首先是一个名字，然后要对自己进行一番精心的整饬，整理好翅膀以后，她就要去狩猎了。杀死猎物，只由她一个独享！这个想法涌过她的全身。她扬起背上折叠的翅膀，开始轻轻挥动它们。这个动作会让血液更快地流进这两片坚韧的薄膜。它们鼓起的风，差一点将她吹倒。她发出一阵挑战的吼叫，想让所有想要嘲笑她的人都能明白，她突然向侧旁迈出一步是有意为之的。她现在已经掌握住了平衡。在这段生命中，她是什么颜色的？　她弯曲脖颈，查看自己的身体。蓝色。蓝色？对于龙而言最普通的颜色。　她感到一阵失望，随后又将这种情绪推到一旁。蓝色绝不是最低下的颜色。蓝色……是……蓝色是……不，蓝色就是最低下的。"辛泰拉！"她带着"嘶嘶"的声音念出这个名字，尝试着它的发音。辛泰拉。夏日清晨澄净的蓝色碧空。她抬起头，深吸一口气，然后猛地将头高高扬起，用铜号一般的声音吼道："辛泰拉！"她为自己是这个夏天第一个为自己命名的巨龙而骄傲。

这一声吼叫不算顺利。她也许是没有吸进足够的空气。她再一次扬起头，将气流吸进自己的肺中。"辛泰拉！"铜号一般的吼声再次响起，随着这一声长鸣，她用后腿直立起来，向空中跃起，伸展开她的翅膀。

作为一头龙，她拥有她的巨龙祖先全部的记忆。这些记忆不会一直显现在她的意识里，但它们始终都是存在的，只是等待着她的感知。有时候，当她寻求信息时，它们会主动显现，有时候则会在她有需要的时候，自然而然地渗透进她的心智。也许正是因为如此，随后发生的事情才显得格外可怕。她离开地面时身子很不平稳，她的一条后腿要比另外一条更强壮。这已经够糟糕了，但是当她试图用翅膀恢复平衡的时候，只有一只翅膀打开了。另外一只翅膀还纠缠成一团，枯萎无力，完全无法支撑她。她狠狠地撞在泥土河堤上，侧身躺倒，茫然不知所措。身体遭受的撞击让她感到痛苦难耐，而同样让她感到惊愕的是，在她能追溯到的所有回忆中，她的前代巨龙都没有遇到过这样的情形。她无法从过去的经验中找到答案，不知道随后会发生什么。她推动自己更强壮的那支翅膀，却只是让自己的身子翻仰过来——对于一头龙，这是最不舒服的姿势。没过多久，她就感觉到呼吸变得更加吃力。另外让她感到恐慌的是，现在的这种姿势让她极容易遭受攻击。她长长的喉咙和鳞片细小的肚子都暴露在外。她必须重新用四足站起。

她用力踢蹬着后腿,却找不到任何可以借力的地方。她更加细小的前腿只是毫无用处地抓挠着空气,但肌肉没有能响应她的要求。终于,她来回甩动的尾巴撑起她,让她的肚子贴在地面上。她挣扎着将两条后腿缩回到身子下面,然后猛地向上一蹿。黏腻的泥巴覆盖了她的半个身子。想到其他龙都看见了她如此卑怯的样子,她感到愤怒又羞愧。她抖动身子,想要甩掉身上的污泥,同时又向周围瞪了一眼。

只有两头龙在朝她这里观望。随着她重新站起,用恶狠狠的目光瞪着他们,他们都失去了对她的兴趣,朝另外一个四足瘫软的身躯走去。那头龙已经停止了动作。很短暂的一段时间里,两头凑过去的幼龙,用疑问的眼神看着躺在地上一动不动的龙,想确认她是不是死了,然后他们低下头开始大口啃食死龙的血肉。辛泰拉向那里走出两步,又停下来,感到一阵困惑。她直觉要过去进食,那里有肉,能够让她变得更强壮的肉,而且那些肉中还有记忆。如果她吃掉那头死龙,她就会从死龙的身体里得到力量和属于另外一条龙族血脉的宝贵经验。她不能因为自己险些成为别的龙口中的肉,就违抗自己本能的驱使。恰恰相反,她现在更应该多吃一些,变得强壮。

强者以弱者为食是天经地义的。

那么,她属于强者还是弱者?

她活动自己肌肉不均衡的双腿,向前迈出一步,又停下来。她希望自己的翅膀能够张开。只有那支好翅膀服从了她的意志。她感觉到另一只翅膀在抽动。她转动长脖子上的头颅,想要将另一只翅膀拨到更合适的位置上。但她一下子愣住了。这就是她的翅膀,这一段发育不全的残肢? 它看上去就像是一块无毛的鹿皮包裹了一堆冬季被冻死的动物骨骸。这不是龙的翅膀。它永远也无法承载她的重量,绝不可能带她飞翔。辛泰拉用鼻子顶了它一下,几乎不相信它是自己身体的一部分。她的意识在飞快地旋转,竭力想要搞清楚眼前的状况。她是辛泰拉,一头龙,一位巨龙女王,生来就是为了统治天空。这种畸形不可能是她身体的一部分。她在自己的记忆中搜索,不断上溯,想要找到某一段意念，或某一位祖先应对这种灾难的回忆，但她什么都没有找到。

她又看了看那两头正在大口吞吃的龙。弱小的死龙已经快被他们吃光了。辛泰拉能看到闪烁着红色光泽的肋骨，一堆内脏，还有一段尾巴。弱者被用来支持强者。一头正在大嚼的龙察觉到了她，便举起血红的长吻，向她露出牙齿，同时弓起自己深红色的脖子。"兰克洛斯！"他为自己命名，并用自己的名字向辛泰拉发出威胁。他一双银色的眼睛似乎正在向辛泰拉射出火花。

辛泰拉应该后退。她身体残疾，是一个弱者。但兰克洛斯向她露出的尖牙唤醒了她体内的某种东西。这头公龙没有权力挑战她，完全没有。"辛泰拉！"她向他嘶吼，"辛泰拉！"

辛泰拉向前迈出一步，更加逼近了兰克洛斯和死龙的残尸。这时，一阵强风突然扑到她的背上。她转过身，低下头，摆出防御姿势，但那是婷黛莉雅回来了。巨龙女王带回了新的肉食。她松开爪子，一头母鹿几乎就落在辛泰拉的脚边。这是一头非常新鲜的猎物，它的褐色眼睛依旧清澈透亮，血还在从它背上深深的伤口中流淌出来。辛泰拉忘记了兰克洛斯和那头龙所守卫的那一点尸体残余，向母鹿扑去。

她再一次忘记了自己不均衡的力量，身体沉重地向前摔跌。但这一次，她在栽倒之前蹲下去，稳住了身子，随后一个冲刺来到猎物旁边，伸出前肢护住母鹿。"辛泰拉！"她嘶吼一声，伏身在死鹿上向所有要挑战她的龙发出警告的吼声。这是她的，其他任何龙都不要想碰一下。她低下头，开始撕咬猎物，愤怒地扯开鹿的肚子。血、肉和内脏填满了她的嘴，让她感到安慰。她用力咬住这具尸体，狠狠揪扯它，就好像要再杀死它一次。扯下一大块肉之后，她扬起头，将满嘴的肉吞入腹中。肉和血。她低下头，又撕下一满嘴肉。她在进食。她会活下去。

绿月第一日

最高贵与伟大的沙崔甫王柯思阁统治的第七年
商人联盟独立第一年

来自艾瑞克，缤城信鸽管理人
致黛托茨，崔豪格信鸽管理人

黛托茨：

　　就算最近没有更多的信件要传递，也请放至少二十五只我的鸽子回到我这里来。现在有大量信函需要递送至崔豪格，商人们都焦急地要送信到崔豪格，宣布自己要参加巨龙孵化的典礼，这导致我这里严重缺乏可供驱遣的信鸽。

　　　　　　　　　　　　　　　　　　　艾瑞克

第三章　有利的条件

"艾丽斯，有客人来拜访你。"

艾丽斯慢慢抬起眼睛，手中的素描炭笔还悬在覆盖住桌面的厚纸上方。"现在？"她不情愿地问道。

她的母亲叹了口气。"是的，现在。实际上，我早已告诉过你，今天一整天你都应该做好准备。你知道，诏谕·芬波克今天会来。他上一次来访的时候，你就已经知道了——那是在一个星期前的此刻。艾丽斯，他对你的追求为你和我们的家族都增添了荣耀。你早就应该以亲切的态度接纳他了。而现在每次他来访的时候，我都不得不把你从藏身之地找出来。我希望你记住，当一位年轻男士前来拜访你的时候，你必须满怀敬意地对待他，才是礼貌之举。"

艾丽斯放下炭笔。用一块缀着瑟维安蕾丝的精致手帕揩净手指上的碳粉——这让她的母亲不由自主地皱了皱眉头。这是一个有些报复意味的小动作，这块手帕是诏谕送给她的小礼物。"更不要说我们必须记住，他是唯一向我求婚的人，所以也是我结婚的唯一机会。"艾丽斯的声音很轻，她的母亲不可能听到。随后，艾丽斯又叹了口气说："我就来，母亲。我会对他很亲切的。"

她的母亲沉默了片刻才说道："你这样才算明智。"然后，母亲又用柔和却冰冷的声音说，"看到你终于不再那样闷闷不乐，我感到很欣慰。"

艾丽斯不知道她的母亲是在说真心话，还是在对她下达命令。片刻间，她闭起了眼睛。今天，在北方，雨野原深处，巨龙们即将破茧而出。她又修正了自己的想法，今天是婷黛莉雅指定将落叶和泥土从龙茧上彻底扫除的日子。阳光会触及龙茧，将其中的巨龙唤醒，也许就是现在。当她坐在她的白色房间里，整洁的小书桌后面，被散乱的卷轴所包围，无能为力地面对着诸多笔记和草图的时候，巨龙们正在扯破巫木茧，从里面奋力钻出来。

片刻之间，她能够想象那里的全部景色：被夏日阳光所温暖的葱翠河岸；终于见到阳光的巨龙，浑身闪耀着灿烂的色彩，发出铜号一般的喜悦欢呼。雨野原商人们可能正在为了巨龙的孵化而举行各种庆祝活动。她能想象一座用各色异国花朵编织的花环所装饰的高台，人们会向即将问世的巨龙致欢迎词，还会有歌曲和宴会助兴。毫无疑问，每一头巨龙都将在高台前走过，被介绍给欢欣鼓舞的人们，然后龙们会张开光芒闪烁的长大翅膀，飞上天空。莎神明鉴，这将是这么多年中第一批孵化出来的巨龙。龙族回到了这个世界……而她却在这里，被困在缤城，被束缚成柔顺驯服的模样，只能委身于一场让她感到困惑和气恼的求婚中。

失望的情绪突然让她感到窒息。自从第一次听闻海中长蛇开始结茧之后，她做梦都想要去见证巨龙的孵化。艾丽斯一直恳求她的父亲。父亲说她不应孤身一人去那么远的地方，于是她又奉承和贿赂她的弟媳，直到她的弟媳说服她的弟弟答应陪她一同前往。她还偷偷卖掉了自己的一些嫁妆，筹集旅费，同时又谎称是她从父母每个月给她的小笔津贴中节省下来的钱。那份宝贵的旅行票据还插在她的梳妆镜一角。几个星期以来，她每天都能看到它。那是一张奶油色的方形硬纸，上面由一名事务员用蜘蛛脚一般的纤细笔迹写明，她已经支付了两人份的全部往返旅费。这张纸是她对自己的一份承诺，意味着她将看到她只在书中读到过的奇景，将要见证一个必然会改变历史的时刻。她会把自己见到的情景描摹下来，以权威的视角记录这一事件，必结合她的亲眼所见和她多年以来的学术研究。到那时，所有人都会了解她的渊博学识，承认她在这方面尽管只是自学成才，但肯定不只是一名醉心于龙族和他们的古灵同伴的老处女。她是一位学者。

应该有一些东西是属于她的，在缤城的这段已经日渐悲惨的生活中，或许还有一些可以挽救的东西。甚至在这场战争爆发以前，她家族的财富已然接近枯竭。他们的生活很简朴，居住在缤城老旧城区边缘一幢朴素的宅邸中，周围没有繁茂的花园环绕，只有一些由她们姊妹照料的简单玫瑰花圃。她的父亲依靠在富有家族之间介绍一些生意谋生。当战争到来，一切贸易往来均告停顿，中间人更是无利可图。艾丽斯知道，自己是一个相貌平平的普通女孩，来自一个正在朝着缤城商人社群阶梯底端稳步下坠的普通家庭。她绝不会成为人们心目中的"好对象"。她在人群中的初次露面，她的母亲一直延迟至她的十八岁，这当然不会让她的未来人生更加光明。她明白母亲这样做的原因：她的家庭正在安排她姐姐的婚姻，并为此筹集钱款。她的父母没有更多的钱能安排另一个女儿了。当她终于在三年以前被介绍给商人社群的时候，没有男人跑过来从如同群蝶乱舞的年轻女孩之中将她带走。从那时起，已经有三波缤城女性被释放进适婚少女的舞池中。

同恰斯人的战争彻底打乱了他们的生活。艾丽斯一直避免去回忆那些充满火焰、硝烟和尖叫声的夜晚。恰斯战船攻入港口，将仓库和半个市场区都烧成白地。缤城，一座传奇的贸易都市，一个"只要能想到，就一定能买到"的地方，变成了一座散发臭气的废墟和灰烬火场。如果不是巨龙婷黛莉雅前来援助他们，艾丽斯和她的家人，现在可能已经是恰斯国某个地方的刺青奴隶了，但巨龙女王击退了入侵者，商人们和海盗群岛的同盟关系也得以创立。海盗群岛的宗主国遮玛里亚意识到恰斯国不是他们的盟友，而是一个强盗国家。今天，缤城的港湾里已经看不到一个入侵者，城市开始重建，生活正缓慢地回到正轨。艾丽斯知道，她应该庆幸自己的家能够免于火焚之灾。而且他们的产业——几片大多只能种植根茎作物的农田——正在产出缤城现在亟需的食物。

但事实是，她一点也不高兴。当然，她不想住在被烧掉一半的棚屋里，或者是在水沟中睡觉。不。但在那令人饱受惊吓又无比兴奋的几个星期里，作为一个缤城小家族中的第二个女儿，她以为自己终于有可能摆脱这个人生角色。那时，婷黛莉雅降落在被烧黑的商人大堂外面，与商人们订立了契约，提出愿意保护他们的城市，用以交换商人们承诺帮助照料海中长蛇和从茧中孵化的幼龙。艾丽斯的心简直飞上了天空。她当时就站在婷黛莉雅面前，肩头紧裹着围巾，在黑暗中打着哆嗦，听到了巨龙所说的每一个字，看见了那头伟大巨兽闪耀的鳞甲，光芒旋绕的眼睛，是的，她完全被婷黛莉雅的声音和魅力迷住了，心甘情愿地深陷其中。她喜爱那头巨龙，喜爱她的一切。除了为巨龙和古灵编纂历史，艾丽斯想不出还有什么更高尚的使命，是值得自己为之付出一生的时间。她将把自己所知的历史与巨龙回归这个世界的荣光结合在一起。在那一晚，那一刻，艾丽斯突然明白了，她在这个世界上有了一个位置，一个任务。在那个充满火焰和战争的时候，一切都仿佛是有可能的，甚至可能有一天，巨龙婷黛莉雅会看着她，直接与她对话，甚至也许会感谢她投身于这个伟大的工作。

即使是在随后的数个星期中，随着缤城逐一收拾好自己的碎片，开始建立起新的正常生活，艾丽斯依然相信，她人生的地平线被拓宽了。那些身上带着纹身的自由奴隶、三船人和商人们同心协力重建缤城的经贸和城市构架。人们——甚至包括女人在内——全都离开原先的生活轨道，投身于重建事业之中。为了他们的城市不遗余力地工作。艾丽斯知道，这场战争很恐怖，造成了巨大的破坏，她应该恨这场战争。但这场战争却是她人生中唯一真正令人兴奋的事情。

她本应该知道，自己的梦想终究不会有结果。随着家族和生意的重建，尽管战争和海盗仍然不曾消弭，但贸易已经渐成规模。所有人都在不遗余力地让生活回到原先的状态，只有艾丽斯除外。她瞥到了自己可能的未来，现在她正努力逃避那种一直要抓住她、令人窒息的命运。

就在诏谕·芬波克开始渗透进她的人生时，她依然只是将全副精力集中在自己的梦想上。她的母亲开始对她充满热情，她的父亲用沉默掩饰着自己的骄傲。他们在舞会中只能坐冷板凳的女儿终于吸引到了求婚者，而且还是求婚者中一个罕见的珍品。而艾丽斯自己仍然只是专心在自己的计划上。就让母亲去忙里忙外，让父亲满脸放光吧。艾丽斯知道诏谕对她的兴趣不会有任何结果。

她对此全不在意,她已经不会再将自己的希望放在这种愚蠢的少女梦境。

  商团夏日舞会还有两天就要举行了,这将是在刚刚重建的商人大堂中举办的第一场集会,所有缤城人对此都满怀期待。来自于纹身者和三船人的代表,将会与缤城商人们一同庆祝这座城市的复兴。尽管战争还在继续,但这场庆典的意义将超过缤城以往的任何一次欢宴。缤城的普罗大众第一次得到邀请,能够参加这场传统庆典。艾丽斯对此没有动过什么念头,她根本就不打算参加。她已经买好了前往雨野原的船票。正当其他适龄女子都在舞弄折扇,在舞池里转动着华丽的圈子时,她已经在卡萨里克,正在看着新一代破开茧壳的巨龙崭露头角。

  但两个星期以前,诏谕·芬波克请求艾丽斯的父亲许可他护送艾丽斯前往舞会。艾丽斯的父亲给予了他许可。"既然我已经给了他许可,我的女儿,我就没办法收回了! 我怎么能想到你会打算到雨野原河的上游去看大蜥蜴出壳,而不是挽着缤城最优秀的单身男士的手臂去参加夏日舞会?"在他将女儿的梦想打成碎片的那一天,他的脸上一直挂满了骄傲的微笑。他一直都相信,自己很清楚女儿的心中有些什么想法。艾丽斯的母亲在得知此事以后更是说,她根本不认为做父亲的需要在这种事情上询问女儿的意见。难道艾丽斯不应该信任自己的父母,相信他们会为自己最大的利益考虑吗?

  如果不是已经被自己的沮丧和失望绞勒到窒息,艾丽斯本应该给父母一个响应,但她只是转过身,逃进了这个房间。在那以后的连续数天中,她唯一做的就是为自己失去的宝贵机会感到痛心。而她的母亲却说她是在生闷气。当然,这并没能阻止母亲叫来裁缝,又买下缤城还存留的每一种花式的玫瑰绸和粉色缎带。为她制作衣服绝不能吝惜工本。只要能把他们无用的古怪的二女儿嫁出去,艾丽斯的梦想就算是化为泡影又有什么关系? 就算是还在战争期间,预算也非常紧张,他们还是不惜血本地努力要成就这段姻缘,这不仅能让他们摆脱掉艾丽斯,还能为他们赢得一个重要的贸易盟友。失望的情绪让艾丽斯感到恶心。她的母亲依然说她是在生闷气。她的一切就这样完了吗?

  是的。

眨眼之间，她的心中涌过一阵讶异。然后她叹息一声，感觉到自己放开了某种东西。她甚至没有察觉到自己一直在紧紧攥着这东西。她几乎感觉到她的灵魂落回到了平凡人生的境地，让她能够接受这种充满限制的平静生活——作为一位商人的女儿，然后又是一位商人的妻子。

都结束了，过去了，彻底完结了。就让它去吧。现实本来就不会是那样。在最后短暂的幻想中，艾丽斯将眼睛转向窗口，茫然地望着那一片鲜花盛开的小玫瑰园。她阴郁地想着，就像人生中的每一个夏天一样。一切其实都没有改变。她强迫话语通过堵塞自己喉头的砾石："我没有在生闷气，母亲。"

"我很高兴，为我们两个而感到高兴。"她的母亲清了清喉咙，"他是一个好人，艾丽斯，哪怕他没有这样优渥的条件，我还是会看好他。"

"要比您对我的期待更好，比我应得的更好。"

一阵沉默持续了三次呼吸的时间。然后，她的母亲突兀地说道："不要让他等待，艾丽斯。"母亲离开房间的时候，长裙轻轻扫过了硬木地板。

艾丽斯注意到，她的母亲并没有反驳她。艾丽斯清楚这一点；她的父母清楚这一点，她的兄弟姐妹也都清楚这一点。只是到现在为止，还没有人明确地提起过这一点。诏谕·芬波克对艾丽斯而言，实在有些过于优秀了。这位缤城大家族的富有继承人，不应该想要娶商人金卡罗恩家的一个相貌普通、年龄居中的女儿。母亲没有否认艾丽斯的话，这让艾丽斯感觉到一种怪异的解脱。而且让她自豪的是，她在说出这些话的时候没有表露半点怨恨之情。有一点哀伤，她一边想，一边将炭笔整齐地放回到小银匣中，结果再一次弄黑了自己的手指。她的母亲甚至不曾在表面上说一句，她值得拥有这么好的男人，哪怕这是一个谎言，她对此感到哀伤。她认为一位尽责任的母亲应该要这样，哪怕只是出于对自己最没有吸引力的女儿的一种礼貌。

艾丽斯曾经想要找出一种方法，向母亲解释她为什么对诏谕兴致缺缺。但她知道，如果她对母亲说："已经太晚了，我的少女梦已经死去了，我更喜欢现在拥有的那个梦想。"她的母亲一定会感到恐慌，但这是真的。就像任何年轻女性一样，她曾经梦想过玫瑰花和偷偷的一吻，还有一位不会在乎她嫁妆多少的浪漫求婚者。而这些梦慢慢地都已经死了,被淹没在泪水和耻辱中。她并不想再让它们复活。

在艾丽斯进入社群后的一年里,没有求婚者进入她的视线,艾丽斯那时已经准备服从命运的安排,开始承担起独身姑妈的角色了。她能够弹奏竖琴,能编织出很漂亮的蕾丝,并且非常善于做布丁,还有一种相当异想天开的爱好。在婷黛莉雅还未闯入她的梦想之前,她就已经在研究龙族学识,并且对于古灵智慧也多有涉猎。如果缤城中出现一份涉及这两个课题的卷轴,艾丽斯一定会想方设法读到它并买下它,或者将它借阅足够长的时间,完整地誊抄下来。她有自信,现在她拥有这座城市中最广博的龙与古灵的典籍收藏,其中大部分都是她不辞辛苦、亲手抄录的。

随着这些费尽心力得到的智慧,艾丽斯也赢得了一个古怪女人的名声,这甚至不是一大份嫁妆能够弥补的。而对于一个并不富裕的商人家庭的次女,这更是一种不可原谅的瑕疵。她不在乎。她的研究起于一时的心血来潮,至今已经渐渐占据了她的全部想象。她关于龙的知识已经不再只是一种怪诞离奇的爱好。她是一位学者,一位自学成才的历史学家,致力于搜集、整理和比较她能找到的每一点关于巨龙和古灵的信息——那些伟大巨兽和传说中曾经在远古年代与他们一同生活的智慧生灵。现在的人们对于他们所知甚少,但他们的历史却贯穿了雨野原古老的地下城市,也因此对缤城的历史产生了重大的影响。关于他们的最古老的卷轴是从那些城市中挖掘出来的,而且已经是古董了。写在上面的文字和语言全都是当代人无法理解和念诵的。许多比较新的卷轴和文献,都是对于那些古老卷轴不同水平的翻译,其中水平最差的只不过是各种无稽的胡乱猜想。而且这些典籍中的插图常常遭到污损甚至被撕毁,承载这些文字图画的牛皮纸,又总是成为蠹虫的食物。许多卷轴上都有残损,只能勉强猜测消失的内容。但随着研究越来越深入,艾丽斯能做的已经不只是猜测。她有信心,只要假以时日,她就能将这些典籍的秘密从远古文字中压榨出来。而且她知道,对一个老处女而言,时间是一种很丰富的资源。她有足够的时间钻研和思考,挖掘出所有引人入胜的秘密。

如果诏谕·芬波克没有闯进她的生活就好了！他比艾丽斯年长五岁，是一个商人家族的继承人，即使以缤城的标准，他的家族也非常富有。这样的一个男人正是女孩们梦想中的目标。不幸的是，现在这个梦只属于艾丽斯的母亲，而不再属于艾丽斯了。当诏谕第一次邀请艾丽斯跳舞的时候，她的母亲差一点高兴得昏厥过去。就在那个晚上，诏谕又和艾丽斯跳了四次舞。她的母亲则几乎无法掩饰自己的兴奋之情。在回家的马车上，她的母亲完全不再提起诏谕以外的任何事了。"他是那样英俊，穿着总是那样优雅得体。你有没有看到诏谕请你跳舞的时候，商人梅尔达脸上的表情？多少年了，他的妻子一直都把他们的女儿推到他面前。我听说那个女人还经常邀请诏谕去她家吃晚餐，一个月里就邀请了七次！那位先生还真是可怜。所有人都知道，梅尔达家的女孩都喜欢大惊小怪，就像跳蚤一样。你能想象和四个那样的女孩坐在同一张桌子边上是什么感觉吗？她们简直就是一群被火燎了毛的猫，她们的母亲也不例外。我相信诏谕会去他们家只是为了他们的小儿子。他的名字叫什么来着？塞德里克？他和诏谕已经是多年的好友了。我听说那个商人梅尔达在得知诏谕邀请塞德里克去他家工作，认为受到了羞辱，但他还能怎么办？这场战争夺走了梅尔达家族的大部分财产。塞德里克的哥哥会继承剩下的一切，而且他们还要给那些女孩准备好足够的嫁妆，好把她们嫁出去，否则就要一直养活她们！我怀疑塞德里克从家里根本得不到什么津贴了。"

"妈妈，求你！你知道苏菲·梅尔达是我的朋友。而且塞德里克也一直对我非常好。他是一个很好的年轻人，也有他自己的事业和未来。"

母亲却根本没有听艾丽斯在说些什么。"喔，艾丽斯，你的样子可真可爱。诏谕·芬波克正是你完美的人生顶点。那时你的浅蓝色长裙是那样配他的皇家蓝色外衣，天哪！你们两个就好像是从画中走出的人儿。他在跳舞的时候有没有和你说话？"

"只说了几个字。他是一个非常有魅力的男人。"艾丽斯向她的母亲承认，"的确非常有魅力。"

艾丽斯的这句话没有半分违心。诏谕很有魅力，头脑聪明，俊美非凡，而且还很有钱。在那一晚,艾丽斯完全想不通诏谕到底看上了她的哪一点。他们跳舞的时候,她想不出一句可以对这个男人说的话。诏谕问她平时都做些什么打发时间,她回答说自己喜欢阅读。"对于一位年轻女士,这真是一种非同寻常的爱好! 那么你都喜欢看些什么书呢?"诏谕继续问她。在那一刻,艾丽斯很不喜欢这个男人不停地问下去,但她还是如实回答。

"我阅读过很多关于龙的记载,还有关于古灵的。它们都让我很着迷。既然婷黛莉雅已经和我们结盟了,新一代的巨龙很快就会在我们的天空中翱翔,那么就必须有人掌握关于他们的一切信息。我相信这就是我的使命。"好吧,这句话肯定会让诏谕明白,她是一个多么不适切的舞伴,一个多么没有希望的老处女。

"你?"诏谕问道。他的语气变得格外严肃。他的手扶住她的腰,轻轻托起她转了个圈,让她的身姿更显优雅。

"是的,就是我。"艾丽斯回答道。她用这句话有效地结束了他们的交谈。但不知为什么,诏谕又不止一次请她跳舞。当他以轻巧的步伐引领她跳过那个晚上的最后一支舞曲时,他向她展露出无声的微笑。随着最后一个音符的止歇,他仍然握着她的手,也许握得太久了一些。当他终于放开她的手指,她便转身离开了他。回到桌边,母亲正在那里等她,喘息不定,面颊更因为兴奋而变成了粉红色。

在回家的一路上,艾丽斯听着沾沾自喜的母亲不住口的唠叨,心中却充满困惑。第二天,一大捧鲜花被送到金卡罗恩家门口,附在花束上的纸条上写明这是为了感谢艾丽斯和他共舞。艾丽斯以为这只是诏谕对她的嘲讽。而三个月以后,经受了九十天审慎而有礼的追求攻势,艾丽斯依然没有答案。诏谕·芬波克,缤城最有价值的单身汉之一,却偏偏看上了她?

艾丽斯强迫自己承认她是在故意拖延时间。她闷闷不乐地收拾好自己的素描和笔记。她正在努力研读三份不同的卷轴,想要确认古灵真正的样貌。她知道,自己在这个下午是无法回来继续工作了。于是她只好叹息一声,来到镜子前,看一看自己的脸上和手上是否还有残留的炭黑。没有,她很好。她花了一点时间细看自己的眼睛。灰色的眼睛，不是明亮的黑色，也不是柔和的蓝色或者清澈的翠绿色。灰得就像是花岗岩，睫毛也很短，还有一只又短又直的鼻子，一张大嘴和厚嘴唇，她还可以忍受这些平凡得不能再平凡的五官，但那些无处不在的雀斑实在是太让人恼火了。一些女孩只是在鼻子上点缀着几粒浅浅的小斑点，她却不然。雀斑铺满了她的整张脸，让她的头就像一颗斑点均匀的鸟蛋，就连她的手臂也不能幸免。柠檬汁也无法让这些雀斑褪色，而阳光只要稍稍碰一下它们，就会让它们变得更深暗。她有点想给自己的脸上敷一些粉，把雀斑遮住，却又决定不要这样做。她就是她，她不会用油彩和粉底欺骗一个男人和她自己。她拍了拍自己头顶的红发，将几缕垂下来的发丝从脸上拨开，又用了一点时间把领口的蕾丝抚平，然后才离开房间，走下楼梯。

　　诏谕正在客厅等她。她的母亲在和诏谕闲聊今年的玫瑰一定会开得很好看。在诏谕身边的矮脚桌上，一只银托盘中放着浅蓝色的瓷茶壶和茶杯。热气正从茶壶中飘出来，房间里洋溢着一股淡淡的薄荷茶香气。艾丽斯微微皱了皱鼻子。她一点也不喜欢薄荷茶。不过她还是控制住自己的表情，露出一副喜悦的笑容，扬起下巴，带着这种亲切的表情快步走进房间。"早晨好，诏谕！你的来访让我感到很高兴。"

　　一看到她走过来，诏谕就站起了身，以如同大猫一般略显倦怠的优雅步伐迎了上来。他用一双绿色的眼睛注视艾丽斯。翡翠般的眼眸和他精心修剪的一头黑发形成了鲜明的对比。和时下流行的风格完全不同的是，他将头发完全拢起，用一条简单的皮绳固定在颈后，脸上看不到一丝乱发。这让艾丽斯想到了一只收起翅膀的乌鸦。今天，他穿着他的蓝黑色夹克，系在喉头的那条朴素围巾和他的眼睛同样是绿色的。他微微一笑，露出雪白的牙齿，同时向艾丽斯一鞠躬。看到他饱经风霜的脸，艾丽斯的心在那一刻停顿了。这个人真的很美，是那种简单明白的俊美。而下一刻，艾丽斯又回到了现实。这样一个美丽的男人是不可能对她产生兴趣的。

　　她坐到椅子上，诏谕也回到了自己的座位。她的母亲说了一句告辞的话，但声音太小，他们两个都没有注意到。这正是艾丽斯母亲的筹划——要尽可能让这两个人在不拘礼数的环境中独处。艾丽斯自顾自地微微一笑。她相信在母亲的想象中,他们两个独处时所说的话和所做的事,肯定要比现实中他们的那些充满沉默的乏味对话有趣得多。"你还要茶吗?"艾丽斯礼貌地问诏谕。得到诏谕拒绝的响应后,她便只给自己倒了一杯茶。薄荷,为什么她的母亲会选择薄荷? 她明明知道艾丽斯是那样厌恶这种草药。艾丽斯举起杯子来喝了一口,一下子明白了。这样能让她的口气清新,有助于让诏谕决定偷偷吻她。

她不由自主地哼了一声,这一点声音中充满了怀疑的色彩,这个男人甚至从没有试图握住她的手。他对她的追求没有任何浪漫的激情,这一点也很让人不舒服。

突然间,诏谕将杯子放进茶碟中,发出一点轻微的撞击声。艾丽斯发现他瞥了一下自己的眼睛,那眼神中流露出挑战的神情,把艾丽斯吓了一跳。"有什么事情让你感到有趣,是我吗?"

"不! 不,当然不是。其实,嗯,当然,你想要有趣的时候,会变成一个很有趣的人,但我并不是在笑你。当然不是。"艾丽斯吮了一口茶。

"当然不是。"诏谕将艾丽斯的话重复了一遍,语气表明是怀疑的。他的声音浑厚深沉。也许太过浑厚了,以至于他低声说话的时候,艾丽斯偶尔会无法分辨他在说些什么。但现在他的声音并不低。"我还从没有听到过你的笑声,也没有见过你向我露出微笑。是的,当你知道应该微笑的时候,会翘起嘴唇,但那不是真的笑容。对不对,艾丽斯?"

艾丽斯完全没有想到他会这样说。他是想要争吵吗? 他们甚至没有过一次真正的交谈,又怎么会有争吵? 而且,既然她对这个男人毫无兴趣,为什么这个男人对她的不悦,又会让她的心跳变得这样快? 艾丽斯的面色变红了。她能感觉到自己的脸颊在发热。太傻了,她的反应如果发生在十六岁的女孩身上,也许是恰当甚至可爱的,但她已经二十一岁了。她竭力想要让自己平静下来,从容直白地说话,但她发现自己还是把话说错了:"我一直都尽力对你以礼相待——是的,我一直都对所有人彬彬有礼。我不是一个喜欢傻笑的姑娘,会因为你开的每一个玩笑而乐不可支。"她猛地咬住自己的舌头,更努力地让自己平静下来，"先生，我不认为你有立场抱怨我对你的态度。"

"我也没有义务喜欢这种态度。"诏谕不急不缓地回答道。他叹了口气，向后靠在椅背上，"艾丽斯，有一件事我要向你承认。我听到了传闻，或者我应该说，我的朋友塞德里克具备一种很有用的本领，就是能够听到缤城的每一点传闻与流言。我从他那里听说，你并不喜欢我的追求，也不愿意和我一同参加夏日舞会。塞德里克听说，你更想要去雨野原，看那些海蛇的蛋孵化成龙。"

"是长蛇从龙卵中孵化出来，"艾丽斯已经开始不由自主地纠正诏谕的说法，"长蛇编织出一种被人们称为'茧'的外壳包裹住自己。等到春天，新一代巨龙就会发育成形，从那些茧中出来。"她的心思在飞快地转动。她到底对谁说过些什么，才会让诏谕知道她的计划？啊，是了。她的弟媳。她的弟媳曾经因为她浪费了船票钱而表示同情。那时艾丽斯不太在意地说她更想要去雨野原而不是舞会。那个愚蠢的女人到底为什么要向别人提起这件事？为什么艾丽斯又要那么漫不经心地说出自己的心事？

诏谕在椅子上身体向前倾："你宁愿去看那种事，也不愿意挽着我的手臂去参加夏日舞会？"

这是一个相当生硬的问题。艾丽斯突然觉得自己应该给他一个最生硬的回答。她以为自己已经接受了命运的安排，但现在，最后一点遗憾的火花闪亮起来，成为她挑衅的动力。"是的。是的，我更想去雨野原。所以我买了能上溯雨野原河的活船船票。如果不是你和夏日舞会，我应该已经在那里，正在为巨龙画素描，并做出各种记录，倾听他们的第一声呼吼，见证婷黛莉雅引领他们进入这个世界、飞向天空。我曾亲眼见过巨龙回到我们的世界。"

诏谕沉默了片刻，非常专注地看着艾丽斯。艾丽斯感觉到自己的脸更红了。好吧，毕竟是他先提的问题，如果他不想要答案，他就不应该问。诏谕将双手的手指搭成一道尖脊，又将自己的目光转向它。艾丽斯等待着这个男人站起身，带着遭受冒犯的神情大步走出房间。她告诉自己，那样的话她至少可以大大地松一口气。这场可笑的求婚也终于可以结束了。那她为什么又会感觉到自己的喉咙发紧，眼睛被泪水刺痛？这时，诏谕盯住自己的双手，问出了最后的问题："我是否能斗胆希望，你在这几个星期中那种冰冷的不悦，只是因为无法成行而感到失望，并非是不喜欢我这个追求者？"

这个问题是如此出乎意料，以至于艾丽斯一时还想不出该如何回答他。诏谕用询问的眼神注视着她。诏谕的睫毛很长，眉毛更是被修剪得完美无瑕。"是吗？"他再一次向她问道。艾丽斯的思绪一下子被诏谕的问题拽了回来。她将目光转向一旁。"无法成行让我感到非常失望。"她开口的时候，声音有些沙哑，然后她又改变说法，"让我失望的是我现在不在那里。那不仅仅是一生只能见到一次的奇迹。实际上，那样的事情永远都不会再发生了！没错，还会有新的巨龙从茧壳中出来——至少我热切地希望会有新的巨龙。但那也不会像是这一次了。这是在许多个世代之后，第一次有巨龙破茧而出！"她突然将那杯可怕的薄荷茶放下。茶杯和茶碟发出响亮的撞击声。她从椅子里站起身，一直走到窗前，看着窗外她母亲所珍爱的玫瑰园。但没有一朵玫瑰花能留在她的眼睛里。

"会有其他人去那里。我很清楚。他们会画下巨龙的样子，记录他们见到的一切，留下第一手数据。他们的智慧将不再只来自于发霉的小块牛皮上褪色的字母，那些根本没人懂得的语言。他们会尽情研究那里发生的一切，会因为他们的研究而一举成名。世人会尊敬他们，让他们享有崇高的声誉。而我的一切研究，我这么多年来的苦心摸索都将变得毫无意义。没有人会认为我是一位巨龙学者。他们至多会认为我是一个精神不稳定的老女人，只会看着自己破烂的旧卷轴瞎嘟囔，就像是母亲的乔玲妲阿姨，她收集了一盒又一盒的蛤蜊壳，全都是一样大小，一种颜色。"

艾丽斯止住自己的舌头，惊慌地意识到自己刚刚泄露了家族中的丑事。但她又立刻紧咬着牙关。为什么要在乎这个男人会怎样想？她相信，诏谕迟早会意识到她并不是理想的追求对象，最终弃她而去。而在这段时间里，他对她的烦扰刚好让她失去了成就自己的唯一机会，让她终究只能是一个独身姑妈，在兄弟的荫庇中苟且余生。窗外，整个世界都沐浴在夏季的阳光中，让一切看上去都是那样欣欣向荣。而对于她，这只是一个失去了人生机遇的季节。

艾丽斯听到诏谕在她身后重重地叹了一口气，然后又深吸一口气说道："我……嗯，我很抱歉。我不知道你对巨龙的兴趣。在我们跳舞的第一个晚上，你就亲口对我说过了。我认真听了你的话，艾丽斯，我认真听了。我只是没有想到这对你是多么重要。你真的是想要研究这种生物。恐怕我一直都以为那只是你的一时兴起，一种有趣的爱好，被你用来打发时间。而我，嗯，我很希望能够让你的这些时间充实起来。"

艾丽斯听着他说话，心情已经陷在惊愕与恐慌之中。她一直希望有人明白她的研究不仅仅是娱乐。而现在，这个男人明白了，诏谕懂得巨龙对于她是多么重要，而她却因此感到耻辱。这一切忽然变得不再像是一种严肃的研究，而更像是一种愚蠢的，不，几乎是疯狂的痴迷。这与痴迷之于蚌壳又有什么区别？ 她为巨龙所做的一切，还有那些龙对她的意义，难道不只是她逃避命运的一个理由？ 她先是感觉到面颊灼热，然后又是一阵晕眩。她怎么会以为能有人将她看作研究龙族智慧的专家？ 她在他的眼里一定是愚蠢极了。

她还没有向他转回身，或者做出任何回答，却听到诏谕又叹了口气。"我早就应该知道，你不是一个无聊的业余爱好者，等待着有人来为你的人生搭好框架且指明目标。艾丽斯，我向你道歉。我在这件事上对你很差。我的立意是好的，或者我以为如此。而现在，我明白我只是在满足自己的欲望，要将你塞进我的人生中，按照我所以为对你最好的方式来安排你。我自己也从我的家族那里体验过同样的安排，所以我知道，这只是在践踏一个人的梦想。"

他的声音中蕴含着那么多的情意，让艾丽斯更感到羞愧难当。"求你，"艾丽斯用很小的声音说，"求你，不要太在意这件事。这只是一种无聊的幻想，一个梦幻的蜘蛛网，我却把它织得太大了。我不应该这样。"

诏谕却仿佛没有听到她说些什么。"我今天带来了一件礼物，以为我也许能让你对我有更好的看法。但现在，我担心你只会将它视作我对你真正梦想的嘲笑。不过，我恳求你能接受它，作为一点小小的补偿，弥补你所承受的损失。"

一件礼物。艾丽斯绝对不想要他的礼物。他以前就送过艾丽斯各种礼物——昂贵的蕾丝手绢，一小玻璃瓶的上等香水，从市场上购买的精致糖果，还有镶嵌小粒珍珠的手镯。在这个战火未息的时期，这些都是相当贵重的礼物，它们都很适合年轻女士，但之于她却像是一种嘲讽——几乎已经是老姑娘的女人。艾丽斯找到自己的舌头，总算是说出了一句正确的话："你对我实在是太好了。"她很希望他能明白，她是真心实意这样说的。

"请回来坐下。让我将它给你。尽管我害怕你会觉得这件礼物的苦涩更多于甜蜜。"

艾丽斯从窗前转回身。在注视过明亮的天空之后，这个房间阴暗得令人反感。在艾丽斯的眼睛适应房间中的光线以前，诏谕只是这个昏暗房间里一个颜色更深的剪影。艾丽斯不想坐到他身边，不想让他有机会看清自己的表情，猜到自己真实的心思。她还能控制自己的声音，但要伪装自己的眼神就太难了。她深吸了一口气。她没有哭泣，没有流下一滴眼泪。这应该是值得骄傲的事情。坐在椅子上的这个男人，也许是命运给予她唯一的道路。但她不相信他，她无法相信他。

一切社交礼仪都让她知道自己必须伪装出相信他的样子，她不能再让他看到自己有多么愚蠢了。艾丽斯集中起精神告诫自己，现在她对诏谕所说和所做的一切，都有可能成为数年之后诏谕在餐桌边讲述的笑话，那时他的身边一定坐着真正和他很匹配的妻子，听他聊起在遇到她之前曾经多么愚蠢地追求过一个老姑娘。这个幽默的小故事一定会惹得那位好妻子发出甜美的笑声。艾丽斯努力让自己摆出一副波澜不惊的表情。她知道自己不应该再露出愉悦的微笑了。她不急不缓地走回到椅子旁，坐下去，拈着变凉的薄荷茶。"你确定不想让我为你换一杯茶吗？"

"绝对确定。"诏谕明确地回答道。他真是一头野兽。看来他根本不打算让自己用社交辞令逃避今天这一幕了。艾丽斯咦了一口凉掉的茶水，借以掩饰心中升起的一阵怒气。

诏谕在椅子上一转身，从背后拿出一只皮口袋。"我和雨野原有一些联络，认识一位经常在那里航行的活船船长。你一定知道那里的人们在卡萨里克进行挖掘。当他们第一次发现埋藏在那里的城市时，大家都非常高兴。他们以为那里一定会像崔豪格一样，有着好几里长的隧道可供挖掘，一个又一个深埋在地下的房间里能找到各种宝藏。但埋葬了古灵城市的那场灾难，在卡萨里克的灾情一定更加严重。那里的房屋全都塌陷了，而不仅仅是被沙土和泥浆填满。从那里找到的完整物品非常少。不过还是有一些颇具价值的发现。"

诏谕打开口袋。他刚刚做的简要介绍，吸引了艾丽斯的全部注意力。崔豪格是雨野原的主要城市，建造在沼泽地的大树上。但在那座城市下方，雨野原商人们发现了深埋于地下的古灵城市，并从这些远古都市中找到大量财富。在靠近长蛇结茧河滩的卡萨里克也有着同样的丘土地形格局，这预示着那里可能有着类似的埋藏宝藏的地下城市。自从那个地方发现了古代城市，讯息不胫而走，可是并没有很多新的讯息传出来，不过这一点并不令人感到奇怪。雨野原商人都不喜欢多说话。就算是他们的缤城亲戚，也很难得知他们的秘密。听到诏谕的话，艾丽斯的心又沉了下去，她一直都梦想着那里的人们能够挖掘出一座图书馆，或者至少是一些卷轴和艺术品的收藏。在艾丽斯的梦中，她就在那里，在巨龙的孵化之地流连。她还想象过自己对雨野原人说："听着，我研究过能从崔豪格找到的所有资料。我没办法把这里的文献全部翻译出来，但我至少认得其中一些词句。给我六个月的时间，也许我能向你们提供一些真材实料。"他们一定会震惊于她丰富的智慧学识，并对她感激万分。雨野原商人会明白她的价值。一份翻译过的卷轴比起无法辨别含义的卷轴，仅仅是在交易的估价上就要超出数百倍，更不要说那里面智能本身的价值了。她会留在雨野原，在那里成为受到重视的一员。每一个夜晚，在她黑暗的房间里，她曾经想象过这件事上百次。但在这个夏季的下午，在这间会客厅中，她的梦想凋谢了，变成一个小孩子自以为是的想象。她明白了，这不过是一个建筑在虚荣的蜘蛛网上的幻梦。

"真是令人伤心啊。"艾丽斯终于用不愠不火的腔调说道，"就我所知，当第二座地下城市被发掘出来的时候，人们曾经对它抱有那么高的期望。"

诏谕点点头，然后便垂下满是黑发的头，解开皮口袋的系扣。艾丽斯看着他的手指将皮带从金属扣中抽出来，最终把皮口袋打开。"他们的确找到了一个装满卷轴和类似物品的房间。那个房间的下半部分已经被淤泥充满了。他们一定竭尽全力想要抢救埋没在其中的卷轴，但河水的酸性太强。不过，那里有一个很高的柜子。柜子上层的六份卷轴被封在玻璃后面。而且还被装在也许是用兽角做成的圆管里，管口也被牢牢塞住了。这些卷轴的保存也不能算是很完美，但它们总算被存留了下来。其中两份似乎是一艘船的航行计划；另一份有许多植物插图；还有两份可能是一幢建筑的蓝图；最后一份在这里，是给你的。"

艾丽斯说不出话。她从那只皮口袋里取出一个很大的角质圆筒。这让她感到万分好奇——到底是怎样的野兽才会有如此闪烁光泽的巨大黑角？ 诏谕拧下筒口的木塞，把里面的卷轴慢慢抽出来。这是一张经过鞣制的浅色皮革，手感相当厚实，缠裹在经过抛光的黑木轴上。卷轴的边缘有一点磨损，但卷轴上没有任何水渍、虫咬和霉斑。他将这份卷轴递给艾丽斯。艾丽斯抬起双手，又让手落在膝头。她说话的时候，声音不住地颤抖："这……这里面写了什么？"

"没有人能确定。不过这里有一些插图，里面描绘了一名黑发金眼的古灵女子。还有一头有着相同色彩的龙。"

"她是一位女王，"艾丽斯喘息着说，"我不知道该如何翻译她的名字。但在我曾经研究过的一份卷轴中，有四幅插图描绘了一位头戴王冠，有着黑发和金眼的女王。在其中一幅图里，她坐在一个篮子里。一头黑龙正背着那个篮子飞翔。"

"真是非同寻常啊。"诏谕喃喃地说道。他挺直身子，动也不动，将那份卷轴举到艾丽斯的面前。艾丽斯发现自己的两只手正紧紧攥在一起。过了一会儿，诏谕又说道，"难道你不想看看它吗？"

艾丽斯颤抖着吸了一口气。"我知道这样一份卷轴的价值，我知道你要用多少钱才能买下它。"她咽了一口唾沫，"我不能接受一份如此昂贵的礼物。

这不……这是……"

"这样不合乎礼数,除非我们已经订婚。"诏谕的声音变得非常深沉。他是在恳求,还是在嘲讽?

"我不明白你为什么要追求我!"艾丽斯突然不假思索地说道,"我不漂亮。我的家族没有钱,更没有权势。我的嫁妆很可怜。我甚至已经不年轻了。我已经二十多岁了! 而你,你拥有一切,你英俊、富有、聪明、魅力四射……为什么你要这样做? 为什么你要追求我?"

诏谕稍稍后退,但并没有显露出慌张的神情。恰恰相反,他的嘴角露出了一点微笑。

"你认为这很有趣? 也许这是你的某种笑话,一次打赌?"艾丽斯气愤地质问他。

听到这些话,诏谕的微笑从脸上消失了。他突然站起身,手中依然攥着卷轴。"艾丽斯,这……实在太侮辱我了! 你竟然以为我会这样做? 这就是你对我真正的看法?"

"我不知道该怎样看你!"艾丽斯回答道。她的心脏已经跳到了喉咙口。"我不知道你为什么会邀请我跳舞。我不知道为什么你要追求我。我害怕你最终会明白我并不适合你,那时你就会离开我,只留给我失望,还有……还有耻辱。我已经习惯相信自己再也无法结婚。我已经为我的人生找到了一个新的目标。而现在,我害怕我会失去一切,也许我将不再甘心于做一个未婚的女子,却又再没有机会去寻找别的生活,只能在我兄弟房子的后屋里去当一个枯萎的老处女。"

诏谕缓缓坐回到椅子里,握住那份宝贵卷轴的手也松开了,仿佛他完全忘记了那份卷轴的存在,或者至少是忘记了它有多么珍贵。艾丽斯竭力不去看那份卷轴。当诏谕说话的时候,他所说的每一字一句都非常缓慢:"艾丽斯,你再一次让我看到了我对你有多么的不公平。说实话,你真的不是普通的女人。"他停顿了一下。艾丽斯觉得整整过去了一个世纪,他才再次开了口,"我现在能够对你说谎。我能用甜美的辞藻奉承你,装作完全被你迷住。但我

现在明白了,你很快就会看穿这样的谎言,并且会更加鄙视这样做的我。"他抿起嘴唇,很长时间之后才继续说道:

"艾丽斯,你说你不年轻了。我一样也不年轻了。我比你还要老五岁。你说得很明白,我很富有。这场战争大大地影响了我们家的财富。每一名缤城商人的财产或者被剥夺,或者遭受了严重损失。而我们的生意和产业一直呈多元化发展,所以我们遭受的损失要比许多家族小得多。我相信,我们会安然度过这场战争,成为新缤城中的强盛家族之一。等到我的父亲去世,我会成为我的家族的商主。我很幸运,有一副令人喜爱的容貌,只是有时候我也觉得这是一种诅咒。我训练自己具备迷人的风度,因为我知道,蜜糖比醋更容易诱使人们签订契约。我表面上是一个喜好社交、乐天亲切的人,这都更有利于我做好我的生意,那是我不能逃避的责任。但如果我告诉你,还有另外一个诏谕,我相信你一定不会惊讶,那个诏谕是私密的,被隐瞒的。他就像你一样,喜欢平静地去追寻他自己的兴趣。"

"我要明白地告诉你,我的父母已经连续多年在催促我结婚了。我的青年时光都被用在接受教育和旅行,好更了解我父亲的生意伙伴。而那些舞会和宴会都让我感到厌倦⋯⋯"他又指了指桌上的托盘和茶杯,"⋯⋯还有这些繁冗的茶会也是一样。但依照我父母的意思,我必须追求到一个女人,生下能够继承我事业的孩子。我必须有一个妻子,能够与我一同完成各种社交职责,招待客人,彰显奢华,从容适应缤城的社交生态,这些对我都是有必要的。简而言之,我必须娶一个出生在商人家庭,并在商人家庭长大的女人。我承认,我很愿意拥有一个属于我的宁静家庭,我不要求我的妻子和我志同道合,她只需要能够尊重我的癖好就好。所以,当我的父母非常严肃地告知我,我必须结婚,否则就要开始训练我的堂弟成为继承人时,我只好选择了前者。然后我开始寻找一个性格安静,通情达理,能够不依赖我,自己享受生活的女人。我需要有人能够掌管我的家族事务,而不需要我事必躬亲。这个女人即使被留下来要自己独处一晚,甚至是几个月也不会感觉自己被忽视。因为生意迫使我必须经常外出远行。我的一位朋友向我推荐了你。实际上,他早就听说了你对于龙和古灵的兴趣。我相信你是个相当大胆的人,因为你曾经去他家,从他父亲的图书馆里借阅过卷轴。他对于你的直率和学者气质都印象深刻。"

诏谕的话让艾丽斯全身一僵。她一下就知道是谁向诏谕推荐了她。塞德里克·梅尔达,苏菲的哥哥。艾丽斯去梅尔达家借阅卷轴的那一天,正是塞德里克帮助艾丽斯从他父亲的书房中找到了那些卷轴。艾丽斯一直都将塞德里克看作她的朋友。当她还是个小女孩的时候甚至曾经迷恋过塞德里克。但是想到塞德里克竟然怂恿自己的朋友来追求她,她还是感到很震惊。诏谕没有察觉到艾丽斯心中的混乱,只是继续着自己的讲述:

"所以,当我为自己的处境感到苦恼时,他告诉我,我应该找一位已经有了自己的人生和兴趣的女子作为新娘。于是我找到了你。实际上,看到你,我甚至觉得你已经完全拥有了自己的生活和乐趣,一个丈夫可能根本就不在你的人生计划之列了。"他忽然抬起那双绿色的眼睛看着艾丽斯。那双眼眸的深处,是不是正闪烁着一点恶趣味的火花?

"艾丽斯,这不是一场浪漫的求婚。或许你应该得到更好的生活,而不仅仅是我给你的这些。但说实话,我不相信还有谁能比我给你更多了。我是一个有钱人。我很聪明,举止优雅,我觉得自己还很有亲和力。我认为我们应该能相处得很好。我要处理我的事务,你则继续你的学术研究。实际上,我认为在我们结婚以后,我们都应该能轻松许多,将我们父母的唠叨丢在身后。那么,你今天能给我一个答案吗? 艾丽斯,你愿意嫁给我吗?"

诏谕停顿了一下。艾丽斯却没有力气来回答他的这番粗暴的求婚。也许他是以为艾丽斯在犹豫。他将自己的意思重复了一遍,对于其他女人,这应该是一种非常下流的侮辱,但艾丽斯知道,他只是在说明他们的选项。"我不认为你能得到更好的条件了。我很富有,仆人们会完成所有工作。你可以尽情雇佣各种男女仆从,雇请秘书和厨师为我们制定宴会和各种活动计划。为了确保我们的体面,无论是什么样的人都会听你的吩咐。你将不仅有时间进行你的研究,还会有充足的资金购买你所需要的卷轴和书籍。如果你为了研究必须长途旅行,我会为你提供合适的人选,帮助你完成心愿。因为我,你失去了看到龙从茧中孵化出来的机会,对此我真诚地感到遗憾。我向你承诺,如果你接受了我的求婚,你就能前往雨野原河上游,亲自研究那些生物,用多少时间都可以。看啊,你不可能冀求一个更好的契约了!"

艾丽斯缓缓地说道:"你要收买我,希望因此让你的生活变得更加简单。你打算用卷轴和进行学术研究的自由收买我。"

"你这样说有一点粗鲁,但……"

"我接受。"艾丽斯迅速地说道。她向诏谕伸出手,心中想着诏谕也许会捧起她的手,亲吻它,心想他也许甚至会将她拉入怀中,拥抱她。但诏谕只是带着微笑握住她的手,用力摇了一下,就好像他们是两个刚刚达成交易的男人。然后,诏谕将她的手掌心向上翻起,把那份卷轴放入其中。卷轴很沉,为了能长久保存,皮革表面用油脂反复打磨过。远古辛秘的气息从那里面散发出来,不断引诱着艾丽斯。艾丽斯急忙抬起自己的另一只手,扶稳这件珍贵的古物。诏谕又说话了,他浑厚的声音显示出了他满意的心情。

"如果你许可,我会在夏日舞会上宣布我们将举办婚礼。当然,在那以前我还要求得你父亲的许可。"

"我相信,你根本不必求他。"艾丽斯喃喃地说。她将卷轴紧抱在胸前,仿佛这是她生下的第一个孩子,同时她的心中又在寻思自己到底同意了什么。

诏谕的靴子跟响亮地敲击着每一级石砌台阶。他走出金卡罗恩朴实的宅邸大门,正沿着台阶逐级而下。宅邸前有一辆矮种马拉的马车,靠在红色高车轮旁的塞德里克一见到诏谕,立刻站直了身子,将褐色的头发拨到脑后,向他的高个子朋友露出微笑。诏谕脸上灿烂的笑容表明他带来了好讯息。小马纷纷扬起头,轻声嘶鸣。塞德里克向诏谕问道:"如何?"

"你总是这么迫不及待,是吗?"诏谕一边走过来,一边亲切地问。

"你用的时间比我们预料中要长一点。"塞德里克一边说,一边爬上马车,牵起缰绳,"我还以为进展不是很顺利。最近出现的一些迹象,并不能让人很安心。"

诏谕的长腿轻盈地登上了这辆小马车乘客的位置。他坐下的时候叹了一口气。"我不喜欢这种小车。这个座位的靠背刚好顶在我的腰上，车轮也总是会撞上路面的每一点坑洼，让车子颠簸得要命。如果父亲能让我重新使用那辆四轮马车，我一定会很感激他。"

塞德里克催开马匹，靠向座位。"我想那可能还需要一段时间。既然道路状况这么差，我们应该选择更合理的出行方式。我们可以步行穿过被堵塞的街道。这个星期里，半条金驰街都堆满了木料，人们正忙着重建城市。缤城还有很大一部分需要把破损不堪的建筑拆除并清理干净，之后建起新的房屋，大市场上一半的店铺都还只是被烧焦的空壳。"

"而夏季只会让经过火焚的建筑散发出更加强烈的臭气。我知道，昨天我曾想要找一家茶馆，却被那里的臭气赶走了。我知道这种小马车比四轮马车更适合现在的路况，就像与艾丽斯·金卡罗恩结婚才是理智的选择。但这两者我都不必喜欢，只要忍受就好了。我告诉你，塞德里克，我只不过刚刚理智了几个月，却已经由衷地对此感到恶心了。"诏谕呻吟一声，将纤长的后背靠在矮小的座椅中，然后又厌恶地喊了一声，坐起身，不停地揉搓着后背。"这真是人类发明的旅行方式中，最不舒服的一种。金卡罗恩家到底为什么要将他们的房子建在离市中心如此远的地方？"

"有可能是因为这是沙崔甫王最初赐予他们家的土地。对他们而言，这成为一种祝福。那些劫匪和掠夺者都不喜欢跑到这么远的地方来。"

"住在这样一个无人问津的地方，能够让丑陋的家宅保持完整也算是对他们的一点奖励吧。他们难道没想过迁居到城中更好的地方去？"

"我怀疑经济状况让他们别无选择。"

"他们的状况的确很不乐观。如果不用为这么多女儿准备嫁妆，他们就能给他们的儿子们备一处更好的房产了。"

塞德里克选择无视朋友的抱怨。他用晒成褐色的双手轻轻握着缰绳，引导马匹绕过一段被水冲毁的路面。"那么，你一定要我逼你讲述一下细节吗？你的求婚到底进展如何？你到底有没有搞清楚，那位女士为什么会对像你这样非同寻常的优秀人选如此轻视？"

"和你猜的一样。虽然必须承认这一点，但我还是很震惊，你通晓缤城所有明暗流言的能力再一次发挥了作用。艾丽斯真的是宁可去雨野原河上游看龙蛋孵化，也不愿意陪我去舞会。她亲口承认，她对于龙的兴趣已经有一点到了痴迷的程度。很明显，她已经接受了自己只能做一名老处女的命运，选择了一种古怪的爱好用来打发她孤寂的日子。而我不仅把她的独身梦想打成了碎片，还恶毒地请求她陪我参加舞会，因而毁掉了她见证群龙出壳的机会。所以，我是一头粗鲁无礼的野兽。这还真是让我很不知所措。"

塞德里克瞥了一眼这位对任何事情都满不在乎的朋友。诏谕却在这时显示出一脸严肃的表情。"那么，还要我一点一点问你吗？你有没有挽回些什么？她愿意陪你去舞会吗？"

"喔，远比这些更好。"诏谕轻松地伸直双腿，转过头，给了塞德里克一个完美的笑容，一双绿眼睛里闪烁着阴谋者的快意光彩，"你的礼物起了很好的效果。她只是瞥了那东西一眼，就接受了我的提议。向她的父亲请求能否挽起她的手只不过是走走过场，她自己也是这样说的。祝贺我吧，我的朋友。我要结婚了。"当他高声说出最后这句话的时候，他的声音却突然变得冰冷刻板，和他所说的内容全然不符。

片刻之间，塞德里克咬住下嘴唇，压抑住自己沮丧的心情，然后他平静地说道："祝福你。希望你们两个得到一切快乐。"

诏谕向他皱起眉头。"我还不了解她，但我的确打算快乐一些。因为我不希望这会改变我生活的任何方面。如果她够聪明，她也会选择快乐地过日子。她不可能得到更好的条件了。喔，别用那种责备的目光看我，塞德里克。是你向我提出建议，告诉我让家人快乐的最好方法，就是找一个对我不会有太多期待的女人。你甚至说艾丽斯·金卡罗恩会完美地符合我的需求。我见过了她，所以我同意你的看法，现在，她就要成为我的人了。到时候，她会打理好我的家，给我一个胖小子，继承我的名字和财富，确保我的父亲不会选择我的堂弟做他的继承人，而是选择我。所有这些行为都很明智，很讲求实际，将我的不便降到最低。"

"但这还是很让人伤心。"塞德里克低声说。

"为什么会伤心？我们全都能得到我们想要的。"

"严格来说并不是这样。"塞德里克喃喃地说道，"说实话，不是这样。"他叹了口气，"艾丽斯应该得到更好的生活。她是一个好人，一位善良的人。"

"我的朋友，你太过于多愁善感了。而且你也太过于注重诚实了。毕竟如果我们让所有缤城人都变得诚实，那么到了下个星期，全体商人就都要变成乞丐了。"

塞德里克发现自己无法响应诏谕的说辞。过了一会儿，诏谕又像在为自己辩护一般地说道："如果你真的不打算让我这样做，为什么你又要将这个念头塞进我的脑子里？"

塞德里克微微一耸肩。实际上，他并没有想到诏谕真的会把他这个颇有嘲讽意味的建议付诸实现。而诏谕的行为也的确稍稍削减了他对这个家伙的好感。他说道："有一句老话说，想要过得好，丑妻家中宝。"然后他又有些不安地承认，"我和你说起这件事的时候喝了不少的酒，还在为我自己的状况烦恼。艾丽斯不是一个坏人。而且她一点也不丑。只是，嗯，不够漂亮。按照缤城人的标准，她不算漂亮，但她很善良。我们小的时候，她经常会来找我的姐妹们玩。当其他女孩都像对待一种疾病那样对待我的时候，她对我一直都很好。"

"喔，是了。我忘记你曾经有过一段时间全身都是疹子。"诏谕愉快地刺激着自己的朋友，"她也许以为你会一直保留那些疹子，这样刚好能配得上她的雀斑。"他的绿眼睛里跳动着恶作剧的闪光。

塞德里克抵抗着微笑的冲动。"我的疹子可不是只持续了一段时间，它几乎要跟随我一生！所以，她对我的和善，她愿意做我的牌搭子，在午餐时坐在我的旁边，这些对我都很重要。她从那时起就是我的朋友了。也许我对她现在的状况不是很了解，但我知道她人很好，有一颗善良的心，只是没有漂亮的脸蛋和富裕的家境。"塞德里克忧郁地摇摇头,又将散乱的头发从眼睛前面拨开,"我绝对不希望她遭遇厄运。当我建议说她能够成为你的好妻子,对你不会有很高的要求时,我从没有想到你竟然真的会去追求她。"

"喔,你当然应该想到!"诏谕毫不容情地指责他,"我追求她的时候,你一直是站在我这一边的。是你策划了整个方案!你把她挑选出来,甚至告诉我什么样的礼物能够赢得她的好感。我可以告诉你,你在这件事上是绝对正确的!我本以为这一局我输定了,直到我拿出那个卷轴。整个局势立刻被扭转了过来。这都是卷轴的功劳。"

"随你怎么说吧。"塞德里克没好气地回答。他竭力不去想自己在诏谕这场阴谋中的角色。现在这只让他感到丢脸。艾丽斯一直都是他的朋友。那天晚上他到底在想什么,竟然让艾丽斯的名字从自己浸透了酒精的舌头上滚落出来?他知道现在自己心中充满了负罪感。他一直都只想着自己,只想着在诏谕·芬波克身边的快乐生活。他只想继续保持这种生活,同时为了他自己而拓展他朋友的野心。

塞德里克将这些念头推到一旁,开始专心驾驭马匹绕过状况最糟糕的一片坑洼路面。缤城正集中全力重建被烧毁和严重破坏的建筑,暂时还没有精力维护道路。等他们绕过了这一段路,又看到前方还有许多亟待修复的街道。塞德里克摇了摇头。最近这段时间,他觉得这座城市似乎正不断遭受侵蚀。曾经让他为自己是缤城商人之子而骄傲的每一样东西,此刻都变得破败、晦暗或面目全非了。

在恰斯国发动袭击之后,缤城中的各个区之间又发生了各种争执,旧日的仇怨被重新提起。当这些问题也终于得到解决时,重建工作却依然进度缓慢,令人气馁。现在这些情况都有所好转。商人议会终于恢复了权威,开始执行各种法律。人们相信重建工作可以安全地进行了,贸易也在有限度地恢复,一些人并没有失去自己所掌握的资源。但新生的建筑看上去都不像原来的建筑那样有特色,毕竟这都是匆忙中被建造出来的,没有经过周详审慎的设计,许多房屋看起来几乎完全一样。塞德里克还无法确定自己是否同意议会的决定,允许这么多非商人分享权力,对重建的进程做出决定。现在缤城商人之中混入了曾经的奴隶、渔夫,还有其他各色新人。这一切的变化都太快了。缤城再不会是原先的样子了。昨天晚上,当他向自己的父亲哀叹当前的局势时,他的父亲却出乎意料地完全不同意他的看法。

"不要犯傻了,塞德里克。你看待这些事的眼光太理想化了。缤城会继续生存下去,但肯定不会是原先那副样子,因为缤城从来都不是'原先那副样子'。缤城的繁荣正是因为它在不断改变。随着缤城的变化,我们这些能够随之一同变化的人就能和我们的城市一同继续繁荣下去。一点改变伤害不了我们任何人。只要是有改变的地方,聪明人就能发现利润。这才是你需要动脑筋的地方——你该如何让这种变化惠及你的家族?"然后,他的父亲从嘴里拿出短柄烟斗,指了指他的儿子问道,"你有没有想过,也许一点变化对你是有好处的? 现在你是诏谕的秘书,他的左右手,这对你很有好处。你会和他的许多生意伙伴打交道。你需要认真思考该如何利用这些人际关系。你不能一辈子都做你朋友的副手,无论你们之间的友情有多么深,或者这让你感到多么愉快。既然你已经放弃了我为你争取到的一切机会,你就应该尽可能利用你所掌握的资源。"

想到这些,塞德里克叹了口气。他的父亲总是能将一切谈话的方向,转到他作为一个失败的儿子。

"你由衷的叹息是为我而发声的吗,我的朋友?"诏谕发出一阵放纵的笑声,"你总是以最糟糕的方式想我,对不对? 你担心那个可怜的女人受骗了,现在她的脑海里只盘旋着我的甜言蜜语和诱人微笑,对不对?"

"不是吗?"塞德里克用刻板的声音问。向他的朋友推荐艾丽斯,这已经让他感到够糟糕的了。诏谕的嘲讽更让他感到格外刺耳。

"完全不是。你根本就是在无端地惩罚自己。真正的结果其实再好不过了,我的朋友!"诏谕亲切地拍了拍塞德里克的肩膀,然后用手按住他的肩头,俯身向他保证,"艾丽斯完全明白我的安排。喔,一开始她的确是没有想到。那时她向我说了不少带刺的话,让我差一点失去了镇静。她非常直接地问我,我对她的追求是不是一个笑话,或者也许是我和别人打的一个赌! 我要告诉你,这的确让我有一点震惊。然后我想起你说过,她可不是傻瓜,而是一位非常聪慧的女子。女人真是一种令人胆战心惊的小怪物,不是吗?"

"于是我急忙重新考虑了我的策略。我将手中所有的牌都摊到桌面上让她看清楚,以此扭转了战局。我向她承认,我打算通过一场婚姻获得生活的便利,我甚至告诉她,我选择她作为婚姻中的女性,最大的原因是为了让我现有的生活不会受到打扰。喔,不要用那种恶狠狠的眼神瞪我! 当然,我的措辞要比现在我对你说的有技巧得多! 但我可没有宣称我爱她,甚至只字未提我对她有任何好感。实际上,我只是让她知道,她可以任意雇佣人手,让自己免于一切家庭主妇的工作,另外还有足够的预算来满足她怪诞的小爱好。"

"她接受了? 她接受了你的这些条件和婚姻契约?"

诏谕又笑了。"啊,塞德里克,并非所有人都是浪漫的理想主义者。那个女人懂得什么是好契约。我们握手为定,就像诚实的商人那样。于是一切都有了结果。或者我更应该说,这是一个开始。她会嫁给我。我会从她那里得到一个继承人。我的父亲在死前都不会再向我说教了。他一直都威胁要让我的堂弟成为他的继承人,这是因为那家伙有着恶魔一样的生育力。切特比我还小一岁,却已经有两个儿子和一个女儿了。那个家伙根本不懂得一点节制。虽然没什么道理,但等我从艾丽斯那里得到一个儿子的时候,我一定会很高兴。这样切特也许就会后悔自己对他的妻子耕耘得太过勤奋了。等到切特意识到他必须自己想办法供养所有小孩,我的家族根本不会给他一分钱的时候,看他要怎么办!"他抬起手用力拍了一下膝盖,身子向后靠去,一副洋洋自得的样子。但他很快又直起身,用手肘捣了一下他的朋友。

"好了,说些什么吧,塞德里克! 难道这不是我们两个都想要的结果吗? 生活正按照我们的意愿前进。我们可以自由自在地旅行,享受生活,和朋友们寻欢作乐,所有的一切都不会改变,我的世界一切照常。"

塞德里克沉默了一段时间。诏谕将手臂抱在胸前,发出满足的"咯咯"笑声。马车轮在崎岖不平的岔路口颠簸着。塞德里克这时低声说道:"你要和她生一个儿子？"

诏谕耸耸肩。"我会吹熄蜡烛，勇敢地实现我的目标。"他又发出一阵冰冷的笑声，"有时候，黑暗是一个人最好的朋友，塞德里克。在黑暗中，我能装作她是任何人，甚至是你！"看着塞德里克恐惧的表情，他放肆地大笑起来。

塞德里克竭力做出回答，他的声音异常低沉："艾丽斯应该得到更好的生活。任何人都应该有更好的生活。"

诏谕装出一副受到冒犯的样子。"她能有比我更好的丈夫吗？ 不可能，我的朋友，这一点你很清楚。比我更好的丈夫是不存在的。"他的笑声回荡在夏日的天空中。

生月第二日

最高贵与伟大的沙崔甫王柯思阁统治的第七年
商人联盟独立第一年

来自黛托茨，崔豪格信鸽管理人
致艾瑞克，缤城信鸽管理人

艾瑞克：

　　这是我送出的第四只带有这份请求的鸽子了。请尽快送一只鸽子回来，以确认你已经收到了这份请求，我很担心老鹰会在半路上将鸽子抓走。鸽子携带的密封匣，里面是一封致缤城商人议会的信。这是雨野原商人议会就此议题发出的第四封信，他们亟须得到关于如何应对幼龙的建议。我相信这封信中还附加了额外的资金要求，这笔钱将被用来雇佣猎人。我希望你能告诉我：我的鸽子都平安到达了你那里，只是因为你们的议会迟迟未做出答复，我才迟迟没有收到回信。

黛托茨

第四章　誓言

"只要再擦一次粉就好了，"她的母亲恳求说。

艾丽斯摇摇头。"我脸上的粉已经比我们用来做婚礼蛋糕的面粉还要多了，而这件长裙又紧又沉，我已经开始出汗了。妈妈，诏谕知道我有雀斑。我相信他宁可看到那些雀斑，也不会愿意让客人们看见我脸上的粉有裂痕。"

"我一直都让她不要晒太阳。我警告过她要戴好帽子和面纱。"她的母亲从她面前转过身，低声嘟囔着。但艾丽斯知道，母亲是想让她听到这些话。她突然意识到，自己完全不会想念母亲这些低声的批评与责备。

她会想念她的旧家吗？

她向自己的小卧室环顾了一圈。不，她不会。无论是这张曾经属于她的伯祖母的床，还是这些旧窗帘和旧地毯。她已经准备好离开父亲的家，准备和诏谕一起过着新生活。

想到诏谕，艾丽斯的心中不由得生出一点小悸动。她对自己摇摇头，现在不是想新婚之夜的时候，她必须集中精神完成仪式。她和她的父亲已经仔细演练过她要向诏谕许下的诺言。几个月以来，他们已经交换了誓词，协商了需要修改的内容和用词。在缤城，婚约必须被仔细审查和斟酌，就像对待其他一切契约一样。今天，在商人大堂，各个家族和宾客面前，这份婚约将被高声宣读，而他们两个将在最终完成的契约上签名。所有人都将见证诏谕和她达成的约定。诏谕家族的要求精细明确，其中一些要求让艾丽斯的父亲皱起了眉头。

但最后,父亲还是建议艾丽斯接受这一切。今天,艾丽斯就会在众人的眼前让这份协议最终生效。

然后,等到交易达成,人们就会开始庆祝一对新人的结合了。

他们的协议也将在今晚圆满达成。

期待和恐惧在艾丽斯的心中翻腾、争斗。她的一些已婚朋友警告过她放弃童贞时的疼痛。另一些人则露出别有深意的微笑,悄声称羡她得到了如此俊美的如意郎君,并送给她香水、润肤霜剂,以及镶缀花边缎带的睡衣。许多人都夸赞诏谕有多么英俊、舞跳得有多么好、骑马时的身形是多么挺拔秀美。一位不那么拘于礼数的艾丽斯友人,甚至咯咯地笑着说:"马骑得好的人,骑别的也一定好!"所以,尽管诏谕在追求她的时候没有偷过她的香吻,也没有过其他亲昵的表示,但她还是憧憬着诏谕在他们独处的第一夜,能够打破自己的保守风格,向她展露出他一直隐藏的激情。

艾丽斯打开一柄花边小折扇,为自己扇着凉风。一点香味随着微风从洒过香水的折扇上飘来。她最后一次看着梳妆镜。她的眼睛闪着光,她的面颊呈现出两团红晕。就像是没有脑子的小姑娘,她一边在心中想着,一边向镜中的自己露出原谅的微笑。又有什么样的女人不会倾倒于诏谕的魅力呢?他是那么英俊,诙谐,聪颖,说起话来那样让人高兴。他不停地送给她各种小礼物,而每一样礼物都是那样精美又贴心,一看就知道他花了许多心思。他不仅接受了艾丽斯要成为一名学者的野心,还用各种礼物向她表明,他完全支持她的研究——两支银笔尖的豪华墨水笔,五种不同颜色的墨水,一支可以将旧手稿上褪色的文字放大的放大镜,一条绣着长蛇和巨龙的披巾,用模仿龙鳞的彩色玻璃制成的耳坠。每一件礼物都很合她的心意。艾丽斯相信:诏谕正是用礼物表明了他因为过于矜持而无法用语言表达的感情。作为响应,她也一直在诏谕面前表现得庄重文雅,但尽管表面始终保持着冷静,她在内心里却不由自主地开始对诏谕产生了温暖的感受。白天里一次又一次的克制,只是成为她在深夜里种种绮梦的动力。

就算是最丑陋的女孩,独处时也会梦想着会有男人爱上她的内心。诏谕已经明白地告诉她,他们的婚姻只是一种便利,但一定会是这样吗? 她对此一直抱有怀疑。如果她全心全意地爱上诏谕,难道她不能让他们的婚姻对他们两个人都多一些意义? 自从他们订婚的讯息被宣布之后,数个月的时间就这样慢慢过去了。诏谕在她心中占据的空间变得越来越大。当他对她说话的时候,她开始注意他的唇形,他端起茶杯时秀美的双手,他宽阔的肩膀撑起外衣的轮廓。她不再问为什么,不再不相信爱情也会找到她,将她淹没在喜悦的迷恋中。

战争对缤城造成了严重的破坏,即使她的父母能够把钱顺风洒遍全城,也还是有许多东西买不到。但即使如此,这一天对艾丽斯而言依然像是一个传说。她的结婚礼服是用祖母的长裙改制的,没有关系,这只会让她的礼服更显得意义非凡。装饰商人大堂的花朵并非来自雨野原的温室,而是从她家和朋友家的花园中采来的。她的两位亲戚会在婚礼上献唱,她的父亲拉小提琴伴奏。一切仪式都会从简,但这些都没有关系,这一切都会真诚且真实。

在之前的几个星期里,艾丽斯想象过一百种他们的新婚之夜。她幻想过诏谕胆大莽撞,孩子气的羞赧,温柔,犹豫;或者也许是下流淫荡,甚至向她索取无度。每一种可能都让她感受到欲望的热度,将睡魔从她的床边赶走。好吧,现在只要再过几个小时,她就不必再猜想了。她在镜中瞥到自己,为自己脸上的微笑吃了一惊。她侧过头,审视着自己的镜影。艾丽斯·金卡罗恩,正在为她的婚礼而展露笑颜——谁能想象会有这样的一天?

"艾丽斯?"她的父亲正站在门口。艾丽斯惊慌地转过身,却看到父亲脸上温柔而哀伤的笑容,心不由得颤抖了一下,"亲爱的,该下楼了。马车正在等我们。"

斯沃格僵直地站在小船舱里。他的船长向他点了一下头,他才坐下来。他一双粗糙的大手轻轻放在桌子的边缘。莱福特林坐在他对面。这位船长叹了口气。这是漫长的一天,不,这是漫长的三个月。

为了保守秘密,他们的工作量变成了三倍。莱福特林不敢挪动那根巫木,更不敢将它沿河拖到更适宜进行加工的地方。任何过往的船只都会看出他找到了什么。所以他们只能在这片河岸边的酸性泥沼和灌木丛中，将这段巫木切割成能够使用的长度。

今晚，这份工作终于结束了。巫木原木凭空消失，变成了柏油人号船舱中的一块块衬板。甲板上，船员们正在狂欢庆祝。有鉴于他们需要共同完成这件大事，莱福特林决定所有船员应该都重新确认自己和柏油人号的关系。所有船员都在契约上签了名，只有斯沃格除外。明天，他们就会让柏油人号启程，回到崔豪格，放下他们精心挑选、处事谨慎的木匠。木匠的工作完成得非常好。然后，他们会重新开始在这条河道上的常规航行。但现在，他们可以尽情庆祝一项大工程的完成。终于完成了，莱福特林发现自己没有任何遗憾。

一瓶莱姆酒和几只小杯子被放在这张桌子的正中央。其中两个杯子被用来压住一份卷轴。卷轴旁边还有一瓶墨水和一支鹅毛笔。再多一个签字，柏油人号就安全了。莱福特林自顾自地点点头，然后审视着对面这名河上水手。泥土和焦油形成的干结纹路，黏附在这名舵手的粗布衬衫上。他的厚指甲缝里还塞着银色的木屑。在他的下巴上有一道脏污，也许他之前曾经挠过那里。

莱福特林暗自一笑。他有可能像这名舵手一样脏。这是漫长而辛劳的一天，而且这种工作是他们所有人都不习惯的，现在这一切都结束了。斯沃格向他的船长充分证明了自己。他心甘情愿地加入莱福特林的小阴谋，而且毫无怨言地做了远超过自己分内的工作。这正是莱福特林喜欢这个人的原因之一。现在该是让他知道这一点的时候了。"你从不抱怨，从不发牢骚。如果有事情明显出了错，你从不会去追究是谁的责任，只会竭尽全力去修正错误。你很忠诚，也很谨慎，所以我想要将你留在船上。"

斯沃格瞥了一眼那些小酒杯，莱福特林从他的眼神中得到了讯息。他拔起瓶塞，在两个杯子里各倒了一点酒，又告诫他的舵手说："在吃喝之前最好先把手洗干净。那些东西可能有毒。"斯沃格点点头，小心地在衬衫前襟上擦了擦自己的手。然后他们都拿起酒杯喝了一口，斯沃格才说道：

"永远。我从其他人那里听说这份契约的内容了。你是要让我签名，承诺永远留在柏油人号上,直到死亡。"

"是的,"莱福特林向他确认,"我希望他们也告诉你了,这样你的薪水也会增加。有了新的船壳,我们就不必再像过去那样需要大量人手来驾驶这艘船。但我还是会用同样的预算支付薪水,船上的每一名船员都能得到均等的一份。这样很好,不是吗?"

斯沃格向船长点了一下头,但并没有看船长的眼睛。"我的后半辈子还有很长呢,船长。"

莱福特林发出响亮的笑声:"莎神的血啊,斯沃格,你在柏油人号上已经有十年了。对于一个雨野原人来说,这就是永远的一半了。所以,签一份文件又有什么问题? 这对我们两个都有利。这样我就能知道,柏油人号上永远都会有一位好舵手。而你也知道,没有人会因为你太老不能工作就把你丢在岸上,一个铜子儿都不给你。你签下这个,这对我的继承人也一样有效。你向我做出承诺,你在这张纸上签下名字,我就能承诺,只要你活着,柏油人号和我都会照顾你。斯沃格,除了这艘船,你还有什么地方可以去?"

斯沃格用他自己的问题回应了船长的问题:"为什么要签终身契约,船长? 是发生了多大的改变,让我必须承诺永远跟随你一起航行,或者现在就离开这艘船?"

莱福特林压抑下自己的微笑。斯沃格是一个好人,而且非常善于掌舵。很少有人能像他这样懂得这条河。柏油人号在他的手中总是能走得很舒服。最近这艘船经历了很大的变化,莱福特林不想在这个时候更换舵手。他直视斯沃格的双眼:"你知道,我得到了这段巫木,而我们的行动是违反禁令的。这件事必须保密。我相信,最好的保密方式就是确保每一个知道秘密的人都会获益,并将知道秘密的人聚在一个地方。"

"在我们开始做这件事以前,我已经送走了所有我认为不属于我的人。任何有二心或者灵魂有瑕疵的人,都不能知道这件事。所以我只带了一小队人,每一个都是我亲手挑选的。我想要把你们全都留下。这是因为我信任你们,斯沃格。我留下你,因为我知道你年轻时干过修造船只的活。我知道你能帮助我们重建柏油人号,并且对此绝不声张。现在,这件事已经做好了,我希望你继续做柏油人号的舵手,而且永远都是他的舵手。如果我让一个新人上船,他立刻就会知道这艘船有非常不同寻常的地方,甚至对一艘活船而言,也是不同寻常的。我无法知道能不能信任他,和他分享这个大秘密。他也许会是个大嘴巴,或者他也许是那种自以为能够靠保持沉默而赚到钱的人。到那时,我将不得不做我很不愿意做的事。所以我希望能留住你,能留多久就是多久。如果你签下这份契约,那就是留你一辈子。"

"如果我不签呢?"

莱福特林沉默了片刻。他没有想过要为这件事讨价还价。他以为自己的选择非常谨慎。他从没有想过斯沃格会是那个临阵退缩的人。他随即说出了从脑海中冒出来的问题:"为什么你会不签? 是什么不让你签名?"

斯沃格在椅子里挪动了一下重心,瞥了一眼酒瓶,又将眼睛挪开。莱福特林等待着。这名舵手从来都不是一个饶舌的人。莱福特林又为他们两个各自倒了一点莱姆酒,继续等待着,他已经可以称得上是很有耐心了。

"一个女人。"斯沃格终于说道。他只说了这么一句,双眼看着桌面,抬起眼睛看了看船长,又继续看着桌面。

"女人怎么了?"莱福特林也终于问道。

"我一直想求她嫁给我。"

莱福特林的心沉了下去。这已经不是他第一次因为女人及家室而失去好船员了。

最近的修复工程让商人大堂焕然一新,散发出新鲜木材和过油木材的气味。为了这场仪式,原先摆放在大堂中的长椅都被挪到了旁边,露出一大片空地。下午的阳光从窗户斜射进来,让暗淡的方形光斑投射在抛光的地面上,或者变成碎片落在众人身上。大家聚在大堂,见证一对新人相互立下誓言。大部分宾客都穿着正式的商人长袍,袍服的颜色代表了他们的家族。他们之中还有几个三船人,也许是诏谕家族的生意伙伴,甚至还有一名身穿黄色丝绸长裙的纹身者。

诏谕还没有到。

艾丽斯告诉自己,这没有关系。他会来的。正是他安排好了这一切。他不可能在这个时候反悔。艾丽斯衷心希望自己的长裙不要这么紧,而这个下午也不要这么热。"你看上去面色很苍白,"她的父亲悄声对她说,"你还好吗?"

艾丽斯想到了母亲在她脸上敷的那么多白粉,不得不微笑了一下,"我很好,父亲,只是有一点紧张。我们能走几步吗?"

他们在房间中缓步前行。艾丽斯的手轻轻搭在父亲的臂弯里。一位又一位客人向她表示问候,向她祝福。他们之中有些人已经喝了不少香料酒,另一些人则不加掩饰地仔细审视着他们婚姻契约中的每一项条款。写有婚姻协议的两份卷轴被钉在大堂中央的一张桌子上。银制烛台上的白色细蜡烛正闪动着火光,照亮了协议中的每一个纤细精致的文字。两支黑色鹅毛笔和一瓶红墨水正等待着她和诏谕。

这是缤城特有的一种传统。婚约将提供给宾客做详细审查,然后被大声朗读出来,并由双方家族签字,随后才是简短许多的祝福致辞。艾丽斯很能理解这样做的原因。他们是一个商人的国家,他们的婚礼当然需要像其他一切契约一样,经过很仔细的协商。

直到听见门外的马车轮声,艾丽斯才明白自己有多么急切。"一定是他来了,"她紧张地悄声对父亲说。

"最好是他。"父亲有些不高兴地回答,"我们也许不像芬波克家那样富有,但金卡罗恩也是和他们一样的商人家族。我们不是无名之辈,不应该遭受怠慢。"

艾丽斯第一次意识到她的父亲是多么担心诏谕会留下她一个人在这里,会不签署他们的契约。她细看父亲的眼睛,看到了愤怒混合着恐惧。父亲正恐惧着自己会被羞辱,会不得不带着无法成婚的女儿回家。艾丽斯将目光从父亲的身上转开,感觉到这一天的光彩也有一些消退了。就连她自己的父亲也无法相信诏谕会真的爱上她,会想要娶她。

艾丽斯在紧绷的长裙所允许的范围内,深吸了一口气,挺起脊梁,也坚定了自己的决心。她不会回去住在父亲的房子里,做他失败的女儿。再不会了,无论发生什么。

然后,大堂的门被打开,诏谕的朋友和生意伙伴们,穿着代表各自家族世系的正式长袍一拥而入,走下台阶,一边还不停地发出肆无忌惮的哄笑。诏谕被他们簇拥在中间。第一眼看到他,艾丽斯的心就飞快地跳动起来。他的黑发像孩子一样散乱,面颊格外红润。他在众人簇拥中快步走向前,露出了亲切的笑容。剪裁合身的深绿色遮玛里亚丝绸上衣更加突出了他宽阔的肩膀。他系着一条白色的领带,翡翠领带夹比他的眼睛还要绿。

当他的眼睛看见艾丽斯的时候,他的表情一下子凝滞了。微笑从他的脸上退去。艾丽斯与他对视,用眼神质问他是否要现在改变心思。但他只是严肃地看着艾丽斯,缓缓点了点头,仿佛在向自己确认着什么。数十位宾客走上前向诏谕表达问候和祝福。诏谕走过他们,就像一艘船切开波涛,毫不粗鲁,但丝毫容不得这些人的耽搁和打扰。他一直走到艾丽斯和她的父亲面前,郑重地向两个人鞠了一躬。艾丽斯被吓了一跳,急忙行了一个屈膝礼。当艾丽斯站起身的时候,诏谕已经向她伸出一只手,同时却又微笑着向她的父亲说道:"我相信她现在是我的了,不是吗?"

艾丽斯将手放在诏谕的手中。

"我相信首先需要签订契约。"艾丽斯的父亲说道。不过他的语气相当愉悦。诏谕的动作打消了他的焦虑。看到女儿被一个如此俊美又富有的男人确切无疑地拥有,这位父亲的脸上焕发出了自豪的光彩。

"那就这样!"诏谕朗声说道,"我提议我们立刻签字。我对冗长的仪式没有兴趣。这位女士已经让我等得够久了!"

一阵激动的情绪涌过艾丽斯全身。此时大堂中,饶有兴致的窃窃私语和被压抑的笑声正在宾客之中散播开来。诏谕,永远都是那样魅力四射,光彩耀人,他已经牵着艾丽斯的手快步走过大堂,奔向等待他们的契约。

按照传统,他们走到长桌两侧,面对面站好。塞德里克·梅尔达走上前,为诏谕握住墨水瓶。艾丽斯的姐姐罗丝求得了作为艾丽斯伴娘的荣誉。诏谕和艾丽斯一同来到长桌边,分别交替高声诵读婚姻契约中的条款。在每一项条款得到认可之后,两个人就会就此条款签字。最后这对夫妻将一同站在长桌末端,接受父母的祝福。每一份契约卷轴都将被仔细地撒上细沙,吸干多余的墨汁,然后卷起来收藏在大堂的档案库里。关于嫁妆和子嗣继承权的条款很少会遭到质疑,但总需要文字记录来防止在这样的事情上发生争执。

这些文字之中没有半点浪漫可言。艾丽斯高声念诵出,如果诏谕在得到继承人之前突然死亡,她将放弃对诏谕财产的一切所有权,将其交予诏谕的堂弟。与之相对应,诏谕念诵并签字确认如果他突然死亡,作为寡妇的艾丽斯将在他的家族土地上得到一处私人房产。而如果艾丽斯在没有继承人的情况下去世,作为她嫁妆的一小片葡萄园,将被交予她的妹妹。

契约中还有所有缤城婚姻契约中都不会缺少的标准誓约。他们结婚后,双方对于家庭的财政决定都有发言权。双方的个人津贴也被确定并得到认可,还有更加详细的条款规定当他们的财富增加或者缩减的时候,这份津贴也要随之有所增减。双方都同意要忠诚于对方,并都郑重宣布自己尚未有任何子嗣。艾丽斯要求以古老方式订立协议,意即他们的头生子无论性别为何,都拥有全部继承权。让她感到温暖的是,诏谕对此完全没有反对。当她大声读出她坚持要写入契约中的条款——她可以前往雨野原继续进行巨龙的研究,至于具体行程日期,日后再协商确定的。诏谕立刻用华丽的字体签下了自己的名字。艾丽斯眨眨眼,努力压抑下喜悦的泪水,她希望眼泪不要现在流淌出来,在她涂着厚粉的脸上留下泪痕。她到底做了什么才能得到这样一个男人? 她发誓,一定要让自己值得诏谕这样的慷慨大度。

契约条款的内容非常精细,没有半点含糊的地方。从这些条款中能清楚地看到,婚姻从来都不是完美的。数不尽的条款涵盖了各种可能发生的状况。每一个细节都被考虑到了,任何事情都不会因为夫妻之间的亲密关系而被忽略。如果诏谕在婚姻之外又有了孩子,这个孩子没有资格继承他的任何东西;而艾丽斯如果愿意,可以选择立刻终止他们的婚姻契约,同时得到诏谕现有财产的百分之十五。如果艾丽斯被发现对婚姻不忠，诏谕不仅能将她赶出家门，还能够否认艾丽斯出轨日期之后出生的任何孩子与他的亲子关系，这样的孩子将由艾丽斯的父亲承担起对其的经济责任。

诵读和签名的步骤不断地重复。一些条款规定了两个人在特定情况下都有权结束契约，尤其是出轨的行为会让契约完全失效。每一个条款都要大声朗读，并由两个人庄重地签署认可。通常这一过程都会持续数个小时。但诏谕在这件事上完全无心纠缠。他念诵条款的节奏越来越快，显然是急着要完成仪式的这一部分。艾丽斯发现自己也在紧追着诏谕的节奏，和他一样越念越快。一些客人一开始似乎认为他们的表现很失礼，但看到艾丽斯绯红的面颊和诏谕脸上不时显现的狡黠笑容，他们也露出了微笑。

在相当短的时间里，他们已经走到了桌子末端。艾丽斯几乎有些喘不过气地拿起她家族的最后一项条款，开始高声念诵这一项标准的婚约内容："我会将我自己，我的身体和我的爱意，我的心和我的忠诚，全都只给你一人。"诏谕也将这项条款重复了一遍。有了前面那么多的承诺，这段话在艾丽斯看来实在是有些多余。他们签了字。鹅毛笔被交还给伴郎和伴娘。终于从这段繁文缛节中解脱出来，他们手拉着手向前走去，长桌不再会隔开他们。他们一同转身，面对着正在等待他们的父母。诏谕的手很温暖，艾丽斯的手却格外冰凉。诏谕轻柔地握住她的手指，仿佛唯恐力量大一些就会伤到她。艾丽斯握紧了诏谕的手，让他知道，现在她已经再没有半分疑虑。她是他的，她将自己的全部交在他的手中。

首先是他们的母亲，然后是他们的父亲给予这对新人祝福。诏谕父母的祝词要比艾丽斯的父母长很多，他们乞求莎神赐予这对小夫妻事业的成功，众多子嗣，快乐的家庭，他们两个都要健康长寿，孩子也要健康而且孝顺——祝词一段接着一段，艾丽斯感觉到自己的微笑都要凝固在脸上了。

当祝福最终结束的时候，他们转身面对彼此，亲吻对方。这将是他们的第一个吻。突然间，艾丽斯很高兴诏谕将这个吻保留到了这一刻。她在长裙允许的范围内深吸一口气，向诏谕仰起脸。诏谕俯视着她，一双绿色的眼睛中闪烁着难以解读的神情。当诏谕向她俯下身的时候,艾丽斯闭起眼睛,放松嘴唇,让诏谕完全主掌这个时刻。她感觉到诏谕的呼吸。他的双唇就悬浮在她的唇上。然后,诏谕吻了她。她只感觉到一点最轻微的碰触。仿佛一只蜂鸟的翅膀刚刚拂过她的嘴唇。

一点瑟缩掠过艾丽斯的全身。看到诏谕向后退去,她不由得屏住了呼吸,心脏开始剧烈地跳动。他在逗弄我,艾丽斯心想,却又无法压抑浮上嘴角的微笑。诏谕不看她的眼睛,但一抹狡黠的笑容也掠过了他的面庞。残忍的男人,他要让她承认,她也像他一样充满渴望。就让夜晚到来吧,艾丽斯一边在心中想着,一边偷偷侧目又瞥了一眼丈夫俊美的脸。

"那么,和我说说她。"在沉默持续了很长时间之后,莱福特林终于问道。

斯沃格叹了口气,抬起头看着船长,露出微笑。这让这名舵手的容貌一下子发生了变化。他仿佛年轻了许多岁,那双蓝色的眼睛中几乎闪烁起了柔和的光彩。"她的名字是贝霖。她,嗯,她就和我一样。她能吹笛子。我们是在两年前遇到的,在崔豪格的一家酒馆里。你知道那家酒馆。那里的老板是约纳。"

"我知道那里。河边的人们都在那里做交易。"莱福特林侧过头,看着他的舵手,很不想问出心中的问题。他在约纳的酒馆里遇到的女人大多都是妓女,其中的确有好人,但绝大多数只是在那里做生意,并不想为了一个男人而放弃赚钱的机会。莱福特林怀疑斯沃格可能在这件事上昏了头,受到了欺骗。他几乎要问斯沃格是不是给了那女人钱,要那个女人去为他们买一幢房子。莱福特林不止一次见到容易受骗的水手上了这种当。

但还没等莱福特林开口,斯沃格一定已经从船长的眼睛里看出了他的疑虑。"贝霖是河上水手。那时她正在和她的水手伙伴们喝酒,吃热饭菜。她在那艘名叫萨夏号的小驳船上干活。那艘船只在崔豪格和卡萨里克之间来往。"

"她做什么?"

"撑篙手。这让我们很难在一起。经常是我进港的时候,她却在河上;她进港的时候,我又在河上了。"

"就算娶了她,也无法改变这一点。"莱福特林向斯沃格指出。

斯沃格低头看着桌面。"上次贝霖和我都在港口的时候,萨夏号的船长给了我一份工作。他说如果我想要跳船,他会接受我做萨夏号的舵手。"

过了一段时间,莱福特林才将攥紧的双拳松开,努力控制住声音说道:"你答应了? 甚至没有告诉我你想要走?"

斯沃格用手指敲击着桌子边缘,然后主动给自己和船长倒了一些莱姆酒,并将杯中的酒一饮而尽,"我什么都没有说。就像你说的那样,船长,我在柏油人号上工作已经超过十年了,而且柏油人号是一艘活船。我知道我和他不是亲人,但即便如此,我们依然有一种羁绊。我喜欢他在水面上行驶的感觉。就像我知道该期待什么,那种感觉,甚至会让我全身都微微战栗。萨夏号是一艘很好的小驳船,但它只是浮在河面上的一块木头。我很难离开柏油人号。但……"

"但为了一个女人,你会离开。"莱福特林语气沉重地说。

"我们想要结婚,生养孩子,如果我们可以的话。你刚刚说过,船长,十年对于一个雨野原人来说已经是永远的一半了。我不会再年轻了,贝霖也是。如果我们要完成这个心愿,我们就要赶快。"

莱福特林一言不发地掂量着自己的选择。他不能让斯沃格走,现在不行。现在这艘活船还有很多问题需要解决,在这个时候又要让他适应新舵手,简直是不可想象。他是否还需要多一名船员? 他已经让轩尼诗负责甲板和船篙,还有皮包骨的丝凯莉,大埃德尔,再加上他自己。他希望斯沃格负责掌舵。如果多一名船员应该不是坏事。这甚至能让柏油人号在行船的时候更加灵活。是的,他决定了。这笔生意是划算的。他压抑住浮现在脸上的笑容,随后做出决定。

"她有什么能耐?"莱福特林问斯沃格。看到舵手脸上被冒犯的神情,他又澄清道:"作为撑篙手,她的工作出色吗? 她能不能在柏油人号这种尺寸的驳船上工作? 能不能应付棘手的状况?"

斯沃格只是看着莱福特林，许久没有说话。希望在他的眼睛里闪烁。然后，他又有些慌张地低下头看着桌面，仿佛是要向船长掩饰自己的眼神。"她很优秀。她可不是娇气的小女孩。她是一个有肌肉的女人。她熟悉这条河，知道她该做些什么。"斯沃格挠了挠头，"当然，柏油人号要比萨夏号大得多，而且还是一艘活船。"

"所以你认为她没办法来这艘船？"莱福特林追问他。

"她当然能来。"斯沃格犹豫了一下，然后几乎是有些恼怒地问，"你是在说，她能加入柏油人号？我们可以一起在柏油人号上工作？"

"还是你宁愿和她一起待在萨夏号上？"

"不，当然不。"

"那么就问问她。我不会要你签下契约，除非她也同意签。不过我的条件还是那样，这是一份终身契约。"

"你甚至还没有见过她。"

"我认识你，斯沃格。你认为你能和她过一辈子，那么我就相信我也能信得过她。去问问她吧。"

斯沃格向笔和契约伸出手。"不需要，"他一边说，一边将笔尖蘸进墨水中，"她一直都想要上一艘活船，又有哪个水手不想呢？"随后，他便用流利又工整的笔迹，将自己的一生签给了柏油人号。

在商人大堂的婚礼仪式，艾丽斯红润的面颊，不止一名客人注意到了。当客人们跟随新人前往他们的新家享用婚礼筵席的时候，艾丽斯几乎尝不出蜂蜜蛋糕的味道，也听不清周围的人都在说些什么。晚宴仿佛没有结束的时候，别人对她说的话，她连一个字都记不住，更没办法进行任何聪明的交谈。她只是在长桌的另一端看着诏谕。诏谕修长的手指捧着一杯葡萄酒，舌尖舔了舔嘴唇，柔软的发丝落在额前。难道这一餐饭永远都不会结束，这些人再也不会离开了吗？

依照传统，当诏谕和他的朋友前去新书房品尝白兰地的时候，艾丽斯向客人们正式道别,然后前往她的新婚房间。苏菲和艾丽斯的母亲陪着她,帮助她除去沉重的长裙和衬裙。她和苏菲已经有几年时间不曾如此亲近过了,但既然塞德里克一直陪在诏谕身边,他的妹妹留在艾丽斯身边显然是恰当的。母亲留下许多充满关爱的祝福之后便离开他们,去协助艾丽斯的父亲向离去的客人们道别。苏菲留在房里,协助艾丽斯系上薄纱绸缎睡衣的几十个小缎带结。然后,艾丽斯坐下,她帮助艾丽斯解开红色的头发,把披散到肩头的红发梳理平整。

"我是不是看起来很傻?"艾丽斯问她的老朋友,"我只是这样一个普通的女孩。这件睡衣对我来说是不是太艳丽了?"

"你就像是一位新娘。"苏菲回答道。她的眼神中显露出一丝哀伤。艾丽斯明白。今天,随着艾丽斯成婚,她们童年时代的最后一点痕迹也一去不返了。她们现在都是已婚女人。尽管心中充满期冀,艾丽斯还是为自己丢弃的人生感到了片刻的遗憾。再也不是一个女孩了,她想。 再不会有任何一个晚上住在她父亲的房子里,做父亲的女儿。想到这一点,艾丽斯突然感觉一阵轻松。

"你担心吗?"苏菲问艾丽斯。她们的目光在精致的化妆镜框中交会在一起。

"我没有事。"艾丽斯一边回答,一边竭力抑制自己的微笑。

"这样不奇怪吗? 你们三个人住在同一个家里?"

"你是说塞德里克? 当然不! 他永远都是我的朋友。知道他和诏谕相处得那么好,我高兴还来不及呢。和诏谕打交道的那些商人我知道得很少。当我进入新生活的时候,能够有一位老朋友陪在我身边,我会非常高兴。"

苏菲看着镜中艾丽斯的眼睛,脸上显露出惊讶的表情。然后她侧过脸向她的朋友说道:"嗯,你总是能看到事情好的一面! 我相信,我的哥哥一定也很高兴拥有你这样一位一直对他那么好的盟友! 我真是没办法让你比现在更漂亮了,你看上去是这样高兴。你真的很高兴,对不对?"

"是的,我很高兴。"艾丽斯向她的朋友回答道。

"那么,我应该走了,将我最好的祝福给你。晚安,艾丽斯!"

"晚安，苏菲。"

艾丽斯一个人坐在梳妆镜前，拿起发刷，再一次梳理起她赤褐色的头发。她几乎不认识镜子里这个穿着蕾丝睡裙的女人。今天早晨，她的母亲以巧妙的手法为她敷了粉，遮住了她的雀斑，不仅仅是脸上的，还有她胸前和手臂上的。她知道，她正在走进一段人生，一段甚至在她还是个充满梦想的小姑娘时都不曾想象过的人生。在楼下，乐手们演奏起向客人道晚安的最后一段乐曲。她的卧室窗户敞开着。她听到马车轮转动的辚辚声，客人们正一家接一家地离开。她尽量让自己有耐心。她知道，诏谕必须留在楼下，直到最后一位客人走出大门。终于，她听到房子大门最后关闭的声音，又从窗外听到了父母和诏谕的父亲互道晚安的声音。她相信，他们是最后离开的。她又向身上喷了一点香水。两辆马车驶远了。她吹熄了一半的香水蜡烛，让房间里的光线变得暗一些。楼下一片静谧。被烛光照亮的房间里，到处都是插着芬芳花朵的精致花瓶。她期待着丈夫的到来，在心跳中等待着，耳朵努力地捕捉着靴子踏在台阶上的声音。

在等待中，夜越来越深。她感到寒冷。她披上一条柔软的羔羊毛披巾，坐到壁炉边的椅子里。夜虫已经停止了鸣叫。一只孤单的夜鸟正在号啼，却得不到任何回应。慢慢地，她的情绪从期待变为紧张，又变为恼怒，最终，她陷入了迷惑。壁炉中温暖房间的火焰正渐渐变小。她又向炉膛里加了一根圆木，吹熄华丽的银烛台上快要燃尽的蜡烛，重新点亮另外一些蜡烛。她坐在壁炉旁的软垫椅里，双腿盘曲在身下，等待着她的新郎到来，赢取对她的权利。

当泪水从眼眶中溢出的时候，她无法阻止，她也无法修复被泪水破坏的敷粉。于是她从脸上洗掉一切伪装，面对着镜子里满脸斑点的自己，问自己什么时候变得这样愚蠢。诏谕早就清楚地说明了他的条件，从一开始就清楚地告诉了她。是她编织出爱情的愚蠢幻想，并用它来覆盖住他们冰冷如铁的契约。她不能责备他，要怪只能怪她自己。

她早就应该脱掉衣服去睡觉。

但她只是坐在炉火旁，看着火焰渐渐吞噬圆木，又渐渐暗淡下去。

子夜之后又过了很久，当黎明的阴影落入屋中，最后几根蜡烛也快要燃尽的时候，她喝醉的丈夫走了进来。诏谕头发蓬乱，步履不稳，衣领已经松开。发现艾丽斯正在即将熄灭的炉火旁等他，他似乎吓了一跳。他将艾丽斯上下打量了一番。突然之间，艾丽斯觉得让诏谕看到自己只穿着一件纯白色的绣花睡衣，实在是一件很困窘的事。他的嘴唇抽动了几下。在那一瞬间，艾丽斯看到了他牙齿的闪光。然后他便转过头不再看艾丽斯，只是用含混的声音说："那么，我们就来吧。"

他没有走向艾丽斯，而是向卧床走去，一边脱下他的衣服。他的外衣和衬衫先后落在厚地毯上。走到最后四根还有光亮的蜡烛前，他停住脚步，弯下腰，一口气把它们吹熄掉，让整个房间陷入黑暗。艾丽斯能够嗅到他呼吸中的酒精气味。

艾丽斯听到卧床在丈夫的身体下发出嘎吱声。诏谕坐到床边。咚的一声响，他扔下一只靴子，然后是另一只。一阵布料的窸窣声，艾丽斯知道诏谕已脱下裤子。随着诏谕躺下，卧床又发出一声叹息。艾丽斯还留在椅子里，惊讶夹杂着恐惧，让她一动也不能动。她对于夫妻之爱的全部期待，她愚蠢的浪漫梦幻都化为了泡影。她听着诏谕的呼吸。又过了一会儿，诏谕说话了，他的声音中带着一股充满酸气的打趣意味。"如果你也到床上来，我们应该会容易得多。"

艾丽斯从椅子里站起身，向诏谕走过去。她甚至不知道自己为什么要这样做。只是这似乎是不可避免的。她不知道自己对这件事有这么高的期待，是不是因为在这方面缺乏经验。当她离开壁炉的温暖，走过这个阴冷的房间，她感觉自己仿佛在游过一条冰冷的河流。她终于走到床边。诏谕没有再对她多说一个字。这个房间是这样幽暗。他不可能看见她走过来。她笨拙地坐到床边。又一段时间过去了，诏谕用浑浊的声音对她说："你必须脱掉衣服躺下来，我们才能完事。"

艾丽斯的睡衣前襟上系着十几个小丝带结。当她将它们逐一解开的时候，一股可怕的情绪从她的心中升起。她是多么愚蠢，竟然会幻想他的手指怎样将每一根丝带从扣袢中解脱出来。她穿上这件衣服的时候竟然会有这种白痴一样的期盼。只是在几个小时以前，这件奢侈繁复的丝裙还仿佛充满了女性的诱惑。而现在，艾丽斯感觉自己实在是选了一件很蠢的衣服，还妄想扮演一个她永远也不可能成为的角色。诏谕早已看穿了这一点，像她这样的女人，根本没有权利穿上这种美丽娇柔的丝缎衣裙。浪漫不属于她，甚至连欲望也不是她能享有的。对诏谕而言，她只是一份责任。仅此而已。艾丽斯叹了一口气，站起身，让睡衣沿着身体滑落到地板上。然后她掀起被子，躺在卧床的另外半边。这时，她感觉到诏谕翻过身，正在看着她。

"那么，"诏谕的气息直接吹在她的脸上，"那么，"他叹息一声，片刻之后，他深吸了一口气，"你准备好了吗？"

"我想是的。"艾丽斯说道。

诏谕在床上挪动身体，凑近艾丽斯。艾丽斯也转身面对着诏谕，却又突然全身一僵。她现在非常害怕诏谕的碰触。尽管心中揣着种种畏惧，她却又害羞地感觉到一阵暖意涌起。畏惧和渴望绞缠在一起。她厌恶地想到她的两个朋友，她们曾经不厌其烦地念叨着若被恰斯劫匪强奸是多么危险。艾丽斯能明显地感觉到她们在说这件事时候那种又害怕又兴奋的情绪。愚蠢，她一直这样看待她们，那两个蠢女人竟然会因为欲望和暴力的幻想而喘不过气来。

而现在，当诏谕的手落在她的臀部，她不由自主地微微惊呼了一声。在这以前，还从没有男人碰过她裸露的肌肤。这个想法让一阵鸡皮疙瘩掠过她的皮肤。然后，随着诏谕增加力量，随着他的手指紧握住她的身体，将她拉近，艾丽斯惊惧地发出轻声尖叫。她听说过，第一次会很痛，却从没有担心过诏谕也许会很粗暴。现在，她有了这样的担心。

诏谕突然轻呼了一口气，仿佛有什么东西一下子合了他的心意。"没有什么不同嘛。"他嘟囔了一句，或者也许是"没有那么难嘛"，艾丽斯几乎没有时间细想他到底说了什么。她肺里的空气被一次突如其来的撞击挤压了出去。诏谕将她按在床上，用自己的身体压住她。他的膝盖将她的大腿向左右分开。"准备好了。"他一边说，一边将她从没有见过的一样东西插进她的身体。

艾丽斯努力配合诏谕。她抓住床单,却无法让自己拥抱丈夫。她早就被告知会出现的疼痛并不像她害怕的那样强烈。她听过朋友们悄声谈论,但自己也满怀期待的那种喜悦却没有来。她太容易被骗了,她甚至不知道自己是否喜欢这样。骑在她身上的诏谕,在她没有意识到便已结束。随后,他立刻将让自己的身体离开她,耷拉悬荡的那根东西拖过她的大腿,留下一道温热的液体。艾丽斯觉得自己被弄脏了。当诏谕躺回到卧床的另外半边时,艾丽斯猜测着他是否会立刻熟睡过去,还是会休息后再对她做一遍那种事,也许这一次他会更从容一些。

诏谕没有做这两件事,他只是躺在床上,直到呼吸恢复平稳,然后就从床上翻身坐起,摸索了一番,找到为他准备好的温暖柔软的睡袍。艾丽斯更多是听到,而不是看到他这样做。一道微弱的光亮突然落进屋中,那是走廊外被罩住的蜡烛。房门紧接着便在诏谕身后关闭,艾丽斯的新婚之夜结束了。

片刻之间,艾丽斯只是躺在床上,她全身都起鸡皮疙瘩,很快地,全身颤抖。艾丽斯没有哭泣,她只想要呕吐。不过她只是用诏谕那一侧的床单揩净了自己的腿和腰,然后就翻身到了卧床干净的那一边。她努力将空气吸进肺里,再呼出去。她有意让自己的呼吸缓慢下来。她开始计数,每吸一口气都数三下,然后再缓缓地呼出去。

"我很平静,"她高声说道,"我没有受伤,没有问题。我履行了我的婚姻契约上的各项条款。"片刻之后,她又高声说,"他也是。"

艾丽斯从床上坐起身。壁炉中应该再加上一根圆木。她将木柴放入火中,看着火苗在上面跳跃,她则陷入了沉思。在黎明前的一段时间里,她仔细思考了自己签署的这份契约有多么荒唐。泪水不断地落下。这段时间,她因为失望、羞辱和对自己愚蠢选择的懊悔而感到窒息。片刻之间,她兴起从诏谕的房子里冲出去、回家去的念头。

但"家"又在哪里?她父亲的房子?那样她就必须面对无数的问题和流言蜚语。她的母亲会不遗余力地追问她这一晚发生的每一个细节,搞清楚到底是什么事在困扰她。她能想象父亲的表情。如果她去店铺,市场上就会充满窃窃私语；如果她走进茶馆想要喝杯茶，就会听到邻桌的悄声议论。不，她没有家可以回了。

当太阳升起的时候，艾丽斯将自己孩子气的幻想和苦恼都放到了一旁。没有人能够将她从这个命运中拯救出来。于是她让自己恢复成那个她早就在不断演练的老处女。心志柔弱的少女不可能承受落在她身上的命运。最好还是把那个少女丢在脑后吧。只有那个意志坚定的老姑娘能够从容地接受这份命运，并清醒地衡量这其中的利益。

太阳亲吻天空时，艾丽斯站起身，叫来一名女仆。这是她的女仆，完全没有错，是她的贴身女仆。一个美丽的女孩，只是在鼻子上纹了一只小猫，表明她曾经是一名奴隶。这个女孩端来了热茶和香草热水供艾丽斯清洗眼睛。然后，在艾丽斯的要求下，她用一只漂亮的珐琅托盘端来热早餐供艾丽斯选择。在艾丽斯吃饭的时候，这个女孩又摆出几件华美的新衣服让艾丽斯挑选。

当天下午，艾丽斯首次举办了欢迎诸位宾客的茶会。她穿着一件端庄娴雅的浅绿色长裙，上面点缀白色蕾丝。简洁的剪裁样式，让这件衣服看上去不像实际上那样昂贵。当母亲的朋友悄声告诉她，她看上去很适合婚姻生活时，她露出喜悦明媚的微笑。当诏谕出现的时候，她的美好心情到达了顶点。她的丈夫身着盛装，一尘不染，只是眼神空洞，面色苍白。

诏谕站在客厅门口，已经迟误了参加茶会的时间。很明显，他是来找她的。当他的目光找到艾丽斯的时候，艾丽斯微笑着向他摆动了一下手指。妻子的气色非常好，当他快速地悄声向她为昨晚的"状况"致歉时，她却似乎毫不在意，这些显然都让诏谕吃了一惊。艾丽斯只是点点头，就将自己的全部注意力转回到了周围的客人身上。她正尽全力成为一位优秀的女主人，显示出自己的美丽以及睿智。

奇怪的是，艾丽斯发现这并不是那么困难。就像任何决定一样，一旦她下定决心，整个世界仿佛突然就变得简单了。随着晨曦在天穹中升起，她决定一丝不苟地履行她的契约。而且她会确保诏谕也是如此。

第二天，她召集木匠，将她卧室旁边精雅的女红室变成她的私人图书馆。

镀金的白色小桌子被更换成一张巨大沉重的乌木桌，上面付有许多抽屉和橱格。在随后的数个星期中，书商和古董商人们很快就知道，要把最新得到的好货先送到芬波克府上供芬波克夫人挑选，之后才能公开销售。不到六个月，艾丽斯的小图书馆中的书架和卷轴架上已经有了许多收藏品。她相信：如果她必须要卖掉自己，至少她应该卖一个高价。

雨月第十七日

最高贵与伟大的沙崔甫王柯思阁统治的第八年
商人联盟独立第二年

来自黛托茨,崔豪格信鸽管理人
致艾瑞克,缤城信鸽管理人

在封闭的卷轴匣里有两份文件,其中第一份要公开宣示,以询问水手和农夫是否见到过任何与巨龙婷黛莉雅的相关迹象,她已经离开雨野原数个月之久。第二份是要交给缤城商人议会的一封信,提醒他们尽快提供资金,向那些照料幼龙以及为幼龙狩猎的人们支付薪水。务必迅速做出答复,急切地期盼答复。

艾瑞克:

对于你的损失,我致以最深切的哀悼。我知道你是多么盼望着与法丽成婚。听闻她突然去世,我的哀伤无以言表。现在对我们所有人都是一个艰难的时代。

黛托茨

绿月第十日

最高贵与伟大的沙崔甫王柯思阁统治的第八年
商人联盟独立第二年

来自艾瑞克,缤城信鸽管理人
致黛托茨,崔豪格信鸽管理人

密封的卷轴里有一封缤城商人议会致雨野原议会的一封信。对于已经付出用于养护幼龙的资金,缤城商人议会要求得到一份详尽的账目清单。如果卡萨里克的议会无法清楚列出资金使用情况,缤城商人将不会再筹集并提供新的资金。

黛托茨:

最近这个月,我这边孵出来的半数幼鸽几乎都有蜷足问题。你是否在你的鸽群中见到过这种状况,或者听说过治疗该病症的方法? 我担心营养匮乏是此种缺陷普遍发生的根源,但该死的议会,总是不给我充足的资金购买各种优质谷物和干豆子,而这些对于鸽子的健康是至关重要的。为了重建道路和港口,他们收的重税会彻底把我们吸干,但我呼吁要为信鸽提供合理营养,他们却充耳不闻!

艾瑞克

鱼月第二十三日

最高贵与伟大的沙崔甫王柯思阁统治的第九年
商人联盟独立第三年

来自黛托茨,崔豪格信鸽管理人
致艾瑞克,缤城信鸽管理人

在密封的卷轴里是卡萨里克和崔豪格的雨野原议会在这个月所花费的资金账目,其中包含缤城商人议会提供的资金开销明细。你们会从另外一只信鸽那里得到一份布告的文本,其中写明:若有人提供巨龙婷黛莉雅的切实讯息,就能得到赏金。所有外出的船只都应该携带这份布告。

艾瑞克:

我的亲戚赛馨,正在为她的儿子雷亚奥寻找一份学徒的工作。雷亚奥是一位很有责任心的十四岁男孩,已经有不少照顾和喂养信鸽的经验。我毫无保留地向你推荐他,尽管我相信你应该对此不会很在意,但我还是会向你保证,他身上的标记很轻,就算在工作时不戴面纱,也不会招惹任何麻烦。如果有人走进你的鸽舍,也不会对他产生任何不必要的好奇。如果你需要学徒,我们将很高兴把他送到你那里去,车马费由我们出,同时我还会送去下一批幼鸽以更新缤城鸽群的血统。雷亚奥本来应该负责管理卡萨里克的鸽群。现在卡萨里克人决定要建立他们自己的鸽群了,但卡萨里克议会却雇了两个纹身者做这件事。雨野原不再是过去的雨野原了！请单独派一只鸽子来，让我知道你对这件事的决定。

黛托茨

更月第十七日

商人联盟独立第四年

来自艾瑞克，缤城信鸽管理人
致黛托茨，崔豪格信鸽管理人

在密封的卷轴里，是一份缤城商人议会向卡萨里克和崔豪格的雨野原商人议会发出的警告。在缤城发现了一枚伪造的玺戒，有人在用这种玺戒伪造交易书和许可证，以便于在雨野原河沿岸各处行动。缤城商人议会建议在结交新的贸易伙伴时一定要保持谨慎，尤其是那些来自天谴海岸的外国人，必须详细查勘他们的文件。

黛托茨：

关于你的外甥和我的学徒雷亚奥，我有一点小小的担心。过去一年里，他一直专心照料信鸽，让我看到了他的安稳可靠和认真尽责，对此我非常欣赏。但最近，他结交了几个年轻朋友。那些年轻人将太多的时间用在赌博和酗酒上面，这对他的工作非常有害。商人、三船人和纹身者中的年轻人都混杂在我们的城市里，这并不总有利于我们建立牢固的工作伦理规范。我已严厉地警告他，但我相信同样的惩罚如果来自于他的家人，应该会对他产生更大的影响。如果他不能继续安心工作，恐怕我就只能送他回家，同时不能给他熟练工的证明书。

遗憾的，艾瑞克

望月第十四日

商人联盟独立第五年

来自黛托茨，崔豪格信鸽管理人
致艾瑞克，缤城信鸽管理人

此份密封函件为商人高申致三船城戴伦·索耶的一封信，询问一艘运硬木的船之所以迟误的缘由。

艾瑞克：

向你和雷亚奥致歉。雷亚奥的津贴迟误了，感谢你帮助他解决了财务困难。这场风暴实在太可怕了，不仅延误了河上的船运，还对人和信鸽都造成了许多灾难。请先让蒂塔好好休息，再派她飞回到我这里。等到强勇号停泊在缤城，雷亚奥的钱就会送到了。再一次致上我们的感激。

黛托茨

第五章　勒索和谎言

莱福特林站在甲板上，看着恰斯人船上的小艇向他靠近。这艘小艇吃水很深，对它施以重压的是一名肥胖的商人、数名桨手以及一大堆装满谷物的麻袋。和他们的三桅大船相比，柏油人号顿时小了许多。这也是莱福特林拒绝靠近那艘船的原因之一。如果恰斯人想要和他做交易，就让他们过来罢，莱福特林可以站在高处好好盯着他们登船。而他没有在他们的身上看到武器。

"你不打算在做交易之前先看看货吗？"斯沃格问他。这名肌肉发达的舵手，正缓缓拽动着长长的舵柄。

莱福特林靠在船栏杆上摇了摇头。"如果他们想要我的金子，就让他们过来吧。"莱福特林对恰斯人没有好感，也不信任他们。他不会去恰斯人的甲板，在那里，任何狡诈的罪行随时都可能落在诚实的人头上。斯沃格拖曳船舵缓缓划过水面，毫不费力地让驳船稳稳停在逐渐宽阔的河面湍流中。在他们周围，乳白色的雨野原河水正分散进浅海的湾口中。这是莱福特林让柏油人号行驶的最远距离。实际上，柏油人号很少会来这里。他的航路基本上只是沿着雨野原河上下，经过河岸边的各处聚落。莱福特林的父亲和祖父也都是这样驾驶柏油人号的。海洋和异国海岸不属于他们。每年莱福特林来到河口的次数屈指可数，往往只有可靠的中间人联络他，他才愿意到这么远的地方来。而他在这里交易的只有雨野原居民为了生存所必需的食物。在河口，不管和谁做生意，他不可能过于挑剔，但他一直保持着戒心。聪明的商人知道做生意和交朋友的区别。和恰斯人做生意的时候，他只会谈生意，绝不会提什么友谊。无论是谁和恰斯人做生意，最好在后脑勺上多长一对眼睛。现在这两个国家处在和平状态，但和恰斯国保持的和平，永远不可能持久的。

莱福特林看着这些靠近的恰斯人，眯起了眼睛，嘴角露出怀疑的纹路。那些划桨的恰斯人看上去像是普通水手，那一袋袋谷物应该也只是谷物。不管怎样，当这艘小艇在他的驳船旁边停下，扔过一根缆绳的时候，他还是让丝凯莉，他们最年轻的水手抓住缆绳，在船上固定好。他则一直站在栏杆后面，盯住了小艇上的那些人。大埃德尔不声不响地站到了他身边，挠着他的黑胡须，看着恰斯人的小艇。"盯住那些水手，"莱福特林轻声对他说，"我来盯住那个商人。"

埃德尔点点头。

绳梯从柏油人号上挂下来。恰斯商人轻松地爬上绳梯。莱福特林对这个人重新做了评估。他的体重也许非常重，但他的体力并不弱。他披着沉重的海豹皮斗篷，斗篷用红布镶边和衬里。一条用白银做装饰的宽皮带勒紧了他的羊毛长外衣。海风吹来，将他的斗篷不断翻扯。但这名商人却仿佛对此毫不在意。是商人，也是水手，莱福特林心中想。登船之后，这名商人严肃地向莱福特林点点头，莱福特林微鞠一躬作为回礼，然后恰斯商人在船边俯下身，用恰斯语向他的桨手们喊了几句，之后又转回身朝向莱福特林。

"你好，船长，我会让我的船员送来一些小麦和大麦的样品。我相信我的货物质量肯定会符合你的要求。"

"那就让我们看看吧，商贩。"莱福特林态度亲切却毫无推让，自始至终，他的脸上都带着微笑。

恰斯商人向柏油人号光秃秃的甲板瞥了一眼。"那么你用来交易的东西呢？我本以为能够看到它们被堆放在这里，以供我检查。"

"钱币不需要检查。到时候你就会看到天秤已经在我的房间里摆好。我喜欢称重，而不是数钱。"

"对此我没有异议。国王和他们的铸币厂有兴有衰，但黄金就是黄金，白银就是白银。不过……"他忽然压低了声音，"……来到雨野原河口的人不一定都想要得到金银。我希望能有机会从你这里购买一些雨野原特产。"

"如果你要找雨野原特产，那么你就必须到缤城去。所有人都知道，那是唯一能购买到雨野原特产的地方。"莱福特林的目光越过恰斯人的肩膀——另一名恰斯人正爬上甲板。埃德尔向那个人走去，不过并没有要从那个人肩头接过麻袋的意思。贝霖就站在不远处，手中握着沉重的船篙。虽然并不是有意为之，但她却显得比埃德尔更加令人生畏。

恰斯桨手跨过船栏杆向前走了两步，把肩头沉重的麻袋抛在莱福特林的甲板上，然后回身去接另一只麻袋。这些麻袋看上去都很好，麻线编织紧密，没有盐渍和水浸的痕迹。但这并不意味着里面的谷物就是好的，更不意味着所有那些口袋里都会是优质粮食。莱福特林继续保持着面无表情的样子。

恰斯商人又向他靠近了半步。"没错，人们都这样说，许多人也只知道这些。但还有少数人能得到另一些讯息，签订不同的契约，悄悄做成生意，让双方都发大财。我们的中间人提到过，你名气很大，人们都知道你是一位精明的船长，也是一个明白事理的商人，拥有世上仅见、最高效的驳船。他说，如果有人能弄到我正在寻找的特殊货物，那一定就是你。或者你会知道我应该去找谁。"

"他是这么说的？"莱福特林和蔼地问道。这时恰斯桨手又将一只麻袋放在他的甲板上。这只口袋也和第一只一样，编织紧密，保存良好。莱福特林向轩尼诗点点头，他的大副打开了舱室门。船上的黄猫格里格斯比悠闲地走上了甲板。

"他是这么说的。"恰斯商人直率却又平静地向莱福特林确认。

莱福特林的目光越过恰斯商人的肩膀，望向那只猫。那个淘气的小杂种正用爪子抠住柏油人号的甲板，伸了个懒腰，然后把一双爪子拖向自己，在木头上留下一些细小的抓痕。它漫步向船长走过来，在甲板上闲游了一圈，然后开始它的任务。它走向那些刚刚出现在船上的麻袋，随意地嗅嗅它们，然后用头顶了一下麻袋，仿佛在把它标记为自己的财产，之后它便向厨房门走去。莱福特林咬住嘴唇，微微点点头。如果麻袋上有一点老鼠的气味，这只猫都会对它们更加感兴趣。也就是说，这名谷物商人的船很干净。这一点相当不简单。

"特别的货物，"那个人又低声重复了一遍，"他说他早就听说你能弄到这种东西。"

莱福特林猛地转过目光，盯着这名商人专注的灰色眼睛，皱起眉头。恰斯商人误解了他的表情。

"各种都可以，哪怕是最小的鳞片，一片皮肤。"他将声音压得更低，"一片茧木。"

"如果你想要交易的是这个。那你就是找错人了。"莱福特林粗鲁地说道。他从恰斯商人面前转过身，走过甲板来到谷物麻袋前，单膝跪倒，抽出腰带上的匕首，割开缝住麻袋口的绳子，将麻袋口打开。将手插进谷物里，挖出一满把谷粒。这是上好的谷物，非常干净，没有谷糠和稻草。他将谷粒抛回到麻袋里，又伸手到麻袋深处挖出一把谷粒。当他在阳光下张开手时，掌心的谷粒就像刚才那把一样干净漂亮。他用另一只手拈起小麦粒放进嘴里咀嚼起来。

"是在阳光下晒干的，而且保存得很好，没有被晒得过干，也没有失去香气和美味。"恰斯商人说道。

莱福特林用力点点头，将手中的谷粒倒回麻袋里，拍拍双手，又将注意力转向另一个麻袋。他割开绳结，打开麻袋，继续检查。检查结束之后，他坐到脚跟上，咽下嘴里的大麦，承认道："质量非常好，如果你的货物质量都如同这两个麻袋，我很乐意把它们买下来。我们谈好每一袋的单价之后，你就可以开始搬货了。我会保留拒绝任何一袋的权利，而且我会检查每一袋送到我甲板上的粮食。"

恰斯商人缓慢地一点头，算是正式和莱福特林达成协议。"你的条件很公允。那么，我们是否应该去你的舱室谈妥每一袋谷物的价格，也许还可以谈一谈其他的生意？"

"或者我们可以就在这里谈。"莱福特林平静地说。

"如果你愿意的话，你的舱室应该更有利于保护隐私。"商人回答道。

"如你所愿，"莱福特林的确做过违禁物品的贩运生意。只是他现在没有这样的货物愿意出售，不过他愿意让这个家伙提出些可以被控罪的交易。那时他也许会感觉遭到了冒犯，然后告诉这名商人，要把他所提供的这些非法交易条件都向雨野原政府报告，这名商人在雨野原的贸易权肯定会因此被剥夺。用这种方法，莱福特林能够把谷物的价格进一步压下来。他并不排斥这种手段。毕竟，现在他打交道的这个家伙是恰斯人。他们可不会讲究什么公平正义。莱福特林向他的小舱室一指。他相信这名衣装考究的商人一定会被他的小房间吓一跳。

"我们说话的时候，我可以让我的人把粮食送到你的驳船上。"

"在我们谈妥价格之前？"莱福特林吃了一惊。这样会让他占很大的便宜。如果他一直拖延谈判，直到大部分货物都在他的船上堆放妥当，再拒绝恰斯商人的价格要求，那么恰斯人就只能让船员再把全部货物搬回去了。

"我非常确定我们能够谈妥一个令我们双方都感到满意的价格。"恰斯商人平静地说。

那就这样吧，莱福特林心想。永远不要拒绝在谈判时能够获得的优势。他回过头向大副喊道："轩尼诗！ 你和格里格斯比看着他们送过来的粮食麻袋。记得点清楚数量。任何看上去分量不足或者有水渍鼠咬痕迹的麻袋，都要仔细查看，别不好意思。装好货之后，就来敲敲我的门。"

当他们进入舱室，关好舱门之后，莱福特林坐到自己的床上，恰斯商人坐进了舱室小桌子旁唯一的一把椅子里。这名商人始终都是一副镇定自若的样子。他看看这个简陋的房间，然后再一次郑重地向莱福特林点头并说道："我希望你知道我的名字。我是亚力克家族的辛纳德。在缤城出现之前，我的家族子弟就已经是商人了。我们并不喜欢那场让我们两个国家成为仇敌的战争，这限制了我们的贸易，削减了我们的利润。所以，既然我们之间的敌意已经被消弭，我们就立刻与雨野原河的商人们直接进行了联络。我们希望建立起良好的贸易往来关系，并希望这最终能让我们双方都得到丰厚的利润。实际上，如果你们能够只和恰斯国少数有信誉的商人进行贸易，我们一定会非常高兴。"

尽管莱福特林对于全体恰斯人有着很糟糕的看法,但这个人的直率还是赢得了他的好感。他拿出在贸易谈判时饮用的莱姆酒和两个小杯子。他的玻璃酒杯很沉重,呈现出非常深的蓝色,是一对古董。他将莱姆酒倒进酒杯里,酒杯口立刻有一圈银星闪亮。莱福特林是有意让这名商人看到这一幕。恰斯商人微微惊叹一声,贪婪地向前俯过身子,未经邀请便拿起酒杯,把杯子举到舱室的小窗户前。当他还在欣赏这件无价珍品的时候,莱福特林开口说道:

"我是莱福特林,河上驳船柏油人号的船长和船主。我不知道我的家族在离开遮玛里亚之前做什么谋生,不过我认为这并不重要。现在我的工作就是运营这艘驳船,做各种生意。如果你是一个诚实的人,有干净的货物,我们就能达成交易。下次我见到你的时候,我甚至会更愿意和你做交易。但我不会只限定某些人做我的交易对象。能得到我的钱的人,都是能给我最好契约的人。所以,我们还是做好眼前的事吧。每一袋小麦要多少钱?每一袋大麦又要多少钱?"

恰斯商人将酒杯放回到桌子上。他并没有喝杯中的酒。"对于这样的货,你的出价是多少?"他用指甲弹了弹面前的玻璃杯,"我愿意给你一个很好的价格。"

"这一趟,我只出钱币、银币和金币。称重而不是算钱币个数,没有别的。"这一双酒杯是古灵制作的。莱福特林还有几样这种宝物:一条能够发热的女士围巾;一只坚固的匣子,被打开盖子的时候就会发出亮光并响起音乐。另外还有一些东西,大部分是他的祖父在许多年以前为他的祖母购买的。他将所有这些宝物都收藏在他船铺下面的一个暗舱里。在这个看似简陋的小舱室里,用珍贵的古董酒杯请一个恰斯人喝莱姆酒,这让他感到非常有趣。

辛纳德·亚力克靠进那把小椅子里。椅子在他的重压下发出嘎吱的声音。他耸起宽阔的肩膀,又将双肩垂下。"用谷物换钱自然是很好。无论是哪家铸币厂铸造的金银币都很有用。有了钱,一个人就能购买他看中的任何货物,比如这一趟的谷物。但在我上一次带着钱去缤城的时候,我用钱买到的是情报。"

一阵寒意在莱福特林心中升起，他不知道这个家伙要干什么。这个恰斯人没有任何威胁的表示，但他刚才所说的"高效的驳船"，现在却让莱福特林有了一种不怀好意的感觉。莱福特林露出微笑。但这笑容并没有触及他的浅色眼睛。"我们商量好谷物的价格，做完这笔生意吧。我想要趁着涨潮到河里去了。"

"我也想如此。"辛纳德表示赞同。

莱福特林拿起酒杯猛灌了一口。冲下喉头的莱姆酒散发出热量，但他手指碰触到的玻璃杯却冷得非同寻常。"你的意思是希望趁着涨潮的时候回到海里去吧。"

辛纳德很有绅士风度地呷了一口杯中的莱姆酒。"喔，不。我总是会很仔细地严格说出我的意思，尤其是当我在使用一种曾经对我来说很陌生的语言时。我希望等到涨潮的时候，我的粮食和我的个人物品都已经被送到了你的驳船上。我相信那时我们就能为我的谷物和你的服务谈妥一个价格，然后你就会带着我溯流而上。"

"我不能。你一定知道我们在这件事上的规则和法律。你不只是一个外国人，你还是恰斯人。要访问雨野原，你必须得到缤城商人议会的允许。要和我们做交易，你必须有雨野原议会核准的许可文书。没有正式的旅行文件，你甚至不能进入雨野原河。"

"我当然不是傻瓜，这些我都有。上面有盖章，有蜡印，还有紫色墨水的签字。我还有几位缤城商人的推荐信，以证明我是最诚实和有信誉的商人，哪怕我是一个恰斯人。"

一滴汗水开始沿着莱福特林的脊椎滚落。如果这个人真的拥有他所说的那些文件，那么他或者是一个能创造奇迹的人，或者是一个最优秀的诈欺犯。莱福特林想不起自己这辈子曾经见到过哪个恰斯人能够合法地访问雨野原。恰斯人永远都只是入侵者，大多数时候是军人，偶尔是间谍，但从没有过守法的商人。莱福特林根本不相信恰斯人知道如何做一名守法的商人。不，这个人是个麻烦，是危险分子。他挑中莱福特林和柏油人号一定是有预谋的。这很不好。

辛纳德小心地将玻璃酒杯放回到小桌子上。杯子只空了一半。他向杯子微微一笑，然后从容不迫地说道："你的这艘船简直让我着迷。有一件事让我感到很有趣，那就是它曾经需要十二名桨手才能航行。而现在，你的船员包括你在内只有六个人。对于一艘这种规模的驳船，这么少的人手只能让我感到吃惊。同样让我感到吃惊的还有你的舵手，他能够让船如此平稳地停在河流入海口，而且他看上去完全不费半点力气。"他再一次朝着阳光举起酒杯，仿佛是在欣赏杯口的小星星。

"我重新设计了船壳，让这艘船的效率更高了。"第二滴汗和第一滴汗汇合在一起，继续沿着他的脊背下滑。到底是谁说的？ 金罗德，当然。他听说几年以前金罗德从崔豪格迁居到了缤城。那时莱福特林就怀疑，正是他付给金罗德改造柏油人号的酬劳，让那个人有足够的钱去缤城生活。金罗德是一位技艺高超的工匠，一位加工木材的大师，甚至懂得如何雕凿巫木。四年以前，莱福特林为了他的技艺和他的沉默而支付给了他很丰厚的酬金，那实在是一大笔钱。而从金罗德那里买到的，远远超乎莱福特林的期望。莱福特林现在才回想起，金罗德曾经不止一次哀伤地叨念："最伟大的作品却只能是一个秘密，要永远地淹没在水中。"他的心沉了下去。不是因为金钱，而是金罗德渴望炫耀自己的高傲自负让他背叛了莱福特林的信任。如果他再见到那个皮包骨的小个子，他一定会给金罗德的肠子打个结。

这个恰斯人只是不眨眼地盯着莱福特林。"我当然不会是唯一注意到这些事的人。我相信，你的许多同行都在羡慕你的船。毫无疑问，他们也都在努力想要从你这里得到你的新船壳的设计秘密。我听说，你的船属于最古老的一批用那种神奇的龙木建造的贸易船只，如果你成功改造了这样古老的一艘船，那么其他船主一定也会想要以同样的方法改造他们的船。"

莱福特林希望自己的面孔没有变得苍白。他突然开始怀疑自己的判断，也许金罗德并不是走漏所有这些情报的源头。那位木匠也许吹嘘过他在柏油人号上留下的巧工妙手，但他也是一个彻头彻尾的商人。他不会公开谈论柏油人号作为最古老活船的血统。这个恰斯商人一定从不止一个来源搜集到了各种传闻。莱福特林决意要从他的口中套出泄密者的名字。"商人都会尊重彼此的秘密。"他说道。

"是吗？那么他们就和我所认识的其他商人都不一样了。我所认识的每一名商人都是在努力发掘其他人所拥有的优势。有时候，他们会用黄金收买这样的秘密。当黄金也买不到他们想要的东西时，没错，我听说过曾经为此而诉诸暴力的故事。"

"黄金或暴力都不可能买到你想要从我这里得到的东西。"

辛纳德摇摇头。"你误解我了。我要讨论的不是使用黄金还是暴力，我只要告诉你，那笔交易已经完成了，对于你和你的船，需要知道的，我都已经知道了。让我们开诚布公好了。恰斯大公已经不年轻了。每一年，不，每一个星期都会有一些新的小毛病增添他的烦恼。一些最有经验，最受尊敬的治疗师被从恰斯国各处召来试图对他进行治疗。许多治疗师都因为自身的失误而被处死了。所以，也许正是为了逃脱责任，许多治疗师都开始说他恢复健康，获得长久寿命的唯一希望，就是用龙的躯体制成的灵药。他们充满深深的歉意报告恰斯大公，他们并没有制造灵药所需的药材，同时他们又向大公承诺，只要得到一应药材，他们就能制造出让大公返老还童，变得俊美健壮的灵药。"这名商人叹了口气，将目光转向舱室的小窗户，望向远方。"所以，大公原本愤怒并憎恨他的治疗师及其疗法，该股愤怒与憎恨随后转向了恰斯国的商人家族。他质问我们，为什么无法获取他所需要的东西？我们是叛徒吗？我们是不是想要被他处死？一开始，他给我们黄金，要我们去购买药材。当黄金没有作用，他就转而开始采用一直都很有效的货币：血。"辛纳德的目光转回到莱福特林身上，"你是否明白我在对你说什么？你是否明白，无论你是多么鄙夷恰斯人，我们终究也还是爱着我们的家人？懂得孝敬父母，养育子女。你要明白，我的朋友，为了保护我的家人，我会不择手段。"

在这个恰斯人的眼睛里，绝望和冷酷交织在一起。这是一个极度危险的人，他两手空空地踏上莱福特林的甲板，但这名雨野原船长现在才意识到他并非没有武器。莱福特林清了清嗓子说道："我们现在可以为那些谷物设定一个合理的价格了。然后,我想我们的生意就算是做成了。"

辛纳德向他露出微笑。"我的生意伙伴,我的谷物价格就是送我到河上游去,并且你要多向你的船员说我的好话。如果你找不到我需要的东西,你就要将我介绍给能搞到那种东西的人。"

"而作为回报,我会将我的谷物给你,并且严守你的秘密。还有什么交易,能比这样更划算?"

早餐非常美味也很周到。为三个人准备的餐点还有很多丝毫未动,被精心摆放在铺着白色桌布的餐桌上。餐盘都被盖住,徒劳地想要保留住食物的温度。艾丽斯一个人坐在餐桌旁。她使用过的碗碟已经被迅速而有效率地清理干净。她提起茶壶,为自己又倒了一杯茶,继续等待着。

她觉得自己就像是一只蜷伏在蛛网边缘的蜘蛛,等待着苍蝇撞进陷阱。她吃饭时从不会耽误时间,诏谕知道这一点。她怀疑正是因为如此,诏谕待在家中的时候才会这样频繁地迟误进餐。她希望如果自己在这里坐得够久,诏谕就会来吃东西,而她终究能够有机会和他正面相对。

这些日子里,诏谕刻意躲避她,不只是在餐桌旁,而是在他们任何可能单独相处的地方。艾丽斯对此并不感到苦恼。她很乐意自己能够单独而平静地用餐,甚至当诏谕在晚上不来床上打扰她的时候,她会感到更加高兴。不幸的是,昨晚并非如此。在临近早晨时,诏谕大步走进她的房间,用力关上屋门。响亮的撞击声将她从熟睡中吵醒。诏谕的身上有着一股浓重的雪茄和昂贵葡萄酒的气味。他脱下长袍,扔到床脚,爬到了艾丽斯的身边。在黑暗的房间里,艾丽斯觉得他只是一道更黑的影子。

"到这里来。"他说道,就像是在命令一条狗。艾丽斯躺在床边上,动也不动。

"我睡得很香。"艾丽斯抗议道。

"现在你已经醒了,我们都在这里。所以,让我们造出一个漂亮的胖婴儿来让我的父亲高兴吧,好不好?"诏谕的声音中充满了苦涩,"我们只需要一个,亲爱的艾丽斯。所以,配合我一下吧。这不会用很长时间,然后你就能继续睡觉了,一直睡到早晨醒来,再用一整天的时间,把我的钱送给那些卷轴商人。"

原来如此。他去见了他的父亲,又一次因为没有继承人而遭到谴责。昨天,艾丽斯不是购买了一份,而是两份相当昂贵的古老卷轴。两份都来自于香料群岛。这两份卷轴上的文字她一个都看不懂,但上面的插画看起来很像是描绘古灵。艾丽斯认为这样的卷轴出现在香料群岛是合乎逻辑的。如果远古时代的古灵曾经在天谴海岸生活,他们一定也会有贸易伙伴。那些贸易伙伴很可能会记录下和古灵进行交易的情况。最近,她一直致力于搜寻这样的古代记录。香料群岛的卷轴是她真正找到的第一批成果。看到它们的价格时,就连她也曾有所退缩。但她必须得到它们,于是她付了钱。

今晚,她将再次付出代价,为了他们还没有子嗣的窘境,也为了她扩张图书馆的大胆。如果她不是刚刚熬夜细读自己的收获,她也许会简单地容忍一下诏谕。但她很累了,关于诏谕在他们这一部分婚姻生活中的行为方式,她突然极度厌倦了。

她说了以前从不曾说过的话:"不,也许明天晚上吧。"

诏谕盯着她。在黑暗中,她感觉到丈夫眼睛里的愤怒。"这不是由你来决定的。"诏谕粗鲁地说道。

"这也不是能由你单独决定的。"艾丽斯一边反驳,一边起身准备离开。

"今晚,就是今晚。"诏谕说道。他毫无预警地冲过卧床,抓住艾丽斯的胳膊,把她拽了回来,然后用身体把艾丽斯压倒在床上。

艾丽斯短暂地挣扎了一下,但诏谕用手指扣住她的上臂,死死压住了她。艾丽斯很快就明白,自己不可能躲过他了。"放开我!"艾丽斯向他悄声尖叫。

"一会儿就好。"诏谕用绷紧的声音回答道。片刻之后,他又说,"如果你不挣扎,我就不会弄痛你。"

他说了谎。就算艾丽斯已经默许了,将头转向一旁,眼睛死死盯住墙壁,他依然用力攥紧她的手臂,狠狠刺穿了她。这很痛。痛苦和羞耻让艾丽斯觉得诏谕的这个任务仿佛永远都不会结束。她没有哭泣。当诏谕从她身上滚开,在她的床边坐起身的时候,她的眼睛是干的,也没有发出任何声音。

诏谕在黑暗中坐了一段时间。然后艾丽斯感觉到他站起身,又听到了他穿上长袍时的窸窣声。"如果我们的运气够好,我们就都不必再经历这种事了。"他语音干涩地说道。在那一夜剩下的时间里,艾丽斯只觉得自己从没有听过诏谕如此真诚地说过话。而诏谕已经离开了她的床和她的房间。

艾丽斯无法入眠。那一夜,她一直在思考诏谕和他们羞耻的婚姻。诏谕很少对她如此野蛮,和诏谕之间的性生活往往是敷衍了事,很快就会结束。他走进她的房间,宣布他打算那样,和她交配,然后离开。他们在一起的这四年,诏谕从没有在她的床上睡过,也从没有给过她带有激情的吻,更是从没有带着兴趣碰触过她身体的任何地方。

艾丽斯曾经不顾羞耻地努力想要取悦他,使用各种香水,寻找又丢弃掉各种睡衣。她甚至尝试过浪漫的行动,在深夜去了诏谕的书房,想要拥抱他。诏谕并没有将她推开,只是从椅子里站起身,告诉艾丽斯现在他很忙,然后便将艾丽斯领到房间门口,把她关在门外。艾丽斯逃走了,哭泣着一直跑回到自己的房间里。

那个月晚些时候,当诏谕来到艾丽斯的床边,艾丽斯又一次让自己蒙羞。当诏谕骑在她身上的时候,她抱住诏谕,挺起身子想要亲吻他。诏谕只是让自己的脸远离她。不管怎样,艾丽斯饥渴的身体,还是竭力地从诏谕的碰触中索取任何可能的欢愉。诏谕没有响应她的意愿。一完事,他就从她的身上滚开,完全无视她想要抱住他的努力。"艾丽斯,不要这样,不要再让我们两个难堪了。"诏谕低声丢下这句话,便在身后关上了屋门。

即使是现在,当艾丽斯回忆起自己对诏谕那些失败的引诱时,还是会感到双颊发红。冷漠已经够糟糕的了,但昨天晚上,当诏谕证明只要他愿意,他不仅能执行它,而且完全会强迫艾丽斯,艾丽斯不得不认清了这个丑陋的事实。诏谕正在改变。在过去一年中,他变得对她越来越粗鲁。他对艾丽斯的那些带刺的话，已经不仅限于私下场合，甚至当着外人也不会再加以掩饰。女人应该从自己丈夫那里得到的各种细致礼貌，完全从她的生活中消失了。一开始，诏谕还会勉为其难地和艾丽斯一同出现在公众面前，当他们并肩而行的时候将手臂递给艾丽斯，扶艾丽斯上马车。现在这些小小的关怀都消失了。而昨天晚上是他第一次用残忍取代了所有这些好意。

甚至连那些珍贵的香料群岛卷轴也无法补偿他对她做的事情。该是结束这场闹剧的时候了，艾丽斯已经有了他背叛的证据。是时候用这份证据来终止她的婚姻契约了。

艾丽斯拥有的线索都很小，但很明确。第一份证据是一张护肤霜剂的账单。这张本应该寄给诏谕的账单，被错误地放到了艾丽斯的桌子上。当艾丽斯向寄出账单的商人询问此事的时候，那名商人拿出了有诏谕签名的商品收据。艾丽斯付了账，但保留了账单和收据。以大致相似的方式，她发现了诏谕在离家有半日骑马路程的一片小农场中，租了一间农舍，居住在那些农场里的大多是三船移民。最后一件事就是在昨天晚上，艾丽斯注意到诏谕戴着一枚她从不曾见过的戒指。当诏谕凶狠地攥住她的手臂时，她感觉到那枚戒指上的宝石刺痛了自己的皮肤。诏谕喜爱珠宝，经常会戴戒指。但他喜欢的是大尺寸的雕银戒指，那却是一枚金戒指，上面还镶嵌着一粒小宝石。艾丽斯确信那绝不是诏谕买给自己的。

现在，艾丽斯明白了。诏谕娶她只是为了让自己的家族满意，让他们能够向世人展示一个正当的商人儿媳。芬波克家族绝对不会接受一个三船女孩进入他们的家族，更不要说承认她的孩子是继承人了。艾丽斯相信，那瓶护肤霜剂正是诏谕送给情人的礼物，而这一次诏谕戴在手上的戒指肯定代表着那个女人和他的誓约。诏谕是不忠的，他违背了他们的契约。艾丽斯则可以利用他对誓言的毁弃将自己从他手中解放出来。

到时候，艾丽斯会变得贫穷。芬波克家族当然会安置她，但艾丽斯不会欺骗自己，以为她还能过上在诏谕屋檐下的这种生活。她将不得不回到曾经是她的嫁妆的那一小片土地上，只能过着简朴的生活。当然，她还能留下她的书籍，还有……

餐厅门被打开，塞德里克走进来，一边因为某件事而发出欢笑，一边回头和诏谕说着话。他转头看见艾丽斯，微笑着说道："早晨好，艾丽斯！"

"早晨好，塞德里克。"艾丽斯的声音中带着下意识的愉快。

然后，当诏谕瞪视着她，因为发现她还在早餐桌边而感到气恼的时候，艾丽斯听到自己的话脱口而出："你对我不忠，我们的婚姻契约成了一纸空文。你可以让我安静地离开，否则我会向商人议会发起控告，并拿出我的证据。"

塞德里克正坐进椅子里。他的屁股一下子落在椅子上，面色苍白地盯着艾丽斯，眼睛里净是恐惧。让塞德里克见证了这一幕，这让艾丽斯一下子感到很惭愧。"你不必留在这里，塞德里克。很抱歉让你参与到这种事上。"艾丽斯刻意挑选了郑重的言辞，但她颤抖的声音把一切都毁了。

"参与到什么事上？"诏谕问道。他向艾丽斯竖起了一道眉毛。"艾丽斯，这是我第一次听到这种胡话。如果你够聪明，这也应该是你最后一次说这种话！我看到你已经吃完了，为什么你不离开这里，让我安静一下！"

"就像你昨天晚上那样安静地离开我？"艾丽斯苦涩地问道，然后又说出一段严厉的话语，"我知道了一切，诏谕。我已经把一切都拼凑在一起了。昂贵的护肤霜、三船人小区的一幢小房子、你戴在手上的戒指。这些都只说明了一件事。"艾丽斯吸了一口气，"你有一个三船情人，对不对？"

塞德里克发出一点充满惊骇意味的声音，仿佛他在努力想要吸进空气。但诏谕却面不改色。"什么戒指？"他问道，"艾丽斯，这根本全都是胡说！你用这些荒谬的指控，侮辱了我们两个。"

现在他的手上没有戒指。没关系。"昨晚你戴的那枚戒指。上面的那粒小石头刮伤了我。如果你愿意，我可以让你看刮痕。"

"我想不出有什么事情比这个更让我感到无聊了！"诏谕反驳道。他一屁股坐到桌边的椅子里，掀起食碟的盖子，舀了一满勺煎蛋，瞪着它们，然后又把它们扔回到盘子里，向后靠在椅背上，看着艾丽斯。"你确定你没有事？"听语气，他几乎是有一点关心艾丽斯。"你搜集了一些奇怪的零碎事实，把它们拼凑成一个非常有侮辱性的结论。昨天晚上你见到的那枚戒指是塞德里克的。你怎么能想象它是我的？塞德里克把它丢在了客栈的桌子上。我把它戴在手上，这样它就不会被丢掉了。今天早晨，我把它还给了塞德里克。你满意了吗？如果你愿意，就问问他吧。"他又掀起另一个食碟的盖子，一边嘟囔着，"没想到吃早饭还会遇到这种白痴。"他插住几根小香肠，将它们抖落在自己的盘子里。塞德里克没有动，也没有说话。"塞德里克！"诏谕突然向他喊道。

塞德里克愣了一下，张口结舌地看着诏谕，然后急忙转向艾丽斯。"是的，我买了那枚戒指。诏谕把它还给了我，是的。"他的样子看上去非常可怜。

诏谕一下子放松下来。他冷漠地摇铃召唤仆人。一名女仆出现在门口，诏谕向桌上指了指，"送些热的来。这些简直令人作呕。再煮一壶新茶。塞德里克，你要茶吗？"

塞德里克只是盯着他。诏谕恼恨地哼了一声。"塞德里克也要茶。"屋门刚在女仆的身后被关上，诏谕就对他的秘书说："塞德里克，解释一下护肤霜的事，还有我那个所谓的'爱之小屋'。"

塞德里克的样子变得更糟糕了。"那瓶护肤霜是一件礼物。"

"给我母亲的礼物，"诏谕插口道，"而那幢小屋是塞德里克使用的，不是我。他说他需要一个私人场所，我同意了。在为我工作之余，他可以尽情使用那个小宿舍。如果他想在那里享受一下生活，邀请别人去做客，那都不关我的事，也不关你的事，艾丽斯。他是一个男人，一个男人有自己的需求。"诏谕咬了一口香肠，咀嚼几下，咽进喉咙，"说实话，这件事让我感到震惊。你是我的妻子，想到你会窥看我的文档，希望从里面找到某种肮脏的秘密，这实在是让人沮丧。女人，是什么让你如此困扰，甚至引申至这种事情？"

艾丽斯发现自己在颤抖。所有这些事竟如此轻易就有了解释？她真的错到这步田地吗？"你也是一个男人。"艾丽斯用颤抖的声音说，"你有需求，却很少来找我。你根本无视我的存在。"

"我是一个忙碌的人，艾丽斯。我需要关心的事情远比……嗯，远比你肉体的需求更重要。我们必须在塞德里克面前谈论这种事吗？如果你不在乎我的感受，你是否至少能考虑一下他的感受？"

"你一定有别的人。我知道你一定有！"艾丽斯的声音如同颤抖的哭泣。

"你什么都不知道。"诏谕突然用充满厌恶的声音对她说，"但你会知道的。塞德里克，既然艾丽斯已经让你参与到了我们可怕的小口角中，那你也应该给我出一分力。坐起来，告诉她实话。"诏谕突然又转回头看着艾丽斯，"你相信塞德里克，对不对？哪怕你认为你的丈夫是一个说谎的通奸者。"

艾丽斯紧盯住塞德里克。现在这个人面色白得可怕。他的嘴半张着，艾丽斯能听到他呼吸的声音。艾丽斯不知道自己是着了什么魔，竟然会在他面前说出这种事？现在塞德里克会怎样看她？塞德里克曾经是她的朋友。她还能够挽救他们的友谊吗？"他从没有对我说过谎，"艾丽斯说，"我会相信他。"

"艾丽斯，我……"

"安静，塞德里克，先听清楚问题。"诏谕将手臂放在桌面上，撑住身体，摆出一副若有所思的架势。他的声音也变得平稳冷静，就好像他是在陈述一份契约的条款，"真实而完整地回答我的妻子。在我工作的日子里，你几乎每个小时都陪着我，有时会直到深夜。如果有人知道我的生活习惯，那一定就是你。看着艾丽斯，告诉她实话：我的生活中是否有另一个女人？"

"我……这个，没，没有。"

"我在缤城，或者在我们的商务旅途中，是否对任何女人表现过有兴趣的样子？"

塞德里克的声音变得有力量了一些。"不，从没有过。"

"看，你应该明白了。"诏谕向前俯过身，给自己切了一片水果面包，"你愚蠢的指控完全没有半点基础。"

"塞德里克？"艾丽斯几乎是用恳求的语气对塞德里克说。她曾经对自己的指控那样有信心，"你是在对我说实话吗？"

塞德里克颤抖着吸了一口气："诏谕的生活里没有其他女人，艾丽斯，完全没有。"

他低下头，看着自己的双手，脸上净是困窘。艾丽斯在他的手指上看到了昨晚诏谕戴着的戒指。羞惭烙印在艾丽斯的心上。"我很抱歉。"艾丽斯悄声说道。

诏谕以为艾丽斯是在对自己说话。"抱歉？ 你侮辱了我，在塞德里克的面前让我蒙羞。而你为此的补偿只是一声'抱歉'？ 我认为我受到的伤害要远远大过这个，艾丽斯。"

艾丽斯想要站起身，但她感觉到自己有些脚步不稳。突然间，她只想走出这个房间，远离这个可怕的、已经控制了她的人生的男人。现在她只希望回到自己安静的房间里，让自己沉浸在古老的卷轴中，去另一个世界，另一时间。"我不知道我还能说什么。"

"是的，在如此严重的侮辱之后，你的确没什么可以说的。你已经道过歉，但这几乎无法修复你造成的伤害。"

"我很抱歉。"艾丽斯再一次说道。她向他投降了。"我很抱歉提起这件事。"

"这是对我们两个的道歉。现在，让这件事彻底结束吧。不要再用这样的事情来指控我。你不应该这样。我们不应该有这样的交谈。"

"我不会了。我承诺。"艾丽斯离开餐桌跑向门口，差一点撞倒了她的椅子。

"我会记住你的承诺！"诏谕在她身后喊道。

"我承诺。"艾丽斯沉郁地重复了一遍，然后就从房间里逃了出去。

夜幕降临。即使是夏天，白天似乎也很短暂。高大的雨林覆盖着宽阔平坦的谷底，中间只有一道灰白色的河流。只有当太阳高挂在天空中的时候，阳光才会落到河面和狭窄的河岸上，再远一些就是如同高墙一般沿河而生的树林，大概只有涓滴光亮渗透进其中。当太阳落到这堵高墙以下的时候，夜晚就开始缓缓地爬了过来。明亮的白昼时间很短，统治他们生命的更多是昏暗的夜色。自从她从茧中出来已经有四年时间。这是个希望不断破灭、食物短缺、完全被忽视的四年。四个有太多阴影的夏季，四个灰暗多雨的冬季。四年里，她的生活除了吃就只有睡。每一天，她都睡了太多个小时。但辛泰拉的感觉并不是睡得太多，而是一种模糊的疲倦。这片幽暗的沼泽地是蝾螈的王国，不是巨龙之乡。龙，她想道，应该拥有的是明亮阳光、干燥沙土和漫长炎热的日子。还有飞翔，她是多么渴望飞翔。从这片泥泞中飞出去，离开这片拥挤阴暗的河岸。

她弯过脖子，用鼻子蹭了蹭在翅膀后面干结的一片多沙的淤泥，先是想用鼻子把污泥擦掉，然后又伸展开发育不良的翅膀，朝身上用力拍打了几次，试图除去这些可恶的泥巴。大部分干泥都离开她的身侧，变成一片倾泻而下的尘土。这让她感到稍稍轻松了一点。她渴望能够在一池宁静的热水中洗净身体，在强烈的阳光下把身子晒干，然后在沙子上打滚，直到自己的鳞片被磨得闪闪发亮。但所有这些距离她现在的生活都很遥远。只有祖先的梦告诉她，这些都是真实存在的。

逗弄她的不仅仅是巨龙的回忆。她做了许多梦：关于飞翔，关于狩猎，关于交配；关于一座城市中有一口溢满银色液体的井，巨龙能够在那里止息水无法缓解的干渴；许多关于饱餐猎物的回忆，那些肉温热新鲜；在飞翔中交配的回忆，在沙滩岸边挖洞，为她的蛋筑巢。许多，许多的回忆，却全都令她感到沮丧。尽管有这么多回忆，她却知道，她的回忆并不完整。让她想要发疯的是，她知道自己完全失去了许多领域的智慧，却连具体丢失了什么智慧都不知道。她所拥有的巨龙回忆是如此清晰，以至于她明白自己的此种缺憾，就连她的肉体也不会对她如此残忍。

那些回忆是一份她没有能继承到的遗产。而这正是她的种族存续之道。在他们还是长蛇的时候，他们都拥有祖先长蛇的记忆。迁徙路线、暖水洋流、鱼群位置，他们知道的不仅仅是这些，还有长蛇的聚集地点，诵唱的歌曲，以及他们的社群结构。当长蛇进入茧中，这些记忆就会消退。等到一头龙从茧壳中出来的时候，他作为长蛇的生活，就只剩下了一点模糊的记忆。取而代之的是巨龙的智慧——龙族世代流传的宝藏。如何在繁星中飞翔，每个季节最佳的狩猎地，交配决斗的挑战传统，最适合产卵的海岸，这些只是巨龙回忆的一部分。每一头巨龙都拥有自身巨龙血统中更特别，能追溯到更久远时代的记忆。这些记忆并非只是来自长蛇改变的身体，更来自帮助长蛇塑造茧壳的巨龙唾液。也许正是因为这样，现在他们全都缺少了这一份记忆；也正是因为这样，她的一些同族才像牲畜一样愚钝。

太阳一定已经到了她看不见的地平线，星星开始出现在河面上那一道狭窄的天空中。她抬起头，看着这一道夜空，觉得那很像是她被削减、受到约束的今生。自从她从茧中孵化之后，在她身后这一片被密林围绕的泥沼河岸就是她所知唯一的地方。龙无法进入森林，那些粗大的树干将他们挡住了。果然树如其名，他们被这一大片"围桩"困住了。这些大树之间的确颇有一些空隙，但它们的支撑气根和各种灌木、藤蔓和蒿草将这些空隙都堵死了。就连比龙小很多的人类也无法在雨林的地面上轻松穿行。许多小路在灌木丛中被开辟出来，但用不了多久，它们就会满是积水，变得泥泞不堪，最终成为河边泥沼伸出去的沼泽手指。不，对于龙来说唯一出去的路在上面。她又拍打了几下无用的翅膀，才将它们收叠在背上。然后她低下头，不再凝望那点点繁星，而是向周围环顾了一圈。其他龙正挤在树下。她鄙视他们，他们都是一些发育不良的畸形怪物，病态，软弱，又喜好争斗，毫无价值。

就像她一样。

她迈着沉重的脚步走过泥潭，来到龙群之中。她很饿，但她几乎没有注意到自己的饥饿感。自从钻出茧壳之后，饥饿就一直伴随着她。今天，她吃了七条鱼，鱼肉不新鲜，但鱼还算很大，还有一只鸟。那只鸟已经变硬了。有时候，她会梦到温热柔软、里面还有热血流动的肉，而现在这只是一个梦。猎人们在这附近很少能找到大型猎物。如果他们猎到了一只沼泽麋鹿或者是水豚，也一定要将猎物切成碎块才能运送到龙群这里来，而且龙很少能吃到这些野兽身上肥美的部位。骨头、内脏、皮、干硬的小腿和带角的头，龙能够吃到的只有这些。水豚丰厚的背部和沼泽麋鹿多肉的腰臀部位，极少会留给他们。那些肉往往都在猎人的餐桌。龙则只能得到碎肉和肠子，就像在城门外乞食的流浪狗。

每次当她抬腿的时候，沼泽都会吸住她的脚。她的尾巴仿佛永远都沾着泥块。这片土地就像他们这些龙一样饱受磨难，却没有任何可能变得坚硬并获得治愈，包围住这片狭小空地的所有大树，都显露出龙给这里带来的影响。低处的树干伤痕累累，树皮大块剥落，那是龙在磨掉皮肤上的寄生虫时造成的。一些树根暴露出来，这是龙用带爪子的四足来回爬行的结果。她曾经听到人类忧心忡忡地议论，即使是这种规模的大树，最终也会因为龙的踩踏而死亡。如果这样的树倒下了，会发生什么事？有些家建造在这些受影响的树，聪明的人类已经搬走了，但他们难道没有意识到，如果一棵树倒下了，势必会撞断临近大树的树枝？在这方面，人类要比松鼠更愚蠢。

只有在夏季的几个月中，这些泥土河岸还能算是牢固，让行走不会那么吃力。到了冬天，这些还没有长大的龙都必须高高抬起他们的腿才能向前迈步。至少他们还在挣扎。他们之中的大部分都已经死在上一个冬天了。想到这里，辛泰拉心中不无遗憾。她曾经期待所有弱者都死掉，而且应该死得快一些。她先后两次用死龙的肉填饱了肚子，用他们的记忆填补了自己的心智。但现在，他们都已经死光了。除非发生意外或者瘟疫，还活着的这些同伴们，看上去应该都能活过这个夏季。

她向挤成一团的那些龙走去。这样不对，长蛇才会这样睡觉——在波涛下面相互绞缠，以免海流将他们冲开，星落云散。现在她的绝大部分长蛇记忆都已经变得模糊了，本就应该如此。在这副身体里，她不需要那些记忆。现在她是辛泰拉，一头龙。龙睡觉的时候不会像猎物一样堆在一起。

除非他们都是一些残废无用的弱者，比行尸走肉好不了多少。她走到这些正在熟睡的怪物身边，用肩膀挤开一条路，钻了进去。她踩到了芬提的尾巴。这头小绿龙扭过头冲她咬了一下，但完全没有碰到她的鳞片。芬提性情很凶猛，不过并不愚蠢。她知道，如果自己咬破了辛泰拉，那么她就再不可能有机会咬别的东西了。"你挡到我的路了。"辛泰拉警告她。芬提将尾巴收到了身旁。

"你是个笨蛋，要不然就是个瞎子。"芬提反唇相讥，但她的声音很小，似乎是不想让辛泰拉听见。作为报复,辛泰拉漫不经心地用肩膀把芬提朝兰克洛斯一顶。那头红龙已经睡着了,他根本没有睁一下那双银色的眼睛,就一脚将芬提踢开,重新趴稳了身子。

"你干什么去了?"塞斯梯坎问。这头龙群中第二大的蓝色公龙询问趴卧在他身边的辛泰拉。这是辛泰拉的位置,她一直都睡在塞斯梯坎和性情刚硬的默尔柯之间。这并不代表他们之间有什么友谊或者是任何形式的联盟关系。辛泰拉选择这个地方因为他们两个都是体型最大的公龙,所以他们之间是最聪明的安睡之处。

辛泰拉并不介意塞斯梯坎这样问。他是少数几头辛泰拉认为有足够智慧,值得与之交谈的龙之一,"去看看天空。"

"做梦。"塞斯梯坎猜测道。

"憎恨。"辛泰拉纠正他。

"做梦和憎恨对我们来说是一样的,在此生此世里。"

"如果这是我们的最后一世,如果我全部的记忆都必须随我而死,为什么这一世要如此沉闷无聊?"

"如果你们继续这种无用的谈话,打扰我睡觉,我也许能让你们最后这一生结束得比你预料之中更快。"说话的是卡罗。他蓝黑色的鳞片让他在黑暗中几乎是隐形的。辛泰拉感觉到自己喉咙里的小毒囊中涨满了对卡罗的恨意,但她闭住了嘴。卡罗是他们之中最巨大的,也是最凶恶的。如果辛泰拉能够制造出足以摧毁他的毒液,那么她也许真的会对他来一番不计后果的喷吐。但就算是在她能吃饱的日子里,她的毒囊也只能勉强产生出毒晕一条大鱼的毒液。如果她向卡罗喷吐,卡罗立刻就会用牙齿杀死她,把她吃掉。无用的,一头软弱的龙的愤怒根本就是无用的。她将尾巴盘在身上,折叠起背上残疾的翅膀,闭上了眼睛。

现在他们只剩下十五头了。辛泰拉的意识回到过去。超过一百条长蛇聚集在河口,溯流而上。有多少真正结了茧? 不超过八十条。她不知道有多少龙能破茧而出,也不知道其中有多少活过了第一天。现在这些都不重要了。瘟疫带走了一些龙。有几头龙死在了泛滥的洪水中。瘟疫曾经是辛泰拉最害怕的。她的回忆里没有任何与之类似的灾难。那些有足够智慧、能说话的龙,对此也都是大惑不解。一开始是在夜晚的干咳,整个龙群都受到了影响。这种咳嗽一直持续,并不断扩散,直到几乎所有龙都不同程度地深受其害。

然后,一头比较小的龙发出嘶哑的嚎叫,将睡梦中的龙群惊醒。那头橙色的小龙腿有残缺,翅膀更只是两根短小的残肢。如果他有名字,辛泰拉也想不起来了。他努力想要扒开被黏液糊住的双眼。他短小的前爪却根本碰不到眼睛。他一声又一声地发出哀号,吐出一股股浓稠的黏液。其他龙都厌恶地躲开了他。到上午的时候,他就死了。没过多久,他只剩下了潮湿土地上的一片血渍。几头龙因为他而填饱了肚子。那以后,又有两头龙开始呼吸困难,从口鼻中流出了黏液。

略微干燥的季节结束了这种可怕的事情。所有龙都在不同程度上受了苦。辛泰拉怀疑是潮湿的河岸,他们存身的泥沼再加上拥挤的生活方式,引发了这场瘟疫。如果他们之中有谁能飞起来,一定早就离开这里了。她也相信这样一定能把这种瘟疫甩掉。

的确有一头龙离开了。格雷索克曾经是红龙之中最巨大的,也是身体最健壮的公龙之一,但在精神上,他却属于最鲁钝的。一天下午,他宣布要离开这里,去找一个更好的地方,一座他在梦中见到的城市。然后他就走掉了,一路撞开大树下的灌木,直到其他龙再也听不见他的脚步声。他们没有阻拦他。为什么要拦着他?他看上去知道他想要什么,而且这意味着留下来的龙们,能够从人类猎人那里得到稍微多一点食物。

但还没有超过半天,他们就感觉到了他临死前的意念。他大声吼叫,不是朝他们,而是向他自己怒吼。人类攻击了他,这一点很清楚。当他们感觉到了他的死亡,另外两头龙,卡罗和兰克洛斯都沿着他离去时留下的小径冲了过去。他们不是去帮助他或者为他复仇,只是为了得到他的尸体作为食物。那一晚,两头龙回到河岸边,只字未提他们做了什么。但这无法抹消辛泰拉心中的怀疑。他们的身上除了格雷索克的肉味,都有人类的鲜血气味。辛泰拉怀疑他们遇到了正在屠宰格雷索克的人类，也把那些人类变成了他们的美食。辛泰拉不觉得这有什么错，任何敢于攻击龙的人类都该去死。而死掉的肉除了被吃掉之外还有什么用？她看不出为什么应该把人类丢给蛆虫去吃。

但所有龙都知道，这件事最好还是被完全隐瞒下去比较好。那些人类根本不懂得隐藏自己的想法。群龙能清楚地感觉到一些人类对他们的愤怒和怨恨。更加不合逻辑的是，人类似乎宁可让他们的死者被鱼吃掉，也不愿意让龙利用那些鲜肉。前几天的一个下午，一队人类刚刚将一个死人的尸体丢入河中。辛泰拉一直涉水跟着那个被紧紧缠裹的帆布包，直到水流将它卷入深水中，让它沉在河底。辛泰拉在河床上找到了那个帆布包裹，把它拖到河岸上，在远离人类视野的地方吃掉了它，就连包裹尸体的帆布也没有放过。她回来的时候，发现人类都很难过。为了照顾人类的情绪，她否认吃掉了那具尸体，但人类并不相信她。

人类的反应对她而言毫无道理。如果那具尸体沉在河底，鱼和虫豸肯定会吃掉它，把它撕成碎片。但现在，尸体被她吃掉了，那个人类的一点点记忆也因为她被保留下来。实际上，那些记忆中绝大多数对于她都没什么意义。死掉的那个女人只有须臾之间的短促生命——大概只持续了五十个季节的轮回。即使是这样，她的人生中依然有值得保留下来的东西。难道人类认为让这个女人变成小鱼的食饵才是更好的做法吗？人类真是愚蠢至极。

她的巨龙回忆中还包括了一点零散的古灵记忆。她希望那些古灵的记忆能更清晰一些。那些记忆不停地滑过她的意识，就像是鱼儿游在幽暗的水中转眼即逝，但对于这些记忆的感知，让她对人类也有了一分容忍，甚至是喜爱的。他们是有用的、值得尊敬的生物，愿意为龙服务并会向龙表达敬意，将他们的城市建造得适合巨龙居住。他们完全了解巨龙的智慧。像古灵那样精致而高级的生物，怎么可能来自人类？

那些装满海水的小皮囊本应该为了照料龙群而尽心竭力，现在他们却不停地议论和抱怨他们单调的工作。而他们在这份工作上的懈怠，直接导致了辛泰拉和整个龙群恶劣的生存现状。他们一点都不喜欢照顾龙群，对此他们也丝毫不加掩饰。所有这些身上没毛的树猴子只想着要劫掠卡萨里克，古老的古灵城市遗迹就埋藏在靠近结茧地的地下，他们会洗劫这座城市，就像洗劫位于崔豪格的那座古城一样。在崔豪格，他们不仅抢走了那里的各种装饰，拿光了他们根本不可能理解的神奇物品，他们甚至还杀死了隐藏在那里的几乎所有巨龙，最后只剩下一头活了下来。在远古时期，一场灾难即将爆发之际，古灵将那些已经结茧的巨龙放置在他们城市中被认为是安全的地方，却没有想到最终却落得这样的结果。一想到此，怒火就再一次在辛泰拉的心中燃烧起来。

即使是现在，一些用巫木制造的活船依然漂在水面上，为人类服务着，那其中的巨龙英灵已经化身入船体之中。即使是现在，那些人类依旧用无知作为这场可怕屠杀的借口。那些茧中的龙为了有朝一日破茧而出等待了那么多年，最终却只是拖着半成形的躯体从茧壳中落在冰冷的岩石地面上，每当辛泰拉想到这点，她就感到怒不可遏。辛泰拉感觉到自己的毒囊充满了液体，并使喉头变硬了，一阵激动的情绪涌过她的全身。这些作恶多端的人类只应一死，他们每一个都应该去死。

在辛泰拉身边，默尔柯说话了。尽管他身材高大，而且显然孔武有力，但他很少说话，也很少以其他任何方式表达自己的意思。一种可怕的哀伤仿佛压垮了他，吸干了他所有的野心和激情。当他说话的时候，其他龙都会停止行动，认真倾听。辛泰拉不知道其他龙有什么感觉，她自觉默尔柯的哀伤一直在吸引她，又让她有一种负疚感，这种复杂的感情让辛泰拉很是气恼。默尔柯的声音刺激着辛泰拉的记忆，仿佛他一说话，辛泰拉就应该能回忆起一些非常神奇的事情，但她却什么都想不到。今晚，默尔柯只是用他浑厚响亮的声音说："辛泰拉，不要再计较了。你那没有正确目标的愤怒，是没有用处的。"

这是默尔柯另一件让辛泰拉感到困扰的事情。他好像总是能知道辛泰拉的想法。"你根本不明白我为什么生气。"辛泰拉嘶声对他说道。

"我不知道？"默尔柯悲哀地在他们栖身的泥塘中动了一下身子，"我能嗅到你的愤怒，我知道你的毒囊里充满了毒液。"

"我想要睡觉！"卡罗嘟囔着。他的声音中充满了强烈的怒意，但就算是他也不敢与默尔柯发生正面冲突。

在拥挤的龙群边缘，一头智力低弱的小龙，也许正是那头几乎走不动路的绿龙突然在睡梦中尖声喊道："克尔辛拉！ 克尔辛拉！ 在那里，就在远方！"

卡罗用长脖子撑起头颅，朝绿龙所在的方向咆哮一声："安静！ 我想要睡觉！"

"你已经睡过了。"对于那头高大蓝龙的愤怒，默尔柯完全无动于衷，"你睡得太沉了，甚至连梦都没有了。"他抬起头。他的身形没有卡罗那样巨大，但依然充满了压迫感。"克尔辛拉！"他突然用铜号般的吼声向黑夜发出咆哮。

所有龙都激动起来。"克尔辛拉！"他再一次高声吼叫。辛泰拉敏锐的听觉分辨出远方人类从沉睡中惊醒，发出尖细的喊声。那种尖叫声完全无法与默尔柯的长啸相比，"克尔辛拉！"

默尔柯将那座古老城市的名字向遥远的星辰送去。"克尔辛拉，我记得你！ 我们全都记得，就算想要忘记也无法遗忘！ 克尔辛拉，古灵的家园，银色琼浆之井所在的地方。宽阔的岩石广场沐浴在夏季炎热的阳光中，不远处的山麓中到处都是猎物。不要嘲讽还会梦到你的龙，克尔辛拉！"

"我想要去克尔辛拉。我想要扬起翅膀，再一次飞翔。"一个声音在黑夜中响起。

"翅膀，飞翔！ 飞翔！"一阵阵喊声含混不清。发出吼声的是那些神智昏聩的龙。他们无法清晰地表达自己的意思，但那吼声中早已充满了他们的渴望。

"克尔辛拉，"另一头龙发出呻吟般的吼声。

辛泰拉将头低垂在胸前。她为他们感到羞愧，也为自己感到羞愧。他们简直就像是一群被圈养起来，等待宰杀的牲畜。"那就到那里去，"她充满厌恶地嘟囔着，"离开这个地方，到那里去。"

"如果可以，我们早就出发了。"默尔柯用充满渴望的声音说道，"但去那里的路很远，即使我们有翅膀，也必须经过长途飞行。而且我们根本不知道去那里的路径。还是海蛇的时候,我们就几乎无法找到回家的路。谁又知道现在我们和曾经的克尔辛拉之间的世界发生了怎样的变化?"

"曾经的,"卡罗重复了一遍,"那么多事情都只是曾经,都面目全非。提起那些或想起那些,根本没有任何用处了。我只想继续睡觉。"

"也许是没有用了。但不管怎样,我们还是会提起它。我们之中还是会有一些龙梦到它,就像还是会有一些龙梦到飞行,亲身去狩猎,为了交配而战。我们之中还是会有一些梦到自己还活着。你并不想睡觉,卡罗。你想要死去。"

卡罗抽搐了一下,仿佛被一支箭射中了。辛泰拉感觉到那头大龙全身僵硬,感觉到他的毒囊突然开始膨胀。不久以前,辛泰拉认为两头高大的公龙之间是一个安全的休憩之地。现在,她意识到自己正处在巨大的危险之中。她被塞斯梯坎和默尔柯挡住了。卡罗却在这时高抬起头,从上向下瞪着默尔柯。如果他这时喷吐毒液,默尔柯一定无法闪避。而辛泰拉也会被殃及。她缩紧了肩膀,尽管他知道这样做并没有什么用处。

卡罗并没有喷出毒液。"不要对我说话,默尔柯,你根本不知道我在想什么,也不知道我有什么样的感觉。"

"我不知道? 我知道的要比你回忆起来的更多,卡罗。"默尔柯突然扬起头,高声吼道,"你们每一个我都知道,每一个! 我哀悼你们,因为我记得你们的过去,知道你们本应该成为什么!"

"安静! 我们还想睡觉呢!"这不是愤怒的龙的吼声,而是一个气恼的人类在尖叫。卡罗朝声音传来的方向转过头,发出一声怒吼。塞斯梯坎、兰克洛斯和默尔柯突然全都发出应和的吼声。当这一阵吼声渐渐消失的时候,龙群边缘低智的龙纷纷开始效仿。

"你们都闭嘴!"卡罗用铜号般的吼声向人居之处吼道,"龙想说话的时候就说话,你们不能控制我们!"

"啊,他们可以。"默尔柯低声说。这一句声音不大的话,却将所有龙的注意力都引到了他身上。

卡罗猛地转过头。"你,也许被人类控制了,但我没有。"

"难道你没有吃他们的食物? 你没有留在这里,留在他们圈养我们的地方? 你没有接受他们为我们安排的未来? 让我们留在这里,一切都依赖他们,直到我们慢慢死去,不再成为他们的负累。"

虽然很不情愿,但辛泰拉发现自己正在专心听着默尔柯说出的每一个字。默尔柯的话让她感到恐惧,又让她不由自主地产生了兴趣。默尔柯沉默下来,这种沉默压在每一头龙的身上。辛泰拉听到河水拍打着泥土堤岸,听到远处人类的嘈杂声音和树梢上夜鸟的叫声,还有群龙的呼吸。"那我们该怎样做?"她听到自己在问。

所有头颅都转向了她。她没有去看其他龙,只是盯着默尔柯。黑夜偷走了默尔柯鳞片的颜色,但辛泰拉能看到他闪烁的黑眼睛。"我们应该离开,"默尔柯平静地说,"我们应该离开这里,找到前往克尔辛拉的路,或者去任何比这里更好的地方。"

"怎么走?"塞斯梯坎突然问,"难道我们能撞倒那些围住我们的树? 人类能够在树干之间穿行,在沼泽上找出小路。也许你还没有注意到,我们要比人类稍稍大一点。格雷索克头也不回地走了,但他只能去树干允许他穿过的地方。我们出不去,周围只有沼泽、未知和饥饿。现在我们都在饿肚子,但人类至少每天还会送一些东西来给我们吃。如果我们离开这里,我们都会饿死。"

"我们根本不需要挨饿,我们应该吃那些人类。"龙群边缘的一个声音如此建议。

"如果你没有脑子,就安静一些。"塞斯梯坎呵斥道,"就算我们吃掉人类,他们也会跑掉,而我们却还是只能被困在这里,根本没有食物。"

"他们也想让我们离开。"卡罗突然说道。他的话让所有龙都吃了一惊。

"谁想?"默尔柯问。

"那些人类。雨野原议会派了个人来和我们说话。一个喂养我们的人,请求我和他谈谈。那个人说我是最大的一头龙,所以我是首领,于是议会来的人和我进行了交谈。他问我是否知道婷黛莉雅什么时候能回来,或者是不是能回来。我告诉他，我不知道。然后他说有些事令他们非常不安，一具尸体从河中被拖出来吃掉了；一名工人在通往城市遗迹的隧道中被追赶。他说他们已经快没有办法喂养我们了。他的猎人们已经将范围内的许多大型猎物都杀光了，而今年的鱼汛也将近枯竭。他说议会希望我们能够召唤婷黛莉雅，让她知道议会需要她回来，解决迫在眉睫的难题。"

在黑暗中，有几头龙对于如此愚蠢的要求发出蔑视的哼声。

默尔柯轻蔑地说道："说要召唤婷黛莉雅，就好像她会回应我们的召唤一样。卡罗，你为什么不早点说这件事？"

"他们所说的我们都已经知道了，为什么还要费力重复这些事？那些人类只是拒绝接受他们已经知道的事情。婷黛莉雅不会回来了。"卡罗用苦涩的声音承认，"她没有理由再回来。她找到了一个配偶。他们能够一同自由自在地飞翔、狩猎。再过一二十年，等到她完全成熟，她就会生下她的蛋。当那些蛋孵化，就会生出新一代的长蛇。她不再需要我们了。她帮助我们活下来，只是因为我们曾经是她最后的希望，而现在，我们不是了。如果婷黛莉雅在我们从茧壳中出来的时候已经有了配偶，她早就抛弃我们了。她和我们都知道，我们并不适合生存下来。"

"但我们生存下来了！"卡罗的话让默尔柯爆发出一阵怒火，"我们是龙，不是奴隶，不是宠物，也不是供人类宰杀、用最高价格卖出的牲畜。"

塞斯梯坎张开了脖子上的小尖刺。"谁敢这么想！"

"既然我们是残废，我们就最好不要再是傻瓜了。"默尔柯用挖苦的语气说，"有很多人类根本就听不懂我们说话。而他们之中的一些人认为我们不过是一群野兽，还是很不健康的野兽。我听过他们的议论。有不少人想要买我们的肉、我们的鳞片、我们的牙齿或者身体的其他部位配制灵药。你以为可怜的蠢货格雷索克为什么会有那种遭遇？卡罗和兰克洛斯都知道，卡罗只不过是装作不知道而已。人类杀死了格雷索克，想要用他的血肉以牟利。他们不知道我们能感觉到他的死亡。卡罗，那里有多少人？那些人足够让你们在吃掉格雷索克之后继续饱餐一顿吗？"

"一共有三个人。"兰克洛斯开了口,"我们抓住了三个人,有一个人逃走了。"

"他们是雨野原人吗?"默尔柯问。

兰克洛斯轻蔑地哼了一声。"我可没有问他们。他们杀死龙,犯下大罪,我只是让他们为自己的罪行付出代价。"

"真可惜,我们不知道。如果我们知道的话,也许就能搞清楚对雨野原人可以有几分信任了。这样说让我很难受,因为我们还是需要他们的帮助。"

"他们的帮助? 他们对我们的帮助几乎没有什么价值。他们给我们带来的食物都是半腐烂的,或者仅仅是他们猎物的残肢碎屑。我们从没有吃饱过,人类又能帮助我们什么?"

默尔柯故作平静地回答:"他们能够帮助我们前往克尔辛拉。"

群龙立刻七嘴八舌地说道:

"克尔辛拉甚至可能已经不复存在了。"

"我们不知道它在哪里。我们的记忆几乎没法帮助我们找到那里。如果没有人类的帮助,我们甚至找不到结茧地。一切都改变了。"

"为什么人类会帮助我们去克尔辛拉?"

"克尔辛拉! 克尔辛拉! 克尔辛拉!"龙群边缘那些弱小的龙开始齐声呼喊。

"让那些蠢货安静下来!"卡罗怒喝道。一阵突如其来的呼痛声之后,喊嚷的声音消失了,"为什么人类会帮助我们去克尔辛拉?"他将这个问题重复了一遍。

"因为我们会让他们认为,这是他们自己的主意。因为我们会让他们想带我们去那里。"

"他们为什么会那样认为? 要怎样做?"

天色已经一片漆黑。就连辛泰拉敏锐的眼睛也看不见默尔柯的脸了。但她能清楚地听见默尔柯那饶有兴致的声音:"我们要利用他们的贪婪。你见到过他们是多么狂热地在这里挖掘、寻找,希望能发现古灵的宝藏。我们会告诉他们，克尔辛拉的规模比卡萨里克还要大三倍。那里埋藏着真正的古灵宝藏。"

"古灵宝藏？"卡罗问。

"我们得欺骗他们。"默尔柯耐心地解释，"让他们想要带我们去那里。我们知道，他们想要除掉我们。如果我们任由他们摆布，他们会让我们慢慢饿死，或者生活在这片污秽中，直到瘟疫杀死我们。我们这样做只是在给他们机会除掉我们，同时牟取利益。但他们会很愿意帮助我们，因为他们会认为我们将引领他们找到财富。"

"但我们不知道去克尔辛拉的路。"卡罗沮丧地低吼道，"如果他们知道有古灵城市可以劫掠，他们早就冲过去了。所以他们也不知道克尔辛拉在哪里。"他压低声音，沉闷地说，"一切都改变了，默尔柯。克尔辛拉也许已经被埋没在淤泥和树木之下，就像崔豪格和卡萨里克一样。即使我们能找到回去的路，那里对我们又有什么益处？"

"克尔辛拉的地势要比崔豪格和卡萨里克都高出很多。难道你不记得那座城市背后山崖上的景观？也许流过来埋葬这些城市的淤泥并没有波及克尔辛拉。或者也许克尔辛拉就在这条淤泥河流的上游。任何事都是有可能的，甚至那里可能还有存活的古灵。那里不会有龙，不，如果还有龙活着，我们一定能听到他们的音讯，但那座城市也许还在。还有那片富饶的原野，城市外的旷野中到处都是羚羊和其他兽群。它们也许都还在那里，正在等待我们回去。"

"或者那里已经什么都没有了。"卡罗没好气地回答。

"不管怎样，我们在这里也是一无所有，那么我们又能失去什么？"默尔柯坚定地问道。

"为什么我们需要人类的帮助？"辛泰拉在两头龙沉默的对峙中问道，"如果我们想要去克尔辛拉，为什么不立刻就走？"

"尽管承认这一点很羞耻，但我们的确需要他们的帮助。我们之中有一些龙甚至没办法在泥滩上爬行。而且我们根本找不到足够的猎物填饱肚子。我们是龙，应该能自由地在大地和天空中往来。但我们没有健康的身体，也无法使用翅膀，这让我们没有狩猎的能力。如果遇到鱼群，我们能自己捉一些鱼，仅此而已。我们需要人类为我们狩猎，并帮助我们之中那些肉体和头脑都不健全的龙。"

"为什么不丢下弱者？"卡罗问。

听到这个问题，默尔柯厌恶地哼了一声。"让人类屠宰，肢解他们，卖掉他们的身体器官？让他们发现，是的，人类吃了被焙干的龙肝，的确能得到惊人的愈合能力？让他们发现我们血中的灵药？让他们发现我们的爪子能够做成多么奇妙的利刃？让他们知道，是的，那些传说都有相当真实的基础？然后，人类会立刻来找我们。不，卡罗，任何龙，无论他有多么虚弱，对人类而言都是宝贵的猎物。我们数量太少了，绝不能如此随意地减少我们的族群。我们也不能让他们成为其余龙的食物和记忆来源。我们必须团结一致。当我们出发的时候，我们必须带上每一头龙。我们必须要求人类陪同我们，为我们提供鲜肉，直到我们找到一个可以自给自足的地方。"

"那会是什么地方？"塞斯梯坎尖酸地问道。

"克尔辛拉，最好是那里。或者至少应该是一个更适合龙生存的地方，有着更多猎物。"

"我们不知道路。"

"我们知道要去的地方不在这里。"默尔柯镇定地回答，"我们知道克尔辛拉就在卡萨里克的上游，就在这条河边。所以我们就沿着这条河走。"

"这条河已经发生了很大的变化。它的河道曾经很窄，河流湍急，两岸是猎物丰富的平原。而现在，它宽阔曲折，流经之地净是沼泽、树林和灌木丛。又轻又小的人类都无法轻松地穿越这一地区。谁又能知道从这里到高山之间的地区发生了什么变化。曾经有数十条河流和溪流注入这条河，现在它们还存在吗？那些河是否也改变了流向？做这种事是没有希望的。那些人类在这里居住了这么长的时间，也没有探索过这条河的上游。他们像我们一样迫切想要找到干燥开阔的土地。如果人类能朝那个方向前进，他们一定在很早以前就去那里了。如果克尔辛拉依然存在，能够被人类找到，他们早就应该发现那座城市了。你想要我们离开现在仅有的安全和食物，穿过沼泽，希望最终找到坚固的土地和克尔辛拉。这是一个愚蠢的梦，默尔柯，我们只会死在迁徙的路上。"

"所以，卡罗，你宁可死在这里？"

"为什么不？"那头高大的龙带着挖苦的语气质问默尔柯。

"因为对我而言，我宁可作为自由之龙死去，也不愿意当一头牲畜。我想要得到再次狩猎的机会，让我的鳞片再一次感觉到热砂。我想要痛饮克尔辛拉的白银琼浆。如果我只能一死，我要作为巨龙而死，而不是现在这种泥浆里的可怜怪物。"

"我想要睡觉！"卡罗断喝一声。

"那就睡吧，"默尔柯低声回答，"那是很好的死亡练习。"

默尔柯最后这句话结束了全部的交谈。群龙耸动身体，纷纷倒卧在地上，相互拥挤。辛泰拉知道，他们都想找一个舒适的位置，但现在没有一头龙会感觉到舒适。困扰他们的不只是寒冷和潮湿泥泞，默尔柯的话摧毁了他们最后一点逆来顺受的心境。辛泰拉觉得自己长期以来的愤怒和顽强的忍耐，现在更像是怯懦和驯服了。

辛泰拉从茧中出来之后，就知道自己这一生中的一切都错了。默尔柯的建议充满着她的脑海，让她看到许多可能。她不想惊醒其他龙，于是便伸展开自己孱弱的翅膀，又伸长脖子，开始梳理她的翅膀。这两片翅膀有长大吗？ 她每次都是等到天色全黑的时候，才开始进行这种毫无意义的仪式。一个又一个黑夜里，她欺骗自己这对翅膀已经长大了，而且还会继续长大。它们真是一对可笑的东西，几乎还不到正常尺寸的三分之一。拍打它们就连一阵微风也很难鼓起来，更不要说是让她的身体从地面上升起了。梳理完之后，她又小心安静地把翅膀在背上折叠好。

辛泰拉相信，是翅膀成就了巨龙；没有翅膀，她根本无法狩猎，更永远无法希冀一个配偶。愤怒之情突然在她的胸中沸腾。只是几个星期以前，当她伸展开身体，睡在一小片阳光中的时候，她突然被惊醒了，原来是多提恩粗暴地想要骑到她身上。她立刻发出一阵愤怒的咆哮。多提恩是一头橙色龙，四肢短粗，尾巴细瘦。像这样的畸形都想与她交配，这让辛泰拉感到异常耻辱。这个愚蠢的可怜家伙伸开满是泥巴的四条腿,趴在辛泰拉的背上,急不可耐地朝她弓起身子。和辛泰拉记忆中巨龙在晴空中交配的情景相比,眼前这一切只让她感觉到厌恶。

一旦母龙表达出交配的意愿,公龙通常都会为了争夺交配权而进行战斗。当最强大的雄性击败竞争者,冲上天空与母龙比翼齐飞的时候,他往往还要想办法驾驭这头母龙,完成最后的挑战。巨龙女王们不会与弱者交配。公龙也不会接受一头温驯的雌性作为配偶。为什么要让自己的血脉里混入母牛一样的雌性之血? 那种母龙的后代很可能会缺乏真正的巨龙烈焰。对雌性而言,被一个呆傻畸形的怪物跨骑在身上,更是无法容忍的侮辱。辛泰拉转过身,凶狠地啃咬他,挥起短小的翅膀抽打他——尽管这并不能造成什么伤害。一开始,与其是要阻止这头公龙,辛泰拉这样做更是为了发泄怒火。但多提恩还在不停地向她扑上来,脖子上满是泥泞,一双小眼睛里闪烁着狂热的欲望。他还想将辛泰拉抱住,但辛泰拉的尾巴凶狠的一抽将他打倒,让他落进了永远不会干燥的泥浆里。多提恩畸形的四足一时无法撑起身体。辛泰拉冲进河水中,洗去背上和身上的泥爪印。她希望酸性的河水也能够洗掉她所遭受的耻辱。

她安定下来,想要睡觉,但睡眠迟迟没有来找她。许多记忆却不停地在脑海中闪现——飞行的记忆、交配的记忆——她的心中充满哀伤。在遥远的海岸,她的祖先将蛋产在热砂上。渐渐地,可怕的思念取代了哀伤。"克尔辛拉,"她对自己轻声说道。让她惊讶的是,关于那个地方的记忆如同洪水般向她涌来。将那里描述成一座河边城市实在是太过苍白。那里是一片用巨石梁柱建造成的宏伟奇观,也是智慧和心灵凝聚成的神奇乐土。那是一座古灵与巨龙友善相处的都市。其街道宽阔平坦,通向公共建筑的门户宽敞高大。墙壁上和喷泉周围的各种绘画与装饰,都彰显着巨龙和古灵之间的友谊。

那里还有一些别的东西。辛泰拉慢慢回忆起来。那里有一口井,在那座城市的边缘有一口比这条河还要深的井。一只桶落在井的深处,穿过普通的清水,沉入到一条更深处的河流中。在那里流淌的是最奇异的物质。即使是一点点那种物质,都能够让古灵陷入危险的沉醉之中,对于人类更是有可能致命,但巨龙能够痛快地饮用它。辛泰拉闭起眼睛，让其他龙族的古老回忆浮出意识的表面。一位古灵女子，身穿绿色和金色的长裙，转动井口绞盘的曲柄，提起满满一桶光华闪烁的银色液体。那些液体被倒进一只抛光的水槽中，随后，一桶又一桶银水被汲取上来，直到光滑的石槽中盛满了银色琼浆。辛泰拉在梦中痛饮这种汁液。银光在她的血管中流动，让她的心脏充满歌声，脑海里洋溢诗篇。她任由自己飘浮在这极乐的回忆里，将现世的真实全都抛诸脑后。

在记忆中，前世的她是巨龙女王，正在修饰自己的姿容。她用不断滴下银色光华的口液，在羽毛般的鳞片上铺成一片薄薄的光膜。那名穿金绿色长裙的女子高兴地看着她痛饮银色的液体。她们一同离开那口井，漫步走过城市中阳光绮丽的街道。在她们的身边，花草葱郁的方形广场上到处都点缀着缤纷流光的喷泉。服色艳丽的市民纷纷向她鞠躬或行屈膝礼。市场中人声嘈杂，吟游艺人的歌唱声和商人与顾客的话语交织在一起。烹调肉食的香气，一袋袋香料的辛辣，珍贵香水的芬芳和草药的刺激气味充满了她的鼻腔。当她和她的同伴到达河边的时候，她们像老友那样亲密道别。随后巨龙女王就张开布满光彩鳞片的翅膀，弯曲有力的后腿，轻松自如地跃入半空。翅膀拍打了三下，四下，五下，从河面吹来的风托住她，将她送往苍穹。她乘着夏季的上升热气，在空中翱翔。

这位朱红色的女王睁着一双金光旋绕的眼睛，眨了眨透明的眼睑，冲入风中，乘着气流向更高的地方飞去。轻风拂体，温暖的夏季阳光亲吻着她的脊背，广阔的世界在她身下向远方拓展。这是一片金黄色的土地，宽阔的河谷两侧是连绵起伏的丘陵，点缀着小片橡树森林。再向远处则是陡峭的悬崖和犬牙交错的山峰。在河边平坦的土地上，铺满谷物的农田和牧场交错分布。一群群牛羊在牧场上缓缓移动。一条用平整的黑色石块铺就的大路沿河岸向远处延伸，许多小路与大道相连，另一端通向各处田园。在人类聚落以外，丘陵山麓和高山山脚下的峡谷之中，有着丰富的猎物。

丘陵地带的上升气流中，还有另一些龙在盘旋。他们身躯上光芒闪烁的鳞甲，就如同夏日骄阳下的一颗颗宝石。一头全身覆盖浅绿色鳞片、在肩膀和腰臀处有着点点金光的巨龙，向她发出铜号般的吼声。她全身一阵战栗，那是她当时的配偶。她响应了他的召唤，看到他转头向自己飞来。当他转身的时候，她也转过了身，长鸣一声，拍打强有力的翅膀，向高处飞去。他发出一声挑战般的深沉吼声作为响应，向她紧追过来。

雨。冰冷的冻雨突然开始击打她的后背，就像是一阵从天而降的石子。辛泰拉猛地睁开眼睛，美梦和梦中的美妙世界全都变成的碎片。在下一个瞬间，冷水便从她的肋侧和腹部流淌下来。在她周围的黑暗中，龙耸动着身体，不情愿地相互挤得更紧。哀伤和愤怒在她的心中相互冲突着。"克尔辛拉，"她高声向自己承诺，"克尔辛拉。"

在黑暗中，另一些龙的声音正在响应着她。

绿月第十七日

商人联盟独立第五年

来自艾瑞克，缤城信鸽管理人
致黛托茨，崔豪格信鸽管理人

在密封的卷轴匣中，藏有一封缤城商人议会致崔豪格和卡萨里克的雨野原商人议会的信，信中建议古灵瑟丹应该出发去寻找婷黛莉雅，说服她返回此地，再一次担负起照料幼龙的任务。

黛托茨：

我拿起笔，代你的侄子雷亚奥向你保证，那个名叫卡琳的三船女孩的确是一个好人。她工作勤勉，孝顺双亲，还能够阅读和写字。尽管雷亚奥在这件事上还很年轻，但我愿意支持我的学徒与她订婚。只要他向我保证，在他符合正式养鸽人标准之前，他们不会结婚，我很愿意在此证明卡琳的人品，并真心相信她在任何方面都能够成为雷亚奥的好妻子，任何商人家的女儿都不会比她更优秀。当然，这件事绝非儿戏，但我要特别强调，她来自一个有五个健康孩子的家庭，而且她的两位姊姊都已经结婚，并生育了健康的后代。在这个时代，许多年轻人都远远比不上卡琳。

艾瑞克

第六章　赛玛拉的决定

结束了一天的采集工作，回家时，她的妈妈带着微笑迎接他们，这实在是很不寻常。而更加不寻常的是，妈妈忽然爆发出和他们说话的强烈热情。赛玛拉和她的父亲提着篮子还没有走进家门，妈妈的声音已经响起。她的眼睛里闪动着希望的光亮："有人看上赛玛拉了。"

片刻之间，年轻女孩和她的父亲都僵在原地。赛玛拉几乎不明白这几个字的意思。看上？她了？十六岁的赛玛拉早已过了绝大多数雨野原女孩订婚的年纪。她知道，在这个世界的某些地方，她还会被看作一个刚刚长大的孩子；在另一些地方，她可能是刚到结婚年纪的女人。但在雨野原，人们的寿命不像其他地方的人那样长久。他们知道，如果要存续一个家族的血脉，他们最好在孩子小的时候就找好亲家，等到他们有生育能力的时候就尽快让他们结婚，最好在婚后一年就有小孩。即使一个来自贫穷家庭的女孩，如果她长相尚可，在她十岁的时候都会有人上她家提亲；就算是丑女孩，到十二岁的时候也会有婆家了。

除非是赛玛拉这样的女孩。她根本就不应该活下来，更不要说结婚生子了。对于一些人来说，她根本就是不存在的，还有一些人几乎无法容忍她出现。但今天她的妈妈双眼放光地说有人看上了她。这太奇怪了，她甚至被禁止生孩子，难道现在她也有机会论及婚嫁了吗？这毫无道理可言。谁会向她提亲，为什么她的母亲会考虑这种事？

"有人向赛玛拉提亲？ 是谁？"父亲的声音中也充满了怀疑。不好的预感在赛玛拉心中滋长，她审视着母亲的脸，母亲的笑容中并没有多少快乐。这时母亲没有再看他们，而是蹲在篮子旁边，开始挑拣晚餐的食材。她对着他们采集来的食物说："我说的是，有人看上赛玛拉了，杰鲁普，并不是向她提亲。"

"那看上她什么？ 是谁看上了？"父亲质问道。一朵又一朵愤怒的暴雨云，正积聚在他的话语中。

母亲保持着镇定的神情，继续挑拣食材，甚至没有抬一下头。"有人愿意雇佣她，让她可以独立谋生，不必再依赖日渐衰老的我们。至于说是谁，愿意雇佣她的是雨野原商人议会。所以，不要对此嗤之以鼻，杰鲁普。这对赛玛拉而言是一个绝佳的机会。"

父亲的目光转向赛玛拉，等待着女儿说话。赛玛拉的母亲一直在担心自己的"衰老"，这在他们的小家庭中已经不是秘密了。很明显，她相信如果他们能摆脱掉养育赛玛拉的责任，就能为他们的老年生活留下更多积蓄。赛玛拉对此抱持怀疑，她一直在父亲身边努力工作。父亲带回家的许多食物都是她从最高处的树枝上采摘来的。其他人根本不敢爬上那些阳光充足的树梢。她的母亲真的认为当父亲的篮子每天都变得更轻时，他们就摆脱了一个包袱？ 如果赛玛拉走了，当他们的身体衰老，虚弱无力的时候，又有谁能为他们完成每日的工作？

赛玛拉没有把这些疑虑说出口，只是平静地问道："他们提供了什么样的'雇佣机会'？"她让自己的声音中不带有任何责备的意味，或者是尽量如此。她很害怕母亲会回答她的问题。在崔豪格有各种雇佣机会。深埋在地下的古灵城市中，总是藏着最危险、但也是最好的机会，同时那也是一种能让人累断腰的工作。那里的劳工经常要在接近全黑的环境里，用铲子和推车移走大量淤泥，而那座古老城市里常常会有一道门或者墙壁突然塌陷，随之而来的便是泥土大量崩塌。他们通常都选择让男孩来干这些活，因为男人体力更强。像赛玛拉这样"不能生产"的女孩，经常会得到维护桥梁的工作，尤其是那些位于树冠最高处，由最细的树枝支撑的小桥。最近，连接雨野原河两岸散乱聚落的步桥网络，正在进行规模庞大的扩张，成为人们热议的话题，有许多人都在争论一座用锁链和木头建造的桥能够延伸多远。赛玛拉心中一沉，她怀疑自己将加入探索这个答案的队伍。是的，也许就是这样。她的邻居们都知道她爬树的能耐，而这种工作一定会要求她居住在工作场所附近，她将离开家并且远离双亲，有可能活不了多久。也许这正合她母亲的心意。

她的母亲开口时，声音中带着虚伪的欢愉："今天，树干市场上来了一个商人，他穿着非常华丽的刺绣长袍，带着一份雨野原议会的卷轴。他说他是来寻找一些健壮的年轻人，没有婚娶，没有孩子，他需要这些人为崔豪格，为全体雨野原人完成一个特殊任务。他说任务的酬劳会很丰厚，而且在任务开始之前就会有预付酬金。等到任务结束，参与任务的人回到崔豪格，还会得到重酬。他说他相信很多人都会愿意被选上，但候选人必须非常勇敢坚强，能够吃苦。"

赛玛拉压抑下心中的急躁。她的母亲从来都没办法简单地说清楚一件事，总是说着说着就离题万里。如果现在提问，只会把母亲带到另一条路上去，所以她只能紧咬住牙，管住自己的舌头。

父亲却没有她这样的耐心。"那就是说，不是有人来提亲，而是一份工作。赛玛拉已经有工作了。她帮我采集食物。为什么她还会想要像你说的那样'独立谋生'，离开我们？ 我们已经不再年轻了。如果说我希望她能在什么时候陪在我身边，那就是你所说的，我们'日渐衰老'的时候。否则你认为还有谁会照顾我们？ 雨野原议会？"

母亲紧紧抿住嘴唇，额头上的皱纹也变深了。"喔，那么好吧，"她苦涩地说，"我不再说什么了。我知道，我听那个人的话就是在犯傻，我根本不应该去想赛玛拉也许希望生活中能有一点冒险。"母亲的声音因为气愤而颤抖。她没好气地瞪了他们一眼，在沉默中散发着怒气。

他们房子的主屋很小，赛玛拉的母亲将晚餐放在桌面的编织垫上，却装作完全没有看到屋中的另两个人。赛玛拉和父亲也都保持着沉默，更多的询问只会让母亲更不愿意说出她到底听见了什么，若装作对此不感兴趣，倒是有可能从母亲那里得到更多讯息。所以父亲只是在盆中倒上水,洗净手脸,然后把脏水泼出窗户,再为赛玛拉倒了一盆水,递给女儿,并轻松地说:"我觉得明天可以不做采集了。我们可以出一趟远门,带一些新植物回来。你能早起吗?"

"这样应该最好。"赛玛拉也故作轻松地回答道。

母亲受不了他们这样漫不经心地交谈。她对着正被她磨成糊的库拉坚果说:"我想,我对自己的女儿根本不了解。我以为她知道能够在龙身边工作一定会非常激动。她小时候似乎对龙很感兴趣。"

父亲向赛玛拉做了一个小手势,提醒赛玛拉保持安静,让母亲能继续说下去。赛玛拉却没能管住自己。"龙? 那些我亲眼看着孵化出来的龙? 那些被遗弃的龙? 我能在他们身边工作?"

母亲满意地轻轻喷了一下鼻息。"显然,你不能。你的父亲认为你最好留在这里,和我们一起生活,直到我们衰老、死亡,然后你就要自己一个人度过一生了。"她将一碗捣碎的库拉坚果放在餐垫上,又在旁边放了一盘子韦德草茎。今天早些时候,她在小区烤炉里烤了饼。一共六块饼,每个人两块。晚餐并不丰盛,也不精致,但就像爸爸说的,它能"填饱肚子"。就在几秒钟以前,赛玛拉还感觉自己饿得厉害,而现在她甚至不想去看一眼那些食物了。

但父亲是对的,赛玛拉的提问只是更加激发了母亲的怒火。现在她的母亲全身都散发出气势汹汹的冰冷怒意。她微笑着,在吃饭时几乎没有再说话,仿佛家中一切正常,她只是一位温柔的妻子,对丈夫言听计从。赛玛拉又问了两次关于那份工作的事。她完全无法抵抗母亲的诱饵。每一次,她的母亲只是对她说,她一定不想离开家和亲人,所以就不要再谈论这个愚蠢的话题了。

赛玛拉只能让自己的心被强烈的好奇煎熬着。

晚餐一结束,杰鲁普就宣布他还有别的事,离开了家。赛玛拉收拾好剩菜,同时竭力不去看母亲怨恨的瞪视。一切收拾好之后,她走出树屋。当然,她没有踏上通往邻家的小步道,而是一直向高处爬,钻进了树冠。她需要思考,而孤身一个人才能清醒地思考。龙,龙和她的工作又会有什么关系?

赛玛拉一生中见过两次龙。第一次是五年以前,那时赛玛拉快十一岁了。

她的父亲带她下了大树，经过项链桥，一直下到了地面上。通向河边孵化场的小路已经被许多人踩成了一片烂泥。那也是赛玛拉第一次前往卡萨里克。

关于那些龙的记忆，直到现在还不断在她的脑海中浮现。他们的翅膀很软弱，一个个瘦得皮包骨。婷黛莉雅不停地飞过来，丢下新鲜的猎物供他们食用。赛玛拉的父亲很同情那些畸形的龙。当赛玛拉回忆起父亲向一头刚刚孵化的龙跑过去的时候，嘴角浮现出一抹苦涩的微笑。

在群龙孵化后的一段日子里，所有人都希望活下来的龙能够成长为壮丽强大的生物。她的父亲也曾受雇成为猎人，为龙捕捉食物。但雨野原茂密的森林很快就无法供养这些巨大贪婪的食肉动物了。猎人们就算用尽力气也无法让猎物变得更多。议会在猎人们的薪酬上也越来越吝啬。她的父亲很快就放弃了这份差事，回到了崔豪格的家里。他向赛玛拉讲述了一个哀伤的故事——患病的龙很快就要纷纷死去，还活着的龙的确在变大，但他们的身体并没有变得更加健壮，也无法独力生存下去。"婷黛莉雅有时会来，带来猎物，但一头龙没办法喂养这么多龙。大家都能感觉到她在为这些可怜的生物感到惭愧。恐怕这件事对谁都不会有一个好结果。"

对于那些只能在地面上爬行的龙，情况的确不断在恶化。婷黛莉雅经历种种艰难，终于找到了配偶。所有人都相信婷黛莉雅是这个世界上最后的巨龙。所以另一头巨龙的出现就格外令人震惊。人们传说有一头黑龙从寒冰中复活，这个故事实在是离奇得让人难以置信。

是远方六大公国的某位亲王挖掘出了那头龙，将他从冰封坟墓中寻找出来。至于为什么要这样做，那位亲王有自己的理由，赛玛拉并不关心。不管怎样，那头黑色公龙还活着。他从冰冻的长眠中醒来，成为婷黛莉雅的配偶。他们一同飞翔、狩猎并彼此交配。不管这个故事如何耸人听闻，有一件事是确定无疑的。从那时起，巨龙女王就只是很偶尔才会返回雨野原。一些雨野原人报告，他们见到了两头巨龙在远处飞过。一些人懊丧地说，现在婷黛莉雅不需要人类的友谊和帮助了。她离开了他们，不仅是将一群贪吃的幼龙丢给他们照顾，还终止了对雨野原河的保护。

即使婷黛莉雅放弃了和人类签订的契约，雨野原人却没有选择，只能继续照顾这些幼龙。有许多人指出，如果说有什么事情能够比一群龙居住在自己的城市脚下更糟糕，那就是一群饥饿、愤怒的龙居住在你的城市脚下。尽管结茧地实际上位于崔豪格的上游，但它几乎就在卡萨里克城的正上方。在很久以前，位于崔豪格下方的那座远古时代的古灵城市当中，容易进入的部分就开始被发掘了。现在卡萨里克很可能蕴藏着同样珍贵的财富，但只有将那些幼龙圈养起来，人类才能进入那里。

赛玛拉很想知道现在那些幼龙中还有多少活着。并非所有结茧的长蛇都能成为龙破茧而出。上一次父亲前往卡萨里克的时候，赛玛拉就跟随在他身边。那仅只是两年以前的事情。如果她记得没有错，那里应该还有十八头活下来的龙。瘟疫横行以及缺乏新鲜的食物，还有龙之间的争斗，严重削减了他们的族群。赛玛拉从树上远远看着他们，不敢靠近。那些生物脏兮兮的，看上去很可怜。赛玛拉回想起他们刚刚出世时新鲜光亮的鳞甲，更觉得现在这些龙的状况实在是很糟糕。他们已经大了很多，但身体都有各种各样的畸形，委身在河边的烂泥塘里，身上除了泥巴还是泥巴，还散发出一股臭气。他们都显得倦怠乏力，无精打采，在他们自己的屎尿中爬行，嗅着腐烂的食物残渣。没有一条龙能够飞行。他们之中的一些龙能为自己寻找一些非常有限的猎物，比如涉水进入河中，从经过的鱼群中叼一条鱼。当时有一种被压抑的矛盾情绪在赛玛拉的心中升起，甚至要比那些龙散发出来的爬虫类臭气更让她难以忍受，迫使她转过了头，无法再去看那些骨瘦如柴，却又脾气暴躁的生物。

赛玛拉摇摇头，将自己的思绪清理一下，继续向上攀登。她的爪子不断扣住树枝，把她的身子向上提起，进入到覆盖她家屋顶的树冠里面。这已经是崔豪格的最高处了。从这里，她能够俯视这座树上城市绝大部分的地方。

赛玛拉坐下来，将膝盖收在下巴下面，眺望着正在吞没森林和这座城市的黑夜，静静地思考着。她喜欢这个地方。如果她倾过身子，朝正确的角度向上望去，就能从交错分布的树枝间找到一个小窗户，透过那里望见夜空和数不清的点点繁星。她相信，没有人知道藏在这里的这道风景。这是属于她一个人的。

在短暂的时间里,她获得了安宁。然后她感觉到树枝微弱的震动——有人来到了她摇摇欲坠的静思之地。不是她的父亲,不,这个人的动作比父亲更敏捷。她没有回头去看,但简直就像看见那个人一样说道:"你好,刺青。是什么让你今晚愿意到树冠上?"

她感觉到刺青耸了耸肩。刺青一直站在树枝上,现在他俯下身,手脚并用地爬过细树枝,来到她身边。他坐下来,用两条细腿锁住身下的树枝。"只是想要来看看。"这个脸上带着刺青的男孩低声说道。赛玛拉终于向他转过了头。

刺青沉静地看着赛玛拉的眼睛。赛玛拉知道,最近自己的眼睛已经有了一些雨野原人的浅蓝色光泽,刺青对此从没有过任何评价,就如同对她的黑色爪子一样。赛玛拉也从没有对他脸颊上鼻子旁的刺青花纹问过任何问题。最靠近他鼻子的是一匹小马的花纹,一张蜘蛛网覆盖他大部分的左侧面颊,这些花纹表明他出生时是一名奴隶。赛玛拉大约知道他的故事。六年以前,随着长蛇的回归,雨野原议会邀请缤城的纹身者迁居到这里。许多刚刚得到自由的奴隶,还看不到自己能有什么未来。一些人成了罪犯,还有一些欠下了债务。不过奴隶的纹身让他们有了一种几乎完全平等的社群关系。议会邀请他们来到雨野原河上游,在此安居,并与雨野原人通婚,以重启新的人生。作为交换的条件,纹身者们提供劳力疏浚河道,建起阶梯围堰,让长蛇能够完成他们的迁徙。许多纹身者都成了雨野原值得尊敬的公民。那些欠下债务的人常常是有技巧的工匠和手艺人,也将他们的技艺带到了雨野原。

不幸的是,他们之中也有盗贼、杀手和扒手,而这些人也将这种技艺带到了雨野原。尽管有了新生活的机会,他们却依旧抱持着旧日的能力自甘堕落。刺青的母亲就曾经是其中一员。赛玛拉只听说过她是一名窃贼,直到一次夜盗行径出了意外,变成一桩杀人案。刺青的母亲逃走了,没有人知道她逃到了哪里,而刺青对此更是毫不知情,那时候他只是一个十岁的小男孩,遭到母亲遗弃,在其他纹身者中被抚养长大。在赛玛拉的印象里,刺青总是居无定所,能得到什么食物就吃什么食物，身上都是别人丢掉的衣服，为了能够挣一两个小钱，做着各种卑微的工作。赛玛拉和她的父亲曾经在一处树干集市上遇到过他。那是一个盛大的集市日，整个集市的范围囊括了崔豪格中心五棵主树的树干。他们在那一天要出售一些禽鸟。刺青愿意为他们做任何事，只要他们能够将最小的一只鸟给他。他已经有几个月没有吃过肉了。赛玛拉的父亲一如既往地动了善心，他让这个男孩负责贩卖他们的货物。通常这件事都是由父亲自己来做的，而且父亲做得会更好，因为他的嗓门更响亮，声音更好听。不过，刺青很愿意，不，应该是渴望着能够为自己挣得一餐饭食。

从那天开始直到两年以前，赛玛拉与父亲经常会看见他。当赛玛拉的父亲能够给他一些工作的时候，他总是对他们给他的一切报酬都满怀感激。他是一个手脚伶俐的小子，那些在地上出生的人们从不会进入的高层树冠，他都能穿梭自如。赛玛拉总是很喜欢他的陪伴。她没有什么朋友，那些小时候曾经和她一同玩耍的孩子现在都已经长大结婚，有了自己的家庭，开始他们的新生活。赛玛拉一个人被留在她奇怪而又漫长的青春期里。能够找到一个像她一样单身的朋友给她带来了非比寻常的安慰。她不知道为什么刺青不结婚，甚至从没有追求过任何女孩子。

赛玛拉一直处在出神的状态。刺青问道："你今晚想要一个人吗？ 我不想打扰你。"她才意识到自己沉默了太久。

"不，你没有打扰我，刺青。我刚刚花了点时间想事情。"

"想什么？"刺青坐到了一根更加牢固的树枝上。

"我在想我的未来有什么选择，但选择似乎并不多。"她努力笑了一声。

"不多？ 为什么不多？"

赛玛拉看着他，不知道他是不是在取笑自己。"嗯，我已经十六岁了，还和我的父母生活在一起。没有人来向我提亲，根本没有人愿意这样做。所以，我或者继续和我的父母一起生活下去，就这样终老；或者我只能自己出去讨生活。我对打猎有一些了解，也知道一些采集的技巧。但我很清楚，如果我自己一个人，靠着我仅有的那一点技巧，我的生活一定会很悲惨。在雨野原，生活中至少需要两个人结伴共同努力工作,才能得到最基本的温饱。而我只有自己一个。"

刺青惊讶地看着滔滔不绝说出这番话的赛玛拉,显露出一点不安。他清了清嗓子:"为什么你会认为只有你一个人呢?"然后他用更轻的声音说:"你说起和你的父母一同生活时,好像这是很可怕的事。而我,我很愿意有一个母亲或者父亲能和我在一起。"他短促地笑了一声,"我甚至无法想象我能同时拥有父亲和母亲。"

"和我的父母一同生活,并不可怕。"赛玛拉承认,"但有时候,我知道我的妈妈很希望我不在这里。爸爸一直都对我很好,他让我知道,这个家一直都会欢迎我。我相信,当他将我带回家的时候,他就知道我的一生可能都会走得很艰难。"

刺青的眉毛拧在一起。他困惑的神情让他脸上的蜘蛛网变成了奇怪的形状。"把你带回家? 你去哪里了?"

现在轮到赛玛拉感到尴尬了。她一直以为所有人都知道她是什么人,以及这背后的故事。任何雨野原人只要看到她,都会明白她的身世。但刺青不是在雨野原出生的,雨野原人也不会向外人提起赛玛拉这样的变种,一些雨野原人甚至从不会和赛玛拉说话,也不会正眼看她。赛玛拉的存在根本就不是一个能够和外人闲聊的话题。刺青不知道赛玛拉的事情,意味着这里大部分的人依然将他视作一个外人。他是真的不知道。这件赛玛拉从不曾想到的事情刺激了她。她咬紧牙关,脸上露出异样的微笑,向刺青伸出了自己的手:"有没有注意到什么?"

刺青将头探过来,细看她的手。"你的一只爪子裂了?"

赛玛拉气得笑了起来。突然间,她第一次理解了刺青身上的一件事——他将自己当作朋友,是因为他真的不明白。

"刺青,你应该注意的是我有爪子,而不是指甲。蟾蜍或者是蜥蜴一样的爪子。"她将爪子按在树枝上,拉回来,在树皮上留下四道割痕,"爪子是我独有的。"

"我见过许多雨野原人有爪子。"

赛玛拉盯住他,过了一段时间才继续说道:"不,你不可能见过。你见到的是许多人有黑色的指甲,也许是很粗很厚的指甲,但不是爪子。因为如果婴儿在出生时有爪子而不是指甲,父母和接生婆就会知道他们必须做些什么,而他们都会那样做。"

刺青在树枝上向赛玛拉倾过身子,用沙哑的嗓音问:"做什么?"

赛玛拉在他的注视下转过头,望向遮住夜空的树枝,"除掉那个孩子,把他放在远离人迹的地方,不再去管他。"

"让他死去?"刺青惊骇地问。

"是的,让他死去,或者被野兽吃掉,比如树猫或者是一条大蛇。"赛玛拉回头瞥了刺青一眼,发现自己没办法去正视刺青恐怖的眼神。那眼神仿佛带着谴责的意味,赛玛拉不觉得他是在关心自己,反而觉得自己在谈论那些畸形小孩是某种不忠的行为,"有时候,他们会把那些孩子饿死或者闷死,这样孩子就不会受太多的苦。然后他们会把孩子扔进河里。我猜,要怎么做全看接生婆的决定。我的接生婆只是把我放在了野外,将我塞进一丛远离道路的树枝里,就匆匆回到了我母亲的身边,那时我母亲流了很多的血。"说到这里,赛玛拉清了清喉咙。刺青注视着她,嘴巴微微张开。赛玛拉第一次注意到刺青的一颗下门齿稍有些歪斜。她急忙将目光从这个专心的倾听者身上移开。

"那名接生婆不知道我的父亲一直在跟着她。我不是他们的第一个孩子了,但我是他们第一个活着出世的孩子。爸爸说,他没办法就这样丢下我,他觉得我应该有一个机会。于是他跟踪接生婆,又把我抱回家里,即使他知道许多人会说他做错了。"

"做错了?为什么?"

赛玛拉的目光又朝向刺青,她依然不知道刺青是不是在取笑她。刺青有一双浅色的眼睛,在不同的光线中会呈现出蓝色或者灰色。但那双眼睛从不会发光,和赛玛拉的并不一样。现在那双眼睛看着赛玛拉,没有任何愧疚之意。这种最真诚的目光几乎要让赛玛拉感到气恼。"刺青,你怎么会不知道这些事?

你居住在雨野原已经有……六年了吧？ 许多雨野原的孩子在出生时就……嗯……受到这片荒原的影响。随着他们长大，他们会变得越来越与众不同。所以，雨野原人必须设置一个底线。毕竟，如果你出生的时候就非常与众不同，如果你已经有了鳞片和爪子，那谁知道你长大以后会变成什么？ 如果像我这样的人结婚生子，我的那些孩子就有可能更不像人类，并长大成只有莎神才知道的怪物。"

刺青深吸一口气，又重重地呼出来，摇了摇头。"赛玛拉，听你的话，你好像根本不认为你是人类。"

"嗯。"赛玛拉应了一声，又闭住嘴。一段时间里，她只能努力追逐在脑海中盘旋的各种词句。也许我真的不是。她真的这样相信吗？ 当然不。嗯，也许不。如果不是人类，那她到底是什么？ 但如果她是人类，她又怎么会有爪子？

不等她想好该怎样回答，刺青又说道："和绝大多数雨野原人相比，你并没有显得更奇怪。我在这里见过许多有鳞片和肉须的人。现在我已经不会为这种事大惊小怪了。当我还很小的时候，我刚刚来到这里，觉得你们实在是有些可怕，但现在我已经不会这么想了。你们只是，嗯，带着标记的人，就像刺青也是一种标记。"

"你们的主人为你们留下标记，标明你们是奴隶。"

刺青的雪白牙齿在他的笑容中向赛玛拉闪动了一下。他用这个笑容否定赛玛拉的话。"不，他们在我们身上留下标记，是要让人们相信：他们拥有我们。"

"我知道，我知道。"赛玛拉急忙说道。许多如同刺青拥有奴隶背景的人，都会坚持这是两回事。赛玛拉不明白，为什么这对他们而言是如此重要，但他们显然很看重这一点。赛玛拉很愿意让刺青解释一下，不过这全要看刺青是否愿意。"我只是想说，这是别人强加给你的，在那以前，你就像其他所有人一样。而我，我出生时就是这种样子。"她转过手，看着向手心弯曲的黑色爪子。"一直都与众不同。我是不适合婚姻的。"她压低声音，将目光别向一旁，又说道，"甚至不适合活着。"

刺青没有回答她的话，却轻声说："你的妈妈刚刚走出来，从下面看着我们。她还在那里，正在盯着我。"然后他稍稍移动了一下身子，低垂下发丝蓬乱的头，将肩膀向窄小的胸前弓起，仿佛这样就能让别人看不见他。"她不喜欢我，对不对？"

赛玛拉耸耸肩。"其实她真正不喜欢的是我。我们，嗯，刚刚发生了一点家庭矛盾。我爸爸和我采集完食物回到家里，我的妈妈说有人会给我一个机会，不是结婚的机会，是一份工作。爸爸说我已经有工作了。于是妈妈很生气，甚至根本不告诉我那是一份什么样的工作。"她躺在树枝上叹了口气。在他们周围，雨野原的夜色越来越浓。一幢幢挂在树枝上的小房子里亮起了灯光。赛玛拉目力所及之处，崔豪格上层茂密的枝叶间到处都是星星点点的灯光。她翻身俯卧，朝下方望去。下方的灯光更加稠密明亮，那里是这座树城更加繁荣热闹的地方。灯光照亮了连接大树的桥梁，让那些桥如同落在森林中一串闪烁的项链。几乎在每一个黄昏，这里的灯光仿佛都会变得更多一些。六年以前，如同洪流一般涌来的纹身者，让崔豪格和卡萨里克的人口急剧增加。从那时起，越来越多的外路人来到了这里。赛玛拉听说下游有许多小型贸易村落也正迅速成长起来。

下方灯光闪烁的森林显得非常美丽。这是属于赛玛拉的，却又永远都不会是她的。她咬紧牙，透过牙缝说道："真可恨，我只有那么点选择，我的妈妈却还是不告诉我。"她抬头瞥了一眼和她坐在同一根树枝上的细瘦男孩。

刺青笑了。他的表情变化总是让赛玛拉感到吃惊。他突然开口道："我想，我知道那个工作是什么。"

"你知道？"

"我知道那个工作，因为我也听说了。这正是我今晚来这里的原因之一。我想问问你和你的父亲，你们对此有什么想法。因为你们比我见过更多的龙。"

赛玛拉猛地坐起身。刺青不由得猛吸了一口气，但赛玛拉知道自己不可能摔下去。"那是什么工作?"她再一次问道。

刺青的脸上洋溢着热情。"嗯,有一个人在每棵树干上都贴了布告。然后他又打开一份布告,向我们大声宣读了上面的内容。他说雨野原议会正在寻找工人,年轻健康的工人,'没有牵绊'——他说,意思就是没有家人。"兴奋的刺青忽然停顿了一下,"所以我猜你可能不适合这份工作,对不对? 因为你有家人。"

"快说。"赛玛拉急切地催促他。

"好吧,简而言之就是,卡萨里克的龙已经制造了太多的麻烦。他们开始做坏事,引发恐慌,而且情况越来越糟。议会决定必须让他们离开。所以议会在找人将他们带离卡萨里克。执行这一任务的人必须一路照顾龙群,为他们寻找食物,做各种事情,并确保他们在别处安居,再也不会回来。"

"巨龙守护者。"赛玛拉轻声说道。她转头不再去看刺青,脑海中开始想象那会是怎样的一份工作。她见过龙,知道和那些生物打交道并不容易,"我想,这应该是一份危险的工作。所以他们才会寻找孤儿和没有家人的人来做。那样的话,如果龙吃掉你,也不会有人抱怨。"

刺青乜斜眼睛看着她,"你是认真的?"

"嗯……"

"赛玛拉!"赛玛拉的母亲在黑暗中高声喊叫,"已经很晚了,进屋来。"

赛玛拉吓了一跳。她的母亲很少会在公开场合喊她的名字,更不要说喊她回家了。"为什么?"她低头向下喊道。也许是父亲回家了,想要见到她。她想不起自己的母亲什么时候曾经叫她回过家。

"因为很晚了。我说了,进屋里来。"

刺青睁大了眼睛,悄声说:"我知道她不喜欢我。我最好还是走吧,不要让你因为我惹上麻烦。"

"刺青,这和你无关,这一点我很清楚。你不必走,她也许只是要我去干些活。"实际上,赛玛拉也不知道为什么她的母亲会突然叫她回家。她知道自己也许真的应该滑下树枝,回到那个在树枝间轻轻摇摆的小家里去,但她不想走。父亲不在家的时候，那个房子就会小得让她感到不舒服，里面充满着母亲对她的厌弃。一种突然出现的固执占据了她的心头，完全取代了她平时对母亲的顺从。她会回去，但不是现在。毕竟，她的妈妈能做什么？母亲从没有爬上过她和刺青所在的这种细小树枝。母亲甚至连崔豪格这一部分的树间道路都不愿意走。这个只有一些小房子、靠近树冠的区域，被称为"蟋蟀笼"，生活在这里的人，只能依靠小桥和窄小的路径在树枝间移动。她的母亲很不喜欢居住在崔豪格这个贫穷的区域，但他们只能负担起这里的悬挂小屋。在这片高处的树冠上，几乎所有东西都要比下面更便宜。

"你要回去了吗？"刺青低声问她。

"不，"赛玛拉坚定地说，"现在还不要。"

"那你刚才在想什么？"

赛玛拉耸耸肩。"我在想，现在一切都改变了。"她的目光越过树枝，望向灯光闪烁的崔豪格。那些灯光分散在各处，被雨林中的树干和粗大的树枝遮挡住许多。"我的家庭并不是一直这么穷。在我出生之前，我的父母刚刚结婚的时候，他们住在下面、很靠下面的地方。我的父亲是一位雨野原商人的第三个儿子，他的家族在那座被埋葬的古城中有一份资产。他们经营得很好，但我的祖父在那时去世了。我的父亲有两位兄长。他的长兄继承了资产，二哥知道该如何管理那份资产。但他们家族的财富不够支撑三个家庭。于是我的父亲不得不独自谋生。有时候，我觉得正是这一点让我的母亲心怀怨恨，甚至在我出生之前就是这样了。我觉得她当初一定是想要过上轻松的生活，拥有各种漂亮东西，还有美丽的孩子，孩子们也都有美好的婚姻。"

一抹怪异的微笑扭曲了赛玛拉的脸。"只是一点小细节，人生就会完全不同。我觉得，如果我的父亲是长子，继承了家族产业，现在一定会有人要和我结婚了，就算我有一根猴子尾巴，只能像树猫那样尖叫。"

一阵笑声从刺青的口中冒出来，让赛玛拉吃了一惊。过了一会儿，赛玛拉也笑了起来。

"你会觉得那样的人生比现在的更好吗？"刺青提问的语气显得很真诚。

赛玛拉对这个蠢问题哼了一声。"我喜欢我小时候的生活,那时我们还不是这么穷。"

"穷?"

"你知道,每天的工作勉强能糊口,住在崔豪格最高的细树枝上,出门的道路都很窄。我们并非一直都是住在这里的。"

"我不觉得你们穷。"刺青表示反对。

"不管怎样,我们曾经比现在更富有,这一点是肯定的。"赛玛拉的思绪回到了她童年的时候。那时他们住得还很好。"我的爸爸那时是猎人,很优秀的猎人。他在那一行里做了相当长的时间。后来他为龙打了一段时间的猎,直到议会不再付给他们应有的报酬。那时他决定做一名农夫。"

"农夫? 在哪里做? 在雨野原根本没有能够种植的土地。"

"并非所有庄稼都是生长在土地上的,他一直都这样说。我们收获的许多食物,其实都来自树冠顶部,树干弯曲处的小块土壤中,或是气根上,或者是寄生在大树的植物上。"她想要向刺青解释,但想到这些事总是让她感到厌烦。现在她的父亲已不再穿行于树枝、树顶和雨野原的荒僻小路,只为了狩猎野兽或采集食物,他开始尝试在树冠上进行种植。这是一个古老的主意。至今为止,还没有人能够让雨林在一段时间之内提供出产量可以预期的食物。但一直以来都有人像她的父亲一样,以为自己找到了办法。父亲已经采集来各种可食用的植物,竭力在他所选择的地点,而不是莎神种下的地方栽培它们。

她的父亲不是第一个做这种尝试的人。在他之前有许多人都失败了。父亲只是更顽固,比之前那些失败的人更有决心。有些人会说有决心是一件好事,但她的母亲有一次却对她说,这只意味着他们的家庭要在贫困中挣扎更多个年头,而其他失败的人很快就会继续去狩猎和采集了。他们的"种植"工作占用了大量的时间,收获却要比采集少得多。但父亲坚持要这样做,因为他相信总有一天,他们能够得到回报。

"我能看出,你爸爸很认真地在做这件事。"刺青低声说,

"我的妈妈曾经说过,她所珍视的一切东西,都因为我父亲的梦想被牺牲

掉了。也许这是真的,我不知道。当我还很小的时候,父亲是一名采集者,我们居住在一幢有四个房间的房子里。它很靠近树干,甚至在暴风雨中都不怎么会摇晃。"

那是雨野原最好的房子。越是靠近树干的房子本身也越牢固,更少被风雨侵袭,距离树干集市也更近,沿树干下去还很容易到达酒馆和戏院。的确,靠近树干的房子阳光会少一些,但赛玛拉一直都觉得,如果她想要感觉一下阳光和风,自然可以爬到高处去。他们第一个家周围的桥梁和步道都很牢固,有着密实的护栏,并且被维修、保养得很好。从那里,她可以爬上树梢去寻找阳光,也能下到地面上,偶尔让双脚感受坚实的土地。她倒是从不曾对地面有过很大的热情,但她的母亲很喜欢那里。

"为什么你不喜欢地面? 我觉得那是我居住过最正常的地方。我很想念地面,我想念能跑能走,不必害怕会掉下去的时候。"

赛玛拉摇摇头。"我从来不觉得地面是可以信任的。在这里,在雨野原,如果你靠近地面,你也就靠近了河流。河水迟早都会上涨泛滥。有时候水涨得非常突然,没有半点预告。我们知道,地面上的一切建筑都无法持久。有一次,河水上涨得非常厉害,完全淹没了那座古城。那时的情形很可怕。许多工人被困在城里淹死了。"那条宽阔而残忍的河流一直让赛玛拉感到害怕。她知道那条河会季节性地上涨、泛滥,有时候还会突然暴发洪水。就算是在最好的情况下,河水也会带有微弱的酸性。在地震之后,那条河有时甚至会变成一条致命的灰白色洪流。当河水变成那种颜色的时候,就意味着掉进去的人必死无疑。在河上有船的人都知道要把船从水面上吊起来,直到河水变回平时的颜色。站在地上的每一刻,赛玛拉都害怕河水会突然冲过来将她吞没。只有当她站在坚固的大树上,远远离开那条喜怒无常的大河和河两岸的大片沼泽,她才觉得自己是安全的。这是一种愚蠢的恐惧,一种孩子气的恐惧,但许多雨野原人都有这样的恐惧。

刺青耸耸肩,没有和她分享这种恐惧。他瞥了一眼周围的枝杈树叶,这些枝叶遮住了他们,让他们看不见附近的邻居,也看不见天空和地面。"我从来不觉得你们穷。"他低声说,"我一直都觉得你们在这里过得很好。"

"的确没那么糟。只是我的母亲会感到很辛苦。她已经习惯了优渥的生活,那种生活里有派对、漂亮衣服和各种好东西,但在我们曾经居住过的地方,还有另一些东西是我想念的。也许那只是因为我在那里度过了童年。在那时,在下面,我有许多朋友。我们都很小的时候,我猜没有人会很在意我生的是爪子还是指甲。我们在一层层房屋之间的平台上玩耍。我的父亲供我上学,为我买书,而大部分其他孩子只能付一点钱,把书借回家看一个星期。人们都觉得父亲很溺爱我。而我的母亲认为这只是在浪费钱,并因此而更加恼火。我们还会去许多地方。我记得我们有一次从树干下去,看了一场从遮玛里亚来的艺人表演的戏剧。我那时还不明白那是什么,但他们的戏服真的很漂亮。我们曾经去看过一场非常盛大的演出,那里有音乐、戏剧,还有杂耍艺人和歌唱家!我真的很喜欢那个时候。那座舞台搭在几棵树之间的空地上,下面有高台支撑。用绳网编成的座位非常结实。那是我第一次发现崔豪格竟然是那样大的一座城市。树枝和树叶遮住了我们脚下绝大部分的地面,但我能清楚地看见河道。在头顶上方,透过树冠中间的空洞,我能看见很大一片黑色天空,还有各种星星。成千上万的灯光在窗口亮起。在我们周围的树林中,两边缀着灯笼的步道连接起一棵又一棵树,让我想起了宝石项链。"赛玛拉闭上眼睛,仰起脸,回忆起那时的美景。

"那时,每个月有一次,我们一家会去格拉萨拉的香料市集吃一次晚餐。我们会用肉做主菜。我自己可以吃一整块肉,我的妈妈和爸爸也都能吃一块肉。"她摇摇头,"就算在那个时候,我的妈妈也总是会不满意。不过我猜她一直都是那么不满意,而且将来也会这样,无论我们拥有多少,她都只想要更多。"

"在我听起来很正常。"刺青平静地说。赛玛拉睁开眼睛,惊讶地看到刺青又向她靠近了一些,而她甚至完全没感觉到。刺青在树枝上移动的技巧又有了进步。还没等赛玛拉恭维他一句,他已经问道:"那么,这一切是在什么时候发生了改变。"

"当我的父亲将更多时间放在尝试种植上的时候。那时我们几乎每年都会搬得更高一点，距离城市中心更远一点。"她向刺青瞥了一眼。刺青正跨坐在树枝上，一只脚踝勾在另一条腿上。看上去，他坐得很稳当，只是不那么舒服。被他这样盯着自己的脸看，赛玛拉觉得有些难为情。他是在审视她的鳞片吗？看她嘴唇周围的细鳞，她下巴上短小的肉穗？她将脸转开，朝着树林说："来到蟋蟀笼之前，我们最后居住的地方是鸟巢。那里曾经是崔豪格最穷的地方，但纹身者和其他新来的人，把我们从那里挤了出去。"

鸟巢只有小房子，都是用藤蔓和木板条编成的。窄小的凌空步道要一直向下延伸几层，才能到达真正宽阔的步道和搭在粗大树枝间的路径。"我们在鸟巢只住了两年，就看见洪水一样的手艺人和工匠涌了进来。他们之中有许多是纹身者，刚刚来到雨野原，需要廉价的出租房屋，并且他们的邻居也不会因为他们人数众多、嘈杂纷乱和奇怪的生活方式而提出抗议。"赛玛拉自顾自地微笑，她对鸟巢的喜爱程度丝毫不亚于她的母亲对那里的鄙夷。手艺匠人在那里的每一根树枝上展示他们的创作。原先城市中最贫穷的这区变得美不胜收。风吹动悬挂在每一个交叉路口的艺术品，道路两边的护栏上挂满了色彩艳丽的珠串；支撑起一幢幢小屋的树枝上，依循粗糙树皮的纹路被画上了一张张面孔。就连她家的小屋也被图绘了亮丽的色彩，因为她的父亲用种植出的一点小庄稼和那些人做交易的时候，只能换回这些。在黛安娜还尚未成为名闻遐迩的纺织天才时，赛玛拉就穿上了她用一双巧手编织的毛衣和围巾，就连给她装衣服的箱子更是拉弗雷亲手雕制的。她喜欢这些东西，不是因为它们很值钱，而是因为它们有着大胆而新颖的艺术风格。直到后来，她母亲将它们出售的时候，他们才因为这些东西高昂的价格而大吃一惊，但这些都无法弥补赛玛拉的失落。

她的父亲说，生活一直都是如此，那些赞助艺术家的富人们开始频繁进出鸟巢。他们不满足于仅仅购买艺术家的作品，更开始购买艺术家的生活方式。很快，雨野原富有的商人家的子女们就开始居住在这些艺术家中间，依照这些艺术家的行为模式作为生活方式，但除了制造噪音、拥挤，以及给鸟巢增添一分狂野的声誉之外，他们什么都做不出来。他们的家庭能够支付的租金远远超过她的父亲。那些有钱人将这里当成了度假场所，他们要求在这里铺设更加安全的步道和更宽阔的树间道路。于是这里的居民也要被征收税金。商店和餐馆也纷纷在临近的树上开张了。已经开始尝到成功滋味的艺术家们当然很高兴，他们变得富有，也拥有了越来越高的声望。"但高租金把我们赶了出来，我们连税金都负担不起，更不要说在餐馆里消费了。我们不得不卖掉了父亲用食物换来的所有艺术品，拿着钱再一次搬家。"她仰起头向上望去。那里有几点黄色的灯光在小屋的窗口闪动。"我觉得，下次我们被赶出来的时候，就只能去顶层区了。在那里每天都能看见阳光，但我听说，那里的屋子几乎都一直在风中摆动。"

"我觉得我不会喜欢那种摆动的。"刺青附和道。

"是啊，谁也不会喜欢。不过我也喜欢在蟋蟀笼的生活。在这里我们能得到足够多的雨水，这样我们就不必自己提水，或者从送水人那里买水了。我们刚搬到这里来的时候，我的妈妈为我们编织了一张洗浴吊床。当夏季雨水温暖的时候，躺在上面非常舒服。这里的苔藓不算多，还能看到小树蛙、蝴蝶和晒太阳的蜥蜴。向上不用爬多远就能找到向着太阳绽放的花朵。尤其是我找到花朵之后，我的母亲就能把它们带到下方的树干集市去卖掉。那里的人很难见到来自顶层区的鲜花。"

一提到母亲，下面就传来赛玛拉母亲尖利愤怒的叫嚷，平静的夜色也被这喊声撕得粉碎："赛玛拉！马上下来，立刻！"

赛玛拉一下子站了起来。她的母亲声音中有某种东西，那不是一般的气恼。一种恐惧或者危险的感觉让赛玛拉不由得咬紧了牙。

"等我为你让路。"刺青一边说，一边松开扣住树枝的腿。

"赛玛拉！"

"我必须走了！"赛玛拉喊了一声。她飞快地向刺青走了两步，将双手撑在刺青的肩膀上，轻盈地从他头顶一跃而过。同时听到刺青发出一阵惊呼。这时她已经落在了不停摇摆的树枝上，然后快步向树干跑去。在轻盈的奔跑中，赛玛拉想起了父亲对她说的话，你就是为了树冠而生的，赛玛拉。绝对不要为此而感到羞愧！而这是她第一次为此而感到了一种奇怪的骄傲。她的敏捷让刺青感到震惊。她的手摸到了刺青的肩膀，感觉很温暖。

"我明天能见到你吗？"刺青在她身后喊道。

"也许吧！"她回答道，"等我把活干完。"

她快速滑下树干，完全不在意安全绳和踏脚，只是将爪子扣在树皮上，飞快地滑了下去。当她到达挂住她家的两根树枝上时，她沿着它们一直跑过去，向下一摆，钻进了她的卧室窗户，正好落在当作她卧床的厚树叶垫子上。这张垫子完全占据了她的卧室地面。一转眼，她已经进了主屋。"我到家了。"她气喘吁吁地说。

她的妈妈正盘腿坐在小屋正中心，愤怒地质问道："你想要对我做什么？这就是你向我报复的方式？因为你的父亲禁止我说那份工作？你是想要让你的整个家庭都蒙羞吗？人们会如何看待我们？会怎样看待我？当他们将我们完全赶出崔豪格的时候你才会高兴吗？因为你，我们不得不住在城市的最边缘，这样还不够吗？你觉得正因为这样，你才要彻底羞辱我们吗？"

在树冠顶层有一种被称作"弓箭手"的花。它的样子很可爱，会散发出芬芳的气味。但是只要轻轻碰一下它的花茎，细小的棘刺就会如同雨丝一般激射出来。她的母亲的问题刺中了她，就好像弓箭手的一团棘刺，每一根都刺在她的身上，而她甚至没有闪避的机会。她的母亲停下来开始喘气，胸口一起一伏，面颊变成了粉红色。

"我没有做错事！我没有让自己和家人蒙羞！"赛玛拉是如此震惊，几乎没能把话说出口。

而她的这两句话只是点燃了母亲眼睛里更强烈的怒火。那双眼睛仿佛要从眼窝里凸出来。"什么！你还要这样睁眼说瞎话吗？真是无耻，无耻！我看见了，赛玛拉！所有人都看见了，光天化日之下坐在那里，和那个男人调情。你知道你不能这样做！你怎么能让他和你说话，怎么能让他坐在你身边，只有你们两个？"

赛玛拉的意识陷入了混乱，她努力理解着母亲的话，片刻之后，她才说道:"刺青? 你是说刺青? 他有时会为父亲工作,在集市上。你也见过他,你认识他!"

"我的确认识他! 刺青覆盖了他的脸,让他像是一头野兽。我只知道他是一个盗贼和杀人犯的儿子! 你允许一个男人和你说话已经够糟的了,而你竟然还和一个最低贱的男人打情骂俏!"

"妈妈! 我……正是他偶尔会在树干集市上帮助父亲! 他只是一位朋友,仅此而已。我知道我绝不能……没有人会娶我。会有谁想娶我? 你太不公平了,还很愚蠢。看着我,你真的认为刺青是来追求我的吗?"

"为什么不? 否则还有谁会愿意理睬他? 他也许认为,反正你也找不到更好的人家了,所以只要能高兴一下,你都愿意,无论是谁你都愿意! 你觉得,如果你怀孕了,我们的邻居会如何对待我们? 你以为议会将如何处置我们? 喔,我早就警告过你的父亲,从一开始就在警告他,迟早会有这样的事情发生。但他从来都不听我说的任何一个字! 我问过他,你最终会有什么结果,会有怎样的人生? 他说:'不,不,我会照顾她,我不会让她成为负担,不会让她带给我们羞耻。'好吧,现在他又在哪里? 拒绝了我给你找的工作,根本不听我的话,然后他就跑了,把我一个人丢在这里对付你,看着你在外面卖弄风情!"

"妈妈,我没有做错任何事,没有。我们只是坐在树枝上聊天。就是这样。刺青没有追求我。我们在交谈,而且就像你说的,我们是在光天化日之下,在众人的眼前。刺青没有追求我,他没有以那样的方式看待我。没有人会以那样的方式看待我。"赛玛拉的声音低沉而又压抑,但是当她说出最后几个字的时候,喉咙已经紧得只能挤出一点尖细的声音了。她很少流泪,而现在,刺痛的酸性泪水从她的眼角滑落,刺激着她眼皮的鳞片边缘。她愤怒地将泪滴抹掉。突然间,她再也不能和这个生下她,又一直在恨她的女人站在同一个房间里了。"我要出去坐一下,一个人。"

"只能坐在我看得见你的地方。"她的母亲用严厉的声音说道。

赛玛拉根本不想再回答她。

但她也没有抗拒母亲的命令。她爬上作为他们房子主要悬臂的树枝，一直向树枝末端走去。她知道，这样会让她的妈妈满意。这根树枝的末端不连接任何地方，如果妈妈真的想确认她是孤身一人，只消从窗户向外望一眼就行了。赛玛拉坐到比平时更远离家的地方，两条腿垂在树枝的同一侧，晃着脚向下望去。她并不感到害怕，如果她聚精会神，就能看到在身下闪烁的灯光。每一点灯光都是一扇被蜡烛照亮的窗户。其中有一些更亮，里面点的应该是油灯。这些光点就像是下方森林深处的星星。

如果她集中目光朝正下方望去，就能看见横栏和其他黑色的条纹层层叠叠分布在森林各处。一个掉下去的人不会直接落在遥远的森林地面上。不，她的身体会反弹起来，不管她心中怎么想，她都会拼命抓住自己碰到的每一根树枝，哪怕只是擦身而过。她不会因迅速掉下去而立即死亡。

她在十一岁的时候就知道了这一点。这很奇怪，她还依稀记得那一天的情形，那开始于树干集市上的一次遭遇。在她的回忆中，那是她最后一次从顶层区摘鲜花下来，和她的母亲一起去集市上贩卖。树干集市是最适合卖花的地方。靠近树干的平台非常大，而且有许多从其他大树连接过来的吊桥汇集。当然，那里会聚集许多人。越是低处的平台，就越有富裕的顾客经过。那天她采到了深紫色和亮粉色的花，花盘就像她的头一样大，散发出浓郁的芬芳，花瓣厚实光亮，仿佛涂了一层蜡，亮黄色的花蕊和花萼甚至延伸到花瓣的边缘以外。那些花被卖出了很好的价钱，有两次，当母亲将银币塞进口袋时向她露出了微笑。

赛玛拉蹲在母亲的贩卖垫子旁边，注意到面前出现了一双穿着便鞋的脚，上面是一件蓝色的商人长袍。很长一段时间，那双脚都没有动一下。赛玛拉抬起头，看到了一个男人的脸。那个男人向她皱起眉头，后退了一步，用严厉生硬的话呵斥她的母亲："你为什么要留下这样一个孩子？看看她，她的指甲，她的耳朵……她绝对不能怀孕生子！你应该把她扔掉，再生一个。她今天吃我们的食物，却不会给我们的明天带来任何希望。她是一个无用的生命，对我们所有人都是一种累赘。"

"这都是因为她的父亲想让她活下来,这件事他说了算。"赛玛拉的母亲立刻说道。在这个老男人的责备面前,她羞愧地低垂下目光。恰好和赛玛拉四目相对。赛玛拉一直抬头盯着她,因为自己的母亲不保护自己而感到伤心。也许她的瞪视从母亲枯萎的心里刺激出了一点怜悯,母亲又对那个老男人说道:"她工作得很努力。有时候,她会和她的父亲连续几天在外面采集食物,她带回家的食物几乎和她的父亲一样多。"

"那么她就应该每天出去采集食物。"老男人严肃地说,"那样她找回的物资也许才能抵偿她所消耗掉的。雨野原的一切都很珍贵。难道你没看到吗?"

"一个孩子的生命才是最珍贵的。"赛玛拉的父亲说道,这时他来到了那个老男人的背后。这个集市日已经接近尾声,他是来找她们的。他刚刚从树冠上下来,衣服在攀爬的时候,被树皮和树叶蹭脏了。赛玛拉的年岁已经太大,无法再被抱起来了。但她的父亲还是弯腰把她抱了起来,让她靠在肩膀上,大步离开了集市。父亲另一侧肩膀的背篓里装了半篓东西。赛玛拉的母亲匆匆卷起垫子,把没有售出的商品裹在其中,沿着步道快步追上了他们。

"愚蠢、伪善的老头子!"赛玛拉的父亲低声吼道,"我倒想知道,他到底又做了什么,让他值得吃我们的食物? 你怎么能让他那样说赛玛拉?"

"他是一位商人,杰鲁普。"母亲回头瞥了一眼,几乎显得有些恐惧,"一个天生拥有地位、财富和特权的人。他能够得到这个地位,就像其他长子一样。他很聪明,知道要在正确的女人肚子里第一个长大,不是吗?"

她的母亲喘息着,竭力想要跟上他们。她的父亲身材并不高大,但像绝大多数采集者一样筋骨强韧,肌肉有力。尽管抱着赛玛拉,他还是能轻松地走过吊桥,登上环绕大树干的螺旋阶梯。她的母亲只拿着赶集用的袋子,却几乎赶不上父亲在愤怒中迈出的大步。

"他看到了她的爪子,杰鲁普,像蟾蜍一样漆黑弯曲的爪子。她还只有十一岁,身上的鳞片却像是三十岁的女人。他看见了她脚趾间的蹼,知道她从出生时起就已经被标记了。这让他感到恼火,因为你——留下了她。杰鲁普,为此而愤怒的不只有他一个。他只是恰巧年老和傲慢到足以大声说出事实。"

"的确很傲慢。"她的父亲丝毫不加掩饰地说。然后他再一次向前迈出大步,将母亲丢在后面。

在很久以前的那个黄昏里,赛玛拉一个人坐在他们家的小阳台上,用手指摩挲着下巴边缘的小凸起,膝盖收在胸前,偶尔会活动一下带蹼的脚趾,看看每根脚趾末端粗大的黑色爪子。房间里一片寂静,那代表着她的母亲最强烈的怒火。她的父亲从那种怒火前逃走了,虽然时间已经晚了,他还是想拿他带回家的物品做一些交易。人们能够用言语争吵,但她母亲的沉默拒绝了一切。寂静让那个老男人的话有足够的空间在母亲的脑海中回荡。

在赛玛拉的周围,雨林树冠中发出窸窸窣窣的喧闹声。树叶在风中摆动。各种光色的昆虫在树皮上爬行,或者从树枝飞向叶片。色彩细腻的蜥蜴和带有宝石色调的青蛙,正在匍匐攀爬,或只是静待在原地,绽放出生命的脉动。她的森林家园中,一切活生生的美丽都环绕着她。赛玛拉透过自己弯曲的脚爪,向远处的阴影望去。阴影下面是涵盖她所有生活圈的沼泽。她看不见地面,在下方更加粗大安全的树枝中,聚集着那些有钱人牢固的家。黄色的灯光从窗口中射出,照亮了正变得浓重的夜色。那也是一种活生生的美丽。

赛玛拉曾经试着想象生活在另一个地方,一座房屋建筑在地面上的城市,明亮温热的阳光一直照到地面上。那里的土地坚硬干燥,人们在地上种植庄稼,骑在马背上旅行,而不是撑着筏子或者小舟在河中漂流。也许是缤城,那里的人们用巨大的兽类拖曳有轮子的车辆。爬树对任何有身份的女士都是不可思议的事情,更不要说一生中绝大部分时间都居住在一棵树上了。赛玛拉虚构出自己的城市,想象自己逃往那里。这些想象让她的脸上浮起微笑,但这笑容来得快,去得也快。雨野原人很少会去缤城,就连那些身上没有太多雨野原标记的人,也知道他们的外表会引来很多不必要的注意。如果赛玛拉去那里,她就必须一直用斗篷和面纱包裹全身。即使是这样,人们也会盯着她,怀疑她的重重伪装下面到底是一副怎样的面容。不,那不会是她所梦想的生活。无论赛玛拉的想象力有多么强,她还是无法想象出自己拥有美貌,甚至是普通的面容和身体会是什么样子。她叹了口气。

就在那时,她觉得自己似乎将身子向前倾得太过分了。她还记得最初袭来的那种古怪的兴奋与喜悦,那时她已经向掠过身体的疾风伸展开四肢。她几乎……几乎想起了飞行的感觉,但就在那时,第一根树枝拍在她的脸上,让她感到一阵剧痛,然后又是一根更粗的树枝打在她的上腹部。她在那根树枝上卷曲起来,张大嘴想要吸进空气,却又钻进树枝中间的一个空洞里,继续下落。这一次她改换成背朝下方,跌在下一层树枝上。树枝抽在她的腰上。如果她的肺里有空气,一定会尖叫。这根树枝被她压下去,又猛地弹起来,把她甩上半空。

直觉救了她的命。她又一次跌坠,穿透了一丛更细的树枝。她手脚并用地抓住它们,当她穿过这些树枝的时候,树枝也被她拽了下去,让她的手有时间将它们抓紧。她挂在那里,头脑空空,但还活着。她大口吸着空气,但呼吸的速度很快就变得越来越快。最终,她绝望地哭泣起来。她太害怕了,不敢松手去找一个更好的支点,不敢睁开眼睛寻求帮助,或者张开嘴呼救。

仿佛过了整整一生的时间,她的父亲终于找到了她。父亲沿着绳子一直滑落到她身边,抱住她,将她牢牢拴在绳子上,然后费力地割断她死也不松手的那些细树枝。她一直攥着那些树枝,直到在深夜里沉沉睡去。

黎明时分,她的父亲将她唤醒,带她去采集果实。那一天和那以后的每一天,她都一直紧跟在父亲身边。她仔细思考那时的情形,一个令人不寒而栗的问题从她的心中升起。父亲一直把她带在身边,是不是在害怕她想要自杀? 或者因为父亲怀疑是母亲把她推下去的?

她的母亲有没有推她?

她竭力去回忆坠落前的那一刻,是否背后有一点碰触推动了她? 还是那只是她自己想要掉下去? 回忆很模糊,她眨眨眼睛,停止去回忆过往,事实并不重要,那是多年以前发生在她身上的一件事,就让它去吧。

赛玛拉感觉到自己坐着的树枝上传来一阵父亲烟斗的气味,父亲来找她了。她没有回头,直接说道:"她有没有再说那份工作的事?"

"没有,但我到下面去了。盖德和辛迪想知道你决定得如何。我怀疑你的母亲还没和你商量就向辛迪说了你要去。赛玛拉,这份工作不好。这不是你应该去做的。你的母亲竟然会想让你做那种事,我很生气。那不只是肮脏和辛劳,而且非常危险,你甚至有可能回不来。"她的父亲皱紧了眉头,说话的速度比怒火倾泻的速度更快,"我相信你一定已经听说了,雨野原议会厌倦了将资源消耗在对龙群的喂养上。婷黛莉雅早已不再履行契约中她的责任,但我们还要支付税金给雇佣猎人,或者更糟糕,要购买牛羊以喂养这些龙。这份责任看不到尽头,所有人都知道巨龙有漫长的寿命,而且每一个人都能看出来,这些龙永远都不会有能力养活自己。当代表库普鲁斯和维司奇商人家族的瑟丹还在此地时,他们还能安抚议会,他们能承诺议会:婷黛莉雅和她的新配偶最终一定会来帮助解决这个问题。他还微微地威胁议会:如果议会遗弃那些幼龙,或者故意以残忍的手段对待他们,婷黛莉雅一定会发怒。但瑟丹被召唤回缤城了,古灵雷恩和麦尔妲·库鲁普斯成为龙群的代言人,他们不像年轻的瑟丹那样有说服力,而且这座城市正在竭尽全力与一群饥饿的龙共处,谁又能责备他们?"

"但这还是议会第一次听取眼前困局的应对意见。议会的讨论是在保密情况下进行的,但不可能每扇门都那么紧,让讯息无法传播出来。一名愤怒的议员说那些龙没有未来,结束他们悲惨的生活才是对他们的仁慈。商人博斯克刚刚说完话,商人劳瑞克就站起来指责博斯克,说他只是想要回收那些龙的尸体并将他们卖掉。有传闻说恰斯国大公愿意用超乎想象的巨款购买一整条龙,无论是活的还是经过炮制的死龙,他都愿意收购。如果只是龙身躯的某一部分,他也愿意用重金购买。众所周知,博斯克的生意最近很不景气。他也许受到了这个发财机会的诱惑。还有谣传说,已经有一头龙从龙群中被引诱出来,被妄图牟利的人杀死了。而能够确定的是,的确有一头龙在夜晚时消失了。一位议员说那是恰斯间谍干的,也有人怀疑就是雨野原人自己干的,不过大多数人都认为那头可怜的生物是在雨林中走失,死在那里。于是博斯克又重复强调龙群的状态是如此可悲,只有杀死他们,才是对他们的仁慈。"

"商人劳瑞克问他,难道他不害怕婷黛莉雅也许会对崔豪格施以同样的'仁慈'? 另一名议员指出,现在已经有许多富有的贵族,甚至是平民百姓都希望能购买一头龙。他说,这肯定要比杀死那些宝贵的生物更好,也更加理智。他提议向那些被认为最有可能购买龙的人士发出通知,推荐各种色彩和性别的龙,将那些被选中的龙转让给出价最高者。"

"杜吉爱女士,就是议会的那位纹身者事务顾问,愤怒地起身表示反对。她是一个能听到龙的声音的人,所以她极力强调那些生物能够思考和交谈,并不是可以放在拍卖台上出售的牲畜。另外几名商人则认为龙其实只是动物。他们都说她言过其实。龙毕竟只能与某些人交流,而不是和所有人对话,所以不应该被看作与人类等同。当然,这场争论由此开始恶化。一些人提出,这是否意味着只说外国语的人就不完全是人。另一些人则用嘲弄的语气说当然,恰斯国人就是例证。从我听闻的情况来看,至少现在压抑的沉默已经被打破,人们开始讨论解决龙族问题的各种可能了。"

赛玛拉全神贯注地倾听着。她的父亲并不经常和她讨论雨野原的政治。赛玛拉早已听说过关于龙群的各种零星谣言,但在以前都没有太注意过其中的细节。"为什么我们不能完全不理会那些龙? 如果他们都死了,问题很快就自行解决了。"

"恐怕不会那么快。那些活下来的龙会变得更加强悍,而且每一天都会变得更加凶暴,难以预料。"

"在我看来,错不在他们。"赛玛拉低声说道。她回想起在很久以前的那一天,那些刚刚孵化、仿佛前景不可限量的龙。她不由得为了今天的他们摇了摇头。

"不管错是否在他们,现在的状况肯定不能继续下去。在卡萨里克进行挖掘的工人,他们拒绝在龙随意行动的地方继续进行任何挖掘。龙群的确很危险,他们对人类没有半点尊重。有的龙跟着工人一直到了挖掘场的深处,撞坏了支撑地下隧道的梁柱。一名工人遭到追逐,有些人说龙是想要吃掉他,另一些人则说是他刺激了龙,还有人说是那头龙想要得到他身上带的食物。但结果都是一样,对于那些前往卡萨里克进行挖掘的人来说,龙是危险而可恶的。在他们身上发生的一系列意外都与死亡有关。最近的一次葬礼上,一个家庭将一位祖母的尸体抛入河里,让河水带走被紧紧包裹的尸体。当他们将花环和鲜花抛撒在河面上的时候,一头蓝龙涉水进入河中,叼住那具尸体,把它带进了雨林。那个家庭追了过去,却没能追上蓝龙。没有龙承认发生了这种事,但那个家庭亲眼见到了他们祖母的尸体被一头龙吞吃。当然,令人担心的是:当他们对我们的死者有了胃口之后,很快就会将这种胃口转向活人。"

赛玛拉惊骇地坐在树枝上,一句话也说不出来。终于,她低声说道:"我觉得,他们不是我想象中的巨龙。他们不过是一些野兽,这让我很失望。"

她的父亲摇摇头。"如果我们听到的传闻属实,亲爱的,他们就要比最低劣的野兽更糟。龙能够说话,能够进行理性思考。对真正的巨龙而言,堕落成这种样子是不可原谅的。除非他们都已经疯了,或者根本就缺乏智力。"

赛玛拉很不情愿地回想起她在孵化场上的所见所闻。"他们从茧中出来的时候似乎都很不健康。也许他们的心智就像他们的身体一样发育得很不好。"

"也许。"她的父亲叹了口气,"事实和传奇相比,总是那样残酷。或者也许在遥远的过去,龙是聪明和高贵的。或者也许我们以前只看过古灵流传下来的画像,所以我们对龙的想象和他们实际的样子完全不同。不过,有一点我很赞同你,当我发现他们是如此低等的生物,我和你一样感到失望。"

过了一段时间,赛玛拉问道:"但这些和我又有什么关系?"

"嗯,盖德和辛迪也只和我讲述了大概的情况——经过长时间争论之后,议会终于针对最关键的问题做出了决定。龙必须离开卡萨里克。古灵瑟丹曾经说过,在更上游的一个地方,巨龙和古灵曾经生活在一起,那里有充足的猎物,华美的宫殿和花园……嗯……在我听来,那个地方就像是很久以前的一个传说。那时崔豪格和卡萨里克都还在地面上。数年以前,瑟丹提议进行一次探险,以寻找那个地方,但那时没有人对这个提议感兴趣。谁能知道那里是不是已经完全沉入水底,或者被沼泽埋葬了呢? 不过议会对那里产生了希望。而且那些幼龙对那个地方也有着模糊的记忆。一些幼龙曾经满怀渴望地提起过那里。有传闻说,那里是古灵的首都,他们的宝藏聚集之地。当然,这引起了许多人不小的兴趣。议会希望龙群能够离开,到那里去生活。龙同意离开,但前提是需要有人陪伴他们,为他们狩猎,在旅途中为他们提供帮助。于是,议会里那些聪明人动起了歪念头,想要把他们认为可以消耗掉的人丢给那些龙。这就是他们想给你的'机会',让你去照顾龙群,带他们去河上游的某个可能早已不复存在的地方。任何雨野原人都不曾见过那个地方。"父亲哼了一声,"这将是一个无人关心、异常危险,又不会有结果的任务。所有人都知道,从这里向上游和下游走上许多天,都只能看到大树、无尽的湿地、沼泽和泥潭。如果真的有一座大型都市存在,我们的侦查员在很早以前就会找到它了。我到现在还搞不清楚,大家想要找到那座城市,是因为贪图那里虚无的财富,还是只想尽快将这些龙赶走。"

父亲越说越气愤。他不停地用力吸着烟斗。很快,赛玛拉就觉得自己仿佛坐在一片香甜的烟草云雾里。当他终于沉默下来的时候,赛玛拉转回头瞥了他一眼。在黑暗中,父亲的眼睛微微发着冷光。赛玛拉知道,她自己的眼睛已经在闪烁更加明亮的蓝光。这是表明她是畸形的另一个标记。她看着父亲的眼睛,低声说道:"我想,我愿意去,父亲。"

"别犯傻了,孩子! 我根本不相信有这样的地方存在。这场旅程会超越我们所拥有的一切地图,随行的只有饥饿的龙、雇佣猎人和财宝贩子。这个任务不会有好结果。为什么你想要去? 因为你的妈妈说了那些话? 无论她对你、对别人说了什么关于你的话,我一直都……"

"我知道,父亲。"赛玛拉打断了父亲即将开始的长篇大论。她一边说话,一边转过头,透过密集的枝叶望向崔豪格的点点灯光。这是她所知道的唯一的家,唯一的世界。"我知道你的家一直都会欢迎我,我知道你爱我。你一定,你一定是一直都在爱着我,当我出生只有几个小时的时候就拯救了我的生命,这些我都知道。但我相信,我的妈妈也是对的。也许我应该出去寻找自己的人生了。父亲,我不是傻瓜。我知道这次探险可能不会有好结果,但我也知道,我能够在劫难中幸存下来。如果这场探险的结局是一场失败,我也会回到你身边来，一如既往地在这里度过我的人生。但我的一生中至少要有一次探险。"她清清嗓子，竭力让自己的声音轻一些，"如果这场帮助龙迁徙的探险成功了，如果我们真的能为他们找到一个安居之地，或者如果我们获得了巨大的成功，真的发现了那座传奇的城市，想一想，那对我们将意味着什么，对全雨野原人来说将意味着什么。"

她的父亲迟疑片刻才开了口："你没有必要证明自己，赛玛拉。我知道你的价值，我从没有怀疑过。你不必向我证明，更不必证明给你的母亲或者其他任何人。"

赛玛拉露出微笑，再一次越过父亲的肩膀向远处望去。"也许我是想要向我自己证明，父亲。"她深吸一口气，决然说道，"我明天会去议会大堂。我要接下这份工作。"

她的父亲用了很长的时间才做出回答。当他说话的时候，他的声音比任何时候都更加深沉，出现在他脸上的微笑让人看了几乎要感到心痛："那么，我和你一起去，为你送行，我亲爱的女儿。"

望月第二十日

商人联盟独立第六年

来自黛托茨，崔豪格信鸽管理人
致艾瑞克，缤城信鸽管理人

在密封的卷轴匣里装有商人莫乔恩致商人佩尔兹的密函。机密要件，递送中必须保证一切封锢完整无缺。

艾瑞克：

非常感谢你送我的两笼遮玛里亚帝王鸽，他们已经由金色黄昏号安全运抵我处。我已经将他们妥当地安置在新鸽舍里。那些成年鸽子的体型真是令人惊叹，我希望他们的载重能力和耐力会与他们巨大的身形相称。感谢你将这个新的鸽种与我分享，我希望雷亚奥能够继续依照你的期望，持续成长，让他的家人感到骄傲。他的父亲很快就会前来看望他，并与他的三船意中人的家人见面，看看他们两个是否匹配。请不要告诉他这件事。他的父亲想要在他不知情的情况下，看看他的工作情况。再一次感谢你送来的帝王鸽。

黛托茨

第七章　承诺和威胁

"因为我想要去。"她说出口的每一个字都清晰而明确,"因为五年以前,你承诺我可以去。实际上,你在将这份卷轴给我的时候,就做出的这个承诺。"艾丽斯在她超大尺寸的书桌上俯过身,用手指敲了敲有着玻璃顶盖的玫瑰木盒子。那份卷轴被放在盒中展示,并用丝绸衬里保护着。她一直尽可能少直接用手碰触这份卷轴,即使是必要的誊录工作也相当艰巨。如果有需要,她只会查看自己精心抄录的副本,而不会再去碰那些宝贵的原著。

"亲爱的,我长期在外旅行,很少回家。难道我就不能有几天时间思考一下这件事? 说实话,我承认我忘记了曾经答应过你会有这样一趟旅行。你竟然要去雨野原!"他的声音中充满惊愕。

诏谕的话并不完全准确。他昨天下午刚刚从恰斯国回来,经过这么多年的婚姻,艾丽斯早已知道,诏谕回到缤城并不代表他一定会返回他们的这个家。诏谕经常对艾丽斯说,有太多事务需要他去处理,比如关税、码头,与其他商人的紧急接洽,通知他们他带回了什么样的货物,这些货物经常在到岸的几个小时之内就已经被分销一空。而所有交易都需要美酒佳肴和彻夜长谈,方能打通缤城的各个关节。昨天艾丽斯就已知道诏谕回到了缤城,他的旅行箱被送回家了。但是午宴和晚宴都过去了,诏谕却连影子都见不到。艾丽斯也没有费心去等他。昨天是他们结婚五周年的纪念日。艾丽斯不知道诏谕是否还记得这个日子,并和她一样对此深感遗憾。然后她又不由得笑出了声——她怎么会这样愚蠢，竟然以为诏谕会记得他们的结婚纪念日？那天晚上，艾丽斯像往常一样，很晚才回到自己的床上。因为除了很偶尔的时候诏谕会来找她，他们很少会同室而眠，所以艾丽斯并不知道他回家了。到早餐的时候，这个房子主人回来的证据，就是备餐桌上出现了他所喜爱的大蒜香肠，沉重的银托盘上除了有艾丽斯喜爱的咖啡，还多了一大壶茶，而诏谕依然不见踪影。

等到上午的时候，诏谕的秘书塞德里克来到艾丽斯的书房，询问主人不在的这段时间，是否有重要的邀请等待主人赴约，或者有没有其他重要的信件被送达。塞德里克的态度很郑重，但是他的脸上带着微笑。没过多久，他的好脾气和魅力就让艾丽斯不得不以同样的好意回馈他。尽管诏谕让她很是恼火，但艾丽斯不会将这股火气发泄在他的秘书身上。绝大多数人都很容易会对塞德里克产生好感。其实他只比诏谕小两岁，比艾丽斯年长，但艾丽斯却忍不住将他看成一个男孩。这不仅是因为艾丽斯从小时候起就认识塞德里克，和他的妹妹苏菲曾经是亲密的朋友。即使塞德里克比她们两个都要年长，她们还是会将他当弟弟对待，在艾丽斯的眼里，塞德里克一直都是这样。他的眼睛里有一种艾丽斯在其他人身上从没有见过的温柔。他总是愿意停下手中的事情，倾听艾丽斯和索菲的那些女孩子说话。而这种来自年长男孩的关注总是让她们感到很高兴。

艾丽斯觉得塞德里克至今还是对她很有好感。在餐桌上，塞德里克对她的注意和兴致盎然的交谈，经常能缓和诏谕对于艾丽斯的种种想法，以及近乎轻蔑的讽刺。塞德里克不仅是气度温婉，外表更是迷人。他有一头光亮蓬松的褐色卷发，永远都显得那么天真烂漫，却又那么洁净秀丽。他的眼睛明亮动人，哪怕是陪同他的主人一起熬夜赌博，或者和诏谕的生意伙伴看戏看到很晚，也不会显露出任何疲惫的痕迹。无论梳妆打扮的时间多么仓促，塞德里克总是能光鲜亮丽地出现在众人面前，衣着得体，鬓发整洁，又同时有着一种从容风范，让人觉得他保持这种完美无瑕的样子丝毫不费力。

艾丽斯早已不再去想为什么诏谕总是让塞德里克跟随在身边。无论在怎样的社交场合，塞德里克都会是一名很好的随从。他出身于商人世家，在缤城社交圈中可谓是游刃有余,同时又具备过人的机敏,懂得如何帮助诏谕应对他的生意伙伴。当诏谕聘请塞德里克成为他的秘书时,曾经有不少人对此窃窃私语。很明显,依照塞德里克这样的社会地位,无论家中已是多么贫穷,受雇于人依旧是一件令人咋舌的事情。当塞德里克接受这份工作的时候,艾丽斯也有一点吃惊。但在那之后的数年里,所有人都能看到,塞德里克绝非仅仅是一名谦卑的仆人。他证明了自己是诏谕出色的秘书,同时也是诏谕在每年都要进行的长途海上旅行中,不可缺少的一位亲切有趣的同伴。在穿衣打扮方面,诏谕完全听从他的建议,接受他的帮助。当诏谕偶尔因为自己直率的脾气而冒犯别人,导致还未建构完成的生意关系冷却下来的时候,塞德里克也会用他艺术性的手腕和个人魅力将问题的死结一个一个解开。

诏谕在家的时候,和蔼可亲的塞德里克出现在艾丽斯的书桌旁是艾丽斯非常喜欢的一件事。塞德里克精通一切社交活动,从美食、棋牌到漫长下午的品茶,不一而足。在他身边,艾丽斯更倾向于做一名倾听者,而不是说话的人。塞德里克能够用各种笑话活络餐桌的气氛,即使是他们最近旅行中发生的灾难,也能被他谈笑风生地说出来,有时还不忘温柔地揶揄诏谕。有时候,艾丽斯觉得正是因为有塞德里克在,她才能对她的丈夫有几分了解。

她真的了解诏谕吗? 艾丽斯看着向自己露出冷漠微笑的诏谕。她的丈夫显然有自信能继续拖延关于这个问题的讨论。他们两个都很清楚,只要诏谕拖延得够久,他就能再次踏上贸易旅程,将艾丽斯一个人丢在家里。艾丽斯鼓起勇气向他回答道:"也许你已经忘记了曾向我承诺,有一天我可以前往雨野原,亲眼去看看那些龙。但我没有忘记你的承诺。"

"同时你也还没成熟起来,明白你的想法有多么幼稚?"诏谕温和地问她。

艾丽斯因为这句带刺的话而打了哆嗦,并且像以前很多次那样,寻思诏谕是否明白他的话常常对她造成怎样的刺痛。"成熟?"艾丽斯低声反问道。她的声音显得格外僵硬。

诏谕走进这个房间,不是为了找艾丽斯。他进来的时候非常安静,只是从书架上挑选了一本书，就想要这样悄无声息地离开。他能够将脚步放得非常轻，如果不是艾丽斯恰巧抬起头，可能根本不会知道他来过。当诏谕就要走出屋门的时候，艾丽斯叫住了他。现在他将屋门用力地在身后关紧，挑选出的那本书还在他的手中。艾丽斯注意到，那是一本很昂贵的书，采用了新式的装订风格。诏谕将那本书在手中轻轻转动，还一边低声重复着艾丽斯的问题。

"那么，亲爱的，你知道时代已经改变了。我们结婚的那一年，龙的确是很时髦的话题。但那已经是五年以前的事情了。那时婷黛莉雅刚刚出现，缤城刚刚从灰烬中复兴。人们都在谈论巨龙、古灵、新发现埋藏珍宝的城市，并讨论我们摆脱遮玛里亚赢得独立——的确，那些都是非常令人兴奋的话题，不是吗？ 女士们争相装扮成古灵的样子，每一种布匹的花纹都好像是鳞片！ 那时巨龙点燃你的想象，并不奇怪，你也刚刚经历过缤城的艰难时期。你需要逃避现实，又有什么能比关于古灵和巨龙的传说更适合在这件事上帮助你呢？ 和新贸易商的生意往返是如此举步维艰。他们的奴隶劳工削减了我们的利润。你家族的财富更是饱受打击。然后，我们又承受了一场战争。如果婷黛莉雅没有出现并援助我们，我想我们现在都要说恰斯语了。然后婷黛莉雅要我们接受她的契约，帮助她的长蛇前往大河上游，并在他们成为龙之后继续照料他们。于是，我们发现真实的龙和你能想象的任何样子都不相同。"

诏谕轻蔑地哼了一声，将书本夹在胳膊下面，走过房间来到窗前，向下方的花园望去。"我们都是一群傻瓜，"他低声说，"竟然以为我们能和一头龙谈条件！ 实际上，是她占了我们的便宜，不是吗？ 我们现在和恰斯国之间，比以往任何时候都更有可能实现真正的和平，贸易在重建，缤城在恢复繁荣，婷黛莉雅找到了新的配偶，几乎不会再回来。对所有人而言，这都应该是一个更好的时代！ 但雨野原人还在对付她那些畸形的后代，为他们消耗掉了大量资源。他们要不停地进食，将土地践踏为淤泥，弄得到处都是污秽，妨碍人们探索地下遗迹。他们是可怜的残废，无法狩猎，更无法照顾自己。商人们必须筹集资金雇佣猎人，让他们能够吃饱肚子。但这对我们没有丝毫回报！ 没有人曾经想过要给我们和婷黛莉雅签订的契约加上一项终止条款。根据我听说的讯息,这份契约永远都不会改变。那些可怜的生物永远都不能照顾好自己,又有谁知道他们能够活多久? 我们已经等待了五年,他们却依然没有长大独立。他们是长不大的,结束他们的生命才是对他们的仁慈。"

"也能借此赚取丰厚的利润。"艾丽斯冷冷地说道。她感觉到沉默正在她的心中滋长。有时候,这种沉默让她想起迅速生长的藤蔓。沉默覆盖了她,吞没了她,她怀疑终有一天,她会在诏谕创造的沉默中窒息。要打破这种令人窒息的沉寂需要很大的力量,但她能够做到。"所有人都听说恰斯大公愿意为一片真正的龙鳞付出多少金钱,那么他为了购买一具完整的龙尸又会付出多少。"她将这段话插进诏谕的停顿之中,就像是要将一把匕首插进硬木。那是几乎从不会被刺出刀痕的硬木。

诏谕转向她,仿佛吃了一惊。"我伤害到你的感情了吗,亲爱的? 我无意于此。我忘了你对这些生物是多么关心。"他向艾丽斯露出能令人解除戒心的微笑,"也许我在这些日子里太专注于生意上的事情。这一点你也应该能想到,毕竟我刚刚从长途旅行中回来。过去两个月里,我和人们谈论的只有生意。利润和滴水不漏的条款,商谈妥当的契约。恐怕现在装满我脑子的还是这些东西。"

"当然。"艾丽斯低头看着自己的书桌说道。在愤怒溜走之后,她对自己说,当然是这样。但愤怒并没有消失,只是沉没进充满疑团的泥潭,吞噬了她的生命。她怎么能如此克制自己的怒火? 当诏谕在眨眼间就绕过了她的问题,而她却只是觉得诏谕的回避是如此不公平。诏谕一直都很忙碌,仅此而已。他日理万机,深陷在商业谈判、契约和繁琐的社交细节里。他忙碌这些事是为了他们两个,这样艾丽斯才能避开人群社交,生活在自己安静的港湾里,而这不正是她的心愿吗? 艾丽斯不能期待诏谕能够处处让她感到生活和谐完美。不止一次,诏谕曾温和地向她指出,只要他们之间出现哪怕是最轻微的争执,她都会以最坏的可能予以解读。不止一次,诏谕对艾丽斯的行为感到大惑不解,因为艾丽斯竟然会为了他对她的庇护而感到怨恨。

艾丽斯心中一点孩子气的情绪让她用力踩着地板,咬紧了牙。他一直在躲避你的问题。向他要一个答案。不,明白告诉他:你要走了。你有这个权利,只需要明白地告诉他。

诏谕已经向门口走去。他在一个烟草盒旁停下脚步,打开它,皱了皱眉。很明显,仆人们在他回来以后并没有更换盒子里的烟草。

"我早已计划前往雨野原,我要在这个月末启程。"这句话从艾丽斯的口中跳出来。谎言,其中每一个字都是谎言。艾丽斯根本没有具体的计划,只有梦想。

诏谕转回身看着她,惊讶地弓起了眉毛。"真的?"

"是的,"艾丽斯断然说道,"这是一个去雨野原的好时机,至少我是这样听说的。"

"一个人?"诏谕显得异常震惊。片刻之后,他又气恼地说道,"亲爱的,我已经安排好了行程。我不可能打破自己的计划,这个月底我不能和你一起去。"

"这一点我还没有仔细想过。"艾丽斯不得不承认。其实我什么都没有仔细想过。"我相信,我能为这段旅程找到一个合适的同伴。"对此她完全没有信心。她从没有想过自己会需要这样一个人。她本以为婚姻已经让她不再需要有别人陪护才能出行了。"我无法想象你会怀疑我对你的忠贞,"她继续说道,"你出去做生意,一走就是几个月,我也从来没有人陪护过。为什么我在旅行的时候就需要有人陪在身边?"

"也许我们应该避免使用'怀疑'或'忠贞'这类的词汇。"诏谕语气尖酸地说道,"或者也许我们应该以正当的方式来讨论这件事。毕竟,一个人要搜集一些微不足道的'证据',以此来证明根本不曾发生的事情,实在是太容易了。"

艾丽斯转过头不再去看诏谕。只要一有机会,诏谕就会提起她那一次对他错误的指控。艾丽斯将那个耻辱的日子和那些令人刺痛的回忆都推到一旁,努力想要寻找一个足够体面的女性作为她的同伴。"我想,我可以问问塞德里克的妹妹苏菲。但我听说她已经怀了孩子,身子也不是很好,就算是接待访客也不方便,更不要说是旅行了。"

"啊,看来她的丈夫在这方面要比我幸运得多。那么你的身体又如何呢,艾丽斯?"

"我的身体很好。"艾丽斯毫不容让地回答道。

诏谕失望地摇摇头,清了清嗓子,怪声怪气地问:"那么可以说,我们最近的一次努力又是一无所获?"

"我没有怀孕。"艾丽斯明白地告诉他,"我向你保证,如果我怀孕了,那就会是我首先要告诉你的消息。"艾丽斯差一点想问诏谕怎么想到她会怀孕。不过她还是把这个问题收了回去。诏谕离开家有三个月时间,在他离家的两个月以前,他来了两次艾丽斯的卧室。现在他很少会来找艾丽斯,每次来的时间也很短,这对艾丽斯而言,已经变成了一种宽慰,而不是失望。艾丽斯觉得他来找她就像是一个人在完成一件计划表上的任务,而他对她的热情也仅限于计划表上的要求。有时候,艾丽斯会怀疑诏谕是不是将他们在一起的每一次都记录在案。她觉得那很可能是诏谕社交日历上的各种事项之一。也许诏谕又会在计划表上写一句:尝试受孕,结果尚未确定。回忆起他们婚前,她对诏谕那短暂而充满孩子气的迷恋,艾丽斯总是会感到羞耻。

那以后的几个月里,艾丽斯意识到爱和欲望根本不存在于她的婚姻中,随后又是几年过去了,她全然不惜代价地寻求着智慧。作为平衡,她也从没有拒绝过诏谕偶尔走进她的卧室,行使他作为丈夫的权利。她从没有因为诏谕对她缺乏浪漫的兴趣而哭泣过,也没有再尝试过用魅力引诱诏谕改变主意。以前只有两次,她尝试刺激诏谕对她的性欲,却只落得可耻的失败。她不允许自己沉陷在这些耻辱的记忆中。但诏谕却用残忍的嘲讽让这两个夜晚被永远铭刻在她的记忆里。不,还是听天由命更好些,不要理会他的动作,就让他继续这样匆匆敷衍了事罢。

诏谕每次来找过她之后,都会等到她报告说未能怀孕之后才会再来找她。他们结婚的这五年里,她只有两次宣布自己怀孕了。每一次诏谕都会非常兴奋。而当几个月以后,当她流产,诏谕又会显得格外沮丧。

这一次，当她直白地让诏谕的希望破灭之后，诏谕只是微微叹了一口气："那么我们就应该再试一下了。"

艾丽斯默然考虑了一下诏谕刚刚交给她的武器，然后冷酷地使用了它："也许等到我从雨野原回来的时候吧。在怀孕的时候进行这样的旅行，会对胎儿造成危险。所以我认为，我们应该一直等到我回来的时候，再进行下一次尝试。"

艾丽斯看到自己的对手在颤抖。诏谕的声音变得更加响亮，其中夹杂着一些愤慨："难道你不认为生下一个儿子和继承人，要比你的这种心血来潮的旅行更重要吗？"

"我不确定你是不是这样认为的，亲爱的诏谕。如果这对你来说是最重要的事情，你当然应该在这方面做得更多一些。也许你应该放弃一些旅行和深夜社交了。"

诏谕攥紧双拳，转过头瞪着窗外。"我只是在竭力照顾你的感受。我知道，教养良好的女士不会纵容男人的欲求。"

"亲爱的丈夫，难道你认为我不是'教养良好'？当然，我只能赞同你，如果我将我们私生活的细节告诉我认识的一些女人，她们才会觉得我是'教养不良'吧。"艾丽斯的心在胸膛里怦怦直跳。她以前从不敢对诏谕说出如此尖刻的话，更是从没有说过任何对他有批评意味的话。

这段话显然刺激了诏谕。他转回头看向艾丽斯，身后的阳光让他的面孔陷入一片阴影之中。"你不能那样做。"他说道。艾丽斯竭力想要解读他的语气，这是恳求？还是威胁？

该是赌一赌的时候了。艾丽斯突然有一种感觉，她必须拼上自己的全部再次冒险一搏，否则就只能永远认输。她向诏谕露出微笑，让自己的声音保持平静，就如同他们在进行正常的交谈："要让这样的事情不会发生，最方便的办法莫过于让我远离我素日的朋友们，比如说，让我去雨野原旅行一趟，让我能观察那里的龙。"

尽管不是很多，但他们的婚姻中的确有过几次这样的对抗。艾丽斯很少能取得胜利。曾经有一次，艾丽斯购买了一份非常昂贵的卷轴，她曾经提出将那份卷轴退掉，让卷轴商知道她的丈夫买不起这种东西。就像现在这次一样，她看到了诏谕的迟疑和思虑。那一次，诏谕修改了对她的态度和决定。这时，他在艾丽斯面前侧过了头，艾丽斯突然非常想要更清楚地看到丈夫的脸。诏谕是否知道她现在的心情有多么忐忑？他能看到在她虚张声势的大胆外表后面，躲藏着一个怯懦的女人吗？

"我们的婚姻契约清楚地表明，你必须与我全力合作，生出一个孩子。"

他以为这样就能让她处于劣势了？他以为她的记忆不如他吗？愚蠢的男人！愤怒让艾丽斯更加胆大。"契约上是这样写明的吗？我不记得你曾经念出过这些话。但我相信，如果你想让我那样做，我会去核实正式文件。当我向文件管理人请教的时候，我还能确认一下你承诺会允许我前往雨野原研究龙族的条款。那个条款我记得非常清楚。"

诏谕身子一僵。艾丽斯知道自己太过分了。她的心脏开始狠狠地撞击胸口。诏谕不是没有脾气的人。艾丽斯见到过他冲着物品和动物发脾气。她不认为诏谕就会对她有所容忍。毫无疑问，在诏谕的眼里，她并不比一样东西或者一只动物更加珍贵。诏谕的面孔变得通红，他向艾丽斯露出了自己的牙齿。艾丽斯一动也不动地站在原地，仿佛正面对着一只疯狗。也许艾丽斯的静止不动帮助诏谕恢复了一些自控能力。当诏谕说话的时候，他紧绷的声音显得异常低沉："那么我认为你应该去雨野原。"

然后，他就离开了房间，狠狠地撞上了门，让艾丽斯书桌上花瓶里的水都被震了出来。艾丽斯站在原地，浑身颤抖，咬紧了牙。有那么一瞬间，她不知道自己是不是赢了。然后她决定对此完全不在乎。当艾丽斯拽动铃铛，召唤来侍女的时候，她已经忙着考虑该打包些什么东西了。

"你毁了这件衬衫。"

诏谕从卧室一角的书桌上抬起头，手中依然拿着钢笔，因为受到打扰而眉头紧皱。"毁了就毁了吧。我不想听这种抱怨。把它丢掉好了。"他又将笔尖在墨水里蘸了蘸，怒不可遏地继续他的书写。现在他的脾气很糟糕，最好还是保持安静，继续为他整理好这次回家携带的行李。

塞德里克暗自叹了一口气。他想起曾经有那么一段日子，他完全想象不出还有什么样的未来，能够比一直侍奉诏谕更好。但也有一些日子里，比如今天，他不知道自己是不是还能再多容忍这个男人一分钟。他又看了一阵这件蓝色丝绸衬衫的袖子上，被毫不在意地烧出的许多小窟窿。他知道这件衬衫是如何被毁掉的。一支烟斗，粗心地在马车门上敲掉烟灰，飞溅的火星落下来，在诏谕来得及抽回手臂之前烧坏了袖子。他用指甲挠了挠蓝色的丝绸，更多被烧焦的痕迹变成了小洞。不，想要挽救这件衣服已经全无可能了，真是可惜。

塞德里克清楚地记得那个阳光晴朗的日子，他们买下这一匹蓝色丝绸的那座恰斯市场。那是他跟随诏谕第一次前往恰斯国。对他而言，跨越海洋去异国进行贸易，还是一种令人兴奋的经历。看到他的朋友和雇主，皆信心满满且从容不迫地穿行于喧闹纷乱的异国市场之中，诏谕的形象在他的眼睛里变得格外高大。那时，两名缤城商人进入恰斯国首都的市场依然相当危险。战争的记忆在每一个人的脑海中都还异常清晰。和平刚刚到来，还不能完全信任。也许有一些商人急于在这个时候争取到新市场，但恰斯士兵至少要比商人的数量多出了一倍。他们曾经入侵缤城又被打退，为此耿耿于怀，只想将怒火倾泻在疏于防范的外国人头上。许多寡妇成群结队地在市场周边乞讨。她们对于缤城人只有唾沫和诅咒。孤儿们偶尔会向他们乞讨钱币，偶尔又会向他们投掷小石块。

片刻之间，所有这些回忆都涌入了塞德里克的脑海。炽热的太阳，狭窄迂回的街巷，穿着短上衣，赤裸的两条腿上满是灰尘的奴隶男孩急匆匆地跑来跑去。浓烈刺鼻的药草烟气从开阔的市场中飘出来，还有那些满身蕾丝、绸绢和缎带的女人们。她们走起路来就像是一艘艘装满布匹的小船。他记得最清楚的就是诏谕在他身边，和他并肩前行，嘴角带着笑容，一双眼睛贪婪地盯着每一样新奇的东西，从一个货摊跑到另一个货摊，仿佛正在参加一场竞逐珍奇商品的赛跑。尽管诏谕的恰斯语还有些生疏，但他完全没有让这一点拖慢他做生意的脚步。如果一名商贩向他摇头或者耸肩，他就会提高说话的声音，再加上大幅度的手势，直到让对方明白自己的意思。他买下这匹蓝色丝绸的时候，只是大大咧咧地丢下一把钱币就匆匆跑开了，留下塞德里克完成讨价还价的任务，再匆匆追上他。那卷天蓝色的丝绸当时靠在塞德里克的肩头，随着他奔跑的脚步不住地蹦跳。他们又在那一天去了靠近旅店的一家裁缝铺。诏谕让裁缝用那匹丝绸给他们两个人各做了三件衬衫。第二天上午，那些衬衫就已经做好，等待着他们拿走。"恰斯国还真是可爱！"诏谕在拿到衬衫之后对塞德里克说："在缤城，我要付三倍的价钱，再等上一个星期才能得到它们。"而且这些衬衫都很合身。

现在，两年以后，诏谕的最后一件蓝色丝绸衬衫被他粗心洒出的烟灰毁掉了。这是他们第一次共同旅行的纪念品，就此不复存在了。这就是标准的诏谕风格，他永远都是那么充满激情，从没有过多愁善感的时候。塞德里克的三件蓝色丝绸衬衫都还完整无损，但塞德里克觉得自己不会再穿它们了。他最后一次将这件衬衫叠好，微微叹了口气，不情愿地把它放到弃物堆里。

"如果你有什么话要对我说，那就说吧。不要在这里绕圈子，像是糟糕的遮玛里亚戏剧中害相思病的女孩子。"看样子，无论诏谕正在筹划什么，进展一定不顺利。他将一叠纸从面前推开，让其中几页落在地板上。"你这样总是让我想起艾丽斯，想起她责难的眼神和暗自叹息的样子。那个女人实在是令人难以忍受。我已经给了她一切，一切！但她只是那样郁郁寡欢，或者突然就宣布她还想要更多。"

"她只有在被你虐待的时候，才会郁郁寡欢。"塞德里克说出这些话的时候，甚至还不知道自己打算说些什么。他看着诏谕冷硬的眼睛。诏谕眼角的纹路和紧紧抿起的嘴唇，预示着他们之间将发生争吵。现在道歉或者解释都太晚了。如果诏谕的脸上出现这样的神情，就代表争吵已经无可避免。他必须趁着有机会的时候把想说的话都说出来，否则诏谕很快就会用他冰冷犀利的逻辑进行反击，把他的观点切成碎片了。"你的确承诺过艾丽斯要让她去观察龙。那项条款就写在你的婚姻誓词里。你曾经将它大声宣读出来，并在它上面签下了你的名字。当时我也在场，诏谕。你一定也还记得，并且你知道这对艾丽斯意味着什么。艾丽斯不是孩子气地心血来潮，那是她一生的兴趣。她对于那种生物的研究，和她作为一位学者对于相关智慧的追寻，实际上是她的全部乐趣所在，诏谕。向她否认这一点是你的错，这对她是不公平的。而你装作不记得对她做出的承诺也是有失荣誉的，不仅有失荣誉，你根本就不值得这样做。"

塞德里克停顿一下，想换一口气，这是他的错误。

"有失荣誉？"诏谕的声音冰冷，显然对他的话难以置信，"有失荣誉？"他重复了一遍。塞德里克感觉到自己的气息变浅了。

然后诏谕笑了。那笑声就像是一股冰水泼在塞德里克的头上。"你还真是天真。不，不，并不是这样。你不天真，你就是一个孩子，只知道你心里的'公平'。你说，对她要'公平'。那么，对我的'公平'又是什么？我们立下了契约，艾丽斯和我。她要和我结婚，为我生下一个继承人。作为回报，我会让她自由支配我的财产和我的家，随心所欲地进行她的研究。对于我的财产，你非常清楚，塞德里克。她购买那些罕见的手稿和卷轴时有没有短少过金钱？我认为没有。但她承诺给我的孩子在哪里？能够结束我母亲的唠叨和父亲责备目光的继承人，在哪里？"

"一个女人无法强迫自己的身体怀孕。"塞德里克大着胆子低声指出。他是一个懦夫，所以他没有继续说出："她也不可能独自一人怀孕。"他知道最好不要和诏谕讨论这件事。

但即使是他没有说出这句话，诏谕似乎还是听到了。"也许她不能强迫自己怀孕，但所有人都知道，女人有办法阻止自己怀孕，或者是除掉她不喜欢的孩子。"

"我不相信艾丽斯会这样做。"塞德里克坚定地低声说道，"我只觉得她非常孤独。我相信她一定也想在自己的人生里增添一个孩子。而且，她曾经立下誓言，会竭尽全力给你一个继承人，她不会食言，我了解艾丽斯。"

"你了解？"诏谕如同啐痰一样说出这几个字，"那么如果你听到了我们刚才的对话，你该有多么惊讶啊！她拒绝履行作为妻子的责任，说她先要去雨野原旅行。她还胡说些什么不愿意在怀孕的时候旅行，然后又将她没有怀孕的责任都推给了我！　还威胁要公开羞辱我，因为她认为那是我犯的错误！"诏谕从书桌上拿起一根象牙笔架，狠狠地砸了下去。塞德里克听到那件贵重的文具碎裂的声音，悄悄打了个哆嗦。现在诏谕的脾气越来越大了。等到明天，当他想起自己是如何打碎了如此贵重的笔架，一定会再一次怒不可遏。诏谕恼恨地嘶声叹了口气。"我不会容忍这种事。如果我的父亲再教训我一顿，再给我提什么建议，说什么抓住那头红母牛的腿，我就……"因为耻辱，他甚至无法把话说完。诏谕与他父亲的冲突最近也变得越来越频繁了。这些日子里，所有人都让他的心情变得更加糟糕。

"这听起来不像是我认识的艾丽斯。"塞德里克试着想要转移话题，他知道自己什么时候踏进了危险之地。诏谕非常善于夸大甚至扭曲事实，编造对自己有利的故事，但他极少会直接说谎。如果他说艾丽斯威胁了他，那么艾丽斯就应该是真的这样做了。但这真的很不像是塞德里克所认识的艾丽斯。他认识的艾丽斯是一名温婉寡言的女子。不过他也知道，艾丽斯有时候相当固执。难道她真的固执到了会威胁丈夫遵守诺言的程度？　对此塞德里克不是很确信。诏谕从他的脸上看到了犹疑的神情，他向塞德里克摇摇头。

"你始终认为她是一个天使般的女孩，当所有人都疏远你的时候，她却愿意和你交朋友。也许她曾经是那样的人，尽管我还是对此抱持怀疑。我怀疑：她只会对那种像她一样笨拙和没朋友的人，表示友善之意，这不过是不适应环境的人结成的联盟罢了。或者就像你说的，她曾经有一颗仁善的心，但她现在早已不是那样的人了，我的朋友。你不应该让那些旧日的记忆混淆你的判断。她正在从我们的关系里竭尽全力为她谋求好处，同时她还想尽量少付出代价。"

塞德里克沉默了。笨拙和没有朋友的人、不适应环境的人。这些话就像是一堆锋利的小石子，在他的心里不停地纠结着。是的，他曾经就是那样的人。

诏谕一如既往地述说着事实。他的诀窍就是能够在事实中，塞上许多令人痛苦却又无法否认的细小而真实的羞辱。塞德里克不由自主地想起了过去的一天。那是在恰斯国的一个炎热夏日。他和诏谕受邀去一名商人家中享受下午的放松生活。那时的余兴节目是一头被困在深坑中的野猪。客人们可以用飞镖和吹箭射那头野猪。其他人都玩得不亦乐乎，争相把飞镖射在那头被困住的疯狂野兽身体最脆弱的部位上。这个节目的最高潮是把三头大狗放进坑内，结束野猪的生命。塞德里克一直都想从他的椅子上站起身走开。诏谕则暗中抓住他的手腕，悄声对他说："留下来，否则我们两个不仅会被看作弱者，而且还冒犯了主人。"

于是他留了下来，即使他痛恨这样。

诏谕用那种细小的羞辱刺激他，让他想起了他也曾参与折磨那只猪。那时诏谕的脸上也是这样平静如常，只有眼神中充满了算计。他用细小锋利的言辞戳刺塞德里克身体最柔软的部位。他如同雕刻出来的嘴唇抿成了一条细线，一双绿色的眼睛眯起来，其中射出冷光，如同猫一样看着塞德里克。

"我不是没有朋友，"塞德里克低声说，"艾丽斯就是我的朋友。她来探望我的姊妹，但她总会找些时间和我说说话。我们交换喜爱的书籍，一起玩牌，在花园中散步。"塞德里克想到自己那时的情景。学校里的男孩都躲着他，这让他的父亲感到困惑，也成为他的姊妹们调笑他的缘由。"我没有别的朋友了。"他轻声说道，然后他又恨自己为什么要说这么多，"我们彼此帮助。"

但塞德里克的悄声絮语似乎触动了诏谕，让他的朋友软化下来。"我相信你的话，"诏谕立刻表示同意，"那时的那个小女孩也许曾因为得到一个'年长男性'的关注而感到高兴。也许她甚至还迷恋过你。"诏谕向塞德里克露出微笑，又低声说道，"她这样又有什么错？ 那时候如果换作别人，难道就不会这样做吗？"

塞德里克盯着他，只是无声地喘息着。诏谕目不转睛地和他对视。现在诏谕的眼睛就像是树影下的两团深绿色的苔藓。塞德里克从他面前转过身，感觉到胸腔中的心脏仿佛被紧紧攥住。该死的诏谕，是什么给了他这样的权力？ 诏谕怎么能如此伤害人，并在片刻之后又温暖了此人的心？

他低头看着自己的双手，诏谕的蓝衬衫仍然被他攥在手中。"你是否想过会有不同的生活？"他低声问，"我已经如此厌倦了欺骗和伪装，厌倦了继续虚伪矫饰。"

"什么虚伪矫饰？"诏谕问他。

塞德里克惊讶地向他抬起头，诏谕只是漠然地看着他。"如果我有你的财富，"塞德里克说，"我就会去别的地方，远离所有认识我的人，开始一段新生活。完全依照自己心意的生活，不必对任何人有歉意。"

诏谕大笑起来。"很快，财富就会不翼而飞了。塞德里克，我以前就告诉过你，拥有金钱和真正的财富之间有着巨大的差别。我的家族很富有，但财富是需要一代代人累积起来的。财富必须伸展出宽广绵长的根系，才能发育出茂盛的枝叶，延伸并缠绕住整座城市。你能够带着钱逃走，但当钱用光的时候，你就只是一个穷人。你所看见的，都是经过前人在漫长岁月中的艰辛工作，才为下一代人建立起来的财富基础。"

"而这样的事情，我绝对没有兴趣去做。我喜欢我的生活，塞德里克。我喜欢现在这种样子，非常喜欢。所以我才那么不喜欢艾丽斯干扰我的生活。而你似乎认为她的行为是可以接受的，这只会让我更加不喜欢。如果我失去了这一切，你认为你又会怎么样？"

塞德里克发现自己正低头看着脚尖，仿佛感到羞愧。他聚集起最后的勇气支持艾丽斯。"她需要去雨野原，诏谕。让她去吧，我相信这是她一生的志愿。一个出去看看世界的机会，做些事情，看看她只在破碎的老卷轴上见到过的奇迹，就是这样。让她去雨野原吧，这是你欠她的，这也是我欠她的，如果我没有提议让她嫁给你，就不会有这些事！答应她的这个小要求吧。这又会有什么害处呢？"

诏谕哼了一声。当塞德里克抬起眼睛看向他的时候，他的脸上满是嘲讽的神情，双眼就如同两块绿冰。塞德里克回想了一下自己说的话，发现了自己所犯的错误。诏谕从来都不喜欢听到他欠别人什么。这时诏谕从书桌后面站起身，绕着房间走了一圈。"这又有什么害处？"他模仿塞德里克的语气不断地说着,"这又有什么害处? 受害的只有我的钱袋。有我的声誉! 还有我的自尊心,不过我想这对你而言大概不算什么。我应该让我的妻子在雨野原闲逛,去寻找藏在石头下面的古灵,拯救可怜的瘸腿龙,而且根本没有人在她身边陪护? 她将每天的空闲时间都用在那种白痴的事情上,难道我应该让所有人都知道她在痴迷什么?"

塞德里克竭力让自己的声音显得理性一些。"那不是痴迷,诏谕,那是她的学术兴趣……"

"学术兴趣! 她是一个女人,塞德里克! 而且还不是什么得到过良好教育的女人! 看看她受的教育——和她的姊妹共享一名家庭教师! 还是一名便宜的家庭教师,也许只能教教她们如何阅读、算数和在围巾上绣小花。要我说,那点教育刚好能让她惹麻烦! 刚好够让她自以为是个'学者',以为她能买一张船票自己上路,完全不考虑她应该遵守的礼仪,还有她对丈夫和家庭的责任。而且我相信,她根本就没想过这样一次毫无意义的旅行,又要花掉她丈夫多少钱!"

"这笔钱对你来说不算什么,诏谕! 前几天我还听布拉道克说过他的妻子为了购置衣服,举办招待朋友们的小宴会,还有为了不断重新装潢房子上花了多少钱。艾丽斯根本不需要你花这些钱,她的生活非常简朴,只有为了进行学术研究才稍有花费。实际上,诏谕,在她等待了这么多年之后,难道你不觉得你应该让她出去散散心吗? 让她去旅行吧。你在雨野原河沿岸有着很多关系。只要你说一句话,她甚至可以免费乘坐金色黄昏号或者任何其他活船。我现在就能想起五六个雨野原商人会很高兴招待她,无论她可能是怎样一个古怪的人。他们这样做可以赢得你的好感,而且……"

"然后我就要还他们这个人情。这一点你自己也刚刚说过——'无论她可能是怎样一个古怪的人'! 她一定能给我带来不错的声誉。我现在就能听到:'喔,是啊,我们招待了诏谕·芬波克的疯婆娘。她一直都在聒噪那些废墟和那些龙。真是个可爱的女人。她的大脑混乱得就像是一棵住满了甲虫的树!'"

诏谕很擅长模仿别人的声音和动作。尽管现在心烦意乱，塞德里克还是不得不努力压抑住发笑的冲动。但是看着诏谕突然变成了一个带着雨野原沼泽口音的长舌老妇，他没有说什么，只是带着责备的神情向诏谕摇了摇头。

诏谕用不容置疑的声音说道："我不在乎她说了什么，做了怎样的安排。她不能去，绝对不能一个人去。"

塞德里克终于找到了说话的契机。"那就不要让她一个人去。把这个看成一个机会。和她一起去雨野原，顺便重新签订你在那里的贸易契约。你上次去那里已经是六年以前……"

"我不去那里自有原因。塞德里克，你根本无法想象那条河的气味，还有那片幽暗阴沉，没有边际的森林。人们居住在用纸和木棍搭建的房屋里，以蜥蜴和臭虫为食。他们之中有半数都受到了雨野原的影响，我只要看他们一眼就会浑身打颤，这件事我可控制不住自己。不，去面对那些雨野原商人只会破坏我在那里的契约，而不是加强它们。"

塞德里克咬住嘴唇，许久没有说话，然后他说出了一个在他的脑海深处已经酝酿过一段时间的想法："你还记得贝佳斯提·柯雷德在我们上次去恰斯国的时候对我们说过的话吗？如果有商人能向恰斯大公提供哪怕是龙身上的一点点血肉，都能够得到一辈子享用不尽的财富？"

"贝佳斯提·柯雷德。那个口气可怕的秃头商人？"

"那个口气可怕、秃头，但极为富有的商人，"塞德里克笑着纠正诏谕，"那个并非利用大量的物资交易而获取财富，而是——按照他的说法——将少量珍贵商品在正确的时机出售给正确买家的人。"

诏谕发出一声饱受折磨的叹息。"塞德里克，最近一年半以来，这种传闻已经妇孺皆知了。所有人都知道恰斯大公年事已高，可能步入死亡。他在垂死挣扎，尝试太阳之下的每一种庸医伎俩来逃避死亡。"

"但他有钱这么做。诏谕，如果你和艾丽斯一起去雨野原，你就有了完美的借口接近那些龙和照料龙的人。艾丽斯和他们一直都有联络——这一点我很清楚。我曾经为她寄出信函，并为她收了几十封来自崔豪格的信。你也知道，如果她去那里，一定会前往卡萨里克，直接进入龙活动的区域，直到抵达龙的身边。"塞德里克发现自己正渐渐压低声音，"几片脱落的龙鳞，一瓶龙血，一颗龙牙。谁知道你能够带回什么？ 我们清楚知道的是，你在那里取得的任何东西都极具价值。那不是一笔小钱，而是一笔很大的财富。"塞德里克松开手，抛下已经叠好的衣服，然后坐到诏谕的床上，低声说，"有了那么多钱，一个人能去任何地方，能够过上他想要的任何生活，而不必再受责备。那笔钱足够实现任何愿望，无论你做什么，那笔钱都将为你赢得人们的尊敬。"他透过墙壁注视着遥不可及的远方，沉浸在梦想之中。

诏谕的声音把他拉回到当下。"我说的话，你有没有听清楚过一个字！ 我喜欢我生活的地方和我的生活方式，没有人会责备我。为什么我要冒险失去我现在这么舒适的生活？ 白痴！ 我可不想交易什么龙的血肉，若做那种事，我才会引来罪责。"

"我们曾经为了更少的钱交易过更怪异的东西！"有些话被塞德里克塞回喉咙，没有说出来。这笔钱对他，对他们两个将意味着什么？ 它能购买到一种远离缤城的人生。而诏谕要不是无法理解这种可能性，就是根本拒绝这样思考。

诏谕完全没有被塞德里克的言辞影响到。"你刚刚说到尊敬。我现在就很受尊敬！ 如果人们看到我的妻子孤身一人前往雨野原，我会受到尊敬吗？ 他们会怎样看她，会认为她真正想要寻找什么？ 你以为我不知道人们都在摇着头可怜我们，只因为她还没有生下一个孩子？ 如果她一个人跑进雨野原，那些摇舌鼓唇的人又会说些什么？"

"喔，莎神在上，诏谕！ 她又不是第一个怀孕有困难的缤城女人！ 否则你认为这里为什么会被称为天谴海岸？ 一个家族要在这里保持住姓氏的传承已经够难了，更不要说是人丁兴旺了。没有人会因为你没有子嗣而多想些什么，大家只会对你表示同情！ 看看这座城市，和你有同样遭遇的不是你一个！ 至于说她单独旅行的问题，我已经给了你解决问题的办法：你亲自陪她去！ 如果你不愿抽出时间亲自护送她，就为她找一名旅伴，这很容易解决！"

"那么，好吧！"诏谕恨恨地说道。他不再试图压倒塞德里克，而是用发泄怒火的语气吼道，"我会让她去。我会放任她冲进雨野原，去盯着龙和古灵发抖，让她那个可怜的小灵魂感到满意。我会让她打开我的钱袋，抛撒里面的钱币，就好像那个袋子是没有底的。你是对的，亲爱的，亲爱的塞德里克，我想要为她寻找一个合适的旅伴并不困难。今天晚上，你已经不止一次对我说她曾经是你的一位多么好的朋友！那么，你当然应该会很高兴和她一同前往雨野原。很明显，你已经厌倦了为我这样一个没有荣誉又自私的人当秘书。那么就去为艾丽斯服务吧。做她的秘书。为她抄写笔记，扛扛背包，钻到臭气熏天的淤泥里去寻找掉落的龙鳞吧。这样我至少能有一个月不必看见你们两个！我还有我自己的旅程。看样子，我必须再找一个亲切的同伴和我一同踏上这段旅程了。"似乎一切事情都得到了圆满解决，诏谕走过房间，坐回到书桌后面的椅子上，拿起钢笔，再一次端详起面前的纸镇，仿佛塞德里克根本不存在一样。

　　片刻之间，塞德里克什么都说不出来。然后他惊呼一声："诏谕，你不可能是这个意思！"

　　但诏谕没有再理睬他。塞德里克突然明白了，他就是这个意思。

生月第十七日

商人联盟独立第六年

来自艾瑞克，缤城信鸽管理人
致黛托茨，崔豪格信鸽管理人

缤城商人议会致崔豪格和卡萨里克的雨野原商人议会。近来出现了许多关于那些幼龙健康和身体状况的谣言与猜测。更有许多人在议论他们具有商业价值，能够作为商品进行交易，甚至有人说：这还是参照了我们与巨龙婷黛莉雅最初签订的契约。对于这些传闻，缤城商人议会向雨野原商人议会提出质询。

黛托茨：

能遇到你的叔叔贝东实在是一件令人高兴的事。他对你有着很高的评价，而且他显然也非常了解鸽子。我托他送给你两袋上好的干黄豌豆。我发现，用这种食料长期喂养鸽子，能够让他们的翅膀更加强壮有力。一些龙因为生病而必须被杀死的谣言，我希望都是假的！

艾瑞克

第八章 面试

赛玛拉在与陌生人打交道的时候，从没有感到舒服过。理所当然，他们只扫了她一眼，就知道她不应该活到现在。而独自站在几名最有身份的雨野原商人面前，回答关于自己的问题，只会让赛玛拉更加不舒服。现在她面前一共有八个人，大部分是中年男性，全都穿着正式的商人长袍。这是一个非常宽大的房间，他们都坐在一张沉重的长桌后面结实的乌木椅子里，赛玛拉脚下的地板是用厚木板铺成的，就连这个房间的墙壁和天花板也都是木制的。她以前从没有见过如此厚重坚固的建筑物。她和父亲沿树干下来，到了这个地方。父亲正在外面等她。这里是雨野原商人大堂。这座建筑物非常古老，非常靠近地面。看上去它更像是一幢遮玛里亚宅邸，而不是雨野原房屋。只有在大树如此靠下的地方才会有这么高大醒目的建筑物存在。但奇怪的是，赛玛拉对于这幢大屋一直都保持着警惕，它并不能让赛玛拉感到安全，反倒是这些沉重的地面、墙壁和屋顶仿佛随时都会垮塌下来，狠狠摔在下方的地面上。就连这里的空气仿佛也被困在屋子里，动弹不得。

负责审查赛玛拉的委员，只有两位直视着她的眼睛。其他人都只看着旁边或赛玛拉的身后，要不然就是盯着长桌上眼前的纸张。那两个能够看着她的人，一个是商人莫乔恩，审查人员的首脑。他不停地上下打量赛玛拉，眼神中明确地透露出他对这个女孩的想法。然后，他直白地问道："你为什么在出生时没有被抛弃掉？"

赛玛拉没有想到自己会遭遇到如此不加掩饰的质问。片刻间，她只是哑口无言地站在商人莫乔恩面前。如果她说了实话，又会给她的家庭带来多少麻烦？ 她的父亲秘密跟踪接生婆，把刚刚出生的她抱回家，而不是留给野兽和大自然去结束她的生命，这个行为打破了雨野原所有的规则。赛玛拉深吸一口气，没有正面回答商人的问题："我的缺陷随着我长大而逐渐明显，它们在我出生时并没有完全显现出来。"

商人莫乔恩怀疑地哼了一声。另一名商人动了动身子，仿佛是在为她感到困窘。"你是否明白你接受雇佣的条件？"莫乔恩又生硬地问道，"你的家人是否认可： 在你随龙群离开之后，我们不会保证你的安全，甚至无法保证你能回来？"

赛玛拉回答的时候，甚至也为自己的镇定感到惊讶，"我的父母全都在你们面前签署了契约，他们明白这点，更重要的是，我也明白。我已经到了可以接受这种委托的年纪。"莫乔恩点了一下头，靠进椅子里。赛玛拉又说道，"但我想要更明确地知道我的任务，还有我们最终的目标是什么？"

莫乔恩皱起眉头，"难道你没有读过给你的契约，孩子？ 那上面说得很清楚。龙要求有人陪同他们前往大河上游的新家。你将被指定照顾一头龙或数头龙。你要帮助龙群向上游前进，到达一个更适合他们生存的地方。一路上你的工作需要遵照龙的要求，或者是你得到的命令。你要进行狩猎和捕鱼，以供养由你照顾的一头或数头龙，而且你将留在龙群的新栖息地，直到他们能在那里安定生活、自给自足，或者已不再需要你。"

赛玛拉冷冷地说出下一句话："那么如果属于我照顾的一头龙或数头龙死了，我就能回家了。"

莫乔恩坐直身体。"这不是我们所希望的态度！ 我们相信你应该竭尽全力执行商人和巨龙婷黛莉雅签订的契约。你的任务是帮助你的龙找到更理想的居住场所。让他们能够自给自足。"他在椅子上略微动了一下身子，又几乎有些不情愿地说道，"这并非秘密，我们都希望龙群能够引领你们找到他们声称在回忆之中的那座古灵城市，克尔辛拉。"

赛玛拉咽下其他的话语和问题，转而问道："我们是否有明确的前进方向？是否有人在前方探查过地形环境，让我们知道要走多远的路？"

莫乔恩的嘴动了动，仿佛尝到了某种污秽的东西，只想把它吐出来。当他再开口的时候，他的话语显然像是某种托词："那些龙应该拥有某种遗传自先辈的记忆，知道要去哪里。他们会成为你们最好的向导，带领你们找到一个适合他们生存的地方。那座远古城市也许会是你们最终的目的地，但也完全有可能你们会发现另一片适合龙群生存的土地。"

"我明白了。"赛玛拉简单地回答了一句。她的确明白了，她的父亲是对的。这不是一次迁徙，而是一次流放。麻烦的龙群和不应留在这座城市的劣等人类，都是这次流放的对象。

"你明白了？太好了！"商人莫乔恩立刻显示出宽慰的神情，"那么我们就达成一致了。"他从身旁的桌面上拿起印章，在契约上盖好大印。"你签字之后，就正式得到了雇佣。当你走出这个房间的时候，你将得到你的物资背包，并被带去与龙见面。你会在出发前得到你的一半薪酬。你要尽快和你的家人道别，因为你将尽早出发。"他将一张纸推过桌面，放到赛玛拉面前，"你会写字吗？能在这里签字吗？"

赛玛拉没有响应商人的问题，她不在乎这是否对商人有失敬意，只是拿起正等待她使用的笔，仔细地写下自己的名字。然后她站直身子，"那就这样了？你们完事了吧？"

"是的，"另一名商人轻声说道。有人发出一点声音，仿佛是一阵不舒服的咳嗽。赛玛拉装作没有注意到，只是低下头，走上前，接过她那一份盖了章的协议书。她惊讶地发现自己的手在颤抖。她用了一点时间才控制住自己，转动这个房间大木门上沉重的把手。她推门的时候太过用力，差点一头栽进前厅里。她急忙稳住身子，用力关上屋门。门板因为她用力过猛而狠狠撞在门框上，让她感觉更加羞耻。其他正在等待面试的人，都带着一些惊奇和不以为然的神情看着她。

"祝你们好运。"赛玛拉对他们嘟囔了一句，就避开他们的目光，快步跑出了这幢大屋。通向室外的门更加高大,也更加沉重。但这一次她有了准备。用力冲出大门,来到屋外。这里也没有她所希望的安慰感觉。在如此靠近地面和河流的大树干旁,空气似乎也变得更加黏稠,充满了味道。这里的光线也很昏暗,赛玛拉觉得自己无论怎样睁大眼睛也看不清周围的景物。她发现父亲正在环绕大堂的木板大平台边缘等她。她手中紧攥着自己的契约,快步向父亲跑去。父亲身边大约一臂以外的地方站着刺青。他也在等赛玛拉,但显然和她的父亲不是一起的。

赛玛拉同时对他们两个人说道:"我拿到了,他们盖了章。我要参加为龙寻找新家的远征了。"

刺青向她露出笑容。当他们四目相对的时候,刺青向她挥了挥自己手中卷起来的契约。赛玛拉的父亲背靠在平台的老式护栏上,一看见赛玛拉,他便站起身,露出了微笑。但是他对女儿说话时的声音却低沉而且异常严肃:"恭喜你。我知道你想要得到这个,我希望一切都能如你的心愿。"

"我知道她一定会如愿以偿的!"刺青的话脱口而出。赛玛拉的父亲看了他一眼。他们今天到这里的时候,便看见了刺青。刺青礼貌地向赛玛拉的父亲打了招呼,赛玛拉的父亲则显得很不高兴,完全没有平时对这个男孩表现出来的热情。赛玛拉怀疑是母亲因为刺青之前来找她,而对父亲说了些什么,甚至可能还有些无中生有的内容。赛玛拉靠在两个男人之间的栏杆上,试图填补他们之间的鸿沟,将三个人连为一体。她背对着商人大堂,向大河和河边的沼泽地望去。如此靠近地面,让她感觉很奇怪。她听到身后大堂的大门开启又关闭。一个男孩的声音高喊道:"我签约了!"那些面试他们的商人没用多久就又一次盖了章。赛玛拉很想知道,他们是否会拒绝任何报名的人——她怀疑,无论是谁报名,他们都不会拒绝。

"父亲,谁也不知道最后这件事会是怎样,但我知道,我将离开家,独立生活,开始一段属于我的人生。这一定会是一件好事,无论它有多么难。"

"我已经等不及想去看那些龙了! 他们告诉我,只要他们签下其余的人,我们就能到龙那里去了!"

这个陌生的声音让赛玛拉吃了一惊,她猛地转过头,看到了说话的那个人。那个人正靠在刺青身边的栏杆上。赛玛拉在等待面试的时候就见过他。他显然是出生在雨野原的,身上的标记几乎像赛玛拉一样重。尽管如此,他依然有着一种怪异而且充满野性的英俊。他有一双浅蓝色的眼睛,赛玛拉以前从没有见过谁的眼睛色泽像他一样浅。他的一头浓密的黑发很有光泽。因为紧张,他腿上的肌肉不住地抽动着,脚尖不耐烦地敲击着地面,脚趾上黑色的爪子撞在木板上,发出"笃笃"的声音。"这一定会是一场伟大的探险!"他开心地笑着,向刺青保证。同时伸出了他的手:"我是拉普斯卡。"

"他们都叫我刺青。"刺青一边说,一边握住了他的手。赛玛拉第一次意识到"刺青"也许并不是这个男孩从父母那里得到的名字,而是他从小就被称呼的外号。现在那个充满野性的陌生人又朝她笑了笑,并向她的父亲伸出手。赛玛拉的父亲握住他的手说:"我是杰鲁普。这是我的女儿,赛玛拉。"

拉普斯卡用力握了握她父亲的手,然后毫不在意礼数地问道:"那么你要随同龙远征吗? 还是只有她? 不要介意,你看上去有些老了,可能不适合这趟旅程。有一点老,而且长得也不够奇怪!"他因为自己粗鲁的笑话而发出会心的大笑。在他身后,刺青皱起了眉头。

赛玛拉的父亲保持着镇定的神情。"我不会参加这个任务。只有赛玛拉会参加。但就像你一样,我也注意到大多数参加任务的人都有很深的雨野原痕迹。"

"是的,你说得没错!"拉普斯卡欢快地表示同意,"他们或许认为我们比普通人更强悍,或者他们希望龙和大河能够做到我们的父母在我们出生时没有做到的事情。"他将目光转向刺青,"当然,你要除外。你甚至连一点雨野原人的样子都没有。你为什么要参加?"拉普斯卡似乎很擅长问出直白又粗鲁的问题。

刺青挺直腰背。他要比拉普斯卡高了半头。"因为这个工作报酬很好。而且我喜欢龙,还想要一点冒险。还有,在崔豪格没有什么值得我留恋了。"

那个男孩又欢快地点点头,咧开嘴露出微笑,面颊上细小的鳞片也随之闪动着光泽。他的牙齿很好，和他的嘴相比显得有一点太大了。随着他不断地笑，那两排牙齿也一直在闪耀着白光。赛玛拉觉得他看上去就像是一个即将突然成长起来的男孩。"没错，没错！ 我也是这样。你说得很对。"他在栏杆上俯下身，响亮地向下啐了一口，然后又直起腰，"现在崔豪格也没有任何东西值得我再逗留了。"说完这句话，他第一次显得不再那么快活。但一眨眼的工夫，光彩就回到了他浅蓝色的眼睛里。他高声宣布道："我要为我自己建设出一个更好的人生，就是这样。过去的已经过去了，我要给我找一头龙，成为他最好的朋友。我们要一同飞翔，一同狩猎，永永远远地做好朋友，绝对不生彼此的气。这就是我想的。"

他用力向自己的梦想点点头。刺青则露出怀疑的神情。赛玛拉一直紧闭着嘴，心中感到惶恐——这不是因为拉普斯卡狂野的梦想，而是这种梦想和她自己的渴望竟然如此相近。和龙一同飞翔，就像很久以前的古灵一样。当他将这些幻想大声说出来的时候，它们竟然显得如此愚蠢！

拉普斯卡没有注意到他的话语带来的沉默。他的眼睛里忽然又闪烁起光芒，显然有新的东西引起了他的兴趣："看那边！ 我打赌，他们正在找我们。该是去拿物资背包的时候了。然后我们就去找龙！ 走吧！"

他没有做丝毫停顿，也不曾看看其他人是否跟上来，而是径自冲向了那个身穿黄袍，看上去并不像是有什么权威的商人，他的手中握着一支很大的卷轴。人们正向他那里聚拢过去。他打开卷轴，念出一个个名字，同时发放一份又一份单据。

"只要看一眼那个拉普斯卡，我就会觉得好累。"刺青低声说。

"他让我想起飞镖蜥蜴，永远不会在一个地方停留上一分钟。"赛玛拉附和着刺青的话。她跟着那个陌生的年轻人跑了起来，却不知道拉普斯卡到底是让她感到有趣还是气恼。最后她决定，拉普斯卡在这两方面都有一些。她深吸一口气，然后说道："但拉普斯卡是对的。我相信我们最好现在就搞清楚我们要做些什么。"她没有瞥一眼自己的父亲，就径自走过了平台。她的心中充满了怪异且分裂的感觉，她不知道自己是希望父亲就此向她道别，让她自己应对随后发生的事情,还是盼望着父亲能够一直留在她身边,陪她渡过一切难关。其他人似乎都是独自一个人,刺青和拉普斯卡当然也没有父母的照看。除了自己的父亲,她只看见另外一个成年人藏在年轻人群外的阴影里。响应这次征召的绝大多数是年轻人。有一两个亮出契约,接过单据的雨野原人看上去大概有二十多岁,但一些人看上去只有十四五岁。

"他们有许多还只是孩子。"赛玛拉的父亲抱怨道。他一直跟在赛玛拉的身后。

"拉普斯卡是对的,我们的身上全都有很重的标记。只有刺青例外。"赛玛拉终于朝父亲看了一眼,"所以我们才都这样年轻。"她又简单地补上了一句。她和父亲都不需要别人提醒,身上有明显标记的人很少能活过三十岁。

赛玛拉的父亲握住她的手腕,低声说:"你们就像是被送去屠宰的羔羊。"父亲奇怪的话和紧紧攥住她的手都让赛玛拉感到惊奇。这时父亲又说道:"赛玛拉,你不必去做这种事。留在家里。我知道你的妈妈总是让你很难过,但我……"

赛玛拉打断了父亲的话:"爸爸,我必须这样做! 我已经签下了契约。我们一直都是怎样说的? 商人唯一可以凭依的就是他说出口的话。而我所做的远不止是说一句话。我已经在纸上签下了我的名字。"她想到了自己和龙联系在一起的那个梦。她不会对父亲讲述那个梦。拉普斯卡的理想,仿佛痴人说梦般,还回荡在她的脑海中。她深吸一口气,以讲求实际的口吻说,"而且我们都知道,我的确需要这份工作。这样我才能说我独立了,以我自己的力量做了一些事。我很高兴能成为您的女儿,但我不可能永远都只是您的女儿。我需要……"她努力寻找着适切的词汇,"我要用这个世界来衡量我的能力,证明我能够自立,能够有所作为。"

"你已经有所作为了。"父亲坚持说道。但他的争辩已经没有了力量。当赛玛拉将手放到他的手上时,他终于松开了赛玛拉的手腕。赛玛拉站在原地,没有挪动脚步。刺青已经跑到他们前面,正回过头好奇地看着他们。赛玛拉朝刺青微微摇摇头,刺青便继续向前跑去。

"我们应该在这里道别了。"赛玛拉突然说道。

"我不能。"她的这句话让父亲显露出恐慌的神情。

"爸爸,我必须走了。现在正是我们应该告别的时候。我知道您在为我担心。我知道我会想念您。但我们就在这里分开吧。我的探险就要开始了。祝我好运,让我上路吧。"

"但……"父亲只说了一个字,突然将赛玛拉紧紧抱住。他在赛玛拉的耳边哑着嗓子悄声说,"那就去吧,赛玛拉。去吧,去找到自己的位置。这不会向我证明任何事,因为我已经知道了你的能力,我从没有对你有过怀疑。但去找到你要找的东西吧,然后回到我身边来。求你,不要让现在变成我和你的永别。"

"爸爸,别犯傻了。我当然会回来。"赛玛拉回答道。但一根恐惧的棘刺已经从父亲的话语中落下来,沿着她的脊骨一直滑下去。不,我回不来了。这个想法是如此强烈,甚至让赛玛拉无法将它说出口。于是她只能更加用力地抱紧父亲。松开父亲之后,她将一小袋钱放在父亲的手中,对父亲说:"这些您替我留着,直到我回来。"不等父亲有反应,她已经转过身,从父亲的怀中冲了出去。这趟远行不需要钱。也许,如果她再也无法回来,这些钱能够对父亲有所帮助。现在就让父亲将这些钱当作她能够回家的承诺吧。

"祝你好运!"父亲在她身后喊道。"谢谢!"她也回头高喊。她看见刺青惊讶地看着她的父亲,同时转回身,仿佛也要向她的父亲道别。但就在这时,那个手拿卷轴的商人向他喊道:"你还想不想要单据了? 没有它,你可拿不到你的物资背包!"

"我当然想。"刺青急忙高声应答,并从商人的手中拿过了单据。

黄袍商人对他摇摇头,低声说道:"你是个傻瓜。看看你周围,孩子。你和他们不是一伙的。"

"你不知道我和谁是一伙的。"刺青有些激动地对他说。然后他的目光越过赛玛拉,高声问道:"你的父亲去哪里了?"

"回家了。"赛玛拉回答。她避开刺青的目光,向那名商人走过去,让商人看过她的契约并说道:"我需要我的物资背包单。"

物资背包其实和它的名字很不相配。这是一种针脚粗大的帆布背包,上面打了些蜡以防水,里面装了一条厚实的毯子,一袋水囊,一个便宜的金属盘子和一把勺子,还有一把带鞘的匕首,一袋面包干,一袋肉干和一袋水果干。"真高兴我在家里就把行李都准备好了。"赛玛拉不假思索地说道。而刺青的表情则让她瑟缩了一下。

"总比什么都没有更好。"刺青用粗哑的声音说道。拉普斯卡已经黏上了他们,就像猴子身上的一只虱子。他情绪高涨地说道:"我的毯子是蓝色的,是我喜欢的颜色。我怎么会这样走运?"

"它们都是蓝色的。"刺青回答道。拉普斯卡又点了点头。

"就像我说过的,我很走运,因为我喜欢的正是蓝色。"

赛玛拉竭力不让自己的眼睛翻起来。众所周知,一些有着严重雨野原标记的人智力也会有问题。拉普斯卡也许是有一点弱智,或者真的只是精神过于外向乐观。现在,他欢快的情绪的确支持着赛玛拉的勇气,但他不停地唠叨也在折磨着赛玛拉的神经。他怎么这么容易就与她和刺青打成了一团? 这一点让赛玛拉感到很困惑。赛玛拉早已习惯了人们对她心怀戒惧,和她保持距离。就连那些在集市上经常和她家做买卖的人,也总是待在她的一臂距离之外,但拉普斯卡就在她的身边。每一次她转过身瞥向拉普斯卡的时候,拉普斯卡都笑得像一只小猴子。那双神采飞扬的浅蓝色眼睛似乎在告诉她:他们分享着一个秘密。

他们在一片光秃秃的土地上,蹲成一个环形。一共是十二个身上有标记的雨野原人,大多数都还是少年,再加上刺青。他们来到这里,拿到自己的物资背包,并被告知背包里的物品可以支持他们活过旅途的最初几天。他们将乘一艘驳船前往上游,会有几名专职猎人与他们同行,这些猎人都拥有探索未知地域的经验,船上还运载了更多能够维持人类和龙群生存的给养,但每一名巨龙守护者都应该尽快学会利用现有资源,维持自身和受其照料的巨龙的生存。赛玛拉对此很感怀疑。她已经查看过那些将成为她的同伴的人,并觉得其中没有几个曾经为自己寻找过食物,更不要说喂养一头龙了。不安一直搅动着她的心。

"他们说:我们要帮助我们的龙寻找食物,但根本没有适合狩猎的工具。"刺青忧心忡忡地说。

一个大约十二岁的女孩向他们靠近了一点,有些羞赧地说:"我听说他们在离开时会给我们捕鱼的工具和一杆长矛。"

赛玛拉对她微微一笑。这个女孩非常瘦,一缕缕淡金色的头发,从带有粉色鳞片的头皮上垂挂下来。她的眼睛是铜褐色的,接近于纯粹的铜色。她的嘴几乎看不到嘴唇。赛玛拉瞥了一眼她的双手。完全正常的指甲。赛玛拉突然为这个女孩感到一阵揪心。这个女孩在出生时一定看起来一切正常,直到接近青春期的时候才发生了变化。有时的确会发生这样的情况。赛玛拉很庆幸自己一直都知道自己是什么。她从没有真正梦想过长大结婚,孕育孩子。而这个孩子可能一直都在这样想象自己的未来,"我是赛玛拉,他是刺青,他是拉普斯卡。你的名字是什么?"

"希尔薇。"女孩看着拉普斯卡,后者向她笑了笑。她挪到赛玛拉身边,用更轻微的声音问,"队伍里只有我们两个女孩吗?"

"我刚才见到过另一个女孩。大约十五岁,金发。"

"我想你见到的可能是我的姊姊。她是陪我一起来的,给我勇气。"希尔薇清了清嗓子,"并把我的酬金拿回家。我去的地方用不到钱,而我的妈妈病得很重。那些钱能买到她需要的药品。"女孩的声音中显露出无私的自豪。赛玛拉点点头。这支队伍中的女性真的只有她和希尔薇,这让她稍有一点气馁。她用笑容掩饰住自己的情绪,然后说道:"那么,至少我们有了能听懂彼此在说些什么的同伴了!"

"嗨!"刺青表示抗议。拉普斯卡看着赛玛拉说,"什么? 我不明白。"

"这个不需要明白。"赛玛拉向他保证。然后她转向希尔薇,又朝拉普斯卡翻翻眼珠,小女孩立刻笑了起来。

希尔薇突然跳起身。"看啊！他们来找我们了，要带我们去见龙了。"

赛玛拉站起来的速度要慢很多。她从家中拿来的背包已经背在她身后。她又将他们发给她的物资背包甩到肩头。"那么，我猜我们要出发了。"她低声说道，又下意识地向上方的树冠层瞥了一眼。那里是她的家所在的地方。父亲还站在环绕大树的宽阔阶梯上看着她，这并没有让她很感到惊讶。她最后一次向父亲挥挥手，又做了一个小手势，示意父亲回家去。

刺青顺着她的目光向上望去，用力向她的父亲挥手，并冲动地高声喊道："不用担心，杰鲁普！我会照顾她的！"

"你照顾我？"赛玛拉用嘲弄的语气说道。她说话的声音很大，因为她希望这句话也能让父亲听见。然后，她最后一次向父亲挥手，转过身跟上了其他人。他们向河边的码头走去。船只会带他们离开崔豪格，前往上游的卡萨里克，抵达龙的孵化地。

"我觉得他很不对劲。"

莱福特林挠着面颊。他需要刮脸了，但最近，他的颧骨和下巴根上开始出现了鳞片。他能够忍受鳞片，如果它能快一点长出来就好了。胡须实在让他很烦恼，不幸的是，在靠近鳞片的地方刮胡子，总是会弄出许多让人难受的小伤口。

"他不是过去的他了。"

斯沃格接连说出两句评论，这很符合他的说话风格。莱福特林对着舵手耸耸肩。"他一定会改变的。我们知道这种事一定会发生。他知道这一点，也接受这一点。这正是他想要的。"

"你确定？"

"我当然确定，柏油人是我的船，是我家族的活船。我们之间是有联系的，斯沃格。我知道他想要什么。"

"我在他的甲板上已经有将近十五年光景。他对我也早已不是陌生人了。他似乎，嗯，很焦虑地在等待什么。"

"我想我知道那是什么。"莱福特林的视线越过甲板,落在河中。在他们的头顶上方,星星正在一道宽阔的夜空中闪烁。他们两旁,雨野原高大的树木仿佛好奇地向他们俯过身。这是一段平静的时光。河岸边传来夜行兽类和鸟雀的声音,就像是每一个平凡的夜晚。河水潺潺流过柏油人号的船壳,这艘船正稳稳地向上游驶去。船舱中透出黄色的灯光。船员们正在吃晚饭。陶制碗碟的碰撞声、微弱的闲谈声和新鲜咖啡的气味一直飘散到他的身边。贝霖说了些什么,丝凯莉发出笑声,那声音在黑夜中显得格外温暖柔和。大埃德尔也"咯咯"地笑起来,如同一条在地底深处流淌的喜悦河川。

莱福特林的双手缓缓抚过柏油人号的栏杆,向他的舵手点点头。"他没有事。他知道会有变化发生。"

"我一直都在做梦。"

莱福特林点点头。"我也是。"

一抹微笑在舵手的脸上缓缓浮现。"真希望我能飞。"

"他也是,"莱福特林表示赞同,"我们都是。"

"为什么你一定要乘这样的一艘船?"塞德里克突然问道。

艾丽斯惊讶地看着他。他们正并肩站在甲板上,靠着栏杆,看着雨野原森林中一棵棵粗大的乔木从眼前经过,仿佛正在进行一场没有尽头的阅兵式。一些古老的巨树就像瞭望塔一样高大。和它们相比,艾丽斯以前见过的大树仿佛都细小了许多。一片片藤蔓形成的挂毯从树枝上垂下来,上面的苔藓就像是装饰的蕾丝——它们将整片森林编织在一起,变成了一堵看上去完全无法穿透的墙壁。在这些藤蔓苔藓形成的篷盖下面,森林的地面变成了幽暗的泥沼,只有一点微弱的光线能够落在那一眼看不到头的阴影中。

艾丽斯来到甲板上是为了享受短暂的白昼时光。尽管容纳这条河流的沼泽谷地相当宽阔,但高耸在雨野原两岸的森林,用浓密的树叶铺成了两地道平线,遮挡住大部分天空。透过它们,艾丽斯只能看见一条蓝色的天空。虽然明知道它几乎就像身边的这条大河一样宽,但在艾丽斯的眼中,它只像是一条细窄的缎带。

当塞德里克要陪她一起来的时候，艾丽斯曾经大吃了一惊。自从离开缤城之后，艾丽斯就几乎没有看见过塞德里克。塞德里克一直都在他自己的舱室中用餐，在旅途中的大部分时间里都闭门不出，更不会说什么话。他变得比艾丽斯印象中更加压抑和严肃了。很明显，他并不喜欢这份护送艾丽斯的工作。对艾丽斯而言，当她得知丈夫给自己安排的旅伴时大吃了一惊，这在她看来完全没有道理。如果诏谕想要保护她的名誉，为什么要让他的男性秘书来看护她？就像诏谕对她的人生做过的许多武断决定一样，他根本没有想过要向艾丽斯做一下解释。

"我让塞德里克在你去雨野原乱逛的时候，听凭你的差遣。"他们发生对抗之后的第二天早晨，诏谕一走进早餐室就突兀地宣布。他就站在餐桌边为自己准备好食物和茶，"你无论怎样使用他，都可以。"他继续说道。当塞德里克走进房间的时候，诏谕甚至没有瞥他一眼，只是又说了一句，"他将服从你的每一个命令，保护你、取悦你，无论你想让他做什么，我相信他都很高兴能为你做好。"最后这句话中所包含的鄙夷，让艾丽斯打了个哆嗦。

随后，诏谕就离开了房间。当艾丽斯在困惑中转向塞德里克的时候，她更是惊讶地发现塞德里克竟然显得如此沮丧。她本想和塞德里克谈一谈，但塞德里克只是闷头摆弄着他的早餐，他们自始至终没有交换过一个字。

诏谕甚至没有等到艾丽斯启程那天，就已经开始了自己的另一趟商务旅行。他让整幢房子都因为他的事情而忙碌起来，并邀请他的两个年轻友人做他的旅伴。在他离开前的日子里，塞德里克一直在为他的各种杂事来回奔忙，书写旅行文件，按诏谕的命令准备新衣服和旅行用品，还有相当数量的上好葡萄酒和美食供诏谕在路上享用。这种情形显然让塞德里克很不高兴，艾丽斯也为他感到难过。艾丽斯竭尽全力做好旅行的准备，让塞德里克能够节省出一点时间。但不管怎样，她终于能开始这段旅程了，她绝不可能为了自己的决定而后悔。尽管诏谕选择塞德里克陪伴她的确很奇怪，但即将到来的远大前景还是让艾丽斯感到欢欣鼓舞。而且这段见证巨龙的冒险还会有她的老朋友一路相伴，这让艾丽斯对未来更加充满了期待。她只希望塞德里克能够和她一样对此充满热情。

但在他们出发之前的几个星期里，尤其是在诏谕离开之后，塞德里克总是显得郁郁寡欢，甚至没来由地就对艾丽斯表现出冷漠的态度。他服从了诏谕的吩咐，每天早餐时都会来到艾丽斯面前，报告旅行准备的情况，并请示他当天的工作。他们有对话，但完全不带感情。在他们出发前的几天里，塞德里克请求艾丽斯给他一点时间，让他能够和诏谕的一名恰斯国生意伙伴一起吃一顿饭。那个恰斯商人没有预先告知就突然来到了缤城。艾丽斯很高兴地允许他自行安排那一晚的活动。她希望这样能够帮助塞德里克打起精神。但第二天早晨，当艾丽斯问他与贝佳斯提·柯雷德的见面是否顺利时，他却迅速将话题转到了前往雨野原的种种细节上。在那一天，塞德里克为自己多找了十几项任务。

登上典范号之后，艾丽斯希望塞德里克的精神能振作起来，但塞德里克在旅行最初的日子里一直都以晕船为理由缩在他的舱室里。艾丽斯对此深感怀疑——塞德里克曾经和诏谕乘船去过那么多地方，现在他的肠胃一定早就习惯了船上的生活。不管怎样，艾丽斯没有打扰他，而是趁这段时间认真对活船进行了研究，并尝试结识这艘船上的水手们。当塞德里克终于和她一同站到甲板上的时候，她感到非常高兴，更让她高兴的是塞德里克终于愿意和她说话了，即使他的问题总是那样阴郁，没有半点热情。

"这是在那个时候唯一能够容纳两名乘客的出港航船。"艾丽斯说。

"啊，"塞德里克沉思了片刻，"那就是说，当你告诉诏谕，你已经做好了旅行准备时，你说了谎？"

塞德里克的话中没有任何情绪，算不上是指责，但他说出的每一个字还是带着尖刺。艾丽斯后退了一步，不过并没有投降。"严格来说，不是谎言。我早就做好了计划，即使我当时还没有买船票。"她望向船外纷乱的灰色水流。"如果我不说我即将出发，他还是会对我不理不睬，或者继续拖延我。我必须这样做，塞德里克。"她转过身看着塞德里克。尽管面色依旧阴沉，今天穿着白色衬衫和蓝外衣的塞德里克却又流露出一种快活得意的神情。刮过水面的风让他的乱发在额头前飘舞。艾丽斯向他露出微笑，真诚地对他说："很抱歉让你陷入我和诏谕的争吵。我知道这不是你想要的旅行。"

"的确不是，我也不会选择一艘带厄运的船。"

"带厄运的船？这一艘？"

"典范号？不要这样看我，艾丽斯。缤城的所有人都知道这艘活船和他的名声。他曾经倾覆在水中，杀死了所有的船员。这种事发生过几次？五次？"塞德里克向她摇摇头，"而你还要乘着他前往雨野原河的上游。"

艾丽斯转过头不再看塞德里克。她突然感觉到被自己按住的船栏杆似乎传来了某种脉动。这是用巫木做成的，他很大一部分的船身和整个船首像也都是巫木做的。巫木——这个词其实只是无知的人们编造出来的错误词汇。正是因为使用了这种特殊的材料，典范号成了一艘已经苏醒的活船。他拥有自我意识，他的船首像能够和船员，押货人和码头水手交流，就如同这艘船也是一个人。艾丽斯听说活船知晓他承载的人所说的每一个字，而她的手心感觉到那种极其轻微的脉动显然来自这艘船的生命力。于是艾丽斯用坚定的口吻说："的确有过这种事，但我相信没有五次那么多。而且那已经是很久以前的事情了，塞德里克。我听说他现在已经完全改变了，变成了一艘更加快乐的船。"她看了自己的旅伴一眼，用眼神恳求他或者闭住嘴，或者换一个话题。塞德里克向后扬起头，离艾丽斯远了一些，困惑地朝艾丽斯挑起一道精心修剪的眉毛。艾丽斯则继续快速说道："我们已经知道了那些被称为'巫木'的实际上是什么。所以我不能因为他所做的事情而责备他。实际上，我觉得这真是一个奇迹，在活船了解自己是什么以及如何被建造出来之后，竟然能恢复得这么好。我们这些商人所做的事情才是不可原谅的。处在他们的位置上，我怀疑自己能否像他们一样宽仁大度。"

"我不明白。为什么他们要憎恨我们？"

在这一刻，艾丽斯感觉更加不舒服了。她觉得她是在为了典范号而教训塞德里克。"塞德里克！雨野原人发现了正在保护鞘壳中休眠的龙。这种鞘壳有时会被错误地称为茧。而那时的雨野原人根本不知道他们找到的是什么。他们以为发现了大块原木，因为久存于地下而变得异常坚硬耐腐。那似乎是唯一能不受雨野原河的酸性河水影响的材料。所以他们将那些原木锯成木板，建造船只。如果他们曾经在这些原木的中心发现了显然不属于一棵树的东西，他们也将那些全部丢弃了。那些半成形的巨龙都从他们的鞘壳中被倾倒出来，毁于一旦。"

"但他们肯定早就死了，毕竟他们已经在寒冷和黑暗中滞留了那么久。"

"婷黛莉雅就没有死。她孵化出来只需要一些阳光和一点热量。"艾丽斯停顿下来，因为她忽然感觉到喉头一阵哽咽。她带着由衷的激动与遗憾说道，"如果我们能早些明白，那么巨龙早就应该回到这个世界了！而我们却让他们失去了自己真正的形态，将他们的身体做成木板，建造船只。当他们暴露在阳光中，与其他智慧相互交流，逐渐熟识，他们便逐渐发生了变化。他们苏醒了，不是作为巨龙，而是水上的航船。"艾丽斯陷入沉默，她在努力平复自己的心情。无知的人类所做的一切太让她感到痛心了。

"艾丽斯，我的朋友，我认为你这样折磨自己是毫无必要的。"塞德里克的语气很温和，而且其中并没有迁就或任何鄙夷的意思。但艾丽斯还是能感觉到，她的话只是让塞德里克感到更加困惑，而不是对那些夭折的龙产生同情。对此，艾丽斯觉得很惊讶。塞德里克一直都是那样多愁善感，现在却对活船和龙如此冷酷，这也让艾丽斯感到了困惑。

"夫人？"

来到他们身后的那个男人没有发出半点声音，结果他一说话就把艾丽斯吓了一跳。艾丽斯转回头，看到了这名年轻的甲板水手，"你好，乐符，有什么事吗？"

乐符点点头，又把头一摆，将饱受日晒的沙色头发从眼睛上甩开。"是的，夫人。不过不是我要找您，是这艘船，典范，他有话要和您说。"

艾丽斯察觉这名水手的声音中有一种微弱的意涵，却又有些不明所以。在他们登船的时候，艾丽斯就有点搞不清楚乐符的身份。他是以甲板水手的身份被介绍给艾丽斯的,但其他船员却仿佛将他视作船长的儿子。特瑞尔船长的妻子艾惜雅总是严厉却又亲切地命令他去做各种事。船长的小儿子常常会不顾危险地在甲板和索具中乱跑。乐符在他的眼中仿佛是一件会动的大玩具。于是对于这个年轻人,艾丽斯露出了比对于一般仆人更加热情的微笑,向他问道:"你说这艘船想要和我说话? 你指的是他的船首像吗?"

一点气恼或者与之类似的神情从乐符的脸上掠过,一转眼又消失了。"是这艘船,夫人,典范要我来找您,邀请您去和他一谈。"

塞德里克已经转过身,背靠在船栏杆上。"这艘船的船首像想要和一位乘客说话? 这是不是有一点非同寻常?"他的声音中有一种充满热情的愉悦,并带有明艳的笑容,总是能赢得人们的好感。

尽管乐符一直保持着礼貌谦恭的态度,但他并没有掩饰自己的怒意。"不,先生,这没有什么特殊之处。大部分活船的乘客都会在登船的时候用一点时间向活船表示问候。有一些乘客很喜欢和他聊天。一般而言,来到我们船上的人,都会和典范有一两次朋友般的交谈,就像与特瑞尔船长和艾惜雅的交谈一样。"

"但我一直都听说典范号有一点,嗯……也许不算是危险,但他的确曾经……有过很古怪的行为。"塞德里克继续保持着微笑,但他的魅力没能赢得这名年轻水手的好感。

"实际上,我们不都有过一些古怪的行为吗?"乐符语气尖刻地喃喃说道。然后他挺直腰杆,对艾丽斯说道,"夫人,典范邀请您和他谈话。如果您不愿意,我也会如实告诉他。"他僵硬地说道。

"不,我很想和他谈一谈!"艾丽斯高声说道。她的这句话脱口而出,而且充满了热情,因为这正是艾丽斯的肺腑之言,"我自从上船之后就想要和他说说话,只是我不想显得太失礼,或者对船员们有所妨碍。如果可以,我现在就想和他开始谈话! 塞德里克,如果你觉得不舒服,不必陪着我。我相信乐符不会介意陪我过去。"

"当然不会不舒服。我相信这一定会是一次很吸引人的交谈。"靠在栏杆上的塞德里克直起了身子。

"那么我们现在就过去吧。"

乐符显得有些不安,如同下定了决心一般,他坚定地插口道:"但是夫人,活船只想和你说话,而不是他。"

艾丽斯吃了一惊。"那么你认为活船不希望见到他?"

乐符将身体的重心在双脚之间来回挪动,思考了一段时间才耸耸肩,"不知道。就像这个人说的,我们的典范有一点古怪。让这个人过去也许会让典范感到气恼,也许会让他觉得高兴。想要搞清楚,大概只有一种办法。"

"那么我会护送这位夫人过去。"塞德里克轻松地回答道。他向艾丽斯伸出手臂,艾丽斯高兴地挽住了他。塞德里克也许让人有些生气,但要原谅他很容易。

"我先去告诉典范你们来了。"乐符轻声说了一句,就迈着轻盈的脚步走过甲板。他赤着一双脚,走路时像猫一样没有半点声息。艾丽斯看着他向远处走去,低声对塞德里克说:"他真是个奇怪的年轻人。你有没有注意到他脸上的奴隶纹身?"

"看样子,他曾经想要把那片纹身刮掉。真是可惜,如果没有那些伤疤,他的相貌会很英俊。"

"我想,干他这一行,有一两道伤疤不会是什么特别的事。我们从码头上登船的时候,我注意到就算是这艘船的船首像也有一点伤损。看样子他是被故意雕刻出了一支断掉的鼻梁。"

"我还真没有注意到。"塞德里克承认了自己的疏忽。片刻之后,他又说道,"我应该向你道歉,艾丽斯。在这次航行中,我忽略了你,这一点很恶劣。我刚刚返回缤城,还没有出远门的心情。"

对于塞德里克礼貌的道歉,艾丽斯微微一笑,诚恳地说:"塞德里克,我相信,无论你在家里待上多久,都不会有心情去雨野原。我也要向你道歉,因为诏谕把我当成了对你的惩罚。我真的没想到会发生这种事。当他认为应该为我找一名旅伴的时候,我曾经很吃惊。他说我必须有人陪护,我以为他会为我挑选一个受尊敬的老妇人,整天追在我身后唠叨个不停。却没想到他会挑中你! 我从没有想过他会让你离开他来护送我。"

"我也没有想到。"塞德里克的回答带着些许的幽默意味。他们全都笑了起来。艾丽斯的微笑是真心的。这样要更好,更好好得多。现在塞德里克更像是以前的那个塞德里克了。

艾丽斯不假思索地轻轻捏了一下塞德里克的手臂说道:"知道吗,我很怀念我们旧日的友谊。你也许不喜欢这里,但我想,因为有你的陪伴,能和你说说话,我一定会更加喜欢这次旅行。"

"能陪伴你,和你说说话,"塞德里克的声音中隐藏着一种怪异的腔调,"我想你一定更愿意由你的丈夫陪着你。"

塞德里克的话破坏了眼前的气氛。艾丽斯也为自己强烈的反应感到惊讶。因为她明明知道塞德里克这样说也许只是想开一个无伤大雅的小玩笑。艾丽斯却很想告诉他,诏谕根本没有陪伴过她,也没有和她说过什么知心的话。对婚姻的忠诚锁住了她的舌头——或者只是因为羞耻。诏谕对她只有彻底的沉默,这个令人难过的事实沉重地压在艾丽斯心头,让她久久无法释怀。就算是诏谕不在眼前,艾丽斯也因为他而无法畅所欲言。她没有女性密友可以分担她的哀伤。她知道一些女人还有另外一种亲密的朋友,而这更是她从不曾有过的。和塞德里克谈谈心,回忆一下他们年轻时的友谊,这却唤醒了她心中对于友谊的深切渴望。但塞德里克不是她的朋友,已经不再是了。他是她丈夫的秘书,向他讲述她和诏谕的婚姻有多么枯燥乏味,实际上是双重背叛。她等于是背叛了对诏谕立下的誓言,更糟糕的,这样会将塞德里克推上一个无法自处的位置。不,她不能这样对塞德里克。塞德里克是否注意到了她突然的沉默? 她希望没有。艾丽斯从塞德里克的臂弯里抽出手,离开他,向前快走了几步,愚蠢地喊道:"这些大树简直没有尽头! 它们把地面和河水都遮住了!"

乐符正站在通向前甲板的短阶梯旁。他向艾丽斯伸出手,但艾丽斯只是欢快地向乐符一摆手——她甚至不知道自己是从哪里得来的这份信心。当她登上前甲板时,宽大的裙摆和衬裙不断蹭到台阶两边的立柱。一站到前甲板上,她就踩到了裙摆的边缘，向前一步，差一点就摔倒了。

"夫人！"乐符在她身后惊慌地喊道。艾丽斯回过头说："喔，我没有事。只是有一点笨手笨脚的。我还真是的！"她轻轻拍了拍自己的头发，抚平上衣，满怀期待地向周围望去。甲板在她的前方收窄，上面堆满了绳索、栓钉和她叫不出名字的东西。艾丽斯一直走到船头，清楚地看见了位于船首斜桅下面典范头部的背面，还有他卷曲的黑发。

"请上前去，他就会和你说话了。"乐符催促道。艾丽斯听到身后传来塞德里克嘟嘟囔囔的声音，他也上了前甲板。艾丽斯没有回头去看他，而是一直向前走，俯身在最前端的栏杆后面。现在她能从侧后看到典范的身体了。她早就听说过这尊船首像，但看到这个比真人还要大许多，赤身裸体的雕像，她还是感到有一点惊讶。典范茶褐色的脊背对着她，肌肉虬结的手臂交叉抱在胸前。

"你好，"艾丽斯只打了个招呼就停下来，感到有些张口结舌。对活船应该这样打招呼吗？ 她是应该喊他"先生"还是"典范"？ 应该把他看作一个人还是一艘船？

就在这时，典范扭动身体和脖子，转过头看着她。"你好，艾丽斯·金卡罗恩。很高兴终于见到了你。"

他有一双浅蓝色的眼睛，在饱经风雨的脸上闪闪发光。艾丽斯的目光一下子就被这双眼睛吸引住了。他的肤色和人类很像，只是脸上还带有细腻的巫木纹理。虽然明知巫木有多么坚硬，但艾丽斯还是觉得他的身体表面就像人类一样包裹着一层柔软有弹性的皮肤。她意识到自己正死死地盯着典范，便急忙将目光别开。"实际上，我的名字是艾丽斯·芬波克。"她开口说道。然后她又开始觉得奇怪，这艘活船怎么会知道她的闺名。她将这个令人不安的想法推到一旁，决定要更大胆直接一些，"我也很高兴能和你说话。和你见面依然让我感到有些羞怯，我不知道自己是不是有什么失礼的地方，但还是要感谢你的邀请。"

典范将头转向前方，继续注视着河流。他耸了一下赤裸的肩膀。"就我所知,与活船交谈不需要什么礼仪,不过其他活船也许会有自己的规矩。一些乘客会在上船之前就来和我打招呼。也有那么几个人不会对我说一个字,至少不会有意和我交谈。"他又回过头,给了艾丽斯一个会心的笑容,仿佛是察觉到了自己的话让艾丽斯有些困扰,而且还觉得这颇为有趣,"也有少数一些乘客,会让我非常感兴趣,于是我就邀请他们来和我聊一聊,"他又将目光转向了河面。

艾丽斯的心跳得更快了,面颊也在发热。她无法确定自己是高兴还是害怕。这艘船是不是在暗示他已经知道了她和塞德里克关于龙的交谈? 像巨龙这样的生物竟对艾丽斯"感兴趣",这本应该是种高度的恭维。如此雄伟壮丽的生物对她做出这样的评价,艾丽斯不由得有些头晕目眩,但在激动之余,塞德里克强迫她回忆起来的事情,又让一股不安的暗潮在她的心中涌动。这是典范号,著名的疯船,曾一度以"贱船"而著称。在缤城流传着各种关于他的谣言。他曾经不止一次杀死过全船的人甚至不是谣言,而是不可否认的事实。而现在,艾丽斯正在和他交谈,看着他似乎是在独自决定河中行驶的路线,艾丽斯才明白自己的命运已经完全要由这艘船来掌控了。直到现在,艾丽斯终于知道了一艘真正的活船是什么样子。这是一种危险的生物,要小心而尊敬地对待他们。

仿佛是听到了艾丽斯的想法,典范转过头,向艾丽斯微微一笑,露出了两排白色的牙齿。一阵战栗感沿着艾丽斯的脊骨一直涌上来,典范原先那张男孩子一般的面孔,曾经遭到破坏且被砍成了碎块,艾丽斯记得这件事。有人说那是海盗干的,也有不少人相信是典范的船员们干的。不过现在这块破碎的木头上,被重新雕刻出了一张英俊却又伤痕累累的年轻男人的脸。在艾丽斯的想象中,典范一直是一头睿智而苍老的龙。现在她眼前这张年轻的人类面孔,实在是和她的想象有些格格不入,也更加让艾丽斯感到不安。于是她在提问的时候,声音也变得更加僵硬和郑重:"你想要和我聊些什么?"

典范波澜不惊地说:"龙,还有活船。我听到传闻说你要到上游去,不止是去崔豪格。我最远只能到崔豪格,但你还要离开深水区域,继续向上,直到卡萨里克。是这样吗？"

　　传闻？艾丽斯很想问问活船是从哪里听来的。不过她只是回答道："是的，正是如此。我可以算是一名研究龙族和古灵的学者。我此行的目的是亲眼看一看幼龙，我想要研究他们。我希望能够与他们进行交流，询问他们关于古灵的久远回忆。"说到这里，艾丽斯露出微笑，她又愉快地说道，"我的确有一点惊讶，在我之前竟然没有人想到要这样做。"

　　"他们也许想到过，却发现要和那些可怜的生物交谈实在是浪费时间。"

　　"请原谅，你是什么意思？"活船对于那些幼龙的蔑视让艾丽斯感到震惊。

　　"他们都和我一样算不上是龙。"典范不在意地回答道。这次当他回头来看艾丽斯的时候，他的眼睛变成了灰色，如同蒙上了一片暴雨云。"难道你没有听说过吗？他们都是残废，没有一头健康的。当他们从壳中爬出来的时候就都是六肢不全，在这段时间里，他们也没有良好的发育。那些长蛇在海里滞留的时间太漫长了，实在是太漫长了。他们本应该在夏末沿河流上溯，进入壳中休眠。那样他们的身体就储存了足够的脂肪，还有一整个冬季能够让他们发生蜕变。但他们在休眠的时候又瘦又疲惫，而且已经老得无以复加。他们来到世界的时令太晚，做壳的时间也太短。我听说他们已经有半数死掉了，剩下的大概也活不了多久。研究他们不会让你对真正的龙有任何了解。"典范将头转开，盯着河面。艾丽斯看到他的黑色卷发在不住地跳动，知道他是在摇头。这时他又压低声音说："真龙一定会对这些怪物嗤之以鼻，就像他们会对我嗤之以鼻一样。"

　　艾丽斯弄不清楚活船这段话后面隐藏的感情。那可能是深深的哀伤，也可能是对于巨龙决然的挑衅。艾丽斯只能努力寻找适切的词句来响应他这两种可能的情绪："这么说很不公平。你无法决定自己是什么，那些幼龙也是一样。"

　　"的确，你说得没有错。我无法阻止我所遭遇的一切，也不能改变人们对我的塑造。但我知道我是谁，并决定继续成为我。这不是一头龙要做出的决定，所以我心里知道，我不是龙。"

"那么你是什么？"艾丽斯不情愿地问。她不喜欢他们之间这番谈话的走向。活船的话几乎就像是一种指责。艾丽斯感觉到这个船首像释放出一种紧张的气氛，或者这只是她的想象？

"我是一艘活船。"典范回答道。他的声音中并没有怨恨的意味，但艾丽斯感觉到那声音深处的一种情绪正在颤动她脚下的船板。活船的言辞中充满了一种决绝的意味，仿佛他在宣告一个已经终结、再也不会改变的命运。艾丽斯突然明白了，他就是在做出这种宣告。

"你一定非常恨我们对你做了这种事吧。"艾丽斯说道。她听见身后传来塞德里克微弱而慌张的惊呼声。但她没有理会塞德里克。

"恨你们？"典范慢慢咀嚼着艾丽斯的话，但没有回头看艾丽斯，只是盯着前方的河面。这艘船正冲破波涛，稳稳地向前航行。"为什么我要把时间浪费在恨上？ 当然，你们对我做的事情是不可原谅的，完全不可原谅。但做出这件事的人都已经死了，无法再予以惩罚，或者向我道歉。即使他们还活着，接受了惩罚并向我道了歉，他们所做的一切依然是无法挽回的。我承受的折磨不可能被消除，被偷走的未来也不可能再交还给我。与我的同族为伴，狩猎和捕杀，战斗和交配，过着既不是仆人，也不是主人的生活——所有这些都永远离我而去了。"

他回头瞥了一眼艾丽斯，那双蓝眼睛色泽浅得如同灰色的寒冰。"你能想到有什么人，什么办法能够弥补这一切吗？ 有什么牺牲能够真正补偿我吗？"

艾丽斯的心在剧烈跳动，甚至引起了一阵阵耳鸣。难道正是因为如此，这艘活船才会倾覆那么多次，夺走那么多人类的生命？ 他是否认为他杀死的人已经足够多，足以抵偿人类对他犯下的罪行？ 还是他想要更多生命？

艾丽斯没有回答活船的问题。活船用更强势的语气催问她："如何？ 什么样的牺牲才能补偿我？"

"我想不出。"艾丽斯轻声回答。她抓紧了船栏杆，不知道这艘活船是否会立刻翻转过来，把他们全部淹死。

"我也想不出。"活船回答道,"复仇解决不了这个问题。无论怎样的牺牲都无法补偿已经造成的伤害。"他将目光转回到河面上,"所以我决定继续向前,继续做现在的我,留在这副躯壳中,其余一切对我都没有价值。你们没有对我做过什么,但就算是你们做的,杀死你们也无法挽回什么。"

塞德里克在艾丽斯身后突然开了口:"我认为龙不应该以这样的态度对待人。"

典范哼了一声,语气中半是轻蔑,半是感到有趣。"我告诉过你们,我不是一头龙。你们想要去访问和研究的生物也不是。我请你来,就是要告诉你这一点,告诉你这趟旅行是毫无意义的。研究那些可怜的怪物不会让你得到任何关于龙的智慧。正如同你研究我,也无法得到龙的智慧。"

"他们怎么可能不是龙呢?"

"在龙生存的世界里,他们根本活不下去。"

"其他龙会杀死他们?"

"其他龙根本不会理睬他们。他们都会死掉,然后被吃掉。他们的记忆和智慧,都将由吃掉他们的龙保留下去。"

"这感觉很残酷。"

"难道这会比让他们继续保持现在这种状态更残酷吗?"

艾丽斯吸了一口气,壮起胆子说道:"你也选择继续保持现在的状态。难道他们不能得到这样的选择吗?"

典范宽阔的脊背绷紧了肌肉。艾丽斯感觉到一阵恐惧,但是当活船转回头的时候,艾丽斯看到他蓝色的眼睛里有了一点之前从未出现过的、充满敬意的火星。他缓缓地向艾丽斯一点头。"你说得有道理。但我还是要请你注意,当你研究那些生物的时候,他们不可能让你明白龙是什么。就我所知,他们之中有半数在孵化出来的时候,就没有祖先的记忆,就连他们自己也不知道龙是什么,他们又怎么能够成为龙?"

典范的话将艾丽斯的思绪带入一股新的洪流。"但你也有关于龙的记忆。尽管你现在有了不同的躯壳,你关于龙的记忆却是完整的。"她用力抓紧船栏杆,一个狂野的希望突然充满了她的胸膛,"喔,典范,你能和我谈谈他们吗? 作为一名巨龙学者,能够亲耳听到你的回忆,这对我是一个非常难得的机会! 龙能够回忆起他们的前世,这对人类实在是一个非常难以掌握的概念。我非常想要倾听你愿意告诉我的一切,并对你的回忆进行完整的记录。这样,仅仅是你和我的对话就能让我不虚此行! 喔,求你,请告诉我你愿意!"

随后是一阵令人紧张的沉默。"艾丽斯,"塞德里克用警告的语气对她说,"我觉得你应该离栏杆远一些。"

但艾丽斯还是紧抓着栏杆,就连她也能感觉到在这艘船内涌动的不安波涛——活船的航行不再像刚刚那样顺畅,她脚下的甲板在微微摆动。风比刚才更冷了,这肯定是她的想象吧? 典范在风与河水的喧嚣声中开了口:"我选择不去回忆。"艾丽斯感觉活船的话仿佛打破了某种咒术,一切声音和生命突然回到了这个世界上。她听到身后甲板传来一阵脚步声。一个女人的喊声突然响起:"恐怕你正让我的船感到困扰,我不得不请你离开前甲板。"

"她没有让我困扰,艾惜雅,"典范说道。艾丽斯转过头,看见船长的妻子正在向她走过来。艾丽斯在登船的时候就见过她,那之后又和她说过几次话,但至今为止,艾丽斯在她面前都会觉得不舒服。她是一个身材瘦小的女人,将头发在背后结成了一根长辫子。她身上的水手制服剪裁得体,质料上乘,但不管怎样,她是一个穿着裤子和短上衣的女人,这是艾丽斯能想到的最缺乏女性风格的装束,这种非常不适合女性穿着的衣服,却似乎更加突出了她的身材。她的眼睛非常黑,现在这双眼睛里正闪烁着强烈的光芒,那或者是因为愤怒,或者是因为恐惧。艾丽斯向后退了一步,将手放在塞德里克的手臂上。塞德里克转动身体,挡在两个女人中间并说道:"我相信这位夫人毫无恶意,是这艘船请我们过来和他交谈的。"

"是我请她过来的。"典范对塞德里克的话予以确认。他转过头看着这三个人类,"艾惜雅,我向你保证,这里没有什么事情。我们正在谈论龙。她很自然地问起我还记得什么关于龙的事情。我告诉她,我选择不回忆任何事。"

"喔,船啊。"船长的妻子说道。艾丽斯觉得自己仿佛完全不存在一样。

艾惜雅·特瑞尔甚至没有瞥她一眼，就走上前取代了她在船头的位置。她俯身在栏杆上，眺望前方的河面，就像在分享这艘船的思绪。

"典范！"一个孩子的声音突然在他们身后响起。艾丽斯转过头，看见一个大约三四岁的小男孩爬上了前甲板。他裸露在外面的手臂和腿都被太阳晒黑了。上了前甲板之后，他继续手脚并用地向前爬，直到船头，将脑袋从船栏杆下面探了出去。艾丽斯倒吸了一口气，觉得这个孩子随时都有可能从船头栽出去。但这个男孩只是高声尖叫着："典范？你还好吗？"他稚嫩的声音里充满了关切。

活船转过头盯着那个孩子，以一种奇怪的方式抿起嘴唇，又突然露出了微笑。这个表情完全改变了他的面容。"我没事。"

"抓住我！"男孩子命令道。不等他的母亲转向他，他已经跳出船头，落在船首像伸出的双手上。"让我飞！"这个小鬼命令活船，"让我像龙一样飞！"

活船一言不发地服从了命令，将孩子捧在他的一双大手上，将他高高举起。随着船只向前航行，这个孩子毫无畏惧地靠在活船的手上，张开一双小手臂，仿佛那是一双翅膀。船首像轻轻地摆动双手，让孩子左右晃动。一阵欢快的尖叫声传入众人耳中，刚才紧张的气氛一下子就消失了。艾丽斯不知道典范是否还记得他们在这里。

"我们就不要打扰他们了，好不好？"艾惜雅低声说道。

"这对那个孩子安全吗？"塞德里克有些心惊胆战地问。

"对那个孩子而言，那里是最安全的地方。"艾惜雅笃定地回答，"对于这艘船，这样也是最好的，请下去吧。"她指了指通向下方甲板的阶梯。当他们向那里走去的时候，她又说道，"请不要误解我的意思，不过如果你们能够不再和典范交谈，我会非常感谢你们。"

"是他邀请我过来的！"艾丽斯的面颊红得发烫。

"我相信是他邀请了你们，"艾惜雅平静地回答道，"但即使是这样，如果你们能拒绝他的再次邀请，我也会非常感激。"她停顿一下，仿佛是在思考该如何结束这番谈话。然后,就在艾丽斯转过身,试着让自己的裙摆挤过往下的阶梯时,她又压低声音说道:"他是一艘好船,有一颗伟大的心。但没有人能知道什么样的话题会让他感到不安,甚至连他自己也不知道。"

"你真的相信他忘记了作为龙的记忆?"艾丽斯大着胆子问道。

艾惜雅紧紧抿起嘴唇,片刻之后才说道:"我选择相信我的船告诉我的一切。如果他说他忘记了,那么我就不会要他去回忆那些事。有一些回忆最好还是不要再去翻捡。有时候,如果一个人选择忘记,那很可能是因为那些事还是被忘记会比较好。"

艾丽斯点点头,将一只脚踏在下去的台阶上。这时一个男人在她下方说了话。

"典范还好吗?"特瑞尔船长抬头问道。艾丽斯面色一红,险些一脚踩空,摔在台阶上。她的裙子也差一点盖在她的头顶上。

"他没有事。"艾惜雅回答了船长,又注意到艾丽斯的困境,便立刻又建议说,"贝笙,你能帮芬波克夫人下去吗?"

"当然。"船长一边回答,一边向艾丽斯伸出手,帮助她能像一位女士那样走下去。没过多久,塞德里克就和她一起站到了船中的甲板上,并向她伸出手臂。艾丽斯很高兴地挽住了他的手。过去这一个小时中发生的种种事件让她激动不已,她第一次开始认真地怀疑自己此行是否明智。这艘活船不仅告诉她那些幼龙很难被看作是真正的龙,还暗示他们恐怕都已经没有了祖先的记忆。这些讯息已经足够令人气馁了,而艾丽斯又突然感觉到,也许她还严重低估了与这些生物打交道的危险程度。她与典范的交谈让她对龙有了全新的概念。她意识到,自己曾将刚刚孵化的龙视为幼雏,但他们并不幼小,婷黛莉雅在从壳中出来的时候也不是幼雏。他们也许身材矮小,还带着残疾,但龙在从鞘壳中出来的时候,就已经是完全成年的生物了。

船长并没有从艾丽斯的面前走开。这时他的妻子艾惜雅也来到他身边。他们肩并肩地站在一起,几乎挡住了艾丽斯的去路。船长很有礼貌却又语气坚定地说:"以后如果你想要与这艘船聊天,也许还是让我们中的一个人陪在你身边会更好。有时候,不熟悉活船或典范的人,也许会觉得他有些令人紧张。有时候他又会有一些……激动。"

"这位夫人并无意惊吓你们的船。"塞德里克对特瑞尔船长说道。他的声音有些僵硬,挽住艾丽斯的手肌肉紧绷,仿佛是要保护她。这给艾丽斯带来了一种奇怪的安慰。"是这艘船邀请她来交谈的,也是他主动提起了关于龙的话题。"

"是他提出来的?"船长和他的妻子交换了一个眼神。艾惜雅微微一点头。船长微微挪动了一下脚步,艾丽斯感觉到船长的意思是允许她离开了,船长也用更加柔和的语气认可了她的猜测:"实际上,我并不感到惊讶。我们每次到崔豪格,几乎都会得到关于那些幼雏不好的讯息。我相信典范其实很关注那些龙。我们只是希望他不要过于挂怀那些让他烦扰的事情。"

"我明白了。"艾丽斯无力地回答道,她希望这次对话能就此结束。她突然明白了,自己并不擅长和陌生人打交道。对于她自己的丈夫,她几乎没办法坚持自己的立场,因为她没有足够的勇气。而来到外面的真实世界,当一切全要靠她自己的时候,她觉得自己依然没有能应对好第一次的挑战,即使她能感受到塞德里克的支持,并为此心存感激,这份感激也令她感到羞愧。

"我相信,你们可以在乘客遭遇这样的尴尬之前给予适当的提醒。"塞德里克刻意加重了语气,"受到惊吓的并不止有你们的船。我们本来无意和他交谈,恰恰相反,是他邀请我们去和他聊天。"

"这话你已经说过了。"特瑞尔船长回答道。他的语气仿佛是在警告对方,他已经没有多少耐心了。"你们应该记得我早就说过,我们并不常搭载乘客。平时这艘船只会运送货物,乘坐这艘船的通常都是我们的亲人或者朋友,他们都很清楚典范的脾性。我记得芬波克夫人在听我说过这一切之后,还是坚持立刻要乘坐这艘船。"

艾丽斯攥紧了塞德里克的手臂,她只希望能够立刻回到她的小舱室去。她本以为自己是一名无所畏惧的探险者,勇于探索新的世界,获得关于龙族的第一手信息。现在这种幻想渐渐从她的脑海中消失。她相信,如果不是塞德里克就在她身边,她一定会转头逃走,或者更糟糕,当场痛哭流涕。想到这里,艾丽斯真的感觉到眼睛一阵刺痛。不,喔,不,天啊,现在不行。

也许是无法容忍自己在陌生人的面前失态,艾丽斯的心中反而生出了勇气。她深吸一口气,挺起肩膀,用尽全力伪装出勇敢的样子——如同她所希望的那样勇敢。"幼雏。"她轻声说道。然后她让自己的声音变得更加坚定有力,同时让脸上露出微笑,"很遗憾我为你的船带来了困扰,先生。不过我非常希望你能告诉我一些讯息,一些关于你所说的那些幼雏的讯息。典范说我不应该将他们看作是龙,我觉得他的话十分匪夷所思。你能向我详细解释一下他的意思吗? 你是否亲眼见到过那些龙? 你觉得他们是什么样子?"艾丽斯追问一个又一个的问题,仿佛是要筑起一道保护自己的墙壁。

"我没有见过他们。"船长承认说。

"我见过。"他的妻子平静地说道。艾惜雅转过身,缓步从他们面前走开。艾丽斯好奇的目光一直跟随着她。她又回过头,一言不发地招手示意他们跟上去,随后就引领他们来到船长舱室门前,邀请他们进去,而后关好舱门。

"你们介意坐下来吗?"她问他们。

艾丽斯无声地点点头。船长妻子突然的礼遇,让她有一点困惑,不过她也很希望能改善和船长夫妇之间的气氛。对艾丽斯而言,这个封闭的空间要比开放的甲板更加熟悉,她在这里立刻就感觉舒服了不少。这间舱室不算大,不过和一般的船舱相比也相当宽敞了。房间里的结构设计很有效率,家具装潢都很简单,不过每一件物品肯定都不是便宜货。闪亮的黄铜和光泽丰润的木材都很赏心悦目。房间正中央是一张铺着图纸的桌子,一副用不同色泽的木料制作成的刻度罗盘镶嵌在桌面上,厚重的锦缎帘幕遮住了这个木板房间角落里的一张床,一些显然是古灵制造的小器具分散摆放在房间各处。一群小鱼悬挂在窗前,被光线照射到的时候,那些鱼就会在空中"游动",不断改变色彩。一只有闪亮铜嘴的绿色大罐子被放在桌子正中央。艾丽斯觉得自己仿佛走进了一家缤城富人的客厅,而不是一间船舱。她坐进船长夫人指给她的椅子里,其他人也纷纷在桌边落座。

艾惜雅拨开垂到脸上的几缕乱发,瞥了一眼她的丈夫。特瑞尔船长并没有和他们一起走到桌边,而是靠在一扇小窗户旁的舱壁上,看着不断从窗外掠过的河岸。"典范曾经护送长蛇前往雨野原河的上游,他直到即将搁浅才停止前进。对那些长蛇,他抱有最深切的希望。当最终孵化出来的只是一些巨龙的影子时,他便陷入了深重而苦涩的失望之中。没有一只幼雏的身材能与婷黛莉雅相比。这几年里他们成长了一些,但依旧非常矮小。"

艾惜雅拿起桌上的壶子,用手感受它的重量,确认里面还有水。"想要喝杯茶吗?"她一边说,一边又将壶子放下,仿佛他们真的是在缤城的一间客厅里。她用手指描摹着壶子侧面的一个图案,看上去那很像是一只带有羽冠的鸡。壶子内几乎立刻就响起了微沸的声音,一缕热气从壶嘴中飘散出来。

"这是无价之宝!"塞德里克惊呼道,"我听说有几个这样的古灵水壶被挖掘出来,但没有一件真品出现在缤城的市场上。这一定能卖一大笔钱。"

"这是家人送给我们的结婚礼物。"特瑞尔船长说,"对我们而言是很珍贵的礼物。它不需要火焰就能将水煮沸。当然,在一艘船上,用火一直都是需要格外小心的事情。"他从墙边柜中取出一个托盘,上面摆放着茶杯和茶壶,放在桌子上。艾惜雅开始履行女主人的职责。刚刚见识过她在甲板上的男子气概,现在又看她有条不紊地沏茶和放置茶杯,艾丽斯不由得感到有些怪异。她突然意识到,自己瞥到了一种以前完全不知道,但的确有可能存在的人生。她奇怪自己为什么从没有考虑过在这个世界上走出自己的道路? 为什么嫁人或者独守空闺会是她仅有的选择? 直到艾惜雅向她投来一个捎带疑惑的眼神,她才意识到自己一直盯着这位船长夫人。她立刻用一个问题重新开始了谈话。

"但典范从没有见到过那些新孵化的龙吧?"

艾惜雅用古怪的眼神瞥了她一眼。"当然没有见过。河水太浅,让他无法行驶到那么远的地方。为了让长蛇能够游过这一段河水,我们花费了很大力气疏浚河道,但最终的结果依然不理想。这几年冬季的暴风雨和洪水又将大部分的工程都摧毁了。就像你们见到的,这里的河岸遍布沼泽,难以行走。茂密的森林更是让那种体型的生物举步维艰。所以那些龙从没有离开他们的孵化地。"

"但你去那里看过他们?"

"是的,在典范的要求下,我去了。也是因为我想去看看我的外甥女,麦尔妲。"

"麦尔妲·库普鲁斯? 那位古灵女王?"

艾惜雅露出更加爽朗的微笑。"的确有人这样称呼她,不过她不是任何人的女王。遮玛里亚的沙崔甫王敕封雷恩和她作为古灵国王和女王,只是一个不足为道的故事。实际上,他们都是商人,就像你们和我一样,根本没有任何皇家血统。"

"但他们是古灵!"

艾惜雅本想要摇头,不过最终只是耸了耸肩。"是巨龙婷黛莉雅这样称呼他们。他们的身体经年累月地发生变化,越来越像是我们在雨野原古城中发掘出来的古灵形象,但麦尔妲出生时完全是一个人类,就像我一样,雷恩也是,他们身上有雨野原的标记,但许多雨野原商人都是如此,这一点他们并没有非同寻常之处。当然,现在他们就不一样了。他们两个和我的外甥瑟丹·维司奇遇到婷黛莉雅之后,身体就发生了巨大的变化,我们的家人也亲眼看到了。我觉得是因为暴露在那头巨龙面前才导致他们发生了那样的改变。他们三个人都变得更高。麦尔妲现在作为我家的一个女人,已经高得出奇了。从某种角度看,他们也变得更加美丽,不过那和人类之美并没有关系。当她不穿戴斗篷和面纱行走的时候,她会让我觉得仿佛一尊宝石雕像有了生命。婷黛莉雅已经告诉他们,他们的生命将会比普通人类还要长得多。但在发生了这么多变化之后,麦尔妲依旧是麦尔妲。"听艾惜雅的语气,她似乎对此感到遗憾。然后她又说道,"我觉得她和雷恩愿意用他们全部的古灵荣耀,换一个健康的孩子。"

"那么那些龙呢?"塞德里克突然插口问道,"他们真的是那样畸形,智力也有缺陷? 难道我们一路辛苦来到这里,真的只是白跑了一趟?"

塞德里克的话让艾丽斯感觉到双重的气恼,首先是他打断了艾惜雅对于现世仅存的古灵的描述,其次是他的语气仿佛很希望艾丽斯的探险真的会一事无成。艾惜雅将双手交叠在桌子边缘,看着自己粗大的褐色指节,许久之后才又开了口。

"他们和婷黛莉雅不同。"船长夫人低声说道,"他们都不会飞。我们沿河上溯的时候护送了一百二十九条长蛇。其中不到半数成功地结茧孵化。现在那里还剩下了多少? 上一次我们听说不到十七头了。"她抬头瞥了一眼,正遇到艾丽斯绝望的目光。片刻之间,艾惜雅的眼睛里闪过一丝同情,"哪怕只是为了让典范好受一些,我也不希望发生这样的事情。对他而言,让长蛇到达结茧地,曾经是极为重要的任务。尽管典范那样对你说,但我相信这艘船依然拥有一头龙的心,他渴望能够让他的族类回到天空中,这对于他自己的命运也有着巨大的意义。"

"但当我到达喀尔萨里克的时候,我只看到了一些可怜的畸形怪物。据说婷黛莉雅可能已经彻底抛弃他们了。巨龙不会怜惜弱者,只会让他们去迎接自己的命运。与他们比邻而居的雨野原人很快也不再同情他们。他们狂躁而危险,聪明却不可理喻。但要接受如此可悲的命运,也许只有变得不可理喻,才是唯一合理的反应。他们对人类既没有敬意,也不懂得感激。至今为止他们还没有攻击过人类,但我有听到传闻说他们曾经追逐过几个人,并在家族葬礼上吞吃了至少一具人类尸体。除了缓慢地衰弱死亡之外,我不知道他们还会变成什么样。"艾惜雅停顿一下,叹了口气,又说道,"我相信典范认定他们不是龙,是因为这样能让他少一些痛苦。他无法帮助他们。只能将他自己与他们分隔开,也许这样他的羞愧就会少一些。我真心认为我们对于他们已经是无能为力了。"

连续三次喘息的时间中,艾丽斯坐在椅子里,没有话语,也没有动作。然后她低声说道:"这些讯息在缤城几乎是听不到的。"

艾惜雅微微一笑,这代表着一种只有在商人之间才会分享的秘密。她将气味芬芳的茶水倒入杯中。特瑞尔船长来到桌边,接过他的杯子,立刻又端着茶杯回到窗前,看着河水。"我们的雨野原同胞一直都对他们的事务三缄其口。"

连续多个世代里，过去的缤城人都被训练得不会多说一个字。我甚至感到奇怪，外部世界现在竟然还知道他们的存在，想要访问他们的城市。毕竟这么长的时间里，他们的存在一直都是我们努力保守的秘密。这是我们保护他们的方法。"

艾丽斯注视着艾惜雅，突然很感谢这个女人的直率。"你觉得我能和那些龙说几句话吗？能不能从他们那里得到任何讯息？"

艾惜雅在椅子里动了动身子。艾丽斯用眼角的余光瞥到特瑞尔船长遗憾地摇了摇头。"我认为不行，"艾惜雅回答道，"根据我对他们的观察，他们只有一些最基本的生存能力。我听说他们开口只有要求食物，抱怨他们所处的环境。根据我对婷黛莉雅有限的了解，我相信巨龙不认为人类是值得认真对话的对象。而在卡萨里克的幼雏也彻底蔑视我们，就好像他们是完全长成的强大龙族。这种对人类的蔑视，再加上他们所感受到的痛苦……"她耸了耸肩，"我不认为他们会向你吐露祖先的记忆。即使他们真的拥有那种记忆。"

艾丽斯无言地点点头。她感觉到空虚和恶心。她喝了一点茶水，让自己有时间进行思考。但她的脑子里已经没有了任何想法。"我觉得自己是这么愚蠢。"她轻声说出这一句，又看了看塞德里克，带着歉意说，"我将你拖到了这里，却没有任何收获。我本应该听诏谕的话。"她将手指搭在身前的桌沿上，克制着喉头的哽咽，对艾惜雅说道，"我只能乘你们的船到达崔豪格。我本来计划在那里改乘一艘运货的小型驳船。我没有买回程票，因为我希望在那里停留几个星期，甚至几个月，以学习各种关于巨龙的智慧。"她抬手揉搓着自己的额角，一阵风暴般的头痛正在她的颅骨中酝酿。在竭力压抑住哭腔之后，她才又问道："有没有可能立刻安排我们返回缤城？"

"你们可以和我们一起回去。"船长在窗前说道。他的声音中流露出了同情。

"但你应该明白，我们需要时间来卸下货物，补充给养，并装载新的货物。"艾惜雅提醒艾丽斯，"我还计划去探望麦尔妲。所以我们不会立刻返回缤城。你们将不得不在崔豪格住上几天。"

"我明白，"艾丽斯无力地说，"我相信我们会在崔豪格找到些值得一看的东西，直到你们准备好出发返回缤城。"

"那么你甚至不打算去一趟卡萨里克吗？我真是无法相信！艾丽斯，你一定要去看看，我们已经走了这么远，不去看一眼那个地方真是太愚蠢了。"

塞德里克声音中明显失望的情绪让艾丽斯感到惊讶。几分钟以前，他似乎还在急切地希望他们此行不会有任何结果。

"这样做又会有什么意义？"艾丽斯木讷地问他。

"嗯……"塞德里克似乎是努力想要找到一个答案，"……嗯，你至少应该看到你一直想要看到的东西。完成你的夙愿。你说过，你想要亲眼看到那些幼龙。那你就应该这么做。"突然间，他似乎对自己的话更有信心了。他在桌面上倾过身子，握住艾丽斯的手，用热切的目光注视着艾丽斯的眼睛，"难道这些年里，你不是一直在这样告诉诏谕吗？你不想亲眼看到他们了？"他又给了艾丽斯一个扭曲的微笑，"你肯定不想回到缤城向他承认，你一路来到这里，却连一条龙都没有见过吧？"

艾丽斯盯着塞德里克。突然间，她仿佛看到了诏谕幸灾乐祸的笑容。怒火一直涌到了艾丽斯的喉头。不，不，她的失望已经够大了，不能再让诏谕如此赢得胜利。艾丽斯眨眨眼，压抑下泪水，突然对塞德里克充满感激。幸好塞德里克这样为她着想，才让他免于遭受这种羞辱。"你是对的，"她用颤抖的声音说道。她想到这些年里，她曾经多么勤勉细致地编辑各种记录，一支又一支卷轴，一页又一页精心书写的文字。她下定了决心。"你是对的，塞德里克。我必须去看看，至少我要亲眼看看他们。"她深吸了一口气，"我犯下了一个严重的错误，一个太多学者都会犯的错误。我让我的设想和期望影响了我的思考。如果我看到的只是畸形和几乎没有智力的生物，那么我也必须对他们进行观察和记录。我的研究并不一定能够符合我的希望，但这一点不是我放弃他们的理由。谢谢你，塞德里克。"她坐起身，挺起肩膀，看着艾惜雅充满揣度神色的眼睛，"我要前往卡萨里克。"

艾惜雅缓慢地点点头，露出一种带有理解意味的冰冷微笑。

"但我们不会停留太长时间，"塞德里克匆匆补充说，"我想，我们还是会和你们一同返回下游。实际上，我现在就想安排好我们的回程计划。"

艾惜雅和贝笙全都用怪异的眼神看着塞德里克。艾丽斯明白，如果她不是很了解这个人，一定也会对他的反复无常感到奇怪。刚刚他还在劝说艾丽斯必须前往卡萨里克，现在却又强调他们只会在那里逗留一段很短的时间。艾丽斯知道那是为什么。当塞德里克和船长讨论他们返回缤城的日期时，她只是静静地坐在椅子里。随后，她又一言不发地签下了购买回程船票的支票。这段时间里，她一直都看着塞德里克，不是以新的眼光，而是温情脉脉地回忆起他们旧日的友谊。塞德里克并不想来雨野原，艾丽斯相信塞德里克一定也不喜欢辛苦地乘坐平底驳船前往卡萨里克，但他愿意这样做，全都是为了艾丽斯。他帮助艾丽斯挽救了自己的颜面，不至于在诏谕面前遭受羞辱，无论这会给他带来怎样的辛劳和不便。

谈好回程事宜之后，艾丽斯从桌边站起身。像往常一样，塞德里克向她伸出手臂。艾丽斯挽住他的手臂，抬起头向他露出微笑。塞德里克也用微笑回应艾丽斯，并安慰地拍了拍艾丽斯的手。"谢谢你，我的朋友。"艾丽斯低声说。

"没关系。"塞德里克回答道。

生月第二十三日

商人联盟独立第六年

来自黛托茨，崔豪格信鸽管理人
致艾瑞克，缤城信鸽管理人

卡萨里克和崔豪格的商人议会致缤城商人议会，密封的卷轴匣中有一张转移龙群的预算列表，我们将要把龙群迁移到对他们的身体健康更加有益的栖息地，其中列有缤城商人议会所应负担金额的逐条细账。

艾瑞克：

你不应该相信那些愚蠢的谣言。那些龙将被转移走，而不是被宰杀或出售！谣言最大的两个特点，就是不胫而走和面目全非。我已经收到了豌豆，我的鸽子在吃过豌豆之后，翅膀羽毛果然发生了明显的变化。这种饲料很昂贵吗？如果不是很贵，你能不能为我运来一百磅这样的豆子？

黛托茨

第九章　旅程

莱福特林正懒洋洋地靠在船栏杆上，看着码头。发现那一行人向柏油人号走过来，他便站直了身子。这就是特瑞尔送来的那些人？他挠了挠满是胡须的面颊，自顾自地摇摇头。两个码头工人推着装满沉重箱子的手推车，另外两名工人跟在后面，扛着大概有衣柜那么大的行李箱。他们身后是一个男人，身上的衣服更适合出现在缤城茶会，而不是沿雨野原河上溯的驳船上——他没有戴帽子，上身是一件深蓝色长外套，下襟罩住了鸽子灰色的长裤，脚上穿了一双矮筒黑皮靴。他的身材很不错，不过作为男人，他大概从没有为任何营生使用过自己的肌肉。除了一根散步手杖以外，他的手中什么都没有。"他一生中从没有干过一天活。"莱福特林低声做出评价。

挽着他手臂的女人，至少在着装上考虑了这里的实际环境。一顶宽檐帽遮住了她的脸。莱福特林认为挂在帽檐下面的那副宽松的网子是为了遮挡飞虫。她穿着一件深绿色的长裙，贴身的上衣和一直遮到手腕的袖子显示出她苗条的上半身。但莱福特林估计她膨大的裙摆如果改成衣服，应该足够十二个像她这样体型的人穿。白色的小手套保护着她的双手。在她向柏油人号走过来的时候，莱福特林瞥到了她穿着一双小巧的黑靴子。

一段时间以前，就在莱福特林即将命令船员们做好准备向卡萨里克起航的时候，一个送信的男孩跑到了他面前。"典范号的特瑞尔说他有两位乘客想要尽快赶到卡萨里克。如果你愿意等他们上船，他们会付给你优渥的酬金。"

"告诉特瑞尔，我等他们半个小时，然后我就走。"莱福特林对那个送信的男孩说。男孩点了一下头就转身跑开了。

实际上，莱福特林等待的时间要远远超过半个小时。在看清楚他们的样子之后，莱福特林有些怀疑接受这两名乘客是否明智。他本以为要上船的是急于回家的雨野原人，却没想到是带着大包小包的缤城人。他向船外啐了一口。现在只能希望他们真的能付给他不错的船钱，才值得他这一番苦等。

"我们的货物到了，把它们装上船。"他命令轩尼诗。

"丝凯莉，把它们搬上来。"他的大副将命令传达给一名年轻的甲板水手。

"是，先生。"那个女孩应了一声，就轻盈地跳上码头。大埃德尔跟上去要帮她。莱福特林依然站在船栏杆后面，看着那两名乘客走近。他们来到码头边缘。那个男人看到又长又矮的驳船，显得有些畏缩。看他东张西望，显然是希望能找到另一艘搭载他们前往上游的船只，莱福特林暗暗笑了两声。蕾丝，那个花花公子在衬衫衣领和外套袖口上还缀着蕾丝。这时，那个人终于抬头看定了莱福特林。柏油人号的船长也摆出一本正经的面孔。

"这是柏油人号吗？"他几乎是绝望地问道。

"没有错。我是莱福特林船长。相信你们就是要尽快前往卡萨里克的乘客了，欢迎登船。"

那个人再一次慌张地向周围瞥了一眼。"但……我还以为……"他惊恐地看着眼前的景象。这时他们沉重的箱子被摇摇晃晃地传递，穿过柏油人号的栏杆，稳稳地落在甲板上，发出响亮的撞击声。那个人转向他的女伴："艾丽斯，我们不应该这样。这艘船不适合女士。我们只能再等一下。在崔豪格居住一两天，对我们而言没有什么害处。我一直都对这座城市很好奇，而我们几乎还没有好好看它一眼呢。"

"我们别无选择，塞德里克。典范在崔豪格至多只会停留十天。而从这里前往卡萨里克就需要两天，我们还要用另外两天时间从那里返回，在典范出发之前与他会合，所以我们在卡萨里克至多只能停留六天。"这个女人的声音平静却又沙哑,其中带着一丝哀伤。她的面纱遮住了她大部分面孔,但莱福特林能瞥到她坚毅的下巴和一张过大的嘴。

"但,嗯,但是艾丽斯,如果特瑞尔船长告诉我们有关那些龙的情况是真的,那么六天时间应该很富裕了。所以我们可以在这里等待一天,如果有必要甚至可以等两天,找到更合适的船前往上游。"

丝凯莉完全没有注意这两名争论不休的乘客。她已经从大副那里得到了命令。这时她正在向轩尼诗挥手。大副操作着一部小型起重架,将吊臂再次摆出船外,放松缆绳。那个女孩伶俐地抓住晃晃荡荡的吊钩,将它固定在那只大衣箱上。埃德尔和贝霖站在旁边,准备将它抬上船。莱福特林的船员都很优秀。当那个男乘客还在咬嘴唇的时候,他们就能把行李都运上船了。最好现在就搞清楚这两个家伙的打算,不要让船员再费力把这些笨重的箱子搬下去。

"你们可以在这里等,"莱福特林对那个男人说,"不过我相信你们在随后的几天里都找不到去上游的船了。现在崔豪格和卡萨里克之间往来的船只并不多。而且其他船比我的船还要小很多。不管怎样,选择权在你们,但你们需要快点做出决定,我等候的时间早就超出限度了,我还有我的时间表要遵守。"

莱福特林说的是实话。从卡萨里克商人议会传来的紧急文书,显示那里似乎正有一些颇可以牟利的工作,前提是莱福特林要能赶得上承接那个感觉有些可疑的任务。莱福特林暗自笑了一下。他知道,他会接下那个任务。他在崔豪格就已经装载好了大部分物资。但现在还不是向商人议会做出答复的时候。把答应他们的时间拖到最后一分钟是抬高佣金价格的好办法,等他到达喀尔萨里克的时候,就算是他提出要月亮,他们也会准备好答应他。因为这两名乘客而拖延一段时间,并不会对他造成真正的困扰。他靠在船栏杆上问道:"你们到底上不上船?"

他等待着那个男人做出回答。但让他吃惊的是,给出回答的是那个女人。她扬起头向莱福特林说话,阳光透过她的面纱,映出她的五官——这让莱福特林想到了向太阳绽放的花朵。这个女人有一双灰色的大眼睛,在一张心形的脸上分得很开。她扎起了头发,不过莱福特林能看出她有一头深红色的卷发,在她的鼻子和面颊上布满了雀斑。如果换作别人,也许会觉得她的嘴和她的脸相比有些太大了,但莱福特林不这样认为。她只是扫了莱福特林一眼,莱福特林就觉得被她看进了自己的心里。不过她很快又将视线移到一旁,和一名陌生男人对视,并不合乎礼数。

"……的确是别无选择。"这个女人在说话,莱福特林不知道她前半段说的是什么,"我们很高兴能搭乘你的船,先生。我相信你的船对我们来说将会很合适。"一种含恨的微笑,扭曲了这个女人的嘴唇,当她将注意力转回到自己同伴身上的时候,莱福特林看到她侧过头,用带有歉意的甜美嗓音说,"塞德里克,我很抱歉,很抱歉把你拖进这一团麻烦之中。让我感到羞愧的是,我必须将你从一艘船拖到另一艘船上,甚至没办法让你在干燥的陆地上喝一杯茶,休息几个小时。不过你一定也明白,我们必须现在出发。"莱福特林感觉到一阵失落的痛楚。

"那么,如果你想喝一杯茶,我可以在船上的厨房为你们煮茶。如果你们想要寻找干燥的陆地,崔豪格非常缺乏这种资源。整片雨野原都很难找到这样的地方。所以你们并没有错过什么。干燥的陆地在这里是不存在的。上船吧,欢迎你们。"

莱福特林的话让这个女人的目光转回到他身上。"天哪,莱福特林船长,你的心地可真好。"她高声说道。她声音中那种真诚的宽慰之情让莱福特林感到温暖。她提起面纱,直视莱福特林。莱福特林几乎无法呼吸了。

柏油人号的船长抓紧栏杆,纵身一跃,轻盈地落在码头上。他向这个女人鞠了一躬。女人因为他的动作而吃了一惊,向后退了一步。年轻的丝凯莉仿佛是在轻声嗤笑。她的船长瞪了她一眼,她立刻回身去工作了。莱福特林又将注意力转回到这个女人身上。

"柏油人也许看上去不像你见过的一些船那样漂亮,但他能安全地送你到上游去。像他这样大的船还能在这段河道上行驶的,实在是不多。要知道,再向上河水就很浅了。在这里行船的人必须知道如何在险滩密布的河道中找出最好的航线。你肯定不会愿意等那些像玩具一样的小船搭载你,他们看上去可能比我的柏油人更漂亮一点,但他们颠簸得就像风中的鸟笼一样,他们的船员都要拼尽全力对抗急流。坐我的船,你会舒服得多。我能帮助你登船吗,夫人?"他向她露出笑容,并斗胆向她伸出一只手臂。她有些犹豫地瞥了一眼莱福特林的手臂,又看看她不以为然的旅伴,那个男人将双臂交叉抱在胸前。莱福特林相信,他不是她的丈夫,否则他一定会明确提出反对。若是这样,情况就好多了。

"请上船吧。"莱福特林催促着她。直到她柔滑洁净的白手套落在自己粗糙脏污的衬衫袖子上,莱福特林才想起他们之间悬殊的身份差距。在莱福特林的注视下,她的目光低垂下去,莱福特林不由得多看了几眼她的睫毛和满是雀斑的面颊。"这边走。"柏油人号的船长一边说,一边引领这名女子走过作为舷梯的粗木板。当他们走在这些木板上的时候,木板发出"吱吱嘎嘎"的响声,开始不住地晃动。女子微微惊呼一声,抓紧了他的手臂。从木板末端到甲板有一点落差。莱福特林希望自己有胆量抱住她的腰,把她安稳地放在甲板上。但他只是继续伸出手臂让她倚靠。她将体重全都靠在他的手臂上,勇敢地向下一跳。他看见白色的衬裙闪动了一下,她便已经安全地落在他的身边。

"我们上船了。"莱福特林亲切地说。

片刻之后,那个男人也砰地一声跳到了他们身边,瞥了一眼丝凯莉以及和其他货物堆在一起的那些箱子,高声喊道:"我们需要把这些送到我们的舱室去。"

"柏油人号上恐怕没有私人舱室。当然,我很高兴在前往卡萨里克的旅程中,将我的舱室让给这位夫人。你和我恐怕不得不和船员们一起在甲板舱室睡觉了。那里不是很大,不过既然只是两天的路程,我相信我们还能凑合一下。"

这位名为塞德里克的人,显然完全陷入了恐慌。"艾丽斯,请重新考虑!"他向女子恳求道。

"解开缆绳,我们出发!"莱福特林对轩尼诗说。

随着船员们在大副的指挥下开始忙碌,船上的小猫格里格斯比决定在乘客面前露一面。他悠闲地走到这个女人脚前,大胆地嗅了嗅她的裙子,然后突然用后足立起,将橙色的爪子按在她的裙摆上,开口问道:"喵?"

"下去!"塞德里克向猫高声喊喝。

但莱福特林却没来由地感到一阵高兴,因为这位女子俯下身,接受了小猫的自我介绍。她的裙子在甲板上展开来,如同绽放的花朵。她向格里格斯比伸出一只手,小猫嗅了嗅那只手,又用带条纹的头顶了一下。"喔,他真是可爱。"女子说道。

"他的跳蚤一定也很可爱。"那个男人有些惊慌地低声嘟囔着。

但女子只是轻轻笑了一声。那笑声让莱福特林想起了河水在他的船头流过的声音。

夜幕降临。谢天谢地,这一顿摆在破木桌上锡镴盘子里的糟糕晚饭终于吃完了。塞德里克坐在甲板舱室的一张窄床边缘,思考着自己的命运。他真可怜,但也很坚决。

甲板舱室就像它的名字一样,是建造在甲板上,供船员居住的一个低矮舱室。它一共分为三个房间,三个算不上是房间的房间。其中一间是船长舱室。艾丽斯住进了那里,第二间是厨房,有一个木头火炉和一张窄桌子。桌子两边摆放着长凳。第三间房间就是这一个船员舱室。舱室末端的一道帘子将他们睡觉的船铺隔开,为斯沃格和他身体强健的妻子贝霖提供了一点隐私。塞德里克觉得这样总算还有一点人情味。

他一直在尽量躲避他的铺位,陪着艾丽斯在甲板上看更多的森林从两岸滑过。这艘驳船的行驶相当平稳,而且逆流而上的速度更是惊人。在两侧船舷撑船的船员们仿佛都毫不费力。大埃德尔和丝凯莉,贝霖和轩尼诗不断用粗大的船篙推动驳船向上游前进,斯沃格负责掌舵。驳船在河水中稳步前行,如同有魔法一般躲避开一处处浅滩和障碍。这真是令人叹为观止的驾船艺术,艾丽斯对此惊叹不已。尽管塞德里克也知道这些船员的技巧非同寻常,但他很快就厌倦了看着他们驾船,根本无法像艾丽斯那样欣赏他们的技艺。没过多久,他就离开了正和那个脏兮兮的船长谈得热络的艾丽斯,向船尾走去,徒劳地想要找到一个可以休息的安静角落。最后,他坐到了他的箱子上,他们的大衣箱立在旁边,为他提供了一些阴凉。这些船员肯定都不懂得有智慧的交谈。他们之中名叫埃德尔的甲板水手和这只大衣箱一样高大;那个名叫贝霖的女人几乎像她的丈夫斯沃格一样满身肌肉;大副轩尼诗根本没有时间和乘客聊天,对此塞德里克倒是感到庆幸;丝凯莉的年龄和性别都把塞德里克吓了一跳,什么样的船会让一个年轻女孩完成甲板水手的全部工作? 在去过一趟那间臭气熏天的甲板舱室之后,塞德里克放弃了午睡以打发这段无聊时间的念头。他还不如睡在狗舍里。

但现在天色已经黑了,一群群小虫子飞来飞去,将他赶进了舱室。疲惫感迫使他坐到了铺位上。他的周围只有浓厚的黑暗。船员们都睡了。斯沃格和他的妻子已经钻进了他们的隔间。丝凯莉和那只猫睡一张床。那个女孩蜷身在那只橙色的怪物旁边。丝凯莉是船长的侄女,这个可怜的女孩很可能是他的继承人,所以必须从甲板开始学习各种技艺。大副轩尼诗趴在他的铺位上,身子占满了他的床板,一只肌肉虬结的手臂垂下来,手撑在地上。船员们在床上不停地翻动,每个人散发出的汗味,带着疲音的鼾声和偶尔的哼哧,让这里的空气显得格外浑浊。

这间舱室里一共有四张空铺位可以供塞德里克选择。很明显,莱福特林的船员曾经比现在多得多。塞德里克选了一张下铺。丝凯莉毫无怨言地清理掉了那张床上的所有杂物,让塞德里克能够睡在上面。她甚至还在那张床上扔了两条毯子供塞德里克使用。这些船铺都很窄,上下铺位之间的距离也很小。塞德里克坐在床沿上,竭力不去想跳蚤、虱子或者其他更大的害虫。折叠整齐的床单看上去很干净,但塞德里克也只是从灯光下看到过它们。透过熟睡船员们发出的声音,他还能听到船外汩汩的水流声。和身处在高大宏伟的活船上相比,这条湿腻、灰暗的酸性河流现在距离他更近,也变得更加可怕。这艘驳船实在是太矮了,太过于接近水面。河水和周围的丛林让这间舱室里充满了浓稠的酸涩气味。

随着夜幕降临，黑暗如同第二条河流从水面上淌过。水手们已经将这艘驳船撑到河边水浅的地方，把船缆系紧在岸边的大树上。他们使用的缆绳又粗又重，打的结也很结实，但雨野原河显然很想要这艘船。它贪婪地吸吮着柏油人号，这艘船不住地摇晃，系船的缆绳也在不停地发出咯吱咯吱的声响。驳船不时会笨重地向前冲撞一下，仿佛是将脚跟用力踏在地上，拒绝被拖进急流之中。塞德里克不知道如果现在绳结松了会发生什么事。他提醒自己，晚上一直都会有人守夜，大埃德尔会值守前半夜，注意任何的异常，然后会叫醒轩尼诗守后半夜，而且船长在甲板上抽烟。在塞德里克终于支持不住、打算在这间恶臭难闻的舱室中入睡之前，他曾经短暂地考虑过睡在露天的甲板，毕竟现在夜里的气温并不低，但是当那些成群乱飞的咬人虫子不停地在他的周围盘旋，他只得匆匆逃进了舱室。

他脱下靴子，把它们放在铺位旁边，又叠好外套，不情愿地把它横放在床脚。然后，他和衣躺在薄床垫和毯子上。这里的枕头不过是床上隆起的一块，上面还带着前一个使用者的浓烈气味。他坐起身，拿过外套，放在头下面。"只要两天。"他悄声对自己说道。他能够坚持过这两天，难道他不能吗？两天以后，驳船会在卡萨里克停泊。他们那时就能上岸。他相信，艾丽斯能够想办法得到允许以研究她的龙，而他会陪着她，用她的证明做掩护，等待机会。他们停留时间不会超过六天，就像他对艾丽斯指出的那样，这段时间已经足够了。然后，他们就会返回崔豪格，再乘坐典范号回到缤城，带着他的新财富。

家。他非常想念那里。洁净的床单，空气清新的宽敞房间和美味的食物，还有水洗干净的衣服。难道对生活有这些要求算多吗？不就只是洁净和乐趣吗？同桌而食的人不要张嘴咀嚼食物，不要允许猫吃盘子里的碎肉，这些是过分的要求吗？"我只想过得好一些。"他哀伤地对黑暗说。而这句话所勾起的回忆，他不由得打了个哆嗦。

他是那么清楚地记得，那时他缩起肩膀，吃力地咽了一口唾沫，努力坚持说："我不想去。"

"那能让你成为一个男人！"他的父亲毫不容让，"这对你来说是一个很重要的机会，塞德里克。你不只能证明你自己，还能向一个可以在缤城提拔你的人证明你的能力。我已经安排了几条人脉让你得到这个机会，缤城中半数年轻人都会愿意跳过绳圈去抢这样的机会。商人玛雷想要为他的新船招募人手。你不会是一个人，会有其他和你同龄的小伙子和你一起生活在船上，学习如何在甲板上工作。你在那里结交的朋友会是你一辈子的朋友！只要努力工作，引起船长的注意，你就能做更重要的事。商人玛雷是一个富有的人，他的女儿、船和钱都很多。如果他看上了你，那你就不知道会走什么样的好运了。"

"塔希娅·玛雷是一位非常漂亮的姑娘，"他的母亲在一旁帮腔。

塞德里克感觉到自己被双亲充满希望的目光困住了。他的几个姊妹都已经喝完茶，匆匆离开桌边，去了花园、音乐室，或者拜访朋友去了。只有他坐在原位，被父母对他的梦想紧紧包围。那是他无法接受的梦想。

"但我不想在船上工作。"他小心地说道。看到父亲抿起嘴唇，目光也变得阴郁，他又急忙补充说，"我不介意工作。真的，这是实话。但为什么我不能在店铺或者房间里工作？在明亮干净的地方，和讨人喜欢的人一起工作。"他将目光转向母亲，又飞快地说道，"我不喜欢离开家人那么久。船只离开缤城之后要行驶几个月，有时候甚至会是几年。我怎么能那么长时间看不见你们？"

他的母亲咬住了嘴唇，眼睛也变得湿润。这样的话语也许能够让母亲回心转意，但他的父亲没有被打动半分。"现在应该是你出去闯一闯的时候了。儿子，学校教育很好，我也因为能有一个懂得阅读和书写，还能准确计算的儿子感到自豪。如果我们的生意在最近这几年里能好一些，也许这样就足够了。但我们的产业状况并不理想，所以你应该出去找一些自己的事业，带些收获回来，也能增加一下你的资产。如果你在船上工作，你就能挣得一份不错的薪酬，可以存下不少钱。这对于你是一个机会，塞德里克，城里任何男孩都会迫不及待接受这样的机会。"

塞德里克努力积聚起自己丝丝缕缕的勇气。"父亲，这不适合我。我很抱歉,我知道你为了给我争取到这个机会,欠了别人的人情,但我希望你能先和我谈一谈。我曾经在船上待过,看过那些水手在船上的生活。那里很脏,很臭,还很潮湿,食物也很糟糕。你身边的人有一半是不识字的粗笨乡下人。在甲板上工作只要求一个人有强壮的脊背和粗硬的双手。我不想当这种人,成为一个赤脚的水手,在别人的船上拽缆绳! 我想要一个未来,为此我愿意努力工作,但不是这样的工作! 我会在干净体面的地方工作,和优秀的人共事。我只想过得好一些。难道这就是错的吗?"

他的父亲突然靠在椅背上坐直了身子。"我真不明白你,"他严厉地说道,"一点也不明白。你知道为了帮你争取到这个机会,我花了多大力气吗?你知道如果你拒绝,我又会多么没面子? 无论我为你做什么,难道你都不懂得感谢一下吗? 这是你的黄金机会,塞德里克! 如果你'只想过得好一些',你就要把这个机会毁了!"

"请不要喊叫,"塞德里克的母亲明智地插了口,"求你,鲍隆,难道我们不能平静而礼貌地谈论这件事吗?"

"我想,我们还能很'好'地谈论这件事!"他的父亲吼道,"我放弃了。我已经竭尽全力为这个孩子谋出路,但他只想在这幢房子里晃荡、看看书,或者跟他那些没用而且无所事事的朋友出去玩乐。是的,他们的父亲都有钱养得起没用而且无所事事的儿子,但我没有! 塞德里克,你是我的继承人,但如果你不赶快努力起来,我根本不知道你能继承到什么。不要那样看着地板! 在和我说话的时候要看着我的眼睛,儿子!"

"求你,鲍隆!"他的母亲恳求他,"塞德里克还没有做好准备。你知道他是对的。在你为他找这份工作之前,你应该先和他谈谈。你甚至没有和我说过这件事!"

"因为这样的机会是不等人的! 机会出现的时候,谁能及时抓住,就能在其中找到自己的前途。但这次抓住机会的不会是塞德里克,对不对? 是的,因为他没有准备好,因为这对他来说不够'好'。所以,好吧,你就把他留在家里,和你在一起吧。你的纵容毁了他,毁了他!"

塞德里克在狭窄的船铺上动了动身子,将那些令人不快的记忆推开,但那些记忆很快又带着一个新的问题回来了。他的父亲是否依然认为他是被"毁了"? 他知道,当他成为诏谕的秘书时,他的父亲曾经懊恼不已,就连远比父亲更加耐心、更愿意容忍他的母亲也只是对此感到惊惶不安,"这不是商人的儿子应该做的事,无论你还多么年轻也不应该。我知道这是一条有上升空间的道路,就连你的父亲也说过,也许你在陪同诏谕外出贸易的时候能够拓展自己的人脉。但难道你不认为你能够在比秘书更高一些的位置上,开始自己的人生吗?"

"诏谕对我很好,妈妈,他给我的薪水也很丰厚。"

"我希望你在这件事上能够把钱放到一边。诏谕·芬波克很英俊,他的家族也很有财富,但谁都知道他的性情反复无常。不要指望他会成为你一生中可以依靠的朋友,塞德里克。"

在黑暗的舱室中,塞德里克回忆起母亲的话,不由得微微呻吟了一声。那时候,母亲的话和平日里对他的种种唠叨与担忧似乎没有区别。而现在,这些话就像一段预言。他怎么会如此愚蠢,竟然任由自己这么严重地依赖诏谕? 他的手向上摸索,碰到了自己戴在脖子上的小盒子。在黑暗中,他的手指摩挲着雕刻在盒子表面的那个词。永远。难道这个"永远"对他来说真的到了尽头?

他又在床上翻了个身。但想要入睡还是很难。睡眠迟迟不来找他,只有回忆和忧虑在不断地骚扰他。他当然很愚蠢,他和诏谕之间只是发生了一点小口角。以前他和诏谕也有过争吵,随后他们又会很快因为那些争执而一同欢笑。这样的情形曾经发生在那座恰斯国的城市中,怒气冲冲的诏谕将塞德里克丢在旅店里,塞德里克不得不抢在他们乘坐的船起航之前跑过街道,冲上甲板。诏谕曾经打过塞德里克一次。平心而论,那次诏谕喝醉了,而且在和塞德里克争吵之前脾气就很糟糕了。对诏谕而言,殴打某人是很少见的事情,他有许多方法可以表现他的统治和操控能力,讽刺和羞辱才是他更加常用的武器,身体暴力是他最后的手段,这意味着他的火气已经到达了白热化的程度。

但这一次诏谕的怒火和以前全然不同。这次的诏谕非常冰冷,在他命令塞德里克陪同艾丽斯进行这次探险之后的数日中,诏谕对他一直都冷若冰霜。之前的每天早晨,当他将一份长长的任务列表交给塞德里克的时候,都会面带微笑。而现在,在塞德里克面前,诏谕成了一位一丝不苟的主人,每天晚上,诏谕都要听取塞德里克关于任务完成情况的报告,他似乎完全不在意塞德里克有没有负责地为艾丽斯的行程进行准备。同时他还要求塞德里克把日常工作也都做好。

于是塞德里克就需要为诏谕、沃隆姆·柯思尔和杰夫·塞克杜斯安排好前往海盗群岛的航程。在这次远行即将开始的最后一刻,显然是经过深思熟虑的诏谕带着一丝残忍的微笑,命令塞德里克写信邀请雷丁·科普与他同行。在信寄出后不到一个小时,诏谕就收到了充满喜悦,表示愿意接受邀请的回函。诏谕命令塞德里克为他大声朗读回函的内容,然后又高兴地说雷丁·科普是一名多么讨人喜欢的同伴,是那样的亲切,对于任何新的探险都是那样充满热情。

第二天下午他们就出发了。当船只缓缓驶离码头的时候,科普欢快地向塞德里克挥手告别。这是诏谕第一次前往曾经异常危险的海盗群岛尝试建立贸易关系。在此之前,他和塞德里克曾经为了这次远行讨论了将近一年时间。诏谕很清楚塞德里克是多么期待这样一次旅行,而他不仅选择了其他旅伴,还命令塞德里克为他预定了一艘高级航船,为乘客提供文明人所珍视的每一种享受。当塞德里克在黑暗中被水手们的鼾声和放屁声包围的时候,诏谕和他的朋友们也许正在那艘南行的船上,在灯光柔和的棋牌室里小口啜饮着好酒。塞德里克不舒服地动着身子,挠了挠颈后,又开始担心让自己发痒的会是臭虫,或者是虱子。他摸了摸脖子,手指什么都没有碰到。然后他又突然打了个哈欠,把自己吓了一跳。

是的,他已经累坏了。这都是因为艾丽斯。他在典范号上的时候匆匆收拾好他们的全部物品,安排好行李运送,然后他们就忙不迭地从典范号赶到了柏油人号。他几乎没有能看一眼传说中的树冠城市崔豪格,更不要说在那里的集市中转一转。在天谴海岸,寻找珍贵的古灵物品的商人们一定会来到崔豪格。他却不得不以最快的速度从这座城市旁边跑过,只是因为艾丽斯害怕来不及去看她那些臭气烘烘的畸形龙。

他向黑暗中打了个哈欠，果断地闭起了眼睛。在这种恶劣的环境里，他必须尽力睡上一段时间，这样才能以良好的姿态迎接明天。如果一切顺利，当艾丽斯弄到许可、能够和那些龙交流的时候，他也会和她一起去。艾丽斯也说过，想要他陪在身边，记录她和龙的谈话和当时的具体情况，甚至协助她进行计划已久的素描。他会在那里，在那些龙中间，帮助艾丽斯搜集她需要的信息。如果运气够好，他能搜集到的就不会只是一些信息。塞德里克在黑暗中抱住自己，然后急忙拉起毯子盖住身体。他这时才发觉即使是在夏天，河面上的夜晚也相当寒冷，黑夜就像诏谕一样寒冷，但他要让诏谕看看，他要让诏谕知道，他这一生不会只是诏谕的秘书。他要让他知道，塞德里克·梅尔达会有自己的视野，更有自己的野心和梦想。他要让所有人都知道。

赛玛拉坐在煮食营火旁边的地面上，向周围的新朋友们问道："一个月以前，我们之中是否有人想到，我们会准备与龙见面，并护送他们去大河上游？甚至有谁能想象一下我们现在的样子，围着一堆火，坐在地上？"

"我没有。"刺青喃喃地说道。他一直都陪在赛玛拉的身边，另外有几个人发出赞同的笑声。格瑞夫特坐在赛玛拉的右边，只是摇了摇头，他的黑色卷发和下巴边缘的肉须随着他的动作不住地来回晃动。他最初来到这支队伍中的时候戴着面纱，对此没有人会多说些什么。受雨野原影响严重的男女都习惯用面纱遮住自己，尤其是如果他们生活在崔豪格下层——那里会有更多的人被他们的样子吓到，甚至还会有来自外面的人。在成为巨龙守护者的第二个夜晚，他终于在同伴面前揭下了面纱，就连赛玛拉也不由得瞪大了眼睛，格瑞夫特身上的标记比她见过的任何人都要重。他大约二十多岁，身上的肉坠和肉须却比赛玛拉见过的最老的雨野原人还要多。他手脚上的指甲很光滑，却五色斑斓，而且弯曲得如同利爪。他的眼睛呈现出不自然的蓝色。到了晚上，那双眼睛就会放射出光芒。他每一寸暴露在外的皮肤上都布满了鳞片。他的嘴几乎没有嘴唇，舌头是蓝色的。他的一举一动都显得相当干练，那种非同一般的成熟与稳重更是深深着吸引赛玛拉。与队伍中的那些男孩子相比，他显得更加可靠且更懂得思考。

今晚，格瑞夫特一直像其他人一样安静。期待和紧张在所有人的心中激烈地争斗，再一天，他们就要与龙见面了。

商人议会为他们提供了坚固的独木舟，这些船有很好的密封性，足以对抗酸性的河水。他们还得到了两名向导，一男一女。这两个人无论煮食、吃饭还是睡觉，都是和他们分开的。至今为止，他们的食物还算充足，一些守护者甚至还趁闲暇时施展了狩猎技巧，并寻找到了一些水果和蘑菇。但他们发现当他们睡在地面上的时候，毯子几乎无法为他们保暖，而且就像一直以来他们听说的那样，河面上的蚊子和咬人的小虫子非常多。他们还知道了，在大树下，黑夜要比树冠上更黑、更漫长，并且几乎看不到星星。他们已经学会了储存可饮用的淡水，利用每一点机会收集新鲜的雨水。一路上，他们不断地讲着故事，并渐渐相互熟识起来。

在一路同行的这几天里，他们变得越来越亲近了。

现在赛玛拉看着这一圈被火光照亮的面孔，为自己的好运气感到惊讶。她从没有想到会有这么多人叫她的名字，从她的手中接过食物，却不会因为她的爪子而瑟缩一下，并和她公开谈论遭受雨野原的影响是一种怎样的感觉——以前就算是他们的兄弟姊妹，也无法轻松地正视他们。他们来自树冠不同的阶层，有商人家庭的子弟，也有人甚至无法回忆起自己的家庭来自哪一条商人世系。有人的生活一直很贫困，也有人受到过教育，能够吃红肉、喝更红的葡萄酒。赛玛拉看过一张又一张面孔，在心中念出他们的名字，就好像是点数珠宝盒中的宝石，她的朋友们。

她的身边是刺青，她最早的朋友，并且至今依然是她最亲密的朋友。刺青的身边是拉普斯卡，正在因为刺青说的笑话而大笑不止。拉普斯卡的身边是希尔薇，正在为拉普斯卡无止境又没有来由的乐观性情而摇头。这个年轻女孩似乎很喜欢被喋喋不休的拉普斯卡注意。凯斯和博克斯特坐在希尔薇的旁边，他们都有着红铜色的眼睛，身材矮壮。他们有着亲缘关系，所以面容也很相似。

在队伍中,他们是分不开的一对,常常会彼此推搡着,因为他们私密的笑话而发出肆无忌惮的笑声。

赛玛拉发现,和她年纪相当的这些男孩全都很喜欢各种恶作剧和愚蠢的玩笑。现在,银色眼睛的埃鲁姆和皮肤黝黑的诺泰尔正放肆地大笑着,因为沃肯刚刚放了一个声音响亮的屁。四肢修长,个子也很高的沃肯似乎也很高兴,完全不觉得自己受到了冒犯。对此,赛玛拉只得摇摇头。男孩们竟然认为这种事很有趣,这让她完全无法理解,不过他们的笑声也终于让她也露出了一点微笑。洁珥德坐在男孩子中间,同样面带笑容。赛玛拉对洁珥德还不是很了解,不过她的钓鱼技巧让赛玛拉很佩服。当赛玛拉意识到洁珥德是女性的时候曾经深感震惊。她健壮的身躯上没有任何女性线条。她的一头金发更是被剪得很短。赛玛拉和希尔薇都想要和洁珥德交朋友,洁珥德对她们也很亲切,但她似乎更愿意与男性为伍。她的双脚和肌肉强健的双腿上覆满了鳞片和伤痕。她一直都赤着脚。几乎没有雨野原人会这样行走在地面上。

洁珥德身边是哈里金和莱克特,这两人没有血缘关系,但在七岁的莱克特父母双亡时,哈里金的家庭收养了他。他们就像兄弟一样亲密。不过哈里金身材细长,就像一条蜥蜴;而莱克特让赛玛拉想到了有角的蟾蜍——他身材矮胖,没有脖子,身上生满了肉刺。哈里金今年二十岁,除了格瑞夫特以外,他们之中数他最年长。格瑞夫特大概二十五六岁的样子,无论气度还是行事风格,队伍中其他男性和他相比都还像是一群孩子。看到有着一双发光蓝眼睛的格瑞夫特时,赛玛拉知道自己已经看过了自己全部的朋友。格瑞夫特发现赛玛拉在看着他,便带着询问的神情侧过头,极薄的嘴唇上露出微笑。

"看到聚在营火周围的这些人,知道他们之中的每一个都是我的朋友,这种感觉真是奇怪。我以前从没有过朋友。"赛玛拉低声说。

格瑞夫特的蓝舌头在嘴边扫了一下。他靠近赛玛拉,用沙哑的声音警告她:"蜜月期而已。"

"你是什么意思?"

"以前我也遇过这种事。我做过很长时间的猎人。和一队人出去,第三天的时候,他们之中的所有人都是你的朋友。到第五天,环境变得有一点让人不舒服。第七天,整队人都开始吵闹起来。"他的眼睛扫过营火周围的小队。在他们对面,洁珥德正在和两个男孩友善地打闹着。沃肯似乎暂时赢得了胜利,他将洁珥德拽过来,让她坐到了自己的大腿上。但片刻之后洁珥德就跳起了身,带着嘲笑的神情向沃肯摇摇头,并坐回到自己原先的位置上。格瑞夫特眯起眼睛看着这番粗野的游戏,然后低声说:"等到两三个星期之后,你对他们的恨也许就会像爱一样多了。"

赛玛拉稍稍后退了一点,格瑞夫特这番带刺的话语让她感到一阵寒意。格瑞夫特对她耸耸肩,似乎是意识到自己似乎已经冒犯到了这个女孩。"或者也许不会。也许只是我觉得事情总是这种样子。我并不是很容易相处的人。"

赛玛拉向他露出微笑。"你并不难相处。"

"的确不难,只要是对的人。"格瑞夫特表示同意。他的微笑正说明赛玛拉是一个对的人。他向赛玛拉伸出手,手心向上,也许这是一种邀请的表示。"但我有我的界线。我知道什么是我的,我也知道我的东西要不要与别人分享必须由我来决定。有一些东西是不能与别人分享的。在这样一支许多成员还是孩子的团队里,这样说似乎显得有些冷酷或者自私,但我认为这样才是理智的。现在,如果我狩猎时打到猎物,让自己吃饱之后还能剩下一些,我不介意与别人分享。我认为我有权利期待别人也这样做。但你应该知道,我不会为了让别人觉得我是好人而委屈自己。实际上,我早就知道,这样做很少能得到别人的感激。另外,我也知道我的狩猎能力完全要依靠我的体力。如果我为了在今天成为一个好人而变得虚弱无力,也许明天我们全都会因为我动作变得迟缓或无力杀死猎物而挨饿。所以我要在今天保护我的利益,才能在明天更有能力帮助每一个人。"

刺青俯身越过赛玛拉向格瑞夫特说话。赛玛拉一直没有察觉刺青在倾听他们的交谈。"那么,"刺青用闲聊的口吻问道,"你又该如何区分今天和明天呢?"

"请原谅,你是什么意思?"格瑞夫特似乎因为被刺青插话而感到有些气恼。他和蔼的表情消失了。

"刺青完全没有动一下身子。现在他实际上就躺在了赛玛拉的大腿上。"依照你所谓的分享,你怎么知道什么时候是今天,什么时候是明天呢? 我昨天没有把食物给别人,所以我今天有力气,能狩猎,得到了一些肉,所以我今天能把这些肉分给别人,你就是这样的意思吗? 还是你依然会想,我最好把这些肉也全部吃掉,这样我明天也会有力气?"

"我认为你误会了我的意思。"格瑞夫特说。

"是吗? 那就再解释一下吧。"刺青的声音中带着挑战的意味。

赛玛拉轻轻推了刺青一下,让他离开自己。刺青坐起身,但他却靠赛玛拉更近了。现在他的屁股直接贴在了赛玛拉的身上。

"我会尽量解释给你听。"格瑞夫特却露出饶有兴致的表情,"不过你也许还是会不明白。毕竟你比我要年轻许多,而且我觉得你熟悉的生活规则和我们的并不一样。"他停顿一下,瞥了一眼对面的营火,哈里金和博克斯特已经站起身,正嬉笑着开始了一场角力比赛。他们将双手按在对方的肩头,双脚踩住泥泞的地面,努力把对方向后推。其他守护者都为他们高声呐喊鼓噪。格瑞夫特摇摇头,似乎很不喜欢他们这种欢快的比赛。"当你不必面对那些认为你根本无权活下来的人们时,生活应该会很不一样。我年轻的时候,没有人认为我值得拥有任何东西。我很小的时候一直在乞讨,等我大了一点,我就开始为我所需要的一切而战斗。待我成长到能够养活自己,也许还能挣得更多一点东西的时候,就有人认为他们有权利分享我努力获得的一切,他们似乎认为我应该感激他们对我的宽容,哪怕那宽容只是允许我活下去。所以,除非你曾经在这样的环境下生存过,否则我不认为你能明白我的感受。我将这次冒险视作摆脱旧环境和旧规则的机会,我将在新的环境中建立自己的规则。"

"你的第一条新规则,是不是永远要先照顾好你自己?"

"也许是。但我已经告诉过你,你也许并不会明白。当然,你也有一些事是我不会明白的。为什么你不向我们解释一下,你又是出于什么原因才会到上游去? 为什么你要抛弃掉在崔豪格的生活,和像我们这样一群遭到排斥,不适应生活的人混在一起？"格瑞夫特的语气听起来几乎是友善的。

在营火对面，博克斯特赢得了胜利。哈里金倒在泥地里，又一翻身躲开博克斯特。"我放弃！"他喊道。一阵哄笑声随之响起。他们两个人都回到了营火旁原先的位置上。笑声渐渐消失，寂静取代了刚才的喧闹。所有人都开始察觉到刺青和格瑞夫特正在彼此瞪视着。

刺青开口的时候，他的声音比平时更加低沉："也许我不是这样看的。也许我并不拥有你想象的那种美好生活。你离开崔豪格前往一个能改变生活规则的地方，想让自己过得更舒服，这种心情我也许明白，也许这里的绝大多数人都是这样想的，但我不认为新规则的第一条，就应该把自己放在第一位。"

刺青的话说完之后，营火旁边的鸦雀无声。陷入沉默的不只是他们三个人。河水一如既往地在众人身边流淌。远处，一头野兽发出尖声呼吼，很快又陷入沉寂。赛玛拉向周围瞥了一眼，意识到大多数巨龙守护者都在注意他们的交谈。突然间，她觉得自己坐在格瑞夫特和刺青中间很不舒服，仿佛她就是这两个人所争夺的战场。她挪动了一下身体重心，稍稍离开刺青，刚才和刺青身体接触的地方，便立即感觉到了清冷的空气。

格瑞夫特吸了一口气，仿佛是要在愤怒中作答，却又缓缓地叹息一声。当他开口的时候，他的声音平静、低沉，还带着愉悦的语气，"我是对的。你不明白我在说什么，因为你不曾处在我的位置上，不曾经历过我们早已熟悉的生活。"在说出最后几个字的时候，他提高声音，将其他人全部囊括进来。然后他停顿一下，向刺青微微一笑才又说道，"你和我们不一样，所以我不相信你真的能理解我们为什么会在这里，就像我也不理解你为什么会在这里。"他将声音降低了一度，但还是能让周围的人听见，"议会找的是像我们这样的雨野原人，一些他们想要抛弃掉的人。但我听说，他们会向一些特别的人颁布赦免令，比如说罪犯。我听说有人更愿意得到一个离开崔豪格的机会，而不是去为他们曾经做过的事情承担后果。"

格瑞夫特让自己的话飘浮在夜空中，就像是从营火上冒起的烟尘。刺青说道："我不知道你在说什么。"他的话语却无法令人信服，"我只听说这个活

241

有很好的报酬,他们希望招纳和崔豪格没有太多联系,对这座城市没有背负任何责任、可以轻易离开的人,这说的正是我。"

"是吗?"格瑞夫特礼貌地问。

这一次轮到刺青向周围正在看着他的人扫视了一眼。一些人只是在听他们的交谈,但已经有几个人带着接近于怀疑的好奇神情注视他了。"是的,"刺青有些严厉地回答道。他突然站起身,"正是这样。我在任何地方都没有羁绊。而且我能挣到不少钱。我和你们之中的任何人一样有理由在这里。"他转过头不再看众人,嘟囔了一句:"我要去撒尿。"就大步走进了远处的黑暗之中。

赛玛拉动也不动地坐在原地,感觉到刺青离开之后留下的空旷。刚刚发生了一件事,一件比两个年轻人发生吵闹更严重的事。赛玛拉竭力想要给这件事一种定义,却又完全说不清楚。他改变了平衡,赛玛拉向格瑞夫特瞥了一眼。此时格瑞夫特正向前俯过身,将木柴的末端推进火焰中。他让刺青变成了外人,他在代表我们所有人说话,仿佛他有这个权力。突然间,格瑞夫特在赛玛拉的眼中,变得比片刻之前少了一点美丽。

格瑞夫特重新在营火旁坐稳,向赛玛拉露出微笑。但赛玛拉的脸上毫无表情。在跳动的火光中,其他人又开始了谈话。巨龙守护者们将话题转移到他们眼前关心的事情上。他们必须早些入睡,毕竟明天还要早起。拉普斯卡已经抖开了他的毯子。洁珥德突然站起身。"我要去找些绿色的枝叶,让营火冒的烟多一些,这样能赶走一些蚊子。"

"我和你一起去。"博克斯特说道。哈里金已经站起来了。

"不,谢谢你们。"洁珥德回答道。她大步走进黑暗的森林,方向和刺青完全一样。

格瑞夫特忽然靠近赛玛拉。"我很抱歉。我并不想这样烦扰你的情郎,但必须有人让他明白现实。"

"他不是我的情郎。"赛玛拉急忙说道,格瑞夫特的话让她大吃了一惊,然后她突兀地感觉到自己的否认似乎是对刺青的一种背叛。

但格瑞夫特还在对她微笑。"他不是你的情郎,对吗? 好吧,好吧,真是令人惊讶。"然后他向赛玛拉竖起一侧的眼眉,更靠近一些,带着揶揄的笑容问,"他知道吗?"

"他当然知道。他知道法律。像我这样的女孩不能谈情说爱,更不能结婚。我们不能生下孩子。所以我不可能有情郎。"

格瑞夫特安稳地看着她,一双闪动着蓝光的眼睛突然充满了温柔的同情。"你被他们的规矩教导得太好了,对不对? 真是可怜啊。"他紧紧抿起自己的薄嘴唇,摇摇头,轻声叹了口气。随后的一段时间里,他只是看着火焰。当他向赛玛拉转回头的时候,那双薄嘴唇松弛下来,恢复成微笑的样子。他贴近赛玛拉,将一只手按在她的大腿上,直接在赛玛拉的耳边开了口。他的温热气息吹在赛玛拉的耳朵和脖子上,让一阵颤栗掠过赛玛拉的脊背。"到了我们要去的地方,我们可以自己制定规则。好好想一想吧。"

然后,就像是一条盘卷的蛇展开身体,他悄然无声地离开赛玛拉,站起身去照顾营火了。

谷月第二日

商人联盟独立第六年

来自金姆，卡萨里克信鸽管理人
致艾瑞克，缤城信鸽管理人及黛托茨，崔豪格信鸽管理人

管理人艾瑞克与管理人黛托茨：

　　当我得到这个职位的时候，同时得到严格的命令，这些信鸽只能被用于议会的官方事务，不过商人们也可以支付佣金使用他们传递私人讯息。向我传达命令的人还特意强调，信鸽管理人没有权利免费传递讯息。在我看来，这项禁令也包括附加在官方通信后面的私人信件，我不想将你们违反规则的行为上报，但如果关于私人通信的证据再落入我的手中，就像这次的偶然事件一样，我会将你们的行为报告给三个议会。关于你们私自发出的信件，我相信你们要支付所有的费用。

致以敬意
信鸽管理人金姆

第十章　卡萨里克

当他们到达喀尔萨里克的主码头时，天色已经黑得快无法视物了，就连蚊子都因为夜色太深而放弃了咬人。挂在驳船四角的油灯只能照到撑篙手们全神贯注的面孔，他们正在艾丽斯周围不停地走动、撑船，仿佛沿着甲板边缘跳起一场具有催眠效力的舞蹈。艾丽斯直到现在都对他们逆流行进的速度感到惊叹。当她向莱福特林船长提起这件事的时候，船长只是笑了笑，说了一些很复杂的关于船壳设计的描述。

艾丽斯一直待在甲板上，为了抵御黑夜的寒意和随夜幕而来的蚊虫，她穿上了厚实的衣裙。头顶的繁星显得格外遥远，但还是闪亮耀眼。当她第一眼看到那座城市的灯光时，不由得惊讶地吸了一口气。卡萨里克比崔豪格要年轻许多，但就像崔豪格一样，它的民居都散布在河面上方的树冠中，透过茂密的树枝，能看见从许多窗户透出的黄色灯光。一开始，它们好像是落在网子里的星星，但是随着驳船不断向那座城市靠近，那些灯光也变得越来越大，越来越明亮。

"用不了多久了。"不断走过来和她说两句话的莱福特林船长有一次对她说，"我们通常都会在一个小时以前停船过夜，但我知道你急于来到这里看看你的龙。所以我今天催促我的船员们加快了一点速度，我希望我们能够在天还亮的时候进港，不过我们没有这样的好运。所以我建议你在船上再过一夜，明天一早下船。"

塞德里克已经来到甲板上，和他们站在一起。在黑暗中，船长和艾丽斯都没有注意到他的到来。所以塞德里克一说话就把他们都吓了一跳。"我相信我们没有那么累，至少多花些力气，我们就能找到一家可以洗热水澡、有柔软床垫、低度葡萄酒和热饭菜的客栈了。"

"你在这里找不到这种东西。"莱福特林船长警告他，"卡萨里克还是一个很年轻的聚落，居住在这里的绝大多数是在此工作的人。我们也许能找到一家人给你们一个过夜的房间。但在天黑之后，你很可能敲遍每一扇门，仍然一无所获。你们将不得不在黑暗中爬过许多级台阶，或者还需要使用吊篮升降机，前提是你们要找到操控升降机的人，并愿意付给他们钱。"

艾丽斯向船长点点头。"现在收拾好我们所有的行李，在黑暗中去那里寻找可能向我们提供食宿的家庭是很不理智的行为。在柏油人号上再过一夜，不会有什么坏处。塞德里克，等到了早晨，你就能为我们去寻找一个宿处，同时我会去找本地议会商讨关于龙的事情。"这在她看来才是一种合理的安排。这艘船不算宽敞，不过也足够舒适。这里的食物很普通，但很有营养。船长莱福特林的行事也许有一点粗鲁，但他对他们的种种殷勤都显得很真诚。塞德里克显然看不上他的粗野，但艾丽斯很喜欢有他做伴。今天有好几次，当这位船长寻找各种词汇恭维艾丽斯的时候，塞德里克都在用眼神问艾丽斯怎么能受得了这种人。有一次，当船长努力想要展现一些魅力出来的时候，塞德里克甚至发出一阵嘲讽的闷笑。艾丽斯惊讶地发觉，当塞德里克取笑这位船长的时候，她自己却感觉受到了冒犯。不管怎样，塞德里克这样做的确显得冷酷又小气。

不过船长的确一直在向她献殷勤。

艾丽斯竭力不这样想，却又无法阻止自己。莱福特林对她的注意是她完全没有想到的。一开始，他让她感到很不舒服，甚至心生疑虑。但在最后这一天里，她已经确信莱福特林对她的好感是真诚的。她不能否认，想到这个肌肉发达、性情粗莽的驳船船长，竟然会认为她很有吸引力，她便无法否认自己心中的喜悦。莱福特林和她曾经遇到过的所有男人都不一样，他的陪伴让艾丽斯感觉到自己是真的很喜爱冒险。没错，她踏上这次旅程甚至可以说是鲁莽的。与此同时,他过人的力量和能力又让艾丽斯感到安全。艾丽斯享受着他的陪伴,同时告诉自己这只是暂时的,她不会对诏谕不忠。她只是想要在这短暂的时间里感受一个男人对她的欣赏。

这时塞德里克对这个男人的反应,在她看来只可能是一种对她的保护,这让艾丽斯感到吃惊,同时又勾起了童年时代艾丽斯对塞德里克的迷恋心境。那时别的男孩根本不会看一眼艾丽斯,因为艾丽斯只有蓬乱的红发,浓重的雀斑和平坦的胸脯。塞德里克却对她格外垂青。他是个很好的人。那时艾丽斯的梦里都是他,她最好的朋友的兄长,对她格外地好。艾丽斯曾经将他们两个名字的首字母一起写在她的课业纸上,还偷走过他的一只骑马手套。那只手套上有他的气味。回想起自己是如何将那只手套藏在枕头下面,每天晚上入睡前都会拿出来闻一闻,艾丽斯便不由得面色发红地偷笑,现在艾丽斯已经记不起那只手套怎么样了,也记不起是什么时候不再幻想他会突然来找她,承认他也爱她。他是不是真的曾经非常在意她? 是不是有可能在他心中的某个角落里,还深藏着对她的感情?

喔,这真是一种愚蠢的幻想,就像她怯懦地接受船长的调情一样愚蠢。愚蠢却又是那么美好。而且,只是想象一下这两个如此不同的男人都被她所吸引,只是一两天的时间,又有什么害处? 连续几年时间里,诏谕一直让她觉得自己是那样寒酸、愚蠢和乏味。在船长温暖明亮的凝视中,在塞德里克保护的目光里,她觉得自己就像是一朵恢复了生命的鲜花。

在柏油人号上的短暂时间里,艾丽斯感觉到自己的冒险正渐渐和自己的想象相吻合。这艘大型平底船吃水很深,船舷仿佛紧贴在水面上。周围的大树看上去比他们在典范号上的时候更高大了。鸟雀和怪异的河中生物,无论是危险的还是温和的,都离她更近了。站在驳船的甲板上,她瞥到了莱福特林所说的沼泽麋鹿和水野猪。一头正在泥岸上晒太阳、满口利齿的巨大水獭,滑入了水中,跟着驳船游了一段时间,直到丝凯莉用船篙狠狠敲了它一下,它才逃回到岸上。艾丽斯还看到了几种很大的水禽。莱福特林看到艾丽斯的日记本上有这些鸟兽的素描,完全叹服于她的艺术天赋。他还说服艾丽斯让他看了前几天的旅程中艾丽斯所做的各种素描，并对艾丽斯的所有作品都惊叹了一番。当他从素描中认出特维尔船长，又告诉了艾丽斯她所描绘的几种雨野原奇异植物的名字时，艾丽斯喜悦得脸都红了。他还将那些植物的名字逐一写在艾丽斯的素描图下面，让艾丽斯更是欢喜异常。"能够为您这样一位学者效劳，我感到非常高兴，夫人！"他的话语中充满了真诚，让艾丽斯不由得又红了脸。

但莱福特林透露的一件事让艾丽斯感到很是惊慌。当艾丽斯坐在舱室顶上的椅子上，用厚实的衣服抵抗着夜晚的寒冷，放下帽檐的围网阻挡蚊虫的时候，莱福特林找到了她。"介意聊几句吗？"他小心拘谨的语气和他粗莽的样子显得很不相称，"我忽然想到，我有一点讯息也许会让你感兴趣。"

"当然，欢迎！ 这是你的船，不是吗？"船长讳莫如深的语气，立刻就引起了艾丽斯的兴趣。

船长没有多说废话，直接坐到了艾丽斯的椅子旁边。看到他魁梧的身体竟然如此轻盈柔韧，艾丽斯不由得吃了一惊。"嗯，事情是这样，"船长开门见山地说道，"卡萨里克的议会对龙制定了一个方案。而且龙也同意了。只是因为一些原因，这个讯息并没有被广泛传播。我知道，能够和龙进行交谈对你来说非常重要，所以我决定把这个还需要保密的事情告诉你。实际上，议会正准备将龙群从这里迁移走。我得到的讯息是这一行动很快就要开始了。肯定就在这个月之内。"

"将他们迁移走？ 要怎么做？ 要把他们送到哪里去？ 为什么要这样做？"艾丽斯惊骇地问道。

"嗯，要怎样迁移，唯一的办法就是他们自己走。徒步行进。要去哪里？这件事我还没有被告知。我只知道是河上游的某个地方。迁移的原因很简单，雨野原的每一个人都知道那些龙在卡萨里克越来越受到厌恶。对于在城市遗迹中工作的人和卡萨里克的居民，他们成为一种真正的危险。他们很饥饿，脾气很差，而且其中有一些还不够有智力，甚至连喂养他们的人也要咬——你应该懂得我的意思。我不知道他们是如何说服龙群离开的，但他们的确做到了。只要他们召集到一批人护送龙群，他们就会马上将那些龙送走。"

艾丽斯感觉到一阵晕眩。如果她赶到卡萨里克，却发现所有的龙都已经被送走了，那又该怎么办？该怎么办？她努力寻找着自己的声音，想要表达心中的恐惧。让她惊讶的是，船长却向她露出了粗鲁的笑容。"不过，夫人，我还要告诉你一件事。知道吗，我正是他们想要召集的人之一。就我所知，如果我拒绝，那么迁移龙群这件事都不会发生。议会也许还不明白这一点，这条河上的其他任何驳船，都无法像我的老柏油人那样在浅水中行驶。其他驳船都不会接受议会的契约。到现在为止，我只是在寻思该向议会要多少钱，但现在如果我真的接受这份契约，我可以再增加一项条款，那就是让你有机会在龙群离开之前和他们交谈。对此，你是怎样想的？"

艾丽斯感到一阵错愕。"我很惊讶你会将如此机密的事情告诉我。而你又会为一个初次见面的陌生人这样做，更令我感到吃惊。"她靠在椅子扶手上，掀起遮脸的围网，低头看着莱福特林，"为什么？"她的问话中带着真切的困惑。

莱福特林耸耸肩，转开目光，脸上的笑容变得腼腆起来。"我猜只是因为我喜欢你，夫人。你不辞辛苦来到这里，我想让你能够如愿以偿。让他们等上几天又能有什么害处？"

"我也不认为这对他们会有什么害处。"艾丽斯说道。感激和宽慰的心情在她的胸中涌起。"莱福特林船长，如果你叫我艾丽斯，我会很高兴。"

莱福特林回头瞥了她一眼，一种孩子气的喜悦在他饱经风霜的脸上闪动。"嗯，我也很高兴能这样！"然后他又转开目光，很不自然地转移了话题，"夜色很好，不是吗？"

艾丽斯放下防虫网，遮住自己红色的面颊。"这么久了，这是我看到的最美的夜色。"

当船长向艾丽斯告辞，离开舱室顶棚的时候，艾丽斯发现自己像一个女孩一样感到头晕目眩。他喜欢她，甚至愿意为她冒险而签下一份重大契约。她努力回想是否有男人真的对她说过"我喜欢你。"不，她找不到任何这样的记忆。诏谕在早先"追求"她的时候，是否曾经这样对她说过？她不记得了。就算诏谕说过，那意思也只可能是她符合他的目的。当莱福特林这样说的时候，他是真心实意的，没有别的原因，他在为她冒险。这太让她震惊了。

没过多久，莱福特林就回来了，还带来了装在陶制杯子里又甜又浓的咖啡。艾丽斯觉得这是她和别人分享过的最美味的饮料。

这艘驳船上简朴的生活对艾丽斯却有着一种特别的魅力。睡在船长铺着厚羊毛毯的床上，身上盖着船长的色彩华丽拼布被，这种带着一点危险的感觉是非常奇特的。这个房间里弥漫着一股烟草气味，到处都摆放着船长的收藏品。当艾丽斯醒来的时候，就会看见阳光落在窗前那一组精巧的游鱼风铃上。莱福特林可能在任何时间敲响屋门，请求进屋来拿他的烟斗、笔记本或者是一件干净衬衫，这让艾丽斯一直都有着一种隐秘的颤栗感。

驳船缓慢而稳定地对抗着波浪。它一直靠近着河边或水流，在不是那么湍急的浅水区域航行。有时候，船员会使用船桨，有时会用长篙推动这艘船。在艾丽斯看来，这艘宽大沉重的船能够逆流而上，如此平稳地前进，简直就像魔法。在她上船的第一个早晨，船长将一把椅子放在舱室的顶上，让她坐在上面就能饱览旅途中的景色，倾听森林河面发出的种种声音。有时候，塞德里克也会来到她身边。她非常喜欢塞德里克的陪伴，但莱福特林船长才是一直陪在她身边的那个人。

莱福特林船长知道许多关于这条河和河上航船的故事。经过他讲述的雨野原历史，就完全变成了另一番面貌。艾丽斯觉得，现在她更能够理解雨野原商人是如何看待他们自己的。她也渐渐喜欢上了这些生气勃勃的船员，甚至还有惹人喜爱的格里格斯比。她从没有养过宠物猫，但她很快就爱上了这只小动物。如果提出养一只猫的要求，她不知道诏谕会说什么，随后她又突然决定不要提这种要求。她会给自己找一只猫，就是这样。这真的很奇怪，她心中想，一点粗糙的生活竟然会让她感觉到对自己的生活有了更多的控制，还能如此为自己做出决定。

莱福特林建议她在柏油人号上多留宿一晚，这让她很高兴。塞德里克叹了口气，翻翻眼珠。看到他忧郁的表情，艾丽斯不由得笑出了声。"既然可以，就让我决定自己的冒险之旅吧,塞德里克。很快这一切就要结束了,对我来说其实是太快了。我们两个会回到缤城。我绝不会怀疑,在那之后我的人生中都会有柔软的床、热饭菜,还有热水浴。只是不会再有什么能令人兴奋的事情了。"

"像你这样身份尊贵的女士,肯定不会只有乏味无聊的人生。"

"喔,恐怕正是如此,先生。我是一名学者,莱福特林船长。我大部分的时间都是在案头度过的,阅读和翻译古代的卷轴,竭尽全力阐释它们的意涵。能够与真正的龙对话,是我终生期盼的冒险。在特瑞尔船长和他的妻子将他们的状况告诉我之后,我一直在担心此行终究难如人愿。不过,什么这么有趣?你在嘲笑我吗?"

莱福特林船长发出一阵会心的大笑。"喔,不是笑你,亲爱的,我向你保证不是在笑你。而是艾惜雅·维司奇成了'特瑞尔船长的妻子'。这对我来说实在是太好笑了。她根本就是一名船长,丝毫不亚于特瑞尔。不过典范在这段日子里也不需要船长了。那艘活船已经决定要自己掌管一切了!"

塞德里克插口道:"这里一定有能够住宿的地方吧? 就算是一个简朴些的地方也行啊。"

"我认为不会有适合一位女士安歇的地方。不,塞德里克我的朋友,恐怕你将不得不再忍耐一个晚上,接受我的招待了。还请原谅,我想要去看一下我的舵手。在到达喀尔萨里克之前,还有一段不太好走的航道。在海蛇上溯的那一年,人们在那里建造了拦水围堰,那些围堰对可怜的海蛇没有多大帮助,却对在那之后的船只航行造成了不小的危险。"说完这句话,他就离开船栏杆,向下方的甲板走去。没过多久,他就消失在黑暗的夜色中。

卡萨里克的街灯越来越清楚,艾丽斯抬起头远望着。塞德里克用一种带着酸味的腔调,低声说:"我真想离开这个发臭的罐子。"

这句话中的怨毒让艾丽斯吃了一惊。"难道你真的这么讨厌这里?"

"这里根本没有隐私可言,食物粗劣,船上的人比街上的狗好不了多少。我的'床位'还散发着上一个使用者的臭气。我不能洗澡,就连刮胡子都变得很困难。我为了这次旅行收拾好的每一件衣服,现在都散发着舱底臭水的气味。我并不奢望能够在这次旅行中舒舒服服地陪着你,但我也没想到自己会沦落到这种肮脏的环境。"

这番激动的话语给艾丽斯带来震撼,让她一时哑口无言。塞德里克似乎将她的沉默看作是她在谴责自己的失态。"听着,你不能装作喜欢这里,就算是你单独拥有一个充满臭气的房间,这种隐私也不表示他对你有任何敬意。每一次我看到他的时候,他都在恬不知耻地盯着你,还叫你'亲爱的',就好像你是他看中的酒馆荡妇。他在你身边晃荡的时间,要比他驾驶这艘船的时间还多。"

艾丽斯终于找回了自己的舌头。"你认为这样是不适当的? 还是我在这件事上的行为应该受到谴责?"

"喔,艾丽斯,你知道该怎样做。"塞德里克声音中的尖刻意味变少了,"我知道你不会做任何有辱名誉的事情,更不要说是为了一个满身臭气、只要最近两天没有穿过的衬衫就算是'干净衬衫'的河上船工了。不,我不是在指责你。你是一名非常有决心的女子,尽管那些龙让你失望,但你还是为了真正看上他们一眼而付诸行动。我只是因为不得不留在这艘船上而觉得有些可悲。不过与此同时,让我感到宽慰的是你也看清了我们所处的真实环境。我们访问雨野原的时间,不会像你最初计划的那样久了。"

"塞德里克,我很抱歉! 你之前并没有对这件事说过什么。我不知道你是这么不高兴。也许明天你就能为我们找到一个合适的宿处,能够洗上一个热水澡,吃一顿像样的饭。如果你愿意,你甚至能够休息很长一段时间。我相信我能够和当地议会达成一个良好的协议。如果他们不提供给我一位帮助我访问龙的向导,我一定会非常吃惊的。你完全没有理由去面对那些生物。一开始,我以为会和龙进行长久而详细的交谈,所以希望你能够帮我记录我们交谈的内容,并为我做一些素描。但现在,既然知道了我只能看见一些怪兽,那么再用这种工作折磨你,就没有意义了。"她在这样说的时候,还坚定地将失望的情绪从自己的声音中赶走。她很想在自己与龙见面的时候塞德里克能陪在她身边，这并不仅仅是为了在她身边能有一张熟悉的面孔。

艾丽斯希望有人能够见证她与龙的会面。她想象着他们两个返回缤城，在某一场古板的晚宴中，也许会有人问起她见到龙时的情景。她会谦逊地说，这算不上是一场冒险，而塞德里克也许就会提高声音，提出让她感到愉悦的反驳，并讲述一个关于她面对龙群的机智的故事。她想象自己穿着黑色的靴子和帆布长裤——那是她为了和龙见面而专门购置的——大步走过平坦的河岸，最终站到那些鳞甲巨兽的面前。艾丽斯不由得暗自露出微笑。

在她遇到龙群之前，她必须先去找当地的商人议会，以自我介绍进而得到他们的许可。她希望在那个时候也能有塞德里克的陪伴。她不知道自己会在这里的议会遇到什么样的人。她想要挽住塞德里克的手臂，让人们看到她是多么厉害，竟然能拥有这样英俊而且魅力四射的男伴，但塞德里克为了送她来到这里已经做了那么多牺牲。为了塞德里克的舒适，现在她该把自己的虚荣心放到一旁了。

塞德里克坐直了身子。"艾丽斯，我完全没有这种意思！我很高兴能与你相伴。我相信，我会非常高兴地见证你如愿以偿地看到那些龙。我为我那些令人沮丧的话向你道歉。让我们早些安睡，明天早点起身。你应该和我一起去寻找宿处。我绝不应该将你丢弃在一座陌生的城镇里。不管莱福特林船长怎样说，我们毕竟不知道这个地方到底是安全还是危险。我们能找到一个理想的歇宿地方，就像你说的那样，好好吃一顿饭，洗个澡，换掉脏衣服。然后我们一起去议会。然后，再一起去见那些龙！"

"那么你不介意和我一起行动？"塞德里克的态度突然转变，又让艾丽斯吃了一惊。她甚至无法压抑住浮现在脸上的微笑。

"一点也不，"塞德里克坚持道，"我像你一样，期待着能够接近那些龙。"

"不，你才不会。"艾丽斯笑着说道。她大胆地看着塞德里克的脸。躲在黑色的夜幕后面，她能够无所顾忌地让自己的眼神中充满对塞德里克的喜爱。"但这真是一个非常好心的谎言，塞德里克。我相信，你知道这对我来说是多么重要。你被从缤城中流放出来,却还是这么好。我承诺,当我们回去的时候,我会想办法补偿你。"

塞德里克突然显得很是不安。"艾丽斯,这是完全没有必要的,这一点我可以向你保证。就让我先送你回你的舱室吧,该是道晚安的时候了。"

艾丽斯想要告诉塞德里克,她能自己返回舱室,但这样做就意味着她在向自己承认,她很喜欢与莱福特林船长那些单独的交谈,并且希望莱福特林船长能在晚上再来找她。但塞德里克已经清楚地表明,他对于这种交谈持反对态度。艾丽斯不会让塞德里克为了陪护她而不得不一直保持警醒,这只会让塞德里克更加难过。于是她站起身,让塞德里克挽住了自己的手臂。

辛泰拉在黑暗中醒来。这一片黑暗让她感到惊愕,因为她正梦到自己在阳光灿烂的碧空中飞行,下方是一座光芒闪烁的城市和一条银蓝色的宽阔大河。"克尔辛拉。"她喃喃地自言自语,然后在黑暗中闭起眼睛,想要让自己回到梦中。她还记得高耸在那座城市中央的地图塔,宽阔的城市广场,不住跳动的喷泉,还有通向主建筑又宽又矮的台阶。那里的墙壁上布满了描绘古灵和巨龙女王的壁画。她的某一位祖先曾经安睡在那些宽阔的台阶上,在温暖的石块上沐浴着太阳洒下的光和热。在那里打瞌睡曾经是多么美好的事情,她几乎对那些匆匆跑过身边,为各种琐事而忙碌的人们全无察觉。远方大河流淌的声音和这些人的话音融合在一起,仿佛是动听的乐曲。

辛泰拉再一次睁开眼睛。她已经找不回那个梦了。那些记忆全都稀薄破碎,完全无法代替现实。她能听到河水冲过泥泞岸边时的咕哝声,同时还有另外十几头龙沉睡时发出的响亮呼吸声。她所处的真实环境根本无法比拟刚刚的梦。

默尔柯已经一丝不差地让他的计划付诸实施,他从没有将自己的意图直接向人类说明,而是安排龙们在人类靠近的时候,用闲聊的口吻感叹克尔辛拉的种种奇迹。有一次,工人们在那座被埋葬的城市中挖掘出一面美丽的镜子,辛泰拉认得制造这面镜子的金属,这种特别的金属被抚摸的时候就会发光。默尔柯一瞥到它就转头对塞斯梯坎说:"你还记得克尔辛拉女王宫中的那座镜室吗? 只是镶嵌在天花板的镜子上就装饰了超过七千枚宝石。当女王进入那个房间的时候,那些瑰丽的光彩和诱人的芬芳,真是奇妙极了!"

又有一次,当那些猎人给他们拿来一些变质的牡鹿残骸时,默尔柯接受了他那可怜的一小份肉,然后说道:"在克尔辛拉的国王大厅有一尊麋鹿雕像,不是吗? 那是一尊象牙镶金的雕像。鹿的眼睛是两块巨大的黑色宝石。还记得那尊雕像被启动的时候,那双眼睛会闪耀起多么明亮的光芒,当有人进入国王房间的时候,那尊雕像又会怎样用蹄子蹬踏地面,高高地昂起头?"

谎言,全都是谎言。就算这样的宝物真的存在,辛泰拉也不记得它们所在的位置了。但每一次人类都会停下脚步,仔细听他的闲聊,就算他对那些人类全不理睬,也丝毫不会减弱他们的兴致。在月亮发生变化之前,人类在黑暗中来找他们,没有用火把照亮,只是悄声提出关于克尔辛拉的各种问题。那座城市距离这里多远? 它坐落在高地还是低地上? 它有多庞大? 它的结构又是怎样? 默尔柯随心所欲地又向他们说了许多谎言,告诉他们那座城市并不是那么远,它位于一片高地之上,那里所有的屋宇都是用大理石和玉石建造而成的。但除此之外,他没有向人类透露任何讯息,没有指向那里的地标,也没有从卡萨里克到达那里所需的时间。他更不会帮助人类绘制关于那个地方的地图。

"要说清楚这些是不可能的。"他和蔼地说道,"在远古岁月中,那条河有上百条支流汇入。克尔辛拉前面有一片大湖。我就记得这些。更多的情况我也说不清楚了。我相信,我能够到那里去,重新找到那座城市,只要我想这么做,并且能找到填饱肚子的食物。但,现在不行,我没办法答应这种事。"

第二天晚上,又来了另外一些人,也提出了同样的问题。两个晚上以后,更多的人来了。所有人都得到了同样充满嘲弄意味的回答。最终,卡萨里克商人议会的六个议员,在白天来到龙群面前,向龙提出一个建议,而跟随他们同来的还有既愤怒又恐惧的古灵麦尔妲。她穿了一身完全用金丝布料做成的衣服,头上系了一条红白两色的头巾。

只是在麦尔妲的恳求下，所有龙才聚集在人类面前，听取议会的提议。议会似乎认为只要和体型最大的龙交谈，获得他的许可，就能得到所有龙的赞同。麦尔妲高声嗤笑议会的这个想法，坚持要所有龙都参加这场谈判。然后，议会的头领，一个骨瘦如柴、都不够给一头龙塞牙缝的人，说了很长时间的话。他的话里充满了虚情假意的辞藻和承诺，他宣称议会正在因为龙群所处的恶劣环境而感到哀痛，衷心希望能够帮助他们回到真正的故乡去。

默尔柯向这些议员保证，群龙知道人类在为他们的最大利益着想，但龙并没有"故乡"，他们是大地、海洋和天空三界之主。他冷漠地装作听不明白议会头领的种种暗示，直到麦尔妲最终打断了议会头领的发言，坦诚地说道："你们可以带领他们前往克尔辛拉，让他们在那里找到巨大的宝藏——他们是这样认为的。他们想要说服你们离开此地，起身寻找那座传说中的城市。我是真正爱着你们的，我很害怕他们只是想要让你们去送死。你们必须拒绝他们。"

但默尔柯完全不听麦尔妲的建议。他只是哀伤地说道："我们走不了这么远的路。不等我们领你们找到克尔辛拉，我们就要饿死了。我们之中的每一个都想要到那里去。但我们之中有一些太过弱小。我们需要猎人为我们捕捉食物，还要有人照料我们，维持我们身体的洁净，就像曾经的古灵那样。不，恐怕这是不可能的。我甚至不需要拒绝你们，因为就算我答应了，也没有任何意义。"

然后，尽管麦尔妲不断地劝阻、哀求，甚至愤怒地叫喊，他们还是签订了契约。议会将为他们募集猎人和守护者，陪伴他们，为他们猎捕食物，并在各个方面照料他们。作为回报，所有龙都要引领人类前往克尔辛拉，或者是克尔辛拉曾经所在的地方。

"我们可以同意这样的条件，"默尔柯严肃地对人类说。

"他们在欺骗你们！"麦尔妲表示反对，"他们只想要摆脱你们，这样他们就能更轻松地挖掘卡萨里克，也不再需要费力喂养你们。巨龙，求求你们，请听我的话。"

但契约已经签订。卡罗已经将他满是污泥和墨水的爪子，按在了一份铺开在他面前的文件上，仿佛如此荒谬的仪式就能束缚住一头龙，甚至是所有的龙。麦尔妲紧咬牙关，死死攥住双拳，听着议会宣布这是最佳的方案。辛泰拉对于那名年轻的古灵感到一丝怜悯。她如此努力地反对这个方案，殊不知这正是群龙自己操纵人类提出的。她本希望默尔柯能想办法在暗中告知麦尔妲这其中的关窍，但或者是默尔柯不在乎，或者是他觉得这有可能会对他的计划造成危险，他终归没有对麦尔妲有过任何特别的表示。当议员们离开的时候，麦尔妲也跟着他们一起走了，那名年轻古灵的面颊，依旧因为愤怒而泛起粉红色。

"还不到最终定论的时候。"麦尔妲警告他们，"你们要让每一名议员签字，才能让这份契约生效！不要以为我会袖手旁观！"

看到麦尔妲，辛泰拉就会感到哀伤。毫无疑问，这也是因为她的那些梦。麦尔妲还是一个很年轻的古灵，一个刚刚被转变为此种形态的人类。如果要成为那种古老的古灵，她还需要成长许多年，要变化许多年。

但她不会再成长了。一些人类在看着她的时候，目光中会带有惊奇；而更多的人类只会向她投去鄙视的眼神。辛泰拉不知道麦尔妲、瑟丹和雷恩会变成什么样子——婷黛莉雅已经抛弃了这些新的古灵，就像她抛弃了其他龙一样。辛泰拉并不责怪婷黛莉雅的离开。龙永远都会首先重视自己的需求。婷黛莉雅已经找到了一个配偶，结成了更好的狩猎队。她最终会产下自己的卵，那些卵将孵化出长蛇。当那些长蛇进入海洋的时候，巨龙的轮回，真正的巨龙轮回将再一次开始。

但至少在那发生前的数年之内，辛泰拉和她身边的这些龙将是雨野原现存全部的龙。他们全都是来自另一个时代的生物，重生在一个已经不记得他们的世界里。不幸的是，他们萎缩的身躯让他们在重新回归之后，完全无法适应这个世界。

三界之主，这是他们曾经对自己的称谓。海洋、大地和天空曾经完全属于巨龙和他们的亲族。以前从不曾有任何生物能够否认他们。他们曾经是一切的主人。

而现在，他们谁的主人也不是，只能在烂泥和腐肉中等死。辛泰拉毫不怀疑，就算他们向上游前进，等待他们的也只有缓慢的死亡。她再一次闭上眼睛。等那个时刻到来，她自会上路。不是因为她要服从卡罗的承诺，而是因为留在这里也不会有任何未来。如果她必须作为一个残疾、破败的怪物而死，她至少能够让自己的生命先具有一点意义。

当艾丽斯醒来的时候，时间甚至还未到黎明。她怀疑自己没有睡几个小时。是舱门被打开时发出的微弱声音让她睁开眼睛，并同时屏住了呼吸。直到这时，她才意识到将自己唤醒的是刚刚轻柔的敲门声。"你醒了吗？"莱福特林船长低声问。

"醒了。"艾丽斯一边说，一边将被子拽到下巴上。她的心脏猛烈地撞击着胸膛。这个男人在黎明前的黑暗中走进她的舱室，想要干什么？

莱福特林回答了她没有说出口的问题。"抱歉打扰，但我需要拿一件干净衬衫。本地议会找我去谈话，而且要我马上就去。他们显然等我入港已经望眼欲穿了。昨天深夜里就有一名信使给我送来了一封信，说他们需要尽快签订转移龙群的契约。"说到这里，莱福特林摇摇头，更像是在自言自语地说道，"发生了一些事。闻闻这里的气味就能知道，一些人在为了某种利益要打垮另一些人，这根本就不像是议会的作风。他们以前总是会装出一副从容不迫的样子，一直等到我不得不接受他们的全部条件或者是花掉所有现金之后，才会和我签约。"

"尽快转移龙群？"一听到这句话，艾丽斯的脑子都冻住了。她从船长的床上坐起身，将被单抱在胸前，"他们这么快要把龙转移到哪里去？为什么？"

"我不知道，夫人。我相信，等见到他们的时候，我就能知道了。他们送来的信中只是说他们想要尽早见到我，所以我必须现在就去。"

"我和你一起去。"当这句话从口中说出的时候，艾丽斯才意识到这个要求有多冒失。莱福特林船长完全没有过一点暗示表明他欢迎艾丽斯同行。而艾丽斯以前也从没有问过自己是否能陪同他,现在却直接提出了这种要求。难道她刚刚有了为自己做决定的能力,就要因此而让自己陷入麻烦了吗?

但船长只是说:"我早就觉得你会想和我一起去。我拿些东西就走,然后你可以收拾一下。我会多炸两片面包,再给你准备一杯咖啡。"他一边说话,一边在舱室中走动,从衣钩上拿下衬衫,又拿起了一个装有刮胡刀和肥皂的盒子。艾丽斯不由得注意到塞德里克所说的的确没有错。他拿起来的衬衫正是两天前他穿过的衬衫,而这两天里,艾丽斯从没有见他浆洗晾晒过这件衬衫,但艾丽斯发现自己一点也不在乎。

舱门刚被船长轻轻关上,艾丽斯就从床上跳起来。她猜测自己要在这一天里爬上爬下好多级台阶,甚至是梯子,所以她穿上了骑马时才会穿的裙裤和皮靴,并套上了一件布料粗厚的罩衫,外面又加了一件果壳褐色的硬粗布夹克,腰间还系了一根结实的腰带。着装完毕之后,她看上去更像是个男人——她已经为这一天所有可能的遭遇做好了准备。在船长的小镜子里,她发现自己在河中度过的日子让她的雀斑变得更多更深了,尽管她一直戴着遮阳帽,但她的头发还是被太阳烤成了橙红色,几乎像干草一样散乱。片刻之间,镜子里的那个乡野姑娘把她吓了一跳。然后她挺起肩膀,抿住嘴唇。她来到这里不是为了炫耀美丽,而是为了研究巨龙。她的才能从来都不是她的面孔,而是她的头脑。她向镜子眯起双眼,扬起下巴,抓起一顶朴素的草编帽戴在头上。

她在厨房的桌边只看到了莱福特林船长一个人。两杯冒着热气的咖啡正等在桌上。她走进厨房的时候,船长正背对着她,在厨房的炉子上炸着黄色的厚片面包。炸锅旁边是一瓶黏腻的糖浆罐子和两个沉重的陶制盘子。莱福特林转过身,向两个盘子里各放了一片面包,对艾丽斯露出微笑。"喔,你可真快!我的妹妹无论干什么都要用半天的时间穿衣服。而你一眨眼就过来了,还漂亮得就像一幅画!"

艾丽斯在惊讶中感觉到一片红晕升上了双颊。"你真是太好了。"她努力说道,却又不喜欢自己这种过分庄重的响应。她希望塞德里克没有向她的脑子里塞过那些斥责和批评,这样她也许就不会认为这位粗鲁的船长是在和她调情,也不会认为她是在鼓励船长这样做了。这只是因为他很礼貌,艾丽斯坚定地告诉自己,这和我是谁并没有关系。然后她坐到了桌边。

看样子,现在船上起床的只有他们两个。艾丽斯呷了一口咖啡。咖啡很浓很黑,也许在厨房的炉子里熬了一整夜。这里没有奶油来调和咖啡,艾丽斯学水手们在咖啡里加了许多糖浆,于是咖啡变成了一种甜焦油,而不只是单纯的焦油。艾丽斯又将一点糖浆滴在她的炸面包片上,将面包片趁热吃掉。他们这顿早餐更讲求效率,而不是礼仪。吃过饭之后,莱福特林清理了桌面,将盘子和杯子丢进一只洗碟盆里。"我们现在出发吗?"他问艾丽斯。艾丽斯点点头。

他们一同离开厨房。莱福特林在下船的时候向艾丽斯伸出手。现在没有水手给他们搭好踏板,所以艾丽斯必须从驳船稍稍跳一下才能落在码头上。她在码头上站稳之后,挽住莱福特林的手臂似乎变成了一件非常自然的事情。当他们信步走在清晨曙光中的码头上时,船长指着他们经过的一艘艘船,告诉艾丽斯它们的名字和每艘船的一点轶闻。柏油人是艾丽斯在这里见到的最大的船。"也是最古老的,"船长骄傲地对艾丽斯说,"人们建造他的时候,丝毫没有吝惜巫木。自从他下水之后,这条河已经吞噬掉了成千上万艘船,但柏油人战胜了这条河,无论礁石、酸性水流还是其他各种障碍,都无法阻止他劈波斩浪。"

他们离开漂浮码头,踏上一段宽阔的夯土路面。艾丽斯觉得脚下的地面有些奇怪。"这是一条用皮革铺成的路,"莱福特林对她说,"是一种古老的技术。一层层经过鞣制的皮革被铺在原木上,上面再铺上雪松树枝和树皮,再铺上皮革和一层炭灰,最后铺上泥土。这种道路被腐蚀的速度很慢,而且木头和皮革层会有一定的浮力。它无法永远持续下去,但如果不铺设这样的道路,土质路面只要被人们踩上几个星期就会变成烂泥,随后河水很快就会涌上来,让这里变成泥塘。这条路看上去没什么,但卡萨里克人可是花了不少钱才铺设完成的。我们可以乘坐升降机,还是你更愿意走阶梯?"

在一株无比高大的树下,有一道螺旋阶梯围绕树干盘转而上。艾丽斯扬起头,看到头顶上方卡萨里克的最低一层。在阶梯旁边还有一个看上去很不结实的平台,平台边缘有一圈绳网围栏当作防护,旁边悬挂着一根很长的缆绳,缆绳末端还带有握柄。"那根绳子另一端有铃铛,拉响铃铛,如果操作升降机的人在工作,就会放下平衡重物,把你拽上去。上去一次需要花费一或两个便士,不过这是最快的办法,也要比爬阶梯轻松得多。"

"我想我更愿意爬阶梯。"艾丽斯做出决定。但她向上走了不到一半的路,就为自己的决定感到后悔了。这段阶梯要比看上去陡得多。船长也英勇地跟随着她,只是现在每踏出一步,船长都会轻轻哼一声。艾丽斯到达第一个平台,向周围扫视一圈,一下子就忘记了自己酸痛的双腿。

这是一座围绕大树干的环形平台,背靠树干的一圈商铺刚刚卷开帆布帘帐。以这座平台为中心,许多宽阔的步道如同蜘蛛网上的辐轴朝各个方向伸展,连接到环绕其他大树的平台上。尽管这些步道都有藤蔓编织成的护栏,但它们都不停地在半空中摇晃,而且铺在上面的木板之间能看到不少空缺。"商人大堂在那边。"莱福特林将艾丽斯的手放在自己的手臂上,引导艾丽斯踏上一条步道。

刚走了四步,艾丽斯就觉得有些头昏眼花。步道上的木板随着他们的脚步发出"笃笃"的响声,倒是很像某种乐曲。莱福特林没有去扶那些纤细的护栏,似乎也完全不在意吊桥的摇摆。艾丽斯向下看了一眼,看到和自己距离遥远的地面,不由得倒吸一口气,又急忙将目光转到一旁,同时突然感到一阵不舒服。吊桥在他们的重压下不断晃动,艾丽斯踏在一块块木板上,觉得自己随时都有可能掉下去。莱福特林按住她搭在自己胳膊上的手,用安慰的语气低声对她说:"看着对面的平台,有节律地迈步,这就像爬那些阶梯一样。不要低头看,不要担心不可能的事情。雨野原人建造这些步道已经超过一百年了。它们就是我们的街道。你可以信任它们。"

船长的话语简单实际,丝毫没有自傲的意思。他并没有因为艾丽斯的胆怯而小看艾丽斯,而是将她的不安看作一种很正常的事。这让艾丽斯能够更容易接受他的建议。艾丽斯抓紧船长的手臂,跟随着船长的步伐节律。很快,他们的步调就完全一致了。突然之间,艾丽斯觉得自己和船长仿佛跳起了舞蹈。他们到达了吊桥的最低点,然后以一步步缓慢向上。脚下的木板变成一道倾斜的梯子。又是在不经意间,他们已经到达了下一座平台。艾丽斯停下来喘了口气。莱福特林船长陪在她身边。

"只要再走三个平台就到了。"船长对她说。尽管感到有一点害怕,但艾丽斯没有半点退却的心思。她知道这是对自己的一种挑战,但她不害怕接受这种挑战。

"那么,我们继续走吧。"她说道。

在第二座吊桥上,艾丽斯差一点失去了前进的勇气——一队劳工正从他们对面走过来。她和莱福特林不得不贴在吊桥边上让他们过去。他们的步伐让整座吊桥摇晃得就像是一头被轻抚头顶的狗。不过走到第三座吊桥上的时候,艾丽斯又找回了那种和莱福特林共舞的感觉。他们到达最后一座平台上的时候,艾丽斯微微有一点喘息,却又觉得自己赢得了胜利。

卡萨里克人对他们的城市有着很大的雄心,这一点从他们的商人大堂就能看出来。这座大堂所环绕的树是艾丽斯来到这里之后见到的最高大的一株。支撑并环绕它的平台也是格外宽阔。四道阶梯以这座平台为起点盘旋向上,连接到相邻大树的平台上。现在还是早晨,只有一点细微的阳光透过树冠,落到位于树林底层的这个地方。步道上还亮着哔啵作响的火把。他们已经远离河岸,能照射到这里的光线要比河岸边少得多。艾丽斯觉得自己走进了一座充满怪异人群的幽暗城市。

她从小居住在缤城,身边的人祖祖辈辈都是定居在那里的商人。她早就知道,雨野原人和他们有着亲缘关系,并且都很尊重雨野原与缤城之间的关系。只在雨野原才能发掘出古代古灵的魔法宝藏,但生活在雨野原,在被埋葬的古灵城市中劳作的人们,却要承受一种特别的苦难,几乎所有雨野原人在出生时就会出现某些变异。这些变异会随着他们一年年的成长而加剧。有时候,那会是头顶或嘴唇边的一点鳞片,或者沿着下巴生长出来的肉须。他们眼睛的颜色可能会随着年纪发生变化,指甲也会渐渐增厚。前往缤城的雨野原人身上都会有这样的现象,就连莱福特林船长身上也不例外。他手背和手腕关节处的皮肤有一点发蓝,还能看到细小的鳞片。在他浓密的眼眉后面和脖子后面,艾丽斯也似乎瞥到了一些鳞片,只不过那些小鳞片很容易被忽略。

卡萨里克就像崔豪格一样,绝大多数雨野原人是不会戴面纱的。这是他们的城市,如果来访的外人不尊敬他们,就会很快被赶走。刚才那些劳工从他们身边经过的时候,艾丽斯就竭力不去盯着他们。那些人的手背和臂肘上都有厚厚的鳞片,而且所有鳞片都不是肉色,而是蓝色、绿色或者吓人的猩红色。一个人完全没有了头发,鳞片如同做工精细的鳞甲覆盖了他的头皮、前额,并取代了他的嘴唇。另一个人的下巴边缘和眼睛上面出现了一簇簇浓密的肉须,看上去就像是公鸡的冠子。艾丽斯将视线从他们身上移开,心中庆幸仅仅是在这座晃动的吊桥上,维持平衡就需要她集中全部注意力。

但现在,她站到了一座牢固的平台上,反而不知道该将视线放到哪里了。在这么早的时间,平台上还没有多少人,但毫无疑问的是,所有人的身上都带有雨野原的标记。许多人都向她投来好奇的目光,艾丽斯急切地告诉自己,这全都是因为她的装束和他们不同,才吸引了这些人的目光。这些雨野原人都穿着几乎完全一样的厚蓝色棉布衬衫,棕褐色的厚帆布长裤还有宽松的帆布外衣。他们的靴子也都很厚重,工作时黏在上面的泥巴都已经干了。他们会将午餐放在帆布口袋中。厚手套和羊毛帽子从他的裤袋中伸出一角。"是挖掘工,"莱福特林告诉她,"他们整天都会在地下工作,那里无论是冬天还是夏天,都是又冷又湿。"

他们终于看见了一个女人穿着柔软的皮制长裤和裘皮背心。莱福特林说:"她是一名攀爬者,所以才会赤着脚,为的是能够更好地踩稳树干。今天她会一直爬到树冠顶部,以采集水果或者捕猎鸟雀。"

就在艾丽斯差一点以为卡萨里克的女人都在过着艰苦清贫的生活时,两个女孩闲聊着从他们身边走过,朝另一个方向去了。她们穿着晨装长裙,也许是要去拜访朋友,或者逛一下早市。她们带着荷叶边的裙摆要比缤城现在流行的款式短一些,露出了她们脚上的褐色软鞋。她们的肩头搭着装饰蕾丝的小围巾,头顶的帽子仿佛是一些柔软的大树叶。艾丽斯转过头看着她们的背影,片刻之间,一种熟悉的羡慕情绪在她的心中涌起。她们看上去是那样欢快而忙碌,边走边聊,在来到一座桥头的时候,她们便挽起手臂,继续聊着天并肩走了过去,像两个假小子一样快步走过了吊桥。

"你为什么要叹气?"莱福特林问艾丽斯。艾丽斯这才意识到自己一直在注视着那两个女孩。

她摇摇头,有些紧张地露出一个自嘲的微笑。"我只是刚刚想到了不曾属于我的青春年纪,我一直都在为此感到后悔。我总是觉得自己从一个小女孩直接变成了居家女子,中间完全没有过那种青春冲动的岁月。"

"你仿佛是在说你已经是一个老人,过完了自己的一生。"

艾丽斯的喉头一阵哽咽。是的,她心中想,只是几天以后,我就要回家去,度过我的余生。再没有冒险,没有不可知的未来。除了规规矩矩地过一辈子,什么都看不到。她努力压抑住喉头的滞涩,当她可以说话的时候,她使用了更加合适的言辞,"实际上,我是一名生活稳定的已婚女子。我想我错过的应该是一种不确定的感觉,一种就藏在某个转角处的可能性。"

"你说你从不曾拥有过那种可能性?"

艾丽斯停顿一下,因为事实对她而言过于耻辱。"是的,我相信我不曾拥有过。我相信我的人生或多或少已经从一开始就被注定了。结婚对我而言是一个意外,我从没有想过自己会结婚。但在我成为已婚女子之后,我的生活就进入了一个和我独身时没有太大区别的轨道。"

船长沉默了太长的时间。当艾丽斯转过去瞥他的时候,看到他以怪异的方式咬住嘴唇,仿佛是要努力把即将脱口而出的话咽回去。"说吧,"艾丽斯对他说道,却又不知道自己是否有足够的勇气承受船长没有说出口的评判。

船长向她露出笑容。"嗯,这样说并不礼貌,但如果我是一个男人,娶了一个像你这样的女人,她对另一个人说,她作为我妻子的生活和她单身时并没有什么不同,那么我会想我有些什么事情做得不对。"他向艾丽斯挑起一道眼眉,用一种有些粗俗的腔调悄声说,"还是有什么事根本就没做!"

"莱福特林船长！"艾丽斯惊呼一声。她这纯粹是出于惊讶。然后，当船长放声大笑的时候，她惊恐地发现自己也跟着船长一同笑了起来。

当他们的笑声止歇下来时，船长警告性地抬起一只手。"不，不要告诉我！有些关于丈夫的事情，妻子是绝不应该谈论的！不管怎样，既然到了这里，我们的聊天时间也结束了。"

他们来到了商人大堂的门口。面前是两扇高大的黑色木门，足有一个人的两倍高。莱福特林推开其中一扇。木门无声地转向一旁。

这座大堂没有窗户。他们走进前厅。这里的光源是一座大烛台，上面的蜡烛散发出一股橙花香气。莱福特林没有停下脚步，直接走过铺着地毯的地面，又穿过另一道高大的门户。艾丽斯跟随在他身后，发现自己来到了一个圆形房间里。一层层逐渐升高的长椅环绕着一座宽阔的基台。台子上有一张浅色的木制长桌，桌子后面摆着十二把沉重的座椅，只有半数的椅子有人坐着。悬浮在半空中的圆球就像是黄色的玻璃珠，向整个房间里洒下金色的光芒，也让地面上出现了角度各异的阴影。这个房间的墙壁完全被悬挂的织锦遮住了。那或者是古灵的遗物，或者就是非常精致的仿品。艾丽斯的眼睛一下子就被它们吸引住了。她很希望能够乞求一点时间，好好研究一下这里的每一幅织锦。

但他们突然闯入，显然惊扰了桌子后面的这六个雨野原人。尽管时间还早，他们已经穿上了正式的商人长袍。每一件长袍的颜色和款式都不一样。他们以这种方式表明自己的商人家系传承，但这些礼服艾丽斯全都不认识。虽然多年以来缤城和雨野原的商人家族一直都有联姻，但这两地的家族仍然各不相同。在靠近长桌中央的位置上，一名满脸皱纹，有着一头灰色硬发的女子正在瞪着他们。"这是秘密会议，"她朗声说道，"如果你们来此是为了商人事务，你们必须进行预约，随后再来。"

"相信我们有受邀参加这次会议。"莱福特林回答道。他使用了"我们"这个词，也把艾丽斯包括进来，这让艾丽斯的心猛然一跳。他会竭尽全力将艾丽斯留在这里，亲眼见证这里所发生的和龙相关的一切事件。"我是柏油人号的莱福特林船长。我相信昨晚我在这里停泊的时候，就被邀请在今天早晨'尽可能早'地前来此地,商讨将龙群移往上游的事宜。如果我错了……"

他故意没有将这句话说完,而那名年长的女子已经挥挥手,表明刚才她的话语有误,但不等她再次开口,艾丽斯和莱福特林身后的屋门被狠狠关上,发出响亮的撞击声。艾丽斯转过身,惊讶地发现一名古灵女子身穿银蓝色的长裙站在门前。她的眼睛在金黄色的灯光下闪耀出金属光泽,面孔就像是愤怒被雕刻在岩石上。"这不是合法的会议,莱福特林船长。你也看见了,这里没有足够多的议员,所以他们不能授权任何行动。"

"恰恰相反,麦尔妲·库普鲁斯。"刚才说话的年长女子拿起一份文件,"我有两位议员的授权书,他们正忙于他们的生意,无法参加今天的会议。我能够代替他们投票。如果我们在座的这些人一致同意某件事,就能拿到多数票,无论其他人是否投票。"

"但我打赌,你们不可能从我的弟弟瑟丹·维司奇那里得到授权书,商人博斯克。我的弟弟代表了巨龙婷黛莉雅的利益,没有他在场,你们怎么可能进行相关投票。"

"他只有一票。不管他是否同意,他的一票都无法改变结果。"

"他代表着婷黛莉雅的意志,是龙族的代言人。你们怎么能不征询他的意见,就对龙群的命运做出最终决定? 你们不能这样做!"

那位古灵女子一边说话,一边大步从船长和艾丽斯的身边走过。艾丽斯竭力不让自己盯着她看,却还是无法控制自己。所有人都知道麦尔妲·维司奇的故事。她被卷进了一场对抗遮玛里亚的沙崔甫王的失败绑架中,和沙崔甫王一同被海盗俘虏,最终又与其他伙伴为遮玛里亚和海盗王国之间构建起和平,但让所有人记住她的并非是这一功绩,她在婷黛莉雅从壳中孵化出来之前,就和那头巨龙有着密切的联系。有人说,正是这种联系,她从一个普通的缤城商人女孩,变成了一位古灵。还有人说,这是巨龙给她的礼物。她的未婚夫和弟弟也都受到了巨龙的影响,在巨龙孵化的时候得到赠礼。他们的身上全都出现了类似的变化。

"我们曾试图邀请瑟丹·维司奇参加这场会议,但他不在这里,也不在崔豪格。我们被告知，至少四个月的时间里，我们不可能期盼他回来。但到了那个时候，我们将不得不面对恶劣的季节。又一个漫长湿冷的冬天里，龙群将再一次把卡萨里克的地面搅成一片沼泽。我们必须现在就采取行动，绝不能只为了听取一个议员的意见就继续耽搁下去。"

"你们现在采取行动纯粹是因为他不在雨野原，无法代表婷黛莉雅表达意见。"

坐在长桌后面的灰发女子看起来很是气恼。她的几名同伴都显得惴惴不安，但至少有一个人，将手指按在桌子边缘，以此表达了自己的气愤。那是一位年轻人，高高的颧骨上闪烁着橙色鳞片，显然已经怒不可遏，紧咬着牙关，仿佛有愤怒的话语随时会破口而出。这场会议的主导者说道："我们去和龙沟通的时候，你也和我们在一起。你明确地听到了他们的话，知道他们理解我们的提议。你看到了最大的那头黑龙赞同我们的提议，愿意迁徙到一个更好的地方去居住。我们甚至接受了他们的要求，会派遣猎人与他们同行。现在受雇佣的猎人随时都有可能到达，龙群也都期待能立即离开。实际上，我们今天早晨的会议是为了确保满足龙群的一切要求。莱福特林船长，我们召唤你来到这里，是希望你和你的驳船能够护送龙群和猎人们前往上游。"

艾丽斯不得不钦佩这名女子高超的语言技巧，如此不着痕迹地将对话从麦尔妲转向了莱福特林。但她还在努力理解现在的状况。龙群将离开卡萨里克？会有猎人陪同他们？莱福特林船长的驳船也可能随行？

"这件事实在是太突然了。"莱福特林船长回答道。他深吸一口气，减慢了说话的速度，并且每字每句都显得格外小心，"太突然了，几乎不可能做到。在给你们答案之前，我需要确切知道我到底要答应些什么。"

艾丽斯听出了船长这番话背后的深意。麦尔妲的激烈抗议让船长知道，现在卡萨里克的议员们在和他的谈判中已经完全处在下风。这些议员承认，他们不得不迅速行动。如果莱福特林对艾丽斯说的是实话，那么他的驳船就是唯一有足够规模，又能够陪同龙群前往上游的船只。无论莱福特林开出什么样的价格，他们都要照单付款，否则就会失去这个机会。艾丽斯很清楚，他们只希望那些龙能够在冬季或者瑟丹·维司奇到来之前出发。

灰发女子犀利的目光从莱福特林转向麦尔妲，看起来她已经被困住了。"我们的确有一份工作要给你，莱福特林船长。我们希望能和你签订一份包租契约。我们想雇用你的船护送龙群和他们的守护者。柏油人号将为守护者和龙群携带额外的补给，并让我们的猎人搭乘。它将成为一艘母船，如果有需要，守护者的小艇晚上可以停靠在它的旁边。我们挑选出的猎人将与你同行，他们之中有一位经验丰富的探索者，除了为龙群提供肉食，他还会绘制一份河道地图，在旅行日志上记录下一切有价值的见闻。他还是议会的代表，有权决定何处是龙群理想的栖息地。他在做出这个决定之后就会通知你，那时，你将返航回卡萨里克。"

麦尔妲用一个尖锐的问题打断了灰发女子的话："如果守护者的小艇需要系在一艘漂浮的船上过夜，那时龙群又将在何处歇宿？ 我很想知道这一点，商人博斯克。"

灰发女子摇摇头。"母船的功能只是以防万一，麦尔妲。我们只想对一切意外都做好准备。"

"那个议会的代表呢？ 为什么需要这样一个人？ 难道龙群不知道哪里是他们'理想的栖息地'，何时可以让他们的守护者回来？"

这位古灵的眼睛里闪动着一点奇异的光芒。艾丽斯意识到，那是那双眼睛自己发出的光。麦尔妲紧绷的嘴唇显示出了她的盛怒，但艾丽斯还看到了别的异象。分散在屋中各处的发光圆球开始缓慢地移动，刚才固定住它们的力量消失了，它们开始缓慢却目标明确地向麦尔妲移动。一名议员不安地吸了一口气，但其他人仍然保持着面无表情的冷漠状态。

灰发女子竭力平静地说道："也许当我们到达了某一个地方，那已经是我们竭尽全力能为龙群找到的最合适的地方，龙群却不知道。这种结果会令人感到伤心，但的确有可能出现。所以我们需要安排一个人与龙群同行，提供一个公允的评估。"

麦尔妲说道："公允？ 一名议会代表怎么可能会'公允'？ 也许我们也

应该安排一位龙族的代表,监管我们的契约,确认龙群得到了公平的对待。你们是否考虑过要安排专人监督你们履行对巨龙婷黛莉雅的诺言? 就像履行我们签署过的每一份契约?"现在那些金色的光球已经在麦尔姐的身周组成了一个环,而房间里其余的地方大多陷入了黑暗。球中的光线不住地闪烁,扫过麦尔姐遍布鳞片、光芒闪烁的脸和手臂,让麦尔姐就如同一尊宝石雕像。现在她的眼睛就像是两枚坚不可摧的菱面宝石。

"她会在意这些吗?"商人博斯克对古灵嘶声说道,"婷黛莉雅早就消失了,只丢给我们一群饥饿的龙来照管! 你要我们怎么做? 把他们留在卡萨里克门口? 这对他们和对我们都很不好! 把他们留在这里不能解决任何问题。而如果我们送他们去上游,他们也许还能为自己找到一块更适宜生存的土地。看看他们已经死了多少,那些活下来的又处在怎样糟糕的环境里。现在不是炫耀你的力量而使我们瑟缩的时候,你最好帮助我们制定出帮助迁徙的最优计划。我们竭尽全力也只能为他们做到这些,麦尔姐。这一点你一定也明白!"

"我完全看不出你们尽了什么力。"麦尔姐低声反驳,但她的话语中已经流露出让步的意思,"我只知道,你们还向我隐瞒了一些事,一些让这次迁徙变得格外急迫的事。你们到底愿不愿意对我诚实一些?"她周围的光线变弱了,只是变弱了一点。

商人博斯克没有理会麦尔姐的话,只是继续推进她的优势:"你有没有关于你弟弟或巨龙婷黛莉雅的讯息?"

"我的弟弟在旅行,所有人都知道从外面寄信回来有多么困难。这几个月以来,我也没有听到过婷黛莉雅的讯息,没有感觉到她的接触。我不知道她现在情况如何。她可能只是距离我们太远,或者也可能是遭遇了某种可怕的意外。我不知道。"麦尔姐的话语显得格外苦恼。但随后她的语气又坚定起来,"但我知道许多缤城商人都曾经向婷黛莉雅许下诺言,说他们愿意竭尽全力帮助她的后代,以此回报她对他们的援助。在我们和恰斯人的战争中,如果没有婷黛莉雅,缤城可能早已化为一片焦土。是她从雨野原河口赶走了恰斯国的战船。当我们最需要她时,她及时伸出援手。而现在,她离开了,我们就要抛弃那些幼龙，让他们自己去送死，只因为养育他们是一项沉重的任务？难道在时局好转之后，商人的话就变得如此无足轻重了吗？"随着麦尔妲的话语，包围她的光球释放出更强的热量。光线从她的身上反射出来，让她仿佛也变成了一个光源。

房间里陷入一片寂静，也许是因为古灵的问题让这些商人感到羞惭。几名议员交换了一下眼神。

艾丽斯小心翼翼地打破了眼前的沉默。"我当时就在那里。巨龙来到缤城商人大堂，和我们签订契约的那个晚上，我是在场的见证人之一。我听到了婷黛莉雅所说的每一个字。尽管我很年轻，但我参与了和巨龙签署契约的整个过程。"说到这里，她的声音渐渐微弱了下去，"当雷恩·库普鲁斯开口请求婷黛莉雅帮助他寻找麦尔妲，以此作为契约的条件之一时，我就在雷恩·库普鲁斯的身边。"她的目光从震惊的古灵转向商人议员们，然后挺直身子，凝聚起勇气——她甚至不知道自己还拥有这样的勇气。她提高声音，希望自己的话语能够充满整个房间，"我的名字是艾丽斯·金卡罗恩·芬波克。在见证过与巨龙婷黛莉雅签订契约一事之后，我开始对与之相关的各种事件产生了兴趣。现在我是缤城中对于龙和古灵了解最为广博的专家之一。我从缤城来至此地，正是为了与龙进行交谈，希望对他们的族群有更多了解。"

"自从婷黛莉雅第一次出现在我们面前，我将我全部的时间，用于研究和翻译现存于缤城中与龙族有关的每一份卷轴及残简断片。当你们谈论要撕毁一份巨龙用她的真名和人类定下的契约时，我认为你们并不完全明白你们在说些什么。作为全缤城对龙族最了解的学术权威，我是明白的。"

她深吸一口气。也许在缤城根本不会有人承认她的这番陈辞，但她将所有这些疑虑都推到了一边。至少没有人从缤城来到这里反驳她。而且她知道她的话绝无虚假，这才是此时最重要的。她的声音变得清晰果决，听到自己的话语，就连她自己也感到惊愕不已："我不相信卡萨里克商人议会有权威做出这一决定，事关……"

"你一直在研究龙和古灵，"麦尔妲突然打断了她，这位古灵甚至没有顾忌这样做有多么失礼,"在所有你研究过的古代卷轴中,你是不是读到过一个被称为克尔辛拉的地方? 我相信那是一座古灵城市。"

艾丽斯觉得自己就像是一艘航船突然失去了推动帆篷的风。麦尔妲的问题是如此出乎意料,让她打算与这些商人议员们进行争辩的思路链条一下子断掉了。当得知这些人打算"迁移"龙群的时候,她曾经感到无比震惊。莱福特林在船上对她说过的那些话,让艾丽斯曾经相信她至少还有几天的时间能够和龙群对话。而现在,她可能连这么短的一点时间都得不到了。在这一刻,她已经下定决心,无论要做什么或者说什么,她都必须将这几天争取回来。但麦尔妲的插话让她一下子失去了有条理的思维和心中的勇气。她刚才的一切虚张声势一下子都烟消云散了。她向议员们瞥了一眼,以为他们会因为麦尔妲的突兀发问而感到气恼,但这些人却似乎像麦尔妲一样,只是一心期待着她的回答。商人博斯克向前倾过了身子,两只眼睛死死地盯住她。艾丽斯本来已经忘记了站在身边的莱福特林船长,现在船长伸出手按在她的小臂上,给她带来安慰,"继续说,告诉他们。"

船长的话反而在艾丽斯的心中引起一阵波澜。她的确知道克尔辛拉,但莱福特林船长又是怎么知道的? 这时艾丽斯回忆起昨天下午,莱福特林船长和她讲述河上航行的故事,向她描述柏油人号在其他船只无法航行的淤塞河汊中来去自如。艾丽斯也渴望表现自己,当时就故作聪明地点点头,也讲述了一个从古代卷轴中看到的故事。那个故事说的是克尔辛拉的码头要多么频繁地进行疏浚。莱福特林船长当时说他从没有听说过这样一座城市。艾丽斯耸了耸肩,不在意地表示: 也许雨野原河在很早以前,就将那座城市淹没了。

艾丽斯的目光转向麦尔妲。那位古灵显得格外激动,她向艾丽斯稍稍俯过身,一双眼睛里燃烧着希望。飘浮在她周围的光球再次铺展开来,但她依然是这个房间里全部光源的中心。艾丽斯怎么能告诉这位古灵,克尔辛拉之于他,也不过是一份卷轴上的名字? 她有些无能为力地向周围扫了一眼。不知是因为命运还是巧合,她的目光落在了麦尔妲左侧的一幅织锦。一阵奇异的激动感受,涌过了她的全身。她缓缓举起手,向那里指去。"克尔辛拉就在那里,"她一边说一边向那幅织锦走去,每向前迈一步,她的心跳都会更快一些,"请多给我一些照明。"新发现的兴奋心情让她几乎忘记了自己身在何处,正在向谁说话。

一听到她的要求,麦尔妲就让许多光球飘到她身后。光球跟随着艾丽斯,艾丽斯停住脚步,它们也立刻停下。当光球聚集在织锦周围的时候,那幅织锦看上去就像一扇通往编织世界的窗户。那里面的一切都变得栩栩如生。当年制作这幅织锦的匠人,一定是有意想尽量将广阔的地理风景囊括入这幅作品之中。"在这里,"她指向一个点说道,"这里就是克尔辛拉著名的地图塔。根据我阅读到的资料,我相信不止一座大型古灵城市有这种地图塔,每一座这样的高塔中都保存有周围区域的大量地图,从这种高塔的窗户向外眺望,就能看到塔中地图所描绘的地区。有时塔中还有关于更遥远地方的地图。我看到的卷轴里还提到,这种地图塔能够帮助人们迅速前往远方,只是我还没有能从卷轴中找到这种旅行的具体方法。克尔辛拉的地图塔在几份不同的卷轴中都有被提及,也许这表明它要比其他地图塔更加重要。"

艾丽斯听到自己的话音仿佛从很远的地方传来,那声音如同课堂上的教师一般高亢清晰。她曾经梦想过有朝一日能被承认学者的身份,人们会聚集到她面前聆听她的教诲。那时她就会用这样的声音向世人传授种种智慧。但她从没有想到过自己会在卡萨里克进行演讲,更想不到她的听众之中还会有一位古灵。她又指向织锦上的另一个地方,"你们能看到这座地图塔位于一座非常宏伟的建筑物顶部,前方的这些装饰纹样中显示出一位古灵女子正在催赶一头公牛犁地。你们还能看到,临接的这堵墙壁上描绘了一头巨龙女王。我认为这两幅壁画连缀在一起并非偶然,而且这两个形象是被描绘在这座城市主要建筑的两面支撑墙壁上,这更加凸显了它们的重要。但我们不知道这座建筑另外的两面墙壁上描画了一些什么。"

"请注意通向这座建筑高大入口的阶梯,它是这样宽,它的每一级台阶又是这么高。无论人类还是身材与人类相仿的古灵都不会需要这样的台阶,更不需要这么高大的门户。在我看来,这种建筑的功能可谓一目了然,正像一份名为《都市记录》的卷轴中所记载,这样的城市建筑是同时供古灵和巨龙使用的。"

"但这座城市到底在哪里? 克尔辛拉在哪里?"麦尔妲急不可耐的提问打断了艾丽斯的演讲。

这位缤城女子缓慢地向古灵转过头。"我无法告诉你它的准确位置。就我所知,在这片现在被我们称为雨野原的土地,还没有发现这样的地图。但从我们得到的文字描述判断,我可以确切地说,这座城市就在崔豪格和卡萨里克的上游。我们从古文献的描述中能够得知,这座城市周围是大片丰饶葱翠的草原,有足够的食物可以同时供养许多人工放牧的畜群和野生猎物,而这二者又都能为巨龙们提供丰足的美食——这是他们在那座城市享有的天然资源。但这种开阔平坦的草原和我们所熟知的雨野原丛林,是两种截然不同的地貌,古老文卷中对于雨野原河的描述也和现在不同。根据我看到的卷轴,流淌过克尔辛拉的河流很深。在洪水季节,河水湍急而危险。卷轴的插图和这幅织锦都清晰地显示:装有龙骨的深水航船,能够一直抵达克尔辛拉,并停泊在它的码头。请看,就是这几艘规模相当庞大的贸易船只。这和我们今天看到的雨野原河都不一样。所以我们可以推测,这条河可能发生了变化——从这里发掘出来的地底遗迹观之,这一点是毋庸置疑的。我们也可以猜想这里或许还有另一条完全不同的大河,一条支流,或者是一条已经被我们的雨野原河并吞的古代河流,曾流经克尔辛拉。"

艾丽斯的气息已告枯竭,幸好她的演讲也在此时完成了。她从织锦前转过身,面向她的听众们。麦尔妲的脸上交杂着胜利和悲伤的神情。桌边的那名灰发雨野原女子用力地点着头。"非常好!"她抢在所有人开口之前高声说道,"您让我们受惠良多,女士。那头黑龙说过,克尔辛拉是他们最有可能到达的目的地。根据他们提供的一些线索,我们能知道那是一座巨大的古灵城市。但至今为止,我们都无法证明它的存在。您不仅让我们看到了这幅织锦作为实际证据的巨大价值,还以您的学术观点向我们证明了这个地方的确有可能还存在。这是我们能够得到的最好讯息!"

"但是,"麦尔妲坚决而笃定地说,"我还是需要一份地图,能清楚显示那座曾经存在的城市和我们已经找到的这两座古灵城市的相对位置。"她仿佛有些气恼地抖动了一下手指,那些光球就像被吓到的猫一样,向四周逃散开去。她走到环绕房间的一排排长椅前,慢慢坐了下去。突然间,她仿佛又变成了一个普通人,而且看上去疲惫不堪。"我们曾经深深地辜负了他们。我们向婷黛莉雅做出承诺。一开始,我们也曾经竭尽所能帮助他们。但渐渐地,我们放弃了我们的原则。最近这两年简直就是一场噩梦。他们死了那么多。"

"若没有我们的帮助,他们全都会死。没有我们的帮助,他们之中的绝大多数,根本不可能成功结茧,更不要说孵化了。"商人博斯克说出了这个简单的事实。

"若不是我们将他们切割成块建造航船,他们之中的大多数都将活过那场地震,成功孵化。"麦尔妲反驳道。

"如果没有活船,你们会来到这里吗?"艾丽斯斗胆提出这个问题。麦尔妲显然已经深陷在绝望之中。但艾丽斯的心中却生出一股兴奋之情。她出生以来所拥有的最精彩的想法正慢慢在她的脑海中展开。她几乎不敢将这个想法说出口。她内心摇摆于两种恐惧——恐惧他们会拒绝她,也恐惧他们会接受她的提议。她只能竭尽全力让自己的声音保持平稳:"龙群再过多久要出发?"

"越快越好。"商人博斯克回答道。她用双手抚平自己纹丝不乱、像巨龙鬃冠的灰发,"继续耽搁,对我们和龙群全都不会有好处。我希望他们最好能够在明天起程。"

"但我们从缤城一路赶来就是为了能研究这些龙,并希望和他们进行交谈。"艾丽斯反对说。

"你会发现他们都不喜欢谈话。"麦尔妲郁郁寡欢地说,"即使你在几个月以前就来了,你可能也找不到什么机会和他们畅谈。虽然我很不愿意承认,但商人博斯克是对的。他们现在的处境非常恶劣。我曾经尽可能经常去探望他们,我知道为了遵守我们和婷黛莉雅签订的契约,人们付出了怎样的代价,对此我绝没有视而不见,我只希望这件事能够有一个更好的结局。我希望我能够和他们一起走，确保他们安全地找到一个更好的栖息地。但我没法子这么做。"

听起来，她是如此颓唐沮丧，艾丽斯甚至有些怀疑这位古灵女子是不是生病了。但就在这时，她将双手放在了肚子上——毫无疑问，这个手势表明一个女人怀了孩子，并且看重她的孩子更甚于自己的生命。整个谜题的最后一块拼图终于就位了。眼前的一切就是为艾丽斯准备的，如果不是命中注定，那也所去不远了。

"你不能去，但我能，"艾丽斯清楚地说出这句话。她在这一瞬间交出了自己，也为自己抓住了一个机会，"我愿意和他们一同旅行，利用我关于巨龙一族的知识，尽我所能帮助他们。我也渴望和他们一同旅行，竭尽所能了解他们、观察他们。请恕我斗胆直言，我最大的希望莫过于能够和他们一起重新发现克尔辛拉。就让我去吧。"

艾丽斯的话只换来房间中的一片寂静，但艾丽斯能够清楚地感觉到这片寂静下面的暗流涌动。麦尔妲看着她，仿佛看到了一种救赎。商人博斯克显然对她很有兴趣。另外两名商人议员盯着她，眼睛里充满了厌恶和恐惧。艾丽斯下意识地做出了一个判断——这两个商人已经得到某种线索，确认克尔辛拉是真实存在的，他们可以在那里发掘出极具价值的古灵珍宝。而她刚刚在无意中破坏了他们两个的某种秘密计划。这个想法点燃了艾丽斯的勇气。她高声向麦尔妲说道："如果克尔辛拉重新被发现，并且依然完好如初，那么它就会成为了解古灵和巨龙如何互动的最好资源。在崔豪格和卡萨里克发现的许多秘密，也许都能在克尔辛拉得到解答。"

"这当然是雨野原商人需要讨论的一个议题。"一名商人议员带着思忖的语气说道。

"这当然是古灵和巨龙的事务。"麦尔妲反驳道。

"第一步是找到那个地方，并且将龙群平安地带往那里。"莱福特林露出灿烂的笑容。他大步走过阴暗的房间，和艾丽斯一起站到光球洒下的光亮中。"如果这位女士愿意继续这趟旅程，进行她对龙族的研究，那么我很愿意请她搭乘我的船,"商人议员的灰发女首领向前俯过身子,仿佛是要表示反对,船长却又镇定地抢先说道,"实际上,我愿意将此作为我接受这一任务的条件之一。"他大胆地转向麦尔妲,浅浅地鞠了一躬,"也许我们应该听从麦尔妲·库普鲁斯的意见,她建议龙群应该有一位代言人。在我看来,请一位龙族学识专家随船同行,也许才是一种更为明智的选择。"

麦尔妲露出虚弱的微笑。然后她转向商人议员们。"在这件事上,我可以代表婷黛莉雅发言。"她的目光又转向艾丽斯。艾丽斯从她的眼睛里看到了古灵对自己的期待。不等麦尔妲再开口,艾丽斯便向她点了点头。于是麦尔妲说道:"如果艾丽斯·芬波克愿意参加这次远行,我很乐意接受她成为我们公正的评审者,确认这一行动是否符合龙群的最大利益。"

谷月第四日

商人联盟独立第六年

来自黛托茨

致艾瑞克

艾瑞克：

那个卑鄙的小杂种，就连他的鸽子也不会把屎拉到他身上！难道我们在纸卷一角留下的一点墨水，能够增加鸽子承载的重量吗？那个自以为是的家伙，总是找机会让我丢脸，因为如果我被解雇了，他的兄弟就能受雇取代我的位置！我只能恳请你，如果你要在纸条上添加什么讯息给我，一定要仔细注意你使用的鸽子。请记得，我鸽舍中的鸽子全都系着红环带。金姆甚至没有给他的环带涂上颜色，只是使用素色皮子，那个懒惰的大便。

黛托茨

第十一章　遭遇

泥泞的河岸已经干透了，棕褐色的泥土上遍布龟裂和缝隙。辛泰拉趟着如同灰色泥浆一般的河水走上岸边，脚底松软的泥土不停地向下塌陷，让她一边走一边摇晃。她心中不由得又想到，巨龙这种生物绝不该被困在陆地上。

她刚刚在河里洗了个澡，河水还不停地从她蓝色的鳞片上滴落下来，在她身后留下一道水痕。她张开自己发育不良的翅膀，拍打几下，甩出一片水滴，又将它们在肋侧收叠起来。她徒劳地梦想着一片宽阔的河岸，上面铺满热砂，让她能够在太阳下烤干整个身子，再打磨自己的爪子和鳞片，直到她全身闪闪发光。在这一世中，她从来没能享受过一场痛快的沙浴，更不要说在细沙河岸上打磨身体了。她相信，细小的沙粒一定能清除掉孳生在她和其他所有龙身上的那些吸血的小虫子。尽管她每天都会洗净自己的身体，但其他龙都很少这样做。只要他们的身上还有寄生虫，她又生活在他们身边，那么无论怎样清洁身体，都不会有多大的意义，但辛泰拉还是没有放弃这种仪式。她是一头龙，不是没有思想的泥巴蜥蜴。

河滩上的森林让大部分河岸笼罩在永恒的阴影中。被困于此地的这些年里，龙群扩大了这片空地的面积。他们会在树干上磨砺自己的爪子，或者摩擦覆满鳞片的身体，以此来缓解寄生虫对他们的叮咬。一些树都被这样磨死了，还有一些树是被他们故意杀死的。他们也想让这一片他们无法逃离的栖息地变得更大一点，但这种努力的效果其实非常有限。杀死一棵树，它的树叶就会脱落干净，会有多一点阳光洒落在地面上。但想要推倒一棵树就没那么容易了。尽管尝试的次数不算多，但现在所有龙都明白了，就算是合数头龙的力量，也无法推倒一棵真正的大树。

每天太阳升到最高位置的时候，阳光会直接照射在河岸上。这样的时间只会持续一两个小时。辛泰拉审视着分散在面前的这十四头龙，他们之中大部分都在沉沉大睡，或者是打着瞌睡，尽可能吸收太阳的光和热。在这个午后，他们实在是没有什么事情可以做，体型最大的龙占据了阳光最充足的地方，体型小的龙也竭力寻找一个适合晒太阳的位置。现在，斑驳的树叶阴影已经落在大部分龙的身上，最小的龙已经完全陷入阴影里，就算是最好的位置也说不上有多么舒服。被晒干的河泥上腾起了一团团尘埃，刺激着每一头龙的眼睛和鼻腔，但至少天气还算温暖，他们还能得到一点阳光。辛泰拉的皮肤和骨骼只是渴望着光与热，就像她的肚子只渴望着食物。

阳光在极少数几头还算注重自身清洁的龙身上闪耀着。卡罗，他们群落中最大的龙，一身蓝黑色鳞片光芒闪烁。他正匍匐在阳光最明亮的一片土地上，头枕在前腿上，一双眼睛闭起，缓慢的呼气每一次都吹起了一小团尘土。他的翅膀收叠在背上，看上去几乎没有什么毛病。他很少会将翅膀张开，但每当他这样做的时候，就会暴露出翅膀下脆弱的肌肉组织。

在他的身边，兰克洛斯一身闪闪发光的猩红色鳞片和污浊的河岸形成了鲜明的对比。他的银色双眼被眼睑覆盖，显示出他正在熟睡中。他的身材比例非常糟糕，仿佛有人将三头不同的龙各截出一块，拼合在一起。他的前腿和肩膀强壮有力，但后部身体却瘦小羸弱，尾巴更是细得可笑。他的一双翅膀总是耷拉着，根本没办法整齐地收叠起来。真是可怜。

辛泰拉眯起眼睛，看着趴伏在地上、天蓝色的塞斯梯坎。那头龙张开翅膀，占据了辛泰拉的地盘。他那四根骨瘦如柴的长腿，在睡觉的时候还不停地抽搐着。在辛泰拉和塞斯梯坎之间还睡着几头身体更小，更没有力量的龙。他们灰暗的皮肤上全都是污泥。睡着的时候，他们就像同一只脚上的脚趾头一样挤在一起。

辛泰拉从这些小龙之间径自挤了过去,丝毫不在意他们的感受,一头小龙发出尖细的叫声,另外两头在被她踩到的时候哼了几声。有头小龙在她脚下翻了个身,让她失去了平衡。她甩动尾巴防止自己摔倒,同时拍动了两下还没有全干的翅膀,在这些龙的身上洒下了一片冰冷的水滴,引来一连串的咆哮。但没有一头小龙真的敢挑战她。当她来到自己的位置时,她故意踩住了塞斯梯坎蓝色的翅膀,把爪子一直踩进泥土里。

塞斯梯坎惊讶地咆哮一声,想要翻身滚开。辛泰拉却向被踩住的翅膀加了一些力量,故意让那片翅膀里精致的骨骼凹陷下去,一边向塞斯梯坎咆哮道:"你占了我的地方。"

"别碰我!"塞斯梯坎也向她吼叫着。辛泰拉稍稍抬起爪子,让塞斯梯坎只能勉强将自己已经瘀伤的翅膀拽走。当塞斯梯坎将翅膀紧紧收束在身侧的时候,辛泰拉已经倒卧在尘土之中。她仍然很不高兴。这片土地上还留有塞斯梯坎的体温,但这完全无法和她幻想中的灼热阳光相比。不管怎样,她还是躺了下来,又粗暴地将维拉斯挤开一些,为自己夺取了更多的地盘。那头深绿色的雌龙动了动身子,露出她的小牙齿,但很快就又昏昏欲睡了。

"不要再到我的地盘上睡觉。"辛泰拉警告那头蓝色大龙,然后她又躺得更舒服一些,愤恨地将尾巴收在身子周围,而不是照自己所希望的那样将它甩在身后,但她刚刚将头枕在前爪上,塞斯梯坎突然猛地站起身。感觉到那头蓝龙的影子落到了自己身上,辛泰拉气恼地吼了一声。在入睡的龙群边缘,一头小龙抬起头愚蠢地问:"食物?"

现在不是他们的进食时间。但还是有不少龙抬起了头,迷迷糊糊地站立起来,想要看看是什么来到了岸边。

"是食物吗?"芬提愤怒地问道。

"这要看你有多饿。"维拉斯回答,"是一些装满了人的小船,他们正把小船拖到岸上。"

"我闻到了肉味!"卡罗高声说道。其实在他说出这句话之前,龙群已经开始行动了。辛泰拉将维拉斯挤到了一边。那头坏脾气的绿色雌龙咬了她一口，辛泰拉抽了她一尾巴，但她的报复也就仅止于此。首先抢到食物要比任何复仇都更重要。辛泰拉聚集起力量，纵身一跃超过芬提。她下意识地张开皱缩的翅膀，但仍然是毫无用处。辛泰拉用力把翅膀收回到身侧，继续跌跌撞撞地向河岸边跑去。

那一群年轻人类在河岸上缩在一起，显露出畏惧的样子。其中一个人叫喊着，向他们停在河滩上的小船跑去。随着龙群向他们逼近，又有另外三个人也跟着第一个人转身逃走。还有另一些人正从他们的树上窝巢中沿着梯子爬下来，来到通往河岸的那条夯土窄路上。辛泰拉在那些人中嗅到了她熟悉的一个猎人的气味。那个猎人提高声音，向乘小船而来的人们喊道："没事的，他们只是嗅到了食物，仅此而已。不要乱跑，准备好和他们见面吧，你们就是为了他们才到这里来的。我们已经为他们准备好了肉。我们先喂饱他们，然后你们就能够在他们中间走动，和他们打个招呼。不要乱跑！"

辛泰拉能在那些乘小船而来的人身上嗅到恐惧的气味。她注意到小船上的那些人都很年轻。现在那些人全都争先恐后地喊出各种问题，或者尖叫着发出警告。这时，猎人们纷纷推着手推车从夯土窄路上走过来。每一辆木制手推车上都高高地堆着肉和鱼，数量要远超过平时。辛泰拉选择了第三辆小车，将本打算占据那辆车的兰克洛斯推到一旁。兰克洛斯咆哮了一声，但很快就选择了第四辆手推车。就像以往一样，推小车的人很快就离开了进食的龙群，站到大树后面很远的地方。直到每一头龙都吃完，他们才会过来把小车推走。

辛泰拉将自己的长嘴插进成堆的肉里面。这些肉都已经硬了，血液干结在里面，肌肉粗韧难嚼。车中的这头鹿也许是昨天，甚至前天就被杀死了。尸体的内脏散发出一阵阵腐臭的气味。但辛泰拉不在乎。她咬下一大块肉，吞进肚子里，再咬，再吞咽，以最快的速度吃光车中的一切。即使每一头龙都能分到一辆手推车，如果有的龙抢先吃光了自己车里的食物，就很可能会过来争抢她的最后一口食物，这样的事情并不少见。

在匆忙之中，辛泰拉推翻了自己的小车，让最后几块肉散落了一地。最后一条鲤鱼身上沾满了尘土，又黏住了她的喉咙，让她不得不用力甩头，努力想把它咽下去，但这条鱼仍然哽在她的喉咙里。辛泰拉顾不得其他，只好先跑到饮水坑去——河水从侧面渗进这个坑里，充满坑中的水不像河水的酸性那么强。辛泰拉将长嘴探进饮食坑，长饮了一口水，向天空抬起头，把水吞进肚子。但那条鱼仍然黏在她的喉咙上。她又喝了一大口水，终于把鱼冲进肚子里，宽慰地打了个嗝。这时一个人提问的声音吓了她一跳："你还好吗？看起来你噎住了。"

辛泰拉缓缓地低下头。站在她肩膀旁边的是一个身材细瘦的雨野原女孩，在她的面颊上有一些细小的鳞片被太阳照亮，闪耀着点点银光。辛泰拉没有对这个人类说一句话，而是转过头，看着河边的泥土平地。乘小船来的人类仍然有一些挤在他们的小船边，没有走过来，但他们之中已经有零零星星的几个人离开群体，来到龙群之中。辛泰拉将注意力转回到和她说话的这个女孩身上。这个人类几乎还没有她的肩膀高。她嗅到了木头的烟气和恐惧的气味。她张开口，深吸了一口气，充分吸进这个女孩的气味。她将这口气呼出去的时候，看到女孩被她的气息喷到，向后瑟缩了一下。"为什么你要问这个？"她问道。

女孩没有回答这个问题，而是向森林指了一下说道："你孵化的那一天，我就在那里，在那棵树上看着你。"

"我没有在这里'孵化'。我是从我的茧中出来。你对龙竟然这么无知，不明白这其中的区别吗？"

女孩面部的皮肤温度和颜色都发生了改变——她体内有更多血液涌向了那里。"我并不无知。我知道龙的生命之初，是开始于在遥远的沙滩上孵化出的长蛇。'你在这里孵化'，这只是一种说法。"

"这样用词很不谨慎。"辛泰拉纠正她。

"我很抱歉。"女孩道歉。

"很抱歉。"赛玛拉匆忙地说道。这头龙看上去脾气很不好，也许选择她是一个错误。赛玛拉向刺青瞥了一眼。那个男孩正试图接近一头绿色的小雌龙。而那头绿龙似乎完全没有注意到他，直到刺青过于靠近那头绿龙的肉车，绿龙才向他发出威胁的嘶吼。拉普斯卡已经伸出双臂，抱住了一头体型如同小牛的小红龙，用手指挠着小红龙头部靠近颈鬃的地方。小红龙靠进他的怀里，愉悦地蹭着他。片刻之后，赛玛拉意识到拉普斯卡正在从小红龙的身上挠掉大量的寄生虫。那些多肢虫子像雨点一般从龙身上落下，拉普斯卡则越发卖力地挠着小红龙的鳞甲。

其他大部分龙群守护者仍然簇拥在小船周围看着他们。格瑞夫特在小船碰到岸边的时候就宣布了他挑中的龙："那头大黑龙是我的。所有人都别过去，在你们靠近其他龙的时候，先让我有机会和他聊聊。"

也许真的有一些人被格瑞夫特自封的领袖权力镇住了，但赛玛拉没有。她已经看到了她想要照顾的龙。那是一头闪闪发光的蓝色雌龙，在她短小的翅膀上还有闪耀的银色斑纹，连续不断的鳞甲皱褶覆盖了她的全部脖颈，就像是贵妇人的长裙，尽管翅膀过小，但在龙群之中她依然是外形姣好的。赛玛拉相信她拥有着非凡的生命力，所以一开始就大胆地靠近了这头龙。现在她却有些怀疑自己是不是做了一个糟糕的选择。这头蓝龙看起来对她并不算特别友善，而且这头龙很高大，刚才她大口吞吃小车上的鱼肉，那样子似乎表明，要填饱她的肚子会是一项难度很大的挑战。不，这是不可能的——赛玛拉心情沉重地意识到了这一点。她在崔豪格时以为自己能够胜任这份工作，现在她才明白这根本是一个毫无希望的任务。如果她要一个人喂养一头龙，那头龙在大部分的时间里一定都只能饥肠辘辘。

这头龙就算是填饱了肚子，脾气似乎也不会太好。如果等到她走了一天的路又肚子空空的时候呢？ 赛玛拉很不情愿地扫了一眼其他龙，想要寻找一个更好的对象。面前这头龙显然一点都不喜欢她。

但其他守护者已经纷纷鼓起勇气，进入了龙群。凯斯和博克斯特向两头橙色的龙走去。赛玛拉心中掠过一个疑问——这两兄弟是不是无论干什么都会做出相似的选择？ 希尔薇有些羞怯地将双手背在身后，低垂着头，正低声和一头金色雄龙说着话。就在赛玛拉看到他们的时候，金色雄龙昂起头，露出一段蓝白色的喉咙。洁珥德站在一头有黄金条纹的绿色雌龙身边。当其他守护者在龙

283

群中分散开的时候,赛玛拉迅速点数了一下,守护者的数量并不够。龙要比他们多两头,这会成为一个问题。

"你们为什么会来这里? 这种侵扰算是怎么回事?"

龙的声音中带着怒意,仿佛赛玛拉冒犯了她。赛玛拉被吓了一跳。"什么? 难道他们没有告诉你们,我们为什么会来?"

"谁应该告诉我们?"

"议会。雨野原议会成立了一个委员会,专门负责解决龙的问题。他们决定要让龙群迁移到河上游一个更好的地方去,这样对龙才更好。那里有开阔的草原,干燥的土地,还有大量猎物可以供你们享用。"

"不。"龙冷冷地否认。

"但……"

"这不是他们决定的。没有人类能决定我们的任何事。是我们告诉照顾我们的人类,我们要离开这个地方,为此我们需要他们的服务。我们要他们提供猎人和随从一路照料我们。我们告诉他们,我们打算返回克尔辛拉。小家伙,你有没有听说过那里? 那是一座古灵城市,一片阳光灿烂的辽阔原野,还有砂质河岸。居住在那里的古灵是拥有高度文明和渊博学识的物种,并且非常喜爱巨龙。那里的建筑物都是为了供我们使用而设计的。那片平原上充满了牲畜和野味。那才是我们要去的地方。"

"我从没有听说过这个地方,"赛玛拉有些犹豫地说。她不想再冒犯这头龙。

"你听说过或者没有听说过什么,我完全不感兴趣。"龙转过身不再看她,"那里就是我们要去的地方。"

这样不行。赛玛拉无助地向周围望了一眼。还有两头龙没有守护者。他们的身上全是污泥,迟钝的双眼没有半点光彩,只是蠢笨地嗅着空空如也的手推车。那头银龙的尾巴都溃烂了,另一头龙也许有着一层古铜色的皮肤,但已经肮脏到看上去更像是灰褐色,而且那头龙瘦得简直是皮包骨。赛玛拉怀疑他体内也像体表一样有大量寄生虫。根据赛玛拉冷静的评估,这两头龙都不可能在前往上游的漫长旅途中生存下来，但也许这没有什么关系。看起来，她那个和她守护的龙成为朋友的幼稚梦想，也不过如此。那是一个多么愚蠢的梦，她竟然想和如此强大高贵的生物建立友谊。在重新思考过这次远行的种种状况之后，她的心被沉重的现实狠狠压了下去。她要喂养并照料一个对她毫无善意的生物，而且这头巨大的生物只要随便一击就能要她的命。至少她的母亲还要比她矮一点呢！想到自己宁可待在母亲的身边，也不愿意陪伴这头脾气糟糕的龙，赛玛拉不由得扭曲嘴唇，露出一丝微笑。

龙向她的耳边喷了一口气："怎么了？"

"我什么都没有说。"赛玛拉低声说道。她想要躲到一旁，但这头龙已经盯住了她。

"我知道克尔辛拉。你没有听说过那个地方不代表它就不存在。我相信，我们要寻找的克尔辛拉，正是你所说的：'开阔的草原，干燥的土地，和大量猎物。'而且我觉得，如果任何一个雨野原人听说过那个地方，那里现在一定已经有雨野原人的居民聚落了。"

"的确，"赛玛拉不情愿地表示同意，同时又暗自思忖自己以前为什么没有想到事情会是这样？当然，那个委员会，那些年长而且睿智的雨野原商人告诉她，那片富饶之地将能被她找到，但他们又知道些什么？他们之中没有一个人看上去像猎人或采集者，甚至很可能连树冠层都没有去过，更不要说沿河岸进行探索了。如果这样的地方并不存在呢？这会不会只是一个将龙群和照料他们的人赶出卡萨里克的阴谋？

赛玛拉将这个想法推到一旁。这个念头让她感到害怕，不只是因为这也许是真的，而是因为她突然明白了，和她签署契约的那些人，完全有能力将这些龙和他们的守护者放逐到一场只能沿沼泽河岸不断前行的艰险旅程中。"为什么你们如此确信克尔林格是存在的？"她问这头高大的蓝色雌龙。

"如果你想要谈论克尔辛拉，那么你至少应该先念对它的名字。你对于言谈用语实在是太不注意了。不过我估计像你们这样小脑子的生物，记忆任何信息都应该是很困难的。至于说我们为什么知道它的存在，那是因为我们记得它。"

"但你们从没有离开过这片河滩。"

"我们拥有祖先的记忆。嗯，至少我们之中的某些龙，拥有一部分祖先的记忆，而克尔辛拉正是我们得以继承的记忆之一。那座城市矗立在阳光下的宽阔河岸上。那里的井中会涌出甜美的银色水流，那里的广场和建筑物可以同时供古灵和巨龙使用，那里的秀美原野上全都是肥美的牛群。"龙用梦幻般的声音描述这些。片刻之间，赛玛拉几乎感觉到这头龙正渴望着充满温热血液和多汁肉块的肥硕牛只，然后是痛快的洗浴和在河边白色沙滩上打着瞌睡，度过漫长悠然的一天。赛玛拉摇摇头，清理掉头脑中的这些想象。

"怎么了？"龙问道。

"我们发现的古灵城市都被深埋进了淤泥里。这些城市的居民也早就死了。他们留下来的织锦和绘画，让我们看到了一个和现在的这里截然不同的地方。这使得我们的学者在很久以前就宣称古灵的故乡还在南边很遥远的地方，而不是他们曾经在这里建造的城市。"

"那么你们的学者就错了。"龙断然说道，"我们的记忆也许是不完整的，但我能告诉你，我记得卡萨里克旁边是一条很深的大河，湍急河水在贴近河岸的地方形成轻缓的乱流，再向外就是夹杂银色条纹的黏土河岸。那条河的水深足以供长蛇轻松上溯。古灵船只也能够一直航行到卡萨里克以及更向上游的其他城市。卡萨里克本身并不是一座很大的城市，但它也有许多奇妙的地方。如果被你们称作崔豪格的那片结茧地被占满了，卡萨里克就会成为长蛇的第二结茧地——这也是卡萨里克最著名的地方。这片第二结茧地并不是在每一个迁徙年都会使用，但在一些年份里，它的确还是用得到的。所以卡萨里克拥有一些足够高大的房间，能够供前来照料龙茧的巨龙们居住。这里还有观星室，它的屋顶是玻璃的。古灵们一直习惯于在夜晚借助那片玻璃屋顶研究星象。进入星室需要经过一条长长的走廊。那条走廊的墙壁上装饰有宝石镶嵌的各种图案。那些宝石能够自己闪耀出明亮的光彩。那条走廊中没有窗户，这样来访者就能更容易地欣赏闪闪发光的宝石壁画。我还记得古灵在卡萨里克建造了许多娱乐设施，其中有一座水晶墙壁的迷宫。他们称它为时间迷宫。当然，那只是一些愚蠢的奇技淫巧，不过他们似乎很喜欢那东西。"

"我不知道那样的房间有没有被找到，我从没有听说过这种事。"赛玛拉遗憾地说。

"没什么关系，"龙回答道，她的声音突然变得严厉起来，"永远消失的奇迹并不只有这些。你们人类在那片废墟中挖掘，就像是钻进屎堆中的甲虫。你们根本不知道要寻找什么，对于那座城市，你们根本不懂得欣赏。"

"我想我该走了。"赛玛拉低声说。当她转过身的时候，失望的情绪从她的胃里冒出来，不断啮咬着她。她看了看另外两头无人照料的龙，想要找到一点对他们的同情，但他们的眼睛里没有半点光彩，可能他们根本就是瞎子。他们甚至没有去注意其他龙正在和各自的守护者进行交流。那头泥巴褐色的龙正懵懵懂懂地咬着手推车血污的边缘。不管怎样，赛玛拉签下的契约中，并没有规定她要成为一头令人敬畏又非常聪明的生物的同伴，她只在契约中承诺她会竭尽全力陪同一头龙进行这场可怕的探险，也许挑一头不要让她有什么期待的龙是更明智的选择。也许她最明智的做法是根本不要有任何期待。

其他所有守护者的选择看上去或多或少都已经获得了成功。拉普斯卡和他的红龙显然是最喜欢彼此的。他已经带领那头肢体短粗的小家伙走到森林边缘，用一把把松针清理红龙鳞片缝隙中的寄生虫。那头小红龙在他的抚摸中快乐地扭动着身体。看样子，洁珥德也赢得了她那头有着金色斑纹的绿龙的信任。那头龙正抬起一只前爪，让洁珥德检查她的爪子。格瑞夫特尊敬地和那头黑龙保持着一段距离，但也相谈甚欢。希尔薇和她的金色公龙找到了一个阳光很好的地方，一同在满是裂隙的河边泥岸上安静地坐了下来。

赛玛拉回头去看刺青和刺青接近的那头身材细瘦的绿龙。一开始，她没有看见他们，不过她很快就发现他们两个已经到了水边。刺青手中拿着他的鱼叉，沿着岸边来回走动。绿龙则饶有兴致地看着他。赛玛拉怀疑刺青根本找不到能够让他使用鱼叉的大鱼，甚至可能连鱼都看不见。但刺青显然赢得了他的龙的注意。而赛玛拉就没能做到。对于刚才她最后说的那句话，这头蓝龙甚至没有任何反应。

"谢谢你和我说话。"赛玛拉不抱任何希望地留下这句话,就转身打算安静地走开。就那头银龙吧——她做出决定。那头银龙尾巴上的伤口需要得到清洁和包扎。赛玛拉推测他们将沿河岸,或者在河中行进。如果没有得到治疗,酸性河水肯定会让伤口的溃疡进一步扩大和恶化。至于那头皮包骨的古铜色龙,如果赛玛拉能找到一些鲁斯金叶和一条鱼,她会尝试给那条龙除去肚子里的寄生虫,但她不知道鲁斯金叶是否能清理龙的消化系统。她向那头龙走过去,仔细审视他,随后便决定这样做应该不会有害处。关于喂龙服药的问题,她找不到任何人能提供建议,但如果任这头龙继续这样瘦弱下去,他很快就会死了。

赛玛拉突然意识到自己其实能够得到这样的建议。她转回身看着那头对她丝毫不掩饰敌意的蓝龙,鼓起勇气问道:"我能问您一个关于龙和寄生虫的问题吗?"

"你关于言谈举止的礼仪,都是在哪里学的?"这个问题之后紧跟着一阵"嘶嘶"的声音。蓝龙的气息并没有喷到赛玛拉身上,但赛玛拉能够看到混杂在这股气息中的稀薄毒雾。

赛玛拉被吓了一跳。她只能小心地问:"提出这样的问题是很无礼的吗?"她想要后退一步,却又不敢有任何动作。

"你怎么敢背对着我?"

在这头龙的长脖子上,那些鳞片"皱褶"全都立了起来。赛玛拉不明白它们的用处,但根据她对动物的了解,这应该是攻击性的表现。一抹亮黄底色出现在竖起的鳞片下面,仿佛一朵鲜艳的爬虫之花绽放在赛玛拉的眼前。这头龙用一双古铜色的大眼睛紧盯着赛玛拉。赛玛拉注意到这双眼睛在缓缓地转动,就好像两潭熔融铜水形成的漩涡。这种景象美得令人窒息,又恐怖得令人心悸。"我很抱歉,"赛玛拉无助地向面前的龙表示歉意,"我不知道这是失礼的行为。我还以为你想要我走开。"

有某个地方出了问题,辛泰拉却不知道出了什么问题。这个女孩本应该被她彻底迷住,跪倒下去乞求她的注意。但女孩却转过身要走开。众所周知,人类很容易就会被龙的魅力迷倒。辛泰拉进一步张开自己的鳞甲,晃了一下头,播洒出一片魅惑的雾气。"你不想侍奉我吗?"她问这个女孩,"你不觉得我很美丽吗?"

"你当然很美丽!"这个人类喊道,但她的姿态和从她身上散发出来的恐惧臭气,暴露出她的心情不是痴迷,而是害怕。"我今天第一眼看见你的时候,就选了你作为我最想照顾的龙。但我们的交谈很……"女孩的话没有说下去。

辛泰拉向女孩的思绪伸展过去,却只找到一片迷雾。也许这就是问题所在。也许这个女孩太过愚蠢,无法受到魅惑。辛泰拉在自己的前世记忆中寻找与之相似的人类。一些人类的确非常愚钝,甚至听不懂龙在说些什么。这个女孩却似乎能够清楚地领会她所说的每一个字。那她的问题又在哪里? 辛泰拉决定稍稍测试一下她的力量,看看这个女孩是不是真的很脆弱。"你的名字是什么,小人类?"

"赛玛拉。"女孩立刻回答道。但就在辛泰拉对自己的手段感到得意时,女孩却反问道:"那么你的名字呢?"

"我不认为你有权利知道我的名字!"辛泰拉反驳道,同时也看见了这个女孩的瑟缩,但赛玛拉的心中只有真正的畏惧,丝毫找不到在受到这种拒绝时应该有的绝望。随后,这个人类什么都没有说,也没有再次请求知道辛泰拉的名字。辛泰拉便直接问道:"你难道不想知道我的名字?"

"我想知道,因为这样能让我更方便地和你说话。"女孩犹豫着说。

辛泰拉笑了起来,又语带挖苦地问道:"但你不是为了拥有对我的权力?"

"你的名字能给我什么样的权力?"

辛泰拉俯视着这个女孩。她真的对龙的真名所具备的威力全然无知? 如果她知道龙的真名,只要用法正确,就能迫使龙说实话,遵守承诺,甚至能够让龙为她做事。如果这个赛玛拉是如此无知,辛泰拉当然不打算将如此宝贵的信息让她知道。于是辛泰拉转而问道:"如果你为我选一个名字,你要叫我什么?"

女孩的心境从害怕转变为感兴趣。辛泰拉让眼睛转动得更慢了一些。赛玛拉向她靠近了一步。好的,这样好多了。"怎样?"蓝龙再一次发问,"你会给我一个什么样的名字?"

女孩咬住上嘴唇,沉默了片刻,然后说道:"你的身体是一种可爱的蓝色。在树冠层高处有一种扎根在树干裂缝中的绞缠藤蔓。它的花朵是深蓝色,花蕊是亮黄色。它的香气会吸引来昆虫、小鸟和小蜥蜴。尽管它没有你这样美丽,但你让我想起了它。我们称那种花为天空之喉。"

"所以你要给我一朵花的名字? 天空之喉?"辛泰拉一点也不高兴。她觉得这个名字又愚蠢又脆弱。但这个问题是她向女孩提出来的。也许在这件事上,她可以迁就一下这个人类。但她还是问道:"你难道不认为我应该有一个更加刚强犀利的名字吗?"

女孩低头看着自己的脚,仿佛龙戳穿了她的谎言。然后她低声承认说:"天空之喉很危险,不能触碰。它们非常美丽,散发出的芳香更是充满诱惑,但它们花蕊中的蜜露能够在转眼间融化一只蝴蝶,也能在不到一个小时的时间里消融一只蜂鸟。"

辛泰拉愉悦地张开长颚,总结道:"那么,让你把我和那朵花联想在一起的并不只是颜色? 而是那朵花的危险?"

"我想,是的。"

"那么你可以叫我天空之喉。你有没有看见那个男孩对那只红色小鸽子所做的事情?"

女孩顺着辛泰拉的一瞥望向远处,拉普斯卡从树上折下了一满捧生满松针的小树枝,正卖力地用这些树枝摩擦他的龙的脊背,被擦掉一切污泥和尘垢之后,就连那头肢体短小的红龙也仿佛太阳下的一颗烁烁放光的红宝石。赛玛拉回答说:"我觉得他那样做没有任何恶意。他应该只是想要除去红龙身上的寄生虫。"

"没有错。而且松针上的蜡质对皮肤很有好处。"辛泰拉和蔼地对赛玛拉说,"我允许你如此为我服务。"

随着柏油人号缓缓驶向泥泞的河岸边,艾丽斯看到眼前奇异的景色,不由得感到一阵剧烈的嫉妒。在最后几个小时的午后时光,炙烤着裸露河岸的灼热阳光正渐渐退去,至少有十几头色彩各异的龙散布在河岸边,他们就是雨野原人一直在照料的龙群。一些龙倒卧在泥土中,安静地沉睡着。两个手持鱼叉的男孩,在河岸边缓步徘徊以寻找游鱼,两头龙站在水边,不耐烦地等待着男孩们捕捉的鱼。一头身材修长的金龙,正躺在阳光最后照射到的泥岸边缘,露出蓝白色的腹部,接受太阳最后的亲吻。金龙的旁边躺着一个小女孩,粉红色的鳞片在她的头顶闪烁着明亮的光泽,就像她照料的龙一样。在长长的堤岸尽头站立着一头体型最大的龙,他非常高,全身黑色,阳光落在他的身上,在他伸展开的双翼上映射出青蓝色的点点光亮。一名赤裸胸膛的年轻人正在擦洗黑龙的翅膀,他身上的鳞片几乎像龙鳞一样厚重。在河岸的另一端,仿佛与之相对应,一个女孩拿雪松树枝当作扫帚,正在勤勉地为一头俯卧在地的蓝龙清洁身体。当这个女孩工作的时候,她的黑辫子就在背后一下一下地跳动。在艾丽斯的注视中,蓝龙动了一下,伸出一条后腿让女孩清扫。

"没想到这些龙都有人类照料。我是说,我知道有猎人在为他们提供食物,但我还不知道⋯⋯"

"这些人也是刚刚才到。"莱福特林有一种特别的本领,让他每次在打断艾丽斯说话的时候,都只让艾丽斯感到友善,而不是粗鲁,"他们就是你听说的守护者,将会陪同龙群向上游迁徙。他们来到这里也只有一天,至多两天。"

"但他们之中有些人还只是孩子!"艾丽斯说道。她的语气变得严厉,但并不是在关心这些孩子。她明白,她其实是在嫉妒。这些守护者还只是乳臭未干的年轻人,却在做着她梦寐以求的事情。曾几何时,她一直在幻想自己会是第一个和龙交朋友的人,第一个与龙进行友善的接触,赢得龙的信任。听艾惜雅和贝笙对龙的描述,她本以为这些龙都是心智未开的巨大爬虫,也许正等待着她用理解和耐心,以开启他们先天的睿智。而这片河岸却如同她梦想上的一扇破碎窗棂,让她看到了冰冷的现实——她不会成为巨龙的拯救者,她不是唯一能理解龙族的人。

对于艾丽斯的斥责,莱福特林只是耸了耸魁梧的肩膀,他误会艾丽斯是在为这些孩子而担心。"雨野原人成熟得都很早,尤其是他们这样的年轻人更不会有什么童年可言。看看他们。他们的父母能够把他们养大就已经是奇迹了。这些年轻人身上的变异不可能都是最近才出现的,他们之中有的人还有爪子,那只可能是生来就有的。看到那个小伙子了吗? 我打赌,他生下来的时候头顶就覆盖着鳞片,而且全身都没有一点毛发。不,他们的身体全都有问题。所以他们才会被挑选出来。"

船长对于那些守护者生硬冰冷的评述,让艾丽斯在惊骇中一时陷入了沉默。

"那么你和柏油人号也有问题吗? 所以你们才会被选中参加这次远征?"塞德里克的声音就像河水一样酸。

谁也不知道莱福特林有没有注意到塞德里克声音中那种明显的厌恶情绪,对此他没有任何表示。"不,我和柏油人是被雇佣的,给我们的契约条件相当优厚,而且责任规定也像最好的契约一样清晰严密。总而言之,这份契约对于柏油人和我都非常有利。"他以明显的动作朝艾丽斯眨了一下眼。艾丽斯的面颊差一点变成了红色——这一点塞德里克并没有注意到,他只是听船长继续说,"这不只是因为除我以外,没有人愿意接下这份任务,更是因为雨野原议会知道,这个任务其他人根本没有能力接下来。柏油人和我能向上游航行得比其他任何大型船只都要远。也许有一些寻找兽群的猎人或是其他孤身探险者,会乘坐独木舟向上游走得更远,但议会要做的事情可不是独木舟能做到的。"

"议会只想把这些龙从卡萨里克赶走。"

"塞德里克,你这样说未免有点太苛刻了。好好看看他们,他们现在的生存环境显然很不好。他们的身体也很不健康。这里没有野兽能供他们狩猎,而且他们正不断地杀死周围河岸上的树木。"

"他们还阻碍了对于这座城市废墟的挖掘——这可是一项很有利可图的生意。"

"是的,这一点的确没错。"莱福特林回应道。塞德里克的话显然有些激怒了这位船长。

艾丽斯侧目看了塞德里克一眼,塞德里克的最后这句话是带刺的。现在塞德里克显得相当烦躁不安,艾丽斯明白这位朋友的心情,毕竟她和船长在卡萨里克商人大堂停留的时间,比自己预料中的还要长久得多。他们与负责龙群迁徙的委员会逐条商讨和莱福特林签订的契约细节,仅这一件事就用了几个小时的时间。古灵麦尔妲参与了整个漫长的商讨过程,但每过一个小时,她都更像是一位疲惫不堪的孕妇,而不是兼具优雅和强大的古灵。艾丽斯一直在温婉有礼却又贪得无厌地观察着她。

当艾丽斯第一次知道人类能够变成古灵的时候,这个事实一下子打破了她对现实的认知。她从小时候就知道,古灵是一种传奇,是只存在于传说和神话中的飘渺而又强大的生物。在四处传播的神奇故事里,古灵拥有非凡的优雅和美丽,更拥有强大的力量。有时候,他们会英明地运用他们的力量,有时候他们又显得恣意残忍。当最初的雨野原居民在这里发现了古代文明的遗迹,后来又将这些遗迹和无比神秘的古灵联系在一起的时候,许多人对此都充满怀疑。又过了许多年,世人才逐渐接受这一事实——古灵是真实存在的,埋藏在雨野原地下的那些带有魔力的神秘宝藏,是他们在这个世界上最后留下的痕迹。他们曾经是辉煌一时的魔法族群,而现在已经永远地消失了。

居住在雨野原的人们有时会发生不幸的变异,呈现出丑陋怪异的样子。很长时间里,都没有人将这些变异跟卷轴、织锦和传说中描绘的拥有非凡美貌的古灵联系在一起,皮肤上的鳞片和发光的眼睛并不会给人带来美感,而雨野原人的后代在承受这些变异折磨的同时,寿命也大幅度缩短了,这和传说中几乎拥有永恒生命的古灵,更是截然不同的。秃鹫和孔雀都有羽毛和尖喙,但任何人都不会将这两种生物混为一谈。缤城的麦尔妲和瑟丹·维司奇，雨野原的雷恩·库普鲁斯都发生了改变，就像那些受到雨野原影响的人也发生了改变，但他们没有变成怪物，而是成了仙子。巨龙的碰触让他们变得超凡脱俗。艾丽斯相信，当婷黛莉雅脱出茧壳的时候，他们就在那位巨龙女王的身边，并且随后又和婷黛莉雅共同生活了很久，才使得他们的容貌发生了这样大的变化。

在莱福特林和商人议员们讨价还价的漫长时间里，艾丽斯一直这样观察着麦尔妲·库普鲁斯，心中思考着各种问题。柏油人号的船长对这段耗时甚多的商谈丝毫不感到无聊，他一字一句地确定着契约的内容，为此而爆发出来的热情，就好像是一头竭尽全力要将公牛拽倒的斗牛犬。就在他和商人议员们讨论谁应该出钱购买食物，柏油人号能够运载多少物资，供守护者们使用的小艇是否应该由他来负责，如果龙对他的船造成损坏又该由谁来赔偿，以及上百项其他条款的时候，艾丽斯只是悄悄地端详着那位古灵女子，心中暗自感叹。一个人类身上出现了类似于龙的变化，实在是太难被忽略了——或者可以说是类似于爬虫的变化，艾丽斯审慎地做出如此推断。这些鳞片，这些非同寻常的增生，麦尔妲额头上的突出物都说明了她与龙的联系。但还有一些变化依然让艾丽斯感到困惑不解，比如这位古灵全身骨骼的怪异延长。

艾丽斯不知道，古灵是否确切知道是什么因素让他们从人类变成了古灵，因为他们没有在这个问题上留下任何只言片语，至少在艾丽斯读过的卷轴是没有记载的。同时艾丽斯又有些好奇：古灵是否已经与人类完全不同，属于另外一个种族了？是否一直都有人类变成古灵？还是古灵群体完全脱离人类独立生存？就算是那样，古灵和人类也许还会有一些交流？艾丽斯完全陷入自己的沉思中，直到莱福特林船长突然宣布说："那么，一切都安排好了。等你们将物资送到码头上以后，我立刻就能出发。"艾丽斯才像突然从梦中被惊醒。她向周围扫视了一圈，看到议会成员们纷纷从椅子上站起身，走过来与莱福特林握手。一份合约摆放在船长面前，上面清晰地写下了双方约定的每一项条款，并留下了全部与会成员的签名，又被谨慎地用细沙吸干了多余的墨水。麦尔妲看上去比刚才更加衰弱了。她也签下了自己的名字，现在正注视着艾丽斯。这位来自缤城的女客人鼓起勇气，向前走去。

但没等她走到麦尔妲面前，疲惫却依然不失优雅的古灵女子，已经向她走来并握住她的双手，对她说："我真的不知道该如何感谢你。我很希望能够亲自参加这次探险。这不是因为我爱那些龙，而是因为他们实在很难相处，几乎像人类一样顽固又刚愎自用。"

艾丽斯吃了一惊。她本以为这位古灵会向她表达对于那些龙无比的挚爱，并恳求她尽可能保护好他们，但这位古灵女子只是继续说道："不要信任他们。不要以为他们有什么特别高贵之处，或者以为他们比人类拥有更高的道德水平，他们绝非如此。他们就像我们一样，只不过身体更大，更强壮有力，并以他们的方式继承了许多前世的记忆。所以，一定要小心。无论你从他们那里学习到什么，无论你是否找到了克尔辛拉，请一定要将所有信息都记录下来，带回给我们。因为人类迟早都必须与种群发展到相当规模的龙分享这个世界。我们已经完全忘记了与龙的相处之道。但他们并没有忘记人类。"

"我会小心的。"艾丽斯有些无力地做出承诺。

"我会记住你的话。"麦尔妲微笑着说，片刻之间，她的面孔看上去仿佛更像一个人类了，"你看上去像是一位懂得承诺有什么意义的商人。在这个时候，我们正需要更多像你这样的人。但现在，恐怕我必须回家去休息一下了。"

"需要有人陪伴你回家吗？"艾丽斯大着胆子问道。但麦尔妲只是摇了摇头，放开艾丽斯的双手，缓慢而优雅地登上了通向门口的短楼梯。艾丽斯继续看着她的背影，直到莱福特林沉重的手掌按在她的肩膀上。

"好了，你可不只是我们的旁观者！我倒是想知道，贝笙·特瑞尔在传讯要我接待你的时候，是否知道他给我送来了怎样的运气！我估计他根本不知道。不过事实就是这样。来吧，我的幸运女士，契约上就差你的签字了，我们全都在等着呢。"

在一阵错愕之中，艾丽斯走过房间。她不应该这样做，她不能这样做。她以前有签署过这样束缚住她的文件吗？只有她和诏谕的婚姻契约。在她的记忆中，那份契约只剩下一场噩梦，而那时她是那样心甘情愿地在众人面前签下了自己的名字。那是她唯一一次像商人那样签下对自己有约束力的契约。一次又一次，她回想那个下午。现在当她想到诏谕是那样急于完成仪式，她才明白当时的诏谕根本不是迫不及待想要进入洞房的新郎，而是急于签完一份普通契约的商人。艾丽斯一直都很后悔自己走到今天这一步。她怎么还会想要将自己的名字签在另一份文件上？ 她的目光在自己名字上方的文辞上扫过。有人为她争取到一份酬金，她随船而行的每一天都会得到定额的薪水。她能够挣得金钱，属于她自己的金钱，这种感觉真的很奇特——只要她接受这个任务。她知道，她会接受的。

因为她想要这个任务。因为尽管成了诏谕的妻子，她的血管中仍然流动着商人的血液，她也还能够做出自己的决定。这是她的手，熟悉的布满雀斑的手。她拿起笔，蘸入墨水瓶中。她有一种奇怪的感觉，自己仿佛在很遥远的地方看着这一幕，看着自己龙飞凤舞地写下名字的每一个字母。"好了，就这样吧。"她开口说道，同时听见自己微弱的声音在宽大的房间中回荡。

"好的。"商人博斯克表示同意，同时在文件上洒下了大量的细沙。艾丽斯看着她将沙粒抖落，让自己黑色的签名清晰地留在纸面上。她刚刚做了什么？

莱福特林船长在她身边发出衷心的笑声，然后握住她的手臂，牵着她转过身，带她离开商人大堂。"这真是个适合签约的上午，对我们两个都是。必须承认，有你陪我进行这次探险，实在是太好了。商人议会坚持说他们在今天傍晚之前就能为柏油人装载好物资，让我的船做好起航准备。我们两个之间不必再有什么客套了。我知道我得到了契约，并且我已经安排好了我想要得到的物资。现在，我们距离踏上行程的第一步已经不远了。从码头后方再走一个小时，便是龙群栖息的地方。我们还有一点可以自由支配的时间。我已经雇了一个跑者把讯息告知给轩尼诗，他是一名优秀的大副，我相信他能把装货的事情安排妥当。所以，我们是否能在出发之前稍稍游览一下卡萨里克？ 你和我说过，你经过崔豪格的时候就没有机会好好看看那座城市。"

艾丽斯本应该拒绝船长的邀请。她应该坚持立刻回到船上。但经历过这个上午的冒险之后，不知为什么，她已经无法再接受以前那种按部就班的怯懦生活了，她也不知道自己该怎样看着塞德里克的眼睛承认刚刚所做的一切。塞德里克，喔，莎神怜悯！不，她现在还没办法去认真思考这件事。她大胆地伸手挽住莱福特林的手臂，同时向船长说道："我很高兴能看一看卡萨里克。"

于是，船长带领她参观了这座"城市"。实际上，卡萨里克很难被称作是一座城市。这是一座充满活力的小镇，年轻而粗糙，还在迅速成长之中。艾丽斯相信，莱福特林船长是故意为她挑选了一条最有冒险气氛的游览路线。他们首先走进一个令人头晕目眩的篮子，关上看起来脆弱不堪的护栏门扇。然后莱福特林拽了拽一根一直通向他们头顶上方的绳子，艾丽斯听到一阵微弱的铃声。"我们要等他们给升降机加好配重。"船长告诉她。艾丽斯站在篮中，心脏因为兴奋而剧烈地跳动着。等了没多久，篮子猛地向上一跳，随后便缓慢而稳定地越升越高。这部升降机用了很轻却又很牢固的材料制作而成，内部空间非常小，让他们两个的身体几乎贴在了一起。艾丽斯向篮子外面望去，却依然能感觉到莱福特林健壮的身躯就在她的背后。在上升到一半距离的时候，升降机管理员站在对面的篮子里降了下去，管理员的身边还有一堆配重石，通过某种艾丽斯没能发现的手段，他在半途中让升降机停下来，从莱福特林手中接过使用升降机的费用，随后才继续下降，也让艾丽斯和船长的篮子继续上升，这样的情景真是令人惊讶。他们经过了一些粗大的树枝，上面架设着木板步道，还有一排排房屋像装饰物一样悬挂在树枝上；还有摇摇晃晃的悬索桥，上面能够行驶车斗很小的手推车。悬挂这些吊桥的长索让艾丽斯想起了家乡的晾衣绳。当升降机终于到达目的地，管理员的助手操纵升降机停下来。这里距离地面一定已经很远了。一缕缕黄色的阳光透过浓密的树叶照射在艾丽斯的周围。管理员助手打开升降机的护栏门，艾丽斯走到一座由粗大树枝支撑的露台上，越过露台边缘向外望去，立刻倒抽了一口气，差一点惊叫出声。幸好莱福特林有力的大手握住了她的胳膊。"这是你第一次来到树上，很容易就会头晕。"船长一边提醒她，一边引领她走上一条以这根粗树枝为支撑的狭窄步道，向树干走去。

艾丽斯将双手按在大树干粗糙的树皮上，竭力表现出从容镇定的样子。其实她很想抱住这棵大树，但那就像是要抱住一堵墙。雨野原的植物是如此巨大，看上去不像生物植株，倒更像是一种地理风貌。当艾丽斯调整呼吸，挽回自己的仪表时，莱福特林一句话都没有说。直到艾丽斯转回头看着船长，他才向艾丽斯露出真挚友爱的微笑，眼神中看不到半点嘲讽的意味。他对艾丽斯说："我知道这边有一家非常好的茶点小店。"

他领着艾丽斯走过树干周围牢固的木板路，现在这座城镇要比艾丽斯刚刚到来的时候更热闹了。尽管这里的步道不像缤城集市日时的街道那样拥挤，但还是能看见许多行人。看到这些为了各种日常事务忙碌的人们，艾丽斯对他们的感觉也在慢慢发生变化。等到他们走进那家茶馆，要了一点食物之后，艾丽斯几乎已经不再对那些带有鳞片的面孔和样式陌生的服装感到大惊小怪了。她和船长有说有笑地吃着饭。一时之间，艾丽斯甚至忘记了自己是谁，也忘记自己身在何方。

莱福特林船长身材粗壮，几乎有些不修边幅。他并不英俊，衣着也算不上光鲜整洁，甚至可能没有接受过良好的教育。喝茶的时候，他丝毫不在意茶水溅在茶碟上。大笑的时候，他会扬起头，让笑声在整个房间里回荡。结果茶馆里的每一位客人都转过头来盯着他。这让艾丽斯感到很是困窘，但有这位船长的陪伴，艾丽斯觉得自己比任何时候都更像是一个女人。也许她一生中都不曾有过这样的感觉，正是这种感觉让她意识到，现在自己的行为不仅像是一名单身女人，更像是她不必为了自己以外的任何人负责。艾丽斯在惊骇中屏住了呼吸。下一刻，她才想起正是为了避免这种不应出现的情况，诏谕才会委托塞德里克作为她的监护人，保护她的名誉——不，艾丽斯随后又想到，是他的名誉。塞德里克警告她要避免的正是眼前这种情况。她匆匆喝完自己的茶，几乎是有些焦躁不安地坐在椅子里。而莱福特林仍然只是悠然享受着眼前的时光。

"我们是不是应该再去别处转转？"他们离开茶馆以后，船长这样对艾丽斯说。他的脸上带着笑容，显然是相信艾丽斯会欣然同意。

"恐怕我应该回去找塞德里克,向他解释计划有变。我觉得他肯定不会因此而感到高兴的。"艾丽斯说出的这番话在她自己的心底不断回荡,又勾起了她的一阵忧虑。塞德里克在柏油人号上只生活了几天就已经困苦不堪了。如果知道艾丽斯主动加入了龙群迁徙的远行,他又会有怎样的反应? 这趟旅行肯定要耗费几天,甚至几个星期的时间。塞德里克会不会拒绝参加远行?

这个想法让艾丽斯的心中充满了冰冷的恐惧。很快,一个更让她害怕的想法出现在她的脑海中。塞德里克会不会也禁止她参加这次远行? 如果塞德里克要求她必须放弃这个狂野的计划,她会接受塞德里克的判断吗? 如果塞德里克真的这样说了,她又该怎么做? 她已经将名字签在了契约上。任何商人都不可能考虑在这样的事情上反悔。但如果塞德里克宣布她无权这样做呢? 那么她又有多少权威可以让塞德里克回心转意? 毕竟,塞德里克是她的监护人,旅伴只是表面上的说法。当然,塞德里克不是她法定的监护人,更不是她的父亲。诏谕也清楚地说明过,塞德里克要听从她的命令。所以,如果有必要,她能够强迫塞德里克服从。这不正是诏谕付钱雇佣塞德里克的目的吗? 让塞德里克听从命令行事。毕竟他只是诏谕的仆人。

但他也是艾丽斯的朋友。

各种念头在艾丽斯的心中不安地蠕动着。最近,她开始越来越常想到塞德里克。这位朋友对她表现出的关注和顺从都让她感到高兴。今天早晨,艾丽斯在下船的时候,甚至没有告诉塞德里克她将要离开,她认为自己没有必要这样做。作为她的朋友,塞德里克一定能理解她,但是作为她丈夫的雇员,她被指定的监护人,塞德里克还能理解她吗? 她是不是在无意中将塞德里克放到了一个非常艰难的位置上? 于是,艾丽斯抢在自己受到引诱,决定跟随船长继续游览卡萨里克之前说道:"恐怕我现在就要回去了。我必须告诉塞德里克我已经……"她突然不知道该怎样说下去。她决定要做什么? 如果塞德里克反对,她能够坦然说出这样的话又不感到羞耻吗? 突然间,她确信塞德里克一定会反对她。

"我想你是对的,"莱福特林不情愿地表示同意,"你还需要列一张你想要带上船的物品清单。我在这里能找到不少好东西,一切置办物资的事情都可以交给我,等回到崔豪格的时候,我们再结算费用。"

"当然,"艾丽斯表示同意,但她的声音变得更加虚弱了。要开始一场新的长途旅行,她的旅费当然会增加。她怎么没有想到这一点? 谁又要为这笔多出来的旅费付账? 诏谕。喔,他看到账单的时候一定会很高兴吧! 和仅仅片刻之前相比,艾丽斯突然又觉得自己并不具备能力,也没有多独立。也许,如果塞德里克禁止她这样做,她反而会松一口气? 她看了看天空,或者想要这样做,只是树冠形成的篷盖将蓝天完全遮住了。他们在这里度过了多少时间? 有多少个她本可以用来研究龙群的小时都被虚耗在了这里? 商人议会显然是迫不及待地想要将龙群赶走。她还能有一整天的时间来研究龙群吗? 前来雨野原的这趟旅行是不是将要就此告终。她能够想象诏谕会怎样责备和嘲讽她对时间和金钱的浪费。这让她感到面颊一阵灼热。不能再有任何浪费了。

她咬紧牙关,和莱福特林一起快步走过摇晃的吊桥。当他们乘坐那个篮子,以她能够承受的最快速度下降时,她从没有过这种胃一直飘到了牙齿后面的感觉。莱福特林仍然在竭力放慢脚步,在遇到每一个熟人的时候都会寒暄一番。艾丽斯只能焦急地站在船长的身边——这样的情形在他们返回码头的路程中,仿佛重复了几十次。

对每一个熟人,船长为艾丽斯做的介绍都是:"缤城龙族专家,将会随龙群一同前往上游,负责龙群在新栖息地的安居工作。"这样的称谓本来会让艾丽斯得意洋洋,现在却只是不停地刺激着她。当她终于回到柏油人号上,却发现塞德里克不在船上的时候,她心中的烦乱不安一下子达到了顶点。

轩尼诗正在忙着将一个又一个装满各种物资的箱子和木桶运送上船。看到艾丽斯,他显得很惊讶。"噢,我们都以为你还会再睡一会儿。那个叫塞德里克的要我转告你,他上岸去为你们两个寻找'合适'的宿处了。"大副故意拙劣地模仿塞德里克的用词,让艾丽斯明白了这些船员是如何看待塞德里克上流社会的做派和洁癖的。

随后的一段时间里,艾丽斯只是站在甲板上,看着船员们向柏油人号的船舱中装载了那么多货物，不由得心中感到一阵惊叹。随后，她回到船长舱室中，试着想象在这里生活超过一个星期，或者有可能一个月会是怎样一种情景。这是一件标准的水手舱室，看上去相当有趣，不过当艾丽斯认真考虑要在这里生活一段比较长的时间，便开始觉得这里似乎的确有些幽闭狭小。她找了个理由，把头探进船员的统舱，又急忙退了出来。不，她无法想象让塞德里克继续住在这种地方。现在她更加确信，塞德里克一定会反对她参加这次远行。她回到甲板上，忧心忡忡地向上游望去。莱福特林曾经几次想和她谈一谈她个人所需的物品，而艾丽斯只是有些激动地问何时能看到那些龙。船长说，龙栖息的河岸就在上游，距离这里不到一个小时的航程。不过如果她要回到城中，利用步桥和滑索前往那里，那样所需的时间就会更久一点。艾丽斯谢绝了船长的提议，竭力找回自己的耐心和镇定。

在塞德里克看到她之前，艾丽斯就先看到了塞德里克。塞德里克大步走下码头，平时总是神情愉悦的他现在却显得冰冷阴沉。当他在码头上抬起头，看见艾丽斯坐在船舱顶上的时候，艾丽斯发现他深吸了一口气，随后又屏住呼吸。爬上船之后，塞德里克立刻向艾丽斯走了过来。他没有向艾丽斯问好，而是直接质问道："我听到的那些荒谬的谣言是怎么回事？我本想为我们租下房间，但旅店的老板娘却问我要这么多房间做什么，因为她早已听说从缤城来到这里研究龙群的女士，将在明天天亮以前，搭乘柏油人号前往河的上游。"

艾丽斯惊讶地发现自己在颤抖。诏谕曾经无数次嘲讽讥笑她，却从没有向她提高过声音。她认识塞德里克已经有很多年了，但从没有听到塞德里克的语气如此严厉，言辞中喷发出如此猛烈的怒火。她将双手攥紧，放在膝头，竭力强迫自己的声音稳定下来。"恐怕情况就是这样。我主动要求参加这次旅行。你知道吗，我陪同莱福特林船长参加了一场与卡萨里克商人议会进行的商谈，发现他们想要将所有的龙从这里迁移走，让他们前往上游。没有人确切知道他们将在何处建立自己新的家园。但这里的议会已经决定必须立刻让龙群出发。古灵麦尔妲也参加了那场商谈，但她无法陪同龙群去寻找新家，这让她非常哀伤。当我说我可以的时候，她……"

"不可能。"塞德里克打断了艾丽斯的讲述。他的面孔完全变成了赤红色,"我根本无法相信自己的耳朵！ 我不能相信你做了这种事！ 你不告知我就擅自跟着这个人下了船,现在你又让自己卷进了雨野原的政治中,提出我们不可能履行的承诺！ 这个连目的地和确切的回程日期都没有的鲁莽远征,你是不能参加的！ 艾丽斯,你在想什么？ 这不是一切都已做好安排的游戏。他们谈论的上游是一片荒无人烟的蛮荒之地,甚至根本没有人对那里进行过探索,参加这次冒险活动的人会遭遇各种危险,更不要说这种旅行的种种不适和简陋条件了。你根本不适合这样的艰苦生活,你甚至不能想象你在说什么。或者你能想象,但对于这样的事情,你能做到的也只有'想象'。你对于真实的情况根本就不了解。而且你还要考虑时间的问题。夏天不会永远持续下去,我们没有带来足够多的衣服,也没有为长期滞留在雨野原做任何准备。你也许没有认真打算过要回去,但我有！ 这太荒谬了！ 如果现在拒绝执行契约,一定会给我们造成巨大的困窘！ 诏谕在雨野原有生意伙伴。他的妻子答应了一件她不可能做到的事情,因此而食言,他们将会如何看待诏谕呢？ 你到底在想什么？"

从塞德里克开始他的长篇大论到他闭住嘴的这段时间里,一件奇怪的事情发生了。艾丽斯体内的颤抖停止了,她的心志坚定下来。在塞德里克充满怒火的眼睛里,艾丽斯突然看见了塞德里克眼中的自己——愚蠢,习惯于接受庇护,幻想着去冒险,又只能逃回到家中,一辈子没有自己"真正的目标",根本不明白真实的世界是什么样子,而能够在这个"真实世界"中承担种种责任的,只有塞德里克和诏谕。

艾丽斯也许是这样的人,但这不是她的错。她从没有被允许获得成长的经验,因此无法独立自主、有能力应对这个世界。她从没有被这样允许过——这个想法仿佛熔融的铁水一样烧灼着她。突然间,这股铁水凝固成为冰冷的决心。她不打算再接受什么"允许"。她绝不会再服从于别人的"允许"或者"不允许"。她会跟从自己的决心,哪怕这样会让她失去生命。为了实现自己的理想而死,肯定要好过回到家里,至死都不再被允许追随自己的梦。

所以，当塞德里克以文雅堂皇的言辞询问她在想些什么的时候，艾丽斯只是直白地回答："我在想，我终于可以对龙进行研究了。诏谕承诺过我可以，你很清楚，这是我和他结婚的条件之一。我可以来到这里，研究龙群。如果诏谕信守诺言，我在几年前就应该来了。那样一切就会简单得多。他一次又一次地忽略我们的婚姻契约，但我们已经到了这里。现在他履行承诺的唯一方法，就是让我跟随龙群前往上游，一路对他们进行研究。"说到这里，艾丽斯一时没有了气息，不得不停下来。

塞德里克盯着艾丽斯，张大了嘴。艾丽斯看到他吸气想要说话，便抢在他之前继续说道："就是这样，我已经和这里的商人议会签署了契约。我们要乘坐柏油人号前往上游，确保龙群重新择地安居。而且我们将在傍晚之前出发。莱福特林船长还需要一份由你拟定的清单，说明我们要带上哪些物资。等我们回到崔豪格，我会和他结清相应的款项。只要在这艘船上，我就能得到一份薪水，所以我有钱付给船长。当然，我会请求他改变船铺的安排，让我们都能在旅途中睡得更加舒适。"

艾丽斯抛出最后这句话，作为与塞德里克达成和平的手段。她希望塞德里克能够将注意力集中在这件事上，接受其余的一切安排。但她的战术没能奏效。

"艾丽斯，这太疯狂了！我们没有准备好……"

"如果你不立刻开始列出我们所需要的一切物资，我们就不可能准备好！难道这不正是你一直在为诏谕做的事吗？难道诏谕不正是命令你在这次旅程中为我做好这些事？那么就去做吧。"

随后，艾丽斯突然站起身，从塞德里克面前走开，就是这样。当塞德里克真的按照艾丽斯的命令去做的时候，艾丽斯却感到了震惊和持续不断的不安。那以后，艾丽斯一直在躲避着塞德里克，这在一艘船上绝不是一件容易的事情。在为他们改换宿处这件事上，莱福特林更是令人惊讶的通情达理。

"我已经考虑过这件事了，毕竟每个人对生活的要求都不会一样。我不介意将我的船铺让出一两个晚上，但如果你们要在这里住上一段时间，那只是这样就不行了。不过你看,我们能够在甲板上建起临时性的宿舍。我以前在运牛的时候这样做过。为乘客搭建宿舍也不会有太大区别。柏油人号本来就是为了实现多种用途而设计的。喔,不要这样看我!你会发现,无论多么精致的小家伙,我都能让他感到足够舒服。"然后船长带着粗野的笑容,转头朝向闷闷不乐的塞德里克。

莱福特林果然说话算话。艾丽斯在之前还没有注意到甲板上已经固定好了框架。很快,这些框架上就被安装好了墙壁。为她和塞德里克建造的房间并不大,也不算精致,看上去倒更像是一个盒子形状的大畜栏。但它们是能够确保个人隐私的房间。当吊床在房间中被布置好,艾丽斯的行李箱被摆放进去的时候,艾丽斯发现自己能用行李箱为自己营建出一个颇为温馨的小巢。她可以在这里坐下来书写,还有一盏专供她使用的油灯。不过莱福特林也严厉地警告过她,如果使用油灯,就时刻都要小心。"将燃烧的灯油洒在一艘船上,从来都不会是一件小事情。"艾丽斯和塞德里克的房间有一道共享的墙壁。当房间的墙壁完全铺设好之后,塞德里克就走进他的房间,并立刻关紧了房门。

那以后,塞德里克一直留在他的房间里,直到柏油人号离开了卡萨里克的码头。不到一个小时之后,驳船已经来到龙群栖息的泥泞河岸旁边。这时塞德里克的样子看起来比之前好了很多。拥有私人空间,小睡一阵,能独自吃一顿饭,再换上衣箱中的新衣服,这些似乎恢复了他的精神,只是没能恢复他的魅力。他没有针对艾丽斯的强硬手段直接说些什么,但还是说了些刺耳的话,让艾丽斯知道他没有原谅她。艾丽斯只能暗自摇摇头,转过头不再理塞德里克。她可以等到以后再对付塞德里克,现在她不会让任何事情破坏她第一次见到幼龙的心情。

"他们可真大!"塞德里克的声音中流露出气馁,"你不会打算下船到他们中间去吧!"

"我当然要这么做,迟早会这样做。"艾丽斯不想承认,她也觉得站在柏油人号的甲板上观看龙群要更安全得多。

在河岸边,那头金龙突然抬起了头。他身边的小女孩也动了动。金龙向他们看过来,同时翕动鼻翼,发出响亮的抽气声,随后便翻身站起,晃动着笨重的身躯向他们走来。

"他想要干什么?"莱福特林不安地喃喃说道。在他的眼前,金龙一步步向柏油人号靠近,一边转动着长脖子上的头颅,用一双烁烁放光的眼睛好奇地看着柏油人号。他又向前迈出几步,探过鼻子嗅了嗅驳船。塞德里克从船栏杆边向后退去。"艾丽斯。"他向艾丽斯发出警告,但船长没有任何动作,所以艾丽斯也选择留在原地。片刻之后,金龙用头轻轻撞了撞厚木板船身。柏油人号纹丝未动,眨眼间,斯沃格和轩尼诗都到了莱福特林的身边。大埃德尔高大的身躯出现在他们背后,正气势汹汹地瞪着向他们靠近的龙。格里格斯比——船上那只橙色的猫也跑了过来,跳到护栏上,瞪着金龙,竖起条纹尾巴,从喉咙中发出一阵阵猫的咒骂。"没事,没事的。"莱福特林轻声警告船员们,又伸手去轻轻抚摸发怒小猫的脊背。

"只是暂时没事。"轩尼诗没好气地说道。

"会有危险吗?"艾丽斯问。

"我不知道。"莱福特林回答道。然后,随着守护金龙的女孩追过来,船长又低声说了一句,"我觉得没有。"

没过多久,这头巨大的猛兽平静地跟随女孩回到阳光下的河岸边。艾丽斯将屏在胸中的一口气长吁出来。"看他身上反射出来的阳光,是那样绚丽和精致。他们真是令人惊叹的生物。即使身体还有缺陷,他们还是美得令人难以置信。在河岸另一端的那位巨龙女王是最美丽辉煌的,当然,龙族之中的雌性色彩都会更加绚丽夺目。我的研究表明,他们都有着强大的自信,甚至可以说是傲慢。但考虑到他们的智力水平,这样的'傲慢',也许正是这个超级种族自然的态度。看看她,阳光浸透了她的身体,又从她体内焕发出了更灿烂的光彩。"

那头蓝龙和她的守护者距离他们至少有一百尺,艾丽斯相信她的声音不会传到那么远的地方,但躺在硬土地上的蓝龙女王突然抬起头,用一双漩涡般不断缓缓转动的古铜色眼睛久久地凝视着艾丽斯。然后,她用清晰的声音说道:"你是在说我吗,缤城女人?"

谷月第五日

商人联盟独立第六年

来自黛托茨，崔豪格信鸽管理人
致金姆，卡萨里克信鸽管理人

金姆：

　　难道你那个小小的脑子，没办法理解从艾瑞克那里得到的讯息吗？就是那段关于一种特殊食物可以增进鸽子健康、延长鸽子寿命的文字？难道你从没有想过，他将这段信息附在信鸽携带的官方文件后面，只是为了让工作更有效率？难道你以为他和我有什么私人通信吗？这太可笑了。我们甚至没有见过对方。如果你想要让议会注意到这封信，喔，那就请立刻动手吧！这样我们就都能有机会讨论一下卡萨里克鸽舍的恶劣现状，还有那二十多只突然死亡的健康雏鸟的问题了。那是因为一条蛇钻进了你的鸽笼吗？还是就像谣言所说的那样：自从你得到这个职位以后，你的家庭食谱上就特别频繁地出现雏鸽这道菜？

黛托茨

第十二章　龙群之中

他无法相信艾丽斯所做的一切，完全无法相信。这个女人已经不是和他一起长大的那个艾丽斯·金卡罗恩了！她甚至不是最近这五年中经常与他一同进餐的艾丽斯·芬波克。他根本不知道这个专横跋扈的泼妇是从什么地方蹦出来的，但他很高兴看到这个女人启程上路。如果不是因为陪这个女人去看那些龙之于他是极为重要的事，他绝对不会允许这个女人走这么远。

他俯身靠在艾丽斯身边的船栏杆上。在艾丽斯的右边，那个令人厌恶的莱福特林船长正紧贴着她，身子几乎都要和她碰上了，而艾丽斯只是在忙着就她那些关于龙的无聊见解大放厥词，好吧，就让她享受一下这一天或两天的时间吧。现在他对艾丽斯早已是怒不可遏，但他依然在为即将到来的任务感到恐慌。当艾丽斯"探访"那些沉沉昏睡的怪物时，他作为她的秘书也要陪同她一起上岸。当然，艾丽斯很快就会意识到这些怪物到底是什么，最终打消自己疯狂的念头，想到艾丽斯终究难免醒悟过来，他几乎对这个女人产生了一点同情。在此之前，当艾丽斯提出那个疯狂的梦想，要跟着那个船长和龙群一起去上游探险的时候，他还愚蠢地和她争吵了一番，他真应该立刻点头表示同意，他已经听过特瑞尔夫妇谈论那些关于龙的事，这次探险根本不会像艾丽斯一直以来想象的那样。再过一两个晚上，艾丽斯就会哭丧着脸，垂头丧气地来找他，到时候他就能好好安慰她一番，再带她回家去。他要做的只是保持耐心继续等待，还有就是在莱福特林黏上艾丽斯的时候，要压抑自己的恶心。

莱福特林转过头来又瞥了他们一眼,艾丽斯也看着莱福特林,还向他报以微笑。她真的被这个头发斑白的水老鼠搞昏了头? 这绝不可能。这个男人像驴一样的笑声和恬不知耻的讨好奉承,也许艾丽斯只以为是乡下人质朴的表现,毕竟艾丽斯从不曾有机会和各种不同的男人打交道,也许正是那家伙的粗野风格吸引了艾丽斯。他很了解艾丽斯,知道她不会为了任何人背叛诏谕,即使艾丽斯不喜欢她的丈夫,但她对自己还是有着很严格的约束,根本不会想到要背着诏谕有所不轨。所以就让艾丽斯先任性一下吧,让她以为她在这趟沉闷无聊的旅行中能够主宰一切。但他始终都想不透的是,艾丽斯怎么可能和莱福特林眉来眼去。这样的一头老海象怎么能和优雅高贵的诏谕相比?

一想到诏谕,他的心情又消沉下去。现在诏谕在哪里? 在做些什么? 谁在和他同桌而食,享受他的诙谐妙语? 有什么样的异域港口在吸引着他? 他又购买了什么样的奢华和非同寻常的商品? 只要闭起双眼,他就能清楚地想象诏谕在华美舒适的宿处享受过一顿美餐之后叼起了烟斗。诏谕会不会稍微惦记起塞德里克正在蚊虫肆虐的河面上的一艘小船里,被困在一望无际的沼泽中? 诏谕也许会想到他,也许每次当他出现在诏谕的思绪中的时候,诏谕还会快活地笑上两声。想到诏谕会与沃隆姆和杰夫,还有那个阴险狡猾的雷丁·科普分享快乐,塞德里克就会感到更加刺痛。他想象着喜欢模仿别人的科普那种令人恼怒的样子。"这就是塞德里克,享受蚊子的塞德里克。"然后那个矮胖的小东西就会不停地拍打自己,四处乱蹦,以此来赢得诏谕的笑声。即使只是想象这一幕,也让塞德里克难以忍受。他发觉自己咬紧了牙,便努力让自己的面部肌肉松弛下来。这整个倒霉的旅程都是因为诏谕,只因为他说出了自己的想法,诏谕就要毫无理由地惩罚他。他只希望诏谕能够对艾丽斯温和一点,结果却给自己惹来这么大的麻烦。现在他不仅被诏谕流放了,还被艾丽斯胁迫,不得不陪着那个疯女人在这片荒蛮的不毛之地越走越深。

艾丽斯却丝毫不体恤塞德里克的痛苦,只是喋喋不休地和她左手边的那头山羊人聊个不停。片刻之间,艾丽斯的几句话也传进了塞德里克的耳朵:"看看她,阳光浸透了她的身体,又从她体内焕发出了更灿烂的光彩。她真是美极了。"

塞德里克心不在焉地"嗯"了一声，任由艾丽斯继续大惊小怪。龙群所在的地方几乎没办法被称为是一片河岸，那只是一片被踩得稀烂，又被太阳晒干的泥塘，倾斜着一直延伸到河边。他很快就要到那里去了，跟随在艾丽斯身后，为她做各种记录，在一堆堆龙粪和从河上飘来的各种垃圾之间晃荡。他的靴子很可能要毁了。等那些水手把他们的绳子都绑紧，做完了他们那些不知所谓的工作，艾丽斯肯定就会想要到岸上去。他现在也许应该回他的"房间"，准备好他的工具。

"是的。是的，我是在说你！ 你真是太壮观了！"艾丽斯喊道。

塞德里克睁大了眼睛。艾丽斯的样子简直是欣喜若狂。在她那数不清的雀斑下面，她的面颊飞起了两团红晕。她将自己的双手在胸前握紧，仿佛要抓住在胸腔里狂跳的心脏。她转向塞德里克，塞德里克能够从她兴奋异常的眼睛里看到，她已经完全忘记了他们早些时候的争执。她仿佛中了魔一样地高声喊道："塞德里克，她对我说话了！ 那头蓝龙，她对我说话了！"

塞德里克将自己的目光转向在泥岸上或站或卧的那些爬虫怪物，过了一段时间才问道："是哪一头蓝龙？"

"那位蓝龙女王。最大的蓝龙女王。"艾丽斯似乎已经无法呼吸了。她再一次提高了声音，"我能到岸上去和你谈谈吗？"

"女王？ 龙也有国王和女王吗？"

"那头高大的雌性蓝龙。"艾丽斯对塞德里克的态度变得有些急躁，"就是那边的那一头。在那个拿着松枝的女孩旁边。"

"啊，你怎么知道她是他们的女王呢？"

"她不是他们的女王，她只是一位女王。所有雌性巨龙都是女王，就像雌猫也都是女王一样。好了，求你，不要再说话了！ 你说话的时候，我就听不见她的话了！"

那头怪物发出一阵吼声，就像是一只坏掉的风箱，但艾丽斯却仿佛听到了迷人的歌声。当那头龙停止嚎叫的时候，莱福特林船长仿佛也同样被迷住了。

"我们就到那里去吧。"船长说。

艾丽斯已经开始行动了。她回头瞥了塞德里克一眼，就快速向船头跑去。"请带上你的笔记本，塞德里克，你要记录我们的交谈，你要带上为此所需的一切。快！"

"好吧，我这就来。"想到终于要走进龙群，塞德里克的心跳也快了一点。他转向莱福特林为他临时建起的棚屋。至少这个窝棚为他解决了一个问题。在那四面粗糙的墙壁之中，他有了一点私密空间，能够任意取用他的行李。他打开自己的衣箱，拉开其中的一个抽屉。他已经尽可能仔细地准备好了一切，希望能应对所有意外状况。他拿出膝头小桌，坐到床上，将这张折叠小桌打开。这张"床"不过是一块被架起来的厚木板，上面铺了些没有多干净的褥子。不过他至少能坐在这上面，要比他们原先为了供他睡觉而吊起来的那块帆布好多了。

塞德里克迅速查看膝头小桌里面的物品，装有各种颜色墨水的小瓶，其中一些是空的，一些是满的。几支削好的鹅毛笔和几支完整的鹅翎毛。他的削笔刀，小而且锋利。数种不同分量的大量纸张，还有一本素描簿。一个小匣子里面放着炭笔和几支素描铅笔。塞德里克又用拇指顶开两个隐藏的锁扣，一只纸盒的底部落下来。他拿出纸盒。这里面收藏着他的标本瓶。更大一些的瓶子和粗盐被藏在他的衣箱底部另外一个地方。不过在第一次行动里，这些应该就够了。也许，如果他的运气特别好，等他们返回驳船的时候，他就已经拿到了所需要的一切。

当他回到甲板上的时候，其他人都已经不见了。这些家伙就是这样为别人着想吗？ 塞德里克压抑住心中的气恼，走到驳船边上。一副粗糙的绳梯就是他从这艘船上下去的道路。要将小桌夹在胳膊下面，同时攀着这几根绳子爬下去绝不是一件容易的事情，但他不想把小桌扔到被晒干的泥岸上。当然，现在也不会有任何人向他提供任何帮助。艾丽斯已经在岸上走了很远，而且还在一路小跑地奔向那些龙。那个不怀好意的莱福特林，甚至不知道要保护她，只把她一个人丢在龙群横行的河滩上。她怎么会对这种人有好感？

塞德里克爬下最后几级绳梯，跳到地面上。落地的冲击比他想象的更强，让他差一点就失手掉落了珍贵的小桌。他弯下腰，卷起裤脚，同时为自己现在愚蠢的样子皱了皱眉头。他简直变成了一只高脚鹬。好吧，至少这样要比他的裤脚整天湿哒哒地黏在腿上，又散发出一股烂泥的臭气更好些。

这里实在是太脏了。毫无疑问，这就是粪便的臭味。它混合着河水的酸苦味和丛林的臭气，让这里的空气就像是一种腐烂的浓汤。塞德里克只能庆幸自己今天没有吃太多东西，否则他肯定会把胃里的东西全都吐出来。"你挑选的河岸真是个散步的好地方，艾丽斯。"塞德里克嘟囔了一句，又带着嘲讽的意味低声说："你就在龙粪堆里，和你的水老鼠好好玩吧。"

他听见一阵仿佛是低吼的声音，急忙惊慌地向周围望去。不，这附近没有龙。但他还是清晰地听到了一种相当庞大的生物发出充满威胁意味的嘶吼。他有一种很不舒服的感觉，仿佛自己受到了监视。不只是监视，而是有一双眼睛在直勾勾地盯着他，就像是猫盯住了一只老鼠。他又一次环顾周围，突然惊骇地发现那双盯着他的大眼睛就在自己面前。他的心猛烈地撞击着肋骨。片刻之后，他才意识到自己错了。那双俯视他的眼睛是画在驳船船头上的。他以前还从没有注意到这艘船画了一双眼睛。他想起在船头画眼睛是一种迷信，为的是让船能找到自己的航路。而现在盯住他的这双眼睛里充满了轻蔑和愤怒。他打了个哆嗦，从那个可怕的怪物面前转过身。

"塞德里克！快！求你！"

塞德里克抬起头，发现艾丽斯正回过头来看着他。他又在更远处发现了莱福特林船长。那名船长正在和一支雨野原人的代表团说些什么，其中一名代表手中拿着一份粗大的卷轴，看样子是在和船长逐条查看一份清单。船长不住地点着头，发出那种驴叫般的笑声。拿卷轴的人则没有半点高兴的样子。

艾丽斯就停在龙群旁边，正急切地看着塞德里克，就像是一条渴望散步的狗。在她的脸上，焦虑和兴奋彼此交织，正发生着激烈的冲突。塞德里克对此丝毫不感到奇怪。刚才艾丽斯选择的那头龙已经站起身，正饶有兴致地看着艾丽斯。现在那头龙要比从驳船甲板上看更大了许多。她是一头蓝龙，非常浓烈的蓝色，这头怪物的身体在阳光的照射下闪耀着彩虹般的光泽。她那双看着艾丽斯的眼睛非常大，远远超出与她的头颅相配的比例。那是一双铜褐色的眼睛，裂缝形状的瞳孔像猫一样，但和猫不同的是，这头龙眼睛里的色泽仿佛熔融的金属，在她的虹膜下面不断涡旋，令人望而生畏。这时，这头怪物从喉头深处发出一阵吼声。

艾丽斯这时已经转过身，正快步向那头龙跑去。"是的，当然。让你久等了，我向你道歉，美丽的巨龙。"

如果这头龙拥有匀称的比例和完美的身形，也许她的确是美丽的，就像是雄壮的公牛或者牡鹿那种美丽，但她远非如此。她的尾巴和她的长脖子相比实在是太短了，她的四条腿更是像四根短树桩。她抬起了翅膀，向左右伸展，但那双翅膀和她的体型相比，简直小得可怜，也很不规整，软塌塌的显得一点力气都没有。这让塞德里克想起了一顶被风吹翻过来的阳伞，他甚至能看到细脆的伞骨和薄弱的纤维。无论怎样不情愿，塞德里克也只好站直身子，将小桌收到胳膊下面，走过泥地追上艾丽斯。

不远处发生的一阵骚乱让塞德里克停下脚步。一头背上趴着一个男孩的小红龙正笨重地在河岸边走动。"张开你的翅膀！"那个男孩高声喊道，"张开你的翅膀，拍打它们。你要试一试，荷比，努力试一试。"

作为响应，那头畸形的怪物张开了不是很对称的翅膀，顺从地拍打着这两根大小不一的肢体，同时开始下向前跑动。她的"飞行"很快就结束了，因为她径自冲进了河里。男孩沮丧地喊叫了一声，又带着笑意高声喊道："你要注意方向，荷比。不过第一次的尝试效果很不错。我们要保持，好女孩。"

塞德里克不是唯一停下来注视这番情景的人。龙和守护者们都在盯着他们两个。一些守护者露出笑容，另一些则显得很害怕。塞德里克看不懂龙脸上的表情，毕竟也没有人能知道奶牛是高兴还是生气。艾丽斯也在惊讶中驻足观望那一人一龙，随后，她又快步向她的目标跑去了。

塞德里克的腿更长，他很快就追上了全力向前小跑的艾丽斯。看样子，艾丽斯还在和龙说话："你的辉煌真是无以言表。我终于来到了这里，还和你说了话。我太激动了,这比我最疯狂的梦还要疯狂!"

龙向她低下头。

塞德里克这时才真正注意到这头龙身边的女孩,她将临时做成的松枝扫帚扛到肩头,一看到两个陌生人,她似乎一点也不高兴。她阴沉的面色和眯起的眼睛,让她看起来更像是一种爬虫类生物。这就是塞德里克对她的第一印象。她满是鳞片的脸就像蜥蜴一样。塞德里克本以为她的手上沾了干泥块。现在他才看清,这个女孩的手指末端生着粗硬的黑爪子。她的黑色发辫看上去就像是缠结在一起的蛇。她的眼睛里放射出不正常的光芒。

"艾丽斯。"塞德里克用警告的声音说道。看见艾丽斯毫无反应,他又提高声音,用更具命令性的口吻说,"艾丽斯,听我说! 等等我。"

"好了,快一点!"

艾丽斯停下脚步,但塞德里克感觉到她不会等待很久。塞德里克又跨出两步,彻底追上了艾丽斯,然后装作扶住她胳膊的样子将她抓在手心里。"小心!"他低声警告艾丽斯,又稍稍提高声音,让艾丽斯能够在龙吼叫中听到他的话,"你对这头龙一无所知。这个女孩看起来也很不友善。她们两个之中的任何一个都可能很危险。"

"塞德里克,放手! 你听不到她的话吗? 她说她想要和我谈谈。我相信现在最容易激怒她的办法,就是忽略她的要求,而且我来到这里就是为了和龙交谈。这也是你在这里的原因! 求你,只要跟着我就好,准备好你的笔,记下我们的谈话。"

艾丽斯想要从塞德里克的手中挣脱开。塞德里克却只是抓紧艾丽斯,俯下身盯住她。"艾丽斯,你是认真的吗?"

"我当然是认真的! 否则你以为我为什么会一路来到这里?"

"但……这头龙根本没有说话。除非你认为像奶牛或者像狗一样的叫声也有含义。我到底要记录什么?"

艾丽斯困惑地看着塞德里克,但她的表情很快又变成了沮丧和无法解释的同情。"喔,塞德里克,你完全听不懂她的话? 一个字也听不懂?"

"如果她说了某个字,我也完全无法理解。我听到的只有,可以说只有龙的噪音。"

几乎像是响应塞德里克的评论,那头龙发出一阵浑厚的吼声。艾丽斯转回头看着龙。"我请求你,让我和我的朋友先谈一下!他似乎听不到你的声音。"

艾丽斯再一次看着塞德里克,哀伤地摇摇头。"我听说过,有人无法明确地理解婷黛莉雅所说的话。还有少数一些人甚至不知道她在说话。但我从没有想到你也有这样的缺憾。现在我们该怎么办,塞德里克?你该怎样记录我们的对话?"

"对话?"起初塞德里克还只是气恼艾丽斯像小孩子一样假装和龙交谈。当人们管狗叫"老伙计",问塞德里克"我的老伙计怎么样?"的时候,塞德里克也会感到同样的气恼。和宠物猫聊天的女人更是会让他浑身打冷战。循规蹈矩的艾丽斯这两件事都不会做。塞德里克本以为她向龙叫喊是受到了雨野原不好的影响。而现在,艾丽斯坚持说这头龙和她说了话,又向他报以那种怜悯的表情——这太过分了。"我记录这种对话就像是记录你和一头奶牛,或者是一棵树的对话。艾丽斯,这太荒谬了。我承认巨龙婷黛莉雅有能力让人们明白她的意思,因为我对此必须承认。但这又是个什么样的怪物?看看它!"

那头龙扭动嘴唇,发出一阵毫无意义的"嘶嘶"声。艾丽斯的面颊立刻变得通红。龙身边年轻的雨野原人对塞德里克说:"她要我告诉你,尽管你也许听不懂她的话,但她能够懂得你所说的每一个字。问题并不在于她所说的话,甚至也不在于你的耳朵,而是你的脑子。一直都有一部分人类听不懂龙的语言。他们通常都是一些最傲慢、最无知的家伙。"

这实在是令人无法接受。"女孩,对长辈说话的时候要注意自己的用词。还是说雨野原人早就没有教养可言了?"

龙突然喷了一口气。塞德里克感觉到一股热风扑面而来,其中还夹杂着龙刚刚吃下的半腐烂的臭肉味道,他转过身,满是厌恶地惊呼了一声。

艾丽斯发出一阵恐惧的喘息,用哀求的语气说:"他不懂得你的话!他并不想冒犯你！求你，他并不想冒犯你！"随后，艾丽斯抓住了塞德里克的胳膊，并向他问道："塞德里克，你还好吗？"

"那个怪物朝我脸上打了个嗝！"

艾丽斯发出一阵窒息的笑声。虽然她全身颤抖，但看样子她是松了一口气。"打了个嗝？你以为只是这样？如果只是这样，我们就都走运了。如果她的毒腺成熟了，你现在就已经完全溶解了。你对龙没有任何了解吗？难道你不记得攻击缤城的恰斯劫匪变成了什么样子？婷黛莉雅只是向他们喷了一口气。无论她喷的是什么，那东西立刻蚀穿了他们的盔甲，又烧穿了他们的皮肉和骨骼。"艾丽斯停顿一下又说道，"你在无意中冒犯了她。我认为你应该回到船上去。现在就回去，等有空时，请你解释对她的误解是怎么一回事。"

那个雨野原女孩又说话了。她发出的是一种女低音，音色沙哑，却又丰富得令人吃惊。她闪烁银光的眼睛令人不安，却有一种让人难以抗拒的感觉。"天空之喉同意这名缤城女子的话。无论你是不是我的长辈，她说你都应该离开龙之地。立刻离开。"

塞德里克进一步感觉受到了冒犯。"我不认为你有权告诉我该做什么。"他对女孩说。

但艾丽斯的声音却盖过了塞德里克："天空之喉？这是她的名字？"

"我这样叫她，"女孩修正了艾丽斯的猜测。承认这一点似乎让她感到困窘，"她告诉我，我必须赢得一头龙的真名，而不是由她给予我。"

"我完全理解，"艾丽斯响应道，"一头龙的真名是非常特别的一种力量，没有任何龙会轻易说出自己的真名。"她看着这名守护者，就像是看着一个打扰了成年人重要谈话的可爱孩子。塞德里克注意到，这个"孩子"完全不喜欢这种目光。

艾丽斯向那头巨大的爬虫怪物转回身。站在巨怪面前，塞德里克只能抬头仰视她。她的眼睛如同被打磨光亮的红铜，在阳光下熠熠生辉。现在这双眼睛正稳稳地盯着塞德里克。艾丽斯对怪物说："伟大高贵的巨龙，我希望有一日能够赢得你尊荣的真名。现在，我很高兴将我的名字交给你。我是艾丽斯·金卡罗恩·芬波克。"她还向那个怪物行了一个屈膝礼,头都快垂到泥地上了。

"我从缤城一路来到此地,就是为了见到你,听到你说话。我希望我们能够促膝长谈,让我了解许多关于你和你种族的智慧。人类已经很久不曾与巨龙为伴了。恐怕我们对你们一族的认知都已被遗忘殆尽。我很想弥补这份缺憾。"她向塞德里克指了指,"我带他来,本是为了记录、描摹你愿意和我分享的一切智慧。很抱歉他听不懂你的语言。我相信,如果他能听懂,他一定会立刻明白你的睿智和聪慧。"

龙又低吼了几声。守护者女孩看着塞德里克说道:"天空之喉说,即使你能够懂得她的话,她认为你也无法理解她的睿智和聪慧,因为你显然非常缺乏这两样东西。"

女孩的"翻译"显然充满了侮辱的意味。说话的时候,女孩银灰色的眼睛又转向了艾丽斯。塞德里克看不出艾丽斯是否察觉到了这个守护者的敌意,对此艾丽斯没有半点表露,她只是转向塞德里克,用轻微却又坚定的声音说:"我回到船上再去找你,塞德里克。如果你不介意,是否可以将你的膝头小桌留给我?我可以尽量把在这里交谈的内容记录下来。"

"当然。"塞德里克努力不让自己的声音流露出心中的苦涩和怨恨。他还记得自己在很久以前不得不学会保持谦恭和蔼的谈吐,哪怕是在诏谕公开用言语折磨他的时候也要如此。这并不是那么难。他要做的只是抛弃掉自己的每一点自尊。他从没有想过要在艾丽斯面前也使用这种能力。他将膝头小桌递给艾丽斯。看到艾丽斯在伸手接过小桌时因为这件物品的沉重而吃了一惊,他的心中几乎感到有一点高兴。就让她自己来扛这件东西吧,他带着报复的心情想道。让艾丽斯明白他心甘情愿地为她付出了怎样的辛劳。也许这样能让艾丽斯对他多一点感激。随后,他便转过身向远处走去。

突然间,塞德里克心里一沉。他这时才想起那张小桌里面,有一些他非常不希望艾丽斯看到的东西。他急忙又向艾丽斯转回身。"这张桌子太沉了,不方便你使用。也许我可以只给你留下一些白纸,以及一支笔和一瓶墨水?"

他突然的好意似乎又让艾丽斯吃了一惊。这让塞德里克一下子明白了,当自己将整张沉重的小桌都丢给艾丽斯的时候，艾丽斯显然明白他这样做的粗鲁用意。当塞德里克从艾丽斯手中拿回小桌，将它打开，艾丽斯显露出哀伤却又感激的神情。掀起的桌顶让艾丽斯看不到小桌里面，但她对于小桌里放了些什么显然也没有什么好奇心。塞德里克仔细翻检小桌，找出艾丽斯所需的物品。这时艾丽斯低声说："感谢你的理解，塞德里克。我知道这对你一定很难。为了这样一场伟大的冒险走了这么远，却发现自己无缘参与这其中最美好的部分。我想让你知道，我丝毫没有看低你，这样的缺憾可能会发生在任何人的身上。"

"没事的，艾丽斯。"塞德里克说道。他竭力保持着彬彬有礼的态度。艾丽斯以为他是因为无法和这只动物进行交流而感到难过，所以才会对他感到抱歉。这个想法几乎要让塞德里克莞尔一笑。他的心也对艾丽斯软了下来。他对艾丽斯感到抱歉已经有多少年了？现在他却得到了艾丽斯的怜悯，这还真是奇怪。艾丽斯会在乎他的感受，这也让他有了一点莫名的感动。

"我在船上还有许多事要做。我相信你会在今天晚饭时回来？"

"喔，很可能要比那时候早得多。我向你保证，我不会在天黑的时候还在这里和她聊个没完。今天如果我们能够认识彼此，建立一个融洽的关系，我就非常高兴了。谢谢你，我会尽量不浪费你的墨水。"

"尽管用吧，真的不需要在意这些。我们稍后见。"

赛玛拉看着这个衣着光鲜的男人和这个缤城女人之间的谈话，心中不禁暗自思忖。他们似乎非常熟识，也许他们是一对夫妻。她回想起自己的父母——他们两个永远都是那样若即若离，似乎密不可分，又似乎相隔甚远。这两个人的关系看上去很像是她的父母。

赛玛拉已经对这两个人都产生了厌恶。这个男人根本不尊敬天空之喉，又那么愚蠢，连天空之喉的话都听不懂；而这个女人，赛玛拉厌恶她是因为她对龙是那么了解，尤其又对天空之喉充满了觊觎，也许这个女人真的能赢得天空之喉，因为她似乎很懂得如何讨龙的欢心。这个缤城女人的花言巧语和那个过度夸张的屈膝礼,难道天空之喉看不出来只是为了讨好她! 赛玛拉本以为天空之喉会对这种矫揉造作的阿谀逢迎感到愤怒,但天空之喉却似乎很喜欢这个女人厚颜无耻的赞美。巨龙女王甚至还顺应着这个女人的意思,看样子是想要得到更多赞美。

不过从另一方面来看,这个女人显然是完全被这头龙迷住了。从她们见到彼此的第一眼开始,赛玛拉几乎就感觉到她们之间相互吸引。这让她感到格外气愤。

不,这绝不仅仅是气愤。赛玛拉承认,现在她的心中沸腾着嫉妒,因为自己完全被排除在她们两个之外了。她才应该是天空之喉的守护者,而不是这个可笑的城里女人。这个艾丽斯根本没有能力喂养和照料巨龙,她能凭着那副柔软的身体和苍白的皮肤走在巨龙身边,跨过大河上游的沼泽浅滩和密林吗?她能猎杀野物,喂饱龙的肚子,并完成劳累乏味、却显然对天空之喉是必不可少的清洁工作吗? 赛玛拉相信她根本不能! 赛玛拉刚刚用了大半天的时间,将天空之喉的每一片鳞甲都擦洗得闪闪发亮,从她的爪子和爪鞘中挖出淤塞的泥土,从她的眼角和鼻翼里面清除掉数不清的小吸血虫,甚至清理掉了一片散发着臭气的新鲜龙粪,让天空之喉能够放心躺卧,不必担忧自己刚刚被清洁的身体马上又变得污浊。

而这个缤城女人只抛出一两句恭维话,这头龙的注意力就完全集中在她的身上了,仿佛赛玛拉从没有出现过一样。这个女人如果是在五个小时以前见到天空之喉,难道还会认为她"美得光彩灿烂"? 肯定不会。天空之喉正在利用赛玛拉勤勉工作的成果去为她吸引一个更好的守护者。她很快就会明白,她做了一个糟糕的选择。

就像刺青一样。

这个想法在不经意间袭入赛玛拉的心中,让她突然感觉到眼睛后面泪水的刺痛。她将所有关于刺青和洁珥德的想法都推到一旁。那天晚上,刺青一离开营火,洁珥德就跟了上去。赛玛拉本来没有多想些什么,她知道刺青需要一个人待一段时间。但后来他们一起回到了营火旁,赛玛拉才知道刺青刚才根本就不是一个人，而且刺青看样子已经完全从与格瑞夫特的争吵中恢复了过来。洁珥德因为他说了些什么而发出笑声。在营火旁，他们肩并肩地坐在一起，赛玛拉听到洁珥德在询问刺青的身世，不停地提出各种私人问题——赛玛拉一直没有问过刺青这些问题，因为害怕刺青嫌她太聒噪。洁珥德不住地问着这些问题，面带微笑，侧过头仰望着刺青的脸。刺青则用深沉温柔的声音回答她。赛玛拉一直坐在营火旁，只有令人厌恶的拉普斯卡不停地和她说着话，猜测他们会在旅途中遇到什么，明天该找些什么当作早餐，能不能用投石索杀死一头鹖鳄。格瑞夫特一直瞪着她、刺青和拉普斯卡。没过多久，他自己一个人走进了树林。诺泰尔和博克斯特似乎也发生了龃龉，开始相互抛掷带刺的话语。哈里金突然沉下了脸，变得闷闷不乐。但这一切对赛玛拉都毫无意义，她只知道自己刚才那种快乐亲切的感觉，比眼前这堆营火上升起的烟灰消散得更快。

　　那天晚上，刺青摊开他的被褥卷，睡在靠近洁珥德的地方，甚至没有和赛玛拉说一声晚安。赛玛拉还以为他们是朋友，很好的朋友。她甚至还愚蠢地以为，刺青愿意签约成为巨龙守护者，只是因为知道她也会这样做。更糟糕的是，在赛玛拉铺好被褥之后，拉普斯卡将他的被褥铺在了赛玛拉身边。赛玛拉没办法马上起身从拉普斯卡身边挪开，尽管她非常想这样做。自从他们离开崔豪格之后，拉普斯卡每晚都睡在她的旁边。这个家伙甚至在睡觉的时候也有说有笑。而赛玛拉如果能在夜晚进入梦乡，就总是会看到父亲正在一片迷雾中寻找她。

　　赛玛拉徒劳地努力将意识拉回到现在，集中精神倾听她身边正在进行的对话。缤城女人正在对天空之喉说："亲爱的巨龙，你是否还记得上一辈祖先的经历？　是否还记得你荣耀的母亲的一生？　你是否知道这个世界发生了什么，导致龙族几近灭绝，让人类在孤独中哀戚了这么久？"她等待着答案，她的笔就悬在纸上。那样子真令人厌恶。

　　更让人气恼的是，天空之喉对这些空洞的赞美照单全收，并给出了一番龙所特有的那种如同谜语，却又没有任何实质内容的回答："我的'母亲'？　如果她在这里，你就不会如此怠慢她了！　龙从来没有你所知道的那种母亲，那种是用牛奶做的小生物。我们从不会费力照顾只知哭叫的婴儿,将我们的岁月浪费在予取予求、软弱无力的幼崽身上。我们从不像人类,在出生时那样柔弱和愚蠢,对于自己一无所知。这实在是太讽刺了,你们的寿命如此短暂,却又要在那样愚蠢的状态里浪费那么多时间。我们的寿命是你们的数十倍,而且我们生命中的每一刻都清楚地知道我们是谁,我们的祖先是谁。所以你应该明白,一个人类试着去理解龙族,完全是痴心妄想。"

赛玛拉突然从巨龙和缤城女人面前转过身,同时高声说道:"我最好去看看能不能为你找到些猎物。"她不在乎自己是否打断了他们的对话。这实在是太让人生气了。那个女人一直在问天空之喉各种愚蠢的问题,谦卑地用各种甜言蜜语奉承她。而龙实际上一直在逃避她的问题,拒绝给她任何真正的答案。龙都会这样做吗? 或者天空之喉只是有意在掩饰自己的无知?

现在,比起刺青突然对洁珥德有兴趣,有一件事情更让赛玛拉心烦意乱,甚至像天空之喉和缤城女人都没有注意到她离开,让她同样感到烦恼。

她大步迈过干涸的泥岸,向他们的小船走去。她将自己的个人物品和背包绑在一起,放在了一艘小船上。到了岸边,她瞥了一眼河中的那艘黑色的平底大驳船,柏油人号。那是一艘很奇怪的船,赛玛拉见过的其他任何船,都比它方正短粗。它的船头上画着一双眼睛。赛玛拉听说过这种古老的习俗,也许这项传统比雨野原聚落建成的时间还要早,有了眼睛的船就能自己寻找航路,并能避开河中的种种危险。她喜欢那艘船的眼睛。它们看上去苍老而又睿智,拥有这双眼睛的船就像是一位亲切的老者,正在向她露出同情的微笑。赛玛拉希望这双眼睛真的能引领他们完成这次任务。

她找到自己的鱼叉,决定试试运气。不过已经有不少守护者在河边浅滩徘徊,他们都希望能找到不够警惕的游鱼。拉普斯卡获得了小小的成功,他叉住了一条有他手掌大小的鱼,当那条鱼还在鱼叉上挣扎的时候,他举着鱼叉跳了一段胜利的舞蹈,转身朝向他的小红龙。那头小龙一直摇摇摆摆地跟在拉普斯卡身后,就像是一个孩子拖着的玩具。"张嘴,荷比!"拉普斯卡命令道。那头龙顺从地向他张大了嘴。拉普斯卡将鱼从叉头上拽下来,扔进龙嘴里。小红龙只是一动不动地站在原地。"好了，吃吧！你的嘴里有食物，闭上你的嘴，吃掉它！"又过了一会儿，小红龙才照拉普斯卡的话做了。赛玛拉不知道那头龙到底是太过愚蠢，甚至不知道吃掉放进口中的食物，还是那条鱼太小，龙根本没有注意到。

赛玛拉对他们摇摇头。她怀疑大鱼根本不会停留在这种明亮阳光下的温暖浅水中，她转身背对着龙群和她的朋友们，向这片空地远处的边缘走去。在那里，缠结的树根悬垂在水面以上，水中生长着粗硬的剑草、灰色的芦苇，还有矛兵草。在有着高低落差的水面，掉落下来的枯枝败叶纠缠在爪子般的树根，随之伸入河中。如果她是一条鱼，那里就会是她躲避阳光和捕食者的理想场所。她要去那里试试运气。

穿行在盘结错落的树根上攀爬和在树冠上，所经之处有相似的，也有前所未见的。在树冠上，只要一次失足就可能意味着死亡。层层伸展的树枝和缠绕在上面的藤蔓，也让掉落的人有许多次机会拯救自己。在这里，她脚下错综复杂的树根之间有许多空隙，再向下就是湍流不息、具有强烈酸性的灰色河水。浸没在这种水中，最好的情况也要生出一身皮疹，最坏则可能连皮肉都会被腐蚀掉，直至露出白骨，而且河水还有可能彻底淹没她的头顶，那时就算她爬回到树根上，随后的境况也只会更加可怕。现在她仍然站在树上，就像她在树冠层时一样，但她脚下的危险已经完全不同了。这让她很难想象自己还安稳地行走在雨野原的大树上。

当她穿靴子的脚、第三次在树根上打滑的时候，她停下来想了想，然后坐下去，小心地解开了靴带，脱下靴子，将靴带系在一起，挂到脖子上，然后继续向前走，用脚趾上的爪子抓紧树皮。这时她才感到行动自如。头顶的枝叶在她身上洒下一片斑驳的阴影。密集的树根勾住了许多河中漂浮的杂物，但仍然露出了大片水面。河中的水草和落下的枯枝败叶过滤掉了河水挟带的淤泥，所以这里的河水几乎是透明的。赛玛拉在树根上坐下，同时小心不让自己的影子落到水中，然后她就握紧鱼叉等待着。

她用了一些时间观察河水。虽然看不到鱼，但她渐渐能看到一些影子了，还有鱼游过时在沉积物中卷起的漩涡。她的肩膀因为长时间高举鱼叉而感到酸痛，鱼叉本身也变得像树干一样沉。她将酸痛的感觉从意识中推走，集中注意力观察沉积物里的漩涡。应该是鱼尾，那么鱼头就在那里，不，太迟了，它回到树根下面去了。过来了，过来了，过来……不，回到树根下去了。就是这条，是条大鱼，等等，等等，等……

她没有掷出鱼叉，而是手持鱼叉刺了下去。她的手感觉到了鱼叉撞击到鱼身上，便用力将鱼叉压下去，要把鱼钉死在河床上，但河水比她预料中更深。突然间，她只能用爪子抓紧树根，以免自己会掉进河中。那条被扎中的鱼非常大，它开始在鱼叉末端扭动挣扎，想要逃走。赛玛拉竭力保持着身体平衡，同时用鱼叉牢牢将鱼插住。

有人从身后抱住了她。

"放手！"赛玛拉大吼一声，将鱼叉向后一杵，叉杆末端狠狠戳在抱住她的人身上。她听见身后的人从牙缝里呼出一口气，低声骂了一句。她没有转身，刚才用鱼叉杆的攻击差一点放跑了她的鱼。她将鱼叉向上举起，叉头沉重的分量让她不得不用腰抵住叉杆的末端，被提出水的鱼真的很大，让她吃了一惊。那条鱼还在拼命扭动身体，但它这样做只是让鱼叉更深地刺进了它的身体。赛玛拉的猎物几乎有赛玛拉的半个身子那么长，现在已经穿过鱼叉杆，一点点向赛玛拉滑过来。

"不要让它滑下去。抓紧你的长矛！"刺青在她身后喊道。

"我抓住他了。"赛玛拉怒吼一声。刺青竟然以为她需要他的帮助，这让赛玛拉很是恼火。但不管赛玛拉怎么说，刺青还是绕过她的肩膀，抓住了鱼叉的另一端。在他们两个中间，那条已经被挂在水平矛杆上的鱼还在拼命地挣扎。这时刺青的另一只手抄出一把短刀，用刀背狠狠敲了一下鱼头。鱼一下子就不动了。赛玛拉终于呼出了一口气。她觉得自己的手臂几乎要从肩窝里被拽出来了。

赛玛拉抓住鱼叉一端，转头要去向刺青道谢，却惊愕地发现旁边还有别人。那个缤城女人的朋友正坐在一个树根形成的小丘上，双手按在肚子上，除了紧紧闭住的嘴唇是白色的,他的整张脸都红得吓人。他眯起眼睛盯着赛玛拉,绷紧喉咙说道:"我本来想要帮你的,我以为你要掉下去了。"

"你在这里干什么?"赛玛拉问。

"我看到他在你之后走进了森林,以为他在跟踪你。所以我过来想看看他要做什么。"刺青回答了赛玛拉的问题。

"我能够照顾自己。"赛玛拉有些怒气冲冲地对刺青说。

刺青并没有生气。"我知道。你打他的时候,我没有插手。我只是帮你抓住鱼,因为我不想让鱼跑掉。"

赛玛拉不耐烦地哼了一声,又将注意力转移到那个陌生人的身上。"为什么你要跟踪我?"刺青抓住大鱼两边的鱼叉杆,露出笑容。赛玛拉将鱼交给刺青,不过还是盯着他,确认他将她的捕获在密集的树根上放好。

"你把我肺里的空气都顶出去了。"陌生人一边抱怨,一边努力深吸了一口气,稍稍直起身,脸上的深红色也稍微褪去了一些。"我跟着你过来只是因为我想和你谈谈。我看到你和那头龙在一起。就是艾丽斯很感兴趣的那头龙。我想要问你一些事。"

"什么事?"一片红晕不由自主地飞上了赛玛拉的面颊。这个人也许误会她是未开化的雨野原野人,而现在她已经开始觉得自己同样误会了这个人,虽然她还不打算道歉。实际上,在她心中还有些希望自己真的是误会了这个陌生人。早些时候,她只注意到了这个人光鲜的外表。赛玛拉从没有见过穿着这样漂亮的男人。现在看到的这个人,恢复了正常血色的面孔,赛玛拉才意识到这个男人是多么英俊。当赛玛拉和那个缤城女人说话的时候,只是觉得这个男人太过古板,又对龙一无所知,还非常傲慢,对她说话的时候态度格外粗鲁无礼。这个男人的脸蛋或许很漂亮,却反而让赛玛拉更生气,仿佛这个男人凭借自己的俊美就更能够看低她,但这个男人却跟着她进入森林,真心实意地想要帮她。她却将鱼叉杆杵在他的肚子上。

现在这个男人已经弥补了对赛玛拉的一切不公平,因为他带着有些哀伤的微笑对赛玛拉说:"看起来我们的开始很糟糕。然后我还吓了你一跳,这当然不会让情况变得更好。当我第一次和你说话的时候，我感觉自己受到了侮辱，不过你也应该承认，那时你对我也不算有礼貌。现在你又差一点用你的鱼叉杆戳穿了我。"他停顿一下，深吸一口气，面色几乎完全恢复了正常，"就让我们重新开始吧，好不好？"

不等赛玛拉回答，他已经站起身，向赛玛拉一鞠躬，口中说道："向你表示问候，我的名字是塞德里克·梅尔达，来自于缤城。我平时的工作是缤城贸易商芬波克的秘书。但这个月里，我陪同贸易商芬波克的妻子艾丽斯来至此地，作为她的书记员和保护人，协助她寻求和记录关于龙族和古灵所有全新的、令人兴奋的智慧。"

不等这个男人把话说完，赛玛拉发觉自己已经露出了微笑。他的态度可谓郑重其事，但赛玛拉还是能听出来他在提及自己的工作时那种嘲讽的意味。他穿得就像是一位王子，头发一丝不乱，他的微笑和从容不迫的举止更是让赛玛拉感到很舒服。赛玛拉明白，这是因为他们仿佛是处在平等的位置了。

"什么是书记员？"刺青突然问道。

"我会记录下她做了什么、去过哪里，以及她的重要对话。有时候，如果她进行研究，我会记录下她在研究中获得的详细成果。这样她以后就能回顾我记录的数据，确保她对每一个细节的记忆不会出错。我还是一名能力尚可的画师，会为龙做素描，并详细描绘他们的眼睛、爪子、牙齿，还有他们身体的各个部位。直到今天，我才发现我在她与龙会面的时候根本没有什么用处。我似乎冒犯了龙，这意味着我在艾丽斯研究那头龙的时候，没办法陪在她身边了。而且即使我在那里，我也听不明白那头野兽是如何回答艾丽斯问题的。"

"天空之喉，"赛玛拉明他纠正错误，"那头龙的名字是天空之喉。"

"她把她的名字告诉你了？"刺青惊讶地问。

刺青的插嘴让赛玛拉很生气。"天空之喉只是我对她的称呼，"她瞪了刺青一眼，"所有人都知道，龙不会立刻把他们的真名说出来的。"

"是的，我的龙也是这样对我说的。只是她没有要我另外给她起一个名字。"刺青愚蠢地笑了笑，"赛玛拉，她真是个美人，像翡翠一样绿，像透过树叶的阳光一样绿。她的眼睛，嗯，我形容不出来。不过她是个坏脾气的小东西。我不小心踩到了她的脚趾，她就威胁要杀死和吃掉我！"

"请等一下，"打断他们的是那个陌生人，"请问你们两个，你们都和龙说过话？就像我们现在谈话一样？"

现在赛玛拉已经不觉得塞德里克是个陌生人了。她向他微微一笑："当然。"

"他们张开嘴，话语就能从他们的嘴里出来，你们就能听见？就像我们这样说话一样？那为什么我只听到了他们在低吼，发出牛叫声或者嘶嘶声，你们却能听到词句？"

"嗯……"赛玛拉犹豫了一下，她意识到自己从没有想过是如何"听见"龙的话语的。

"他们的话当然不是从嘴里出来的。"刺青又在插嘴，"他们的口型完全不可能发出和我们一样的声音。他们只是发出了声音，而我们能够明白他们说了些什么，即使他们说的并不是人类的语言。"

"你们用了很长时间学习他们的语言吗？你们在来到这里之前就开始学习了？"塞德里克问。

"不。"刺青笃定地摇了摇头，"我刚到这里就挑出了我的龙，向她走过去。我能够理解她。我的龙是那头绿色的雌龙。她不像另一些龙那样大，但我认为她更美丽。而且她的速度也更快。除了她的翅膀以外，我认为她相当完美。她的精力很旺盛。她说其他龙都认为她凶恶，所以会远远避开她。她说这其实是因为她的速度很快，几乎每一次都能第一个抢到食物。他们都在嫉妒她。"

"或者也许他们只是认为她很贪婪。"赛玛拉说。这场对话的主导者是她，毕竟塞德里克不是跟随刺青进入这片森林的，他的交谈对象也不是刺青，哪怕现在他似乎对这个男孩所说的每一个字都很感兴趣。"自从这些龙孵化出来之后，我就能够理解他们，"赛玛拉对缤城男人说，"他们孵化的那一天我就在场。尽管他们没有直接看到我，我还是能感觉到他们自从出离茧壳之后就

325

在思考。那时我还和他们进行交流。"赛玛拉露出微笑,"一头幼龙想要攻击我的父亲。我不得不坚持告诉他,我的父亲不是食物。"

"一头龙想要吃掉你的父亲?"塞德里克显得很害怕。

"他们刚刚从茧壳中出来。那头龙还什么都不懂。"赛玛拉回忆起那时的情景,"他们一出来就很饿。而且他们都不算强壮,身体发育也不完全。我觉得这是因为结茧的海蛇都太老了,又没有足够肥壮,在茧中休眠的时间也不够。所以他们都不够健康,也不能飞翔。"

"只是暂时不能飞翔,"刺青纠正她,又对她咧嘴一笑,"你也知道拉普斯卡是怎么说的。他断言他的龙一定能飞起来。当然,他是个疯子。但他这样说过之后,嗯,我也仔细看过了我的绿龙的翅膀。它们的形状都很好,只是还很小,不够强壮。我的龙告诉我,龙一生都在长大。他们身体的每一个部位都在长大——脖子、腿、尾巴,当然还有翅膀。我在想,如果我一直都能喂饱她,让她不停地锻炼翅膀,也许她的翅膀就会长大,她就能飞起来的。"

赛玛拉惊愕地看着刺青。她刚刚接受了这些龙现在的样子,还从没有想过也许有朝一日他们能够成长为真正的巨龙。她也回想起天空之喉的翅膀。当她清洁那对翅膀的时候,它们显得很松软。天空之喉在张开翅膀让赛玛拉清理的时候似乎也不是很配合。赛玛拉觉得天空之喉可能都无法自由地活动自己的翅膀。一阵嫉妒从赛玛拉心中涌过。有没有可能当刺青的绿龙在天空中飞翔的时候,天空之喉仍然只能被困在地面上?

"你们真的能听懂他们说的话,每一字一句都能听懂?"塞德里克似乎是要把他们拽回到他关心的话题上。看到赛玛拉点了点头,他又问道:"所以你那时对我说的那些话都不是编造的?你真的是在翻译龙对我说的话?"

赛玛拉突然感到了一点窘迫,她竟然曾经那样对塞德里克说话。"我只是逐字逐句重复了天空之喉的话而已。"她想为自己找些理由开脱,却又因为将自己的无礼都归罪于龙而生出一点负疚感。

"那么,你能为我做翻译吗? 如果我想要和她谈谈,向她道歉……"

"不需要这样。我的意思是,你可以直接和她说话。她完全懂得你在说什么。"

"是的,她懂得,所以我才会让她感到冒犯,但如果在艾丽斯和你的龙进行问答的时候,你能为我翻译吗? 当然只是在一旁悄声告诉我就好,我不想打扰他们的对话。"

"当然。不过艾丽斯应该……我是说,那位女士应该也能告诉你她们说了些什么。任何守护者都能为你翻译。"

"但这样会耽搁艾丽斯的工作。我一直在想,如果有人能够告诉我龙都说了些什么,我就能把这些话都记录下来。我写字非常快。我想,的确是任何守护者都能帮我翻译的。"他向刺青瞥了一眼,"但她毕竟是你的龙,所以我相信你才是合乎逻辑的选择。"

赛玛拉喜欢塞德里克不断将天空之喉说成是她的龙。"我想我可以。"

"那么……你会为我做这件事吗?"

"做什么? 在她们说话的时候站在旁边,只是告诉你龙都说了些什么?"

"正是。"塞德里克犹豫了一下,又说道,"如果你愿意,我可以付给你酬金,用来补偿你花费的时间。"

这个男人提出的条件很有诱惑力,但赛玛拉的父亲从小就教育她要诚实。"我已经拿了酬金,现在我的时间是属于龙的。我不能将我的时间再次出售,就像我不能把一粒梅子卖两次。所以我没办法拿你的钱。而且我必须问问天空之喉,看她是否允许你靠近,是否介意我将她说的话告诉你。"

"好吧。"塞德里克听到赛玛拉不接受他的钱,似乎很吃惊,"那么你能问一下她吗? 我欠你一个人情。"

赛玛拉向塞德里克侧过头,"实际上,我认为欠我情的是艾丽斯·芬波克。毕竟是她买下了你的时间,让你为她做这份工作。如果我让你能够为她完成工作,那么……"赛玛拉对自己笑了笑,"是的,我相信就是她欠了我人情。"她更喜欢这种想法。

"那么,你会问一下龙我是不是能待在她身边? 还有你是不是能为我翻译她所说的话?"

327

赛玛拉弯下腰,抓住鱼叉两端,轻轻哼了一声,抬起沉重的大鱼,又向自己的猎物点了一下头,才回答了塞德里克:"我们现在就去问问她吧。我认为我手里的东西,能让她有心情答应这件事。"

谷月第六日

商人联盟独立第六年

金姆致黛托茨

黛托茨：

　　一个关于法规的简单提醒，我担心你将它当成了私人责难。黛托茨，我们都很了解彼此，所以你一定明白，我提醒你关于私人信件的法规，只是在履行我的职责，我不是那种会跑到议会去为些许小事而抱怨的人。我只是觉得，我应该提醒你一下相关法规，以免万一有爱管闲事的人注意到你的行为，而让你陷入不必要的麻烦和窘境之中，仅此而已。莎神垂怜，为了我们的友谊，请忘了你在上一封信中写的那些无凭无据的指控和残酷的臆断吧。

　　　　　　　　　　　　　　　　　　　　　金姆

第十三章　猜疑

他在黎明之前醒来，满足的心情如同温暖的茧壳一般包裹着他。生命真是美好。莱福特林动也不动地躺在黑暗中，又享受了眼前片刻的时光，才开始在脑海中逐一检视今天的任务。柏油人像以往任何时候一样动也不动地停在水上，船头靠着泥岸。有时候，他觉得自己的船停泊在岸边的时候，就会有更多思绪，仿佛这艘船在梦中回到了另外一段时光之中。他能听到和感觉到河岸边的乱流在轻轻揪扯船尾。除此之外，一切都是这样安静。如果这艘船是在河中抛锚，或者被缆绳系在岸边，他就会更加安静，几乎就像是柏油人正在阳光下的河岸上打盹。

床褥散发着一股香气，是艾丽斯·芬波克用的香水，也是艾丽斯本身的气息。他将脸埋进枕头，深深呼吸着她的芬芳，又不由得嗤笑自己的愚蠢。他就像是一个还没有长出胡须的男孩，刚刚发现女人是如此和男人不同，如年轻人般的激情正在他周围雀跃起舞，一天中的每时每刻都因此变得格外美好。想到艾丽斯满是雀斑的脸，他就会不由自主地露出微笑。还有她如蜂鸟胸部的羽毛一样颜色的发丝，从她的发髻上落下，变成一个个小发卷，围绕在她的额头上。当她害怕或者受惊的时候，就会伸出手挽住他的胳膊，这让他感到从未有过的高大和强壮。

他们是没有未来的，他因为渴望而痛苦，心里的每一个角落都充满了这种认知。当他想到这场浪漫史必然会以怎样的方式结束的时候，他就感到一阵绝望。但现在,只是这个早晨,在这个黎明以及随后的几个星期,甚至是几个月里,他将用船带着她前往大河上游,这让他感到快乐和兴奋。同样的心情在整艘船中弥漫,感染了所有船员。柏油人非常高兴能开始这次的行程。莱福特林仍然认为这是一个荒谬的任务。这群不情不愿的龙最终只能是无处可去,但商人议会的酬金非常丰厚,而且他一直梦想着率领他的船和船员去看看已被探索的世界以外的地方。这时,一位像艾丽斯这样的女子不仅出现在他的生活中,还会在这次航行中一路与他做伴,这实在是他无法想象的好运气。

他又深深吸了一口艾丽斯的芬芳,抱住他的枕头,坐起了身。该是面对新的一天的时候了。他想要早点起床,不过他还是会等到特别为艾丽斯订购的物资送来。他希望那些东西能够让艾丽斯在旅途中更加舒适。他挠了挠胸口,从床边的墙钩上挑了一件衬衫,穿在身上。他还穿着昨天的裤子,赤着双脚离开船舱,走进船上的厨房,翻开小炉子里的火灰,将昨夜的咖啡放在炉子上重新加热,然后他擦净一只咖啡杯,放到桌子上。透过船舱的小窗户,他能看见整个世界正在犹豫中进入新的一天。森林周围浓重的阴影,依然将这艘驳船和河岸笼罩在一片幽暗之中。

他感觉到一点微弱的震动,然后是一阵警觉的刺激。有人,一个柏油人不认识的人上了他的甲板。莱福特林悄然无声地站起身,从身边的工具箱中拿出一根用来固定最沉重的缆绳的大硬木栓,在手中掂了掂分量,暗自微微一笑,就像猫一样一声不响地走向舱门。他轻轻将舱门打开,早晨清冷的空气涌流进来。森林上层已经有鸟雀在鸣叫。森林的下层,蝙蝠还在归家的路上。莱福特林走上甲板,开始悄无声息地在他的船上巡逻。

他没有找到任何人,但是当他回身走向舱门的时候,发现一个小纸卷就放在甲板上。他心中一沉,将纸卷捡起来。这张纸又软又厚,闻起来有一股来自异域的苦涩辛辣的气味。他将纸卷拿回自己的船舱,关上舱门。封锢纸卷的火漆是朴素的褐色,上面也没有印章。他挑破火漆,打开纸卷,借着小窗户外的灰色晨光阅读上面的文字。

这不是巧合。我已经将你安插在合适的位置。你要全力帮助我在那里安排好的人。很快你就会知道他是谁了。你也知道他在找什么。此事关系到巨大的财富，也关系到我家人的血。如果一切顺利，你也将分享这笔财富。如果不顺利，将被哀悼的绝不会只有我的家人。

纸条上没有署名，但也不需要署名。是辛纳德·亚力克。几个月以前，莱福特林就载着这个外国人一路到达崔豪格。几乎是船一靠岸，那个恰斯国商人就消失了。他也没有要莱福特林载他返回海上。两天以后，当柏油人号重新载满货物的时候，莱福特林再没有听到任何关于那个人的讯息。柏油人号就这样再次起航。那个外国贸易商在柏油人号上留下了几个表明他曾经来过的痕迹。有一件曾经属于莱福特林的衬衫落在船上，还有一些他使用的烟草。船员们都没有过问他们的乘客去哪里了。离开崔豪格的那一天，莱福特林也非常低调。那个人带有一切所需的文件，已经搭乘别的船去上游了——如果有人问起那个恰斯国商人，莱福特林就打算这样回答。但没有人问他这件事，莱福特林希望自己已经可以将那场不幸抛到脑后去了。

他的希望落空了。他只期盼自己从没有听说过那个该死的恰斯国商人，期盼他在一年以前就能找个时机把那个商人扔出船去。自从见到辛纳德·亚力克之后，这个恰斯国人就一直出现在他的噩梦里。经过这么长时间，莱福特林几乎相信他们不会再打交道，相信那个人只想利用他那一次，然后就会放掉他。

但这次缠住他的是恰斯人。恰斯人一旦知道你的弱点，你的任何秘密，他们都会紧紧勾住你，榨干你，直到你被杀死，或者能够反手杀死他们。莱福特林紧咬着牙关。在片刻之前，他还像傻子一样幻想着和自己深深痴迷的对象一同前往大河上游。而现在，他已经在猜测还有谁会加入这次航行，那些人又会多么冷酷地执行他们所承诺的威胁。他不知道自己在这一路上是否必须杀人，如果真的要杀人，他又该如何去杀。他能隐瞒这件事不让艾丽斯知道吗？

这让他感到哀伤。他怀疑，如果他这一生中所做的事情让艾丽斯知道一半，艾丽斯都会摒除与他的一切关系。他不喜欢对艾丽斯有所隐瞒，但他只能这样做。他能够和艾丽斯在一起的时间太短了，他必须竭尽全力争取到这一点时间。和这位美好的女士相比，他是如此不堪入目，一个雨野原的船夫，所拥有的不过是一艘内河小船。艾丽斯不可能知道柏油人号是多么独特和神奇的一艘船，她不可能因为一艘船就会认为莱福特林是个富有的人，所以莱福特林不知道为什么这位女士看起来会很喜欢他。他一直努力工作，并相信自己会继续努力工作下去。他没有一个华美的家能够献给艾丽斯。他的衣服和艾丽斯的精美衣裙相比，不过是一堆破布。他也没有珠宝戒指。在艾丽斯踏足于他的船上之前，他的野心只不过是继续做他一直在做的事：沿河道运送各种货物，挣钱支付船员们的薪水，当时间表允许他在城镇过夜的时候，就吃上一顿大餐。他曾经有机会出售一大块巫木，挣一笔大钱。那样的话，他现在就会是一个富人，在遮玛里亚或者恰斯国拥有壮丽的宅邸。他不后悔自己做出的决定，这是他唯一能做的正确的事。

想到自己曾经是多么安于现状、享受这种渺小的生活，他不禁有些感叹。现在他只能无可奈何地幻想自己以前能预见到有这样的一天，这样一位女子会走进他的生命。如果他预见到了这一天，也许他就会存下一笔足以配得上这位女子的财产。但他又要获得怎样的财富，才能与她在缤城的丈夫能给予她的财产相比？

他又看了看手中的小纸卷，在航行到崔豪格之前，自己是否应该杀死那个恰斯商人，把他从船上丢下去。他并不只是随意这样想想。他只杀死过一个人，那是在很久以前，一场赌局出了错，他被指控出千。他没有出千，但是与他对赌的那个家伙及其友人，不打算让他带着赢得的赌注离开，甚至明显有意要杀死他，他打晕了他们之中的一个人，杀死了另一个人，放跑了第三个人。这件事并不让他感到骄傲，他只是生存了下来。这是他不后悔的决定之一。

所以，现在当他思考杀人的时候，他所想的只是杀人的后果。如果他杀了那个商人，他就不会站在这里，手中攥着一张对他充满威胁的纸条，不需要猜疑与他一起踏上这趟旅程的人们，到底谁是那个商人安插的叛徒，也不必揣测辛纳德·亚力克在是否有插手这份如同甜美果实般的契约。他一边将这张纸卷撕成碎屑，丢出舷窗，一边想着：不必再担心自己是不是会做出什么事情，让艾丽斯看不起他了。

"该起床了！"

"起床，收拾好你们的东西，唤醒你们的龙！"

"起床，上路的时间到了。"

赛玛拉睁开眼睛，望向远方灰色的晨曦，然后打了个哈欠，突然希望自己从没有同意参加这个任务。在她的周围，其他守护者正一边咕哝，一边从铺位上爬起来。将他们叫醒的是那些陪同他们从崔豪格来到这里的人，这些人的责任到今天就将告结束。很明显，那些人已经等不及要结束这趟差事了。守护者们越早起来唤醒龙群，开始他们第一天的旅程，送他们到这里的人就能越早完事回家。

赛玛拉又打了个哈欠。她知道，如果想要在一天开始之前弄到一些吃的，她最好马上就起来。在和这些男孩子在同一口锅里掏食之前，她完全不知道男孩子能吃得有多快。她缓缓坐起身，同时继续用毯子裹住身体，但冷冽的清晨空气仍然渗透进她的身体。

"你醒了？"拉普斯卡问她。自从他们离开崔豪格之后，只要她允许，拉普斯卡就会睡在尽量贴近她的地方。一天早晨赛玛拉醒过来的时候，发现拉普斯卡就依偎在她的背后，一只手臂环抱着她的腰，头紧贴着她。赛玛拉很喜欢他的温暖，但受不了醒过来的同伴们的窃笑。凯斯和博克斯特为此不停地嘲笑他们。面对他们的嘲笑，拉普斯卡总是露出潇洒但又不是很确定的笑容。赛玛拉怀疑拉普斯卡并不很清楚那两个家伙的笑话是什么意思。赛玛拉自己则坚决地无视他们。她告诉自己，拉普斯卡喜欢靠近她，就像一只小猫喜欢睡在自己熟悉的东西旁边，不是因为任何浪漫的情愫。他们之间没有来电，就算拉普斯卡对她有这种感情，这也不是她会接受的。被禁止的就是被禁止的，她清楚这一点，他们都清楚这一点。

但赛玛拉也不禁会怀疑，他们是否都能像她完全接受这条规矩。

格瑞夫特就强烈地暗示他不接受这种规矩。他早就说过,他打算建立他自己的规矩。那么,洁珥德又是怎样? 她会遵循他们从出生时起就被要求接受的规矩吗?

赛玛拉将睡意从眼睛里揉走,同时竭力不注意睡在自己身边的是谁,也不猜测这到底意味着什么。毕竟,所有人都必须找个地方睡觉。如果洁珥德总是在刺青身边摊开她的毯子,这可能只意味着她睡在刺青身边会感觉安全。如果格瑞夫特总是在其他人准备睡觉的时候找理由和她说话,这也许只意味着格瑞夫特认为她比较聪明。

赛玛拉向格瑞夫特瞥了一眼。像往常一样,格瑞夫特是第一批起身的人,正在收拾他的被褥。格瑞夫特在睡觉的时候不穿衬衫。赛玛拉惊讶地发现许多男孩都是这样。有兄弟的洁珥德则很惊讶赛玛拉不知道这一点,但赛玛拉完全想不起自己曾见过她的父亲有赤裸上半身的时候。她看到格瑞夫特抓挠覆盖鳞片的脊背。对于那种持续不断的瘙痒,赛玛拉也很熟悉,那意味着鳞片正在变得更厚更硬。她看到格瑞夫特微微弯下腰,这样就能让鳞片翘起来,进而挠到下面的皮肉。如果格瑞夫特在意雨野原在自己身上留下了多么沉重的标记,他就不会将它们显示出来。今天早晨,他仿佛就是要炫耀他的身体。

赛玛拉忽然想起了格瑞夫特差一点将刺青赶走的那一晚所说的话。格瑞夫特说过,他要建立自己的规则。他已经开始这样做了。让赛玛拉惊讶的是,格瑞夫特竟然就这样轻易地成为这支队伍的领袖。他只是在按照他自己的想法做事,所有年轻人就立刻开始追随他。现在只有为数不多的几个人还没有受到他的影响。刺青是其中一个。赛玛拉怀疑,如果不是格瑞夫特这样快、这样坚决地向大家表明,刺青和他们不是一路人,刺青也许就会成为这支队伍的领袖。她觉得刺青也许同样明白这一点。洁珥德则是另一个对格瑞夫特投以怀疑目光的人,或者她至少还无法完全赞同格瑞夫特的观念。这是因为我们都是女性,赛玛拉想,因为格瑞夫特看待我们的眼神,仿佛他总是在对我们进行评价。赛玛拉甚至注意到格瑞夫特第一眼看到希尔薇的时候,也流露出同样的眼神,而且赛玛拉觉得格瑞夫特几乎在那时就淘汰掉了希尔薇,因为她太小了。

格瑞夫特突然转过头看着她,仿佛能够读出赛玛拉的想法或者感觉到她的目光。赛玛拉立刻对他生出一种奇怪的逢迎感觉和一点畏惧,急忙低下头,但已经太晚了,格瑞夫特知道她一直在注视他。赛玛拉从眼角看到格瑞夫特伸直腰,转动肩膀,同时向她露出了微笑。在格瑞夫特要对她说话之前,赛玛拉先对拉普斯卡开口道:"你醒了吗? 我们今天就要出发了。"

"我醒了。"那个男孩说,"但我们为什么这么早就要出发? 在早晨还这么冷的时候,龙不会喜欢活动的。"

格瑞夫特在赛玛拉之前做出回应:"因为卡萨里克的那些好人们非常期待我们离开。等我们带着龙走掉之后,他们就能在这片河岸上建造码头了。他们也许会修理或者重建曾经为海蛇建造的水闸。如果施工得当,他们就能让更大的船只直达崔豪格,扩大航运能力,这样他们就能更顺利地从那座古城挖掘各种古董并予以开发。没有了龙,他们在靠近这个地方的挖掘场中进出会感到更安全,也能挖得更深。说得更明白一点,拉普斯卡,这一切都是因为钱。我们越早带龙离开这里,商人们就能越早终止在龙身上耗费金钱,把钱投资在那座被埋葬的城市上。"

拉普斯卡皱起眉头,稍稍撅起嘴,这表明他正在努力思考。"但……他们为什么要这么早就叫醒我们? 一个早晨能有多么大的差别?"

格瑞夫特摇摇头,说了些不好听的话,转身不再看这个男孩。一道受伤害的影子闪过拉普斯卡的脸,赛玛拉也在这一刻感觉自己非常厌恶格瑞夫特,这种强烈的厌恶情绪,甚至把她自己吓了一跳。

"我们在出发前应该吃些东西,"赛玛拉立刻提出建议,"这也将是他们最后一天为龙提供食物了。从明天开始,我们就必须自己喂养龙。希望那些龙自己也能找到一点食物。"

听到赛玛拉的话,拉普斯卡的面孔也亮了起来。让这个男孩高兴真的很容易,赛玛拉甚至不需要对他表示友善,只要待他不要太坏就足够了。赛玛拉竭力不去想拉普斯卡过去的生活到底是什么样子,以至于他会将别人平常的态度当作友好。她微微叹了口气,开始将自己的被褥叠起来,平时就算赛玛拉对别人说话也会把拉普斯卡吸引过来,而直接和拉普斯卡交谈,肯定会让这个男孩一整天都黏着她,在她耳边唠叨个不休。

"我一直在担心该如何喂养我们的龙。我觉得龙可以自己找些食物,他们能够很容易找到死亡动物的尸体,也许还能捕到大鱼,或者是死掉的大鱼,这应该是他们最容易找到的食物了。我的荷比喜欢鱼,她也不太在乎鱼是活的还是死的。"

"荷比。那是那头龙的真名吗?"刺青突然出现在拉普斯卡身后。他已经将收拾好的背包背在身后,而且还刮了胡子。看样子,他醒来已经有一段时间了。他并不经常刮胡子,通常一个星期只会刮一次。离开崔豪格之后,赛玛拉看过一次他刮胡子——对于这门手艺,他并不是很有信心。那时赛玛拉看到他蜷起身子,将一只小镜子放在膝头,非常小心地用一把折叠剃刀刮去面颊上的胡茬。看到刺青刮胡子的时候,赛玛拉还吃了一惊。那时她才意识到,自己还是把刺青看成一个男孩,而不是男人。她又向拉普斯卡瞥了一眼,她似乎仍然把他们都看作是男孩,可能只有格瑞夫特才是例外。拉普斯卡和她的年龄可能很相近,其实根本就不是男孩了。至少,只要他不说话,就不会有人把他当男孩看。

"不是。我觉得在我来这里以前,荷比根本就没有名字。但她喜欢我,也喜欢我给她起的名字,所以我认为这样很好。"拉普斯卡突然停顿了一下,脸上露出宠溺的微笑,"糟糕!我太想她,把她惊醒了。我最好快点吃完饭去找她,她很饿了。我还要告诉她,今天我们就要启程去上游了,她很容易忘记事情。"

拉普斯卡把毯子卷起来,塞进背包里,然后向自己睡觉的地方扫了一眼,抓起换洗衬衫也塞进背包顶部。然后他说了一句:"该吃东西了。"就带头向大营火堆跑去。刺青和赛玛拉只是看着他的背影。

"我觉得拉普斯卡和荷比很匹配。"刺青微笑着说。他弯腰拿起一只拉普斯卡丢掉的袜子,又用更加严肃的口吻说:"真希望他不要这样粗心。"

"把它给我吧,我会带给他的。"

"不，我给他吧。"刺青轻松地说道，"毕竟我也要去那边。你是对的。我们应该好好享受一下最后一餐轻易得来的饭食。"

赛玛拉将折叠整齐的毯子收进背包里，又将营地迅速检查了一遍。不，她什么都没有忘记。其他人也都起来了。她注意到格瑞夫特在粥锅前的队伍中排第一个。赛玛拉见过格瑞夫特是怎样吃东西的，他吃得非常快，在其他人甚至还没有盛上第一碗粥的时候，他就已经盛上了第二碗。格瑞夫特这种行为总是让赛玛拉感到恼火，尽管赛玛拉也会思忖自己不学着格瑞夫特那样做，会不会很愚蠢，毕竟昨天又有两个男孩开始学习格瑞夫特了。赛玛拉注意到，凯斯和博克斯特在许多事情上都在效仿格瑞夫特。现在那两个人跟在格瑞夫特身后，各盛了满满一碗粥。这种情景让赛玛拉感到不安。当格瑞夫特坐下来吃粥的时候，他们就蹲在他的两旁。赛玛拉惊讶地看到诺泰尔的一只眼睛周围变成了青黑色，脸也肿了起来，便问道："他怎么了？"

"和另一个家伙打了一架。"刺青简单地回答了一句，转而问赛玛拉，"那些无人守护的龙会怎样？"这个问题让赛玛拉不再有心思去盯着诺泰尔。

"什么？"

"有两头龙没有守护者。你一定也注意到了。"

他们端着空碗站到诺泰尔和希尔薇身后。那个女孩立刻转过身加入了他们的谈话："那头银龙和那头很脏的龙。"

"我觉得，如果他能被擦洗干净，应该是红铜色的。"赛玛拉喃喃地说道。她早就注意到了他们。当天空之喉看似要拒绝她的时候，她差一点就选择了他们之中的一个。"他们的境况都很糟糕。"赛玛拉强迫自己说出藏在所有人心中的想法，"没有守护者帮助他们，他们在这段路上支持不了多久。我甚至不知道他们是否会在我们离开的时候跟我们一起走。他们看上去都不很聪明。"

"你是对的。我昨晚看到那头银龙挤在那艘驳船的旁边，仿佛那艘船是另一头龙。今天早晨，银龙不在船边了，也许他看出了那艘船不是龙。但他依然不是很聪明。但我猜卡萨里克议会不会允许我们留下任何一头龙。"刺青说，

"如果我们把他们丢下,他们可能在一个星期之内就会死掉。我怀疑在我们离开之后,根本不会有人再喂养他们了。"

"这就是说,"希尔薇说,"他们一直以来都对这些龙吝啬又残忍,可怜的默尔柯说:在回忆里,根本找不到龙会被人类或者古灵如此地虐待。"

诺泰尔无言地点点头。负责分粥的人将一勺黏稠的粥汤扣进诺泰尔的碗里。诺泰尔仍然将碗举在他的面前。那个人不情愿地又朝他的碗里添了一点粥。希尔薇走上前,将碗举到粥锅上面。当一大勺粥被扣进碗里的时候,碗也沉了一下。

"嗯,"刺青有些犹豫地说,"如果我们只是让那两头龙跟在我们身后,不为他们做任何事,他们一样也会死,就像他们被丢在这里会饿死一样。"

"他们不适合生存下去,"埃鲁姆说道。他排在刺青身后,"我的亚布克也许不聪明,但他速度很快,身体很健壮,所以我选择了他。我认为他在这次远征中最有可能生存下来。"

"为我接生的产婆,也说我不适合生存。"赛玛拉在自己的碗被盛满的时候低声说道。她跟随希尔薇来到一堆放在干净毛巾上的硬面包卷旁。两个女孩各拿了一个面包卷就走开了。

"我们生活在一个严苛的世界里,严苛的世界需要严苛的规则。"埃鲁姆说道。但他的语气已经不像片刻之前那样确定了。

"我会照顾那头红铜色的龙。"刺青平静地说。这时守护者们坐成一个环形,开始吃饭。"我会在今天早晨出发之前对他进行清理,尽量去除他的寄生虫。"

"我帮你。"赛玛拉没有注意到洁珥德,但她已经凑了过来,小心地坐到了刺青的身边,将她的面包放在膝盖上,一只手托着碗,另一只手拿着勺子。

"我照顾那头银色的。"赛玛拉莽撞地宣布道。她知道这会让天空之喉不高兴。哪怕她稍稍关注一下别的龙,天空之喉一定也会心生嫉妒。好吧,就让她知道一下嫉妒的滋味吧。赛玛拉几乎是带着报复性的心情想道。

"我帮你包扎他的尾巴。"希尔薇说。

"我也许能为他捕些鱼。"拉普斯卡快活地挤进刺青和赛玛拉中间,根本没有注意到他也许打扰了别人。他大口吃着碗里的粥:"粮食太贵了,我们家买不起,我们总是用汤做早餐,或者就是吃葫芦饼。"

几乎所有守护者都过来了。大家或蹲或坐,手中捧着粥碗和面包。有几个人在拉普斯卡说过话之后点了点头。

"有时候,我们喝的粥里会加蜂蜜。"希尔薇说,随后她又补了一句,"但这样的时候并不多。"仿佛承认她的家庭能够负担这种奢侈,是件很困窘的事情。

"我们经常会有水果吃,都是我的父亲和我前一天采摘到,又没有能卖出去的水果。"赛玛拉说道。一阵想家的愁绪在不期然间袭入她心中。她突然环顾周围,她在这里做什么? 坐在坚硬的地面上,吃着粥,准备到上游去? 片刻间,这一切都没有了意义。整个世界仿佛都在她的周围旋转。她这时才意识到自己距离家已经有多远了。

"赛玛拉?"

身后男子的声音差一点吓得她掉落了手中的勺子。她转过身,看到塞德里克正局促不安地站在一圈守护者外面,依旧是那样完美无瑕,还带着一点香气,就像飘浮在空气中的花香。"什么事?"她愚蠢地回应道。

"我不想打扰你吃饭,但我们被告知马上就要启程了。我想问一下,你是否能现在来为我翻译? 艾丽斯已经去了龙那里……"

塞德里克的声音消失了。也许是赛玛拉的表情让他闭住了嘴。赛玛拉将头转向一旁,竭力压抑下突然从心中冒起的嫉妒。艾丽斯已经去和天空之喉说话了? 那个缤城女人这么早就起来了? 昨天,当赛玛拉和塞德里克回去的时候,夕阳已经西下。随着气温逐渐降低,龙都会沉沉睡去。等赛玛拉和塞德里克找到艾丽斯和天空之喉的时候,那头龙显然已经很想睡觉了。不过,她还是欣然吞下了赛玛拉带回去的大鱼——这让赛玛拉感到高兴,但看到天空之喉对那个缤城女人如此青睐,她又感到更加愤愤不平,不过看到艾丽斯对那条硕大的鱼显露出毫不掩饰的惊愕表情,赛玛拉还是很满意。看到天空之喉那么快就把大鱼吞进肚子,艾丽斯就更显得对她敬畏有加。在天空之喉吃鱼的时候,艾丽斯也总算勉强得到她的许可,让塞德里克能够旁听她和艾丽斯的交谈。随后,天空之喉立刻就向龙群的休眠地走去。赛玛拉向塞德里克和艾丽斯道了晚安,看着他们回到了河滩的驳船上。

她注意到艾丽斯如何挽住了塞德里克的手臂,塞德里克又是如何扛起了艾丽斯的全部物品。这让她不由得在心中揣度他们的关系。塞德里克说过,他只是艾丽斯的助手,但赛玛拉感觉到他们的关系不仅于此。她在心中有点怀疑那两个人是不是情侣。这个想法让她全身涌过一阵古怪的寒意。但她很快又对自己感到羞愧。就算他们是情侣,也和她没有什么关系。所有人都知道,缤城人有他们自己的生活法则。

"翻译?"格瑞夫特站起身。他的动作轻松随意,但还是流露出一种挑战的意味。塞德里克的注意力一下子转向了他。

格瑞夫特的问题似乎把这个缤城男人吓了一跳。其实赛玛拉也有些被吓到了。塞德里克急忙回答:"她说她能帮助我理解龙说的话,这样我才能做笔记。"看到格瑞夫特仍然紧紧盯着自己,塞德里克又说道,"我似乎有一点不常见的缺陷。龙说话的时候,我听不懂他们在说些什么,只能听到动物的叫声。赛玛拉昨天告诉我,她能够帮助我,或者她现在还有别的事情要做?"

赛玛拉花了一点时间才明白,塞德里克以为她是被格瑞夫特控制的,所以塞德里克正在向格瑞夫特求得许可,好让赛玛拉能够跟他走。赛玛拉将没吃完的面包放进衣袋里,端着空碗站起身:"我现在没有别的事情要做,塞德里克。等我把碗和勺子放好就过来。"

"难道我刚才不是听到你说要去照顾那头银龙吗? 必须有人包扎好他的尾巴,尝试建立和他的关系。"

格瑞夫特这样说道,就好像他是赛玛拉的上司,正在提醒赛玛拉不要忘记她的任务。

赛玛拉转向格瑞夫特,清楚地说道:"我说过要做的事情,我会去做,但时间要由我来决定,格瑞夫特。没有人让你来管我,也没有人让你去管理龙群。我更没有听到你自告奋勇去照顾其他龙。只有刺青这样做。"

赛玛拉的本意只是谴责格瑞夫特，当她发觉自己会导致刺青和格瑞夫特再一次发生正面冲突的时候，已经太晚了。刺青站起身，转动着肩膀，仿佛是在放松自己的双臂。他也许是在地上坐得太久了，但在赛玛拉看来，他就像是在为一场可能爆发的战斗做准备。"是的，我这样说了。希尔薇，如果你需要有人帮你包扎银龙的尾巴，就告诉我。拉普斯卡，如果你能为他捕到一条鱼，或者找些别的食物，那就太好了。我要去和我的绿龙道个早安，然后我会去查看那头红铜龙的情况，看看我能为他做些什么。赛玛拉，你先跟塞德里克去吧。没有你，我们暂时也能应付得来。"

赛玛拉看到塞德里克的视线从格瑞夫特转向刺青。她突然明白了，这个缤城人正在猜测谁才是这支队伍的首领，谁才是能控制赛玛拉的人。这让赛玛拉同时对格瑞夫特和刺青都感到一阵怒意，她的声音一下子严厉起来："谢谢你，刺青，但我说过这事由我来做，我会做的。我不需要任何人帮忙，也不需要有人许可。"

刺青的神情让赛玛拉意识到，她的口气要比她预料中尖刻许多。赛玛拉只是想表明，除了她自己，没有人能控制她。而格瑞夫特脸上得意的表情正告诉她，她只是把情况搞得更糟了。她不由得咬紧了牙。不到两天以前，她曾经对格瑞夫特稍有迷恋，因为得到那个男人的注意而感到高兴，而现在，她对这个家伙充满了厌恶。她知道，格瑞夫特正在操控眼前的局势，她似乎无论如何也摆脱不了这个家伙牵住她的傀儡线。现在所有人都会以为她在生刺青的气，但她没有，或者至少不想这样伤害刺青。洁珥德看着地面，但赛玛拉知道她在偷笑。刺青面容僵硬地从她面前转开身。除了跟塞德里克走，她什么都做不了。当他们离开的时候，就连这个缤城人都察觉到了营地里尴尬的气氛。

"我不想给你惹麻烦，"塞德里克向她道歉。

"你没有。"赛玛拉只回了这么一句，然后她吸了一口气，摇摇头，"我很抱歉。今天出了些问题。你的确没有造成任何麻烦。问题出在格瑞夫特的身上，刺青有时候也挺麻烦。格瑞夫特想要成为巨龙守护者的领袖，他的所作所为只是想让其他人都服从他。但有些人真的就会听他的，这才是令人恼火的地方！其实我们之中并没有谁是首领，我们全都是自由的，该怎样完成我们的工作都由我们自己决定。格瑞夫特只是非常善于给拒绝服从他的人找麻烦，比如刺青和我。"

"我明白。"塞德里克点点头，就好像他真的明白一样。

"刺青和我平时都相处得很好。但格瑞夫特就不一样了。他似乎很喜欢制造麻烦，操纵别人。有时候，我觉得我们只要不照他的话去做，他就会竭尽所能让我们难堪。一开始，我以为他喜欢我，他的样子就像是无法容忍我有一个朋友，仿佛这样做就会让他变得没那么重要。他就像是要将一支楔子打进刺青和我之间。为什么会有人喜欢做这种事？"

赛玛拉并没有想从这个缤城人口中得到一个回答，但塞德里克流露出吃惊的表情，仿佛赛玛拉在问他一个非常重要的问题。当塞德里克回答的时候，每一字一句都说得非常缓慢："也许是因为我们纵容他们这样做。"

塞德里克觉得自己仿佛在脑后狠狠被打了一两下。首先是那个非同寻常的年轻人，似乎是质疑他有无权利要赛玛拉为他做翻译。塞德里克还从没有见到过如此相貌的人——这种人至少应该用面纱或者兜帽将脸遮住，像格瑞夫特那样受到雨野原严重影响的人，绝大多数都该戴上面纱，但格瑞夫特却没有，这是对传统的挑战。还是说，他们已经在雨野原河上溯太远，这里的人们已经不在乎外地人是如何看待他们了？

看这个人明确无疑的爬虫相貌，塞德里克相信他一定也具备某些相应的特殊能力。他的蓝色眼睛像抛光的天青石一样闪闪发亮。那双眼睛上面的眉毛已经变成了细小的鳞片。他脸上一条条深入肌肤的纹路，让塞德里克想到了雕像，只是这些纹路并不在冰冷的石头上。塞德里克还从没有见到过如此像野兽的人。他几乎能嗅到格瑞夫特身上刺鼻的野兽气味，就好像这个家伙正在散发出自己的气息，以表明他的统治权。就连他的声音也带着一种不属于人类的高亢音色，让塞德里克联想到一连串黑色的琴弦被弓弦拉响。此人的鳞甲让塞德里克反感，声音却让塞德里克觉得很有吸引力，怪不得他身边的这个女孩在此人面前，是那样焦虑不安。任何人都会这样的。

就连诏谕也不例外。此人会和诏谕发生正面碰撞，就像长角的公鹿为了争夺地盘争斗不休。就在这个想法出现在塞德里克脑海中的时候，那个女孩问了一个让他大吃一惊的问题，他觉得自己脑子里仿佛有一根弦被骤然弹响，诏谕不喜欢他和艾丽斯做朋友，不想让他和艾丽斯交谈，也不想听他提起任何关于艾丽斯的话题。艾丽斯应该是一样他完全交给诏谕的东西，是他过去的一部分，而当他提出用一场婚姻结束诏谕和父母之间的不和时，他就已经将艾丽斯奉献给了诏谕。塞德里克不喜欢细想这到底意味着什么。他将自己因为诏谕而疏忽的其他一切友谊都推到一旁。为了留在诏谕身边，他放弃了自己打拼的机会，甚至拒绝继承父亲的事业——所有这些，他也都不愿再想了。

他强迫自己将注意力集中在眼前的事务上，转头瞥了一眼身边那个仍然愤愤不平的女孩。"很抱歉，为你带来了这么多问题。"

女孩颇有兴致地哼了一声。"喔，这不是你带来的。这些问题一直纠缠着我，当我签下契约来到这里之后，这些问题就成倍地增加了，就是这样。"女孩清了清嗓子，塞德里克能清楚地感觉到她是有意要转移话题，"为什么艾丽斯这么早就要起床和龙聊天？"

"我想，她是迫不及待要这么做。等我们开始向上游前进之后，我估计她就没什么时间能够和龙交谈了。"塞德里克说了谎。实际上正是他叫醒艾丽斯，建议她在今天队伍出发之前，尝试和龙进行一次交谈。艾丽斯也很愿意这样做，只用几分钟时间，她就把衣裙穿好了。塞德里克一直抱着一线希望，期盼他们两个能在龙群离开这里之前都得到自己想要的。现在这个希望已经非常渺茫，而这是他最后的机会。如果今天早晨的"交谈"也像昨晚艾丽斯向他描述的那样平淡无奇，也许他就能说服艾丽斯，让艾丽斯相信留在卡萨里克探勘、进行几天的田野调查，会比跟随龙群更有收获，更有收获。如果幸运之神眷顾他，也许他们还能想办法联络上贝笙·特瑞尔船长，然后乘典范号回家。

"或者她会发现她能够利用的时间，要比预料的还多。不管他们是怎么说的，我猜这次远征要延迟很久才能开始。在我看来，这里没有人真正知道我们要去哪里。那些不会跟我们走的人，根本不关心这件事，只要我们在离开的时候能把龙一起带走。"

塞德里克认为这个女孩说得很有道理，但这种话不会让任何人感到高兴。他想要将话题转移到他刚才听说的事情上，却又找不到合适的托词，于是他只好直白地问道："那么，除了那头蓝龙之外，你还要照顾一头银龙？"

"我是这样说的。"赛玛拉承认。听起来，她现在似乎有些后悔了。

"刺青说那头龙受了伤？ 伤在尾巴上？"

"我还没有仔细查看过那头龙，但他的确有伤口，而且看上去是感染了。龙对于这里的酸性河水有很强的免疫力，就像这里的水鸟和鱼一样。只要他们的皮肤是完整的，就不会害怕河水的腐蚀，但河水还是会烧掉暴露伤口上的血肉，所以我们需要清理他的伤口，为他进行妥善包扎，并在我们不得不涉水行进的时候，确保他的尾巴不会落进水里。我想，这就是我们要做的事。"

艾丽斯和蓝龙这时正并肩在水边漫步。走在蓝龙身边，艾丽斯显得非常瘦小。塞德里克知道赛玛拉也看见了她们，因为这个女孩突然加快了脚步。塞德里克却故意放慢脚步，拖住赛玛拉。现在他要说的话不能让艾丽斯听见："我一直对动物和医药有兴趣，尤其是对龙。也许我能帮助那头可怜的龙。"

赛玛拉惊讶地看了他一眼："你？"

这个女孩的话实在是很刺人。"是的，为什么不能是我？"

"我只是……嗯，你甚至听不懂他们在说些什么。而且你是这么漂亮，这么特别。我的意思是，你是这样干净。我真的没法想象你会去照顾一条尾巴上有感染，满身泥巴的龙。"

塞德里克在脸上装出一副微笑。"你才刚刚遇到我，赛玛拉。相信我，你会发现我有很多你一眼看不透的秘密。"至少这句话是真的！

"嗯，我想我会需要你的帮忙。但首先，我会在艾丽斯和天空之喉交谈的时候，协助你担任翻译，这应该不会用去太长时间，他们很快就会给龙送来食物了。我知道天空之喉像其他所有龙那样想要吃东西。不过等他们吃完东西以后，我想检查一下那头银龙，看看我能为他做些什么。"

"太好了，到时我会带好装备去找你。"

"装备？"

"我有带来一些基本医疗装备，打算路上使用，像棉绒、绷带以及锋利的小刀，只是以备不时之需，还有清洁伤口用的酒精。"其实这些是为了保存标本用的。如果运气好，他们在离开这片河滩的时候，他就能搞到一瓶龙鳞了。塞德里克向赛玛拉露出安慰的微笑。

像这样和龙相处，不会有任何收获的。艾丽斯很清楚这一点，失败的感觉正灼烧她的心。为什么她会想象自己能和龙进行一场轻松的交谈？ 在她的梦里，她一抵达雨野原，这些巨兽就会和她亲如一家，向她敞开心扉，畅谈他们的记忆。当然，这种幻想肯定不会变成现实。

"你能和我说一些你祖先的记忆吗？"艾丽斯问道。她这样直白地提问，是因为她实在是已经有些无可奈何了。这头被她的守护者称为"天空之喉"的龙，几乎拒绝了她提出的每一个问题。

"对此我表示怀疑。你只是一个人类，而我是一头龙。不管怎样，要让你明白哪怕是作为一头龙的最微小的意念，也是不可能的，更何况要理解我的记忆。"

天空之喉再一次扑灭了艾丽斯的希望。这头龙的语气平和温婉，充满了礼貌和善意。她那双可爱的眼睛也在她说话时不停地转动。艾丽斯的心渴望着和这头巨兽建立联系。她知道，自己已经完全被这头龙的魅力俘虏了，并且她也明白自己对这头龙的崇拜是多么令人绝望，不可能有任何回报，但她依然无法自已。这头龙对她的轻蔑和侮辱越多，她就越发渴望要赢得这头龙的青睐。她从那些古代卷轴中得到的智慧对她没有半点帮助，就如同你即使非常清楚毒品的作用，却还是会不由自主地吸毒成瘾。

在绝望中，艾丽斯开始进行最后的努力："你会回答我的某一个问题吗？"

龙一言不发地看着她。她们停下了脚步,这让艾丽斯觉得她距离自己更近了。艾丽斯的心中充满了对这头巨兽自作多情的爱意。只要能将自己的全部时间都用来服侍这头龙,她就会非常高兴。她这时来到雨野原是正确的。如果她不能追随这头龙到上游去,她的全部生命都将毫无意义,悲惨可怜。天空之喉就是她的宿命。除此之外,没有任何关系能够让她的人生这样充实……

就像是一只布娃娃突然落在地上,艾丽斯猛然地落回到夏日阳光下的河岸边。"他们送食物来了。"龙突兀地说道。艾丽斯真切地感觉到这头巨兽抛弃了她。那种感觉是那样迷人,而那只是龙在戏弄她。她无法否认这一点——如此轻易就受到了龙的魅惑,她应该对此感到羞愧。她卑微地渴望着再一次受到天空之喉的注意,但这让她回想起诏谕曾经给她的感觉,那一段因为彻底的羞辱才让她最终对诏谕绝望的哀伤回忆。想到这里,她坚定下心神,转身离开了那头龙。她所渴望的从不会成为现实,无论是诏谕和她在缤城的生活,还是她与龙同行的那些愚蠢的梦。突然间,她很想放弃眼前的一切,就此回家去。

龙是否知道已经失去了她的崇拜? 天空之喉似乎的确有所察觉。在走向送肉小车的半途中,那头龙突然停住脚步,回过头来看向她。艾丽斯继续坚决地一步步远离那头龙。不,她不会再一次落进那头龙的圈套了。一切都结束了。

"喔,亲爱的,看样子我们来得太晚了。"

塞德里克的声音吓了艾丽斯一跳,更让艾丽斯吃惊的,则是看到他和天空之喉的守护者一起走了过来。那个女孩像以往一样对她沉着一张脸——或者这只是艾丽斯的想象? 毕竟雨野原的环境损坏了这个女孩的外貌,要读懂她的表情实在是很困难。

"天空之喉饿了,要吃东西,而不是回答问题。"艾丽斯做着没有必要的解释。她瞥了那个女孩一眼,只希望女孩不要在这里,不过她还是把话说了下去。她说出口的每一个字都很僵硬,仿佛她的喉头生了肿块,将她声音中的柔性都挤压光了。"塞德里克,我发现你是对的。贝笙·特瑞尔和他的妻子是对的,就连诏谕也是对的。我和龙的交谈毫无意义,她只是不断地给我难堪。"

她要说出随后的话就更加困难了,"为了来到这里,我让我们两个费尽了辛苦。我愚蠢地签字同意前往大河上游,现在我却不知道自己能否在这趟旅程中获得一点真正的智慧。那头龙是那么,那么……"

"令人恼火。"赛玛拉低声为她把话说完,同时露出了一点微笑。

"没错!"艾丽斯回答道。让她惊讶的是,她发现自己也在向那个女孩微笑。

"嗯,至少我知道有这种感受的不只有我一个人。"赛玛拉向艾丽斯侧过头,有些羞怯地问,"你的意思是不是要放弃这次远征,返回缤城了?"

艾丽斯清楚察觉到了从塞德里克脸上闪过的那一抹复杂的情绪——其中带有明显的希望,但也流露出强烈的焦虑。不等艾丽斯说话,塞德里克已经抢先说道:"艾丽斯,如果你决定不参加这次远征,我完全理解你。用不了多少时间,我就能将我们的行李收拾好,运下莱福特林的驳船。但在这件事之前,我已经答应赛玛拉会帮助她照顾另一头龙,一头受伤的龙。"

"那头银龙。"赛玛拉低声说。

艾丽斯的目光从塞德里克转向赛玛拉,又转回到塞德里克身上。她在努力理解塞德里克这番话的意思。她从来都不知道塞德里克还对动物有喜好。是的,塞德里克的确受到了她的影响,对龙也有一些学术见解,但艾丽斯从没见过他宠爱一条狗,或者和他的马说话。而现在,塞德里克却要帮助这个女孩医治一头龙? 其中一定有些非同寻常的缘由,艾丽斯感觉到自己正站在一条怪异暗流的边缘,也许这还是一条黑色的暗流。塞德里克会是对这个女孩有兴趣吗? 这个女孩是这么年轻,相貌又这样特别。他们之间如果发生任何关系将是很不适当的。艾丽斯不假思索地说道:

"我会参加这次远征。也许和我难以相处的只有天空之喉。你是对的,塞德里克。我不应该这样轻易就放弃,而且我已经向这里的议会做出了承诺。我们现在就要去看那头银龙了吗?"

塞德里克显得非常不安。"也许再等一下吧。我想我们不应该去打扰那头龙进食。"

"实际上,他吃东西的时候对我们来说可能是一个好机会,"雨野原女孩说,"他会把注意力都放在食物上,那样我们就能方便地查看他的伤口了。"

"但我听说任何动物都不应该在进食的时候被打扰!"塞德里克表示反对。

"也许普通的动物是这样,"赛玛拉表示同意,"但银龙是一头龙。尽管他看上去很愚蠢,但他的脑海深处仍然有着智慧的核心。如果我要照顾他一路前往上游,那么我就应该尽早去摸清他的情况。"

"那我们就去吧。"艾丽斯表示同意。

"当然。"塞德里克虚弱地回应道。

谷月第六日

商人联盟独立第六年

来自黛托茨，崔豪格信鸽管理人
致艾瑞克，缤城信鸽管理人

　　这是一份卡萨里克雨野原商人议会和活船柏油人号莱福特林船长之间联络信件的副本，其中包括关于缤城龙族学者艾丽斯·金卡罗恩·芬波克的相关事项。根据其建议，这份文件的副本将被保存在议会档案中，供艾丽斯·金卡罗恩·芬波克日后使用，其相关费用的详细账目将会随后送至。

艾瑞克：

　　以崔豪格信鸽管理人的官方身份，我心存宽慰地告知你：那只异常丑陋、只知道吃自己的屎、吐在自己身上的鸟，显然只是自己遭受了诅咒。我们的鸽群都没有被传染的危险。莎神垂怜我们！

黛托茨

第十四章　鳞片

辛泰拉用肩膀顶开维拉斯，一口叼住了这头绿龙已经盯上的沼泽鹿。那头比辛泰拉小许多的雌龙嘶嘶地吐着气，绕过了已经被辛泰拉抓住的那块肉，同时有意无意地撞了辛泰拉一下。辛泰拉没有理会她，现在最重要的事情是进食，打架纯粹是浪费时间。这一次从手推车上倒下来的肉，是这几个月以来她见过最多的一次，所有龙都已经聚集过来，一头头饥肠辘辘的食肉猛兽围成了半个环形。只要还能看到肉，辛泰拉就不打算有片刻停顿。等吃饱肚子，她会在阳光中打个盹，好好消化一下。就让那些急着赶他们走的人类去吵闹叫嚣吧，等她准备好了，她自然会离开，但绝不是在那以前。

她的周围都是龙进食的声音。骨头被咬碎，肉被撕裂，每一头龙都哼哧着扑向最肥美的肉块。越是大龙，就越能进入肉堆的中心，占据最大的猎物。小龙则只能彼此推搡着，满足于吃些鸟、鱼，甚至只是老鼠。

当辛泰拉扬起头，吞下沼泽鹿的前半段时，她注意到另一头龙身边的那些人。那头畸形的银龙也在努力地进食，完全不理睬那些抓住并拽直他尾巴的人。很明显，饥饿让他无暇去顾及任何食物以外的东西。因为和银龙同样的理由，辛泰拉本来不想再看那些人，但这时她注意到，那两个正在银龙尾巴旁边忙碌的人类，原本是属于她的。

辛泰拉吞下沼泽鹿，发出一阵不悦的低吼。她想要过去阻止那两个人，但还是决定继续进食，同时再考虑一下这件事。

让辛泰拉感到惊讶的是,她已经开始喜欢受到人类的关注了,能够有追随者的确是一件令人欣喜的事情,哪怕追随崇拜她的只是人类。人类是那样无知,根本不知道该如何恰当地正确颂扬她,甚至没有为她带来任何礼物,但那个年轻的人类的确拥有一些清洁技巧。昨天晚上,辛泰拉睡得很香,再也没有为了挠掉鼻子和耳朵上的吸血寄生虫而醒来,而且那个女孩还给她带来了一条鱼,一条又大又新鲜的鱼。那个缤城女人至少也努力要给予她正确的尊敬和赞美。她明白,龙不是听到几句奉承就会改变心思的愚蠢动物,但听到亲切恭敬的话语,她还是会感到高兴。那个人类很懂得使用言辞以表明什么才是正确的顺从。

同样让辛泰拉高兴的是,她是唯一有两名追随者的龙,但那两个人类似乎都去照顾那头没脑子的银龙,这番情景让辛泰拉觉得很不是滋味。当辛泰拉感觉到那两个女人为了争夺她的注意而从心中生出的嫉妒时,她曾经觉得非常有趣。赛玛拉为她带来那条大鱼的时候,她是那样兴高采烈。女孩高兴的不仅仅是能够侍奉她,更是因为能比艾丽斯更好地侍奉她。辛泰拉一直期待着要将他们推向更加激烈的竞争,而她现在看到的是她们背叛了她,此时正协力合作,充满热情地照顾那头银龙,就像曾经对她那样,这当然让她感到极为不快,甚至感觉被冒犯,连艾丽斯的那个没用的男性同伴也在那里。

卡罗趁着辛泰拉分神的时候,叼住了他们之间的一头山羊。那头山羊本来距离辛泰拉更近的。辛泰拉嘶吼着表达她的不悦,并咬住了山羊的另一端。这只山羊并不大,而且几乎已经腐烂了。不等辛泰拉撕扯,它已经断成了两半。卡罗吞掉了他偷走的那一半,然后说道:"你应该教教照顾你的人更尊重你一些,否则你就要失去她了。"

卡罗发现了那个女孩的变节,这实在是太耻辱了。辛泰拉立刻就想去找那个女孩和另外那个女人,但这一次是她的尊严阻止了她这样做。"我不需要守护者。"她对卡罗说。

"当然不需要,我们都不需要。不管怎样,我不会允许其他龙夺走我的人,现在他可是非常满意。当然,你一定已经注意到了,这些人类的首领选择照顾我。他说这是因为他们认为我是龙群的首领。"

"他们是这样以为的？ 你还真是挺不错的呢。不过可惜的是，任何龙都不会有什么首领！"比蜥蜴眨眼的速度还要快，辛泰拉探出头，咬住卡罗面前的一只小水野猪，拽到了自己身边。卡罗向她炸起了头后的尖刺，就连他脖子上半成形的骨鬃仿佛也努力要竖起来。"真可惜，"辛泰拉低声说道，仿佛她并不打算让卡罗听见她的话。她将水野猪咬碎，整只吞进肚里，随后才又说道："照顾我的一个女人对于龙和古灵很有了解，并且在她的城市中有很高的地位。她选择跟随我们是因为对我的敬慕。她知道，过去龙群的领袖永远都是女王，就像我一样。"

"像你一样的女王？ 那么，过去也有没翅膀的龙吗？"

"我有牙齿。"辛泰拉张大了嘴，以此提醒卡罗。

在他们形成的半环形的另一边，默尔柯缓缓抬起了头。自从他的身体被清理干净之后，他的黄金色鳞片就一直在阳光下烁烁放光。在他的脖子侧面有一些细碎的斑点，那是他在长蛇时期的假眼遗痕。默尔柯比卡罗和辛泰拉都要小，但当他一抬起头，浑身都散发出威严的气势。"不要争斗，"他平静地说道，仿佛他有权命令他们，"今天不要争斗。我们就要离开这个地方，开始返回我们故地的征途，回到真正属于我们的地方。"

"你是什么意思？"辛泰拉问道。辛泰拉暗中很高兴默尔柯的插手。她并不想战斗，尤其是在有食物可以吃的时候。

默尔柯和辛泰拉对视着。这头金龙的黑色眼睛显得异常坚硬，放射出明亮的光芒，就像是一对镶在金色眼窝中的黑曜石。辛泰拉从那里面读不出任何情绪。"我的意思是，今天我们将返回克尔辛拉。搜寻一下你的记忆，也许你就能明白我的意思了。"

"克尔辛拉。"卡罗的语气中充满了怀疑。辛泰拉觉得他也因为默尔柯的吓阻而松了一口气。他当然不会这样承认，所以他只是轻蔑地转过头，不再去看那头金龙。

"克尔辛拉。"默尔柯表示同意，并低垂下头嗅了嗅地面，寻找遗留的食物残片。这次人类送来了更多的食物,也许是送给他们的告别礼物,或者是一次性拿出了他们的全部存货。即使是这样,食物还是很快就被龙群吃光了。辛泰拉知道自己不是唯一没吃饱的龙。她希望自己还能回忆起肚子被填满的感觉。在这一世中,她似乎从没有过这种感觉。

"克尔辛拉。"维拉斯突然对默尔柯的话做出回应。环绕在周围的其他龙也纷纷抬起了头。

"克尔辛拉!"芬提发出铜号般的吼声,从地上一跃而起,将两条前腿在空中扬起,张开翅膀,痉挛一般地扇动它们,却没有半点用处。她很快又将翅膀收回到背上,仿佛在为此而感到羞惭。

"克尔辛拉!"两头橙色的龙都发出铜号般的吼声,仿佛这个词让他们感到喜悦。

默尔柯抬起头,向周围望了一眼,然后用严肃的语气说:"该是离开这个地方的时候了。我们在这里停留的时间太久了。在这里,我们就像是人类圈养起来的肉食牲畜。我们睡在他们留给我们的地方,吃他们送来的食物,接受终将在这片阴影中朽烂的命运。龙不是这样生活的。至少我不会这样死掉。如果必须要死,我会像龙那样去死。我们走吧。"然后他就转过身,向河边的浅滩走去。一时之间,其他所有龙都只是看着他。随后,毫无预兆地,一些龙开始跟随他。

辛泰拉发现自己跟在他们身后。

银龙尾巴上的伤口看起来很像是另一头龙的爪子造成的。伤口的形状非常粗糙,更像是一道撕裂伤。赛玛拉不知道这是有意造成的,或者仅仅是在他们每天争抢食物的时候发生了意外。她也看不出这个伤口到底有多久了。伤口的位置距离尾巴和身体相接的地方很近,大约有赛玛拉的前臂那么长。沿伤口两边各有一道凸起的肉脊,表明银龙的身体在努力愈合这道伤口,但它又再度裂开了。伤口的情况看上去很糟,散发出的气味就更糟了。许多苍蝇正在伤口上盘旋,或者直接落在上面。大苍蝇发出响亮的嗡嗡声,小苍蝇更是多得不可胜数。

艾丽斯和塞德里克都要比赛玛拉年长，站在赛玛拉身边却像是两个手足无措的孩子，只是等待着赛玛拉采取行动。银龙似乎根本没有注意到他们。他只是缩在围绕成半环形的龙群末端，从肉堆里叼出任何他能碰到的东西，再退回半步吃掉它。赛玛拉希望能有一些更大的肉块喂他，让他能在一个地方站定一会儿，嘴里能有些东西咀嚼。她看到银龙叼住一只大鸟，扔上半空，伸头接住，吞进肚子里。赛玛拉必须迅速行动。等食物吃完的时候，就不会再有其他东西能吸引住这头龙了。

塞德里克拿来了他装有绷带和药膏的医药匣，那个等会要使用的匣子被打开放在地上。赛玛拉带来了另一些更普通的工具：一个盛有净水的桶子和一块抹布。他们都在等待着对方动手。赛玛拉觉得自己就像是一名接受了酬金，却忘了要传递什么口信的信使。她转过身，努力思考：如果只有她一个人，她会做些什么。

其实，她不得不对自己承认，她根本没有想过这种可能。她本以为刺青会和她在一起，或者至少希尔薇或拉普斯卡会来。现在她觉得自己就是一个傻瓜，才会自告奋勇来照顾这头倒霉的银龙。要应付天空之喉已经很不容易了。她不可能同时再照顾好这头弱智的龙。她将这个想法推到一旁，愤怒地碾碎自己在这两个缤城人面前表现出的犹疑，将一只手轻轻按在银龙肮脏的身上，远离伤口的地方，低声向银龙问道："你好吗？"

银龙被碰触的时候，微微地抽动了一下，但没有回答赛玛拉。赛玛拉抑制住查看那两个缤城人的冲动，她并不需要他们的许可或者指导。她向贴在银龙皮肤上的手掌加了些力气。银龙没有推开她。"听着，龙，我是来照顾你的。我们很快就要到上游去寻找一个更适合你们生活的地方。但在旅程开始之前，我想要看一看你尾巴上的伤口。它看上去已经感染了。我想要清理它，把它包扎好。这样做也许会有一点痛，但我相信我们必须这样做。否则河水就会腐蚀它。你会让我这样做吗？"

龙转过头看着赛玛拉。半个死亡动物的尸体还挂在他的口边。赛玛拉不知道那是什么，不过那东西散发出一股可怕的气味，让赛玛拉觉得他不应该吃下这东西。不等赛玛拉想好该如何警告银龙，银龙已经扬起头，张大了嘴，把那块腐肉吞进了肚子。赛玛拉感觉到自己的胃口向外翻了一下。她刻意提醒自己，许多野兽都会吃腐肉，她不能让自己因为这种事而烦恼。

银龙又看了她一眼。那双眼睛呈现出一种天空和小长春花融合在一起的蓝色，在盯住赛玛拉的同时缓缓地旋转着。银龙向女孩发出一阵疑问的低吼声，但赛玛拉没有感觉到任何具体的言辞。她竭力想要在这头龙的目光中寻找到智慧的火花，希望确认他对自己有着超越普通动物的认同。"银龙，你会让我帮助你治伤吗？"赛玛拉再一次问道。

银龙低垂下头，将嘴在自己的前腿上蹭了蹭，抹掉挂在口边的一截肠子，然后又抓了抓自己的鼻子，哼了一声。赛玛拉心中一沉。她注意到这头龙的鼻子和耳朵上爬满了寄生虫。这些害虫也必须被除掉。但她用力提醒自己，首先要处理好他的尾巴。银龙张开嘴，露出布满闪亮尖牙的长嘴。现在他看起来很温驯，仿佛对外界的一切都懵懂无知，但如果赛玛拉弄痛他，甚至激怒他，这些牙齿会立刻结束赛玛拉的生命。

"我要开始了。"赛玛拉对银龙和她的人类同伴说道，她强迫自己转向两个缤城人，又说道："做好准备。他并没有对我说的话做出任何真正的回应，我也不觉得他会比普通动物更聪明。所以，当我检查他的尾巴时，我不知道他会做什么。他也许会攻击我，或者攻击我们三个。"

塞德里克看上去完全被吓坏了。但艾丽斯则坚定地咬紧了牙说道："我们必须为他做些什么。"

赛玛拉将抹布蘸了蘸水，又把水拧在伤口上。水从抹布上滴落下来，流进伤口，又沿着尾巴流下去，仿佛一条肮脏的小溪。有几只蛆被冲走了，一团大大小小的蝇虫飞起来，变成一片嗡嗡作响的乌云，随后又想要落回伤口。这样做只能冲掉伤口表面的脏污，但至少这头龙没有转回头来咬她。赛玛拉鼓起勇气，轻轻将抹布按在伤口上。伤口周围的皮肉抖动了一下，但龙没有发出吼声，赛玛拉轻柔地擦拭伤口，抹去一层污秽和寄生虫，露出深深撕裂的皮肉。

然后赛玛拉将抹布在水桶中洗净拧干,开始更加用力地清洁伤口。覆盖在伤口上的痂壳脱落下来,一股散发着臭气的液体突然渗出了伤口。

龙猛然哼了一声,转过头来看这些人类在对他做什么。当他将头飞快地伸向赛玛拉时,赛玛拉觉得自己就要死了,她甚至找不到任何时间尖叫。

但龙只是用鼻子嗅了嗅渗出液体的伤口,然后又用鼻子去挤压伤口旁边肿胀的部分,将脓挤了出来。他这样做了一段时间——从伤口的一端一直挤压到另一端。脓水的气味非常可怕,苍蝇都兴奋地在伤口上盘旋。赛玛拉尽可能缩起鼻子,还用手腕背部捂住鼻孔。"至少他在帮助我们清理伤口。"她紧咬着牙关说。

突然间。龙失去了对伤口的兴趣,又回过头去进食了。赛玛拉抓紧这个机会,再一次打湿抹布,从伤口上擦去浓汁。她将抹布在水桶中洗净了三次。最后,她怀疑那桶水已经像她努力要清理的污物一样肮脏了。

"给你,用这个。"

赛玛拉转过身,发现神情严肃的塞德里克递给她一把窄刃小刀。一时间,赛玛拉只是盯着这把小刀。她本以为塞德里克会递给她药膏或者绷带。"干什么?"她问道。

"你需要用这个割掉伤口上的赘疣。然后我们要把伤口合拢,也许还要进行缝合。否则,它是不会愈合好的。"

"赘疣?"

"就是那些在是伤口边缘肿起来,看上去很硬的部分。你需要把它切割下来,这样才能给伤口扎上绷带,让新鲜的组织接合在一起,它们才能愈合起来。"

"割掉龙的肉?"

"必须这样。看看这里,它们全都干了,而且非常厚。实际上,这些组织都已经死了。这样的伤口是不可能愈合的。"

艾丽斯看着银龙的伤口,有些胆寒地咽了一口唾沫。塞德里克是对的,现在他手掌上有一块干净的布巾,闪闪发光的小刀就放在布巾里。

"我不知道该怎么做。"赛玛拉承认。

"我想我们都不知道,但我们知道必须这样做。"

赛玛拉接过递过来的小刀,竭力将它握紧,并将另一只手按在龙的尾巴上。"我开始了。"她警告两名同伴,然后就小心翼翼地将刀刃放在伤口边缘的隆起上。小刀非常锋利,几乎毫不费力地切进了龙的身体。赛玛拉看到自己的手在移动,割下伤口边缘干硬的皮赘。干皮一片片脱落,仿佛是一粒干瘪水果的皱缩外皮。在这些赘疣中夹杂着许多脏污和鳞片,在移动的刀刃下出现了深红色的血肉。新的伤口有血液缓缓渗出,凝结成一颗颗亮红色的液滴。但龙只是在食物堆中哼哼着,仿佛根本没有感觉到自己在被切割。

"就是这样,"塞德里克用低沉兴奋的声音说道。"这样就对了。把这些坏死的组织切下来,我为你把它们取走。"

赛玛拉按照塞德里克的吩咐去做,几乎没有注意到塞德里克是多么灵巧地用戴着手套的手取走了被她切下来的部分。艾丽斯一直在旁边沉默不语,可能是在全神贯注地看着他们的手术,也可能是在努力不看他们。赛玛拉现在没有余暇去确认那个缤城女人到底是什么样。她刚刚清理掉一侧伤口的赘疣。现在她深吸一口气,再次打起精神,将刀刃放在伤口的另一侧。

一阵颤栗涌过银龙的全身。赛玛拉身子一僵。锋利的刀刃就压在银龙伤口隆起的边缘上。银龙没有向赛玛拉转过头,只是低声发出一阵嘶吼。"战斗。"赛玛拉几乎听不见这个词。银龙的声音带着一种孩子般的稚嫩,没有半点力量。

这个词中流露出了恐惧。赛玛拉不知道这是不是自己的想象。

"战斗?"艾丽斯温和地问银龙,"和什么战斗?"

"什么?"塞德里克惊讶地问。

"战斗……一起,战斗,不,不。"

赛玛拉一动也不敢动。她本来以为这头银龙的智力仅限于普通野兽的直觉。听到他说话,赛玛拉着实吃了一惊。

"不战斗?"艾丽斯仿佛是在询问一个婴儿。

"和谁战斗？"塞德里克问道，"谁在战斗？"

塞德里克的插嘴只是在让局面变得更加混乱。赛玛拉屏住呼吸，压抑下心中的火气，低声解释："艾丽斯没有和你说话。是这头龙说了些什么。这是我们第一次听到他说话。艾丽斯正试着和这头龙说话。"然后赛玛拉又吸了一口气，想起自己的任务，便推动刀刃稳稳地划开伤口边缘的硬皮。

"集中精神在手上，"塞德里克说道。赛玛拉发现自己很感激他的支持。

"你的名字是什么？"艾丽斯低声问，"可爱的银龙，有着星月颜色的龙，你的名字是什么？"她的话语如同甜美的乐音。赛玛拉感觉到这头龙有点不同。他没有说话，但感觉上，他正在倾听。

"你们在干什么？"刺青在赛玛拉身后问。赛玛拉被吓了一跳，但她的手没有丝毫抖动。

"在做我说过的事。照顾银龙。"

"用刀子照顾？"

"我在割掉化脓的部分，然后才能将伤口合拢。"赛玛拉感到一点小得意——她比刺青更懂得该如何正确地治疗翼龙。刺青在她的身边俯下身，仔细查看她的工作。

"这里还有很多脓。"

赛玛拉立刻又对刺青有些气恼。感觉上刺青正在批评她。不过刺青立刻又说道："我们再把伤口清理一下。我再提些水来。"

"谢谢。"赛玛拉说道，同时感觉到刺青离开了。她小心地切削伤口旁的隆起，再一次感觉到死皮和黏附在上面的鳞片脱落下来，塞德里克接下这些坏死的组织，迅速将它们拿走。直到赛玛拉将小刀还给塞德里克的时候，才感觉自己的手开始不住颤抖。"我想，我们现在应该把伤口再清洗一下。"她建议说。

塞德里克将一些东西收进医药匣里，动作迅速又仔细，仿佛这件事本身比照料龙更重要。赛玛拉闻到一股强烈的醋味，听到了玻璃相互撞击的声音。"也许的确应该先这样做。"他表示同意。

赛玛拉一直都没有去理会艾丽斯轻柔的说话声。现在她才听到那个女人说：“但你想要去某个地方，对不对？一个好地方。你要去哪里，小家伙？去哪里？”

龙说了些什么，那不是一个词。突然间，赛玛拉意识到自己听见的根本不是什么"词句"，那种印象只是出于她的习惯性思维。这头龙没有向她"说"过任何话，而是向她表达了某些强烈的记忆。赛玛拉回想起一道暖热的阳光照射在自己生满鳞片的背上，灰尘和柑橘花朵的气味弥漫在空气中，远方传来了鼓声和轻柔低沉的笛声。

这幅情景突然出现，又同样突然地消失了，只剩下赛玛拉怅然若失地站在原地。的确有那样一个地方，一个温暖的，充满食物和友谊的地方，一个名字已经失落在时间长河里的地方。

"克尔辛拉。"

银龙没有说话。这个名字从至少另外两头龙那里进入赛玛拉的意识，这个名字就像是一幅画框正逐渐向一幅图画合拢。它所固定和包容的，正是银龙竭力想要表达的那幅美景。克尔辛拉，那正是银龙渴望前往的那个地方的名字。一道银光划过那头龙，随着这道转瞬即逝的光芒，这头龙给赛玛拉的感觉完全不同了——那是坚定的信仰，几乎还有着某种慰藉。

"克尔辛拉。"艾丽斯用低柔温婉的声音重复着这个名字，"我知道克尔辛拉。我知道它涌动的喷泉和宽阔的城市广场。我知道它的石砌阶梯和大厦前的巨型拱门。那里的河岸上绿草如茵，井中有着源源不绝的白银琼浆。古灵们穿着如同行云流水一般的袍服，睁大了金色的眼睛，注视巨龙降落在河中。"

随着艾丽斯的话语，银龙散乱的知觉仿佛也在逐渐凝聚。赛玛拉不假思索地伸手按在龙背上。在电光火石的一刹那，她感觉到了他，就像在拥挤的集市上偶然间和一名陌生人双手相接。他们没有说一个字，但两颗心中同时充满了对一个地方的渴望。

"但不是这里！"银龙哀伤地说。艾丽斯喃喃说道："不，亲爱的，当然不是这里。克尔辛拉，那才是属于你的地方，那才是我们必须带你去的地方。"

"克尔辛拉!"

"克尔辛拉!"

赞同的喊声出其不意地从其他龙那里传来。赛玛拉一直蹲在银龙的尾巴旁。现在她站起身,刚刚察觉到龙群已经吃完了全部食物。另一头龙突然用后腿立起,高声咆哮一声:"克尔辛拉!"随后才重重地落回到地上。

赛玛拉向塞德里克瞥了一眼,再一次意识到这个缤城男人只能听懂他们对话的一半。她急忙解释说:"龙群想要去克尔辛拉,就是那个艾丽斯向银龙讲述的地方。那是一座城市的名字,一座古灵城市,他们显然全都记得那座城市。"

赛玛拉感觉到了空气中弥漫着一种躁动不安的情绪,又看到一头龙扬起了头,转过身,突然向河边走去。"他们已经吃完了食物。我们最好赶快把这家伙的尾巴包扎好,再收拾好我们的行李。我相信,我们的驳船很快就会发出启程讯号。他们已经告诉我们,他们想要尽早离开。"

就像在回应赛玛拉的话,龙一头接一头离开了进食的地方,大步向河边走去。这是赛玛拉第一次看到龙群如此目标明确地行动。她继续将手按在银龙身上,仿佛这样就能把银龙留住。这时她看到刺青提着一桶清水回来了。"他们只是要去喝水吗?"她问刺青,好像刺青能给她答案似的。赛玛拉曾经见过龙在河水中嬉戏,甚至是喝下河水。如果人喝河水,只有死路一条。

刺青看着那些离去的龙,神情中流露出和赛玛拉同样的困惑。"也许吧。"他说道。

不等刺青再多说一句话,银龙已经高昂起头,紧紧盯着离开的那些龙。赛玛拉感觉到一阵兴奋的悸动从龙体内传来,转眼间便涌遍了她的全身。"克尔辛拉!"银龙突然发出铜号一般的吼声。强烈的情绪冲击着赛玛拉,让她感到头晕目眩。就连塞德里克也从银龙身边踉踉跄跄地向后退去,抬起双手捂住耳朵。幸好他这样做了。银龙此时已经甩开赛玛拉,奋力向他离开的同伴追赶过去。他完全无视挡在面前的人类,只是一路向前猛冲。刺青适时跳向一旁,但还是差一点被他撞到。艾丽斯则被他跑过时用肩膀撞了一下,那个缤城女人重重地倒在地上,赛玛拉以为她会高声呼痛,但她一喘过气来就喊道:"他的尾巴! 我们还没有包扎伤口。塞德里克,拦住他! 不要让他到河边去!"

"你疯了吗? 我要挡住一头奔跑的龙!"艾丽斯的那位朋友站在原地,将医药匣紧紧抱在胸前。

"你还好吗?"赛玛拉快步跑到艾丽斯身边。刺青比她更快一步,这时已经跪倒在艾丽斯身边。塞德里克匆忙跪下,打开医药匣。赛玛拉本以为他会拿绷带出来,但他只是查看匣子里的东西是否有损坏,满脸都是焦急的神情。

"塞德里克,求你,去追上他,拦住他。河水会腐蚀他的尾巴!"艾丽斯用命令的口吻说道。

塞德里克用力关上医药匣,看着那些越走越远的龙。"艾丽斯,我不认为有人能阻止那头怪物,那一群怪物根本就是挡不住的。就让他们走吧,他们就像是一群起飞的鸟。"

为这些龙的突然离去感到吃惊的并非只有他们。赛玛拉听到其他守护者都发出警惕和惊讶的喊声。所有人都起身向这片泥滩跑来。人类小跑着追逐他们高大的伙伴,不断向龙群,向其他人类呼喊。在驳船上,一个人指着龙群,向岸上的另一个人高声示警。

艾丽斯呻吟一声坐起来,揉搓着肩膀。

"你受伤了吗?"赛玛拉再一次问道。

"只是一些擦伤。我应该没事。他怎么了? 他们都怎么了?"

"我不知道。"

"他们是不会停下来的,"刺青敬畏地说,"看看他们。"

赛玛拉以为龙群到河边的时候自然会停下来。至今为止,龙群一直都只是生活在森林和大河之间的这片空地上。但现在,走在最前面的几头龙已经涉水进入河边浅滩,正向上游走去。那些体型更小,力量较弱的龙也没有丝毫犹豫,紧跟着进入河中。就连银龙和肮脏的红铜龙,也跟随龙群冲进混浊的灰色河水。

"帮我一下!"艾丽斯命令塞德里克,"我们必须跟上他们。"

"你认为他们要离开这里？就这样离开？就是现在？不再想一下，不做任何准备？"

"毕竟他们没有什么可以打包的行李。"缤城女人说着，又因为自己这个不太好笑的笑话笑了两声。她坐起身，又吸了一口气，抓住肩膀，随后颤抖着喘息着，高声说道："塞德里克，不要再这样张大了嘴傻瞪着我了。是的，他们要离开了。难道你感觉不到吗？'克尔辛拉！'他们就是这样呼喊着，突然走进了河中。如果我们不快一些，他们就会丢下我们。"

"这也不算是坏事。"塞德里克没好气地说道。但他还是向艾丽斯伸出手，帮助艾丽斯站起身。

"你认为他们知道路吗？"刺青颇感兴趣地问道，"我是说，我早就听说过那座城市的名字，但那听起来就像是一片幻想中的土地。人们对它有着各种描述，却没有人知道任何关于它的真实信息。"

"我知道。"艾丽斯相当有自信地说道，"确实，我对那座城市的了解很少，并不清楚它的具体位置，只知道它在上游的某个地方，也许是紧靠雨野原河的一条支流。但龙知道的肯定比我更多。他们拥有祖先的记忆。我觉得他们会成为我们最好的向导。"

"我无法确定他们能回忆起多少。"刺青低声说，"我的小绿龙似乎对许多东西都一无所知。"

"比如？"艾丽斯问。

刺青在她的注视下，不安地动了一下身子。"喔，只是一些小事。我在清洁她时，也和她聊过天，但她似乎没有什么话可以对我说，所以我就什么都和她聊。我问她是否还记得作为一条长蛇时的生活，她说不记得了。然后我告诉她，我已经有许多年没有见过大海了，她问我大海是什么。这实在是太奇怪了。她知道她是从一条长蛇变化而来的，但这条河似乎是她记忆中唯一的水体。"刺青停住话头，仿佛是害怕承认某件事，然后他又说道，"我觉得她除了在这里的生活，已经什么都不记得了。"

"这……很令人不安，"艾丽斯表示同意，然后她望向那些龙，皱起了眉头。

赛玛拉紧张地挪动了一下脚步，"我们要跟上他们。"

莱福特林船长下了驳船，冲过泥滩向他们跑来。"艾丽斯！"他喊道，"塞德里克！ 快上船。我们需要马上出发，尽快跟上那些龙。船随时都能起航了。"

"我马上就来。"艾丽斯喊道。但塞德里克只是无力地摇摇头："有那么必要着急吗？ 他们要去上游。在我看来，那么多龙在河岸上前进，要找到他们的踪迹，实在是太容易了。"

"如果雨野原河的河道是唯一的，你说得也许没错，"赛玛拉说，"但实际情况并非如此。有许多支流都汇入了这条河。其中一些支流是季节性的小河，但也有一些规模相当大。我们不知道龙群会走到哪里去。"

赛玛拉的话刚一说完，莱福特林船长已经跑到了他们身边。这名船夫因为刚才在泥滩上跑步而气喘吁吁。赛玛拉和莱福特林并没有太多接触，不过她已经喜欢上了这位船长。莱福特林是一个勤勉坚毅的人，他饱经风霜的面孔和灵活强壮的双手，甚至是他多处磨损的衣服都表明了这一点。他和赛玛拉说话的时候会直视赛玛拉。甚至当他第一次见到这些巨龙守护者的时候，注视他们的目光也不曾有过任何畏缩。赛玛拉还不能说是了解他，更不可能这么快就信任他，但赛玛拉不相信他会故意欺骗别人——这一点是赛玛拉非常看重的。这时，莱福特林船长从衣袋里掏出一条亮橙色的手帕，擦了擦脸上的汗水，然后才说道："这个女孩是对的。这次远征的困难之处完全来自复杂的路径。卡萨里克的'上游'区域至少有十几个方向。不幸的是，我们的地图上标明的方向不超过三四个。而且这些地图都很不可靠。去年能够通行船只的河道水体，也许到今年就被沙子淤塞了。"

"但我见过雨野原河的航道图。那样的地图在恰斯国的集市上也有出售。它们非常昂贵，而且不是谁都可以购买的。但这样的地图的确存在。"

"你见过？"莱福特林笑着对塞德里克说，"我能想象，出售这种地图的货摊，一定也有海图标明了海盗伊格罗特藏宝的小岛，或者是香料群岛上最好的港口。"船长摇摇头,"我只能很遗憾地说,那都是欺骗和谎言。所有人都知道市场上总会有这种玩意出售——就算实际上根本不存在的东西,他们也会凭空捏造出来。不过不必难过,我见过经验丰富的水手也会受到那些人的愚弄。"

那个缤城人看着莱福特林。"那么我们该怎么知道要去哪里?"

莱福特林船长咧嘴一笑:"要我说,我们最好的办法就是跟着那些龙。"

塞德里克的手心里全是汗水。至今为止,一切都很顺利。他的匣子里已经存放好了两条龙肉和皮,上面还黏附有龙鳞。他将其中一条皮肉放进了盛满醋的瓶子,并旋紧了瓶塞。第二条皮肉被他放在一个装满粗盐的小木匣中。匣盖也被牢牢闩住了。他相信,这两种保存手段中总有一种是有效的。两个容器都是他在几个星期以前就准备好的。那时他正在着手准备这次旅行。当他意识到诏谕对他的命令是认真的,他将不得不作为艾丽斯的陪护前往雨野原的时候,他就决定要从这场旅行中找到一条快捷方式,让他能够逃离已渐渐变得负面循环的生活方式。所有人都知道,恰斯大公正不计一切代价寻找能够治疗他的各种疾患,并为他延长寿命的神奇药料。塞德里克决定要成为这种药料的供货商。

他成功了。

现在他正被胜利和沮丧这两种强烈的情绪撕裂开来。他拥有了改变自己命运所需的关键元素。只要回到缤城,他就能联络贝佳斯提·柯雷德。当塞德里克向那个恰斯人提出他的想法时,贝佳斯提就迫不及待地想要促成这笔交易。他会安排塞德里克前去觐见恰斯大公。这些龙肉为他带来的并不只是财富,而是一种他渴望体验的全新人生。

这是他平生第一次将拥有钱财,他的钱,完全因为他自己的努力而挣到的钱。不是他父亲的钱,不是他家族的钱,甚至不是诏谕为了他的服侍而支付给他的高额工资。这是他自己的财富,他能够随心所欲地花销。过去四年里,一个梦想在他的心中渐渐成形,现在这个梦已经在向他高声呼喊着要获得自由。

有了这笔钱,他就能带上诏谕一同离开缤城。他们可以去南方,去遮玛里亚,或去更远的地方,去那些在地图上只有几个怪异名字的土地。一定有一些地方,两个男人能够按照自己的意愿生活,没有他人的质疑,没有谴责和流言蜚语。这些龙肉换来的钱一定能帮他们两个找到那样的世界,远离他们的家庭和过去,为他们买到一个不需要隐瞒任何秘密的未来。

塞德里克几乎不敢再去构想进一步的未来。这笔钱能够让他和诏谕有同等地位。他在经济上只能完全依靠诏谕,这样的情形已经持续了太长时间,这种不公平的地位,正在越来越残忍地侵蚀着他们的关系。最近诏谕已经不再只是独断专行,而是开始残酷地统治他。如果塞德里克自己也拥有财富,也许诏谕就能够给他更多尊敬了。

塞德里克已经拿到了他需要的东西,现在要做的就是带着他的宝物平安返回缤城,与贝佳斯提进行联络。越快越好。前往恰斯国还需要经过漫长的海上旅行。而除了自己之外,塞德里克不敢把他的宝物交到任何人的手上。现在他的任务就是以最快的速度将贵重的商品送到买家面前。醋和盐在保存蔬菜和肉类上都有很好的功效,但从没有人测试过它们保存龙肉的效果。那个女孩从龙身上割下来的这两条肉质量也不是最好的。塞德里克打算找一个私密安静的时刻清除掉两条龙肉上的蛆虫,将它们进一步做些清理。他已经拔下了上面的鳞片,把它们和皮肉分开收藏。但现在最重要的是将它们尽可能快地带回缤城。跟随一群弱智的龙在河岸边游荡,显然不符合他的计划。

"艾丽斯。"他说道。他的语气不由自主地变得严厉许多。正在看着莱福特林船长的艾丽斯转回头,带着疑问的神情挑起了眉毛。其他人也都看向他们两个。但塞德里克只是旁若无人地说道:"你不应该想要进行这种疯狂的冒险。你肯定已经看清楚了,就算是跟随那些龙,你也不会有任何收获。他们几乎不会对你说话,他们说出口的话语也没有半点用处。艾丽斯,你应该承认你已经在这里搜集到了你能得到的全部信息。我们不可能乘莱福特林船长的船到上游去。如果这样做,我们就要一直漂流几个星期,甚至几个月的时间。我们两个都做不了这种事。我们必须承认,能为这些怪兽做的事情,我们都已经做了。"他让自己的声音变得更加柔和,"你做了来这里打算做的事。也许你的收获和你所希望的不同,但这不是你的错。我很遗憾,艾丽斯,该是我们回家的时候了。"

艾丽斯只是动也不动地盯着他。这样做的不止有艾丽斯一个人。莱福特林也在看着他,仿佛他已经失去了理智。两个雨野原年轻人交换了一下眼神。刺青突然说道:"我认为赛玛拉和我现在最好去追我们的龙。"这是塞德里克听过最笨拙的托词。谁都知道,他们只想逃离这场争吵。不过那个雨野原女孩显然对此非常感激——她立刻用力点了一下头。紧接着,这两个年轻人就快步跑开了。

艾丽斯又沉默了一段时间,显然是在等待那两个孩子再跑远一些。塞德里克几乎能看到艾丽斯正努力将对他的反驳修饰成更礼貌的词句。是的,他们会爆发争吵,但一切都将以礼貌和平静的话语表达,就像所有文明人一样。

但莱福特林显然从没有接受过这样的礼仪教育。他的面孔早已改变了颜色。他深吸一口气,竭力控制住自己,但还是莽撞地说道:"你怎么能对她说这种话? 她现在不能回去。她是唯一了解克尔辛拉的人。而且,她已经做出了承诺,还签署了契约! 她不能食言。"

"这与你无关。"塞德里克冷冷地说道。尽管强自克制,他还是提高了声音。他受到了冒犯——莱福特林竟敢在这种事上挑战他,甚至还公开支持艾丽斯。现在要将艾丽斯平安带回缙城,已经很困难了,如果让艾丽斯感觉到莱福特林是她的盟友,那么塞德里克要解决的问题只会变得更加复杂。

"这与我有关。"船长冷冷地说,"当我和议会谈定契约的时候,她就在场。如果不是她说她知道那个地方,相信那个地方的确存在,我会同意接受这个任务? 我之所以签下契约,只是因为我认为她能够成为我的向导,而不是去找一个只有龙记得的、虚无缥缈的地方。"

塞德里克向艾丽斯瞥了一眼。艾丽斯似乎只是在纵容莱福特林代替她说话,但塞德里克还是将矛头指向了艾丽斯:"你也许听说过那座城市,但这不代表你知道去那里的路。来吧,艾丽斯,冷静一下,好好想一想。你是一名学者,不是探险家。就算龙能够和你说话,也没有告诉你任何线索——这是你自己说的。那头银龙和刺青的龙都不能算是确切的信息来源。如果你是诚实的,你就必须承认,你在崔豪格住上一个星期就能获得比这里更多的信息。至少你在那里可以游览被发掘出来的地下城市。那里有许多宝藏可以供你研究,有许多文献能让你翻译。为什么不和我回到那里去。你在那里不仅能获得古灵和龙的学识,还能从那些最了解这种生物的人那里获得尊敬,这么好的事情,何乐而不为?"就算是他们还需要在崔豪格滞留几天,抚慰一下艾丽斯的情绪,也要比踏上这趟轻率鲁莽的旅程,钻进一片未知之地更好。塞德里克知道,一旦他们登上驳船前往上游,再想回来就没那么容易了。到时候唯一能带他回家的将只有那艘船,而那个顽固得像一头老山羊的船长,在认真完成任务之前,是不太可能回头的。"艾丽斯,这里并不安全,"塞德里克急切地说,"我怎么能陪你走上这样一条路? 我怎么能让你参加这种任务? 你必须承认,你也不知道要去哪里,要走多远,甚至不能确定那座城市是否依然存在。这次探险实在是太荒谬了。"塞德里克下定决心,最终说道:"我们不会去的。就是这样。"

塞德里克从没有这样严厉地对艾丽斯说过话。很长一段时间里,艾丽斯只是一言不发地盯着他,嘴唇微微翕动着。塞德里克有些害怕她会哭出来,他不想让艾丽斯哭泣,他希望艾丽斯能够更明智一些。艾丽斯回头瞥了莱福特林一眼。那位船夫已经将双臂抱在胸前,面孔像石头一样坚硬,就连他面颊上没刮去的胡茬也立了起来。塞德里克觉得那个家伙就像一头被激怒的斗牛犬。

当艾丽斯的目光转回到塞德里克身上的时候,她的雀斑周围的皮肤完全变成了粉红色。她的声音低沉,不是尖叫,却充满了不可动摇的顽固:"你想怎样做都可以,塞德里克。就像你说的,这是一个愚蠢的任务。我不会和你争论这件事,因为我不能。你是对的,这是在发疯,但我会去的。"

塞德里克愣在原地,看着艾丽斯转过身,伸出手,仿佛盲人在向前摸索。而莱福特林突然出现在她的身边,向她抬起手臂。艾丽斯将手放在那个船夫肮脏的外衣袖子上,就这样跟着船夫走远了,只留下塞德里克盯着她的背影。塞德里克紧紧抓住收藏龙肉的珍贵匣子,衡量着自己的选择。在熊熊的怒火中,他只想照艾丽斯所说的,将她丢在这里,然后自己回去,留下这个做出愚蠢决定的女人,任由她去承受她迫不及待想去迎接的灾难。

但塞德里克不能这样做。没有艾丽斯,他不能返回崔豪格,更不要说是回到缤城了。他没办法去找诏谕,就算是他的匣子里有价值连城的龙肉和龙鳞也不行。将这些宝物换成钱需要时间,充足的时间和谨慎的行事。丢下诏谕的妻子单独返回缤城,将是他能做出的最不理智的事情。他没有办法对这件事做出解释。这将会引来人们的注意,而现在他最不需要的就是人们的注意。

塞德里克突然意识到,艾丽斯和莱福特林就要上船了。系住驳船的缆绳正被解开。撑篙手已经开始将驳船推离河岸。他左右扫视了一番身边的泥滩,龙都不见了。在河岸边,守护者们正在将小船拖入河中。他知道,用不了多久,这个地方就会空无一人。"艾丽斯!"他高声喊道。但艾丽斯甚至没有回头看他一眼。河水流动的声音和永不停息的风抹消了他的喊声。他咒骂了一句,开始用自己敢于迈出的最快脚步向驳船走去。"艾丽斯,等等!"他高声喊叫着,却看见艾丽斯已经踏上了挂在船尾的绳梯。于是他开始跑了起来。

谷月第七日

商人联盟独立第六年

来自黛托茨，崔豪格信鸽管理人
致艾瑞克，缤城信鸽管理人

收藏在这个封有蜡印的小管之中的，是崔豪格和卡萨里克商人议会关于迁移龙群的首笔费用账目，其中缤城议会需负担的费用，是单独列出的。

艾瑞克：

你有一封信件，还没有寄到我这里，那封信是关于需要一百磅豌豆以增进崔豪格鸽群健康状况，以及说明其费用和效用。请重新寄出。

黛托茨

第十五章　急流

龙并没有在河边停住脚步。一些龙涉水进入浅滩,另一些龙则试图在堆积着漂浮垃圾的河岸边行进,直到茂密的植被迫使他们进入水中。不管怎样,所有的龙都迈着坚定不移的脚步,顽强地向上游走去。

守护者们,包括赛玛拉在内,都尽力划着小艇跟在龙群后面。赛玛拉本希望能够和刺青配对。这是一个自私的希望。刺青肌肉发达,划船技术也很娴熟。赛玛拉知道他能够很好地完成他分内的工作,也许还能做得更多。但洁珥德一直等在岸边,站在一艘小艇旁。一看到刺青,她就欢快地挥着手向刺青喊道:"我已经装好你的背包了,你这个慢手慢脚的家伙。我们走吧!你的绿龙是第一批下水的呢!"

"抱歉,赛玛拉。"刺青红着脸嘟囔着。

"抱歉什么?"赛玛拉问他。但她开口太晚,刺青已经听不到了。他正跑过去,将洁珥德的小艇推进水中。其他小艇几乎都已经被推离河岸,每艘船上都坐着两三位巨龙守护者。只有拉普斯卡孤零零地坐在最后一艘小艇上,神情显得格外沮丧。看到赛玛拉,他的脸一下子亮了起来。"好呀,我猜我们是搭档了。"他高声喊道。满心愤懑的赛玛拉发现自己在点头。刺青说的那句"抱歉",仍然刺痛着她的心。那家伙明明知道那样做是对不起她,却还是那样做了。真是一只烂老鼠。

"我去拿我的东西。"赛玛拉对拉普斯卡说了一句,便向被遗弃的营地跑去。她抓起背包跑回来的时候,拉普斯卡已经在小艇里坐好,放好了船桨。赛玛拉把小艇推进河中,纵身跳过水面落进船内。小艇剧烈地摇晃着,不过她的双脚都是干的。她抓起自己那一副打过蜡的沉重木桨,插进深水里面。她的脚下还有一副多余的桨。她开始寻思手中的桨能在河水中坚持多久,这艘小艇又能坚持多久——这当然不是她第一次这样想。这条河最近显得很温和,河水呈现深灰色。就像所有在雨野原长大的孩子一样,赛玛拉知道这条河在变成奶白色的时候是最危险的,那时跌进河中的人即使立刻被拉上来也会遭受严重的烧伤,甚至双眼失明。今天从她的船桨旁流过的深灰色河水,只会让人稍稍感到刺痛,不过还是应该尽量避免沾到。

这是赛玛拉第一次和拉普斯卡同乘一条船。让赛玛拉感到惊讶的是,拉普斯卡很懂得如何划船。他的动作很有节律,与赛玛拉配合得很好。小艇在他的引领下敏捷地绕过一处处障碍和泥滩。赛玛拉则提供了大部分前进的推力。他们一直沿着河边行进,走在向河面倾斜的大树阴影下。这里的水流最为迟缓。很快地,他们就追上了其他人。赛玛拉注意到格瑞夫特、博克斯特和凯斯,三人都坐在一艘比较大的小艇上。他们划桨的动作很不协调。格瑞夫特更多是将他的船桨当作舵来使用。赛玛拉和拉普斯卡轻松地绕过他们,超到了前面。这让赛玛拉有了一点心满意足的感觉。拉普斯卡向她露出了一点带有阴谋色彩的微笑,这让赛玛拉心中升起一种荒谬的感觉。

其他守护者的小船在他们面前形成一条散乱的行列。希尔薇和莱克特在一艘船上。沃肯和哈里金同乘另一艘船。埃鲁姆和诺泰尔看起来是一对很合拍的桨手。剌青和洁珥德已经到了队伍的最前面。不过没有人需要他们率领这支船队——所有人都能清晰无误地看到龙群留下的足迹,河中浅滩和沼泽河岸上都有。龙将灌木丛踩得一片狼藉,在浅滩里,他们深深的足印让灰色的河水泛起一片片迂缓的乱流。

"他们的速度相当快,不是吗?"拉普斯卡热情洋溢地说道。

"现在他们的确很快。但我怀疑这种速度不会持续多久。"赛玛拉一边回答,一边奋力划桨。龙群脚步稳定,行动迅速,正不断加大和他们之间的距离。看到他们竟然能走得这么快,赛玛拉不由得吃了一惊。她本以为轻快的小艇能轻松赶上他们,但每次她抬起头向前瞥一眼,都只会看到龙群走得更远了。就连那条银龙和那条红铜龙也能够跟上队伍。赛玛拉注意到,那头银龙一直将尾巴举在水面以上。她希望银龙能继续这样做。没有完成银龙伤口的包扎,这与天空之喉一言不发就离开的态度相比,更让赛玛拉耿耿于怀。很明显,她之于那头蓝龙女王是无足轻重的。

"今天你看到你的龙了吗?"她问拉普斯卡。现在她又恢复了划桨的节律。她知道,她的肌肉一开始会酸痛一阵,然后它们会进入状态,一切都将变得顺畅自然。她害怕的是肌肉再次开始酸痛的时候,因为无论肌肉有多么痛,他们也无法停止划桨,直到晚上小艇靠岸。之前从崔豪格到卡萨里克连续数日的划船行进,已经让所有巨龙守护者都变得更加强韧,也让他们学会了基本的划船技巧,但赛玛拉有一种感觉,她的身体在完全适应这种劳役之前还会经历更多的疼痛。她只能更加用力地将身子压在桨柄上。

"当然,"拉普斯卡因为用力而缩短了自己的语句,"吃饭之后,我给荷比洗了澡。然后我们练习飞行。我看着荷比吃东西,我快疯了。大龙如果吃得好,她吃得就少。我们今晚停下以后,我会给她捉条鱼,或者别的什么,但我觉得这依旧是个问题。如果龙走得这么快,我们就只能一直划船追赶他们。我们什么时候能为他们捕鱼或者狩猎呢?"

"驳船上应该有一些食物,是给我们的。有一些干肉是给龙的。我们不知道他们还会以这种速度走多久。也许他们会停下来几个小时,我们就能有时间狩猎了。"赛玛拉摇摇头,"我们有许多事还不知道,我猜我们只能在路上学习了。"

"我看到有猎人上了驳船。他们应该会帮助我们每天为龙捕猎肉食。"

"我没有看到他们,幸好他们在龙群决定离开之前赶到了。但如果猎人都在驳船上,他们又该怎样狩猎?"

"这是一个非常好的问题。我们前面是什么状况?"

赛玛拉迎着在水面上跃动的阳光向前方斜睨了一眼。"看上去像是水中突起了一块很大的礁石,礁石周围还有许多浮木。"

拉普斯卡咧嘴一笑。"我们只能进入急流中绕过它了。"

"不,我们可以贴到岸边,迫不得已,我们可以把小艇从岸上搬过去。我不想进入到急流里。"

"你害怕吗?"拉普斯卡的语气显得很是快活。赛玛拉回头瞥了他一眼,看见拉普斯卡正向她露出灿烂的笑容。当这个男孩微笑的时候,他的一切怪异之处仿佛都消失不见了。他完全变成了一个非常英俊的雨野原青年。但对于他的质疑,赛玛拉还是摇了摇头。

"是的,我害怕。"赛玛拉坚定地回答,"我们不能进入急流,我还不能很好地掌控这艘船。"

但突然间之间,赛玛拉觉得和拉普斯卡做搭档而不是和刺青,算不上一件很糟糕的事。

一直等到艾丽斯登上驳船,莱福特林才踏上绳梯,他知道自己需要集中精力确保驳船装载好最后一批货物,再带领柏油人号起航。没有人能想到龙群就这样大踏步地出发了。原先的计划是驳船走在最前面,守护者和他们的小艇跟随在后,引领和鼓励龙群。现在,龙群已经完全脱离了他的视野。走在最后面的小艇,很快也会绕过蜿蜒河流的一个转弯,随即消失不见,而他还待在这边,身旁是大量等待装运上船的肉干、硬面包干、咸肉和腌面包叶。如果那些年轻的守护者们这时候翻了船,他将完全无法帮助他们。根据他对那些年轻人的观察,他们很可能会惹些麻烦出来。

好吧,现在他能为他们做的只有担心,其他事必须要到全部货物都平安上船,之后才能接着后续了。他还要让自己的驳船顺利回到深水,才能开始向上游行进。莱福特林竭力不去想艾丽斯。现在不能再幻想和艾丽斯一起安静地坐在船上厨房里喝茶聊天了。当塞德里克吓唬艾丽斯,想要逼她退出这次探险的时候,艾丽斯坚定地守住了自己的承诺,这让莱福特林感到无比骄傲。在回到驳船的路上,艾丽斯的面孔如同岩石,完全显示出了她不可动摇的决心。莱福特林在艾丽斯之后踏上绳梯的时候，还在寻思自己是否有时间让她知道，她的一言一行是多么让他感到惊叹。

但船长一踏上甲板，就发现自己面前不止有一大堆刚刚被搬运上来的货物，还有三个靠在货箱上的陌生人。艾丽斯一动不动地站在绳梯旁边，背靠着船栏杆。莱福特林下意识地挡在了艾丽斯和那三个人之间。只消一眼，莱福特林就确认了这三个人的全副装备——长矛和弓，其中一张重型弓是专供远距离射击用的，一张折叠整齐的网，几袋羽箭，都是猎人使用的武器。他们应该也是他在一直等待的人，议会雇佣的猎人。其中一个转向他，脸上露出笑容。这时莱福特林才认出他是卡森，只不过留了胡子。这名大汉向莱福特林伸出满是老茧的手，同时说道："我打赌，你见到我一定会很吃惊！或者你早就想到会是我了？我们总是会被这种倒霉事找上门，所以我们都签下了这份契约，也没什么奇怪的。"

这些老友之间的日常对话，却让莱福特林的心一下子沉了下去。他现在只希望卡森的这番问候里没有隐藏另外一番意思，他会这样说完全只是出于巧合。他不希望卡森是那张纸条里警告他要等待的人。不要是卡森。他强迫自己的脸上也显示出笑容，向卡森问道："那么，为什么我要想到像你这样的醉鬼会出现在我干净的甲板上？"

"因为不管是喝醉了还是清醒着，我都是这条该死的河上最优秀的猎手。我就是你需要的那个人，能保障那些龙在任务结束之前，不会相互吃掉或者把你吃掉。他是戴夫威，一个前途远大的弓箭手，只不过需要时不时踢一下他的屁股。他是我的侄子，不过你不要因此不敢踢他的屁股。这个家伙是杰斯，我今天早晨才见到他，不过他似乎认为他不会比我差，我很快就能教他搞清楚状况了。"

戴夫威很年轻，面孔几乎像缤城人一样白净，不过他的宽阔肩膀，已经清楚地显示出他是一名优秀的弓箭手。他的模样很像他的叔叔，有着同样狂放不羁的褐色乱发和一双深褐色的眼睛。和莱福特林握手的时候，他的眼睛里流露出真诚的笑意。如果卡森真有什么见不得光的打算，莱福特林打赌，戴夫威对此一定一无所知。船长郑重地看着戴夫威,用不容置疑的语气对他说:"你看见丝凯莉了吗? 就是那个背后垂着黑色长辫子的甲板水手? 听着,她看上去也许是一个女孩,但她不是。她是我的甲板水手和我的侄女。这就是说,对你而言,她不是一个女孩。"

戴夫威显然被吓住了。不过卡森只是摇了摇头,一丝微笑抽动着他的嘴角。"莱福特林,我向你保证,戴夫威在这件事上不会有问题。"听到他的话,这个小伙子低垂下头,面颊变得通红。

杰斯是一个年纪稍长的人,有着灰色的头发和一双灰色的眼睛。对于卡森语带轻蔑的介绍,他皱紧了双眉,只是向莱福特林微微一点头。莱福特林从直觉上就不喜欢他。看到他的时候,因为不信任而产生的一阵寒意,掠过了莱福特林的全身。他没有向杰斯伸出手,杰斯似乎也没有注意到他这个失礼的行为。

卡森突然问道:"难道你不打算向我介绍一下,在你这艘就要沉没的老驳船,突然出现的鲜花吗?"

尽管看似很不可思议,但莱福特林在这一小段时间里的确忘记了艾丽斯就站在自己的身后。他回头瞥了艾丽斯一眼,然后又笑着看向卡森。"就要沉没的驳船? 只要你不在船上,他就不会沉,卡森。艾丽斯·芬波克,恐怕我必须向你介绍我的一位老朋友。卡森·羽跃,猎人吹牛大王,还是个酒鬼。当然,他在这方面的能耐是没人需要的。卡森,这位是艾丽斯。她是我们的龙族与古灵学专家,刚刚从缤城赶到。在这次航行中,她很愿意为我们提供各种建议和教育。"

莱福特林本以为这样的介绍能够让艾丽斯露出微笑。但艾丽斯只是低下头,突然沙哑地说:"请原谅,我在出发之前还有一些事要做。"不等莱福特林再说些什么,她已经快步跑向她的小屋,走进屋中,又牢牢地关上了屋门。莱福特林觉得那个小屋子里一定又黑又热,但她显然会在那里面躲上很久。尽管对女性所知不多,莱福特林还是猜到艾丽斯是想要找一个私密的地方痛哭一番。他真是个该死的傻瓜。他早就应该知道,和塞德里克发生冲突,一定会给艾丽斯带来深深的烦恼和不安,而他只是在为了那个人不会继续跟着他们而感到高兴。如果没有塞德里克在身边,艾丽斯一定能更快地克服自己的疑虑。现在莱福特林只想追上艾丽斯,给她一些安慰,如果艾丽斯允许他这样做。但莱福特林没办法这样做,正有三个猎人带着全套装备站在他的甲板上。当他向卡森转回头的时候,发现他的老朋友正心领神会地看着他。

"除了龙族学问以外,她在另一些事上也是专家吗?"卡森语带揶揄地问。

"我不知道,"莱福特林没好气地把话顶了回去,然后又困窘地试图缓和一下气氛,"欢迎上船,卡森。也许今晚我们能有时间叙叙旧。现在,请你们三位在舱室中给自己找个铺位,把这些暂时用不到的东西放好。斯沃格! 我们剩下的货物还没搬上船吗? 那些龙都已经跑远了,我们最好快点追上他们。"

"他们用这种速度走不了多远,"卡森推测说,"等到下午……"

猎人突然停住了口,一双眼睛朝莱福特林身后瞪了过去。莱福特林转过身,发现塞德里克正笨拙地爬过驳船的栏杆,一只手还将他的匣子紧紧抱在胸前。"这船上到底都有些什么人?"卡森低声问道,同时一丝微笑缓缓地浮现在他的脸上。

"喔,他啊,"莱福特林努力保持着中性的嗓音,只对卡森说道,"他是跟着艾丽斯的,应该是负责照顾艾丽斯的人。"

"这一定很不方便吧。"卡森低声嘟囔了一句。

"闭嘴。"莱福特林有些气恼地说道。

戴夫威已经跑到绳梯前,想要帮塞德里克,接下他的匣子。而塞德里克只是紧皱眉头盯着这个男孩,继续抱紧那个匣子,笨拙地爬过船栏杆。在甲板上站直以后,他掸了掸自己的衣服,径自向船长走过来,开口就问道:"艾丽斯在哪里?"

"她回她的房间去了。我们很快就要出发。如果你想要把你的行李送上岸,最好快一点。"莱福特林依然保持着声音的平静。

那个缤城人死死地盯着莱福特林,看样子,他总算还没有把自己的牙咬碎。"我不会上岸的。"他恨恨地说了这么一句,就从莱福特林面前转过身,又意味深长地回头扔下一句,"我不会把艾丽斯一个人丢在这艘船上。"

不会把她丢给我,莱福特林在心里帮他把话说完,同时竭力不让自己笑出来,这个虚伪的小杂种,想要说他不会把艾丽斯一个人留在我身边,但他一点骨气都没有。莱福特林高声说道:"你知道,她当然不会是一个人。和我们在一起,她不会受到任何伤害。"

塞德里克回头瞥了莱福特林一眼,冷冷地说:"她是我的责任。"然后他就打开他那个小房间的门,消失在房间里,几乎就像艾丽斯一样牢牢地把门关上了。莱福特林只能竭力把自己的失望推到一旁。

"作为一条看门狗,他的叫声还不算大。"卡森打趣地说道。莱福特林对他皱起眉头,他只是笑得更加开心,又说道:"我可不认为他是真心想要守护那位女士。我能看出来,他的心里有别的鬼点子。"

"把你的东西拿到甲板下面去。我现在没时间和你聊天。我还要把一艘船驶回到河里去呢。"

"你去忙吧,"卡森表示同意,"你去忙吧。"

昏暗的小屋里非常闷热。艾丽斯坐在地板上,盯着粗糙的屋顶。点亮蜡烛太麻烦了,爬上她的吊床又太困难。这个小房间曾经让她感到温暖又有趣,就像是一个孩子的树屋。她觉得自己就像是一个孩子,在逃避着迟早会落在她头上的训诫与规矩。

为什么她一定要反对塞德里克。那些突然爆发的莽撞的勇气是从哪里来的? 为什么她明明知道自己没办法照她说的那些话去做,却还是会那样任性地说出口? 就算没有他,她也会参加这次探险。喔,她当然会! 出发到上游去,乘坐一艘只有水手和其他粗人的船,去一个没有人知道在哪里的地方。当她回来的时候,又该怎样? 那时莱福特林就会发现,诏谕不会支付她因违抗监护人的意愿而花掉的那些钱。即使她因此获得了一些智能,她在缤城和崔豪格也会颜面尽失。她将无家可归。她想到诏谕发现她逃走以后,可能会对她的书房和她的文件进行怎样的处置。诏谕会把它们全都毁掉。她知道自己的丈夫是多么恨自己。诏谕会卖掉珍贵的古卷轴,也许会卖到恰斯国去。她的翻译会全部被烧掉。不,她突然苦涩地想到,诏谕会将她的翻译连同那些卷轴一起拍卖。无论诏谕有多么愤怒,也绝不会放弃挣钱的机会。

艾丽斯气恼地咬紧牙齿,泪水刺痛了她的眼睛。她不知道诏谕是否明白她的研究和笔记有多么珍贵。是否会有某个收藏家在得到她的宝藏以后,只是将它们束之高阁,根本不知道它们的价值? 更可怕的是,会不会有人将她的作品著作权据为己有? 她勤勉地研究古灵和巨龙的成果,会成为他人牟利的物品?

这个想法让艾丽斯完全无法承受。她不能让自己的作品落到如此下场。她不能这样鲁莽,这样孩子气地毁掉自己的人生。她只能回家去,这是她唯一的道路。

这个想法勒紧了她的喉咙。一段时间里,她只能号啕痛哭。多年以来,她从没有这样哭过。深深的抽泣让她全身颤抖,喉头哽咽。整个世界都随着她的痛苦一同晃动。当激烈的情绪终于平静下来,她觉得自己仿佛刚刚经历了一场凶猛的灾祸——一次严重的摔跌,或者是一通狠恶的殴打。汗水将发丝黏在她的额头上,鼻涕不停地从鼻子里流出来,她感到一阵阵头晕目眩。在黑暗中,她站起身,感觉全身都在疼痛。她摸索着,从衣箱中找出一件衬衣,用它擦了擦脸,完全不在乎把什么脏东西抹在了上面。现在这还有什么关系? 一切又都还有什么关系? 她又在那件衬衣上找到一块干的地方,擦抹一下面孔,闷闷不乐地把这件衣服扔到地上。然后,她重重地叹了一口气。泪水擦干了、流完了,就像以往一样,没有换来任何效果。该是投降的时候了。

一阵胆怯的敲门声响起。艾丽斯抬起双手,下意识地拍了拍面颊,抚平一下头发。她绝不能让别人看到自己现在这副样子。然后她清了清嗓子,试着用困倦的声音说:"是谁?"

"我是塞德里克。艾丽斯,我能和你说句话吗?"

"不,现在不行。"不等她多想一下,拒绝的话已经脱口而出。她心中深深的哀伤再一次被点燃,并再一次突然变成了不顾一切的怒火。又一阵晕眩感扫过她的全身。她伸手扶住那张她将永远都不会使用的小桌子。片刻之间,门外只剩下一片冰冷的寂静。然后塞德里克又开口了。这一次他的声音显得格外僵硬。

"艾丽斯,恐怕我坚持要见你一面。我现在就要开门了。"

"不要!"艾丽斯发出警告。但塞德里克还是推开了门,让一丝午后的光线照进这个小房间。艾丽斯直觉性地从门前退开,转过脸躲开那道阳光。"你想干什么?"艾丽斯问道,但紧接着她又说,"我正在把衣服收拾到衣箱里。"她说了谎,"我要准备马上离开了。"

塞德里克是残忍的。他猛地将门打开。艾丽斯弯腰从地上捡起那件衬衫,以此背对着塞德里克。当她这样做的时候,她一下子失去平衡,差一点摔倒。塞德里克两步走进房间,抓住她的手臂,把她扶起来。艾丽斯感激地用双手抓紧塞德里克的胳膊,越过他的肩膀向屋外望去,同时气喘吁吁地承认:"我有些头晕。"

"这只是因为驳船在河中行进。"塞德里克说。与此同时,艾丽斯才察觉到驳船又动了一下。她看见巨大的树干正如同被检阅的士兵,在塞德里克背后不断掠过。这时她才知道自己的晕眩感,来自于脚下船板的晃动。驳船正在向上游驶去。

"我们起航了。"艾丽斯惊异地说道。她意识到自己仍然紧握着塞德里克的手臂,只是盯着塞德里克背后不断掠去的河岸。她几乎无法相信眼前的情景。她反抗了塞德里克,并且赢得了胜利。驳船正将她带往上游。

"是的,起航了。"塞德里克的回答非常简短。

"我很抱歉。"艾丽斯说道。但她又对自己的话感到费解。她没有抱歉的感觉,一点也没有。但她又止不住想要道歉。为什么每次她想要为自己争取任何东西的时候,她都要道歉?

"你应该向我道歉,也应该向你自己道歉。"塞德里克回应道。他深吸了一口气,这让艾丽斯突然意识到她和他之间的距离有多近,他们几乎要拥抱在一起了。艾丽斯甚至能嗅到他的气味,他身上的香料气息,还有他使用的香皂气味。艾丽斯惊讶地发现,她认得这个气味。这将诏谕清晰地带进了艾丽斯的意识里。艾丽斯向后退去。她突兀地开始好奇,这两个男人会不会在使用同一种香油。这让她皱起眉头,陷入了思考。

塞德里克打断了艾丽斯的思路,他的声音低沉而且充满遗憾,"艾丽斯,这太疯狂了。我们刚刚踏上了一段没有目标的旅途。我们要进入一片连地图上都不曾被标出过的地域。而且我们要走上几个星期,甚至几个月!你怎么能这样做?你怎么能就这样抛弃自己的人生?"

一种平静的心情从她的体内涌起,然后又是一阵喜悦,就像轻轻摇摆的驳船那样让她感到晕眩。塞德里克是对的。她将一切都丢在了身后。片刻之后,艾丽斯找回了自己的声音:"抛弃我的人生,塞德里克?我只是逃离了你所认为的我的人生,只要我可以,我当然要这样做。连续数个小时坐在我的书桌后面,用一支笔写写画画,只和许多个世纪以前的东西打交道。一个人进餐,一个人入睡。"

艾丽斯严厉的话语似乎让塞德里克感到震惊。"你不必一个人进餐。"塞德里克笨拙地说。

艾丽斯感到喉头发干,嘴里充满了苦涩。"我想,我也不必一个人入睡。不管怎样,一个人在结婚之后,总会认为自己的丈夫将要和她一起做这些事。当诏谕向我求婚的时候,我愚蠢地以为自己不必再为孤单感到忧虑了。我以为他会和我在一起。"

"诏谕在可以的时候就会陪伴你。"塞德里克的语气显得很不确定,也许是因为他知道自己在说谎,"他是一名贸易商,艾丽斯。你知道这意味着他必须四处旅行。如果他不到外面去,就无法找到特别的商品出售盈利,支持你所拥有的生活。"

"你不明白,塞德里克。"艾丽斯打断了这些她在婚姻最初的几年中,无数次从诏谕那里听到的敷衍之辞。这些言辞形成的套索只是在证明她一夜又一夜,一个星期又一个星期地孤身被丢在家中时生出的怨恨是多么自私。"问题并不在于他总是外出。我已经不再介意这种事了。我不会再苦苦地渴求他。难道你不知道我现在恨的是什么,塞德里克? 我恨我会在他离开时感到高兴。这不是因为我喜欢一个人。我已经学会了如何容忍这种事。实际上,我已经非常善于此道了。他走的时候,我不会想他。我不会去揣测他和谁在一起,又是在怎样对待他身边的女人。"艾丽斯突然闭住了嘴。她已经向诏谕承诺,绝不会再指控他说谎,绝不会用这样的猜疑攻击他。塞德里克当时也在场,知道艾丽斯的承诺。艾丽斯紧紧咬住了嘴唇。

但艾丽斯的话已经让塞德里克很不舒服了。她感觉到塞德里克在微微移动重心,仿佛想要从她身边走开,却又不知道如何保持礼貌。艾丽斯一下子有了信心。她知道自己的怀疑是有根据的。诏谕现在的确有了别人,而且塞德里克知道那个女人是谁。他清楚诏谕在偷情,却又因为要替诏谕隐瞒而感到惭愧。艾丽斯突然决定要解脱塞德里克的负罪感。"不必为这件事担心,塞德里克。我承诺过不会再问这种事,我会信守承诺。我也不会再去想缤城的其他女人是否知道诏谕是那么不喜欢我们的床。如果她们喜欢他,就尽可以去找他。我已经厌倦了他坚硬的话语和坚硬的心,还有他坚硬的双手。"

艾丽斯感觉到塞德里克的肌肉正在变得僵硬。"坚硬的双手?"塞德里克用一种窒息的声音说,"他……艾丽斯……他有没有……诏谕有没有打过你?"听起来,塞德里克似乎非常害怕。

"没有,"艾丽斯低声承认,"不,他从没有打过我。但一个男人就算不打一个女人,也会有许多办法让女人难过。"她想到了诏谕在想要离开一场晚宴时,自己没有能立刻响应他礼貌的建议,就被他抓住手臂直接拽走;有时候,诏谕会拿走她手里的东西,不是接过去,而是将东西直接夺走,就好像她只是一个跑腿送东西的小厮。艾丽斯拒绝细想诏谕的手握住她的肩膀或者上臂时的感觉。有时诏谕会抓得那么紧,甚至在她身上造成瘀伤,仿佛艾丽斯随时都会逃走,尽管诏谕为了让她怀孕做的每一件事,艾丽斯从没有抗拒过。

塞德里克清了清喉咙,从艾丽斯面前退开一些。"我认识诏谕已经有很长一段时间了,"他僵硬地说道,"诏谕不是一个坏人,艾丽斯,他只是……"塞德里克说到这里,停顿了一下。艾丽斯看出他正在寻找合适的用词。

"他只是诏谕。"艾丽斯替他把话说完,"他只是一个刚硬的人,手也硬,心也硬。他没有打过我,他不必那样做。他有一张坚硬、残忍的嘴。他只消一个眼神就能羞辱我。他能够用话语和笑容殴打我,同时却又好像完全不知道他在做什么。但他的确是这样做的,我现在已经准备好向自己承认这一点了。他完全清楚他是多么经常、多么严重地伤害了我。"

艾丽斯从目瞪口呆的塞德里克面前转过身,但依然望着向后移动的河岸。"我并不感到抱歉,"她终于说道,"我并不因为反抗你而感到抱歉。我也没有因为前往上游而感到抱歉。我知道这样做愚蠢又危险。我很害怕,我害怕去那片未知之地,也害怕当我回家的时候必须面对些什么。但我绝对为这样做而感到抱歉。塞德里克,我不是在抛弃我的人生。我是在奔向一个机会,一个能让我真正拥有一点人生的机会,无论这是多么短暂的一点时间。"

"我的确为了将你拖进这趟旅程而感到抱歉,塞德里克。我知道这不是你的选择。我希望诏谕没有把我丢给你。但我必须承认,我很高兴你回到驳船上来,留在这里。如果我要去做这样一件愚蠢的事,我能想到的最好的同伴就是你。"

她感觉到塞德里克正笨拙地想要寻找一个适切的回答。她刚才对塞德里克说的这些话,让塞德里克很是不安。其中包含一些关于他的雇主的事情,是他绝不应该有所耳闻的。艾丽斯试着对此感到后悔,却发现自己做不到。她只希望这些话不会割裂他们之间的联系。她甚至有些希望塞德里克能够将她抱进怀中,支撑起她的身体,哪怕只是短短的一瞬,只是作为一位朋友。她努力去回忆上一次是谁带着关爱拥抱了她。她想起自己的母亲在和她道别时那匆匆的一次拥抱。什么时候曾经有男人拥抱过她?

从没有过。

塞德里克握住她的双手,轻轻捏了一下,又将她放开,随后便笨拙地伪装出轻松的样子,退到艾丽斯无法碰触他的地方。"嗯,我想,这对我应该是一种安慰,只是我并没有感觉得到了安慰。"

他的话很刺耳,但艾丽斯在他的脸上看到了可怜的微笑。那笑容很快就消失了,仿佛塞德里克没有力量继续维持住它。他向艾丽斯摇摇头,然后说道:"我最好回我的房间去安置一下东西。看样子,我在这里居住的时间要比我设想的更久。"

他在合乎礼仪的前提下以最快的速度离开艾丽斯,回到自己的房间里,竭力不流露出逃跑的样子。尽管他的心中充满了恐慌。

他关紧自己小房间的屋门。早些时候,他已经打开了墙壁上方的通风孔——他拒绝将它们看作窗户。它们的位置太高又太窄小,根本无法让他看到任何风景。不过它们至少还能让外面的空气流动进来,尽管这些空气里也都充满了河水的味道。依靠这些通风孔,他的房间里总算有了一点昏暗的光线,并给这个小房间的天花板洒上了一片河水涟漪的反光。他坐到自己的行李箱上,盯着被紧紧关闭的屋门。藏有珍贵货物的小匣子就放在地上。龙身体的一部分就能变成一笔财富,而他正在跟随龙群一起前往上游,离那笔财富越来越远,离能够让他美梦成真的每一个机缘越来越远。他希望盐和醋能够保存好那些破碎的龙肉。那是他拥有一个诚实人生的最后,也是最好的机会。他将脸埋进双手之中,陷入沉思。

诏谕。喔,诏谕。我们对她做了什么? 我到底参与了怎样一件残忍的事情?

诏谕坚硬的双手。

塞德里克不愿去想那双手,但他无法控制自己的心绪。他不愿想象诏谕的双手落在艾丽斯身上是什么样子。他知道,诏谕必须和艾丽斯行房,必须竭尽全力和艾丽斯有一个孩子。他曾经决定永远不想这件事,永远不思考诏谕对艾丽斯是否温柔,是否会有激情。他不想知道,不想让自己的心情被这样的事情搅乱。这又有什么关系? 这与诏谕和他没有半点关系。

他从没有想象过诏谕会以粗暴或凶狠的手段对待艾丽斯。但是,诏谕当然会这样,这就是诏谕。那个拥有强壮双手,修长手指和精心修剪的浑圆指甲的人。塞德里克不愿去想象那双手抓住艾丽斯的肩膀,指甲陷进艾丽斯皮肤中的样子。它们会在艾丽斯的身上留下新月形的印痕。到了早晨,这些印痕就会变成瘀伤。这些塞德里克都知道。他的双手不由自主地离开面颊,抓住了自己的肩膀。诏谕在他的身上留下小瘀伤,已经是数个星期以前的事情了。他想念它们。

他孤寂地猜测着诏谕是否会想念他。也许不会。在他们共处的最后几天里,诏谕一直在无情地冷落他。与此同时,诏谕又命令他这个秘书邀请那些人来参加最新的商业冒险。诏谕现在并不孤单,而且肯定不会想起塞德里克。雷丁,那个该诅咒的雷丁,他对于诏谕的兴趣总是那样显而易见。雷丁总是撅着他丰满的小嘴唇,一双小手总是向后拍打着他的卷发。雷丁正和诏谕在一起。

强烈的哽咽感觉从他的喉咙深处升起。如果能哭一场,他应该会感到一些安慰,但他不能。现在他的心情绝不是哭泣能够舒缓的。诏谕,诏谕。"诏谕。"他高声说出那个人的名字,这种像被匕首切割一样的感觉才会给他安慰。诏谕是唯一真正知道塞德里克的人,是唯一懂得他的人。但他却将塞德里克抛弃了,命令塞德里克跟着他完全不爱的妻子踏上这段荒谬的旅程。那个曾经被他坚硬的双手紧紧抓住的妻子。同样是那双强而有力的手,也曾紧紧抓住塞德里克的肩膀,在第一次的悸动与激烈的拥抱时,就将他拽进他的怀中。

塞德里克那时刚刚脱离孩童的稚嫩,几乎还不用刮胡子。那时的他非常不高兴,和他的父亲发生了冲突,又无法向他的母亲或者妹妹倾诉自己的烦恼——他的烦恼没有办法对任何人说。现在,他想到诏谕是多么成功地将他赶回到这种孤寂之中,心中不由得充满了苦涩,正是诏谕在当年为他打碎了这种孤寂。这就是他想要向塞德里克证明的? 证明他可以将塞德里克打回原形? 重新变成许多年以前的那个男孩?

他们的第一次相遇发生在一场贸易商的聚会上,那是一场在冬天举行的婚礼。新娘十七岁,年轻的新郎是塞德里克的朋友和邻居浦里图斯。他比塞德里克年长,曾经教授过塞德里克恰斯国语——这是塞德里克的父亲坚持要他学会的。浦里图斯对塞德里克一直都很友善,也很有耐心。和塞德里克在另一位导师那里进修的计算、历史和基本航海课程相比,浦里图斯的课一直都让他感到友好和快乐。另外那个导师需要同时教授他和其他几个孩子——几个贸易商家庭雇用了他，让这些家庭的儿子们一同接受教育。那个导师简直就是一头食人魔，而其他那些学生只会用粗话彼此嘲弄，或者就是刻薄地挖苦塞德里克精准的背诵和报告。塞德里克不喜欢上这些课，他害怕其他学生的排斥和嘲笑。他能在那些课中学到智慧简直就是一个奇迹。但浦里图斯完全不一样，他是一位有爱心的教师，会为他的学生找到许多有趣的读物。塞德里克非常珍视和浦里图斯共度的每一个小时。

在那场婚礼上，塞德里克只能在满心的失望中，忧郁地看着浦里图斯立下婚姻誓言。他不会有时间教导塞德里克了。他已经开始接手他父亲的香料生意，更要全心全意地去照顾自己的家庭。塞德里克曾经拥有的友谊孤岛，在他孤寂的海洋中完全沉没了。

身材高挑的浦里图斯穿着样式简单的绿色贸易商长袍，摇曳的烛火在他闪亮的黑发上，洒下了点点星光。随着他们立下誓言，他转向身边的那个女孩，低头俯视女孩的脸，而他的微笑对塞德里克来说是那样熟悉。那个女孩的面孔因为喜悦而焕发出玫瑰色的光彩。浦里图斯伸出双手，女孩将自己的小手指搭在上面。塞德里克不得不转过身，因为嫉妒自己永远都不可能得到的幸福而感到窒息。这对新人转身面对宾客，欢呼声在他们周围响起，就像是温柔大海上激扬的阵阵海浪。

塞德里克没有鼓掌欢呼。当欢呼声停息时，他只是喝光了自己杯中的气泡葡萄酒，将酒杯放在摆满美味佳肴的餐桌边上。房间里挤满了人，每一个人都是面带微笑，喋喋不休地说着话，渴望向这对新人夫妇送上良好的祝愿。在靠近门口的地方，几个年轻人正在愉快地交谈着。看到他们下流的笑容，塞德里克知道他们已经为浦里图斯准备好了晚间余兴节目。塞德里克一边说着抱歉，一边从他们中间挤过去，走向门口。他要到商人大堂外面去透口气，让风吹一吹自己的脸。他甚至没有心思穿上外衣。他想要感受外面的寒冷，那很适合他的心情。

一场风暴即将到来，只是还看不出这风暴带来的将是冻雨还是急骤的潮湿雪花。寒风在怒吼一阵之后突然止息，随即又甩下一片夹杂冰片的雨滴。浓密的云层让这个下午如同破晓前的黎明。这些塞德里克都不在意。他离开了大堂门廊的庇护，漫步走过等在外面的成队马车和用厚实衣物裹紧身子的马车夫。天色越来越阴暗，他一直走进了商人大堂周围整饬得一丝不苟的花园里。

在一年中的这个时候，这片花园显得格外凄凉荒芜。大部分树木的叶片都落光了。没有遮拦的风放肆地吼叫着。碎石小路上铺满了落叶。一片由常绿树木环绕的草药园囿里，种子已经埋入土中。塞德里克本能地向那片能够挡风的小树林走去。在那些常绿树的围护中，冷风找不到他。他抬起头向寒风呼啸的天空望去，想要透过乌云找到一颗星星。但他什么都没有看见。他低垂下头，从脸上抹去雨水。

"在婚礼上哭泣？你可真是个多愁善感的傻瓜。"

塞德里克惊愕地转过头。他没想到这样的天气里还会有别人跑到这个地方来。而看清对面的人是诏谕，他就更惊讶了。诏谕一定是跟着他来到这里的。他走出大堂门口的时候，诏谕正是聚在门口的那些年轻人中的一个。塞德里克知道这个人的名字和名声，但说不上对他有什么了解。诏谕是一位富有而年轻的贸易商，在缤城名望很大，他所在的社交圈要比塞德里克高好几个纬度。塞德里克不明白他为什么要一直跟着自己，甚至天黑了也不回到屋里去。在幽暗的夜色中，诏谕深蓝色的长斗篷几乎变成了黑色，衣领被高高竖起，遮住了他的面颊。

"只是雨水而已。我出来是想让自己清醒一下。我喝的酒有点多了。"

诏谕只是默不作声地听他说话。随后，他带着一点嘲讽的神情侧过头，挑起了他像雕像一般的眉毛，似乎是在指责塞德里克说谎。

"我没有哭。"塞德里克仿佛为自己辩护一样地说道。

"你没有？"诏谕在纷飞的雨雪中走向塞德里克。雪越下越大了，大片的雪花点缀在这个身材高挑的男人深褐色的头发上，"我发现你在看着那对快乐的新人，就在心里想，有一个爱人被抛弃了，只能看着他的梦离他越来越远。"

塞德里克警惕地看着诏谕向他靠近。"我并不认识你。浦里图斯是我的教师。我来这里只是为了祝福他。"

"我们都是,"诏谕用轻松的语气表示同意,"我们亲爱的浦里图斯现在进入了人生的新阶段,担负起作为丈夫的责任。作为他亲爱的朋友,我们祝愿他未来之路皆能平安顺畅,但我们能见到他的机会肯定要少得多了。"天空中的最后一丝光亮也在消失,常绿树的阴影让这个冬日的黄昏变得更加阴暗了。阳光完全消失的时候,也带走了所有色彩。诏谕的脸上只剩下了灰色和阴影。他在微笑。他的薄嘴唇只剩下几条如凿子雕刻出来的细线,随着这些细线的移动,他问塞德里克:"浦里图斯教你什么?"

"恰斯国语。我的父亲说每一名贸易商都需要熟练掌握恰斯国语,不能有任何口音。浦里图斯说的恰斯语就像恰斯国本地人一样好,他有一位恰斯人导师。"

诏谕停下脚步。现在他距离塞德里克已经不到一臂远了。"恰斯语?"他的微笑变得更加灿烂,甚至露出了牙齿,"是的,我同意你父亲的见解。每一名贸易商都应该掌握恰斯语。有人说,恰斯人永远都是我们的敌人。但我要说,正因为如此,我们才需要尽可能学习他们的一切。不只是他们的语言,还有他们的习俗传统。不管是不是长久以来的宿敌,他们都将成为我们做买卖的对象。他们只能欺骗无力抵抗他们的人。所以你需要学习的不仅是语言。即使一个人能够说一个地方的语言,只要他对于那里的习俗缺乏了解,他都无法真正融入进那个地方去,当地人会一眼看出他是个外人。你不认为是这样吗?"

"我想,是的。"塞德里克相信,这个高个子商人一定是喝醉了。现在塞德里克能够闻到他呼吸中的酒精气味。

在黑暗中,诏谕那双变成灰黑色的眼睛以一种令人张皇失措的神情盯住了塞德里克的脸。他舔了舔嘴唇然后说道:"那么,让我听听你的口音。用恰斯语说些什么吧。"

"什么?"

"这不是恰斯语,"诏谕笑着说,"再试试。"

"你想让我说什么？"塞德里克感觉自己落进了陷阱。这个人是在嘲讽他，还是想要接纳他？他的声音仿佛一直走在刀刃上，刀刃的左边是嘲讽，右边是友谊。

"这样吧，你就说：'先生，请问您想要什么？'"

塞德里克用了一点时间在脑子里组织好词句。当他开口的时候，每一个字都说得很流畅。但诏谕只是摇摇头，伤心地说："喔，天哪，不是这样，你要把嘴张得更大一些。他们可是非常健谈的种族。"

"什么？"

"再说一遍，但要把嘴张得更大一些。把你的嘴唇翻出来。"

诏谕是在嘲讽自己——塞德里克确定了，他的语气也变得凌厉起来："我很冷了，我现在要回商人大堂里去了。"

但就在他从诏谕身边走过的时候，诏谕突然伸出手，抓住了塞德里克的左肩，猛地将他拽了回去，逼着身材比他瘦小的塞德里克转过身，差一点撞进他的怀里。"再说一遍，"他带着愉悦的神情催促塞德里克，"用你喜欢的任何一种语言都可以。说：'先生，请问您想要什么？'"

他的手指透过正式的贸易商长袍，扎进了塞德里克的肩膀。塞德里克扭动身体，想要从他的手中挣脱出来，"放开我！你想干什么？"但诏谕反而又抓住了他的另一侧肩膀，然后猛地一拽，差一点让塞德里克双脚离地。突然之间，他们胸口贴着胸口，诏谕低头紧盯着塞德里克的脸。

"你想干什么？嗯，和我想要什么不太一样，不过这样也可以了。你应该问的是你自己想要什么，塞德里克。我怀疑你根本就不敢问这个问题，更不要说是回答它了。因为你的答案在我看来非常明显，你想要这个。"他的一只手一下子抓住了塞德里克喉咙下面的长袍，另一只手抓住了塞德里克的头发，然后他低垂下头，嘴唇狠狠地压在塞德里克的嘴唇上。那双嘴唇有力地翕动着，仿佛要将他吞吃掉。那双坚硬的手不断将他拉近。塞德里克太过吃惊了，甚至忘记了抗争，任由诏谕收紧双臂，将他紧紧贴在自己的身体上。一阵突然的热流涌过塞德里克的身体，那是他无法隐藏，更无法否认的欲望。诏谕的嘴里洋溢着美酒的滋味,他的面颊虽然刮过了胡须,但是当塞德里克想要推开他的时候,细小的胡茬还是刮痛了塞德里克的脸。塞德里克拼命想要吸进一口气,诏谕的亲吻和他自己对那亲吻的渴望让他窒息。他将双手放在诏谕的胸前向外推搡,却无法凝聚起半点抗拒的力量。诏谕轻而易举就抱住了他。对于塞德里克无力的挣扎,他只是从喉咙深处发出低沉的笑声,这笑声透过他们两个紧贴在一起的胸部传入到塞德里克的体内。终于,诏谕结束了对他的亲吻,但依然将他紧紧抱住。他在塞德里克的耳边说:"不要担心,如果你觉得应该挣扎,或者需要挣扎,那就奋力挣扎吧。我不会让你赢的。这样的事情一定会发生在你身上,就像你一直梦想的那样。总会有一只手牢牢地抓住你。"

"放开我! 你是疯了,还是喝醉了?"塞德里克的声音在犹疑中发生了动摇。风越来越猛烈,但他几乎已经感觉不到了。

诏谕毫不费力地将塞德里克的手臂按在身侧。他比塞德里克更高,更强壮,他抱起了塞德里克。塞德里克的双脚没有离地,不过诏谕只是要让他明白,自己可以轻易地控制他。他将塞德里克的身子按在自己的怀里,透过牙缝在他的耳边说:"我没有疯,也没有喝醉,塞德里克,只是比你更诚实。我不必问:'先生,请问您想要什么?'当你盯着那对快乐的小夫妻的时候,你想要的就已经完全写在了你的脸上。你并不想要那个新娘,你想要浦里图斯。是啊,谁又不想要他呢? 那样一位英俊的男子。但你绝对不可能得到他了,我也不行。所以,也许我们应该满足于我们能够拥有的。"

"我不会,"塞德里克说了谎,"我不知道……"诏谕的嘴唇又落了下来,再一次长久而粗暴地亲吻他,弄伤了塞德里克的嘴唇,直到塞德里克最终放弃,为他张开了嘴。在无意识的状态下,塞德里克发出了一点微弱的声音。诏谕的笑声落进他张开的嘴里。然后,突然之间,诏谕离开塞德里克的拥抱,向后退去。塞德里克差一点倒在地上。他也只得跟跄着离开诏谕。夜色中的树林仿佛在他的周围摇摆,环绕他盘旋起舞。塞德里克用手背捂住嘴。刺痛的嘴唇流出鲜血,让他尝到了咸涩的味道。"我不明白。"他虚弱地说。

"你不明白?"诏谕又露出微笑,"我认为你明白。只要你承认自己明白,所有这一切就都会变得更加容易。"他向塞德里克靠近了一步,塞德里克没有后退。他再一次向塞德里克伸出手,塞德里克没有逃跑。诏谕的双手坚硬而强壮,知晓他的一切,将他抓住,把他拉近。

塞德里克紧紧闭住眼睛,他再一次回忆起了这一切。在那个疯狂的夜晚,在冰寒的风暴中所发生的一切都清晰地闪耀在他的记忆里。那些记忆蚀刻在他的骨髓中,塑造了现在的他。诏谕是对的,当他承认他想要什么,一切就都变得更加容易了。

诏谕是残忍的。诏谕戏弄了他,伤害了他,然后又给他安慰和爱抚。他对他粗暴又温柔,对他凶狠地索取,又甜美地乞求。风暴在他们周围呼啸,让大树弯腰、舞蹈,但寒冷无法触及他们。在黑暗中,低垂的常绿树枝下,厚厚的松针床垫散发出甜美的清香,被他们的身体压碎。诏谕的斗篷盖住了他们两个。时间、家庭,还有整个世界对塞德里克的期待和要求,都被狂猛的风暴吹走了。

将近黎明的时候,诏谕在通向塞德里克家的马车道尽头离开了他。他穿着脏乱残破的衣服,一瘸一拐地走回家。他的头发像一团乱麻,他的嘴上带着伤痕。他一直睡到父亲叫他起床。那天很晚的时候,他站在父亲的书房里,向父亲讲述了一个很长的谎言,其中包括在黑暗中从一条小溪的岸边跌落,走了很长的路回家。他全身每一块肌肉都在隐隐作痛,他的嘴唇已经完全肿胀起来。在连续三个困苦难熬的日子里,他悄无声息地待在父亲的房子里,大部分时间都只能躲在自己的房间中,只要他不是注视着黑暗,回味那时的每一分一秒,羞愧之心就会无休止地煎熬他。悔恨和欲望在他的心中发生了激烈的交战。

在第四天早晨,诏谕请他参加骑术聚会的邀请函寄到家里了。他的名字被用粗体字清晰地写在鸽灰色的大信封上,信封里,一张轻薄的灰色信纸上是诏谕亲笔写的短信。看到儿子结交了这样的上等人物,塞德里克的父亲又惊又喜。他的母亲已经欢欣鼓舞地去为他准备短上衣和马裤了。他的父亲将自己的坐骑借给了他,这是他们家拥有的唯一像样的马匹。就在塞德里克出发之前,他的父亲又警告他不要做第一个冲出去的人,还叮嘱他,如果诏谕喜欢他,不如就尽量留在诏谕身边。

诏谕的确很想让塞德里克留在身边。实际上,这场"骑术聚会"中,除了诏谕以外,他是唯一的参加者。他们一直跑到了诏谕家族的一座偏僻的小农场。这里只有一幢摇摇欲坠的农舍,里面所有的房间都落满尘土、脏乱不堪,只有一间卧室装潢得异常豪华,而且靠墙摆放的柜子中装满了好酒。

随后几个星期里,塞德里克很快就知道,诏谕的"骑术聚会"和马匹几乎没有什么关系。有一段时间,诏谕成了他的整个世界。当他出现的时候,光明、色彩、声音,全世界的一切都变得更加辉煌灿烂。诏谕带着他跳进了一个充满诱惑和满足的世界,剥去了他的全部恐惧和压抑。他从不敢面对的那种半成形的向往,诏谕教他用新的饥渴予以面对。回忆起那些日子,塞德里克发现自己露出了温柔的笑容。他们一同享用美食,和诏谕的朋友们共度良宵。诏谕的朋友们——现在他才算是明白了! 他们都是富有的商人,有的年轻,有的年长,有单身的,也有已婚的,但他们全都过着穷奢极欲的生活。塞德里克曾经为他们放纵无度,不顾一切追求各种快乐的生活方式感到震惊。当他向诏谕表达对这些人的不以为然时,诏谕大笑着说:"我们是商人,塞德里克,生来就是商人。我们事业的基础就是发现其他人最想要的东西,并把东西卖出最好的价格。所以,我们当然会找到最令人向往的享受,而且我们自己也会想要它们,用我们挣到的钱购买它们。这就是我们所作所为的全部意义:挣钱,花钱。这又有什么错? 如果不能用我们挣到的钱寻欢作乐,我们又为什么要这么努力地工作?"

对此,塞德里克无话可说。

诏谕重新塑造了塞德里克,让他知道该如何梳理头发,怎样为衣服配色,该挑选什么风格的外衣,靴子又要在哪里买。当塞德里克寒酸的钱袋追不上诏谕的品味时,诏谕第一次赠送给了他所需的布料。当塞德里克的父亲对如此慷慨的赠予报以怀疑的目光,诏谕终于邀请塞德里克受雇成为他的秘书,这也需要塞德里克和他同住。诏谕完全改变了塞德里克的人生。不,他改变了塞德里克本人。塞德里克不仅学会了享用美酒和精心烹制的肉排,还开始认为餐桌上只应该有这样的食物。做工糟糕的衣服更是无法被容忍的。而现在,他又算是什么? 如果他回去,发现诏谕已经用别人取代了他,他又该怎么办? 塞德里克紧紧闭住眼睛,竭力想象着一个没有诏谕的人生。没有了诏谕的财富和品味,是的,没有这些他可以想象,但没有诏谕双手的碰触,他又该怎么办?

驳船在急流中不住地摇摆。塞德里克让自己去感受这艘船的每一次摆动。船员们都在忙碌着。如果风向有利,他们可能会升起风帆。这艘驳船和它的行船动力对塞德里克而言,直到现在仍然是一个谜。在他看来,这样的一个庞然大物根本不可能在如此湍急的河水中逆流向上。但他们的航行一直都非常稳定。

塞德里克也应该这样。

他不会放弃。他会将艾丽斯的顽固当作榜样,也坚定自己的决心。艾丽斯不顾一切要抓住她的这个机会。那么,就随她去吧。让诏谕寻思他们去了哪里,为什么没有按照事先约定的时间返回吧。让那个家伙的人生中出现一点不确定和不舒服,也是一件好事。塞德里克丝毫不怀疑,如果诏谕的生活中缺少一位妻子和一名秘书为他挡下许多不愉快的小事,他的舒适生活一定会减色不少。

至于说塞德里克自己的野心,是的,他的计划一定也能实现得很好。如果他不得不跟着那些守护者和他们守护的对象走过这么长的一段路,他一定能找机会收集到更多贵重商品。他缓缓坐起身,走到门边。在他的衣箱底部有一个秘藏的抽屉。这是诏谕特别定制的衣箱,特别有价值的商品和他们的现金都可以安全地收放在这里。诏谕绝对不会想到塞德里克会在这里面放进什么东西。

塞德里克打开那个秘格,细看他在今天放进去的两瓶玻璃容器。在昏暗的光线中,他看不清容器里的东西。这个抽屉里还有其他玻璃和陶制容器,有一些是空的,有一些里面已经盛有防腐液体或盐粒。从他意识到能够利用诏谕的惩罚为自己谋求利益的第一刻起,塞德里克就开始一丝不苟地进行着准备。

这个抽屉中甚至有一份清晰严整的清单,上面列出了他希望获得的各种标本以及它们不同的价值。血,牙齿,爪子,鳞片,肝脏,脾脏,心脏。他回想起自己在看着那个女孩从龙的伤口上切下赘疣时的恶心感觉。他必须克服这种感觉，如果有某一头龙受伤或者死亡，他就必须想办法迅速接近那头龙。他这次的放逐，也许正是财运的开始。

他将他的标本小心地收好，关上抽屉。不要后悔，他再一次告诫自己：不要后悔，不要犹豫。

辛泰拉一直和其他龙一起沿河岸前进，涉水走在他们身后。默尔柯率领着他们。让辛泰拉惊讶的是，其他所有龙似乎都接受了默尔柯作为他们的首领。在这件事上，卡罗尤其让她感到吃惊。几个小时之前，卡罗不是才因为自己的体型最为庞大而要求成为龙群的领袖吗？返回克尔辛拉的兴奋心情感染了所有的龙，甚至让他们能够一致地行动，至少现在是如此。

他们在河边的浅滩行进了一整个上午。这里的水流更和缓一些，对他们造成的阻力也小一些。辛泰拉更愿意留在岸上，但雨野原森林浓密的植被一直充塞到河边。有时候，气根和倒下的大树甚至一直伸入到浅滩上。在大部分地方，龙能够凭借庞大的身体和强壮的力量将这些障碍物推开，但到了下午过了一半的时候，他们不得不进入更深的水域，好绕过一个直插进河中的障碍。

这是一个非常粗大的树干。辛泰拉甚至完全被它挡住了视野，看不到前面的情况。酸性河水已经不断侵蚀着这个倒下的巨人，但辛泰拉还是不得不经过几乎要让她漂浮起来的深水，才能从它旁边绕过去——走过这样的深水让她有些惊慌失措。脚趾第一次碰不到河底的时候，她摆动四只脚，拼命挣扎，溅起大片水花。一头名叫芬提的小绿龙发出尖细的铜号吼声，听起来格外悲苦。水流裹挟住了芬提。有那么一段时间，她只能疯狂地划动四肢，才成功地绕过了那棵倒下的大树。随后她急忙向浅滩跑去。当她重新稳定住步伐，开始向上游走去时，她的呼吸声还是显得异常响亮粗重。辛泰拉很高兴自己比芬提更高，更强壮。河水没有能将她举起来。龙能够游泳，但只是在迫不得已的时候。

辛泰拉一想到游泳，一些沉滞的回忆就在她心中泛起。其中一段回忆非常可怕：一道悬崖崩塌，一头巨龙落进峡湾。那时她不得不拼命游泳。包围峡湾的陡峭悬崖让她根本不可能爬出去。当她找到一个足够宽阔的地方，从水中爬出来的时候，她已经冷得几乎无法张开翅膀并扇动它们，也无法让它们变得干燥，无法再让它们带自己飞上天空了。

她还有其他身在水下的记忆，随着精神上的一阵悸动，她将这些记忆和克尔辛拉联系在一起。她沉思良久，竭力想要将这些时光的碎片拼接在一起。那座河岸上的城市，一座美丽的城市，在太阳下面闪闪发光。在这座城市前面，是一条又宽又深的大河。现实中不断挤压她胸口的河水，仿佛在帮助她回忆。是的，飞过那座城市，在它的上方盘旋，一次，两次，三次。低飞俯冲或者在飞行中缓慢的翻滚，住在城中的古灵会给龙群一阵阵欣羡的欢呼声，但这种盘旋并不止是为了得到喝彩，这是为了向所有巨龙和古灵昭示一头龙的到来。河上的小渔舟会注意到飞落的巨龙，及时避让。在克尔辛拉最好的降落方式就是收起翅膀，伸长脖子，扑向河面，跳入深水之中。河水能够起到很好的缓冲作用。进入水中之后，龙不会游泳，而是会涉水直达河岸。走上河岸的时候，全身的龙鳞都会在太阳的照射下光华四射。上岸的巨龙只需要惬意地等待一下。古灵们早就准备好来迎接她了。这些人的责任就是……

辛泰拉跟跄了一步。河床上的一块大石头挡住了她的脚。细弱的记忆丝线一下子就断掉了。辛泰拉拼命寻找那根丝线的残余。那些回忆是如此甜美，如此精彩，而现在都一去不返。在她的周围，其他龙也都在涉水前进，因为对抗水流而不停地喘着粗气。在靠近河岸的地方，水流更浅、更慢，但河底的淤泥还是让龙群举步维艰。辛泰拉认为不断吸住她四足的淤泥比深水处的急流还要好一些。她超过了另外几头龙，并且有意一直加速，超过了更多的龙，直到她的前面只剩下默尔柯和兰克洛斯。

金龙默尔柯迈着坚定的大步不断向前行进。他不像卡罗和塞斯梯坎那样高大，但在河水中，他的身体显得更加修长。也许这正是他能够顺利前行的原因。他挺直了脖子，长尾巴高举在水面以上。"默尔柯！"辛泰拉向他喊道。她知道默尔柯听见了，但默尔柯没有回头，也没有放慢脚步。猩红色的兰克洛斯和默尔柯只有一两步的距离。

"默尔柯！"辛泰拉再一次高喊。尽管默尔柯对她不理不睬，她还是问道，"你还记得我们到达克尔辛拉的时候，古灵是怎样迎接我们的吗？我知道，我们会在那座城市上方盘旋三次，让他们知道我们要降落……"

"我记得他们看见我们的时候会在城市的塔楼上吹响号角。白银、兽角和黄铜的号角。渔船听到那号声就会让出河道。"回答辛泰拉的不是默尔柯，而是兰克洛斯。那头红龙的银色眼睛中突然旋转起了喜悦的神情，"我刚刚回想起那一幕，就在你提起绕城市旋转三次的时候。"

"我记得！"维拉斯突然从河面上冲过来，努力追上了他们。她绿色的身体上有着一道道金色条纹。它们常常被污泥和尘土所掩盖，现在则闪耀着明亮的光芒。

"我不记得这个，"辛泰拉低声承认，"但我记得在河中降落，沉入幽暗的河水。河底是砂质的。我记得涉水走出来，来到岸上。那里总会有古灵等待我们。"

她停顿了一下，希望会有别的龙说些什么。但没有龙再说话。默尔柯只是在沉默中大步前行。

"我记得随后就会有喜悦的事情发生。某种特别的欢迎……"辛泰拉让这个诱人的思绪飘散开去。仍然没有龙说话，她只能听到河水永恒的奔流声，龙沉重的踏水声和他们逆流而上时发出的粗重的呼吸声。又是一处障碍矗立在他们面前，幸好不像前一个障碍那样庞大。辛泰拉感到一阵深深的失望。她已经很累了。

突然间，默尔柯抬起头。他翕动鼻翼，在河水中停住了脚步。然后他向周围环顾一圈，仔细审视右侧宽阔的河流和左侧茂密的森林，又突然喷了一口气，环绕他脖子的毒刺尽数立起，在他金色的身躯上显示出蓝白颜色。

"出什么事了？"维拉斯问道。紧接着她也停下脚步望向周围。

"水野猪，"塞斯梯坎说，"我闻到了水野猪粪的气味。"

仿佛是听到了龙的召唤，一群水野猪突然从河水里冲了出来。他们的皮肤像河水一样是灰色的，浓密的毛发很长，如同根须一般漂散在浑圆的后背周围。他们本来聚集在这棵倒下的大树后面，以此躲避河水的冲击。

辛泰拉的行动并非出自她精确的思考。另外一些古老到不知存在于哪个年代的巨龙似乎在催促她。她猛地探出头，张大了嘴。她的目标是咬到最大的那头猪。不等被她的牙齿碰到，水野猪已经有所反应。那头猪拼命想要钻到水下面去。辛泰拉的牙齿还是碰到了它。蓝龙用力咬合双颚，但她咬得还不够深。正确的擒咬是要让牙齿一直插进猎物的脊椎，使其瘫痪。而辛泰拉只是咬到了一层脂肪，厚皮还有长毛。肥美的肉汁和热血喷入她的口中，让她几乎要晕眩过去。

随后，她口中的水野猪开始为了求生而疯狂挣扎。

在辛泰拉的周围，其他龙也发动了相同的猎杀。有一些还在追逐奔逃的猪，一边发出铜号一般的吼声，一边将头伸向尖叫的猎物。这些肚子滚圆的生物在水中速度很快，但在浅滩和水草纠结的河岸边就没那么灵活了。追猎野猪的龙不停地撞在辛泰拉的身上，差一点将她撞倒在水中。这时又有三头水野猪同时撞上了她。他们本来是想要冲到深水中。

辛泰拉对这些事都毫不在意。她以前从没有咬住过活的猎物。她古老的狩猎回忆中，充满了从空中冲进畜群或者扑向其他猎物的情景。猎物被她摔在地上，陷入半昏厥的状态，等着她俯身给出致命的一击。现在她口中的猎物还在激烈地扭动，充满活力，正以全部的本能进行抗争。辛泰拉的头随着三头疯狂的野兽不停地左右摆动，又随着沉重的野猪完全没入水中。辛泰拉本能地关闭了鼻孔，放下眼睑，四足出力，在河底的淤泥中踏稳，努力将猎物提出水面。有那么一瞬间，她成功了。野猪挂在她的口中，发出一阵阵狂乱的尖叫，锋利的两瓣蹄子全力向辛泰拉踢蹬，还摆头用口中的小獠牙来刺辛泰拉，却完全碰不到她。辛泰拉也趁这个机会喘了口气。

但她没办法一直这样提起这头猪。

辛泰拉本应该比现在更加强壮，她的脖子上应该生出狩猎猛兽所具备的厚实肌肉，她的肩膀应该粗壮厚重。但她知道，自己的肌肉就像吃谷物的母牛一样薄弱——这个事实让她感到厌恶。对付这种体型的猎物本应该是一件轻而易举的事情,但如果她现在甚至无法张开口换一个更好的擒咬位置,那样的话,野猪就会挣脱逃走。而当辛泰拉这样咬住野猪的时候,野猪也在用有力的抗争一点点削弱她。她需要让这头猪晕过去。但这时野猪再一次将她拖进水中。她的速度不够快,没有闭合鼻孔。她将一口气喷进河水中。

环境的骤然改变刺激她找到了新的力量,将野猪提出水面。部分是出于偶然,部分是她有意为之——当她的力量消失时,她也将野猪撞在了倒在河中的树干上。片刻之间,野猪的身体在她口中松垂下来。而当野猪突然又开始挣扎尖叫的时候,辛泰拉也再一次将它狠狠撞在树干上。蓝龙将沉重的野猪暂时压在树干上,在不到一秒钟的时间里张开嘴,再次咬了下去。野猪最后痉挛了一阵,就挂在蓝龙口中,不再动弹了。

她杀死了猎物! 她第一次杀死了猎物!

辛泰拉用一只前足将她的猎物按在树干上,从上面撕下一大块肉。她从没有尝到过这样的美味。鲜血温暖润滑,猪肉肥美新鲜。她大口吞吃着,血肉,内脏,最后就连骨头也被她咬碎。当野猪的最后一些碎块落进河中的时候,她又探头下去,将那些碎肉一一拣食。

直到最后一点猎物也被吞进肚子里,辛泰拉才开始查看周围的状况。许多龙都擒获了猎物。维拉斯将她的猪一直追到岸上,在那里杀死了它。两头最小的龙正在撕扯一头尖叫的猪,直到那头猪突然被撕裂成两半。卡罗大口吞下一头猪最后的一部分,巨大的爪子下面还踩着另一头猪。看到此景,辛泰拉立刻开始寻找更多的野猪。

"猪群逃散了。"默尔柯平静地说。辛泰拉发现那头金龙正在清理爪子。他将自己的爪子舔干净,从一只爪子下面叼下一块碎肉。他的狩猎显然很成功,就像辛泰拉一样。回忆再一次撼动了辛泰拉。她捕杀了猎物! 她,辛泰拉,捕杀了她自己的猎物,并且吃掉了它。她怎么会不知道这件事有多么重要? 这在突然间就改变了一切。她望向周围的大河和龙群。为什么她要不假思索地跟随其他龙,就像是牛群里的一头母牛? 这不是龙应该做的事。龙不需要守护者,也不需要依靠人类为他们提供食物。龙都是孤身狩猎,为他们自己进行猎杀!

　　她本能地抖动肩膀,张开双翼。她想要从这里飞走,继续去狩猎,击杀另一头野兽,吞吃掉它,然后找一片阳光灿烂的山坡或者岩台,好好睡上一觉。那头猪很不错,但唤醒她这种冲动的不是那头猪。让她觉醒的是杀戮的战斗,更是战斗的胜利和吞吃美味的快意。她已经等不及要再来一次了。

　　但她展开的双翼只能可怜地在背上拍打几下,没有一点力量。她想起自己和水野猪那样愚蠢的猎物竟然也要进行一番艰苦的搏斗,这让她感到格外愤怒。杀死那头猪也无法让她感到应有的喜悦,那根本无法和巨龙杀戮猎物的记忆相比。她是一个弱者,不适合生存。她一直像一头母牛一样被圈养。该是结束这种生活的时候了。

　　"正因为如此,"默尔柯仿佛听到了她的心声,平静地对她说道,"我们才必须离开那个地方。正因为如此,我们才必须一同行进,到上游去寻找克尔辛拉。我能够在这一路上成为真正的巨龙,或者在奋斗中死去。"

　　金龙抬起头,发出铜号一般的吼叫:"该上路了!"然后,不管其他龙是否跟上,他径自走进河道深处,绕过了那段长长的树干。

　　辛泰拉跟随着他。

谷月第七日

商人联盟独立第六年

来自黛托茨，崔豪格信鸽管理人
致艾瑞克，缤城信鸽管理人

这个裹蜡并有着双重火漆印的卷轴匣中，封存着一封信，是杰斯寄给缤城起航点旅店中的商人贝佳斯提·柯雷德和辛纳德·亚力克。此信被支付了额外邮费，以确保能够迅速安全地送达，如果从寄信之日起四天内此信被寄到，信鸽管理人还能得到特别奖金。

艾瑞克：
    我已经选择金斯利完成这个任务！如果能有哪只鸟为我们赢得这笔奖金，那一定是他！

黛托茨

    P.S有没有可能给我一两只金斯利的雏鸟？我会用我的星点的雏鸟和你交换。她也许不像金斯利飞得那样快，但她曾经在许多场风暴中，为我平安地寄送过信件。

第十六章　团体

　　黑夜降临的时候，所有巨龙守护者在柏油人号的甲板上睡成了一排。赛玛拉选择了一个靠近船栏杆的位置。她将头枕在胳膊上，盯着河岸。河岸边除了即将被熄灭的营火和驳船舷窗的一点灯光，黑暗已然笼罩了整个世界，让她什么都看不见。现在每一次夜晚歇宿的时候都是这样。卡萨里克已经在他们身后很远的地方。这里的大树下，不像树居城市星星点点的灯光会刺破黑色的夜幕，更没有来自于临近房屋中的各种声音。赛玛拉徘徊在睡梦的边缘，却总是走不进去。最近这几天里发生了太多的事情，一切变化都是这么快。她伸手拍打一只在她耳边"嗡嗡"叫的蚊子，向黑暗中问道："为什么我们要做这件事？这太疯狂了。我们不知道要去哪里，会遇到什么。我们根本看不见这个任务的尽头。为什么我们要这样做？"

　　"为了钱，"洁珥德悄声回答，她满足地叹了口气，在毯子里一翻身，"为了做些新鲜的事情。"

　　"因为我们没有更好的事情可做？"拉普斯卡在赛玛拉左侧的黑暗中问，"因为这是我一生中最好的时光。"听起来，他对于这段日子显然很满意。

　　"为了摆脱其余一切，开始一段新生活，"格瑞夫特郑重其事地说道。赛玛拉咬紧了牙。

　　"我要睡觉！"刺青抱怨道，"你们能不能小声点？"今晚刺青将他的毯子铺到了拉普斯卡旁边。他似乎在因为什么事而发脾气。

有人，也许是哈里金，发出了"咯咯"的笑声。随后甲板上再次陷入寂静。河水拍打着驳船。在河岸上，一头睡着的龙发出响亮的呼噜声，但这声音很快也消失了。赛玛拉用毯子盖住头，挡住蚊子的侵袭，但依旧只是盯着眼前那一小片黑暗。

一切都和赛玛拉预料的不一样。这根本不是什么伟大的冒险。这几天里，一切都在一成不变地重复着——守护者们每天很早就会起床，一同吃早饭。早饭通常是船上的面包、鱼干和麦片粥。然后他们会从前一晚掘出的沙井中汲水，装满自己的水罐。猎人们每天破晓之前就会离开营地向上游前进。他们需要在龙发出的声音吓跑所有猎物之前去狩猎。随后，龙一醒过来就会出发。守护者则乘上小艇，跟随驳船一同行进。

其他人都更换过划船的搭档，但除了赛玛拉以外，没有人提出过要和拉普斯卡同船。有另外几名守护者曾经表达过想和赛玛拉做搭档。沃肯和哈里金都曾经问过她。希尔薇曾两次建议她们在第二天可以同船而行。但每天早晨，拉普斯卡都会坐在小船里，满怀期待地等待赛玛拉。赛玛拉也曾经想过要和其他人搭档。她知道，如果她选择别人，那么总会有另一个人被迫和拉普斯卡搭档。但至今为止，她都没有这样做过。一部分原因是他们划船时合作得很好；另一部分原因是，在赛玛拉感觉非常孤单的时候，拉普斯卡的好脾气和乐观天性总会鼓舞她。和拉普斯卡交谈也许会显得很奇怪，会不知所云，但拉普斯卡绝不是某些人所以为的蠢人。他只是在从一个不同的角度看待生活，就是这样。

而且，毕竟他看起来也很讨人喜欢。

赛玛拉的身体已经逐渐适应了整日划船的劳作，但她每晚还是会感觉到筋骨酸痛。她手上的水泡变成了老茧。习惯船上生活之后，水面反射的阳光也不再那么刺眼了。赛玛拉每天都觉得自己的头发变得更像是干草。她有一种不好的感觉——她的鳞片正在体表扩张，它们的生长速度要比她生活在树上的时候更快了，但这些都在她的意料之中。雨野原人身上的鳞片总是会随着年岁的增长而增多。这些事她都能够接受，但日复一日，毫无变化的划船已经开始对她的精神造成了压力。

今天也没有什么特殊之处。上午过得很慢,河边无穷无尽的植被也没有一点变化。中午过后,守护者们惊慌地听到龙群在前方发出铜号般的狂野吼声。他们追上龙群的时候,发现仿佛有某种灾难落在了这些龙的身上。每头龙都在水中狂乱地扑腾着,有时候甚至全身都没入水中。

小艇上的一些守护者们几乎因为过于慌乱而发生意外,遭受灭顶之灾,但他们最终发现,那些龙只是拦住了一个大鱼群,正在尽全力大吃特吃。没过多久,龙群就爬上了芦苇丛生的低矮河岸,开始睡觉了。等到守护者们来到龙群旁边,太阳还高高地悬在天上。他们可以继续向上游走一段路,但入睡的龙都拒绝听从守护者的召唤。守护者们别无选择,只能将小艇拖到浅滩上,开始在那里休息。

天空之喉显然是吃饱了鱼。她的肚子鼓了起来,困倦的神态就如同一头饱足的掠食猛兽。她显然不想因为清洁身体而受到打扰。当赛玛拉打算这样做的时候,她不仅拒绝醒来,还在睡梦中发出咆哮声,露出了因为沾染了鲜血而显得更长、更锋利的獠牙。

芬提是唯一对守护者足够友好的龙,她愿意向他们讲述捕鱼过程。当刺青为她清理身体的时候,她非常兴奋,一遍又一遍地讲述着自己的狩猎故事。在她忙着夸耀自己的速度和力量时,为她擦洗身体对于刺青而言,似乎也变成了一件格外令人兴奋的事情。芬提表演了如何一头栽进深水,叼住一条巨大的鱼,一口就咬断了鱼的脊骨。"我吃掉了它,把它完全吞进了肚子。现在你应该明白,我是一头真正的龙,而不是被养在围栏里,满身肥肉的母牛。我能够杀戮,我杀死了一头水野猪,我还吃掉了一百条我自己捉住的鱼。现在你应该知道,我是一头龙,我不需要被任何人类守护!"

赛玛拉和另外几个人聚在一旁,听芬提说话,看刺青努力想要给这头活力四射的小绿龙擦净身体。这头小龙的脸上满是血污,几条长长的鱼肠子还黏在她的下巴和喉咙上。刺青卖力地擦洗她覆满鳞甲的脸。对于她的炫耀和坚持说龙不需要人类照顾,刺青只是露出了纵容的微笑。他显然很喜欢这头小绿龙。

赛玛拉很清楚龙的魅惑能力。她丝毫不怀疑，刺青已经完全拜倒在这头龙的魅力之下了。

赛玛拉怀疑她自己也已经中了天空之喉的魅术。现在天空之喉甚至不屑于和她讲一讲自己击杀猎物的胜利，这让她感觉内心很受伤。她觉得自己被排除在天空之喉的生活之外，这让她有一点嫉妒刺青。与此同时，赛玛拉脑海深处却有一种不安的杂音。无论赛玛拉多么不愿意去理睬那个声音，它却还是在赛玛拉的意识中变得越来越清晰。不管刺青从芬提的脸上擦净血和鱼肠子时露出怎样的微笑，芬提绝不是一个可爱的、能够稍稍被操控的生物。她是一头龙，即使她在用孩子气的话语自吹自擂，她依然正在迅速发现成为一头龙意味着什么。她宣称自己不需要人类绝不是随性的吹嘘。至今为止，这些龙还在容忍这些守护者和他们的关注，但也许这种情况不会永远维持的。

赛玛拉觉得所有的龙都有相似之处。在赛玛拉过去对自己全新人生的幻想中，她曾想象龙是高贵聪慧、天性慷慨的生物。不管怎样，也许希尔薇的金龙称得上有这样的心性，但其他龙都和他们的守护者一样各不相同。刺青的绿龙很任性，有时会变得非常难以对付。诺泰尔的浅紫色龙有些胆怯，旁人过于靠近他的时候，他会有所抗拒。性格温和的莱克特和与他成为朋友的雄性大蓝龙，仿佛是天生的一对，就连他们脖子上的尖刺都一样。有着亲缘关系的凯斯和博克斯特各找了一头橙色龙，他们两个和他们的龙仿佛也有着同样的性情。

自从亲眼见到龙破茧而出以来，赛玛拉印象中的龙都需要人类的供养才能生存。这种观念让赛玛拉一直都没有意识到这些龙会变得多么强大致命。当然，赛玛拉早就知道这里的任何一头龙都很高大，完全可以轻易杀死一个人。其中有一些龙的速度很快，也很聪明，足可以变成食人者，变成人类恐怖而狡诈的敌人。他们对人类的蔑视和自我的优越感是一种专属于龙的特质，而这种特质直到今天才引起了赛玛拉的警觉，让她感到气恼。赛玛拉的目光从情绪高亢、态度暂时变得温和的芬提身上，转向了正在沉睡中的她的天空之喉，又转向卡罗。

卡罗是龙群中体型最大，最具有攻击性的龙。他在茂密的芦苇中，为自己建了一个粗糙的窝巢——用大爪子扒开潮湿的泥土和生长在泥土中的芦苇，为自己清理出一片适合睡眠的地方。此刻他正将巨大的头枕在前腿上，打着瞌睡，一双翅膀叠在背后。像这里的所有龙一样，他缺乏飞翔的能力，但除此之外，他完全是一头形态健康的龙。赛玛拉仔细观察他，发现他似乎正散发出强烈的愤怒和挫败感，就仿佛他蓝黑色的身体中正有一口大锅，在熊熊的怒火中几乎要爆炸了。他的守护者格瑞夫特就坐在距离他不远的地上。这头巨大的龙现在非常干净，鳞甲烁烁放光。赛玛拉不知道是他的守护者为他进行了清理，还是卡罗自己清理了身体。格瑞夫特的眼睛几乎是闭着的。赛玛拉觉得这名守护者就像是一个坐在火边取暖的人。片刻之间，赛玛拉感觉到格瑞夫特正在享受卡罗的愤怒和攻击之心所散发出的热量。就在这种想象出现在赛玛拉脑海中的时候，格瑞夫特睁开了眼睛。赛玛拉捕捉到那双眼睛中骤然亮起的蓝色光芒，急忙将目光转向一旁，竭力装作刚才只是在看着格瑞夫特身后的景色。但她有一种很不舒服的感觉——格瑞夫特知道赛玛拉一直在盯着他。

不过格瑞夫特只是露出微笑，略微一招手，示意赛玛拉过去。赛玛拉装作没有注意到的样子。而格瑞夫特脸上的笑意更浓了。他伸手爱抚自己的那头正在入睡的龙。他的手移动的速度很慢，轻柔地抚过龙的肩膀，仿佛是在向赛玛拉显示这头龙是多么强大。格瑞夫特的这种炫耀让赛玛拉感到更加心神不宁。她迅速转过头，好像被拉普斯卡说的一些话吸引住了。格瑞夫特似乎发出了"咯咯"的笑声。

真正吸引赛玛拉注意的是希尔薇的议论："我很高兴他们的运气够好，能够自己狩猎。至少他们已经吃了一些东西。难道我们不应该为我们自己找些猎物或者鱼吗？我觉得他们已经准备在这里过夜了。"

希尔薇当然是对的。驳船上的确载有一些物资，但新鲜的肉肯定更好吃。至今为止，猎人们每天都能有不少收获。龙每天都能吃到鲜肉，即使那些并不足以喂饱他们。守护者们则算不上很成功。他们在每个晚上不多的休息时间里为龙进行清洁，并尽量捕一些鱼。今天，他们有半个下午和一个黄昏的时间。赛玛拉能看出其他守护者也有类似的想法。他们之中大多数人都选择在河中捕鱼。这段河岸边的灯芯草和芦苇丛，赛玛拉猜测能为许多鱼群提供理想的栖息地，不过她也怀疑这里的鱼是否大到可以拿来喂龙。她已经厌倦了河水和泥泞的河岸。她需要一个人在森林中，在大树上待上一段时间。

她装备好弓和一支箭囊，一把匕首，一些绳子，然后就走进了幽暗的无尽密林。她不是在随便乱走，也不打算在地面上逗留太长时间。她沿着平行于河道的方向走了不长的一段路，寻找猎物踩出的小路。发现这样一条路之后，她迅速对其进行了研究。这里有一些小型森林居民的爪印，一些更深的分瓣蹄印又盖在这些爪印上。大多数足迹都很小。她知道这是被雨野原人称为"舞蹈鹿"的一种小鹿。这种鹿的身体小巧轻盈，能够在森林中迅速而无声地移动，栖息在树下干燥地面的低矮植被中。还有人见到过他们爬上低处的树枝，并沿着那些树枝跑跳。一头这样的鹿根本满足不了龙的胃口，而且他们非常机警，即使赛玛拉找到一群正在酣睡的舞蹈鹿，只要她杀死其中一只，其他鹿会立刻逃得无影无踪。

但还有一些更大、更深、更宽的分瓣蹄印。沼泽麋鹿在一年中的这段时间里会孤身行动。如果赛玛拉的运气够好，猎杀到这样一头鹿，也许她能把这份猎物的一条整腿扛回到营地去。或许刺青会帮助她把剩下的猎物也都扛回去和大家分享。今天刺青和沃肯同乘一艘船，而不是和洁珥德在一起。也许这意味着今晚他会有时间做些事情，而不只是坐下来听洁珥德说话。赛玛拉摇摇头，将刺青从自己的脑海中赶出去。刺青已经选择了自己的同伴，赛玛拉不应该为这种事感到烦恼。

她将希望寄托在麋鹿的身上，尽管她也知道，自己只要能猎到一只舞蹈鹿就已经算是好运气了。更有可能她只会遇到一只在河岸边扒泥的那种小杂食动物。那种小动物的肉也是可以食用的，只是算不上有多美味，她怀疑天空之喉对那种小动物连鼻子都不会抽一下。

一找到机会，赛玛拉就离开地面，攀上了靠近地面的树枝。在这里，她生有爪子的脚能够帮助她更有效和无声地移动。她没有在野兽小径的正上方行进，而是在一旁隐蔽。她可以在这里继续监视小径上的情况，同时她希望这样不会让小径上的动物察觉到她的存在。

她逐渐远离河边的开阔地带,周围的光线也变得越来越阴暗。森林中的声音同样在发生变化。河水流动的声音被层层密布的植被挡住了。鸟雀的鸣叫此起彼伏,她能听到头顶上方有松鼠、猴子和其他小动物穿行的声音。某种近似安宁的情绪落在她的心头。她的父亲是对的,她生来就属于这里。林栖生物熟悉的声音让她露出微笑。她向森林里越走越深。不过她已经规划好了自己深入的限度。她希望能在这个限度之内捕杀到合意的猎物,如果运气不够好,她就会转而去猎杀她能够看见和听到的小动物,希望可以带回满满一袋猎物。不管是大是小,肉终归还是肉。

就在她即将到达自己设下的极限位置时,她终于第一次嗅到了麋鹿的气味,随后麋鹿的声音也传入她的耳中。那是一头年老的麋鹿,但仍然精力充沛。它正快活地在一根低垂的树枝上摩擦自己隆起的肩背,发出一阵阵颇为响亮的声音。就像其他麋鹿一样,它并不习惯于抬头向上寻找危险。它的个头很大,绝大多数能够威胁到它的生物都像它一样生活在地面上。赛玛拉几乎对这头麋鹿感到有些难过,不过她还是悄无声息地在树和树之间移动,最终站到了这头麋鹿的正上方。她继续无声地移动身体,找到了一个能清晰看到麋鹿的角度,然后抽弓搭箭,将弓弦拉开,深吸一口气,握稳弓背,撒手放箭。羽箭笔直地向下射去,目标是麋鹿隆起肩头的后面。赛玛拉希望这支箭能够穿过麋鹿的肋骨,即使不射中它的心脏,也能刺穿肺叶。她的箭正中目标,发出的撞击声,如同有人敲响了一下蒙着厚皮的大鼓。

麋鹿突然抽搐一下,又打了两个哆嗦,仿佛这一箭不过是一只苍蝇飞落在它的身上。随着疼痛在它的体内炸裂,它开始蹒跚地沿着野兽小径向河边逃去。赛玛拉露出残忍的笑容。至少这头鹿逃走的方向是正确的! 她跟随在麋鹿身后,继续在树枝上奔跑。在确认猎物死亡或者濒死之前,她绝不会下到和这头麋鹿高度相当的地方。

麋鹿的步伐越来越笨拙,有一次它还跌倒在地,两条前腿蜷跪下去。赛玛拉觉得它应该不行了,但它又摇摇晃晃地站起来,继续向前跑。鲜血从它的鼻子和口中流出，它的每一次喘息显然都伴随着剧痛。它第二次跌倒的时候没有能再站起来。赛玛拉抽出匕首，向麋鹿靠近，跳落到地面上。麋鹿用一双棕褐色的大眼睛看着她，眼神中充满怨毒。"我会结束你的痛苦。"赛玛拉对它说，然后用尽全力将匕首刺进麋鹿下巴后面的凹陷中。刀刃刺穿了厚皮和肌肉。匕首被抽出来的时候，一股鲜血也随之喷涌而出。麋鹿闭上了眼睛。鲜血一股股地向外涌流，每一次都更少一些。当血流只剩涓滴，赛玛拉知道麋鹿死了。她为此生出一点歉意，但很快她就将这种情绪推到了一旁。死亡才能哺育生命。现在麋鹿变成了肉，而且全部是属于她的。

天空之喉一定会因此而喜欢她。但她首先要将这堆肉运回到龙那里去。她不可能让天空之喉到这里来。茂密的森林和林下草木，完全不允许像龙那样大体型的生物通过。而将肉送回去的方法只能将这具尸体拆解开。赛玛拉估量了一下这头鹿的大小。她也许能将一条前腿连同肩膀拖回去。然后她会去找刺青，他们再回来把剩下的肉割下来，带回去。刺青能够为芬提带回一份肉。他们还能在营火旁与所有守护者一同饱餐鹿肉。想到此，赛玛拉感到一阵骄傲。她相信其他人都不会有她这样好的狩猎成果。

沼泽麋鹿的皮要比赛玛拉预料中的更厚。她的匕首和她要完成的任务相比实在是太小了，而且很快就变钝了。她有两次不得不停下工作，把匕首打磨锋利。每一次她都感觉到白昼的时光正在迅速流逝。在这片雨林中，光线已经相当昏暗了。如果她不能在天黑之前回到营地，并叫人来带走剩下的猎物，等到天黑，他们将绝对不可能再找到这头鹿。明天天亮的时候，食腐兽早就已经将这头鹿啃成骨架了。蚂蚁和飞虫也会聚集过来享用这顿大餐。

当赛玛拉终于将厚皮完全切开，把肉切割到骨头的时候，她不得不用尽自己的所有力量，才将匕首插进麋鹿的肩窝，把一条前腿割下来，而她也跟着突然松脱的前腿一屁股坐倒在地上。前腿半压在她的身上。她在裤子上擦干净匕首，收回到鞘内，又抹了抹自己的双手，将汗涔涔的头发从覆盖着鳞片的额头上拨开。那些鳞片摸起来更加紧密，也更完整了。它们的确正在生长。再过几个月，她甚至有可能就不会再出汗了。片刻之间，赛玛拉很想知道自己现在到底是什么样子。然后她又将这种好奇心也丢到一旁。她没办法改变自己的相貌，最好不要再想了。

她推开鹿腿，站起身，又因为脊背的酸痛而呻吟了一声。穿过茂密的草木回到河岸边——这绝对不会是一段舒适的旅程。她又瞥了一眼自己的猎物，带着些许自嘲的意味说："一条腿下来了，还有三条腿。"

"还有头，别忘了头。"格瑞夫特的声音刚传入她的耳中，那个家伙跳落在她身边，轻盈得就像是一条蜥蜴。他看着赛玛拉的猎物，惊讶地抽了一口气。当他向赛玛拉抬起眼睛的时候，那双眼睛里闪烁着钦羡的光芒，"你说你是一个猎人，看来你不是在吹牛。祝贺你，赛玛拉！ 如果以前有人问我，我会说这对于像你这样的一个女孩来说，根本是不可能完成的任务。"

"谢谢。"赛玛拉犹疑地回应道。格瑞夫特是在恭维她，还是在说这只是她的侥幸？ 赛玛拉有些不耐烦地又说道："一张弓不会在意是谁拉开了弓弦，任何有力量能让箭直射出去的人，都能射杀野兽。"

"没错，你说得千真万确，就像躺在我们面前的这头鹿一样真实。我要说的是，我以前从没有想过你有这样的能力。"他舔了舔自己的薄嘴唇，一双眼睛在微笑中闪烁着蓝光。他的目光中流露出赞许之情，但那道目光在赛玛拉的身体上游移，让赛玛拉的心中多了一重不安。他的声音温暖而又充满了渴望，"赛玛拉，你完全有权利为自己的这一次狩猎感到骄傲。"他指了一下自己的臀部，从他的狩猎口袋中伸出了几根鸟雀的尾羽，"我希望能够有和你一样的收获，但现在白昼行将结束，而我能拿出来的只有两只鸟而已。"

"我们还有一两个小时能看见东西，"赛玛拉说，"我最好充分利用这段时间，否则我就要失去这些肉了。我们在营地见，格瑞夫特。"她跪下来，匆匆用绳子捆住麋鹿腿蹄子上面的部位，然后将绳子结成一个大环，合适挎在自己的肩膀上。与此同时，她感觉到格瑞夫特一直站在旁边，静静地看着她。她将手臂伸进绳环里，站起身，重复说道，"那么在营地见。"

但她还没有走出两步就听见格瑞夫特问："你要把剩下的肉都丢在这里？"

409

赛玛拉不想回头去看格瑞夫特，但她也不想让格瑞夫特知道自己有一点害怕他。格瑞夫特比她更高大，肌肉更发达。他从没有威胁过赛玛拉，但他的关注总是让赛玛拉感到不安。赛玛拉发现自己和格瑞夫特单独相处的时候很不舒服。而最糟糕的是，在她的恐惧之下，还有一股受到格瑞夫特吸引的暗流。作为一名受到雨野原影响的人，格瑞夫特非常英俊。他光芒闪烁的双眼，以及流转在脸上鳞甲的那一缕微光，让赛玛拉很想多看他一眼。但格瑞夫特注视赛玛拉的眼睛，仿佛总是会流露出一些禁忌的事情。对赛玛拉而言，这个人的存在总是以一种非常危险的方式摇动着她的心，最好还是离他远一点。

赛玛拉竭力不让这些情绪显示在她的眼神中和声音里，只是轻松地说道："刺青和我会回来取剩下的肉。"

格瑞夫特稍稍挺直身体，迅速瞥了一眼周围的森林，"刺青在和你一起狩猎？他在哪里？"

"刺青可能还在河岸边，"赛玛拉觉得自己不应该回答他的问题，这让她突然间觉得自己更加孤单了，"我会告诉他我猎到了麋鹿，他会来帮我取走猎物。"

格瑞夫特露出微笑，神情松弛下来，但他的表情只是让赛玛拉感到更加紧张。"为什么要这样费事？我能帮你，我不介意帮助你。"

"我需要和赛玛拉的龙交谈。"

艾丽斯猛地转回头。突然出现的打扰让她受到了惊吓，又感到气恼。和天空之喉的交谈本来就非常艰难，而她终于有了一些进展。天空之喉正在向她讲述一个故事，内容是关于某个人在三座与巨龙等大的雕像周围，建起了一座喷泉。为了让天空之喉和她不断交谈，艾丽斯一直站在这头龙的旁边，在天空之喉将头枕在前爪上的时候，艾丽斯小心地擦洗她眼睛周围的鳞片。当这头龙在浑浊的河流中捕鱼的时候，许多泥沙都流进了她的眼睛和耳朵，这些泥沙干燥之后就变成细沙黏在她的眼睛周围，需要非常仔细才能清洗掉，是份艰涩繁难的工作。人类的手指做这件事的时候要比龙爪适切得多。"请原谅，你要干什么?"

　　片刻之间,这名巨龙守护者只是紧紧地盯着艾丽斯。拉普斯卡,艾丽斯知道他的名字。她曾经两次和拉普斯卡说过话,但每一次都让她有一点不安。这个男孩的眼睛是一种非常浅的蓝色。有时他眨一眨眼,眼眸中显现的色彩和微弱的光芒仿佛就融合成为一体。以雨野原的标准来看,他是一个很英俊的男孩,而且一定会成为一个非同寻常的男子。现在,他的面孔正呈现出一种从青年向成年过渡的未完成的样貌。他的下巴逐渐变得刚毅方正。艾丽斯意识到,他散乱的头发让他看上去比实际年龄更年轻,更像是一个男孩。

　　塞德里克对这个闭口不言的男孩说:"为什么你要和天空之喉说话? 她正在向艾丽斯讲述关于克尔辛拉非常重要的细节。"

　　"我要找赛玛拉。她就要错过吃饭的时间了。"

　　"她不在这里。"塞德里克几乎在努力维持着自己的耐心。他没有去看拉普斯卡,目光只是留在自己手中的笔上。这时他正坐在从柏油人号上运下来的板条箱上,膝头上放着他的膝头小桌。放在他面前的厚重纸张上几乎已经覆满了他的纤细笔迹。尽管龙说的每一个字都要由艾丽斯来翻译,他的记录过程还算顺利。实际上,这是他们进行最顺利的一次交谈。塞德里克又将笔尖在墨水瓶里蘸了蘸,完成了他正在书写的一句话,然后抬起头,用期待的眼光看向艾丽斯。

　　焦躁的心情也在抓挠着艾丽斯的神经,她对这个年轻守护者说:"我不知道赛玛拉在哪里。你有没有在营地周围找一下?"

　　拉普斯卡侧过头,仿佛有一点痴傻的样子:"我刚才就找过了。天空之喉,请告诉我赛玛拉在哪里。"

　　龙只是简单地回答道:"她去狩猎了,我们这里还有事。"她以非常微弱的程度侧过头,提醒艾丽斯继续为他清理沙泥。艾丽斯便又开始了她的工作。

　　"在哪里狩猎?"拉普斯卡仍然不肯罢休。

　　"在森林里,走掉了。"

　　"这片森林很大,"拉普斯卡似乎根本不明白自己正在惹恼这头蓝龙。艾丽斯感觉到天空之喉的身体在蠕动，知道她正在将爪子扎进潮湿的泥土中。于是她决定说些话让这头龙分分神："放松你眼角的鳞片，就是这里，我抬起它的时候不要眨眼。"让她惊讶的是，天空之喉服从了她的命令。艾丽斯用指尖将这片鳞掀起来，不由得对这种奇妙的生物结构感到惊叹。它像是一片鱼鳞，也像一种羽毛，上面有一道道纹路，也许是它生长的痕迹，但在它的边缘又延伸出了和生长在羽毛梗上一样的纤细绒毛。这片鳞呈现出一种非常非常深的蓝色，比艾丽斯见过的最优质的蓝宝石色泽还要深。她向前俯过身，细看它的根部，突然发现了这枚鳞片羽毛的边缘是如何相互连锁，和所有鳞片一同构成一片光滑的表面。"真是难以置信，"她敬畏地喘息着，"塞德里克，你能为我把它画下来吗？"

"乐意之至！"塞德里克热心地回答道。艾丽斯惊讶地发现塞德里克已经将书桌放下，来到了她身边，"但为了能把它画好，我需要一个稳定的表面，一盏明亮的灯，还有我的彩色墨水。那些东西都在柏油人号。让我把它拿到船上去画吧。"

塞德里克向那片鳞伸出了手。这时天空之喉突然抬起了头。她的舌头像蜥蜴一样分为两叉，又细又长，但又和她巨大的体型正相匹配。这条舌头从她的口中伸出来，就像一条长又大的肉质鞭子抽打在艾丽斯和塞德里克之间。这件事发生得如此迅疾，眨眼之间，那片鳞消失了，突然从艾丽斯的指尖退走，嵌回到蓝龙的身上，其精准程度又让艾丽斯吃了一惊。

"不！"塞德里克惊呼了一声。

"我身上的任何一部分都是我的。"蓝龙严厉地说。

"喔，天空之喉，"艾丽斯满怀歉意地说道，"我们只想把它画下来。我想要寻求的智慧之一正是关于你们身体的智慧。昨天你还让塞德里克画了你的爪子。"她叹了口气，"我希望能精确地，符合实际尺寸地绘制一片鳞。"

"鳞？"拉普斯卡问道。发现这名守护者还没有走，艾丽斯有一点惊讶，"也许我有一片……给你。"他弯下腰，把手伸进自己的粗布裤子里。当他直起身的时候，他的手里多了一枚闪闪发光的红宝石。这片鳞要比天空之喉眼部附近的蓝色鳞片更大，就像是一片很大的玫瑰花瓣。但任何玫瑰花都不会闪耀这样红艳的光芒。看到它，艾丽斯不由得屏住了呼吸。当她将如此轻易就收到的一件宝物接在手中的时候，她不禁又为它的重量感到惊叹。尽管这片鳞很大，但它的重量还比不上一枚小硬币。它上面一圈圈向外扩展的环形生长纹路，和边缘处的绒毛，都要比天空之喉的鳞片更加明显。

"今天我骑着荷比进行飞行练习的时候，它从荷比身上掉落下来。我猜，是我的膝盖把它蹭下来的。但她说并不痛。"

"骑你的龙？ 你骑在了一头龙的背上？"艾丽斯感到惊骇不已。

"这太可耻了！"天空之喉气愤地说道。她高昂起头，有那么一瞬间，艾丽斯很害怕这头蓝龙会攻击他们三个人之中的某一个。她看到塞德里克正在向后退去。

拉普斯卡则丝毫没有气馁的样子。"荷比不介意，她很快就能飞了。她不想把我丢下，我们每晚都会练习。我会提醒她有挡路的岩石和树桩，这样她就能专心奔跑和拍打翅膀了。"

"你们两个都是白痴。龙在飞行之前不必奔跑。我们也不会允许任何人骑在我们背上。想想她干的勾当，我都会感到耻辱。她让我们全都丢了脸。你是一个傻瓜，她只是一条没脑子的蜥蜴！"

"她在说什么？"塞德里克问。

拉普斯卡攥紧了双拳，向蓝龙迈出一步。"你要收回这些话！ 你不能这样说荷比！ 她很美丽，很聪明，她会飞起来。因为她足够勇敢，愿意去尝试；她也足够聪明，知道我在帮助她，因为我爱她。"

"到底出了什么事？"塞德里克用颤抖的声音问。

"天空之喉！ 求你！ 请抑制你的怒意，美丽的女王！ 他只是一个愚蠢的男孩，根本不值得你动怒！"现在让艾丽斯吃惊的是她的声音竟然如此平静。她甚至还迈出一步，站在气势汹汹的龙和拉普斯卡之间。她刚才将那枚宝贵的鳞片紧紧攥在手心里，但在她说话的时候，她看也不看便将鳞片塞进了身上的口袋。她一直紧盯着这头龙。天空之喉的眼睛里放射出赤红色和古铜色的光

413

芒,就像被烧热的罐子里注满了熔融的矿石。巨大的龙头在他们头顶上方前后移动,让艾丽斯想到了一条正在思考是否要发动攻击的蛇。她怎么会忘记天空之喉是多么巨大的一头猛兽? 只消双颌一并,就能将她的身体剪成两段。她回过头向年轻的守护者说:"拉普斯卡,你应该马上离开。赛玛拉不在这里。感谢你把这片鳞借给我。我向你保证,等到塞德里克绘制完它,他就会还给荷比。"

"但……"塞德里克开口说道。

艾丽斯没有让守护者把话说下去,她以一位长姊所应有的全部权威说道:"拉普斯卡,马上离开! 如果我看见赛玛拉,我会告诉她你正在寻找她。现在,不要再打扰可爱、高尚、最强大且令人敬畏的天空之喉了。"

也许是因为她严肃的语气,拉普斯卡终于意识到了自己所面临的危险。"我这就走。"他不高兴地说道。然后他便转过身,大步走开了。但一走到安全距离之外,他就停下脚步,猛地向天空之喉转回头:"荷比一定会飞起来,那时候你那个强大的、高贵的蓝色大屁股还远远没有离开地面呢,天空之喉!她成为真龙的时间要比你早得多,你这个屁股黏在地上的女王!"然后他就急忙转过身,聪明地跑开了。而天空之喉向他的背影喷出了一股充满怒火,但并没有毒液的气体。

不知何时,格瑞夫特靠赛玛拉更近了。他一直注视着赛玛拉,而赛玛拉发现自己正在和他对视。在他的眼睛后面放射出了雨野原的蓝色光芒,就像赛玛拉自己的眼睛一样。有某种东西改变了格瑞夫特的笑容和目光,他用更加轻柔的声音说:"我很愿意帮助你,赛玛拉。"

"喔,我只想要刺青帮忙。不过还是谢谢你的好意。"赛玛拉急忙从格瑞夫特面前转过身。拒绝这个人让她感到不快,但她确信,接受格瑞夫特的帮助会让她更加不安。她不想和格瑞夫特单独相处。

格瑞夫特没有听从赛玛拉的拒绝。"无论是谁帮助你,对于你和你的龙,都不会有区别。"他在赛玛拉的背后说道,声音也变得更加严厉,"现在我在这里,我比刺青更强壮。我们齐心协力可以将肉立刻带回到龙那里,这要比你回去找到刺青再回来这里拖走猎物快得多。像我们这样的猎人应该相互帮助,这才是合理的。为什么你只愿意接受他的帮助,而不是我的?"

赛玛拉不必回答他,也不想回答他,但她还是开口说道:"刺青和我很久以前就是朋友了。他过去偶尔会为我的父亲工作。"

"我明白了。你因为和他有共同的过去,所以认为应该忠诚于他。"一种演讲一般的腔调出现在格瑞夫特的声音里。赛玛拉不喜欢他的微笑。不知为什么,那种笑容显得有些残忍。她不喜欢这个人自以为有权利以这样的腔调对她说话,当她想要离开的时候却要她留在这里。"你和他有着一种来自过去的羁绊,你认为这种羁绊仍然束缚着你。但在我看来,他可没有这样想。而且你现在踏上的人生之路已经和你的过去完全不同。你正在走向属于你的未来,赛玛拉。有时候,我认为你根本不理解你现在所拥有的自由。"

他又向赛玛拉走近了几步。"你能打破一切你一直认为理所当然的东西。你可以将束缚你的规则抛在脑后。正是那些规则让你不能为自己着想,不能做你想做的事情,让你完全无法做出对你最好的选择。刺青是你的父亲挑选的人,赛玛拉。我相信以他的角度来看,他是一个非常好的人。但他永远不属于我们。你的父亲出于仁慈,在他的罪犯母亲抛弃他之后接纳了他,并给他一份工作。也许正因为如此,他才没有步母亲的后尘变成一个贼。但这一切都只属于过去,赛玛拉。我相信你的父亲是一个好人。但你没有义务要继续他对刺青的仁慈。你的家庭对他所做的一切难道还不够吗? 如果他现在不能照顾好他自己,那么你为他付出更多精力就是在浪费你的时间。你已经将旧日的生活抛弃了,赛玛拉,这正是你的父亲给你的祝福。"

格瑞夫特一边对赛玛拉说话,一边继续贴近赛玛拉,赛玛拉后退了一步。格瑞夫特停住脚步,微微转过头,仿佛是要诱哄赛玛拉一样地审视着她,目光停留在她的脸上,经过她嘴唇上细浅的纹路、眯起的眼睛。最后,格瑞夫特微笑着缓缓摇摇头:"也许现在还不行,赛玛拉。但你终究会明白,你更像我,我们要比其他任何人都更加相似。我会让你有足够的时间发现这一点,我们有很多时间。"

然后,他单膝跪倒在赛玛拉猎到的麋鹿旁边,抽出匕首。没有征求赛玛拉的许可,他就开始割下一条多肉的后腿。他一边工作,一边还在向赛玛拉说话,他的声音很低沉,有时候因为用力切割而变得更加低沉。赛玛拉的心中开始积聚怒火,但格瑞夫特没有看她,只是继续说着话,那些话语中充满了理性:"你孤身一人,要为自己创造一些新的东西。我们都是如此!你并不像你的家人那样在起步时就拥有一个家和一些财产。你要在这个世界里闯出自己的一片天。你在打拼自己的未来。或早或晚,你一定会需要一名能够与你分享一切的同伴。你不能永远都将你的时间浪费在傻子和外人身上。你没办法拖着这些累赘去寻找新的未来。我知道你现在会因为我对你说的话而愤怒。但我完全不必向你证明这一点。雨野原会向你证明,我要做的只是等待。"

赛玛拉用力说出心中的话,她的语气比她所希望的更强烈:"这是我的猎物,我的肉,别碰它。"

格瑞夫特的匕首并没有停止移动。"赛玛拉,难道我说的话,你一个字都没有听进去吗?我们需要向未来前进,而不是坚持已经不再适合我们的过去。诚实地问问你自己,为什么你要如此执着于回去找刺青,要他帮你做这件事?"

"我喜欢他。他曾经帮助过我。他是我的朋友。如果他捕到这样一头猎物,他也会和我分享的。"

格瑞夫特仍然只看着他的匕首。赛玛拉能看出那把匕首已经被厚硬的麋鹿皮磨钝了。他抬起头看了赛玛拉一眼。他的脸上没有愤怒,只有兴趣。"他会吗?还是他会和洁珥德分享?睁开你的眼睛,你可以做出选择。你可以喜欢我,我能帮助你,能比刺青为你做得更多,因为你和我更相似,终归要远远超过你和他。我可以成为你的朋友,可以和你远远不止是朋友。"他抬起眼睛和赛玛拉对视。说出最后一句话的时候,他的声音变得更加低沉和温柔了。

赛玛拉不喜欢自己的反应。她的肠子为什么会搅成一团,为什么会有一阵颤栗沿着她的脊背掠过?一个英俊的,比她年长的男人刚刚说了想要她。一个男人，而不是男孩。一个强而有力的男人，在守护者之中会成为领袖的男人。"刺青是我的朋友。"她努力地重复了这句话，然后就转过身，拒绝去看格瑞夫特是否在听她说话，"这是我的猎物，不要碰它。"她拒绝去思考格瑞夫特的那些话，不愿去想他说出的任何一个字。洁珥德？格瑞夫特是不是知道刺青和洁珥德之间，发生了什么她不知道的事？不要这么想。她一只手抓起自己的狩猎武器，将绳环套在肩膀上，大步向远处走去。格瑞夫特没有再说话。她的速度很慢，一路上必须不断推开低矮的灌木丛和垂挂下来的树枝，不断绕过一座座土丘和沼泽地面。这很不容易。

没过多久，绳子就磨痛了她的肩膀。她拖曳的肉块仿佛会挂在她经过的每一个树桩和每一段树根上。她必须用很大的力气才能把肉块拽过来。等她发现身边的植物开始变得稀疏，表明她已经接近河岸的时候，她已经全身都是汗水、擦伤和虫咬的伤口了。她走进一片高大粗硬的河边草丛里，向天空之喉睡觉的地方继续前进。她要先把这块肉喂给龙，然后再去找刺青帮助她把剩下的肉运回来。想象着天空之喉如果发现在一天里能够吃两次大块的新鲜血肉，不知会有多么惊讶，她不由得露出了微笑。

但是当她看到她的龙时，天空之喉并不孤单。她已经醒过来，还舒服地俯卧在深深的草丛里。在她的头边有一个木箱子，那个缤城女人正坐在箱子上，穿着宽松的长裤和非常合身的棉布罩衫。在缤城女人的旁边，塞德里克很不舒服地坐在一口贴着咸鱼标签的木箱上。膝头放着他的小桌子，面前摆放着纸张和墨水瓶。他手中的笔正在纸上迅速移动。他的上身穿了一件剪裁得体的短外衣，颜色就如同蓝蝴蝶的翅膀。短外衣下面的白衬衫敞开着领口。他将衬衫袖口折在短外衣袖口外面，露出他洁净的手腕和灵巧的双手方便工作。一道皱纹破坏了他光洁无瑕的额头。他微微咬着嘴唇，双眉因为集中精神而皱在一起。艾丽斯显然正在向他叙述龙刚刚说过的一段话。赛玛拉听到"……压断或折断脊骨，迅速杀死它"。

一闻到肉香味，天空之喉立刻转过头，站起身。这个动作让塞德里克和艾丽斯都望向赛玛拉。天空之喉没有向赛玛拉打招呼，只是三步就扑到肉块前，大口吞吃起了美食。艾丽斯惊讶得瞠目结舌,然后她欢快地笑了起来,好像以为赛玛拉也会和她分享同样的喜悦。

"她总是这么饥饿。"赛玛拉对艾丽斯的笑声做出回应,她竭力想让自己的声音更刺耳一些。同时她感觉到了正在进食的龙对她表达出的赞同之意。至少塞德里克看见她的时候显得很高兴。他的眼睛里闪动着光彩,咬住的嘴唇也因为微笑而翘了起来。

"真高兴你终于回来了。我刚才到处找你。如果你能为我们翻译,我们的访谈会快许多。"

赛玛拉不愿让塞德里克感到失望。"我不能。我的意思是,我只带回了一部分的猎物。我必须找到刺青,在掠食动物找到我的猎物之前,得请他帮我把它全部带回来。"她尽量不去想已经有一个两条腿的掠食动物在切割她的猎物了。他不敢那么做,赛玛拉对自己说。他们这个团队太小了,公开偷窃彼此的猎获是不可能被允许的,没有人会容忍这样的事情发生。

他们会容忍吗?

塞德里克又说了些别的话。他正满怀期待地看着赛玛拉,等待这个女孩的回答,而赛玛拉正焦虑于肠胃的绞缠感,让她突兀地拒绝了塞德里克,全然不理会他所关心的事。"我必须找到刺青,去取回剩下的肉。"她匆匆地说道,甚至拒绝去想这是否回答了塞德里克的问题。然后她就离开他们,向河岸边的其他龙那里走去。

在她身后,艾丽斯喊道:"拉普斯卡正在找你!"

赛玛拉点点头,继续前行。

刺青没有和芬提在一起。这头小绿龙还在打盹。当赛玛拉试着叫醒她,问她是否知道刺青在哪里的时候,这头猛兽只是毫无顾忌地朝她咬了一口。赛玛拉向后退去,总算没有受伤,随后便迅速走开了。她有些不安地怀疑那头龙如果尝到她的血,是否会把她吃掉。她从天空之喉那里知道,若刺激到这位绿龙女王,她可是以凶暴狠戾著称的。她觉得应该就这件事和刺青谈谈,如果她能找到他。

她发现刺青和希尔薇正在照料那头小银龙。负疚感夹杂着气恼的情绪充满了赛玛拉的内心。她说过，她会照顾这头银龙。而希尔薇也说过会帮助她。赛玛拉之所以那样说，只是因为刺青和洁珥德说他们会一同照顾那头红铜龙。但赛玛拉为这头银龙所做的，不过是每晚检查一下他眼睛周围和鼻孔中是否有寄生虫，她甚至没有想到要给这头龙也带些肉来吃。希尔薇正在护理银龙的尾巴。在不远处，一个小火堆正有气无力地在一堆草上燃烧着，火上挂着一罐气味很糟糕的汤。

"他怎么样了？"赛玛拉有些不安地问道。

"正像我们担心的那样，"希尔薇说，"看样子，他还是让尾巴落进河水里了，而且时间应该还不算短。切口发炎了。"她打开正在向伤口上缠裹的布条。赛玛拉不由得打了个哆嗦。现在她无法判断自己早先对这条龙进行的护理，到底对他更好，还是造成了更多的伤害。当暴露的伤口碰到酸性河水的时候一定非常痛。赛玛拉不由得皱起眉头：她不记得自己听到过银龙喊痛。从积极的角度来看，这头龙睡得正香，前爪上还挂满了鱼的内脏。看样子他至少也在那群鱼里有了相当不错的收获。

"真希望有办法用绷带封住他的伤口，不让水渗进去。"赛玛拉有些无可奈何地说。

刺青向她咧嘴一笑。"也许的确有这样的办法。我向莱福特林船长讨要一些焦油或者沥青，他给了我一小罐，它正在被加热。他还给了我们帆布。"说到这里，他的笑容变得更加灿烂了，"我觉得莱福特林船长喜欢那个缤城女人。向他要这些东西的时候，我觉得他本来是想把我赶下船的，但那个叫艾丽斯的女人立刻开始哀叹起那头'可怜的小龙'，船长也马上帮我解决了问题。"

"喔。"赛玛拉回了一句。希尔薇赞许地向刺青点点头。

"船长说我们应该先将伤口妥善地包裹起来，然后将焦油涂覆在帆布上和帆布两端与鳞片相接的地方。我们希望焦油能够将帆布和鳞片牢牢黏在一起，形成不透水的保护层。"

这种极其怪异的包扎方法一时间挤走了赛玛拉脑海中其他一切事情。她看着刺青:"你认为这样能奏效吗?"

刺青耸耸肩笑着说:"试试看,总没有坏处。我认为焦油已经够热了。我不想烫伤他。实际上,我希望我们这样做的时候他完全不要醒过来。"

"你是怎么想到要做这种事的?"

希尔薇回答说:"是我请他帮忙的。"尽管女孩的脸上覆盖着鳞片,但她的面颊上还是腾起一抹红晕。"我只能这样做了,"她又如同为自己辩解一般地补充说,"我找不到你,我也不知道该怎么照顾他。"希尔薇低头看着银龙受伤的尾巴,"所以我去找了刺青。"

希尔薇就差直接说出口了——赛玛拉能清楚地看到,这个女孩已经喜欢上了这个带着刺青的男孩。这几乎让赛玛拉大笑起来,不过她立刻又感到了一阵烦恼。尽管覆盖着粉色鳞片的头皮和古铜色的眼睛,让希尔薇比实际年龄要大一些,但她至多也只有十二岁。难道她不知道像她这样一个女孩爱上刺青这样的人根本不会有任何结果吗? 她永远也不可能得到刺青,她永远不可能得到任何人,就像赛玛拉一样。她到底在想什么?

但赛玛拉也知道这个问题的答案。希尔薇什么都没有想,她只是在对一个向她显示好意,没有把她当作异类的英俊男子产生了憧憬。赛玛拉不能就此而责备希尔薇。难道她自己有时候不也会从心中生出同样的情愫吗?

现在她不就是这样吗?

她看着刺青的眼神一定很奇怪,因为刺青这时突然红着脸说:"我想要帮忙。对于那头小红铜龙,毕竟我已经做不了什么了,所以我决定把我的时间放在这里。"

"红铜龙出什么事了?"

笑容从刺青的脸上消失了。"自从他离开茧壳之后就一直没能好转。他的智力太弱,身体机能也不完善。今天我从他的眼睛和鼻子周围清理掉了大量寄生虫,嗯,还有他身体的其他地方。他甚至都没有动一下。他为了跟上龙群,就已经耗尽了自己的力气,我甚至看不出他是不是饿了。他完全累坏了。"

刺青的话如同一段预言回荡在赛玛拉的脑海里。"我杀死了一头麋鹿。"她的这句话脱口而出。

随即就是一阵惊骇中的沉默。赛玛拉急忙又说道："我需要有人帮我把肉取回来。我们的龙都能吃上一大块肉，我们守护者也能吃上一些。但我们必须马上出发，否则我们就不可能在天黑之前赶回营地。麋鹿所在的地方和这里还有一段距离。"

刺青看了一眼熬焦油的罐子，又看看希尔薇，做出了决定："我们首先要包扎好银龙的伤口。然后希尔薇和另一些人也许会帮我们去把肉取回来，这样我们只要走一趟就能运回整头麋鹿了。"

"去的人越多，每个人的龙能够分得的就越少，"赛玛拉明确地指出这一点。

她的想法似乎让刺青感到很惊诧。而赛玛拉也惊讶于刺青的想法竟然和她不同。他们沉默了很长一段时间，然后希尔薇低声说："我能够一个人包扎好银龙的尾巴。你们可以去拿你们的肉。"

赛玛拉的态度和缓下来："我们先把这件事做好，然后我们一起去。"

希尔薇低垂下眼睛，她依然稚嫩的声音也变得厚重起来。"谢谢你们。默尔柯今天捕到了猎物，他已经不再为饥饿而抱怨了。但我觉得他其实并没有吃饱。我想要去捕鱼，但男孩子们占据了所有最好的地方。莱福特林船长说，明天早晨每头龙都能得到一份肉。我希望默尔柯会觉得这是足够的。"

"听着，我们先包扎好这头龙，然后我们会为其他龙把肉取回来。"赛玛拉投降了。

火焰烤化了焦油。希尔薇和赛玛拉用绷带牢牢地捆扎住银龙的尾巴。刺青将焦油厚厚地涂抹在绷带外面。他的每一个动作都非常小心。赛玛拉觉得时间仿佛过去了整整一个纪元，银龙粗大的尾巴上的绷带才完全被焦油覆盖住。感谢莎神，银龙在这段时间里甚至没有抖动一下眼皮。但这也让赛玛拉感到一点担忧。这两头最弱小的龙，每天似乎都变得更加疲惫和虚弱。他们还能以这样的速度坚持多久？ 如果他们迈不动步子，又会有怎样的结果？ 赛玛拉对此没有答案。她只能强迫自己的思绪回到今天的问题。

在森林中行进的时候,刺青几乎能跟上赛玛拉的脚步。他们在树枝间纵跃,而不是在地上奔跑。希尔薇落在后面,不过距离他们不算远。要找到返回麋鹿身边的路很容易。赛玛拉只需要跟着她拖着鹿前腿返回营地时留下的痕迹就行了。她判断他们已经走过了一半的路,但就在这时,她听到下方传来说话的声音。她沿着树干滑下去,心也随之向下一沉。她最担心的事情发生了。格瑞夫特就在下方,正拖着她的麋鹿的一条完整的后腿。在格瑞夫特身后是博克斯特和凯斯。博克斯特拖着另一条麋鹿前腿,凯斯拖着一条不完整的后腿。他们一边走,一边聊着天,声音中充满了胜利的喜悦。赛玛拉从树枝上纵身跃下,挡在他们面前。格瑞夫特停下了脚步。

赛玛拉明白地问道:"你要拿我的猎物做什么?"

她听到刺青也迅速下了树。格瑞夫特此时抬起头,看到了跳下来的刺青,脸上露出欺骗性的柔和表情:"我正把这些肉给龙拖回去。难道你不是这样打算的吗?"他甚至还给自己的声音加上了一种温和的责备语气。

"我想要把它带回给我的龙。不是你们的。"

格瑞夫特没有立刻回答。他先让刺青有时间落在地上,站到赛玛拉身后。紧接着又是一片细枝落下,一阵短粗的尖叫声,"砰"地一声,希尔薇半滑半摔地从树上落了下来。看到希尔薇,格瑞夫特又向上瞥了一眼,仿佛是要确定这就是赛玛拉的全部队伍了。在他身后,博克斯特和凯斯也停住脚步。博克斯特看上去有些困惑,凯斯则是一副挑衅的神情。

格瑞夫特的目光再一次扫过面前的三个人,似乎是在心中算计他们到底是什么人,应该怎样对付——就好像他正在审视一局棋。当他说话的时候,他的声音很平静,每一次一句都显得很有道理:"你为你的龙带去了一大块猎物,把剩下的猎物留在这里。你告诉我你要去找刺青。但我知道,你和刺青不可能一趟就把这么多猎物带回去。就算是加上希尔薇也不行! 所以我回去叫来了博克斯特和凯斯,开始收集这些猎物。我不明白,赛玛拉,为什么你要如此不满? 难道刺青不是早就主张过猎物要和大家分享吗? 而且你肯定对我说过,帮助把猎物运回去的人都能分得一份。在我看来，这样做才是公平的。"

赛玛拉寸步不让。"我没有这样说。我说的是我要去找刺青，他和我会把我的猎物带回给我们的龙。我还要留下一些肉给守护者们作晚餐。但我不会和你分享我的猎物，也不会和你的朋友们分享。"

格瑞夫特看起来很惊讶，几乎就像是被赛玛拉的话伤到了。"但我们都是朋友啊，赛玛拉！ 我们只有这一点同伴，所以我们只能是朋友。那天晚上，在营火旁边，你亲口告诉过我，你以前从没有过这样的朋友！ 我还以为你是真心这样说的。"

刺青一直在赛玛拉身后保持着沉默。赛玛拉不想回头去看他。他会以为她在向他寻求办法。她也不想去看希尔薇的脸。他们两个肯定能看出格瑞夫特正在胡搅蛮缠吧？ 首先照顾她的朋友根本不是自私。只要把话说明白就好。赛玛拉吸了一口气："格瑞夫特，这头麋鹿是我独自一人杀死的。谁能分享我的猎物由我来决定。我选择刺青，还有希尔薇，因为她帮助了我。我没有选择你，也没有选博克斯特刻和凯斯。你们不能分享猎物。"

格瑞夫特装腔作势地看了看天空。在树冠的遮挡下，他当然什么都看不见。但他们全都知道，夜晚很快就会让他们全部淹没在黑暗中。"你们宁可让这些肉烂掉，或者被食腐动物吃掉，也不让我们得到一些？ 那里还有超过半头麋鹿，赛玛拉，我打赌你们三个也不可能一次把它带回去。而且你们也没有时间能再回来一趟了。明智一点，不要那么自私。分享这头猎物不会对你有任何害处。博克斯特的龙今天没有猎获，凯斯的也只捉到了一条鱼，还不是大鱼。他们都很饿。"

赛玛拉知道，她要谨慎地选择自己言辞，但格瑞夫特的强词夺理实在是让她太愤怒了。"那他们就应该去为他们的龙狩猎，就像我一样！ 而不是等在一旁抢夺我的猎物！ 你知道，我也有一头龙要喂饱。实际上，我要喂两头龙。"

"我看到他们两个都挺着鼓胀的肚子睡觉呢。"格瑞夫特不动声色地回答道。

"我的龙也没有吃饱！"希尔薇突然说道，"默尔柯是吃了东西，但并不多。他只是非常勇敢和高贵,不会为了饿肚子而抱怨。刺青的小红铜龙也许什么都没有吃到。他需要肉,这一点毋庸置疑! 求你们,难道我们不能把肉带回营地,有问题到那里再解决?"

"我认为这是明智之举。"格瑞夫特突然表示赞成。他回头瞥了一眼凯斯和博克斯特,"你们两个同意吗?"

博克斯特点点头。凯斯的古铜色眼睛里闪烁着从阴影中聚集来的光芒,同时他也隆起了肩膀。格瑞夫特向赛玛拉转回头:"那么就说定了,我们到河边等你们。"

"没说定!"赛玛拉吼道。但刺青将一只温暖的手按在她的肩头。赛玛拉感觉到那只手的重量,却不知道刺青是在支持她,让她知道他和她在一起,还是在阻止她做出愚蠢的事情。然后刺青越过赛玛拉向格瑞夫特说道:

"我们回到河边的时候再解决这个问题。我们全都知道天很快就要黑了,现在不能把时间浪费在争吵上。但这个问题现在还没有解决,我们也没有说定任何事,格瑞夫特。我同意肉应该分享,但不是像你现在所干的这样。"

格瑞夫特的薄嘴唇动了动。他也许是在微笑,或者是冷笑。"当然,刺青。当然。我们在河边见。"他突然向前倾过身,用力拽起鹿腿走了过来。赛玛拉发现自己让到了一旁,退进身后茂密的灌木丛里,让格瑞夫特走了过去。博克斯特和凯斯跟在格瑞夫特身后。他们两个的脸上都露出了显而易见的笑容。凯斯在经过赛玛拉面前的时候压低声音说:"只有为这份肉付出了力气的人,才能得到它,这才是公平。"

"没有人要你为它付出力气!"赛玛拉对着凯斯背后吼道,凯斯依旧只是向前走去,"这就像是把钱付给一个贼,因为他用了力气抢劫你的家!"赛玛拉提高声音,把这句话狠狠掷向凯斯。

"不! 这就像是把你收获的一部分给你的工人!"凯斯回头喊道。赛玛拉深吸一口气,想要告诉凯斯,只是把收获抢走根本算不上是为它工作过。但这时刺青说话了。赛玛拉这才察觉到刺青一直都没有放开她的肩膀,而现在他反而将她的肩膀握得更紧了:"现在不行,赛玛拉。先做最重要的事情。我们需要在天黑之前把肉运回到河边。而且还要抢在虫子吃光它之前。"

"寄生虫！"赛玛拉又朝着那远去的三个人吼了一声，才转回身，"肉在那边。看看还剩下了多少吧！"她愤怒地大步走过森林。

刺青是对的，一群群小虫子已经开始在他们周围聚集了。这些贪食血肉的害虫，在雨野原从不会匮乏，而傍晚时分正是它们最活跃的时候。好吧，至少那些贼为他们开出了一条更好走的路。赛玛拉一边迈着沉重的步伐往前走，一边只想大声咆哮怒吼，但她知道，自己还是多保存一些气力比较好。

当他们来到麋鹿尸体旁边的时候，赛玛拉听到一些小食腐兽逃走的声音。那些最小的食腐动物——蚂蚁和甲虫已经成群结队地来参加盛宴了。人类的到来丝毫没有打扰它们的好兴致。大群的虫子覆盖了麋鹿的尸体，所有暴露出血肉的地方都被稠密的黑色虫群覆盖了。

刺青已经想到要带来短柄小斧。但短柄斧也让这具尸体变得一片狼藉——每次斧头挥落，都会有一些血肉被溅得到处都是。不过他们用斧头和匕首总算是将剩下的麋鹿切割成了能够搬运的大块，速度要比赛玛拉一个人快得多。赛玛拉一边工作，还在一边嘟囔——格瑞夫特和他的跟班们抢走了麋鹿身上最容易割取的部位。他们将头和脖子砍下来，然后将躯干切割成胸部和腰部两部分。躯干一被切开就散发出一股臭气。麋鹿的内脏流得到处都是，肯定会损失不少。赛玛拉不想丢下它们。她知道，对于龙而言，这些内脏也全都是美味。

刺青也带来了更多的绳子。想到这个人总是能事先做好充分的准备，赛玛拉几乎又要生气了。他们很少交谈，动作则很快。赛玛拉尽量将注意力集中在手中所做的事情上，不让在心中沸腾的怒意打扰自己。刺青仍然是那个沉默寡言、能力过人的男孩，口中所说的只有正在进行的工作。希尔薇只是待在一旁，每当赛玛拉叫她来帮忙的时候就会过来，但她一直都一言不发，甚至已经让赛玛拉感到困扰了。赛玛拉猜测是这里的鲜血和恶臭吓坏了这个女孩。

"希尔薇，你还好吗？ 没关系，有人的确做不了这种事，他们看到这种情景会感到恶心。如果你需要走远一些，就告诉我。"

她看见希尔薇摇摇头，让粉色鳞片周围丝丝缕缕的头发变得更加散乱。她的脸上有一种奇怪的神情，仿佛是不想留在这里，却又没办法让自己离开。

"我觉得，"刺青一边喘着粗气将每一块肉捆好，一边说道，"是格瑞夫特的话……让希尔薇很不舒服。她在想……帮我拉住这里，让我打个绳结好不好？ ……你是不是在怨恨她分走了你的一块肉。"

希尔薇突然向旁边转过脸，那种受伤的表情是如此明显，以至于赛玛拉受到了深深的震撼。"希尔薇！ 我当然不会那么想！ 是我邀请你来帮我，你当然应该得到一份肉。我说过，我会照顾银龙，但这个任务却落在了你身上。即使你没有来，如果你告诉我你的龙需要肉，我也会帮助你。这个你一定要知道。"

希尔薇抬起满是血污的双手揩了揩面颊，才向赛玛拉转回头。赛玛拉瑟缩了一下，她知道，如果面颊像希尔薇那样被鳞片覆盖，在哭泣的时候就会很痛。希尔薇抽了一下鼻子，快速地说："你说他们是贼，那么，我又有什么区别？"

"这完全不一样，因为你不是那种不提出请求就随便抢夺的人！ 这完全不一样，因为你帮助我照顾银龙，不为其他理由，只因为你是你。这完全不一样，因为你在索取之前先会给予。而那三个人除了他们的龙以外，谁也不在意。"

希尔薇提起长外衣的衣襟，擦了擦她脏污的脸，同时在衣襟后面说道："我们又有什么区别？ 我们只是想要喂饱我们的龙。"

"这正是我们要做的事！"赛玛拉几乎是爆发式地喊道，"我们每个人都签下了这样的契约。我们每个人都说，我们对一头龙有责任，而我们现在每个人都要担心两头龙。我们更不需要那些笨蛋来偷走我们辛苦得来的肉。是的，他们别想把我们的肉就这样偷走！"赛玛拉一边叫嚷，一边将手臂插进刺青系好的绳环中。她拖曳的是麋鹿的胸部。刺青自己拖沉重的后腰。没有人说一个字，但他们都同意小希尔薇只要拖头和脖子就好——它们比胸和腰都要轻。但要经过一片片草丛和沼泽，将鹿头和脖子拖回到河边去也绝对不是一份轻松的工作。

"实际上,我觉得他们会那样。"刺青一边向前倾着身子走在赛玛拉身后一边说道。希尔薇走在最后一个。这样他们能为她把路踏得更平坦一些。

"会怎样?"

"会偷走你的肉,就是我们刚才说的。格瑞夫特、凯斯和博克斯特会把你的肉偷走。"

"不,他们不会! 只要我告诉所有人,他们就不会!"

"等我们回去的时候,他们应该已经把这件事告诉了所有人。所有在今天没有为自己的龙找到猎物的人都会觉得,只有你将肉与大家一起分享才是合理的。"他又低声说了些什么。

"你说什么?"赛玛拉猛然停住脚步,回头看着刺青。

"我说,"刺青的耳朵变得有一点粉红,声音中也流露出一点挑衅的意味,"从某种角度来看,这的确是合理的。"

"什么? 你在说什么? 我应该完成全部狩猎的工作,捕到猎物,然后把它分给其他所有人?"

"继续向前走,天就要黑了。是的,我就是这样说的。因为你是一个优秀的猎人,也许是我们之中最优秀的。如果你专心打猎,其他每个人都来做屠宰和运输的工作,你就能捕到更多的猎物。所有龙都能有机会真正吃到一块肉。"

"但天空之喉能得到的就变少了! 会少很多。她今天本应该吃掉几乎半头麋鹿。如果按你的方法,她只能吃到五分之一。她会因此而挨饿的!"

"她能够吃到每个猎人猎获的五分之一。我认为你也许是我们之中最优秀的猎人,但你并不是我们唯一的猎人。想一想,赛玛拉。我们的队伍里有你,还有三名职业猎人,我们之中有一些人在捕鱼和猎捕小猎物上也颇有技巧。若能这样,每一头龙在每个晚上肯定都能吃到一些东西。"

拖着肉块在森林中穿行的赛玛拉现在已经全身汗水。天色正变得越来越黑,蚊子和小虫子都向她扑过来。赛玛拉愤怒地擦抹一下额头,又用力一拍后颈,打死了五六只盘旋不散的吸血虫子,然后没好气地说:"真不能相信,你会站在格瑞夫特一边。"

"我没有站在他那一边,我是站在我这一边。基本上,这是你向我提出的条件,我只是把它扩展到了每一个人。"

赛玛拉继续在沉默中拖曳着她的肉块,不断将挡在面前的树枝推开。每次脚底打滑或者踩进淤泥里,她都会紧咬住牙。让她恼火的不仅是刺青的话,还有希尔薇也能听到他们对话的每一个字。这让她没办法对刺青说,只有刺青是不同的,他是她的朋友和盟友,她不介意与他分享一切。当然,这不是说今晚她就介意与希尔薇分享猎物。那个女孩竭尽全力照料受伤的银龙,从某种角度来说,因为她们两个都同意要努力照顾那头龙,所以赛玛拉认为希尔薇现在也是她的同伴。但赛玛拉也明白,在守护者之中希尔薇是最弱小的,她就算是要照顾一头龙,他活下来的可能性也是最小的,更不要说还要分出力量来救助银龙了——从这个角度讲,希尔薇反而会让赛玛拉感到不安。也许这个女孩的确帮助了赛玛拉,赛玛拉欠她人情,但赛玛拉不喜欢自己总是被这份人情刺痛。她不希望任何人依靠她,更不愿意欠别人的情分。那么拉普斯卡呢? 如果拉普斯卡向她讨要一块肉喂他的小荷比,她会拒绝吗? 拉普斯卡每天都和她同划一条船,而且无论干什么活,他都会完成不少于一半的工作。那么,她又欠拉普斯卡什么? 刺青说的这番话,真不是时候。

"你想让我在前面带路吗?"

"不。"赛玛拉只说了一个字。不,她不想让任何人为她做任何事。谁知道那样会让她欠别人什么?

刺青应该识趣一点,知道现在不应该再说话了。但没过多久,刺青又压低声音问:"那么,我们回营地之后,你打算怎么办?"

赛玛拉思考着这个问题。刺青用这个问题刺激她完全无助于让她做出决定。"如果我什么都不做呢? 这会让我成为懦夫吗?"

刺青沉默了一段时间。赛玛拉又拍了一下颈后的蚊子,用力在耳边扇了扇,竭力想要把盘旋在耳边的"嗡嗡"声赶走。这时刺青低声说:"我认为你这样做是明智的。"

而让赛玛拉吃惊的是希尔薇在这时开口了："无论你说些什么，他都会让你显得很自私，让所有人都反对你。就像他在那一晚诋毁刺青，说刺青不是我们之中的一员。"那个小女孩在这样说的时候还不断在愤怒地呼着气。这段话也是突然从她口中爆发出来的。赛玛拉突然意识到，希尔薇并不是自己想象中的那个小女孩。希尔薇很年轻，但她会倾听，会思考。"哎哟！该死的树枝！"希尔薇突兀地抱怨了一声，又继续说道，"格瑞夫特就是那样。他能装出一副和蔼可亲的样子，但他的心里有着肮脏的东西。他说起话来就像是他希望每个人都能得到好处。他鼓吹改变，但他的改变都别有用心。你们也都能看出来，他的心里有脏东西，他让我感到害怕。他曾经和我说过一次话，说了很长时间。但有时候我觉得最安全的做法就是离他远远的。有些时候我觉得如果我真的成了他的朋友，那一定是最危险的事。"

一段时间里，这三个人只能听到彼此的呼吸声，肉块在地上的摩擦声和撞击草木的声音，还有就是晚间森林中会有的一切响动。小虫子围绕着赛玛拉的头，嗡嗡地叫个不停。最后，赛玛拉觉得这嗡嗡声仿佛就响在她的脑子里，几乎要让她发疯。赛玛拉有些好奇格瑞夫特到底对希尔薇说了些什么——实际上，她已经约略猜到了，这让她的心头又平添了一重怒火。在这三个心事重重的人之中，最后还是刺青打破了沉默："我也害怕他，原因也和你一样。而且我还在担心另一件事。他有着另外的计划。他不只是一个为了钱或者为了寻求冒险而接受了一份恶劣工作的人。他对于这一整个行动都别有图谋。"

赛玛拉点点头。"他说，他想要建造一个他能改变规则的地方。"

随后一段时间里，他们又陷入了思考的沉默。赛玛拉的话在三个人的脑海中不断旋转。最后，刺青低声说："规则的产生都是有原因的。"

"我们没有任何规则，"希尔薇插口道。

"我们当然有！"赛玛拉表示反对。

"不，我们没有。在我们的家乡有我们的父母。雨野原议会和那些贸易商们，每个人都有投票权来决定什么事应该做，什么事不该发生。但我们已经将那些都撇在身后了。我们签下了契约，但谁真正在管束我们？不是莱福特林船长,他只掌管那艘船,但管不了我们和龙。所以谁又能确定我们的规则是什么? 谁来强制这些规则是否被执行?"

"规则一直以来都是存在的。"赛玛拉顽固地回应。但她有一种不安的感觉——希尔薇对于现状比她看得更清楚。当格瑞夫特说要做出改变的时候,他要改变不就是他们一生都在接受的规则? 否则他还有可能在说什么? 但格瑞夫特做不到这样的事。他能做到吗?

他们前方的树木缝隙中出现了亮光。那是雨野原森林正在落下的夕阳。赛玛拉的双腿也随之有了新的力气,加快了迈动的速度。

"嗨! 嗨! 你们到哪里去了? 我已经开始担心你们了! 猎人们回来了。他们捕到了不少水野猪! 你真应该看看,赛玛拉! 有一整头水野猪正在火上被烤熟,作为我们的晚餐。每一头龙都得到了半头水野猪! 你们在拖着什么? 你们有捕到猎物?"

是拉普斯卡。他蹦跳着向赛玛拉跑过来,就像是年龄只有他一半的男孩。到了赛玛拉面前,他一下子停住脚步,看着赛玛拉拖在身后的肉。"那是什么?"

"一头麋鹿。"赛玛拉简短地回答道。

"一头麋鹿。这么大! 我猜你真是交了好运。格瑞夫特也猎到一头麋鹿。他说他把肉带回来和大家一起分享。但他带回来的肉很脏,而且破破烂烂的。然后猎人们带回了水野猪,并且开始建起一个大营火堆。所以格瑞夫特的麋鹿就被喂给了一头龙。喔,你真应该来看看荷比! 她今天吃了那么多,看上去就像是一只大肚子外面包裹了一头龙。她吃饱的时候就会打鼾。你听到她的鼾声就一定会相信我的话了!"拉普斯卡发出喜悦的笑声,他拍了拍赛玛拉的肩膀,"很高兴你回来了,因为我饿了,但除非我找到你,确定你也有一份晚餐,否则我可不会吃饭!"

他们走出森林,来到生满高芦苇的泥土河岸上。或者可以说,赛玛拉上次离开的时候这里还生满了高高的芦苇。现在龙群和守护者们已经将大部分芦苇都踩倒了。驳船就停在不远处的水面上,上面亮着令人喜悦的灯光。一堆营火正在熊熊燃烧，火焰照亮了一根大烤肉叉，上面穿着一块块水野猪肉。刺青欣喜地抽了抽鼻子，仿佛是作为响应，他的肚子也在这时发出了响声。他们全都笑了。赛玛拉心中的怒意在渐渐消散。她不知道自己是否能就此放下愤怒。如果她能，是否就意味着格瑞夫特从她这里赢得了什么？

"我们去大吃一顿！"拉普斯卡催促他们。

"马上就去，"赛玛拉向他承诺，"但首先我们要把这些肉喂给还饿着的龙。我们还应该查看一下刺青的红铜龙。刺青说他没有吃多少东西。"

"嗯，我要到火边去。我过来只是为了找你。嗨，有一个猎人会弹竖琴，就是那个卡森。还有一个驳船上的女人会吹笛子。他们刚才一起合奏了几段曲子。也许我们在吃完饭之后还能听上一段音乐，甚至能跳跳舞，如果可以在泥地上跳舞的话。"拉普斯卡突然停住话音，一抹笑容缓缓展现在他的脸上，"这难道不是你人生中最好的时光吗？"

"好好去享受吧，拉普斯卡，"刺青在催促他。

拉普斯卡看着赛玛拉："我饿了，要去吃饭，"他向赛玛拉承认，然后他又问，"你很快就会过来吧，对不对？"

"当然，我会的。快去吃饭吧。"

不需要别人的催促，拉普斯卡转头就像营火跑去。赛玛拉看着他加入到聚集在营火旁的守护者之中，听到那些守护者们因为某个人的一句话而发出一阵哄笑。一块浮木被扔进营火堆，扬起一团火星飘上正变得越来越黑暗的天空。

"这会是一段奇妙的时光，"希尔薇低声说，"今天晚上，人们会谈天，享受食物和音乐。"

赛玛拉叹了口气，投降了。"我不会毁掉今晚，希尔薇。今晚我不会对任何人提起麋鹿肉和格瑞夫特。那样只会让我显得很自私，仿佛我在无理取闹。今晚我们在这里，度过我们的第一个拥有足够食物和音乐的夜晚。我和格瑞夫特的问题，可以等到以后再说。"

"这不是我的意思，"女孩匆忙说道。

但是没等希尔薇说出她是什么意思，刺青已经说道："让我们把肉先送到龙那里,然后再去营火旁找其他人吧。"

天空之喉睡得很香。她的肚子高高地鼓起。芬提起身接受了刺青带给她的肉,但她马上又俯身睡倒,下巴就枕在肉上。默尔柯没有入睡。他们找到这头金龙时,发现他正孤独地站立着,凝视着营火和守护者们。他似乎很高兴希尔薇给他带来了肉,并为此而感谢了希尔薇。这让赛玛拉大吃了一惊。很快,金龙就吞下了麋鹿的头和脖子。麋鹿的头骨完全无法抵抗他巨大的双颚和锋利的牙齿。他一闭上嘴,麋鹿头就发出一阵模糊的碎裂声。他们离开继续咀嚼鹿头的默尔柯,前去寻找红铜龙。

他们在距离银龙不远的地方找到了红铜龙。银龙已经睡着了。被妥善包扎的尾巴盘卷在鼓胀的肚子周围。红铜龙匍匐在银龙身边,但赛玛拉觉得他的姿势很不正常。刺青说出了赛玛拉心中的担忧:"看上去,他好像是直接栽倒在地,而不是卷曲身体入睡。"在所有的龙之中,只有他的样子依旧是枯瘦干瘪,肚子空空。他的头枕在前腿上,发出一阵阵嘶哑的呼吸声,双眼半闭着。

"嗨,红铜,"刺青轻声说道。那头龙没有做出任何反应。他将手放在龙头上,轻轻挠了挠他的耳孔,"他以前很喜欢这样,"刺青解释说。这头龙呼了一口气,但并没有动弹一下。

赛玛拉将麋鹿肉拽到红铜龙面前。"你饿吗?"她问这头小龙,并努力将这个意念传达给小龙,"这里有肉,全都是你的。麋鹿,闻到了吗? 闻到血味了吗?"

红铜龙深吸了一口气,将眼睛睁大了一些,胆怯地舔了舔那块肉,然后抬起头。"吃吧,是给你的肉。"刺青鼓励他。赛玛拉觉得红铜龙给了她回应。刺青跪在麋鹿肉旁,抽出腰间的匕首,在麋鹿的胸廓上切割了几下,收起匕首,伸手到胸廓里面,掏出内脏,并将手上的鲜血涂在龙的鼻子上。"闻到了吗?这是给你的肉。吃吧。"

龙的舌头动起来,舔净了他的鼻子。然后,一阵颤栗涌过他的全身。刺青及时地抽回了手。这时龙已经飞速地探出头,咬了一满口垂挂在胸廓上的内脏。他一边吃,一边微微地哼着,仿佛每吃一口都让他获得了更多的力气。等到他们离开他的时候，红铜龙已经用前爪抓住麋鹿尸体，将上面的肉和骨头一口口撕扯下来，把它们囫囵吞进肚里。

"好吧，至少他现在吃东西了。"赛玛拉说着，边向营火走去。烤肉的香气正让她不停地流出口水。突然之间，她变得非常饥饿，也非常累。

"你认为他活不下来，对不对？"刺青指责她。

"我不知道。我不知道任何一头龙能不能活下来。"

"我的默尔柯会活下来。"希尔薇认真地宣布说，"他已经走了这么远的路，经历了这么多，不可能死在半途中。"

"我希望你是对的。"赛玛拉用这样的话安慰她。

"我知道我是对的，"希尔薇坚持说，"这是他告诉我的。"

"我希望我的龙能够这样和我说话，"赛玛拉羡慕地说。

不等希尔薇回应，拉普斯卡突然从黑暗中跳了出来。他的脸上闪着油光，手中还拿着一大块肉，"赛玛拉，我为你把肉拿来了，你一定要尝尝！味道好极了！"

"我们马上就去营火那里。"刺青向他保证。

"莱福特林船长说，今晚我们也可以都睡在他的甲板上！"拉普斯卡对他们说。"干燥的床，热的食物……还有什么能让这个夜晚更美好？"

在营火旁，音乐像爆起的火星一样，突然腾起在夜空中。

祷月第二日

商人联盟独立第六年

来自艾瑞克,缤城信鸽管理人
致黛托茨,崔豪格信鸽管理人

黛托茨:

　　向你最近遭遇的一切艰难致以歉意。我已寄出了一百磅黄豌豆,请确保它们不要受潮,一旦沾水,他们很快就会腐烂。一定只能将干燥的黄豌豆喂给你的鸽子。我还一同寄去了两只羽毛丰满的小鸽子,他们全是金斯利的后代,一公一母。

艾瑞克

第十七章　决定

连续三天,他们向上游的行军都比莱福特林所希望的更好。确实,这次远征一开始有些混乱,但情况很快就得到控制,逐渐变得顺利起来。龙群第一次自己捕捉到了猎物,这显然让这些巨兽发生了改变。他们仍然要依靠猎人和他们的守护者为他们捕猎,但龙已经知道,他们自己也能够进行猎杀。现在他们每天都在尝试狩猎,未必每一次都能成功,但他们捕捉和杀死的一切猎物都减轻了人类同伴的负担。他们年轻的守护者们为他们捉到的每一只猎物而用各种溢美之词赞扬他们。这些龙显然也很喜欢守护者们的奉承和褒奖。

莱福特林靠在柏油人的栏杆上,听着自己的船和河水抚过船身时发出的声音。他粗大的手中捏着盛满晨间咖啡的大杯子。他的耳朵一直在努力捕捉从艾丽斯的房间中传出来的任何一点声音。所以他知道艾丽斯已经醒了,正在穿衣服。不过他不会让自己的心思停留在这些琐碎小事上,如此折磨自己是没有意义的。他希望用不了多久,艾丽斯就会从房间里走出来。他们全都习惯于早起。他很珍视这段黎明时光,更甚于他们在夜晚的亲密交谈。晚间时光很美妙,有食物、欢笑和音乐。但那时他必须与猎人们和无所不在的塞德里克分享艾丽斯。当贝霖吹起笛子,卡森弹起竖琴的时候,艾丽斯就只会看着那两个人。让卡森懊恼的是,杰斯的确是一名优秀的猎手,能力丝毫不亚于莱福特林的这位老友。但在莱福特林看来,杰斯似乎也总是会多看艾丽斯一眼。那个家伙还是个很会讲故事的人,别看他总是一脸阴沉的表情,他却能将每一个故事讲得绘声绘色，赢得所有人的笑声，就连整天苦瓜脸的塞德里克也不例外。这趟旅程的夜晚就这样被歌声和故事点缀出一片令人愉悦的色彩，但他也分走了艾丽斯不少注意力。

而在早晨，艾丽斯的身边只有他。他的船员早已知道，除非有最紧急的问题，否则这几个小时里最好离他们远一些。莱福特林短促地吸了一口气，叹息一声，发现自己正在微笑。说实话，他甚至很享受这样充满期待地等艾丽斯出现。

昨天晚上的营地不像前几天那样潮湿。莱福特林毫无疑虑地建议守护者们可以睡在河岸上，和他们龙一同歇宿。在过去一些洪水暴涨的年份里，这条河将碎石和沙粒堆积到这里的河岸边，形成了牢固的河滩。这里只生长着高草和小树，为守护者和他们的龙提供了一片少见的阳光林地。再过许多年，这里的小树会变得越来越高，最终成为雨野原林海的一部分。或者，莱福特林心中想，另一场风暴和洪水会彻底扫荡此地，带走这里的一切。而现在呈现在他眼前的，只是一片略高于河岸的茂密草地。群龙正蜷卧在那里沉沉大睡。他们的守护者分散在他们中间，将身子缩在他们蓝色的毯子里。昨晚用浮木搭成的营火堆上还冒着一点细瘦的火苗。一股略带蓝色的烟雾高高腾起，一直飘入深蓝色的天空中。像以往一样，没有一个守护者在这时会动弹一下。

在这段不长的时间里，龙和守护者都发生了一些改变。守护者们已经不再随意结成搭档，而是开始组成固定的群体。大部分时间里，他们都充满了活力，那些男孩更是性情火爆狂野。他们把河水泼到彼此身上，相互挑战，大笑大喊着，就像即将长大成人的男孩那样。在这一段不算很长的旅途中，那些男孩的肌肉已经因为每天划船而变得更加粗壮了。女孩们则要安静许多，不太爱炫耀她们发生的改变。但她们的身上能看到同样的变化。男孩们在争相赢得女孩的注意，有时候这种竞争会变得相当粗野。女孩们则有些像龙那样，只是享受着男孩们的关注。她们有意地打扮自己，并逗弄那些男孩，只不过是用和龙完全不同的方式。

希尔薇依然还只是一个大孩子。很明显，她一心只想赢得刺青的注意。她总是跟在刺青身后,就好像是刺青牵在手中的一件玩具。昨天,她在自己的发辫上装饰了花朵,仿佛朱红色的花瓣能够遮住她布满粉色鳞片的头皮。莱福特林很欣赏那个脸上带着刺青的年轻人。他一直都对希尔薇很好,但又始终和希尔薇保持着适当的距离。对待这么年轻的女孩就应该这样。

与希尔薇相反,洁珥德仿佛每个小时都在更换她心仪的年轻男子。格瑞夫特断断续续地一直在讨好她。莱福特林看过他将小艇划到洁珥德的小艇旁边,竭力想透过交谈来吸引洁珥德的注意。但那一天,洁珥德似乎只是专心要让自己的小艇追上走在前面的龙群,同时还要尽可能多地捉一些鱼放在小艇中。她对她的维拉斯很好,每天晚上都会为那头小绿龙擦洗身体,直到龙身上的金色条纹闪闪发亮,就像是摆放在深绿色布巾上的金块。每天晚上围坐在营火堆旁的时候,洁珥德都会和其他女孩坐在一起,让年轻男人们竞争她身边的位置。看到他们,莱福特林总是会露出微笑,尽管他同时也会为这场竞争最终会产生什么样的后果而感到不安。

莱福特林以前从没有和雨野原标记这么重的人打过太多交道。绝大多数这样的人在出生时就被还给了这片森林。雨野原的贸易商们很早就认识到,畸形程度如此严重的新生儿,往往会因为早夭而使父母心碎,或者只会生出更加畸形、完全无法存活的孩子。雨野原是一个环境严苛的地方。与其将爱和食物倾注给一个绝不可能活得长久、无法将家族血脉延续下去的畸形儿,还不如一开始就放弃他,再尝试生一个新的孩子出来。最近纹身者的到来为雨野原人群带来了新鲜的血液。在此之前的数十年中,这里人口的出生率只是刚好能超过死亡率。

艾丽斯还没有走出房间。在河岸上,莱克特已经起来了。他披着毯子来到营火堆前,将昨晚剩下的木柴放进火中。一小团火焰跃起。那个男孩蹲下来,将双手伸向营火。沃肯来到他身边,揉搓着眼睛,又挠了挠覆盖着鳞片的脖子。在最近这一两天里,沃肯的皮肤上出现了一层红铜色的光晕,仿佛他正逐渐变得像他的红龙一样。他热情地向莱克特打招呼。莱克特说了些什么,让沃肯发出一阵笑声——一名健壮男孩的笑声清晰地传入莱福特林的耳中。

莱福特林看着这些本应该在婴儿时就被丢弃的年轻人，几乎已经开始怀疑那些一直以来的教条了。虽然长相有些奇怪，但他们肯定都是健壮有力的年轻人。莱福特林希望这些男孩和女孩都有美好的前途，不过他还是不想看到他们之间的浪漫情愫会开花结果。让这样的人生育孩子是完全违背雨野原传统的。至今为止，他还没有看到那些女孩子们会有这种悖逆行为的任何迹象。他希望眼前的情况能一直持续下去，尽管他也怀疑自己是否有责任强迫他们奉行雨野原的规则，禁止他们繁衍——这种疑虑让他感到深深的不安。"是啊，柏油人，没有人告诉过我这也是契约的一部分。我知道每个人都有责任奉行那些让我们能活下来的规矩。但我的爷爷曾经对我说，每个人都要负责的事情，就是没有人需要负责的事情。所以，也许，就算是我不把这个任务扛在肩膀上，也不应该受到指责。"

他的船没有回应。他也没想过会得到响应。太阳很温暖，这里的河水很轻柔。柏油人似乎像他的船长一样很享受这短暂的休息。莱福特林又向艾丽斯的房间瞥了一眼。耐心，耐心，艾丽斯是一位女士，一位女士每天早晨都会需要一段时间来做好准备，才能走出房间面对新的一天。这一点等待还是值得的。

他听到身后传来一点声音，便转过身去想要向艾丽斯道早安，但问候的话到了唇边便消失了。塞德里克像以往任何时候一样光鲜亮丽，正安静地踱着步子从甲板上向他走来。莱福特林看着他，心中交杂着嫉妒和厌恶。塞德里克的头发被梳理得一丝不乱，衬衫洁白无瑕，长裤经过掸刷，看不到一点尘埃，靴子油光发亮。他刚刚刮过胡子。一点香气从他身上散发出来，混入早晨的空气之中。对任何男人而言，他都是那种最可怕的对手。不仅是因为他每天都会一丝不苟地梳洗打扮，更是因为他的言谈举止都是那样的完美无瑕。和他相比，莱福特林觉得自己就像猪一样肮脏和愚蠢。因此他对塞德里克充满了厌恶。每当他们一同出现在艾丽斯面前，艾丽斯一定会将他们两个进行对比。这种比试只会让莱福特林一败涂地。只是这一个原因就足以让莱福特林恨上这个家伙，而这个家伙令人讨厌的地方还不止这一点。

塞德里克始终都对莱福特林和其他船员保持着良好的礼貌态度，但这并不能掩饰他对他们的蔑视。莱福特林早就看穿了他的心思，就连船上的每一只老鼠都能看透他。总是会有这样一些人，只要看到一名水手，就会把他和海上水手那些糟糕的名声联系在一起。难道所有的水手不都是醉鬼吗？ 不都是无知的蠢货吗？ 通常这样的人在登上柏油人号之后，他们的误解便都会不攻自破。那些乘客很快就会明白，尽管莱福特林和他的船员从某些角度来讲是有些粗野和缺乏教养，但他们都是明事理、有能力的人。乘客们会看到这些船员在柏油人号上建立起了怎样深厚真挚的友谊关系。在航行结束时，他们一开始的蔑视，也常常会变成对这些跑船人的钦佩。

但莱福特林早已明白，塞德里克不会是这样的人。这个家伙紧紧扒附着他的优越位置和偏狭的见解，就好像那是风暴之后能够帮他漂浮在水面上的最后一块船板。不过他现在的僵硬表情和射向莱福特林的冰冷目光，并不是来自他对水手的偏见。莱福特林咬了咬牙。这个纨绔子弟似乎是决定要对他说一番话，男人和男人的对话。船长又喝了一口咖啡，眼睛只是望着岸边。正有越来越多的守护者们醒来。他们很快就要出发。今天他不可能和艾丽斯有私密交谈的机会了，却要和塞德里克有一番他一点也不喜欢的对话。

塞德里克此时已经来到了船栏杆的后面。"早晨好，船长。"他的腔调表明了他道的这一声早安是多么言不由衷。

"早晨好，塞德里克，睡得好吗？"

"说实话，不好，我不觉得自己睡得有多好。"

莱福特林压抑住一声叹息。他早就应该知道，这个家伙会抓住任何他人的好意，将它们当作撬棍，打开他自己抱怨的闸门。莱福特林回应道："是这样吗？"然后又喝了一口咖啡。咖啡还有一点烫，但他突然决定要尽快喝光它，然后就能借着添咖啡的借口离开面前这个家伙了。

"是的，正是这样。"塞德里克几乎是带着嘲讽的语气回答道，同时他的话语中还夹带着那种不可一世的贵族腔调。

莱福特林又喝了一大口咖啡，决定发动进攻。他相信自己肯定会为此而后悔，但如果只是站在这里承受塞德里克的耻笑，他只会感到更后悔。"你应该试试辛勤工作，这样能帮助一个人入睡。"

"也许你应该努力拥有一颗干净的良心。但也许你就算是没有它也能睡得很好。"

"我的良心没什么有亏欠的地方。"莱福特林说了谎。

塞德里克就像是一只要咬人的猫。他躬起了肩膀。"那么无视一位女性的婚姻誓言，不会让你感到困扰吗？"

莱福特林不能对这些话不做回答。他转过头看着塞德里克，感觉到自己的肩膀和脖颈开始膨胀。塞德里克没有后退，但莱福特林的确看出他在挪动重心，似乎是要准备快速行动。莱福特林强迫自己平静地说道："你在污蔑一位你不应轻视的女士。艾丽斯没有做过任何有悖于她婚姻誓言的事。我也从没劝诱过她做任何错事。所以我认为你最好应该重新考虑一下你刚刚说的话。那样的话会造成巨大的伤害。"

塞德里克眯起眼睛，但还是语音平静地说："我的话由我所见到的事实而发。我对艾丽斯有着深切的关爱，这是基于我们长久的友谊。每天清晨的幽会和深夜的单独交谈——已婚女性怎么能如此行事？很不幸的是，我睡得很轻，听觉又非常灵敏。我知道在艾丽斯和我向你道过晚安，分别回房间之后，她还会再出来与你相会。我能够听见你们的交谈。"

"她有没有立誓说她不能在深夜谈话？"莱福特林语气尖刻地问，"如果她立下过这样的誓言，那么我承认，她违背了誓言，而且我还帮助她违背了誓言。"

塞德里克瞪了他一眼。莱福特林继续喝着咖啡，越过杯沿看着塞德里克。看上去，塞德里克似乎在努力克制自己的情绪。当他终于再开口说话的时候，他的话音中那种从不会消失的礼貌语气，仿佛也绷紧了。"对于一位像艾丽斯这样嫁给了杰出而富有的缤城贸易商的女士，表面的举止和内里的实情是同样重要的。如果昨晚我知道她深夜里从床上起身只为了寻找你的陪伴，那么我打赌，这艘船上的其他人也会知道。关于这种行为的谣言如果传播到缤城，一定会危害到她的名誉。"

塞德里克说完这番话，便将目光转向河岸。更多的守护者正在醒来。其中一些人走到营火旁，驱散昨晚的寒冷，加热食物。其他人聚集到沙滩上他们昨晚挖掘的浅井周围，汲出经土壤过滤的水梳洗烹饪。莱福特林注意到，龙群还没有一丝动静。他们是喜爱太阳和温暖的生物，只要他们的守护者不去唤醒他们，他们就会继续睡下去，直到中午才会起身。莱福特林盯着那些龙，只希望自己的生活能够像他们那样简单。但这是不可能的。

莱福特林强迫自己放松杯子握柄，以免握柄会被他捏断。"我明白告诉你，塞德里克。什么都没有发生。她来到甲板上，我只是在进行夜巡。所以我们会聊上几句。她和我一同进行夜巡。我们检查每一根缆绳是否系紧，船锚是否牢固。我向她讲解天空中的星座，告诉她水手如何利用星星知道他的航行方向。如果她听到一些夜鸟的鸣叫，我会告诉她那些鸟的名字。如果这些事违反了你的道德，这是你的问题，不是我的，也不是艾丽斯的。我对此毫无惭愧。"

莱福特林说得义正辞严，但负罪感仍然像一条蛇一样缠绕住他的心。他回想起自己向艾丽斯演示如何系单套结，那时艾丽斯的双手就在他的手中。他还曾经将他的手放在她温暖的肩膀上，让她转身眺望南天中的莎神之犁。在每天非常晚的时候，或者也可以说是第二天很早的时候，艾丽斯向他道过晚安，回到自己的房间里，他还会倚着艾丽斯门外的栏杆，看着河面，细想那一切可能会发生的事情。他甚至允许自己去幻想一些事情，如果他有勇气提出来，如果她有激情愿意接受，那可能真的会发生。在莱福特林的手中，船栏杆随着河水的拍打和这艘船的回应而发出一阵一阵的脉动。在他看来，他自己仿佛就是一种河流，艾丽斯也许是一艘船，冲入他的激流之中。他是否足够强大而能承载起她呢？

塞德里克说话了，他温和的嗓音让莱福特林失去了防卫心。"听着，我没有瞎。如果这艘船上还有人没察觉到你对她的迷恋，那个人就根本没有脑子，也没有心。你的船员们知道，你的猎人朋友们知道。就我对艾丽斯的了解，我能看出她正在以身试险。你是属于这个世界的人，你四处周游，遇到过各种女人。但也许你从没有遇到过像艾丽斯这样的大家闺秀。她一生都是在父亲的家中和丈夫的家中度过的。她的丈夫是她的第一个,也是唯一的情郎。可以说,她和诏谕是天生的一对。诏谕很富有,能够提供她的一切所需,这包括让她有足够良好的环境、丰富的物质和空余的时间来进行她所重视的研究。她从没有遇到过像你这样的男人。对于缤城女士而言,你也许算是有些见多识广,如果你对她的倾慕诱惑她踏出了社会的界限,为之付出代价的将是她,而不是你。她将蒙受羞耻,受到众人的排斥,有可能要吞下离婚的恶果,带着无法抹去的耻辱回到她父亲的房子里。而她的父亲并不是一个富有的人。如果你继续追求她,即使她没有陷入你的罗网,人们也会听到风声。你会毁了她的人生,把她赶回到贫困的环境里,让她失去她热爱的学者生活。我并不想说任何严苛的话,但你值得这样吗?你还要这样胡闹下去,直到把她毁掉吗? 到时候你只会一走了之。请原谅,我所知道的水手都是这样做的。而她只会被彻底毁掉。"

塞德里克说完他的话,就转过身不再看莱福特林,可能是要给莱福特林一点时间进行思考。两头龙这时醒过来,迈着沉重的步伐向水中走去。塞德里克注视着他们,仿佛被他们迷住了,完全忘记了身边的那个人。

愤怒和恐惧在莱福特林的心中发生了剧烈的冲突。他的面孔先是变得通红,随后又完全失去了血色。他不是一个心智或身体孱弱的人,但塞德里克的话让他感到一阵阵恶寒。塞德里克是对的吗? 有什么办法能够让现在的事情不会变成艾丽斯的一场灾难? 船长控制住自己的情绪,然后说道:

"我相信这艘船上根本不会有人去缤城,更不要说去传播一位女士的谣言了。这里唯一有可能这样做的只有你。如果你是她的朋友,就像你自称的那样,你就不会用这种丑恶虚假的谣言污蔑她。我绝不打算让这位女士蒙羞。我认为,当你怀疑她会背叛她的丈夫时,你就已经冤屈她了。"最后这句话在莱福特林看来是千真万确的。但天哪,他是多么渴望艾丽斯至少能有一点别样的想法。

"我是艾丽斯的朋友。如果我不是,我就会照我说的去做,让她自己上这艘船，我则会回到缤城。但我知道如果我这样做，她就彻底毁了。我留在这里的唯一原因就是保卫她的名誉。你也不可能以为我会喜欢这次简陋糟糕的冒险吧！不。我留在这里唯一的原因就是艾丽斯。我想要保护她。她的丈夫是我的密友，也是我的雇主。所以你也许应该考虑一下，你在将我逼到一个怎样危险的位置上。我是应该尊重艾丽斯的体面，不要去斥责她，还是我应该尊重我的雇主的体面，指控你的行径？"

"指控我？"莱福特林震惊地说。

塞德里克迅速说道："当然，我不打算这样做。我不认为我需要这样。现在我已经以文明的方式向你解释了当前的状况。我相信你会明白，解决之道只有一个。"

他停顿了一下，仿佛是在等莱福特林说话。莱福特林的确想要说话，尽管他在努力克制自己，但他的声音中仍然带着深深的愤怒和绝望："你想要我不再和她说话，对不对？"

塞德里克收起下巴，睁大了眼睛，似乎是在因为莱福特林看不到眼前明显的事实而感到惊讶。"恐怕在这个时候，这样狭小的空间里，就算我这样要求你也不可能做到。所以你必须命令你的一名猎人，用守护者的一艘小船，将艾丽斯和我送回崔豪格。"

"我们已经离开卡萨里克向上游走了将近三十天，"莱福特林向他指出，"那样的一艘小船连你们一半的行李都装不下，更不要说还要带上你、艾丽斯和你们的所有衣服。"

"这些事我都考虑过，"塞德里克立刻回答道。莱福特林盯住了他的脸。他感觉到自己的嘴角在抽搐，似乎是要露出一个微笑，"回程是顺流而下。而小船乘着水流走得更会快得多。昨天我听猎人谈论过这件事。我相信艾丽斯和我只要在外面宿营十来个晚上，就能到达喀尔萨里克。从那里，我们可以安稳地返回崔豪格，再一路回家。至于说我们的行李，暂时就只能留在这艘船上了。我们会轻装简行。等你返回崔豪格的时候，再把我们的物品送回缤城。我相信，在这件事上我们可以信任你。"

莱福特林只是盯着他。

"你知道这样才是正确的,"塞德里克压低声音继续逼迫他,然后,就像是将插进莱福特林体内的匕首又狠狠拧了一下,他说道,"这是为了艾丽斯。"

岸上响起一阵悠长凄厉的哀号,一直撕裂了天空。

"昨晚他的情况明明还不错!"希尔薇坚持说道。浅红色的泪水如同小溪一般,从她的面颊上流淌下来。看到那些眼泪,赛玛拉不由得打了个哆嗦。她很清楚那样的泪水有多痛。也许正是因为对疼痛的畏惧,才让赛玛拉的眼睛保持着干燥。她跪倒在这头红铜色的小龙旁边。昨天晚上这头龙的确吃了东西,那是他们在前几天喂过他麋鹿肉之后,他第一次真正吃了一顿大餐。从这次行军开始以来,其他龙都变得更加强壮,身上明显增添了肌肉,只有这头红铜龙依旧瘦弱不堪。他的肚子依然鼓胀着,充满了昨晚吃下的食物,但赛玛拉甚至能数清他的肋骨。从他的肩部顶端,沿着脊椎一直向下,他背上的一些鳞片好像从皮肤上松脱了。

刺青仔细查看过这头龙的嘴,站起身,伸出手臂,安慰地揽住希尔薇的肩膀。"他还没有死。"他的话暂时熄灭了希尔薇心中的恐惧,但紧接着的一句话又夺走了希尔薇的慰藉,"只是我觉得他活不过今天了。"看到希尔薇不住地抽泣,他又急忙补充说,"这不是你的错! 他只是太晚才遇到你。希尔薇,他从一开始就没有太多机会。看看他的腿和他身体的其他部分相比是多么不相称! 有一天晚上,我发现他在吃石头和泥土。我觉得他的肚子里一定有虫子。看看他的肚子是多么大,他身体的其他地方又是多么瘦。这就是肚子里有寄生虫的结果。"

希尔薇还在抽噎着。她甩掉刺青的手,从人群中走开。其他守护者都陆陆续续聚集过来,在这头奄奄一息的龙身边围绕成一圈。赛玛拉紧紧咬住嘴唇,没有说话,她心中仍有某些麻木不仁,以至于现在只想问问刺青洁珥德在哪里,毕竟是洁珥德自告奋勇要帮助刺青照顾这头龙。希尔薇最初只是承诺会帮助赛玛拉照顾银龙。但这个心地善良的小女孩最终承担起了同时照顾这两头龙的责任。如果红铜龙死了,她的精神一定会垮掉的。

"他出什么事了?"莱克特跑过来问道。

"寄生虫,"拉普斯卡明确地说,"从身体内部吃掉了他。所以他就算吃了食物也吸收不到营养。"

拉普斯卡竟然能如此有条理地说清楚这件事,赛玛拉不由得有一点吃惊。那个男孩发现赛玛拉在看他,便来到了赛玛拉身边。"我们要怎么做?"他问赛玛拉,仿佛决定权在赛玛拉的手中。

"我不知道,"赛玛拉低声说,"我们能做什么?"

"我觉得我们应该尽自己的全力把事情做好,然后继续前行。"格瑞夫特说。他的声音并不响亮,但他的话传到了每一个人的耳中。赛玛拉瞪了他一眼。直到现在,赛玛拉还无法原谅格瑞夫特偷走麋鹿的事。她没有为此和格瑞夫特当众发生冲突,但她从那以后一直都没有再与格瑞夫特、凯斯和博克斯特说过话。她一直在盯着他们,看格瑞夫特是如何谋取首领的地位,将其他守护者争取到他身边。但她始终都没有对此公开说过任何话。现在,赛玛拉昂起头,挺起肩膀,准备向格瑞夫特发起挑战。

希尔薇突然转回身面对着所有人。她停止了流泪,但泪水已经在她的脸上留下一道道红色的痕迹。"尽全力?"她带着哭腔问,"这是什么意思? 要怎么做才算是'尽全力'?"

沉默如同一条毯子落在众人的头顶。希尔薇站直了身子,双肩挺起,紧紧攥住一双小拳头。所有人都等待看格瑞夫特会怎样说。这是赛玛拉在遇到格瑞夫特以来第一次看见他犹豫。格瑞夫特审视着周围的人们。赛玛拉看到他的人类舌头飞快地伸出来舔了一下带鳞片的薄嘴唇,突然感到有些奇怪。他在寻找什么? 赛玛拉心中一阵狐疑。确认大家是否接受他的权威? 是否愿意跟随他,服从他为他们制定的"新规则"?

"他就要死了,"格瑞夫特平静地说。赛玛拉看到痛哭的表情又出现在希尔薇的脸上。那个女孩正在克制自己的情绪。

"他死之后,他的身体不应该被浪费。"

"当然不会,"拉普斯卡打破了众人的沉默。他那种一本正经,又充满了孩子气的声音和格瑞夫特充满自控力的成熟强调形成了鲜明的对比,让他似乎显得更加愚蠢了,这时他说出了所有人都在想的事情,"其他龙会吃掉他,获得他的记忆,也让他的骨肉成为食物。这件事所有人都知道。"拉普斯卡向周围的守护者们扫视了一圈,微笑着点点头。慢慢地,笑容从他的脸上消失了。继续保持沉默的众人似乎让他很困惑。赛玛拉再一次将注意力集中到了格瑞夫特的身上。格瑞夫特的面色正变得越来越阴沉,仿佛他认为所有人都应该看出拉普斯卡的话是多么愚蠢。但是当他开口的时候,他的话音中多了一分谨慎。看样子,他很希望能有别人代替他说出这些话。

"他的身体也许能有更好的用途。"格瑞夫特说完这句话便又闭住嘴,等待着。赛玛拉屏住了呼吸。他想要说什么? 格瑞夫特向人群环顾了一圈,大着胆子继续说道:"早就有人说过,只要能得到……"

"龙的身体是属于龙的。"说出这句话的不是人类。尽管身体庞大,但这头金龙完全能悄无声息地移动。他高高地俯视着格瑞夫特。守护者们向两旁退开,为金龙让出道路,就好像被河水冲开的芦苇。默尔柯威严地从他们面前走过。赛玛拉觉得他真是无比辉煌壮丽。自从这次远征开始以来,默尔柯的体重和肌肉都增加了不少。现在他正变得越来越像是一头真正的巨龙。他的四条腿上膨胀起强悍的肌腱,让他的身体也显得更加匀称。甚至他的尾巴也似乎变长了。只有他残疾的翅膀依然暴露了他的缺陷——它们到现在都还是那么小,那么脆弱,就连提起他身体的一部分都不可能。

他弯曲自己的长脖子,嗅了嗅红铜龙的身体,然后转头盯住格瑞夫特。"她还没有死,现在就计划卖掉她的身体,还太早了些。"

"她?"刺青惊愕地问。

"卖掉她的身体?"拉普斯卡大惊失色。

但默尔柯没有回答他们两个的问题,也没有理会守护者们的窃窃私语。他低下头又嗅了嗅红铜龙,用力推了她一下。红铜龙没有反应,金龙缓缓转过头,审视着所有守护者。他的鳞片在太阳下闪闪发光。他的眼睛放射出黑色的光芒。赛玛拉完全看不懂那种眼神。"希尔薇,留在我身边。你们其余的人都散开吧。这和你们无关,这和人类没有一点关系。"

赛玛拉几乎觉得那个女孩是被吸引到了金龙的身边。默尔柯的声音充满了威严,如同午夜一般厚重,如同奶油一般丰美。希尔薇走到他身边,靠在他的身上,仿佛在从他的身体里得到慰藉和力量。女孩害羞地说:"刺青和赛玛拉能留下来吗? 他们一直在帮助我照顾红铜。"

"还有我,"拉普斯卡像平时一样莽撞地说,"我也应该留下来。我是他们的朋友。"

"现在不行,"金龙以不容置疑的口吻说,"这里没有需要他们做的事。你和我在一起。我会照看这头龙。"

金龙的声音中有着一种微妙的压迫感。赛玛拉不觉得自己是被告知这里没有事,可以离开了,而是被强行推走一样。金龙先是轻轻推了她一下,随后加大力量。红铜龙一动也没有动。默尔柯抬起头,用他明亮的黑眼睛看着倒伏在地的小龙。"我们只能留在这里,直到她站起来,或者死去。"他高声宣布,然后他严肃地环顾四周,最终让自己的目光落在格瑞夫特身上,"不要碰她,我很快就回来。"当金龙转过身去的时候,又对希尔薇说了一句,"来吧,希尔薇,"随后就大步向水边走去。他沉重的爪子在河岸边留下了深深的印痕。河水很快就会渗进来,充满这些足印。

清晨到来,天色越来越明亮。从墙壁高处的小窗户里透射进来的阳光,在船板上印出一个个明亮的小方块,让艾丽斯能够大致判断此刻的时间。她再一次试图鼓起勇气,走出房间,但只是再一次坐到了她的小书桌后面。她必须尽快到外面去。她很饿,也很渴,还需要倒掉房间里的垃圾桶,但她只是将双臂交叠在身前的桌面上,把额头枕在上面,两只眼睛盯着被手臂圈出的这一小片黑暗。"我该怎么做?"她问自己。

这对她绝不是一个容易回答的问题。在屋外,水手们很快就会松开缆绳,将船推离泥泞的河岸。毫无疑问，龙群现在已经出发，他们的守护者也都乘上了小船，将会跟在他们身后。新一天向上游进发的旅程正在等待着她。她的前方是辽阔的河面，高大的树木，还有高悬在两岸密林之间的那一线天空。有时艾丽斯觉得这个地方的天空，就像是另外一种河流。对她而言，每一天都是一场新的冒险，会有新的花朵散发出陌生的芬芳，奇禽异兽来到河边，或者从水中跃出，在阳光下闪闪发亮。她从没有想象过雨野原是如此生机勃勃。她当然很早就听说过这条河，知道它有时候会流淌白色的强酸。这让她一直以为这条河的两岸都只有荒芜的废土。但事实恰恰相反。她在这里遇到了各种各样的草本植物，还有完全出乎她想象的水陆生灵。让她吃惊的是，这条河中的鱼和其他生物都很好地适应了这种酸性且变化无常的水体，而这里仅仅是鸟类就有成百上千种。莱福特林仿佛知道所有这些鸟的样貌和歌声……

艾丽斯纷乱飘忽的思绪又萦绕在他的身上，让她无法不去想那个造成她所有问题的那个男人。

不，这不公平。艾丽斯不能怪罪他。如此倾心于他，是艾丽斯自己的错。天哪，她知道莱福特林已经迷上了她。这位船长是一个诚实的人。他没有对艾丽斯有任何保留。他对艾丽斯的关爱和兴趣，由他的每一个眼神传递到艾丽斯的眼里，透过他说出口的每一个字流进艾丽斯的耳中。一次偶然间碰到他的手，就像是一道闪电从大地升上天空。艾丽斯本以为这种肌肤的接触，这样令人颤栗的感觉早已从她的生命中消失了。而现在它苏醒了过来，在她心中猛烈地翻腾，就像是震撼大地的鸣雷。

昨天晚上，当莱福特林向艾丽斯演示如何打单套结的时候，艾丽斯装作没有足够的力气将绳结拉紧。这是一个小女孩的技巧，但那个可怜的，诚实的男人被完全骗到了。他站在艾丽斯的身后，用双臂环抱艾丽斯，握住艾丽斯的手，指引那双手完成了那些简单的动作。激动的热流涌遍艾丽斯的全身。艾丽斯的膝盖在因为与他接近而颤抖。她感觉到一阵晕眩，她想要倒在甲板上，把他也拽倒在自己的身上。她在他松弛的臂弯里一动不动，向她知道的每一位神明祈祷，希望船长能够知道她热烈的欲望，并有所回应。这才是与她结合的男人应该给她的感觉,而她之前从不曾拥有过!

"明白了吗?"那时船长用有些沙哑的声音问她。他的两只大手就在她的手上面,拽紧了绳结。

"明白了,"艾丽斯回答,"我完全明白了。"她说的根本不是绳结。她胆大包天地向后退了半步,将自己的身体靠在他的怀里。然后她更是大胆地在他的手臂中转过身,抬起头看着他长满胡须的可爱的脸。懦弱让她无力再动一下,甚至无法张口说出一个字。在一段过于短暂却又仿佛没有尽头的时间里,船长站在她面前,将她抱在臂弯里,让她感到温暖和安全。在她的周围,雨野原黑夜中的流水、鸟啭和虫鸣组成了一段柔和的乐曲。艾丽斯能够嗅到他的气味,一种雄性生物的味道。塞德里克嘲讽这是"汗臭味",但这让艾丽斯感受到不可思议的男子气概和难以置信的吸引力。在船长的怀抱中,艾丽斯感觉到了他的世界。艾丽斯脚下的甲板,身边的栏杆,头顶的夜空和她依偎的这个人变成了一个巨大的,奇妙的,她完全无法驾驭,却又让她倍感亲切的世界。

然后,莱福特林放下双臂,从她身边退开。这个夜晚潮湿闷热,飞虫不断发出嘈杂的嗡嗡声。艾丽斯听到一只食虫鸟在夜幕后发出鸣叫。但那仿佛已经和她完全隔离开了。昨天晚上,就像现在一样,她知道自己只是一个胆小如鼠、只知道躲进书卷中的缤城小女人。是的,毫无疑问,她就是这样的人。她将自己出售给了诏谕,用自己生育子嗣的能力换取了诏谕的庇护和供养。为了这桩生意,她已经签订了详尽的契约。商人当然应该言出必行——所有人都这样说。她已经做出了承诺。而这份承诺到底又值什么?

即使她现在收回这份承诺,即使她背弃忠诚、违反契约,她依旧只是一个胆小如鼠的缤城小女人,而不是她渴望成为的那种人。她几乎无法思考自己到底渴望成为什么样的人。不只是因为那样的人生距离她实在太过遥远,而且那对于现在的她而言,实在是一个太过孩子气的、奢侈的梦。在她的双臂围出的这一小片黑暗里,她闭起眼睛,想到了艾惜雅,典范号船长的妻子。那名女子光着脚在船上奔跑,像男人一样穿着宽松的长裤。艾丽斯亲眼看到她站在船首像旁边,河风吹起她的头发,她却只是面带微笑地和船上的男孩子说着笑话。

那时，特瑞尔船长正跳上通向前甲板的短梯去找他们。艾惜雅立刻向船长走去，他们甚至没有彼此对看一眼，就将手臂挽在一起，如同针被磁铁吸住，又好像莎神的两半合为一体。艾丽斯觉得自己的心都要因为妒忌而碎裂了。

一个男人只要见到你，就一定要抱住你，即使你刚刚和他从同一张床上醒来不过几个小时，这是什么样的一种感觉？艾丽斯对此充满了好奇。她试着想象自己是一个像艾惜雅一样自由的女人，赤着脚在柏油人号的甲板上奔跑。她能够俯身在船栏杆上，说她完全拥有、完全信任这艘船吗？她想到莱福特林，便试着不带任何感情地去看待那位船长。莱福特林粗野且不修边幅。他在饭桌边说笑话的时候，他曾因为一名船员粗鄙的笑话把嘴里的茶水都喷了出来。他没有每天刮胡子，也不经常像绅士那样进行梳洗。他的衬衫臂肘和裤子的膝盖部位都因为工作而被磨烂了。在他的一双大手上，被剪短的指甲也都带着粗糙的裂痕。诏谕身材修长，仪态典雅；莱福特林也许只比艾丽斯高了一寸，肩膀宽阔，胸膛厚实。如果像莱福特林这种相貌的男人，在缤城的街道上试着对艾丽斯的女性朋友们交谈，她的朋友们一定会立刻把脸转开。

这时，艾丽斯想到了莱福特林的灰眼睛。那双眼睛灰得就像他喜爱的这条河流。艾丽斯的心也要融化了。她想到了莱福特林没有刮过胡子的面颊上那两团红晕，他的嘴唇要比诏谕露出那种久经世故的微笑时弯曲的嘴唇更红，更丰满。艾丽斯想念睡在他床上的那些夜晚，想念他在房间里和被褥上留下的气味。她想要他，以前她从没有这样想要过某样东西，某个人。想到他的时候，艾丽斯的身体就会发热，泪水就会充满她的眼睛。

艾丽斯在床上坐直身子，将无用的泪水从眼睛里抹去。"你能够拥有的时间并不长，那就好好去拥有吧。"她坚定地告诉自己。这艘船到现在都还没有驶离岸边，这让她不由得稍稍有一点惊诧。她用力擦干眼睛，抚平自己任性的头发，然后走出屋门。她不会违背自己对诏谕立下的誓言。他们已经立下契约，要对彼此忠诚。她将遵守这份契约。

天已经完全亮了，刚从昏暗的房间里走出来，艾丽斯一下子有些头晕。她来到甲板上，惊讶地看见塞德里克正和莱福特林一起靠在船栏杆上。两个人全都在盯着岸边。"我要去看看出了什么事。"莱福特林说完这句话,就向船头走去。艾丽斯快步来到塞德里克身边。

"出什么事了?"她问塞德里克。

"我不知道。大概那些守护者发生吵闹了吧。船长已经去查看情况了。今早感觉如何,艾丽斯?"

"不错,谢谢。"河岸上传来一阵惊慌的喊声。艾丽斯看到一些年轻的守护者在奔跑。刚刚还在熟睡中的龙纷纷抬起头,向骚动发生的地方望去。"我想我最好去看看出了什么事。"艾丽斯给自己找了这个借口,就跑下甲板,去追莱福特林了。莱福特林没有看到她。艾丽斯则看见船长爬过船头的护栏,沿着通向岸边的绳梯爬了下去。

"我觉得你还是不要过去比较好。"塞德里克非常严肃地向艾丽斯提出建议。

艾丽斯不情愿地停下脚步,转回身看着塞德里克,就这样将塞德里克的脸审视片刻之后,她才问道:"出什么事了吗?"

塞德里克与她对视,同样也在审视她的脸。"我不确定,"他对艾丽斯说,"我希望不会有什么事。"塞德里克的目光离开了艾丽斯。片刻之间,他们之间只剩下了一种令人不安的沉默。在河岸上,守护者们聚集到了那头红铜色的小龙周围。艾丽斯知道最近这头龙的状况并不好。一阵恐惧的感觉突然揪住了她的心。"你没有必要保护我,塞德里克。看那头龙的样子,如果他再不动一下,那他就是死了。我知道其他龙会吃掉他。不管你是否相信,我认为我有必要见证这一幕。龙的一些行为会让人类感到厌恶,但这并不意味着我不应该研究他们的这些行为。"

艾丽斯转身要走,但塞德里克的声音再一次叫住了她:"对此我完全不关心。艾丽斯,我觉得我必须对你把一些事挑明,而且只能对你一个人说。请回到这里来,让我们能够安静地讨论一些事。"

艾丽斯不想回去。"讨论什么?"

"你,"塞德里克压低了声音,"你和莱福特林船长。"

片刻之间，艾丽斯全身都僵住了。岸上不断传来嘈杂的喊声。艾丽斯向那边瞥了一眼，看到莱福特林正匆匆向人群跑去。然后她转回头，以自己最平静的面容向塞德里克走回去。"我不明白。"她竭力显示出困惑的语气，竭力控制呼吸，阻止血液冲到脸上。

塞德里克不是傻瓜。"艾丽斯，你明白。我们相识了这么久，彼此是这样了解，你不可能向我隐瞒什么。你被那个男人迷惑了，我无法想象这是为什么。把他和诏谕比一比，看看你已经拥有的，还有……"

"闭嘴。"艾丽斯严厉的声音和强硬的用词把她自己吓了一跳。她完全记不起自己曾经和谁这样说过话。但这没有关系。她的话真的让塞德里克闭住了嘴。塞德里克盯着她，嘴巴微微张开。而艾丽斯则毫不停顿地说了下去，激烈的言辞就像是被洪流推动的石块，"塞德里克，我什么都没拥有。诏谕的图谋完全是一种耻辱。我会同意他的安排，只是因为我想不出还能有什么更好的办法。我们的婚姻就是一场滑稽戏。但我知道，这是我同意的。我接受了他诅咒的契约。我们为此握了手，就像信用良好的贸易商那样。一直以来，我都在严格履行契约中我的那一部分。我要说，我在这件事做得要比他好得多。而且我还会继续履行我的誓言。但不要，绝对不要，永远都不要将莱福特林与诏谕相比较。"

强烈的语气撕痛了她的喉咙。她本想再多说一些，但塞德里克惊骇的表情打断了她的话语和思路。她忽然感到精疲力竭，因为她知道，无论向谁大声咆哮命运的不公，对她而言都是没有用的。"我很抱歉，塞德里克，很抱歉向你说了这么过分的话。你不应该听我说这些。"她转身再一次打算走开。

"艾丽斯，我们还是需要谈一谈，回来。"塞德里克的声音在颤抖，让他的话更像是在哀求，而不是命令。

艾丽斯停住脚步，但并没有转回头。"已经没什么可说的了，塞德里克。我们刚刚把该说的话都说完了。我被囚禁在一场婚姻中，我不喜欢那个娶我的人，更不要说是爱他了。我知道他对我也有同样的感觉。我的确在迷恋莱福特林船长——一个男人认为我很美丽，认为我值得追求，这让我完全陶醉了，但仅此而已，我不会有任何实际行动。除此之外，你还想知道什么？"

"我已经告诉莱福特林，我们必须离开。就在今天。我已经请他找一名愿意驾小船护送我们返回崔豪格的猎人。我们将顺流而下，这样我们很快就能回去了。也许我们还要在野外宿营几晚，但这个我们应该能坚持过去。"

塞德里克的话让艾丽斯猛地向他转回了头。艾丽斯的心脏狠狠地撞击着周围的肋骨。一阵急迫的心情在她的心中升起，"什么？为什么我们要这样做？"

"为了让你远离诱惑，不要因为诱惑而堕落。为了将这个船长的诱惑移走，以免他屈从于自己的欲望。请原谅我，艾丽斯，但你对男人知道得并不多。你这样痛快地就承认自己迷上了她，又向我保证你不会付诸实际行动。莱福特林船长知道你的心情。你真的能确认，如果他勉强你，你能够拒绝他吗？"

"他不会那样做。"艾丽斯咬着牙低声说。无论她多么渴望船长那样做，莱福特林船长都不会逼迫她，对此她很清楚。

"艾丽斯，你不能心存侥幸。留在这里，你就是在主动召唤毁灭，不仅仅是你自己的毁灭，还有莱福特林的。你们之间的游戏到现在为止还能算是清白的。但人们都在看着你们，都在议论纷纷。你不能这样自私，只想到你自己。考虑一下这样的谣言将如何让你的父亲感到蒙羞，让你的母亲感到哀痛！这对诏谕又意味着什么？让他承受妻子不贞的名声吗？他绝不会善罢甘休的！像他这种身份的人，必须被所有人认为是精明而且强大的，绝不能成为一个被蒙骗的傻瓜。我不知道这件事最终会走向什么样的结局……莱福特林将为此而受到惩罚吗？即使你没有让这段不明智的浪漫史变成现实，你又能得到什么好处？艾丽斯，你必须明白我为何要这样解决问题。我明白这其中的危险，明白只有我的办法是可行的。我们今天就应该离开，在我们进一步远离崔豪格之前。"

艾丽斯的声音很平静，这一点就连她自己也能明确地感受到："莱福特林已经同意了？"

塞德里克抿一抿嘴唇，又叹了一口气。"不管是否同意，必须这样做。我认为他就要同意了，只是那时他听到了守护者们的喊声，就去他们那里了。"

艾丽斯知道塞德里克在说谎。莱福特林根本不打算同意任何事。这一股裹挟住他们的激流正在将他们卷在一起，而不是让他们分开。艾丽斯抓住这个机会，改变了话题，"守护者们在喊什么？"

"我不知道。守护者们看上去似乎是在聚集……"

"我也要去看看，"艾丽斯说完这句话就转身走开，不再听塞德里克继续说下去。就在她快要走到船头的时候，塞德里克才终于克服了自己的惊愕。

"艾丽斯！"

艾丽斯再没有回过头。

"艾丽斯！"塞德里克将自己的每一点力气都用在这一声喊叫上。他看见艾丽斯的肩膀抽动了一下。艾丽斯听到了他的喊声。他看到艾丽斯用双手抓住船栏杆，一条腿翻过了栏杆。艾丽斯的行路裙包裹、纠缠着她的双腿，但她耐心地将两条腿都迈过栏杆，一步步攀下绳梯，站到了泥泞的河岸上。这时艾丽斯已经从塞德里克的视野中消失了。但没过多久，塞德里克就看见艾丽斯快步跑过被踩平的草地和一片片泥潭，跑向簇拥在一起的守护者们。一头龙也正在缓步向那些守护者走去。片刻之间，塞德里克的气息全部屏在了胸膛里。那里到底发生了什么？ 是他所想的那样吗？

他看着那些人和龙集中在一起，几乎能听到他们说话的声音，只是没办法听清他们具体在说什么。他心中的焦虑感越来越强。突然间，他从船栏杆前转回身，向自己粗陋的棚屋跑去，打开屋门，走进昏暗封闭的房间里，又将屋门在背后紧紧关闭，固定住唯一能闩住门的一只钩子，随后便跪倒下去。突然之间，他觉得自己衣箱底部的"秘密抽屉"实在是太明显了。他打开衣箱，把那个抽屉拉出来，同时一直仔细倾听外面甲板上的脚步声。有没有更好的地方能隐藏他的宝贵货物？ 他是应该把这些货物集中在一起，还是将它们分散藏到他的行李之中？ 他咬住嘴唇，不知如何是好。

昨天晚上，他又在他的收藏中增加了两样货物。他将一个玻璃瓶举到房间里的昏黄油灯前。这个瓶子里装满了龙血。透过灯光，他觉得龙血就像是一团不断盘旋的红色浓烟。昨天晚上，他曾经觉得龙血的旋转只是出于他的想象，但这不是他的想象。瓶子里的液体依然红得刺眼，依然厚重润泽，仿佛它本身就是有生命的。

连续几天以来，塞德里克都在盯着那条棕褐色的小龙，想要大着胆子采取行动。每天早晨，猎人们在黎明之前出发，先一步前往上游，希望在龙群将沿途鸟兽吓跑之前捕获尽量多的猎物。当太阳再升高一些，气温也随之提高之后，龙群就会醒来。通常是金龙第一个来到水边，其他龙很快就会跟随在他的身后。守护者们则会驾着小船逆流上溯。走在队伍最后面的则是这艘驳船。

昨天和前天，那头棕褐色的小龙都远远落在大队后面。他一直都跟不上其他龙，只能孤身走在龙群和守护者之间。昨天，就连守护者都超过了他。褐色小龙几乎只是走在驳船的前面。当塞德里克发现艾丽斯和莱福特林并肩站在船头上，望着那头龙，充满同情地谈论他是多么可怜，他自己的注意力也完全落在了这头龙的身上。他来到那两个人身边，靠在船头的护栏上，看着那头发育不良的龙步履蹒跚地走在色泽浅淡的河水旁边。这时河水的颜色吸引了他的注意力。这里的河水并不像典范号走过的那段河水那样灰白。看上去它几乎就像是普通的河水。船长刚刚向艾丽斯说了几句话。塞德里克只听到了艾丽斯的回应。

"这对他来说更难，看看他的腿有多么短。其他龙只是在涉水，而他几乎是在游泳。"

莱福特林点头表示同意。"实际上，那个可怜的东西根本不可能有机会。他从出茧的那一天开始就没有希望了，但我还是很不想看到他就这样死去。"

"他在为生命奋斗的路上死去，肯定要好过死在卡萨里克旁边的泥巴里。"艾丽斯的话中充满了激情，让塞德里克不由得转头去看她。直到此时，他才警惕地意识到艾丽斯已经深深地被莱福特林吸引住了。在塞德里克听来，艾丽斯的这句话倒更像是在说她自己。她已经如此胆大，要为自己的欲望采取实际行动了。塞德里克惊慌地意识到了这一点。根据他对艾丽斯的全部了解，现在艾丽斯将自己完全交给莱福特林，已只是时间的问题。诏谕对此会有怎样的反应？这个念头如同一根冰冷的手指按在塞德里克的一截截脊椎上。诏谕也许对艾丽斯没有爱意，但他早已将艾丽斯视作他的私人财产，而他是一个充满嫉妒心的主人。如果莱福特林"占有"了她，诏谕一定会怒不可遏。而塞德里克将和艾丽斯一同承受他的怒火。

　　远离家园，在这片荒野中行进的每一天，不安的感觉都在塞德里克的心中积聚。而现在这种感觉突然开始逼迫他必须采取行动。该是将艾丽斯和他自己从这里挽救出去、返回缤城的时候了。

　　这时他想到了自己收集到的那些少得可怜的龙类货物，不由得皱起了眉头。他每天都会查看这些货物。看上去，它们根本不像是医生愿意加入治疗处方的药料。赛玛拉从银龙伤口上切割下来的赘疣本身就是半腐烂的，现在它们的腐烂状况还在恶化。尽管他努力要妥善地保存它们，但这些样品已经散发出恶臭的气味，看上去和烂肉根本没什么两样。上一次他查看它们的时候几乎要将它们扔掉。不过他终究还是决定保留它们，直到他能够用质量更好的货物代替它们，那必须是龙类物品清单上一些特别的东西，一些他有信心卖出高价的东西。

　　那头虚弱的棕褐色小龙还在挣扎着走在驳船前面。塞德里克盯住那头龙，一个念头也再一次浮现在他的脑海中。突然间他知道了，等到了晚上，他就会有一个前所未有的好机会。

　　趁夜溜下驳船并不是很困难的事。每天晚上，莱福特林都会将柏油人号的船头停靠在河边泥岸上，尽可能挨近入睡的龙群。一些晚上，守护者们会直接在甲板上歇宿，有时候他们会在龙群旁边扎营。塞德里克很走运，那天晚上龙群睡在一片草地上，他们的守护者决定收集浮木搭起营火堆，睡在他们旁边。莱福特林本人负责值夜。艾丽斯则继续愚蠢地陪伴着他，这让那个船长根本没有心思警戒周围，也使得塞德里克毫不困难地暗自离开了驳船。

　　守护者搭起的营火堆，还剩下些微的火光，再加上满月的光亮，足以让塞德里克看清道路。他踉踉跄跄地走过被踩平的草地,尽可能绕过一个个泥潭。不管怎样,在他返回驳船之前,他知道自己的靴子和长裤还是会浸透泥水并黏满污泥,他对此无可奈何。在黄昏时分,他已经仔细观察过入睡的龙群,所以他大约知道那头精疲力竭的棕褐色龙所在的位置。现在时间已经很晚,守护者和他们的龙都睡得正香。只有他小心翼翼地在他们之间走动。那头病弱的龙独自睡在龙群边上。塞德里克靠近他的时候,他一动也没有动。一开始,塞德里克以为这头龙已经死了。他看不出这头龙有任何动作的痕迹,甚至完全听不到他的呼吸声。塞德里克强迫自己大起胆子,小心地将一只手放在这头肮脏的怪物肩上。龙仍然没有反应。塞德里克轻轻一推,然后又加了些力量。龙发出一点喘息的声音,但并没有动。塞德里克抽出了小刀。

他的第一个野心是撬下一些鳞片。肩膀的部位就很好。在艾丽斯尝试和这些龙谈话的时候,他曾经仔细观察过他们,知道最大的龙鳞通常都在肩膀、臀部和尾巴最粗的地方。他用拇指推动刀刃,插进鳞片下方,用力向外撬。要拔出龙鳞并不容易,这就像是从一叠盘子的最底下抽出一个盘子。不过他还是成功了,被拔下来的龙鳞还带着一点血液的反光。龙抽搐了一下,不过没有醒来。很显然,他过于衰弱,已经不会在意这种事了。

塞德里克又从这头怪物身上拔下三片鳞,每一片大约都有他的手掌大小。他用手帕将它们仔细包裹,收紧衬衫贴胸的口袋里。这几乎已经让他能心满意足地返回驳船了,他知道,仅仅是一片龙鳞就能够给他带来丰厚的财富。这笔财富将足以为他赢得自由,但他怀疑仅靠这样一笔财富是否能让诏谕长久地留在他的身边。不,他已经冒了险,现在他或者要从这场豪赌中赢得足够的钱财,让他能够像国王那样生活,或者他将一无所获。在这个美好前程唾手可得的时候,若收手,他就只是一个傻瓜。

他小心地挑选着工具。他带来的这把小刀本是屠夫的工具,用来一刀刺进猪体内,放出血来制作血肠。知道有这样的工具存在时,他曾经有些吃惊,但一看到这把刀子,他就把它买了下来。这把刀短而且锋利,刀刃的血槽连通到硬木握柄中的一条管道里,让血液能够从猪体内顺畅地流出来。

塞德里克在这头龙身上又找了一个部位——就在下巴后面的脖子上。他朝正在他耳朵和脖子旁边饥渴地"嗡嗡"嚎叫的蚊子拍了一巴掌。"只是一只非常大的蚊子而已。"他对昏睡中的龙说着,掀起了龙脖子上一块厚实的鳞片,握紧手中的工具,把它刺进了龙的身体。

这把小刀已经被打磨得异常锋利。即使如此,要将它刺进龙的身体也不是那么容易。龙在睡梦中尖叫了一声。这么庞大的怪兽竟然会发出如此尖细的声音,这感觉实在是有些滑稽。他的四只利爪按在泥地上不住地抽动。片刻之间,塞德里克害怕得差一点逃走。但他还是用颤抖的手从自己的小背包中拿出一个玻璃瓶,拔去玻璃塞,等待着。没过多久,血就从刀柄末端流出来,一滴滴闪闪发光。他将瓶口对准落下的血滴,将它们收集起来。

他的手抖动得太厉害了。以前他从没有干过这种事,这远比他想象中更令人难以承受。一滴血没有落进瓶口,慢慢滑到他的手指上。他满脸嫌恶地将瓶口抵在刀柄末端。就在这时,本来只是一滴滴落下的龙血突然变成一股血流。"仁慈的莎神啊!"他在恐惧与喜悦中惊呼一声。瓶子在他的手中变得沉重,龙血突然从瓶口溢出来。他将瓶子收回来,不得不又浪费了一些龙血,才用塞子封好瓶口。现在他很希望自己带来了第二个瓶子,但这种奢望完全是徒劳的。他只能在裤子上擦干净手上的血渍,小心地把瓶子收进背包里,又迅速从龙身上拔下小刀,也收进背包里。

但血还在继续往外流。

他的鼻腔里充满了一种浓郁得有些怪异的爬虫气味。刚刚在他头顶盘旋的飞虫全都放弃了他,向那顿流淌的盛宴扑去。龙的伤口周围很快就挤满了贪婪的虫子。鲜血变成一条猩红的溪流,淌过龙的肩膀,又滴落在被踩平的地面上。一个小血潭开始出现了。在月光中,它一开始是黑色的,随着血液增多,血潭逐渐变深,塞德里克看到它变成了红色。它闪耀着红色的光芒,两个鲜红的漩涡出现在其中,如同水中漾开了两滴红色染料,一些银色边缘将它们分开。塞德里克感觉自己被这一潭血所吸引,俯身在它的旁边,眼睛里只有它迷幻的色彩。

塞德里克的目光又转向汇入这个血潭的那一道红色小溪。他伸出手,用两根手指碰触那条溪流。血液分开,如同丝线流过他的手指。他将手缩回来,看着在自己皮肤上滑动的液体,然后将染血的手指放到唇边,舔了它一下。

舌头碰到龙血的时候,他向后一缩身。他不知道自己怎么会有这样的冲动,更因为自己竟然会服从这种冲动而感到惊骇。龙血的味道从他的口中爆发出来,充满了他的知觉。他嗅到那股气味无所不在,不仅是在他的鼻子里,更是在他的喉咙深处,他的整个口腔。他的耳朵在因为这股气息而鸣响。他的舌头感到一阵阵刺麻。他想要从手指上甩掉剩余的血,然后又将他的手在衬衫前襟上擦抹。现在他全身都是鲜血和污泥,而那头龙还在不停地流血。

塞德里克弯腰捧起一把血液和淤泥。这捧东西在他的手中温暖却又冰冷。他的手甚至感觉到它正在蠕动,就像是一条液体的长蛇在盘卷翻腾。塞德里克将这些血泥涂抹在龙的伤口上。他抬起手的时候,那一小股红色的溪流又涌了出来。塞德里克向那个伤口捂上了一把又一把血泥,一把血泥被他狠狠按在龙的喉咙上。他紧咬着牙,因为恐惧和用力过度而喘息着。他的嗅觉和味觉中只有龙的味道。他感觉到龙就在他的嘴里,正爬向他的喉咙。他是一头龙。他的脖子和背部覆满了鳞片,他的爪子深深插进泥土之中,他的翅膀无法张开——一头不能飞的龙又算是什么? 他感到有些头晕,身子在微微摇晃。当他踉跄着从这头龙的身边退开时,血流终于停止了。

塞德里克站在那里一动不动,两只手撑在膝盖上,吃力地呼吸着夜晚的空气,想要让自己恢复过来。当他的头脑清醒了一点之后,他站直身子。一种深深的恐惧取代了晕眩感冲击着他的神经——他怎么把这件事做得这么糟? 他应该在暗中行动,"不留下任何痕迹",而现在他都干了些什么? 他全身都是泥巴和血迹。龙正躺在血泊之中。他还真是有够精细!

他踢起泥土覆盖住血迹,扯下沼泽中的杂草,铺在上面,然后再踢过来更多泥土。他觉得光是做这件事就用了几个小时的时间。在月光下,他终于看不到地上和龙脖子上有任何红色的痕迹了。这头怪物还在睡觉。至少他不会记得塞德里克来过这里。

塞德里克回身向驳船走去，等待时机登上甲板，他在船头的阴影中，又几乎度过了痛苦的一个小时。在他的上方，莱福特林和艾丽斯轻声讨论着打绳结和其他各种事情。直到他们终于走开，塞德里克才攀着绳梯上了船，逃回到自己的房间里，匆匆更换了干净的衣服，将珍贵的龙血和龙鳞藏进秘密抽屉之中。他又偷偷溜出来三次，才终于能清理掉他留在甲板上的泥血脚印。当他将脏污的衣服和靴子扔出船外的时候，莱福特林和艾丽斯差一点撞见他。如果他们不是眼睛里只有彼此，塞德里克势必在劫难逃了。

但他们根本没有看见塞德里克。他们永远也不会知道塞德里克干了什么。而现在被塞德里克捧在手中的这一瓶鲜血，就是他经历了这么多磨难之后赢得的锦标。塞德里克紧盯着它，慢慢摇动瓶子，看着被禁锢在其中的红色液体。就像许多长蛇彼此盘绕。他心中想道。他的意识里出现了一片幽蓝无尽的海底世界，无数海蛇正在那里缠绕盘旋。他摇摇头，清除掉这种幻想，然后抵抗住突然袭来的冲动，没有拔出瓶塞，去嗅龙血的气味。他这次带来了火漆，他应该将火漆熔化一些，妥当地封住这个瓶子。他应该这样做，不过这件事可以再等一等。

看到自己的宝物，塞德里克不知为何也恢复了平静。他将瓶子放回到秘密抽屉里，又拿出一个香柏木小匣子，拉开滑动匣盖。龙鳞就放在匣中的薄薄一层盐粒上。在房间里昏暗的光线中，这些鳞片呈现出一种微弱的彩虹色泽。他关上匣盖，把小匣子也放进秘密抽屉里，然后将抽屉锁好。他们也许会发现那头棕褐色的龙已经死了。但他们不会怀疑到他——他突然就明白了这一点，他把痕迹覆盖得很好。他也清理了自己身上的血迹。小刀造成的伤口非常细小，没有人会发现。实际上，那头怪兽并不是他杀死的。所有人都能看出来，那头怪兽已经离死不远了。如果流一点血加速了他的死亡，那么这也不意味着他就是死在一把刀下。不管艾丽斯如何关心他，他终究也只是一只动物。一头龙就是一只动物，就像牛和鸡一样，应该由人类加以妥善利用。

实际上，恰恰相反。

这个完全陌生的念头突然闯进塞德里克的意识，让他大吃了一惊。恰恰相反？人类应该被龙妥善利用吗？这太可笑了。这种愚蠢的念头是从哪里来的？

塞德里克拉直外衣，打开门，踏上了柏油人号的甲板。

祷月第五日

商人联盟独立第六年

来自艾瑞克，缤城信鸽管理人
致黛托茨，崔豪格信鸽管理人

  一封来自贸易商金卡罗恩的信函，收信方为崔豪格和卡萨里克议会。信中表达了对于这两地议会与金卡罗恩的女儿艾丽斯·金卡罗恩·芬波克签订契约的困惑与担忧，要求两地议会对此进行说明，并要求迅速得到答复。

黛托茨：

  当贸易商金卡罗恩放下这封信的时候，他承诺：如果这封信和相关回信能够被迅速送达，便会给我们一笔高额酬金。如果你能说动你们议会中的任何人，在质询信送到的当天，便能予以答复，并用你最快的鸽子送回相关回信，我会考虑免去你购买黄豌豆的钱。

艾瑞克

图书在版编目（CIP）数据

雨野原传奇.I，巨龙守护者／（美）罗宾·霍布著；李镭译.—上海：上海社会科学院出版社，2018
书名原文：THE RAIN WILDS CHRONICLES I：Dragon Keeper
ISBN 978-7-5520-2418-0

Ⅰ.①雨… Ⅱ.①罗…②李… Ⅲ.①长篇小说—美国—现代 Ⅳ.①I712.45

中国版本图书馆 CIP 数据核字（2018）第 179977 号

DRAGON KEEPER
Copyright © 2010 by Robin Hobb
This edition arranged with The Lotts Agency Ltd.
through Andrew Nurnberg Associates International Limited

上海市版权局著作权合同登记号：图字 09-2015-740

雨野原传奇Ⅰ：巨龙守护者

著　　者：	［美］罗宾·霍布
译　　者：	李　镭
责任编辑：	杨　潇
封面设计：	周清华
出版发行：	上海社会科学院出版社
	上海顺昌路 622 号　邮编 200025
	电话总机 021-63315900　销售热线 021-53063735
	http://www.sassp.org.cn　E-mail：sassp@sass.org.cn
照　　排：	南京前锦排版服务有限公司
印　　刷：	上海颛辉印刷厂
开　　本：	890×1240 毫米　1/32 开
印　　张：	14.875
字　　数：	432 千字
版　　次：	2018 年 11 月第 1 版　2018 年 11 月第 1 次印刷

ISBN 978-7-5520-2418-0/I·291　　　定价：58.00 元

版权所有　翻印必究